三元传奇

上

詹泳鸿 王印权 薛痒 张怀旧◎著

中国经济出版社
CHINA ECONOMIC PUBLISHING HOUSE
·北京·

图书在版编目（CIP）数据

三元传奇：共两册 / 詹泳鸿等著.
—北京：中国经济出版社，2019.5
ISBN 978-7-5136-5471-5

Ⅰ.①三… Ⅱ.①詹… Ⅲ.①评话—中国—当代 Ⅳ.①I239.8

中国版本图书馆 CIP 数据核字（2019）第 058113 号

总 顾 问 荀永利
总 指 导 刘兰芳 常 毅
总 策 划 陈历俊 骆东雨
责任编辑 伏建全 孙喆浩
统筹编辑 于丹娜 杨 希 郝 冬
责任印制 马小宾
封面设计 任燕飞设计工作室 李令羲

出版发行 中国经济出版社
印 刷 者 北京力信诚印刷有限公司
经 销 者 各地新华书店
开 本 710mm×1000mm 1/16
印 张 40.25
字 数 500 千字
版 次 2019 年 5 月第 1 版
印 次 2019 年 7 月第 2 次
定 价 88.00 元
广告经营许可证 京西工商广字第 8179 号

中国经济出版社 **网址** www.economyph.com **社址** 北京市西城区百万庄北街 3 号 **邮编** 100037
本版图书如存在印装质量问题，请与本社发行中心联系调换（联系电话：010-68330607）

Preface
序

先生王印权和他的创作团队又出版了一部新书《三元传奇》，我备感欣喜。这本书创作历时近两年，非常不容易。出版后我还将对其进行一定的加工、改编，做评书录制，并在全国各电台播讲，更感重任在肩。

《三元传奇》讲述的历史比较长，从清末到民国、抗日战争、解放战争，中华人民共和国成立一直到改革开放伊始，总有七八十年。要写这么长一段时期的故事，是需要对史实做很多研究的。

好在是写“传奇”不是“传记”，史实是要带着的，但重点在“传奇”，所谓“大事不虚，小事不拘”。文学创作涉及过往历史的时候总是大的环境是真实的，小的细节可以有很多艺术加工。《三元传奇》这本书主创团队在这方面下了很多功夫。诸多历史背景交待都有案可查，光绪变法、戊戌六君子、辛亥革命、北伐战争、五四运动、“九一八”事变、“七七”卢沟桥事变、抗日战争、解放战争，等等，众多大事件，遵循了基本的历史事实。对于重点要讲述的行业——“乳业”，也把中国乳业的发展史大概讲清楚了，比如书的第十二回写到：

《黄帝内经》是中国最早的医学典籍。有一部分内容叫素问，里面谈到了中国古代的膳食养生，提出了‘五谷为养、五果为助、五畜为益、五菜为充’的饮食搭配原则。这里面讲到的‘五畜为益’，指的就是‘人食其肉、饮其汁’非常有益处。汁就是牲畜的奶了。咱们中国人是世界古代乳业的发明者啊。西汉也有‘饮走兽泉英，可以却老复壮’的记载，而且出现了‘养羊酤酪以供伏腊之费’的专业养羊人。到了六世纪北魏农学家贾思勰的《齐民要术》，则已经有世界上最早最完整关于乳品加工技术的记载了。

以及书里提到，“从唐宋本草经到李时珍《本草纲目》，这奶制品就是高级补品啊”。这些都说明了中国在乳业发展方面有着悠久灿烂的历史。这就使得主人公张皓天作为宫廷养牛挤奶绝技传承人有很深的根儿，他产制乳品相当程度上传承和发扬了中华民族优秀的传统文化传统技艺。

当然，近代基于科技大变革的乳业发展，中国就比较落后了。书里叙述很客观，没有盲目地自我吹捧。比如对良种奶牛荷斯坦牛和现代化奶牛场的介绍，“在当时的中国，荷斯坦牛是稀罕物，同其他引进的牛比如爱尔夏牛、娟姗牛、瑞士褐牛、短角牛等，主要集中在教堂、租界、洋学校、海关，普通人很少亲眼见过，更别说要去养了。”“美国、英国、荷兰已经在北京建了蒸汽机牛奶棚，还有俄罗斯、日本等，好些个国家都在京建现代化牛奶场。皓天不由感慨：科技进步得真快，中国需要快马加鞭、迎头赶上啊。”

这就使得几位主要人物，张皓天、刘顺、虞亭华等建成现代化民族乳业公司的理想格局很大。国家落后，处处挨打，老百姓生活困苦，长期戴着“东亚病夫”的帽子。而中国近代最早觉醒的实业家们在竭尽所能“实业救国、科技救国”，他们勇于突破，除旧立新，艰苦创业，目的就是救国强国，小说主题气魄宏大，振奋人心。这在今天也是非常有现实意义的事情，不正是国家提倡的“大众创业、万众创新”么。

而且，牛奶还有很好的功用。我们现在都形成了统一认识：一杯牛奶可以强壮一个民族。牛奶确实有滋胃润肠、强身健体之效，还有助于养生。书里提到慈禧太后洗牛奶浴，宋美龄牛奶泡澡改善肤质等，各种文献上多有记载。

除了很好地记述乳业的发展历程外，对于行业当中具体的有典型意义的人的塑造，这本书有很好地探索。它不是传统地写正面人物就突出“高大上”，只有优点没有缺点。而是每个人都有血有肉，都是正常人，性格发展有先天的因素，更多的是环境的影响。比如张皓天，小时候活泼淘气，年轻时血气方刚，中年时成熟稳重、隐忍坚毅，老年洁身自好、谨小慎微，这与他所处的历史时代是步步相连的，也与他的家庭和个人经历密切相关。他的命运可以说与整个国家的命运紧紧连在一起，作为中国民族乳业的典型代表，在国家各个历史紧要关头，他都体现出作为一个爱国者和企业家的责任和担当。比如从他一开始创业，书里就交待了：

他热爱乳业，咱们国家当前乳业发展多落后啊。这是他人生的第一次创业，为国又为民！他下了决心，无论如何他都要去干一番，时间已经刻不容缓。宋朝爱国名将岳飞曾经说过：莫等闲，白了少年头，空悲切。皓天可不想等自己老了再去“空悲切”。

到了 1937 年，国难当头，已经成长为共产党员的张皓天考虑得更深了：

张皓天很冷静地思考了离开北平的事情。于家人，他是得让他们撤离。于组织，他则必须留下来，和陈程、谷亚兰等地下工作者继续并肩战斗。他反复想了一下自己留在北平的利弊，他现在是总商会会长，战乱后的北平百废待兴，人们的正常日子还得要过，基本的生活物资包括奶制品仍然需要供应。当然，最重要的是，共产党人拯救民族危难的伟大使命。

在乳业公司发展过程中，张皓天还善于发挥群体力量，重视开拓创新：

皓天有更高的追求，所以他在各个方面都严格要求天顺奶牛场符合现代化奶牛场的规范和标准。对牛奶质量的把关非常严格，每天他必亲尝每一批生产出来的牛奶，从质地、颜色、口感等各方面去衡量，这在张家祖传秘籍当中有很多讲究。他还购买了不少世界先进的检测仪器，检测牛奶的各项指标，看看营养指数、安全指数是否在国际优质牛奶的范围内，依此逐渐摸索出更合适的养牛挤奶技巧，包括牧草的引进种植和一些优质饲料的引进，消毒器械和方法更是紧跟世界潮流，这些多亏了陈程、虞亭华、马约翰等人的帮助。既有祖传经验，又有现代科技指导，天顺牛奶稳步成为老百姓心目中的优质牛奶。

主人公骨子里的那种民族精神和责任感使命感，可以从中找到近代众多爱国的民族企业家的影子。这是一种正能量的传播。这对于塑造像三元这样一个有厚重历史渊源的乳企有非常积极的意义，历史传承和红色基因与三元的企业发展史有机交融在了一起。

同时揭示了一个基本道理：要建好一个企业，一个人单打独斗是做不来的，必须靠团队的力量。一个好汉三个帮，张皓天做乳企有很多人帮，家人、亲戚、朋友、生意伙伴、上级党组织等，书里都有非常生动的交待。张皓天除了本身努力和运气外，也锻炼出了较高的情商智商，历经磨难，勇于担当，在商战中积累了丰富的经验，逐渐成长为商界奇才与领袖。他退休后还继续发挥作用，帮助后人接棒，继续将企业做大做强，这跟现代企业运作的实际情况相符合，使得剧情能合情合理的展开。

书里人物正面反面有好几十人，有不少让人印象深刻。张皓天的搭档刘顺精于交际、机智聪明；虞亭华耿介正直、技艺精湛；皓天父亲张义海文才了得、侠肝义胆；干爹孙良喜智勇双全，敢作敢为；表舅刘灿源率性而为、古道热肠；党组织负责人陈程擅长组织、深谋远虑；几位女主人公也是各具特色，芙蓉善良温和，知春博爱坚强，云裳直率爽朗，亚兰刚毅勇敢。人物个性鲜明，配上曲折离奇的故事情节，以及活泼生动的语言文字，书的可读性是非常强的。

当然，本书要做评书播讲还有不少工作要做。人物的“开脸儿”还要修饰得更过耳难忘，语言还要更口语化以适于播讲，一些剧情“扣子”还要拴得更紧，让听众始终处于想听“下回分解”的紧张当中。

我了解到在创作过程中，创作团队得到了三元集团各级领导同仁的大力支持，三元集团党委、工会、市场部安排了几位老领导接受专访，讲述三元艰苦创业史，三元市场部提供了乳业方面的专业图书，创作团队受邀参观了三元科技园（北京、河北）以及河北的牧场，评书成稿后得到三元多位领导的悉心指导，这些都为创作提供了丰富的素材和健康的精神食粮，使得《三元传奇》不断去芜存精，精雕细琢，筑稳了成就一部优秀作品的基石。希望这样良好的沟通与合作能持续下去，是为序。

劉蘭芳

2019 年 3 月于北京

Contents

目录

第一回
义海老友重相见　皓天初饮洋牛奶

话说清乾隆年间，宫中御膳房有一位厨子，人称“神厨张”。这位神厨与牛相当有缘，凡关涉到牛的喂宰烹食他都很在行，“庖丁解牛”神技在他这儿诠释得淋漓尽致，令人叹为观止。特别值得一提的是，“神厨张”还擅长喂养奶牛，有一手养牛挤奶的绝技。那奶牛养得是高大匀称，结实丰满。挤出的牛奶香味清新，口感稀薄，颇有滋胃润肠、强身健体之效。乾隆爷喝了是赞不绝口，常常重赏。

“神厨张”在御膳房当差了几十年，攒下了千万身家。家境殷实，自然要娶妻生子，多多开枝散叶。遗憾的是，“神厨张”子女虽然不少，儿子却只有一个。他儿子娶妻后也只生了一个儿子，如此一脉单传就是六代。

那年代一门技艺讲究传子不传女，“神厨张”的儿子喜欢读书，不喜与牛做伴。“神厨张”不缺钱，不强求儿子学他的庖厨本事，倒是特别盼望儿子能成读书人，通过科考取士博些富贵功名。因此“神厨张”极力敦促儿子做学问，养牛挤奶神技这一节，他并不强求儿子全继承。只让儿子帮忙整理了一本秘籍，又在驾鹤西游前口传心授了一些要领，谆谆嘱咐一代代传下去，这才撒手人寰。

“神厨张”的后几代没怎么将养牛挤奶的祖传绝技发扬光大，倒是都热衷读取功名，但并没有出什么学而优则仕的大人物。家财是越折腾越败落，到了光绪年间第六代上，家境已经是相当平常了。

第六代孙名唤张义海，长相俊秀，面目干净，再也看不出“庖厨”的痕迹。受家庭氛围熏陶，张义海喜欢读书，从小就喜欢抱着各种各样的书在街头巷尾、胡同院子里读，人送外号“张书袋”。

张义海成年科考不顺，又不愿就此回归祖上养牛挤奶做庖厨的营生。干脆拉下脸在外边街市盘了间门脸儿，开了家书铺，这样既能看书又能赚钱，两不耽误。书店格局不大不小，赚的银钱不多不少，生活质量不高不低，在那个并不太平的年代，也算是不上不下的幸福之家了。

张义海娶妻王氏，端庄秀丽，兰心蕙质。王氏在清光绪二十六年上，也就是公元1900年，给张义海生了一个儿子，名唤张皓天。这孩子眉清目秀，骨骼清奇，出生时恰值日出地平线，天地光明开阔，张家院落里喜鹊绕树，池水生波，澄澈清明，似吉兆天成，因此取名皓天。

清光绪三十二年，也就是公元1906年的腊月，这天午后的北京城下起了鹅毛大雪，也就下了一个多时辰吧，大地便铺上了厚厚的一片银白。在北京东城一条胡同里，有一户人家，门口立着一个瘦巴巴的小男孩，吸溜着鼻子，不停地东张西望。他在等待爹爹回家吃晚饭。等得天都黑了还不见人影，小男孩很着急，他的肚子早就饿得咕咕叫了：“娘啊，爹爹怎么还不回来呀？爹爹不饿吗？”

这小男孩自然是张皓天了。这一年他六岁，书已经读了不少。聪明伶俐，活泼好动，可能是王氏生他时受了风寒，一直奶水不足，张皓天长得稍显瘦小。

“爹爹当然也会饿，可是还要赚钱养家啊，兴许这时候生意正好着呐。”一个温柔的声音从屋里传来，很快一位气质恬静的少妇走了出来，

“皓天啊，爹爹每天起早贪黑，这么辛苦还没吃饭，你说我们该不该自个儿先吃呢?”

叫皓天的小男孩眨巴着眼睛，若有所思的样子，然后重重点了一下头，很懂事的样子，“娘，等我长大了，我要赚大钱，就不让爹爹这么辛苦了。”

妇人伸手捏了一下皓天的小脸蛋：“看你脸蛋冰凉冰凉的，别冻着了。赶紧回屋吧，等回屋爹爹就回来了。”皓天应了一声，转身回屋。忽然听到外边一阵假咳声，小脸马上乐开了花，又飞奔出去，“爹爹回来了！”刚到门口就被一名瘦长男子抱了起来，“嘿嘿，小猴子，你逃不出我的手掌心了！”皓天咯咯笑起来，“爹爹今天晚上还要给我讲孙悟空！”

抱着皓天的清瘦男子不消说，就是他的父亲张义海了。

大概大雪天百姓闲着没事，都跑书店寻找精神生活来了，所以生意今天比以往要好。要不是小舅子王少川提醒，张义海都差点忘了回家。回到家，张义海的妻子王氏做了几道全家人都爱吃的可口小菜。炕桌早就已经摆好，上面摆着羊油炝的喷香的麻豆腐，香油拌白菜心，还有一碗热腾腾的羊杂汤。张义海心里挺高兴，上炕把腿一盘，喝了二两烧酒。一个人喝还不行，又劝王氏也喝了一两。

皓天已经吃饱了，缠着张义海要听孙悟空。他最近听《西游记》是彻底入了迷，一天到晚上蹿下跳，真把自己当孙悟空了。昨天晚上听到孙悟空被如来佛给压在了金木水火土“五行山”下，心里一直犯嘀咕。他对张义海发表意见：“后来呢？孙悟空得想办法逃走才对哇!”张义海故意逗他，“那可不行，他是个泼猴，一逃出来还不得天下大乱?”皓天不乐意了，嘟起了小嘴，“孙悟空没爹没娘，也可怜！凭什么他就得被欺负啊，太不公平了。”王氏在一边笑了起来，“哎哟，傻孩子，你这可不对，咋对这坏猴子心眼那么好呢?”

一家人说说笑笑，不知不觉外边天色越发黑了。皓天折腾一天是真困了，随同王氏进了里间睡觉。张义海还不想睡，打算再看会儿书。四周万籁俱寂，正是读书的最佳时间。

张义海读了大概半个时辰，外面忽然传来一阵狗叫声。那狗是邻居家的，跟大家都混得挺熟，所以一般不叫。但是今天叫了，这就说明它碰到了陌生人。果然很快就有人来敲门，一边敲一边还小声叫着张义海的名字："张义海，张义海。"张义海心里纳闷，"谁呀？"起身开门。

一开门他愣住了，借着灯光看到门口站着一位穿灰色长袍的精瘦男子，约莫三十多岁的样子，身子笔直，四方脸，浓眉大眼，看上去相貌堂堂，只是右脸颊上一道刀疤平白多了几分杀气。他手里还提着一个大包，放到地上："张书袋，还不请我进去啊？"表情很有些古怪，笑得似乎有些僵硬。

张义海定睛细看，吃了一惊，片刻才叫出声来："喜子？你是孙良喜！"赶紧把那汉子请进屋来。

那名叫孙良喜的汉子指了指地上的包袱，示意张义海给拿进屋里去，径直进屋。张义海有些奇怪，也没多问，拎起了包袱，还挺沉，也不知道装的什么玩意儿。

孙良喜找了条凳子坐下，脚步却有些踉跄，一屁股还没坐稳，差点摔了个屁股蹲儿。张义海这才看到孙良喜受伤了，棉袍上有斑斑血迹，不由倒抽一口冷气："喜子，你这是咋回事儿？我都搬两次家了，你咋还能找到这里？"

孙良喜似乎放松了，冲张义海眨眨眼："你是有名的书袋子，早听说你开了家书局，这找到书局不就等于找到你了嘛。"

那孙良喜原来是张义海的发小儿，两人十来岁的时候在一起读过两年学堂。张义海幼时体弱，有时候会受几个坏小子欺负。但是孙良喜特别喜欢见义勇为，他把那几个坏小子收拾得嗷嗷乱叫，以后就没人敢欺负张义海了。后来孙良喜搬家，从北京搬到天津去。那时候通讯不太方便，没手机更没微信，这一来音信也就断了，想不到十几年后居然又碰头了。

孙良喜脸色有些异样："受了点轻伤，问题不大。我就想在你这儿待个十天半月，等伤养好我就走，我给你双倍房租，行不行？不行我就告辞了！"说着便从怀里掏出几个银圆。张义海虽然是文弱书生，却也有一副侠肝义胆，他不高兴了："你这算哪门子话？你放心，你就是在这里住上个十年八年，住上一辈子我都不反对。你忘了吗，咱们当年可是拜过把子的，你的就是我的，我的就是你的，我家就是你家，我能收你的钱吗？你确定没事？真不行我就给你找大夫去了。"

孙良喜摇摇头："你先给我来碗热水就行，我渴。我跟你说，这种事我碰上没一百回也得有八十回。你放心，我保证没事，过两天就活蹦乱跳啦！"

张义海端了茶水递给孙良喜，孙良喜也不怕热，咕咚咕咚喝完了。张义海看他粗豪的样子，不由好奇："喜子你到底怎么回事儿？这些年你到底做了些什么？莫非是做了江洋大盗？"

孙良喜反问："我要真做了大盗，你怕不怕？"

张义海摇摇头："你做大盗我还真不信。你一直都喜欢打抱不平，喜欢为我这种窝囊人出头，怎么看你都只能是抓大盗的啊。"

孙良喜看着张义海笑起来："你信我就好，不过我这几年的情况说来话长，等我哪天有空再给你慢慢道来。"

"那可不行，你越这样说，我越想知道。喜子，哥哥我这是关心你呐。"

孙良喜摆摆手，又打了一个大哈欠："亲哥哥，我现在真是又困又累，咱们有话也不急于一时，来日方长。您能不能让我睡个好觉？我真是好久没有睡过一个好觉了，求您了。"

张义海把孙良喜领到另一间房："喜子，今儿晚上委屈你了，炕我待会把火给烧上，咱们一块睡。我看你这身子，真不放心。"孙良喜笑了，"不陪老婆孩子睡热炕头，看来还是我这做弟弟的跟你亲近。"忽然"哎哟"一声，孙良喜脸色煞白，一下子歪倒床上。

孙良喜的伤口在肚子上，还挺深，本来差不多结了一层疤，刚才不小心又裂开了口子。张义海家里放着创伤药，给孙良喜小心翼翼涂抹上，又给缠上了几层布条，这才算踏实了。很快孙良喜便呼呼睡去。

孙良喜说话不假，这一觉睡得贼香。第二天张义海早起要去店里，孙良喜睡眼惺忪也想跟着起来，被张义海拦下了。张义海看出孙良喜现在的身体情况实在不大好，让他放心养着，说："你嫂子我也跟她交代了，都是自家人，该吃饭你就吃，也别客气。"孙良喜倒也不含糊，"真的太谢谢嫂子了，我这是真到自己家了。我平时自己在家不吃早饭，所以现在也就不吃了。"说着就又躺下了，"哦对了，还有件事，你去把我昨天的包袱拿进来。"

张义海拿过来包袱："你这啥宝贝，还挺沉。"

"赶紧解开啊。"

张义海解开包袱，发现里边有几件衣服，衣服里还包着一个大铁壶，大铁壶的口子被塞得紧紧的，不禁纳闷："这装的啥玩意儿？"

孙良喜神秘兮兮地说："这壶里装的，恐怕你还没见识过。"

张义海把铁壶打开，一股奶香扑鼻而来，往里头一瞅，乐了："嗨，这不是牛奶嘛。喜子，看来过去我是没跟你讲我们家祖上的事儿。我们家祖上养牛挤奶那可神着呢，在宫中御膳房当过差，人唤'神厨张'。什么时候我重操祖宗基业，让你也尝尝我们张家牛奶有多香。"

孙良喜说："嚯，你们老张家可真是深藏不露，等着你建奶牛场啊。不过，这个牛奶你们老张家可生产不出来。这可是外国生产的牛奶，跟咱们的土牛下的奶不一样。跟你说，人家这牛奶都经过消毒过滤，也不知道里面加了什么玩意儿，喝到口里，简直跟丝绸一样顺滑，嗓子眼儿都舒服！听说人家老外还特喜欢研究饲养奶牛的科学，营养比咱们土牛奶也要高不少。哎哎，你到底喝过没有？我这可是从洋人那里特意带来的，你那小家伙肯定爱喝。”

张义海心痒了：“听你一说，这倒是新鲜玩意儿。”

“你看洋人为啥一个个人高马大的？就是人家产的牛奶营养更好，又从小就养成了一直喝牛奶的习惯。”孙良喜说，“洋牛奶贵，咱们国家现在也就皇宫里的人和一些达官显贵能喝上洋牛奶，主要是为了养生。要是全体国人打小都能喝上这个，别说什么八国联军，十六国联军咱也不怕了。”

“说得还挺邪乎。”张义海半信半疑就着铁壶嘴尝了一口。还别说，入口感觉果然很不一样，清香顺滑：“还真不错！要说我家皓天打小就有些体弱多病，隔三岔五身体就出些毛病。之前在他舅姥爷家喝过土黄牛产的奶，不太爱喝。这种洋牛奶喝起来味道挺好，估计皓天会爱喝。就是经常喝的话怕喝不起。”

孙良喜说：“这没问题，我认识一位外国朋友，在教堂里做牧师，叫作马约翰。人家教堂有奶牛场，养了两头奶牛，那牛叫什么荷斯坦奶牛，黑白花的，产奶特别多，平时教堂里的人喝不完，会把多余的牛奶卖给社会上想喝的人。正好我认识几个人经常买马约翰的奶喝，以后就给孩子带过来！钱的事儿哥哥就不用费心了，有我呢。”

张义海有些诧异：“这么多年你不一直在外地吗，怎么在这里还有这么些熟人？”

孙良喜好像意识到自己说漏了嘴，神色微微一怔，不过很快便恢复了正常：“我们以前就认识，天南海北都在一起做事。以后我会在这里待一段时间，你要有兴趣，我就介绍你跟他们认识。好了好了，睡觉。”

早饭的时候张义海特意按孙良喜说的把洋牛奶给温热了，全家每人都喝了一小碗。皓天抿了一小口，很快喜欢上了，咕咚咕咚一口气喝完了一小碗。那是皓天人生中第一次接触洋牛奶，谁也没想到他从此就跟洋牛奶结下了不解之缘。

后来，张皓天购买洋奶牛，建奶牛场，抗日战争时期为敌后游击队、解放战争时期为解放军饲养奶牛，生产奶制品，到新中国成立后筹建北京牛奶总站，一直到改革开放后，张皓天亲手创立了鼎鼎大名的牛奶公司。这是后话，暂且不提。

话说孙良喜在张家养伤，张义海特意向妻子王氏交代："良喜现在身体不大好，身上的瞌睡虫一时半会儿还赶不走，中午你给准备点好吃的。不过他要是还想睡，就让他继续睡吧。等我晚上回来再说。"

吃罢早饭张义海把门口的雪给清扫了一遍，孩子张皓天也跟着跑来跑去，挺兴奋。

邻居李老三端着饭碗冲张义海打招呼："嗨嗨，你可得注意，昨天半夜咱们这里来了俩小偷，后来被我家的大黄给吓跑了。"张义海哈哈大笑："老李啊，我算是看出来了，你这是替你家那招人烦的大黄狗说瞎话呐。啥小偷啊，那是我远房表弟来找我！放心，我看你家里没啥东西可偷！"

接下来几天张义海让小舅子看着书店，自己提前回家。还请来附近的大夫给孙良喜看伤，大夫开了外伤药，要他少动多躺，安心静养。

就这样三五天过去，这天张义海回家看到院里院外的雪给清扫得干干净净。孙良喜午后已经下了床，吃了两个鸡腿，一大碗炸酱面，然后就死乞白赖要去参加劳动，王氏拦也拦不住。张义海看他气色明显比前些天好多了，也就放心了。

吃罢晚饭，天还没怎么黑，张义海到院外散步，看孙良喜站在院里正指挥小皓天堆雪人，乐了："你这么快就跟我儿子好上了？"孙良喜说：

“怎的，你忘了我打小就是孩子王啊。”“咋这么快就恢复了？我昨晚看你那样子还挺担心的。”孙良喜挺了挺腰板，满不在乎地说：“哥你也别老操心啦，我命不咋硬，这身子板还真就恢复这么快。”顿了一顿，他忽然又神秘兮兮地说，“我可是跟人练过的。”

张义海却似乎毫不意外，说：“我也猜出来了。我见过练功的人，走路动作跟常人不大一样。你那动作就很不简单，显得特别干练利索。”他有心想问那天孙良喜到底出了什么事，转念一想，他要说就说了，既然不说那就是不愿意说，也就打消了念头。

“哥哥你真行！”孙良喜伸出大拇指，说，“当年我爹随袁项城搬到天津小站练兵，我们家邻居是一位姓洪的师父，我拜他为师，学了几年。他看我学得入迷，干脆把他平生所学的全套功夫都传给我了。”

张义海说：“那不正中下怀，你自小就爱舞枪弄棒。”

孙良喜微微叹了口气：“是啊。我以前是真迷这玩意儿。我当时觉得练一身好功夫就可以纵横天下了，不过后来……”他似乎欲言又止的样子。

“哦？”

“后来我发现事情没那么简单。学武功最多也就是自我防身，但是拯救不了天下苍生啊。”

张义海悄悄打量着身边这位儿时的伙伴。在孙良喜身上，他还是能够感受到一股子劲儿。打小他就觉得这人有股子天生的英雄气概。

“晚清腐败，时局动荡，列强入侵，民不聊生，百姓生活太苦了。”孙良喜喃喃自语道。

张义海陷入了沉默。这些年的所见所闻，也时常让他不开心，总有一种压抑的感觉。只是他区区一介书生又能如何？

“先天下之忧而忧，后天下之乐而乐”，这是宋朝范仲淹的千古名句。

只要每个人都能为天下人的前途命运着想，把个人利益放在民族利益后面，那么自己的民族就会越来越强大。道理张义海明白，可是他实在不知道该怎么做才好，不由懊恼："百无一用是书生啊。"

孙良喜反驳说："嘿嘿，戊戌六君子可全都是书生啊。"随即又吟了两句诗，"我自横刀向天笑，去留肝胆两昆仑。你瞧写这诗的谭复生谭爷是书生吧，康南海的弟弟康广仁康爷是书生吧，还有杨深秀杨爷、林旭林爷、刘光第刘爷、杨锐杨爷，当年菜市口慷慨赴死，他们哪一个不是书生，哪一个又不是响当当的大英雄？老百姓眼下还不明白他们的好，跟着官府说什么乱党贼子的屁话。但是我敢说，再过十年二十年，一百年二百年，他们必定被写进历史，因为他们不是为了自己，他们是为了天下苍生！"

孙良喜虽然声音不大，但是神情却明显激昂起来："哥哥你早晚会知道的。虽然你现在是书生一名，但我看你也是侠义之人，说不定有一天你也会参加的。"

"参加什么？"张义海不由浑身一震，他有点害怕，却又有点兴奋。

他越来越觉得孙良喜不简单了，很快他又觉得自己变得有点不一样了，他居然有种隐隐的渴望。至于究竟渴望什么，他也朦朦胧胧的。

天色倒是越来越朦胧了。不过几个小孩子却还是兴奋异常，这种天气可以堆雪人打雪仗，可以在雪地里尽情撒野。看到俩大人嘀嘀咕咕不停，也不陪他们玩，小皓天有些不乐意，冲几个小伙伴使了个眼色。几个小家伙一起把手中的雪团朝孙良喜后背抛去，没想到孙良喜就像背后生了眼睛一样，转身一伸手就把几个小雪团全给接住了。几个小孩子看得目瞪口呆，以为这人会变戏法。孙良喜微笑着扬起了手："我要砸你们了！看你们谁能躲过去！"孩子们哇哇大叫四散逃窜，但还是没有躲过孙良喜手中的雪团。雪团一个个打在了他们后脑勺上，不偏不倚，不轻不重。

孙良喜露这一手雕虫小技一下子让小皓天彻底崇拜上了。他成了孙良喜的跟屁虫，以后的日子老缠着孙良喜，用现在的话说就是忠诚的脑残粉。他甚至相信这位孙叔叔就是西游记里边的孙悟空，都姓孙嘛。

其实做孙良喜脑残粉的还有一位，那就是小皓天的爹张义海。孙良喜点燃起张义海心中隐藏已久的小火苗。那是革命的小火苗。他原本是随遇而安之人，对政治时事毫无兴趣。但是那一年的“戊戌六君子”事件却让他无比震撼。

那一年菜市口谭嗣同临刑前声声高喊“有心杀贼，无力回天，死得其所，快哉快哉”让他多年后依旧热血上涌。正是由此，他开始接触一些西方思想。他在想，能够让那些人甘愿为之抛头颅洒热血的东西，必定有不同寻常之处。他是一名书商，这两年通过便利条件也偷偷摸摸接触了不少官府禁止的“反动书刊”，起初只是好奇，可后来居然是越看越喜欢，越看越觉得很有道理。尤其是被官府查禁的陈天华那本《警世钟》，还有邹容那本《革命军》，写得真是太好了。他总觉得自己应该做些什么，可是又不知道到底干什么。而他身边从来没人跟他说起过这些，总是摆出一副冷冰冰的“莫谈国是”的面孔，让他只能把那些乱七八糟的想法憋在心里，一个人琢磨得稀里糊涂。现在碰到孙良喜可太好了，他有一肚子问题想问。

这几天的接触，让张义海了解了孙良喜的想法。起初他觉得孙良喜就是谭嗣同那种不怕死的英雄，但是他很快发现，孙良喜的思想其实要比谭嗣同更“新”一些。因为孙良喜要一个彻彻底底的“新世界”，至于新世界到底新成什么样子，他还真想不出来。他隐隐约约觉得，可能就像搬家一样，换个新地方，其实还是自己的家，但是跟以前的家感觉完全不一样了。

没想到过了一年半之后，他还真搬家了，搬的地方挺远。可惜这次搬家并不是他所理解的什么“新世界”。这次搬家也不是因为别人，正是这位他有点崇拜的拜过把子的发小孙良喜。这是怎么回事儿？请看下回分解。

第二回

大脚小姐演坤戏　良喜设计杀奸臣

张义海一年多后为何再度被迫“搬家”，一切还要从孙良喜说起。

孙良喜伤好以后一直在张义海家中住着，不过也是天天早出晚归，好像很忙的样子。说是外出跟人谈些生意，至于究竟谈什么生意，他没说，张义海也没问。如此过了半年时间。

一天，孙良喜和张义海二人都挺闲，便一起到德胜门的大如意戏园看戏，看的是当时颇为新潮的坤班演出。所谓“坤班”，就是可以男女同台的戏班子，这在以前可是被禁止的。以前的清政府只允许男人上台表演，认为女人上台表演是“有伤风化”。但是在晚清末年就不一样了，新思潮到处冒头。有些戏班子为了扩展生意，开始四处招聘女伶。这次他们看的是一个叫凤鸣的坤班演出，演出的《贵妃醉酒》那是相当精彩。

看完戏回去的路上，孙良喜忽然问张义海愿不愿意写戏本。张义海有些懵，他打小是爱听戏，可要说写戏，那还真没试过。他不知道孙良喜葫芦里卖的什么药。

孙良喜看他一脸迷糊，便解释说他有位戏班老板朋友，自从引入坤角后生意特别好，就想着多玩一些花样吸引更多人，想找人写几出新戏。可是找了几个人写都没让他满意，这就想到张义海了。孙良喜说：“你上学时文章就写得好，这些年又读这么多书，文章肯定比以前更好，你说我不找你找谁啊？你放心，这位老板出手挺大方，你要真给整一出出彩的，保证收入顶你几个月的生意。”这一说张义海动了心思：“那好吧，我姑且试试。”

张义海开始钻研写戏本，每天起早贪黑写他的戏本，连给小皓天讲故事的工夫都没了。不过小皓天兴趣早就转移了，男孩子嘛，比起听父亲讲故事，他现在更喜欢跟孙良喜学习武术。

小皓天渴望自己有一天能成为飞檐走壁的武林高手。孙良喜闲来无事也会教他一些浅显的基本功，他也学得像模像样，像什么扎马步，横叉竖叉，踩个木桩什么的。一边练功，一边喝着孙良喜给他买来的牛奶，小皓天渐渐身板长结实了，个子也长高了。这使他对牛奶充满了感激之情。

小皓天时常会问孙良喜：“孙叔叔，为什么洋牛奶比土牛奶好喝?”

孙良喜往往这样回答：“这个嘛，原因可能是多方面的。具体什么原因就需要小皓天自己去搞明白啦。到时候，小皓天也建奶牛场，生产出比洋牛奶好喝的牛奶，给孙叔叔喝，给跟你一块玩儿的小朋友们喝好不好?”

小皓天说：“好啊好啊！我要养奶牛挤牛奶。不光给孙叔叔喝，还要给我爹我娘喝。”一个朦胧的意识在他小小的心中产生了：以后要建一个奶牛场，要生产出比洋牛奶还要更好喝的牛奶……

回头再说张义海写戏本的事儿。功夫不负有心人，过了个把月，还真给他鼓捣成了。张义海写的新戏真是新得不能再新，叫《大脚小姐》。说的是一位千金小姐接受新思想，要帮助姐妹解放双脚的故事。

中国古代有上千年的时间都有一个变态的审美观，认为女子的脚越小越好，有三寸金莲之说。女孩家不论贫富贵贱，四、五岁就开始缠足，使足骨变形足形尖小，以为这就是美。但其实一点也不美，而且缠足非常痛苦。

当时社会上已经有不少有识之士反对缠足，不过也有一些食古不化的。有一位名叫辜鸿铭的，是有名的大学者，可也是一位大怪人。他本是一位南洋侨民，学贯中西，但却是中国传统文化的坚定捍卫者，常常拖着一条大辫子跟洋人叽里咕噜地来一通洋文。他实在太热爱传统文化了，尤其热爱的就是这个传统的缠足文化，为此还特别娶了一位三寸金莲的女子为妻。

他说呀："女人之美，美在小脚，小脚之妙，妙在其臭。食品中有臭豆腐和臭蛋等，这种风味才勉强可与小脚相媲美。前代缠足，乃是一大艺术发明，实非虚政，更非虐政。"有一次他在公园喝茶，一个英国记者问他："中国妇女以一百磅的体重集中在一双小脚上，是否违背人体的生理?"辜鸿铭反问，"英国人在十七到十八世纪，女性有缠腰之风，把腰身裹得像蜂腰一样，生理上是否会发生畸形?"

这张义海的戏本正是围绕着缠足做文章。写完之后，他自己通读了三遍，觉得没啥毛病了，就念给媳妇听。媳妇王氏正好也是大脚，听了之后乐不可支，说："你可真给天下女人家长志气了。""男女平等嘛。"张义海也乐，然后把戏本交给孙良喜。

孙良喜拿到戏本，看后直冲张义海伸大拇指："哥哥哎，当年你没考功名是真可惜了。不过是金子早晚会发光，真是妙趣横生，既好玩又有意义，尤其写辜鸿铭那几段，简直传神了呀。我看这戏要是排出来，必定轰动全城，不，是轰动全世界。我这就拿给老板看，赶在中秋节之前排练成功!"拍了张义海一通中西合璧的马屁，孙良喜便兴冲冲地去找那位传说中的戏班老板去了。

张义海表面谦虚，连说哪里哪里。心里还是美滋滋的，谁不喜欢听人拍马屁呢?他忍不住又看了一遍自己的戏本，情不自禁就哼了起来。打死他都没想到，正是这个戏本，居然给自己招来杀身之祸，几乎要家破人亡！

孙良喜其实一点也不简单。他的真实身份是当时成立没两年的同盟会成员，是一名革命党，信仰的是孙中山先生倡导的由“民族、民权、民生”组成的三民主义。

张义海和他重逢的时候，他刚在湖南参加了同盟会领导的一次大规模起义——萍浏醴起义。1906年初，长江中下游地区遭受连续暴雨，长沙与萍浏醴一带灾情十分严重。而当地官僚豪绅却相互勾结，趁机发国难财，哄抬米价。穷苦人买不起米，一路上到处都是饿死的人。

绝望和愤怒的十万群众在一位名叫龚春台的工人领袖号召下，团结到一起，接受同盟会总部派来的刘道一、蔡绍南的统一领导指挥，参加了12月份上半月发起的起义。孙良喜受同盟会总部直接委派，领导其中的一支起义队伍。

可惜由于起义队伍没有受过严格训练，纪律不严，指挥失灵。面对清政府调拨的湘、鄂、赣三省五万兵丁会剿，起义最终失败。年轻的革命领导人刘道一被俘虏后宁死不屈，被清廷杀害，死时年仅二十二岁。

到了月底，只剩下孙良喜带着一帮残兵浴血奋战。孙良喜也筋疲力尽，一不小心肚子上被清军扎了一刀。所幸他武功底子不弱，忍住剧痛抢过一匹马连夜逃走。一直逃到百十里外才算甩掉了追击的清兵。又是陆路又是水路一路颠簸回到了天津的家。得亏他练过武功，身子底板好，换一般人受这么重的伤，就算不死在战场也得死在逃亡的路上。

孙良喜在外边的几年，先是跟着袁世凯做小武官的父亲过世，母亲又紧随其后撒手归西，唯一的亲人妹子也把自己嫁得远远的。回到家目睹这境况，孙良喜颇感凄凉，意志难免消沉，不吃不喝躺了整整两天。蓦然又想起十几年没见面的儿时发小张义海，脑子一热，伤还没养好，便急匆匆赶到北京城来。

在张义海家里养好了伤，孙良喜又闲不住了，开始和待在京城的革命同志接头。经过几次碰面交流，大家的行动目标也越来越清晰了。之后，孙良喜就开始一天一个酒店地换着住，尽可能地隐藏自己的行踪，一方面尽可能不牵累张义海家，另一方面开始着手自己的行动计划。这一切，张义海完全是蒙在鼓里，他几乎都见不着孙良喜的影儿。

那位爷问了，孙良喜到底要干什么呢？说出来吓您一跳，他要搞暗杀！

了解点当年历史的都知道，那年头特别流行暗杀。中国近代民主革命家吴樾曾经写过一篇文章《暗杀时代》："今日之时代，非革命之时代，实暗杀之时代也"。为了国民利益，当时涌现了许多不怕死的热血志士。他们觉得中华民族之所以活得痛苦，根源还在北京城那帮老朽贵族身上，终日只知道窝里横，一跟洋人斗就成了窝囊废。所以要想解决民众的痛苦，就必须先解决掉这帮老朽。

吴樾自己就搞过一次暗杀，要炸死准备出洋考察宪政的五大臣载泽、戴鸿慈、徐世昌、端方、绍英。1905 年 9 月的一天，他伪装成官府的随从上了火车，但还是被发现行踪可疑，只好提前投了炸弹。不幸的是炸弹还没来得及抛出去就爆炸了，自己当场身亡。

清朝贵族们表面上看起来风风光光，其实天天活得提心吊胆。不过由于革命组织都是小型团体，势单力孤，再加上大部分搞革命的都是文艺青年，空有满腔热血，经验却很欠缺，所以暗杀行动并不理想。也有成功的，可是杀的都是无足轻重之人，他们死不死根本无关大局，反而打草惊蛇，让真正位高权重的敌人更加警惕。到了孙良喜要搞暗杀行动的时候，几乎是"不可能完成的任务"了。因为他要杀的这位防守实在太严密了，三步一岗五步一哨，简直称得上是铜墙铁壁，根本无法近身。

但孙良喜还是想杀掉这个人。这个人是朝中重臣，对当时清廷起的作用可太大了，可以说是清廷的镇宫之宝。把这个人杀掉，就等于拔掉了一个将死之人的氧气罩。当时革命军力量太单薄，发动的起义一次又一次失败，清王朝虽然腐败透顶，可是百足之虫死而不僵啊。与其如此，倒不如目标放小一些，把他们的得力干将弄死再说。

李鸿章那时候已经驾鹤西游了。李鸿章称得上是朝中的中流砥柱，中流砥柱没了，大清皇宫也就眼看着快要塌了。正在这时，一位重臣闪亮登场。这位重臣名叫爱新觉罗·良铮，出身根红苗正，祖上是清太祖努尔哈赤的弟弟，是正统的满洲镶黄旗人。那时候良铮正当壮年。他 18 岁中举人，22 岁留学日本，学的是军事专业。如今重兵在握，是第一协统领兼镶白旗都统，他对腐朽的大清是忠心耿耿，立誓拯救大清的江山，被称为清季干将。

那时候垂帘听政的慈禧太后遭受了八国联军的欺负，大伤元气，不过还没咽气。她谁都不信，连想搞改革挽救大清的亲外甥光绪皇帝都不信，把光绪皇帝给软禁起来。因为她觉得这个外甥胳膊肘老往外拐，跟康梁乱党一个鼻孔出气，老想背叛她，这让她受不了。

光绪皇帝筹划戊戌变法那个时期，慈禧太后正热衷洗牛奶浴。热水加了牛奶，再搁点新鲜的橘子皮，洗澡水会变得十分柔和，奶蒸汽让慈禧感觉身体肌肤光滑白嫩。沐浴完后疲惫尽消，觉也睡得更香了。

但是，戊戌变法破坏了慈禧太后牛奶浴的兴致，搅乱了她的美梦。这位老佛爷一怒之下杀了戊戌六君子，康有为、梁启超师生二人也都闻风而逃。赶跑了政敌，她接下来就全指望“自己人”来重整河山。孙良喜要刺杀的就是这一位慈禧眼中的“自己人”。

良铮临危受命，他没有拯救地球那么大的野心。他要救的只是大清的江山，而不是天下的百姓。俗话说强扭的瓜不甜，对于一个气数已尽的朝代来说同样如此。不管是李鸿章还是义和团都没办法救大清了。这不能说是慈禧老佛爷倒霉，这是历史的必然，是大势所趋。用孙中山的话说就是：世界潮流，浩浩荡荡，顺之则昌，逆之则亡。

那么在这个节骨眼上，这位良铮就实在太不讨人喜欢了。何必呢？何苦呢？这是要跟世界大势对着干的节奏啊。全世界都在向民主道路进军，你却还要维护你的家天下，这就是倒退，就是阻碍中国前进的拦路虎。挪动不了你，那就只有杀了你。还想着让你们爱新觉罗家族欺负老百姓啊？没门！所以孙良喜要刺杀良铮，绝不是为了个人，而是为了整个国家民族的利益。

孙良喜对张义海说起的那位戏班老板其实也不是戏班老板，而是革命党中他的顶头上司。他们以戏班进行身份掩护，可谓煞费苦心。当时尽管清王朝朝不保夕，但许多清朝贵族们依旧不思进取，要找乐子。他们最喜欢的就是听京戏，可是跑戏院去看又不安全，就常常自掏腰包，把那些演戏好的戏班请到自个儿家里进行专场表演，这就是办堂会。前几年有煤老板嫁女儿，花几千万元办婚礼，请来各路明星到现场表演，其实就是现代意义的堂会。孙良喜的戏班便借着堂会打听一些内幕消息，这样有利于开展革命工作。

但是良铮跟那些得过且过的贵族老爷不一样，良铮是很有理想的。他的理想是要振兴大清，光宗耀祖。他可是曾经留学日本的贵族，回来后就成立了禁卫军，参与了清廷改军制，练新军，立军学。他不好酒，不好色，更不好戏，终日只知道忙于国事，这样的人物还真不容易对付。

不过孙良喜和他的革命同志另有妙计。大家拿良铮没办法，但是可以从良铮身边亲近的人入手，这叫“曲线抗清”。

良铮不是从石头缝里蹦出来的，他身边最亲近的人是他额娘，七十来岁。人道七十古来稀，良铮自幼丧父，与额娘相依为命，特别孝顺。良铮想，老太太也没几年好活了，那她想干啥就干啥，尽量满足她。比如老太太嘴馋了，想吃后门桥东的灌肠，或者地安门梅园的酸奶，就算是大半夜也要遣下人跑去给她找来。良铮不爱听戏，他额娘却爱听，所以隔三岔五良铮就花钱请一些京城红角儿到他家现场表演一番。老太太有时候看哪出戏好，兴致一来还非得拉着良铮坐在身边一起看，不然就不高兴，就假装生病。良铮明知是诈也没办法，只好老老实实一边陪着。

老太太虽然年纪大，思想却一点儿也不老，挺喜欢赶时髦，爱听新戏。她特别喜欢看那些男女同台演出的戏。当时俞派的俞振庭就经常是堂会的座上宾，唱得老太太眉开眼笑，大手一挥，来个双倍赏。不过也有的戏班投机取巧，偷别人的戏本，改头换面，老太太一点儿也不糊涂，一听就听出来了。不但打赏的没有，反而还要斥骂戏班老板鸡贼，骂他们狗肉上不了大席。骂得老板抬不起头来，以后自然不敢在她面前偷奸耍滑。

话说这年中秋节前的一个晚上，管家黄敬一路小跑到老太太房间，神神秘秘拿出一个本子，递给老太太。老太太一看，本子上密密麻麻的全是文字，当下脸色就沉了下来，啐了一口黄敬："你干啥，明知道我不识字你让我看啥，你这不是成心埋汰我吗？"那黄敬脸上依旧傻呵呵乐着："小奴不敢，我这不是太高兴了嘛，这一高兴就忘了这茬了！"老太太哼了一声："看你屁颠屁颠的，有啥高兴事儿？"

黄敬说："不但我高兴，您老肯定也高兴，兴许一高兴马上就年轻二十岁！"

老太太撇撇嘴："哟哟，你这大嘴巴可真会说，说说我为啥高兴？"

"您一定高兴啊，您不知道哇，您手里拿着的这可是今年最好的戏本！"

"哦，这是戏本啊，说说它为啥好？"

"好咧，您先听听这出戏的名字，它叫——"

"哎哟，你可急死我了，有屁赶紧放！"

“叫——大脚小姐!”

老太太刚喝下一口茶，一听黄敬说出这戏名，一口茶差点没喷出去：“这啥名啊，连大脚丫也开始拿出来说了？以前这可是丑事呐，真逗!”

黄敬说：“逗吧，这戏也逗啊，我从头到尾看了两遍，简直逗死人!我觉着吧，等中秋的时候咱们就听这戏好不好，喜庆!”

“哦，真的啊。”老太太半信半疑，她瞅了一眼自己的脚，“按说咱旗人不缠足，可后来也跟汉人学。我小时候额娘非要我缠脚，缠了两天疼死我喽，我就哭，死活不干，最后他们也就拿我没办法了，不缠了。呵呵呵。”

“要不，我给您念一段戏词?”

老太太本来想听，又想了想，连连摆手：“千万别说！我就留着到中秋那天听！到时候要好听我赏你个大红包，要不好听，你就自己个儿掌嘴!”老太太想给自己留点悬念。

“这么说，老祖宗答应啦?”黄敬心里美滋滋的。有个新潮戏班让他在老太太面前美言几句，还偷偷塞给了他一笔钱，说事成之后再把老太太的奖赏分给他一半，这下他赚大发了。

打死黄敬也想不到，那个新潮戏班，人家可不是为了在梨园露脸，不是为了在京城扬名，而是为了到府上杀人!

暗杀良铮这事孙良喜瞒住了张义海。张义海就是一个文弱的小知识分子，有家有口过得挺幸福，他不想让好朋友担惊受怕，更不愿意让好朋友受连累卷入其中。实际上，他已经做好了牺牲的准备。

在行动之前的八月十四那天，孙良喜偷偷将张义海全家请到方砖厂的德丰堂饭庄吃一顿好的，并且嘱咐伙计保密。张义海再三推辞不过，只好答应了。小皓天却很兴奋，小孩子嘛，最喜欢的除了玩就是吃。更何况这家饭庄还有一样东西让食客异常嘴馋，那就是酸奶，里边添了些葡萄干樱桃干，上面撒了点芝麻，酸酸的，甜甜的，口感非常舒服独特。皓天吃得兴高采烈，脸上自是沾了不少奶油，只见小家伙又是舌舔又是手抹，愣把脸上的又送进嘴里了。

张义海看小皓天喜欢吃饭庄的酸奶，忍不住心底里叹息："咱们张家做酸奶的技术可是传自宫廷。罢了，什么时候还是重拾祖艺吧，开个店铺卖奶制品也是个不错的营生啊。何况孩子这么爱吃，是跟奶制品天然有缘。"

孙良喜对小皓天喜欢得不得了。这孩子太聪明了，还心地良善，有时候他忍不住会想，要是自己有这样一个儿子该多好哇。

当天哥俩喝了不少酒。孙良喜特别能喝，张义海酒量不行，却还是老老实实陪喝到最后。到最后喝得五迷三道，王氏怎么扶他回家都不记得了……

孙良喜则带着皓天去了一个神秘处所。什么神秘处所？一座教堂。

这座教堂在北京西郊。小皓天在这里见到了孙叔叔经常提到的马约翰叔叔。马约翰穿着一身牧师服，看上去五六十岁，个子高高大大，金发碧眼，目光友善，面部平静，给人一种无形的安全感，胸前挂着一个十字架饰品。他领着二人在教堂里参观一圈后，来到了教堂后院西边不远处的一个小型的草场。在这里，小皓天平生第一次见到了洋奶牛。

那草场碧绿如茵，牧草生长旺盛之极，小皓天只觉要长到膝盖了。两头洋奶牛都是黑白花的，个儿大，长得那叫一个清秀，背腰却强健得很，迈步平稳洒脱。小皓天一看就爱上了，他踮起脚，摸了摸一头奶牛的背，又摸了摸另一头，对马约翰说："马叔叔，您教我养奶牛吧，奶牛实在太可爱了。"马约翰连说："OK！OK！"得，小皓天学会说英文了。

这一天后，小皓天时常在梦里见到奶牛，并且自己也养了好多好多漂亮的黑白花奶牛……

回过头来说孙良喜戏班子的事情。八月十五中秋节晚上，一轮明月当头照，北京城一派祥和喜庆。良铮府邸当然也是张灯结彩，喜气洋洋。管家黄敬请来当地大厨做了一道满汉全席，全府上下吃得开开心心。吃完老太太一抹嘴："我要看戏啦。那谁，小敬子，今晚戏叫什么来着？"

黄敬兴高采烈："叫'大脚小姐'。"

老太太命令儿子良铮，"今晚中秋，不同以往。你就算再忙，也得陪我看这场戏。这可是咱家的规矩。"良铮毕恭毕敬赔笑说："额娘的话，儿子怎么敢不听呢？"

良铮是朝廷大员，贝勒府一向规矩森严，今天更不例外。包括这来现场表演的戏班男女演员，也要派卫兵搜身。对此，孙良喜早已有所准备，他的目的只是接近良铮，接近了良铮，就差不多等于成功了一半。

孙良喜今天以演员身份进入王府，他演的角色是京剧常说的生旦净末丑中的"丑角"——大学者辜鸿铭。这个角色是他特意为自己安排的，为此还粘了一撇小胡子，模样非常滑稽。卫兵从上到下搜了一遍，没发现什么猫腻，于是放他进园。今天竟然轻而易举进入这铜墙铁壁，顺利得让人难以置信。

孙良喜事先当然有周密计划，他不会把杀人武器随随便便就让人搜到。其实也很简单，他在后脑勺的辫子上系了一根小细绳，小细绳的另一端拴着一把匕首。匕首号称七种武器之首，当然有它的原因，所谓一寸长，一分强；一寸短，一分险。匕首最大的好处就是小巧玲珑容易隐藏，其实就贴在他的后脖颈上，外面被辫子巧妙遮住，从外观上看很难发现。搜身的卫兵摸了半天也没想过往他后脖颈摸一下。

王府后园早已搭好戏台，等所有人坐定，一阵锣鼓开场，角儿们粉墨登场。这出戏确实热闹，非常应景，也非常搞笑，台下不时传来一阵哄堂大笑。那老太太坐在前排正当间，良铮坐她身边。起初他端着架子，不苟言笑，不过看到台上的辜鸿铭洞房之夜目眩神迷端详小脚媳妇的滑稽场面，终于忍不住也跟着大笑起来。

演到酣处，孙良喜径自走下戏台，搔了一把后脑勺，摇头晃脑地说："女人之美，美在小脚，小脚之妙，妙在其臭……"走到老太太面前："老太太，您全身上下都美，可您这大脚却是一点也不美。"老太太乐了："狗奴才，大脚怎么了？走路稳当！"孙良喜阴阳怪气地说："老太太此言差矣，俺可不是什么狗奴才，俺是学贯中西的大学者呐！"看戏众人大笑，良铮也跟着笑。说时迟那时快，只见孙良喜猛然从脖子后面抽出匕首，大喝一声，朝良铮心口扎去。眼看良铮就要血溅当场，命丧顷刻，此行即将大功告成！

到底孙良喜这一下杀得了杀不了良铮，且看下回分解。

第三回

良铮惜才放良喜　死囚见利代死刑

上回书说到孙良喜抽出匕首，大喝一声“拿命来”，直刺良铮。不料孙良喜却并未扎中良铮心脏，扎到的只是硬邦邦的一块金属。

那良铮真是命大，原来他平日喜欢揣个西洋怀表，用来掌握时间，没想到这怀表无意中竟然救了自己一命。孙良喜一刀未中，抽刀再刺。那良铮不愧是一等武将，反应异常灵敏，全力用胳膊挡在胸前，踉跄后退，大叫：“有刺客！有刺客！”孙良喜只是扎中了良铮的胳膊。

众侍卫迅速围住孙良喜。那群卫兵本就受过严格训练，纵然孙良喜是武功高手，终究寡不敌众，一不留神大腿被重重砍了一刀，跌倒在地。孙良喜不由仰天长叹造化弄人，将匕首扎在地上，又一把扯掉头上的假辫子，撕掉唇上的小胡子，嘶声说：“我孙某人今天竖着进来，根本没打算竖着出去。千刀万剐，随你处置！”放弃抵抗束手就擒。

孙良喜所在的戏班其余诸人也被一一擒获。良铮吩咐园中诸人退去，他只是胳膊受了轻伤，简单包扎了一下，便走到被五花大绑的孙良喜面前，厉声质问：“大胆狗奴才，竟敢行刺本王。我看你本次行动显然酝酿已久，假扮戏子可谓煞费苦心，你究竟受谁指派要刺杀本王？莫非是袁世凯的走狗?”孙良喜说：“杀你不过是我个人要谋反，与其他人无关。今天我杀你不死，他日也必定会有千千万万仁人志士要将你千刀万剐!”

良铮不由哈哈大笑，“可笑至极，荒唐透顶！一群乱党无非是些乌合之众，逞口舌之利有何用？今天我就先把你们一干人小命干掉，血祭我大清，你们服不服？来人，先把他们这帮人给我砍掉一个!”孙良喜却面不改色，“早听说良铮是勤政公正之人，想不到今日一见却不过是一名鼠辈!”

良铮急了：“我良铮一向傲骨铮铮，清正廉明，励精图治，惜才厌碌，怎么到你嘴里倒成了鼠辈?”

孙良喜说：“朝廷腐败，民不聊生，你心甘情愿为其做奴才我尚且理解，毕竟你是旗人。但你是非不分滥杀无辜却只能证明你的内心恐惧，你今天要把这群人杀了自然容易得很，但是明天你就会激起更多人的反抗，你的大清只会灭亡更快!”

“哈哈，原来这位好汉还是教书先生，临死倒给老夫上起课来了!”良铮冷哼一声，内心却不禁对面前这位汉子有了几分好感。遂下令将戏班诸人送进刑部大牢，重刑拷问。

孙良喜被抓五天之后，戏班的两名负责人被发配边疆服苦役。跟他同一戏班的其他人被放了出来，勒令立即离京，终身不得再回京城卖艺谋生。

张义海闻听消息，又惊又怕，一天都没吃下饭，没想到他这老伙伴居然是革命党人。其实他早就隐约猜到了，只是一直没有勇气挑破，他只是一直在骗自己而已。如今证据确凿，这让他想骗自己也骗不成了。从兄弟情分上来讲，他不能不管。但他不过是区区一平民，这可是掉脑袋的事情，他又怎么管得起?

思前想后，张义海先不管那么多了，还是先到牢里去看看孙良喜再说。他盘算着，孙良喜要被砍头，我送他一点好吃的总行吧。抓孙良喜的那位清朝大臣还是讲道理的，不然也不会把戏班这么些人都给放出来，一个也没砍头。所以自然也不会因为我去看望老伙伴就把我给咔嚓了……这样一想也就没什么可怕了。赶紧买了几样好吃的去大牢看孙良喜。

没想到孙良喜在牢里居然过得还挺滋润，不但伤痊愈了，且每日都好酒好菜供着，跟没事人一样。张义海吃惊得眼珠子都鼓起来了："你……你是喜子吗?"

"哥哥，我不是孙良喜还是谁?"孙良喜苦笑，"我本来但求速死，没想到天天给好吃好喝。也不过来提审，还给我找大夫看伤，真不知道这良铮葫芦里卖的什么药。这杀头饭吃的时间也太长了吧，是不是想把我养得白白胖胖的再杀啊?"

张义海慌忙摆手："别说不吉利的。吉人自有天相，你不会死的。"

"哥哥啊，这次我是真的连累了你!"

爱新觉罗·良铮被孙良喜行刺，良铮警告府中上下人不得对外声张，以免打草惊蛇。其实他心中另有打算，他想招安孙良喜。

关于同盟会的事迹良铮也常有耳闻，不过一直也没怎么当回事儿，心想散兵游勇何足挂齿，没想到这次居然碰到了一个活生生的孙良喜。这一看孙良喜有胆有识，顿起惜才之意，想这样的人物要是能为我大清所用那该多好啊，可恨满朝文武都是些不争气的货色。

左宗棠、李鸿章已经驾鹤西去。张之洞倒是活着，且忠心耿耿，还很有打算，可大清仅靠他一个也撑不起大局。老佛爷慈禧太后那时候被八国联军给整得死去活来，带着光绪帝和皇后东躲西藏，差点连老命都没了，过了两年才又回到紫禁城。想起这些屈辱往事就浑身不自在。痛定思痛，要向西方学习，有心施行新政，可是面对终日沉迷于酒色又顽固腐朽的八旗子弟也没辙，一个又一个的都是酒囊饭袋。

慈禧着急，良铮也跟着着急。他能做的就是拼了命让大清再多活几年。良铮在日本留过学，学的是军事，回来后又是改军制，又是练新军，又是立军学，如此兢兢业业几年的确有点起色，可还是觉得做得不够好，归根结底还是缺乏大将之才。没想到这次遇刺倒让他发现了孙良喜这个大才！而且，这孙良喜一照面就让他隐隐觉得像是他曾经认识的一个人。

这天晚上吃罢饭，良铮琢磨着火候差不多了，支开狱卒，到大牢去找孙良喜。看到孙良喜一边喝酒，一边正在津津有味地啃鸡腿，良铮不禁哈哈大笑："孙老弟，好久不见了，怎么样，这小日子过得不赖啊？"那孙良喜酒喝了似乎不少，有些醉意，抬头一看是良铮："多谢关心，这好酒好肉地招待，我是大赚了啊。临死还能做个酒鬼。"良铮故作惊讶："哦？你这不是好好的，我看你气色甚好，可一点儿都不像要死的样子。再说这么有趣的人谁会让你死啊。"

"我有趣？我都差点儿杀了你，还有趣？"

"是啊，你要杀我，所以才好玩。"良铮坐在地板上，若有所思，"你知不知道你为什么杀我？"

"你们这些阻碍时代进步的绊脚石，蛮横腐朽，不杀你们杀谁啊。"孙良喜义正词严。

"我哪儿绊脚了？我不蛮横也不腐朽，我也笔直往前走啊。"良铮觉得挺委屈，"我想让大清江山更加稳固，我想让百姓生活过得更好，这有错吗，这怎么是蛮横腐朽呢？"

孙良喜朝地上吐了口唾沫："呸，百姓民不聊生，你们醉生梦死，你居然还有脸说这个？"

"所以你们就要造反了？"良铮反问，"你以为杀了我一个，百姓的日子就会好过吗？"

孙良喜冷笑："少了一个维护腐朽王朝的害人精，我看好得很！"

良铮叹口气："你们的同盟会就不害人了？那本叫什么《革命军》的

反书我也看过，说实话，写得不赖，不过也就是妖言惑众罢了。鼓动大家为了你们那些虚无缥缈的理想去赴汤蹈火？这不就是害人嘛。我看你们终究还是纸上谈兵，难成大事啊。”

“现在我们的力量的确很小，但是我相信加入我们的人一定会越来越多。”

“你也太高估自己的力量了吧。放眼天下，你能找出几个敢去造反的人？那可是掉脑袋的事！都是蝼蚁，蝼蚁只知道偷生！”

“那只是你的看法。这世上，毕竟还是有一些人不怕死的，他们愿意为了道义去牺牲。”

“笑话！”良铮冷笑，“以卵击石，鸡蛋能打碎石头吗？哈哈，笑话啊笑话……”话锋忽然一转，“我为你感到可惜啊。这么有志向的聪明人，又天生侠义之气，怎么不走阳关大道，偏偏要走邪门歪道呢？”

“咱俩道不同不相为谋。你以为的阳关大道在我看来恰恰是邪门歪道，你认为的邪门歪道也许是阳关大道。睁开眼看看吧，有一种力量早就浩浩荡荡，势不可挡了，这才是世界潮流，大势所趋！”

良铮连连摇头：“我也曾留学东洋，你那些玩意儿我也听过不少。不过说实话，在我看来，这就是镜花水月。一切还要从实际出发。”

孙良喜不愿意跟良铮争辩下去，“时候不早了，我也困了，大人也该歇息去了。”

良铮站起身来，低头看了一眼孙良喜脚上的镣铐：“啧啧，套住了脚，也就剩空口白牙罢了。”说罢告辞而去。

此后一段时间，良铮时不时要去会一下孙良喜。孙良喜倒也来者不拒，反正闲着也是闲着。一来二去，两人话题交流也多了起来。有一次良铮特别问了孙良喜的家世，证实了自己心里的那种感觉。良铮居然认识孙良喜的父亲，并且孙父是自己的救命恩人，从孙良喜身上能看到不少孙父的影子。这让孙良喜颇感意外。

原来三十年前良铮就跟孙家有一段渊源。那时的良铮还是十四五岁的少年。那一年冬天他跟爷爷住在东北，正是年轻气盛、天不怕地不怕的年龄。老听说附近有狗熊出没，他就特别想捕捉一只狗熊来证明自己了不起，好跟人炫耀。

说干就干，一个冬日早晨，他背着家人就开始行动了，一个人背着一把火枪，牵着两条猎狗就上山。没成想到了山上没见到狗熊，倒是碰到了一头凶猛的野猪。有句话叫一猪二熊三虎，这野猪可了不得，个头太大了，足足有千把斤，攻击力特强。两条猎狗一看到野猪就紧张地叫起来。野猪一点儿都不含糊，上来就用獠牙去拱猎狗肚子，一嘴就把一条猎狗肚子给豁开了，另一条猎狗吓坏了，赶紧跑开了。这时候就剩下良铮。良铮慌忙开枪对着野猪就是一梭子。没想到野猪皮糙肉厚，根本就没太当回事儿。

受了刺激的野猪呼呼喘着粗气就冲良铮飞奔而来。别看这野猪块头大，可行动起来却无比矫健。眼看就要把良铮给拱废了。说时迟那时快，一声枪响，野猪眼睛中枪。受伤的野猪发了疯一样乱冲乱撞。可是它眼睛看不清楚，这就吃了大亏，瞎跑一气。这时有一个人朝良铮飞奔而来，和良铮一起并肩作战，拿起火枪对着野猪一通扫射。野猪终于给干趴下了。

那个救良铮的人正是孙良喜的父亲，当年只是一个小兵。良铮怕被家长责骂，一直没敢跟人说，后来才听说这个姓孙的小兵到天津跟袁世凯去了……

孙良喜听得一愣一愣的，他的确听过父亲酒后说起此事，也一直半信半疑。没想到眼前这人便是当年父亲救下的人。

“唉，要不是那次你父亲救我，我可真死了。我当时啊，吓得都快尿了，我也怕死啊！”良铮回忆起当年旧事依旧心有余悸，他忽然问孙良喜，

“你怕不怕死？”

孙良喜愣了一下：“怕，很怕，可是既然躲不过去，怕也没用，那就只好假装不怕了。”

良铮听得哈哈大笑，说：“你跟我既然有这段渊源，我更舍不得杀你了。不过这件事闹得太大了，朝廷动怒，非杀你不可。这段时间也是我从中周旋，说是要借你引蛇出洞，才拖到今天……”

孙良喜抱拳：“多谢大人让我多活了这些日子。这段时间我吃得好睡得好，就是立刻死也是死而无憾了。”

良铮忽然笑了：“其实我倒有个主意，可保你一命。”附在孙良喜耳边如此这般说出他的计策。孙良喜听罢若有所思，过了半天才说：“你身为朝廷命官，却对我一介乱民贼党如此这般，究竟图什么呢？”

良铮长叹：“你有勇有谋，如果能效忠朝廷实乃我大清之幸。”

“你为大清江山，我为黎民苍生，你我道不同。”

“也可以殊途同归啊。”良铮不等孙良喜回答，接着说，“不过你要是轻易答应跟我，我说不定又会看轻你了。罢了，随缘吧。”说着从怀里拿出一壶酒来。

“这酒虽然没有牌子，却是宫廷自制好酒，要不要和我一醉方休？”

孙良喜对着酒壶嗅了一下，感觉隐隐有荷花香味扑鼻而来，不饮自醉：“莫非这就是传说中的送命酒？”

“敢不敢喝？”

孙良喜哈哈一笑：“都是将死之人了，有什么不敢的？”抢过酒便喝下一大口。

当夜两人你一口我一口，痛饮到深夜。这一对本该势不两立的敌人此时此刻俨然如惺惺相惜的老朋友一般……

孙良喜在牢里生死未卜，张义海也没闲着。可他不过是一介平民，根本无计可施，折腾来折腾去也没折腾出个主意。一天到晚魂不守舍，一日晚上正睡觉猛然从床上坐起来，大叫一声："良喜，你可不要死"，倒把媳妇也吓了一跳。他可不知道孙良喜在牢里正美滋滋喝酒呐。

小皓天有一个月没见到孙良喜了，心里纳闷，天天跟在张义海屁股后问为什么见不到孙叔叔。张义海也不好跟他说孙良喜是革命党被抓了，骗他说到外地办事去了，过段时间就回来。小皓天眼巴巴等孙良喜回来，他一天到晚没事就蹦来蹦去的，这是孙良喜没事逗他玩，说只要坚持不懈，蹦个两三年就能像孙悟空一样在天上飞来飞去，他还当真了。

小皓天隔三岔五去一回马约翰的教堂，邻居大爷李老三用马车把他拉过去。李老三为人良善，膝下就一闺女秀娥，与皓天是青梅竹马。李老三也特别中意皓天的活泼可爱，因此皓天有什么需要的，只要能做得到，李老三一定会满足他，比如驾马车把皓天送到这西郊牛场来。

小皓天是太喜欢这草场的两头奶牛了。黑一块白一块，就像一件花棉袄穿在身上，还都不胖，秀秀溜溜的。这两头牛的眼眸特别明亮，非常平和地看着你，好像街坊胡同里那些慈祥的长辈。那广阔无垠的草地更是小皓天的最爱，那么生机勃勃，那么绿意盎然，远处耸立着像黛青石一样的山峦，天边飘浮着牛乳般洁白的云朵，在草场上翻翻跟斗，打几个滚儿，再看看蓝天白云，喝着十分新鲜的牛奶，小皓天只觉得特别的快活。

相比于前两年在舅姥爷家喝的黄牛奶，小皓天觉得这个荷斯坦黑白花奶牛的奶更香醇。为什么会这样，他心里埋藏了一个疑问……

回头再说孙良喜，朝廷很重视王府戏班杀人案，对孙良喜是非杀不可。可良铮不愿意孙良喜送死，他想了个主意，那就是给孙良喜找个替死鬼，从牢里找个将要行刑的死囚来，就说这死囚是孙良喜，然后把他杀了结案。这样既能救孙良喜，也好跟上边交差，可谓神不知鬼不觉。

可是这替死的死囚也不好找，没人愿意死得不明不白，也得有人愿意配合才行。良铮让管家黄敬秘办此事，事成之后重重有赏，黄敬应了下来。黄敬正好跟牢头是老乡，他隔三岔五就打探牢里的事情，看有没有合适人选。等了个把月时间，机会来了。

有一位死囚叫雷二蛋，是个犯案累累的杀人犯。无父无母无亲无故，但是却有一个好吃懒做的漂亮媳妇。这雷二蛋爱媳妇，他就是为了满足这媳妇才屡屡犯案。黄敬给了二蛋媳妇一大笔钱，让她到刑场收尸的时候就说自己是孙良喜的媳妇。二蛋媳妇一听可高兴了，这不是中大奖了吗？反正横竖都是要砍头，管他是孙良喜还是雷二蛋呐。

二蛋媳妇又跟雷二蛋一把鼻涕一把眼泪表演了一番恩爱秀，二蛋感动得眼泪哗哗的，说，媳妇哇，我这黄泉路一走从此咱们阴阳两隔，你以后可咋办呢？二蛋媳妇说，放心，我这辈子死活是跟你了，你死了我也不想活了！二蛋感动坏了，媳妇对我真是情深义重！二蛋媳妇摸了一下肚子，哇地哭了，我倒是想死啊，可是我的肚子……啊？二蛋大吃一惊，你的肚子？你有我的种了？二蛋媳妇说，是呐，雷家有后了！二蛋捶胸顿足，雷家真有后人了，可是生下来就没有爹了！二蛋媳妇抹了一把眼泪，当家的，你想不想让我们娘俩今后过上好日子？媳妇哇，我当然想啊，我不就是为了让你过好日子才弄成今天这样吗？那好，你听我的，从现在起，你就改名叫“孙良喜”！如此这般，叽哩呱啦，嘁哩喀喳，“雷二蛋”摇身一变就成了“孙良喜”。

几个狱卒也收了好处，当然也很积极配合，事情就这样成了。过了几天雷二蛋就给当成孙良喜，赐了一杯毒酒。雷二蛋表演倒挺逼真，临死大叫：“我孙良喜二十年之后还是一条好汉！”这是雷二蛋这辈子做得最有意义的一件事，他虽然死去了，但是拯救了一位重要的革命党人，算是生得无聊，死得光荣。

孙良喜呢？自打“雷二蛋”变成“孙良喜”之后，孙良喜也改头换面成了一个小偷，在牢里待了两天就给放出来了。事情说来就是这么简单。

孙良喜刚出狱就看到良铮，当夜两人又是一番痛饮，对彼此更加深了几分理解和认识。孙良喜越发觉得良铮不是一般人了，客观地说，良铮算是个了不起的人物。可惜生不逢时，人各有志，两人各有各的方向，强扭的瓜不甜。那谁也没办法。良铮对孙良喜开玩笑，要是将来有一天革命党真成了大事，真把他给抓了，到时候可千万要手下留情，不能再杀了他。孙良喜却是无论如何也笑不出来。前边的路究竟该怎么走，又怎么能预测到，又有谁能够决定呢？

后来，革命党是成了大事，但是良铮却等不到孙良喜手下留情的时刻了。因为想杀良铮的革命党人可不是只有孙良喜一人，其他人也是磨刀霍霍，一直在寻找机会要取良铮项上人头，而这一回还真得手了。因着这一次暗杀，张义海再度受到牵连。前一次孙良喜刚被逮进大牢时，刑部查出戏本子是张义海写的，派了大队官兵到张义海家大肆搜查，好在孙良喜早有准备，什么东西都没留在张家。官兵没搜出啥张义海参与暗杀的证据，也就是劫掠几件值钱的东西了事。

这一回革命党再杀良铮，张家可就无法幸免了。张义海被迫背井离乡，远避海外。留下弱母幼儿，悲苦度日。这真是：人在家中坐，祸从天上来！

第四回

避灾祸义海远走　认干爹皓天磕头

孙良喜在大牢里被放了出来，回酒店住处仔仔细细收拾了一番，考虑细致了，即去见好兄弟张义海。在深秋的夜晚，乘着月色，他敲响了张义海的家门。张义海见到孙良喜陡然出现在面前，简直难以置信："喜子，真是喜子啊！"

"是我呀，书袋哥！"孙良喜眼里泛着泪光，"把哥哥害苦了。"

张义海说："咳，兄弟说哪去了。钱财乃身外之物。再说兄弟你这干的是为民除害的事儿，哥哥敬佩。"把孙良喜拉进屋子。一晚上哥俩一直嘀嘀咕咕到天亮。张义海听得胆战心惊："你这也是死里逃生啊。没想到你要杀的人竟然成了你的救命恩人。"

"我也没想到啊。这位良铮还真是不一般。"孙良喜仰天长叹，"您说，像良铮这样有抱负又有真材实料的官真是太少了。当官的都像他一样，何愁国不强民不富呢，谁还愿意跟他们过不去呢？"

"那么接下来怎么办？你还要继续干革命吗？这太危险啦。"

"有所不为，有所必为。无论多难都必须干下去。"孙良喜神情严肃起来，"只有把这个腐朽顽固的清政府给推倒，咱们老百姓才会有好日子过。"

“不知道我能做些什么。其实我也很想……” 张义海欲言又止。

孙良喜明白张义海要说什么：“这事还得好好琢磨一下。我跟你不一样，我是一粗人，你是一书生。还有，我一个人来去自由，一切容易对付。你有老婆孩子，你也得为他们负责。走上这条路，许多事情都不是我们能够想象的。”

张义海默然良久：“其实这段时间我想了不少，我敬佩你们。我觉得你们做的事是有意义的，所以也想成为你们一样的人。我会做一些力所能及的事。”

“这样吧。北京城我是待不下去了。马上我就要动身和组织汇合，你的情况我会告诉他们，让他们安排一下。等有了消息，我马上通知你。”

张义海忍不住激动了：“好！”

不知不觉天色渐亮。两人一不留神，却看到小皓天溜进了房间，他惊讶地瞪着孙良喜。孙良喜笑起来，把小皓天拉过来：“嗯，长高了，长结实了。” 一边说一边从行李中拿出几袋包装花花绿绿的东西来，放到桌上，对皓天说：“这是给你的，猜猜这袋里装的啥？”

小皓天好奇地拿起来看了半天，见上面全是不认识的英文，又用手捏了半天，说：“面粉！”

孙良喜摇摇头：“不对，你打开看看。”

小皓天打开包装，只见里边装着粉末状的东西，一阵浓香扑鼻而来：“这怎么是牛奶的香味儿？”

“对喽，这东西就叫奶粉，是孙叔叔的朋友从国外带来的。以后你想喝的时候就取一点放碗里，用热水一冲，就能喝啦，味道跟鲜牛奶一样。”

小皓天恍然大悟：“哦，原来这就是奶粉呀。” 小皓天拉起孙良喜的袖子，说：“孙叔叔，您不在的这段时间，我去了几次教堂找马约翰叔叔，学到了好多奶牛的知识，我以后还要向马叔叔学习喂牛挤奶。我刚才在外头听到说您要走了。您别走，您走了，以后怎么看到我养的大奶牛，吃到我挤的牛奶啊。”

孙良喜不禁有些伤感，摸着小皓天的脑袋：“小小年纪有志气。将来长大了，自己办一个奶牛场，多养几头奶牛，天天自己挤奶喝！啥时候养奶牛事情办成了，一定记得告诉我，我到时天天来喝你的牛奶，好不好？叔叔有正经事要办，过一段时间还会回来看你的。”

这时王氏已做好早饭，孙良喜这平时不习惯吃早饭的人也吃了点儿，吃罢就要动身去南方。张义海送孙良喜，皓天也跟在后头，咬着手指头一声不吭。小孩子藏不住心事，以后见孙良喜不那么容易了，他不高兴。

张义海看了看孙良喜，又看了看小皓天，终于把藏在心里很久的话说了出来：“喜子兄弟，你这为国投奔革命，也不知道什么时候成家，什么时候有自己的一男半女。你要不嫌弃，就让皓天认你做干爹吧。从今往后，皓天就是你的儿子，他也要侍奉你到老。”

小皓天早就对孙良喜崇拜万分，一听赶忙给孙良喜连磕了九个头，学着戏里的词说：“干爹在上，请受孩儿一拜。”孙良喜大喜过望，一把搂过来小皓天：“天儿！天儿！哈哈哈哈，我孙良喜今天起也有儿子喽。”说着在皓天脸上亲了好多遍。

几个人足足走了四五里地，这才依依惜别。孙良喜要张义海等消息，说大概用不了多久就会有消息。

谁也没想到，张义海跟孙良喜这一别，竟然就成了永别——不对，是差一点就成了永别。从此两人天各一方，沧海桑田！

张义海没想到，刚送别孙良喜没过多久，自己就出了事。出了大事！

出了什么大事？一切还跟良铮有关。

那良铮暗地救下孙良喜之后，也算是了却一桩心愿。每天还是该干什么干什么，跟没事儿一样。可是有人看他不顺眼，要把他干掉。

这人叫彭家勤，也就是孙良喜的接头人，名义上的戏班老板。其实他跟孙良喜一样，也是京津同盟会的骨干成员，开戏班只是掩护。

上次孙良喜被抓之后，戏班被驱逐出京，但是彭家勤不甘心，经过一番折腾，改头换面悄悄返回京城，他要营救革命同志孙良喜。没想到一回来就听说孙良喜给砍头了，连个尸首都没找到。彭家勤很心痛，很生气，他决心化悲痛为力量，自告奋勇承担起刺杀良铮的任务：好哇，我们又牺牲了一位好同志。良铮啊良铮，你这革命的绊脚石怎么还不死。好吧，孙良喜没完成的工作，我来替他完成！

其实这中间有许多波折，有许多误会，可惜那时候没有手机，大家联系很不及时。不然彭家勤要知道孙良喜其实没死，兴许就不会发生后来的事了。

为了这次刺杀计划，彭家勤做了几个月详细周到的准备。包括各个方位的踩点、熟悉良铮的饮食起居，事无巨细，他都努力做到细致深入的了解，如今万事俱备只欠东风。

这天晚上彭家勤收到情报，良铮等人明天要在集内庭计议军事，准备对付南方革命力量。彭家勤心中大喜，机会终于来了！当夜他准备好自制炸弹返回寓所，只等第二天采取行动。

第二天一大早，彭家勤就换上清军官服，在身上藏好武器，出门雇车。他并不直接到良铮宅第，而是大摇大摆赶到附近的金台旅馆。那时候的大清还没有身份证，彭家勤手拿着一张名片就登记了住宿。这张名片可不简单，是良铮在沈阳的一名心腹崇恭的名片。良铮是旅馆常客，是个大官。掌柜一听是良铮的人，不敢怠慢。彭家勤表情很严肃，说："我有紧要军情必须要见良铮大人，你们速速送我去见他！"掌柜办事效率很高，马上就给彭家勤准备了马车，送他到良铮的住宅。

到了良铮的住所，却没见良铮回来。那管家黄敬虽没见过崇恭，却也听说过有这么一号人物，压根没多想，给他沏了一壶好茶。告诉他良铮去了耆善府，要他等等。

等了一个时辰良铮还没回来，彭家勤有些着急，说军务大事延误不得，赶紧去耆善府。正准备上马车，就听到一阵马蹄声。赶得早不如赶得巧，良铮被四头高头大马拉回来了。彭家勤心中大喜，直接就堵在良宅大门外。

良铮马车到了门口，黄敬赶紧凑上前说有位沈阳崇恭等半天了。良铮心下纳闷，打开车门下车，抬眼一看，只见彭家勤站在前面冷冷盯着他，右手搁在怀里似乎要掏什么家伙。

良铮心说这哪儿是崇恭啊，大叫一声："不好!"转身就想往府中跑。哪里还来得及，只听轰然一声巨响，良铮的左腿当即被炸断，良铮惨叫一声，昏倒在地。

良铮身边卫兵八人、马弁一人也够倒霉的，还不知道怎么回事就命丧当场。

那管家黄敬倒是命大，居然没事，不过也吓坏了，愣在现场浑身发抖，过了片刻才缓过神来，大叫："快来人啊，大人出事啦!"

可以说彭家勤这次行动是相当成功的，把大清的支柱给干掉了，扫除了革命事业的一个大障碍。然而不幸的是他也搭上了自己宝贵的生命。就在投出炸弹几秒钟之后，一块炸弹弹片从良铮府前的下马石弹回，直接回弹进彭家勤的后脑。彭家勤当场牺牲。

良铮因伤势过重，过了两天医治无效死去。临死前他还不忘夸奖革命青年彭家勤几句："杀我者，英雄也，真知我也!"客观地说，良铮是一位好官，可惜生不逢时，面对革命，他个人归宿只能如此。

良铮这一死，引得大清朝上下一片恐慌。慈禧太后闻听此事相当震惊，说："居然真有不要命的，在大庭广众之下对我朝廷命官痛下杀手，这还了得？这不反了天了吗？不行，必须严查！”

这一查就查到了孙良喜身上。那起初被收买的狱卒也经不住软硬兼施，一股脑儿把事情和盘托出。这下大家都明白了，慈禧又是好气又是好笑：“这孙良喜是不是孙猴子？都成精了，这个良铮啊良铮，你可真行，你对他们留一手，他们可根本不管你死活啊！赶紧把孙良喜给找出来，我倒要看看他是不是有三头六臂！”

孙良喜早已跑到十万八千里之外了，就算把北京城掘地三尺也伤不着人家分毫。不过清廷却顺藤摸瓜找到了倒霉蛋张义海。张义海眼看就要大祸临头！

1907 年的第一场雪，比以往来得早了一些。这场雪是因为张义海。那个雪夜，张家三口人的命运发生了巨大转变。这是时代的捉弄，也是个人的无奈。在时代洪流中，各种新旧思潮风起云涌，各类人物粉墨登场，每个人或多或少都会受到影响，只不过有的人受到的影响多一些，有的人受到的影响少一些。有些人愿意主动接受时代的改变，有些人只能被动接受命运的安排。

张义海的人生遭遇可以说是有主动成分，不过更多的还是被动。如果他不认识孙良喜，那么他也就是个随遇而安的老实本分人。可是因为认识了孙良喜，他就只能接受那些原本自己不愿意接受的命运安排。他万万没想到有一天自己居然会惹来杀身之祸。也许我们会想，如果张义海不认识孙良喜该有多好啊，老婆孩子热炕头，妻子贤惠，儿子聪明，多幸福！可是人生没有如果，有些问题永远没有正确答案。

言归正传。话说一群清兵傍晚时分吵吵嚷嚷闯进张义海的家，要去抓张义海兴师问罪。张义海还没回来，清兵扑了个空。又听说张义海还在城里边开了家书铺，吩咐几个人到书铺抓人。可是张义海也没在铺子里。

说来还真巧，那天午后张义海正好要给书铺进货，租了一辆马车。原以为天一擦黑就能赶回来，没想到半路忽然下起了大雪，路很不好走，到晚上七八点钟的时候才深一脚浅一脚赶回一半路。没料到半路碰上东张西望的邻居李老三。李老三气喘吁吁的，一看到张义海就赶紧叫住他。

张义海停下马车："老李你傻啊，这大雪天的你待这里干啥啊？赶紧上车上车，咱一块回去！"李老三满脸惊恐："我是专门来逮你的！"

张义海说："逮我？我没欠你钱啊。"

李老三急得跺起了脚："你还有心情逗闷子！你家出大事了，一大群清兵今天气势汹汹跑你家了，把你家围了个水泄不通，比上次可要严重太多了。我一看情况不妙，赶紧就出来找你来了！"

"啊？"张义海大吃一惊，"到底怎么回事儿？"

"你是装糊涂还是真糊涂？前一段你家里来的那个人，哦对，那个叫什么喜子的，前两天他的同党把官老爷给炸死了。他可是朝廷重犯，现在成了通缉犯。可他跑了你还在啊，你进了官府那事就不好说啦！"

张义海这下明白了，出了一头冷汗："冤有头债有主，找我也没辙啊。我哪知道喜子跑哪里去了？"

"哎哟我的兄弟哎，你说这些有屁用。他们眼下就跟无头苍蝇似的，只想赶紧给上头交差，谁还跟你啰唆这些？先把你抓进大牢再说！你无权无势，进去你还想出来？除非太阳打西边出来！多半还会掉了脑袋！"

张义海叹了一声："可是我总不能这时候撇下他们娘儿俩一个人逃命啊。"

李老三抓住张义海的手："他们娘儿俩，一个弱女人一个小孩，没人把他们当成革命党。你就先把自己管好得了，别想那么多。先避避风头，等风头过去了再出来不迟。我们街坊邻居会照顾他们娘俩的。"

当晚，李老三把张义海安顿到乡下亲戚家暂避。亲戚家只有两间破屋，住着一位年迈耳聋的老头。李老三说等风头一过就给他通风报信，然后急急忙忙回去了。回家隔着自家院墙观察张家院里的动静，看到人走了不少，只留下四个清兵在院里走来走去。李老三有心想告诉母子俩张义海的消息，又怕半夜三更引起怀疑。挨到第二天一大早才假装借盐走进张家，悄悄告诉了王氏说义海在他们亲戚家待着，让她放心。王氏听罢，谢过李老三，心也就放下一大半。昨晚上官兵的一通折腾可把他们母子俩吓坏了，一晚上都没敢睡。

第二天皓天刚醒来第一句话就问："娘，爹怎么没回家呀，是不是跟孙叔叔一起走了？"王氏正在做饭，说："乖，爹出去办事了，办完事就回了。"

皓天又瞅着院外的几个面无表情的清兵："他们为什么那么凶呢？"

"他们找不到你爹，着急啊。"

"我看他们像坏人啊。我不想让他们找到爹。"

王氏塞给皓天一本小人书："这是大人的事，等你长大就明白了。你爹没事，咱们就在家好好等着吧。跟那些人可一句也不要提你爹和孙叔叔的事儿。"说完向院外努了努嘴。

皓天会意地点了点头，舔舔嘴唇："娘，咱家的奶粉早就喝完了。我想多喝一点儿，赶紧长大，就能干活了。"

王氏不由苦笑，小孩子毕竟是小孩子，根本没觉察到一丝危险："可是你孙叔叔现在走了，他给你喝的那种奶粉现在市面上也没见卖的。"

"哦。"皓天懂事地点点头，"那还是等过几年吧。孙叔叔说，等我长大也养几头奶牛就可以天天喝了。"

王氏呆呆地看着皓天，内心只觉无限酸楚，她不知道自己还能坚持多久。想起娘舅家有头母牛刚下完崽，有奶。现在家里被清兵一顿搜刮也没啥可吃的了，就让自己弟弟带着小皓天去了娘舅家。

在舅姥爷家，小皓天又喝到了牛奶，这回他对黄牛的认识更清晰了。

虽然叫黄牛，但也有黑色的，红棕色的。那牛头有中国风，方方正正的。皓天判断，这黄牛骨骼体型比黑白花奶牛要粗壮一些。

皓天看到了舅姥爷给黄牛挤奶，第一天小家伙不敢上前，很有兴致地看着。第二天，皓天就上手了，帮着挤奶，之后手法越来越娴熟。

每回挤完奶后舅姥爷把生奶放在一个大锅里煮，锅下面燃着些柴火，煮完奶后放凉了喝。

这回是刚喝完洋牛奶就又喝土牛奶了，皓天感觉与黑白花产的牛奶一样的香，略多点土腥味。黄牛奶稍微放一段时间，也有点怪味儿。还是洋牛奶好喝点儿，这是为什么呢？要说身高体长差不多啊，黄牛还壮一些呢，为什么人家产的牛奶就多一些香一些呢？小家伙心里的疑问又深了一层……

话说几名清兵分别待在张义海的家里和书铺里，白天晚上轮流值班，一连待了半个月也没见张义海的踪影。向上级汇报，上级很聪明地得出结论，说张义海应该是闻风而逃了，既然跑了那就算再待个十年八年也不一定有用啊。瞎耽误功夫，那干脆撤了吧，临走前把张家值钱点儿的东西都搜掠走了。

热心肠的李老三一看清兵撤走了，心里高兴啊。跟王氏交代了一下，马上就迫不及待赶着马车去见张义海。王氏打算跟他一起去见张义海，但被拦住了，只好在家干等着，同时让弟弟把小皓天又接了回来。别看李老三平时大大咧咧，但一碰上事儿还真想得很细致。之所以不让王氏跟随是出于安全考虑，他担心暗处有人跟踪，那就一切前功尽弃了。

这段时间张义海在李老三亲戚家里真是度日如年，每日是长吁短叹，饭吃不下觉睡不香，一下子掉了好几斤肉。看到李老三一下子激动起来："老三啊，可把你给盼来了！"李老三嘿嘿笑了："没事啦，那群笨蛋全走啦！"

“真走了？”张义海有些不敢相信，“他们娘儿俩这段时间日子不好过吧，我真对不起他们。”

“嗨，你也别老自责，谁愿意摊上这种事儿呐。清兵倒没拿他们娘儿俩怎么样，不过他们也的确受惊了。”李老三从背上卸下一个包袱，“这是你媳妇给你准备的。”

“唉。”张义海苦笑，“我一个平头老百姓自问没做过亏心事，没想到这辈子也要坐大牢！”

李老三压低声音：“我看你今后……”

张义海点头：“我明白，这事闹这么大，家里是不能待喽，除非换了天……”

“嘘——”李老三开始给张义海上思想教育课，“话可不能乱说。咱小老百姓有吃有喝就好，想那么多有啥用？说句良心话，你这次出事不就是成天乱想惹的祸吗？乱七八糟的书看多了吧，你说革命这玩意儿能是咱们干的吗？那都是不要命的主儿干的。咱得要命，要孩子，要老婆！”

张义海这几天其实也经常思考这些问题。的确，虽然清政府已经病入膏肓，全世界都瞧不起，可是百足之虫死而不僵。虽然他们对八国联军没办法，对自己的老百姓还是很有一套的。凭个人的力量和他们作对无疑是以卵击石。这一年来虽然他什么也没干，但当时的确也很冲动，说明自己的思想还是非常不成熟啊。这次出事连累了老婆孩子，想到贤惠的妻子和可爱的孩子他就忍不住一番自责。甘于平凡不好吗？可是转念又想，孙良喜又哪里错了呢？他甘愿为革命抛头颅洒热血，和他比起来自己实在是太渺小，又不禁为自己的窝囊和懦弱感到惭愧。思前想后，左右都不是，横竖都为难。

李老三拍拍张义海的肩膀：“其实现在想别的都没用，还是得为今后做打算啊，我看你在这儿待下去也不是长久之计……”

“是的，该做决定了。”张义海沉思半天才说，“这样吧，我明天再去见他们母子一面，然后我就出门。”

“这……你见他们有危险啊。”李老三很为难。

“是危险，可是我不能就这样走！我还得看他们一眼才走得安心，况且我还有一件事情要叮嘱妻儿。我这一走也不知道何年何月才回来。老三，麻烦了。”张义海已经下定决心。

约定了会面的时间地点，送走了李老三，油灯下，张义海解开妻子王氏送他的包袱。妻子想得很周到，把银圆和衣物、日用品以及干粮都准备得妥妥当当。还给他写了一封信，那信写得情真意切，要他安心，要他在外边好好照顾自己，她会和皓天耐心等待他回家。后面的字迹有些模糊，原来是点点泪痕把字迹晕开了。一时间张义海思潮起伏，泪水一滴滴打在信纸上，新旧泪痕交织在一起。

三日后的午后，北京城空气清冷。张义海来到京西香山的一处幽静的枫树林中，一大早就已经来了。十年前的秋天，由媒人牵线，他和王氏在这里初次相逢，想不到当年的幽会地，却成为今日的离别所。那时漫山遍野的枫叶像火一般红，如今的枫叶已经没有了当初的颜色，举目四望，漫山红色已变成漫山的泥黄，显得无限萧瑟凄凉。

“爹，爹！”身后不远处传来皓天嘹亮的声音，张义海转身便看到皓天母子俩朝这边走来。他忙不迭答应着，疾步迎了上去。皓天松开母亲的手，蹦蹦跳跳扑到张义海怀里，“爹，你瘦了！”

张义海抱着皓天：“从家到这儿可大老远呐，走了多久啊？”

“没有走路哇，我们坐李伯伯的马车来的。”

“李伯伯人呢？”

“在山下边等着呐。”

张义海内心酸楚，强颜欢笑：“我不在的时候，有没有不乖不听话？”

皓天的小脑袋摇得像是拨浪鼓："没有没有！我都会帮娘生火做饭了！"

王氏在一边也轻声说："是呀，儿子长大了，懂事了。"

张义海望着妻子王氏，妻子明显憔悴许多，眼圈都是黑的肿的，心疼地说："我不在家的这些日子，你受累了。以后……"

"可是我什么时候会飞呢？我天天蹦啊蹦，还是飞不起来呀。"皓天在边上插话。

张义海差点忘了这茬儿，被逗乐了，轻轻刮了一下皓天红红的鼻头："你要想当孙悟空，你没事的时候就使劲蹦。千万别老想着去飞，越想飞你就越飞不起来！"

一家三口难得团聚，说不完的话，不知不觉过了一个时辰。这时候李老三也上来了，说带皓天往四周转悠一下，留下他们夫妻说话。皓天第一次来这里，也好奇，就屁颠屁颠答应了。

孩子一走，刚才的热热闹闹一下子变得冷冷清清。两口子一别多日，虽有满肚子话要说，一时却无从说起。

王氏呆呆望着张义海，只感到前途迷茫，再也看不到方向，不禁轻声啜泣起来。张义海拉起王氏的手，不住拍她的肩头安慰说："你也不用太难过，良喜临走之前给我留了地址，现在也差不多安定下来了吧。我这次去和他会合，很快也会安顿下来。安顿好后我再让人接你们过去。以后我会常常写信，你在家里也要好好照顾自己，好好照顾孩子。"

王氏哽咽着说："我们娘儿俩在家里怎么都容易打发，能有什么事呢？我只是担心你。你一个人从来没有出过远门，外边也兵荒马乱的……"

张义海说："皓天这孩子聪明、听话，今后就全靠你拉扯他长大了。那书铺就交给你弟弟少川帮忙打理。咱们家皓天未来干什么，暂时也难计较。他要能读取功名自然好，没那个命也别勉强。我看他对养奶牛有兴趣，我们张家祖上有一门养牛挤奶的绝技。我一直耽于功名，也希望孩子多做学问，因此这门技艺还没给皓天传过。不过，我们有一本祖传秘籍，放在咱家东厢房大水缸下面的暗洞里。书上的内容我是已经烂熟于心了。至于皓天嘛，他什么时候想自己开奶牛场了，你把秘籍取出来让皓天照着书上学和练，看能不能光复祖宗基业。记住，一定要保护好秘籍，不能落到别人手里。”

皓天跟着李老三在香山转了一个时辰，这时天色将晚，几个人一起走下山，这次无论如何要分开了。张义海已经订好到天津的船票，要在大运河坐船南下。临别之际，皓天忽然眼巴巴地问：“爹，为什么不带我们一起走？”又惹得几个大人差点掉泪。

张义海强压心中的悲痛，笑着说：“其实爹这次就跟搬家差不多。我先搬过去，等过几年稳定了，你们就可以跟我一块搬过去了。你也一天天长大了，照顾好你娘。记得你还有一个大志愿，要养大奶牛自己挤奶喝，到时爹也想喝你的牛奶。”

“嗯！”皓天坚定地说：“爹，我记下您的话了。我将来要办一个大大的奶牛场，像马叔叔的奶牛场那么大。”

张义海哽咽着说：“好孩子！时辰不早了，快跟你娘回去吧。”

“还是你先走吧。”皓天咬着手指头，依依不舍地说，“您越走离家越远，我们越走离家越近。所以我们要看您先走才对。”

“好吧，皓天真懂事。我走，我先走喽！”张义海挥挥手，猛然转过身去，大步朝另一个方向走去。皓天看着父亲的身影越来越小，直到变成一个小黑点，才怅然回家。

小皓天当时只是因为要很久见不到父亲而不高兴，多年之后他做了父亲才算是真切体会到了，那次离别，原来是他人生最早的生离死别。人间最大的苦与悲，无非生离与死别。

第五回

儿童念书亲娘教　表舅相助进学堂

冬去春来，转眼间张义海已经走了一年。第二年是清光绪三十四年，也就是1908年，这一年在神州大地发生了不少大事：

3月15日，广州的“二辰丸”事件激起了广东群众的强烈愤怒，很快爆发了轰轰烈烈的抵制日货运动。

4月30日，由孙中山等人策划，黄兴发动了钦州、廉州、上思等武装起义。这些起义虽然因缺乏后援而一次次失败了，但却一次次动摇了大清王朝的根基。

到了11月14日，清朝的光绪皇帝驾崩了，终年38岁。紧接着到第二天下午，传说中的老佛爷慈禧太后叶赫那拉氏也终于放下了手中的权力，病死了，享年73岁。过了半个月，年仅三岁的宣统帝爱新觉罗·溥仪即位。作为守旧派代表，慈禧的死算是加速了清王朝的灭亡，同时也推动了中国的革命事业，所以她死得还是很有价值和意义的。从此以后，革命运动风起云涌，不管是主动还是被动，每一个中国人都或多或少受到了影响。

这一年皓天又长了一岁，然而张义海还是没有回来。不但没回来，连任何音讯都没有。起初，皓天还总是缠着母亲王氏问爹什么时候回家，到了后来就渐渐不问了。因为小小的皓天看到母亲的眉头皱纹锁得越来越深了。他已经开始懂事，要像个大人一样，不该再提让母亲不开心的事了。

有一次皓天跟邻居家几个孩子玩过家家，受刺激了。本来大家玩得好好的，忽然邻居一小孩说皓天的爹是大坏蛋，是逃犯，说上梁不正下梁歪，皓天没资格跟他们一起玩。皓天一听就急了，说你爹才是坏蛋，我爹是顶天立地的男子汉！那小孩撇撇嘴，哼了一声，反正你爹不要你们了，再也不回来了！小孩子总是残忍的，因为他们没心没肺啊。一群小孩也受到诱导，开始冷落皓天。

皓天心里憋屈，可也没办法，垂头丧气回到家。一见到王氏便问："娘，为什么他们说爹是大坏蛋，是逃犯?"王氏斩钉截铁地回应："不，你爹是一个大英雄!"之后她把皓天轻轻搂进怀里，柔声说："孩子，你一定要记住，别人怎么说，说什么都不重要。重要的是你要拿定自己的主意，要自己去思考，记住了吗?"皓天似懂非懂地点点头，但却把这话牢牢记住了。

王氏接着说："现在爹不在身边，我们就更应该要坚强、自立，不能被别人瞧不起。"

皓天挺起了胸膛："我知道，我已经长大了，我要担水劈柴，烧火做饭，帮您干家务!"

王氏笑起来："傻孩子，娘现在还不老，这些力所能及的活儿还能干得动。你现在还小，小孩子就该做小孩子的事情。你就应该好好读书，这样等你长大了才能娶个好媳妇啊。"

皓天也乐了："哦，我明白了。爹就是因为读书多，才娶了娘呀。"

王氏被逗乐了，轻轻捏了一把皓天的小脸蛋："这么小就学会耍贫嘴了，不过娘爱听。"

皓天到了读书识字的年龄，王氏没有让他读私塾。王氏出身于书香门第，父母都是开明之人，支持男女平等的新思想，因此读过不少旧书新书，在家教皓天读书识字不成问题。加上皓天天资聪颖，到七八岁的时候已经认识很多文字，平时也喜欢到书铺去乱翻书，那本吴承恩的《西游记》也断断续续看完了。虽然不求甚解，倒也自得其乐。

奶牛的事情呢，皓天也没耽误。隔三岔五让李伯伯的马车拉着去一回奶牛场，向马约翰请教怎样养好一头奶牛。马约翰对聪明好学的小皓天非常喜爱，加上与孙良喜交情甚好，孙良喜也没少给教堂捐钱，自是对小皓天倾心相授。在教堂帮养奶牛的也有中国人，过去大多养过黄牛，会一些养牛挤奶的技能，看着小皓天聪明可爱，也知无不言言无不尽。

小皓天慢慢就琢磨出来了：人家这黑白花牛奶比舅姥爷家的黄牛奶好喝是有道理的。

您就看人家这牛舍，干净舒爽，温度、湿度都有严格控制，粪尿会被及时处理。咱们中国人那牛棚，大多是茅草一搭，吃喝拉撒都在里边。人家奶牛吃得也讲究，精的、粗的草料全有，什么苜蓿、野干草、羊草、干玉米秸、花生秧、甘薯藤、野青草、玉米青饲、青大麦等，还有洋人特别制作的蛋白质补充料、矿物质盐类等，营养齐全。咱们中国人养黄牛，牛棚周边有什么就吃什么，哪想过营养周全的事儿。

还有，您看洋人这奶牛场给牛洗澡，让牛散散步、听听音乐，每头牛什么状况天天都有记录，对牛多有爱心啊，这牛不多产奶都对不住主人。

再说皓天家的生计。张义海走了，他所经营的书铺还在。王氏一介女流，不大方便抛头露面，于是把书铺交给弟弟——也就是张义海的小舅子王少川全权打理。那王少川心思活，跟张义海不一样。张义海进的书比较讲究，从文字质量到书籍装帧、插画，高雅是高雅了，但过于阳春白雪，不那么贴近群众。所以张义海在的时候，生意一直不好不坏。

到了王少川这儿，就开始大刀阔斧进行改革。不管什么书，只要有人爱看，他就千方百计给找出来，生意倒是好了不少。张义海临走也有交代，既然全部交给小舅子打理，他也挺辛苦，那赚的钱就各分一半。王少川也没推辞，他觉得应该。现在他每个月拿给姐姐家里的钱不但不少，甚至还比张义海在的时候要多，他心里挺美。

干了两三年，王少川有了新想法，他踌躇满志，想大干一番，要在城里其他几个地方再开几家书铺，他要搞连锁经营。跟自家媳妇说了一下，媳妇对他崇拜死了，举双手双脚赞成，说："相公，我看咱们会成为大富之家啊！"王少川嘿嘿笑了，转头又找姐姐商量。王氏一听："这一家就够忙活了，何况多开几家？你忙得过来吗？再说了，租门面也要不少钱，咱有那么多本钱吗？"

王少川不以为然："凡是能用钱可以解决的问题，那都不是问题。姐姐啊，你的思想太守旧啦，得换换新思路，如今是大同世界，世界大同啊，我们得跟西方洋人学习生意经。我们自己钱不够，可以从外边找合伙人入股嘛。"

王氏听得一愣一愣："入股？什么乱七八糟的？"

"说起入股其实就是洋人的玩意儿。这洋人啊，猴精猴精的，我就想跟他们学。"

"跟洋人学？"王氏不懂了，"洋人懂咱们的文化吗？"

"这洋人啊，懂得可多了。你看，大炮他们懂吧，鸦片他们懂吧，要不怎么把大清朝打得落花流水呢？"

"你这是崇洋媚外啊。"

"人家有本事，我不得不服气啊。我跟你说，这洋人早几十年前就有连锁店了，叫什么大西洋和太平洋茶叶公司，专门从中国和日本进口茶叶，就这几十年，从一家发展到了几千家连锁店啊。你说厉害不？他们能干，咱们凭啥不能干呢？国人当自强嘛。"

虽然弟弟说得眉飞色舞，摇头晃脑，王氏还是不大放心：“厉害是厉害。可他们卖的是人人都要喝的茶，咱们卖书有多少人看？你可别忘了，好多人根本不看书，他们压根就不识字。”

“不识字没关系啊，咱们可以学武训办义学啊，免费教他们识字。他们一识字，不就都看书了嘛。”

“越说越离谱了。”王氏听得云山雾罩，“你逗谁玩儿呢，我看这都是你没事瞎看书看成这样了。越来越有野心了。事情有那么简单吗？老想一口吃个大胖子，小心噎死。”

“放心吧，我胃口大得很！”王少川兴高采烈地站起身，“姐姐这就算是答应了？”

“我可没说答应。”

“也没说不答应不是？”王少川马上风风火火干了起来。在北京城方圆百十里天天踩点，找门面，跟人砍价，忙得是不亦乐乎。很快就在东西南北几个地方谈妥了三五家门面，到了付钱的时候，对着姐姐一番软磨硬泡，要她把家里的钱给贡献出来。事已至此，生米都成熟饭了，王氏也没办法，只得把大部分积蓄都拿了出来。

王少川交了房租，很快就张罗着招人。说是招人，其实大部分都是熟人亲戚。热热闹闹放了爆竹就风风火火开张了。

一下子有了五六家书铺，街坊邻居都夸王少川有出息，要做大老板啦。

然而好景不长，王少川却越来越苦恼了。他发现这连锁店生意可不是那么好做的，他当初实在是太想当然了。

这其中有外在因素，然而更多的还是内在因素。

那年头神州大地的境况，完全可以用“风雨飘摇”四个字来形容，一方面新革命势力搞得如火如荼，另一方面旧顽固势力死而不僵，一大群清朝遗老遗少非常不甘心，他们拖着大辫子痛心疾首，我们祖宗打下的江山凭什么要拱手送人啊？没天理啊！大清一变天，我们还有好日子过吗？所以他们坚决拒绝接受新思想，千方百计要去阻止变天，天天变着法地想各种馊主意。

于是乎，各式各样的人物就粉墨登场了，什么趁火打劫的，什么浑水摸鱼的，你方唱罢我登场。这一来热闹是热闹了，可是北京城也给搞得乌烟瘴气，乱七八糟。老百姓一个个被搞得心惊胆战，每天为生计都顾不过来，谁还有工夫去看闲书？这就很自然地影响到王少川的“大生意”了。

上面说的是外在原因。内在原因呢？这还跟王少川招的人有关。王少川人机灵，主意多，加上老书铺也有不少熟客资源，所以打理起来挺简单。但是后来的那几家书铺要想立起来，就不那么容易了，一切都得从头做起，得拿出精力培养顾客。王少川招来的几个人起初挺卖力，又是打折，又是免费，各种宣传活动，可是搞了个把月也没见什么成效，没几个人进店光顾，就觉得没劲了，刚开始那几股热气慢慢就凉了。王少川几乎每天都要到几个店里视察工作，看店里死气沉沉的，心里很郁闷，可是没辙。只盼着哪天改朝换代，说不定能起死回生。

王少川如此苦挨了几个月，从春到夏，从夏到秋，眼看几家分店就要关门大吉，没想到几天后的一个夜里，随着一声枪响，还真改朝换代了。那一天正是公元1911年10月10日。

“号外号外，出大事了，武昌革命党闹事了！”一大清早，报童嘹亮的嗓音叫醒了沉睡的北京城。昏睡百年的中国，也被惊醒。哗哗哗，那天的报纸卖得特别快，傻子也能看出来，这是真的要变天了。昨夜武昌革命党正式起义，一声枪响，辛亥革命全面爆发了。

清廷惊慌失措之下，连夜调集最精锐的北洋六镇军队，和一帮革命新军短兵相接。可惜这仗打了一个半月，也不过只拿下了汉口和汉阳，武昌还是牢牢掌握在革命党人手中。而这一个半月，全国上上下下彻彻底底看透了清廷的虚弱无能。

武昌首义后，各地方新军迅速响应。与此同时，各省咨议局也宣布独立。短短一两个月就有 15 个省份宣布脱离清室。大清气数已尽，袁世凯反手一枪，逼迫清帝退位。小小的宣统皇帝当时才五六岁，啥事还不懂，就这样成了垮掉的一代。曾经不可一世的大清朝灰头土脸地退出了历史舞台。

革命党在南京建立临时政府，1912 年元月“中华民国”正式成立，袁世凯做了临时大总统。那些清朝的遗老遗少长长出了口气，革命军非但没有找他们秋后算账，反而还给他们安置了后路，把他们给包养了起来。大难不死就是福气，哪还有什么心思瞎折腾。

这次真的变天了，改了朝换了代。可是王少川的生意却还是没好起来，这真让人着急。可着急也没用，把自家和姐姐家所有的积蓄全部拿出来也没用。王少川这人也是不到黄河不死心的主，他背着家人还贷了高利贷。这下就更是捅了马蜂窝，窟窿越来越大，堵不住窟窿，工钱发不起了，房租缴不起了，追债的围上了门。王少川这个大老板一咬牙一跺脚，关门大吉。

可是高利贷还是要还的，放高利贷的可是不好惹的主。一堆人跑到王少川家里大闹，说没钱好哇，拿命来！王少川和媳妇吓坏了，坐在地上成了一摊泥，一副半死不活的可怜相。王氏看着可气又可怜的弟弟，没办法，亲弟弟，还得救啊。变卖了家里新置办的几件值钱的家当，可还是差得远。无奈之下，一咬牙，把最后的赖以为生的家底——张义海当年省吃俭用盘下的书铺给贱卖掉，替弟弟把高利贷还上了。这一下什么都没了，真是赔了个底朝天，安稳日子是走到了头。

天色已经晚了，王氏依旧站在书铺门前，半天一动不动。她心灰意冷，想着究竟是自己太放纵弟弟了，太相信弟弟了，所以才酿成今天的恶果。又想到下落不明的丈夫张义海，简直就觉得自己成了罪人，对不起张义海辛辛苦苦盘下的家业，对不起这个家啊。皓天轻轻地扯了扯母亲的衣袖，说："娘，咱们回家吧。"她才呆呆地跟着皓天回了家，路上一言不发，到了家便躺在床上，用被子蒙住了头。

皓天当时已经十二岁。这几年父亲离家，他也成了小大人，比一般孩子都早熟、懂事。看母亲这样，他心里也难过。可是他没哭，而是默默给母亲盖好被子，自己一个人跑到灶屋去了。过了半个时辰，便端来一碗热腾腾的粥和两碟炒菜，放在桌上，走到母亲床前，轻轻叫着："娘，吃饭了。"

王氏闷着头在被窝里无力地说："皓天，我今晚不吃了，你吃吧。"

皓天坐在床边想了想说："娘，你就别多想了，几年前，爹出远门了，一走就是几年，咱们的日子不也是一步步走过来了？现在的日子再苦也不比那时候苦啊。"

这一提张义海，王氏再也忍耐不住，在被窝里抽泣起来。心里又是自责，又是委屈："孩子啊，我对不起你，也对不起你爹啊。我把咱们这个家给毁了啊。"

"娘，咱们的家没有毁，一直都在啊。我还是你的儿子，你还是我的娘啊。咱娘儿俩不还都好好地活着吗？"皓天看王氏还是不动，叹了口气，"你要不吃，我也不吃，你舍得让我饿着吗？"

这一说王氏竟然破涕为笑，一下子坐起来："真长出息了你，还学会威胁了。"

皓天赶紧拿来毛巾，在王氏脸上抹了一把："别哭了，一哭就不好看了。下床吧，吃饭。"

皓天终于把王氏哄到了饭桌，王氏心酸之余也颇感安慰，心想孩子是真长大，真懂事了。“皓天呐，书铺没了，往后咱们就断了进项。咱娘俩就该过苦日子了，你怕不怕？”

“那些街上没家可去的流浪汉人家都不怕，咱们还有个家，怕什么啊。”皓天站起身，挺起胸膛，“我有手有脚，娘，以后你还给我讲故事，我干活养你！”

看着皓天英气勃勃的小脸蛋，王氏的眼眶又忍不住红了，把孩子紧紧搂在怀里。

第二天，王氏早早便起了床，到集市上去买了针线刺绣材料，要开始绣花了。她做闺女时心灵手巧，在家闲来无事跟娘学会了这门手艺，没想到如今派上了用场。很久没绣过花，手艺有些生疏，不过练了几天很快就把手艺找了回来。

接下来的日子她便靠给人绣花和缝缝补补维持日常生活。街坊邻居也同情他们母子，腐朽的大清被推翻了，现在大伙想来张义海那真是义举，都愿意主动介绍一些活计给她做。虽然赚不了几个钱，不过解决温饱没多大问题。那几年通行的货币是大洋，不管袁大头还是孙大头，都能用，一块大洋能买一担大米，王氏靠自己的手艺每个月能挣十来块大洋。

但是对于知书识礼的王氏来说，仅仅解决温饱是不够的。她必须考虑孩子的前程。皓天人聪明，跟着她认了不少字，也看了不少书。但她所学毕竟有限，已经教不了皓天新的知识。

听弟弟少川说过，现如今的中学堂不但教国文，还教外国语、数学、艺术、自然科学、社会科学、体育、音乐、生物，等等。这些五花八门的学科她大多没听过，感觉自己是真的落伍了。她可不愿意让皓天跟自己一样孤陋寡闻。必须让孩子到新学堂继续念书，学一些更新鲜的知识，这也是张义海以前常常提起的。张义海最大的愿望是皓天将来能考到京师大学堂——也就是后来的北京大学去念书，她要完成丈夫的心愿。

王氏要给皓天找个好学校，到处打听看有没有人能够帮得上，忙活了大半个月也没忙出个结果。正在失望焦躁的时候，有一位远房亲戚不请自来了。

这位远房亲戚是王少川带过来的，四十来岁年纪，姓刘，名灿源。一看就挺阔气，白白胖胖的脸，白白胖胖的手，白白胖胖的身材，穿的衣服是普通人穿不起的绸缎。这天下午，他大摇大摆就进了张家院子，大声吆喝起来："嗨嗨，谁的儿子要找学校啊?"

王氏正坐院里做活，抬头一看吃了一惊，有些不敢相信："灿源表哥，真想不到是你!"

刘灿源哈哈大笑："哈哈，表妹，想不到你居然还记得我，还不请我坐下来喝一口大碗茶?"

王氏待字闺中的时候，一年总有一两次见到刘灿源到家里喝茶。刘家可是地地道道的富家子弟，京城东直门大街一半都是他家的产业。王氏也不知道怎么就跟他家攀上了亲戚。自从嫁给张义海之后，王氏就很少见他。后来听说他搬到西城去住，距离就更远了。

王少川忙不迭进屋里搬椅子，王氏进屋要给刘灿源沏茶。王少川悄悄告诉姐姐说，他也是今天无意撞见表哥的，听说他最近帮助几个穷人孩子上学，马上就想到了皓天，想他兴许能帮上什么忙。王氏一听，心思有些动了。

一番寒暄，两人也了解了彼此的近况。刘灿源听得不住摇头，连声说："表妹这几年是真受苦了。"王氏表情显得很平静："命中有时终须有，有些事情可能就是命中注定的。"

刘灿源一听马上站了起来："我今天是特意为小外甥的事而来。听说咱们家小子很聪明，要是不上学那就太可惜了。"

王氏不由叹了口气："我这辈子也就这样了，只是皓天他……"

几个人正在院里说着话，皓天从外边正好回到家。刘灿源看到皓天，眼睛不禁一亮，连声夸赞：“呵，这孩子天庭饱满，眉清目秀，看上去就透着一股子机灵劲儿！今年几岁啦？”

皓天看了一眼母亲，又看了一眼刘灿源，有些不好意思，垂下了头：“十二岁啦！”

王氏在一边赶紧说：“皓天，这是你刘表舅。快叫表舅！”

“表舅好！”这次皓天声音大了许多。

“我看行！”刘灿源好像在喃喃自语，又好像对所有人说，“这么机灵的孩子，不上学哪儿行啊？你说是不是？明天早上我再来，带他上学，学钱、书籍都不用你们管。我的住处距离学堂不远，到中午的时候孩子就到我家里吃饭，表妹你就放心吧。说定了啊，明儿见！”

说完刘灿源起身就要走，王氏一看连忙说：“表哥这哪儿行啊，你能送皓天入学我就万分感激了，可是不能啥都让你管啊。皓天的学费我还能承受得起。”见王氏说得坚决，刘灿源推辞不过，只好同意不管学费。

第二天一大早，刘灿源早早就来了，要接皓天去京师中学。王氏特意给皓天换上了一身干净的新衣服。母子二人跟着刘灿源坐上马车，约莫半个时辰功夫就赶到了学校。

那家学校名叫庆春学校，距离皓天的家有五六里地，环境相当幽静。这所学校原本是清朝镶蓝旗官办学堂，只有满人可以进去读书。辛亥革命发生后，没有清廷官家管了，就成了公立中学。那时候提倡学西学，新校长思想开明。学校里教外国语、自然科学等多门学科的竟然都有外国人。刘灿源带他们娘儿俩在学校转了一大圈，王氏一看孩子要在这么好的地方读书，心里那是相当的高兴。皓天也是对这陌生的环境充满好奇。

“皓天啊，你看这里好不好哇？”刘灿源问皓天。

皓天神情充满兴奋：“好啊好啊！”似乎还有些不相信，“以后我真的就在这里读书了？谢谢表舅！”

刘灿源眼睛忽然一瞪：“你要不好好读书，就要打屁股喽！”

皓天从此之后就在这家学校念书了，屁股是没让表舅打过，因为他学习很勤奋，成绩也是呱呱叫。不过，皓天却在学校干了一件让师生啧啧称奇的事情：他在学校养了一头奶牛！

这是怎么回事儿，请看下回分解。

第六回

皓天养奶牛获赞　少川卖牛奶招灾

上回说到皓天在学校养了一头奶牛。这还得与他遇到的洋老师杰森有关。

上学头一天，皓天度过了很难堪的一天。

那天皓天跟着刘灿源见了教课先生，先生给他发了几本新书，这就算正式入学了。他来得要比大多数学生晚一些。进课堂的时候，大家都盯着他看，他没经历过这种阵势啊，就有些慌，急急忙忙走到老师为自己安排的座位上，还差点摔倒。孩子们哄堂大笑起来，皓天出了丑，恨不得钻地缝里去。

整节课皓天都心神恍惚，不知道先生讲些什么。下课铃声响起，学生们都蹦蹦跳跳着出去玩，皓天谁也不认识，一个人呆呆地坐着，看上去孤零零的挺可怜。忽然听到一声呼唤："皓天，过来！"皓天抬头一看，母亲站在教室门口冲自己招手，原来她放心不下皓天，一直在外边等着他下课。

皓天快步走到母亲身边，却听到一个孩子尖声尖气地学舌："皓天，过来！"身边的几个孩子又笑起来。皓天不禁感到羞怒，瞪了那孩子一眼。那孩子冲他做了个鬼脸，一群孩子很快跑一边去了。

皓天站住不动了，浑身不自在。王氏弯下身来："皓天，怎么了?"

皓天憋了半天没吭声，忽然瓮声瓮气地说："我都长大了，你这样像叫小孩子一样的叫法，我又让人家笑话了。"

王氏知道这孩子的倔劲上来了，连声说："好好好，娘今天也就这一次。你好好读书，我以后就不来学堂了。可是中午吃饭口，娘还得来给你送饭啊。这样，以后中午咱们就在大门口碰头吧。"

看着母亲一脸的憔悴，皓天一时觉得刚才口气重了，不好意思地点点头。王氏临别又交代："皓天，你记住，咱跟他们没什么两样。他们其实也没什么坏心眼，就是欺生。你也别多想，咱们来这里读书不容易，要跟大家好好相处啊。"皓天又点点头，王氏这才放心离去。

学校是新的，同学是新的，学的东西是新的，皓天就这样开始了全新的生活。虽然第一天有些懊恼，但是第二天，皓天找到了自己最大的乐趣!

第二天，上了一堂生物课。教课的先生是一位英国人，叫杰森。三十来岁年纪，一头梳得油光发亮的头发，深浓的眉毛，高挺的鼻子，眼窝深陷，长脸，络腮胡，身板笔直，长相非常英俊。

最重要的是，这位杰森老师还能说一口流利的汉语。最最重要的是，杰森老师这堂生物课没在教室里上，而是把孩子们带到了东边两里地外的牧场，他要让孩子们直接走入大自然去认识生物。皓天一看大喜过望!

那牧场真漂亮。一片绿色的大草原，开着各种颜色的小花，蝴蝶、蜻蜓在花丛中盘旋飞舞。草原上有一群群洁白的绵羊、奔驰的骏马和悠然自得的黄牛。在牧民居住的地方，还养了鸡、鸭、猪等家畜家禽。这是一个天然的生物教室。

杰森老师很耐心细致地给学生们讲解每一种动植物的名称、长相、构造、生活环境、生活习性、运动方式等。

到了居住区时，正好赶上牧民给母牛挤奶。皓天小声对杰森说：“我也会挤奶！我也会挤奶！”杰森老师笑了，他走近那位挤奶的牧民，与他低声交谈了几句。回头微笑着叫皓天：“张皓天同学，该你上了！”

皓天大喜过望，连忙走过去。牧民从水桶里舀了一瓢水，让皓天洗干净了手，给他穿上了一件干净的白大褂。还别说，皓天个儿已经高到穿这成人大褂也不显得太长了。

皓天将一条高板凳放到母牛侧后约莫三分之一的地方，拳握式一紧一松就挤上奶了。看上去还真像那么回事儿，把其他小同学看傻眼了。这些孩子多数都是京城里的富家子弟，哪动过手干过挤奶的活呀。

挤完奶，杰森老师狠夸了一顿皓天同学，让大家向皓天学习。要多参加社会实践，多动手，从生活中而不是只在书本上学习生物知识。皓天心里特别痛快。

为了鼓励皓天同学这种勤于实践的好习惯，杰森老师向牧民买下了那头母牛。就在牧场边搭了个牛棚，让皓天同学饲养这头母牛，也教同学们一块喂牛挤奶。挤出的奶老师同学们一块喝。

皓天呢，当然非常爽快地答应了。虽然奶牛不是自己的，但可以独立去喂养一头奶牛，可以喝到自己煮的牛奶，还有什么比这更快活的事儿呢。

这头母牛还真能产奶，每天皓天带着同学们可以挤两到三次，总共能挤出十来斤，够全校师生一人喝一小杯了。

因着奶牛这事儿，皓天很快在学校出了名。

皓天这学习劲头就上来了。此前虽然认识不少字，也似懂非懂地读过不少书，但到了学校后，皓天发现该学的东西不只是国文，还有太多知识他不懂，每天都要做作业，这就不能蒙混过关了。他是个不肯服输的孩子，就拼命补功课，幸亏有些阅读基础，加上他的理解力强，很快便赶了上来。

起初先生每次提问他都支支吾吾，过了个把月后，他的回答就变得相当流畅自然了。那教书先生虽然古板，但每次见到皓天的母亲，都会忍不住表扬皓天几句。孩子有出息，做母亲的脸上自然也感到光彩，王氏的心情也越来越好了。

过了一两个月，为答谢刘灿源，在一个风和日丽的天气，王氏领着皓天，由弟弟王少川去刘灿源家做客。皓天那天惊奇地发现，原来自己的同学刘顺是刘灿源的儿子。

刘顺，也就是皓天头一天进学校对着他尖声尖气学舌的那个孩子，手里正捧着一碗牛奶喝。看到皓天居然走进自己家里来，不禁愣住了。

两人正在大眼瞪小眼，刘灿源从内室走了出来，呵斥刘顺："兔崽子还愣着干吗，赶紧给客人沏茶端水啊!"刘顺扫了一眼皓天，皓天假装不看他，刘顺搔着后脑勺，嘿嘿笑着走了出去，很快便端着一壶茶走了进来，放到八仙桌上，一一为大家斟上。轮到皓天这儿却停住了。捏住嗓子，怪声怪气地说："爹，这位张少爷年纪太小，还是不要喝茶了吧!"

刘灿源一寻思，还真是："那皓天喝点啥？总不能喝白开水啊。"

皓天点头："好的。"

刘顺却说："好什么呀？爹，咱们家不是有上等奶粉吗？给他冲一碗牛奶吧。"

刘灿源一拍大腿："我还真把这个给忘了，那还愣着干吗？赶紧冲一碗来!"

刘顺噔噔跑了出去，很快就拎了一袋包装花里胡哨的奶粉走进来，在皓天面前一扬："这可是洋人的玩意儿，我肯定你没喝过。"

皓天从鼻孔轻哼了一声，没有言语。刘顺也不在意，拿起茶壶给他冲了一碗："你闻闻，香不香？"

一阵浓郁的奶香味飘到皓天的鼻子里，皓天不禁脱口而出："荷斯坦奶牛!"

刘顺看着皓天感到惊奇："咦？你怎么知道?"

皓天故作不屑："嘿，这荷斯坦奶牛我不光知道，还摸过。"

王氏在一边说："皓天小时候身子弱，倒是常常喝这个什么荷斯坦奶牛下的奶补身子。"

"哦！原来如此!"刘顺有些不好意思了。皓天看着心里直乐。

"什么稀罕东西，你小子别狗眼看人低!"刘灿源教训儿子，转头对王氏说，"等走的时候拿走两袋奶粉，这个大人小孩喝都有好处。"

皓天喝下一口牛奶，蓦然想起当年给他牛奶喝的孙良喜，又想到音讯全无的父亲，内心不禁无限惆怅。

王氏笑着说："真是无巧不成书，没想到他俩原来是同学。看你孩子这小模样，当娘的一定漂亮。"

刘顺重重"唉"了一声："可好多人都说我的模样随我爹啊。"

刘灿源眼一瞪："贫嘴，滚一边去!"

刘顺冲皓天使了个眼色："他们大人说话，咱们小孩子还是赶紧滚吧。"拉起皓天就要往外走。皓天也正想出去透透气，便跟着刘顺走了出去。

刘灿源和王氏姐弟聊了大半个时辰，王氏叫了皓天回屋跟表舅告别，准备告辞。王少川却根本不想走，说："我好几年没跟表哥喝酒了，今儿正是个机会。表哥家又是做大生意的，也正好跟他讨教一下生意经。"

刘灿源哈哈一笑："嗨，我懂狗屁的生意经。我家老爷子昨天还骂我，说我是吃一个吐俩的败家子，早晚要把祖宗家业败光喽……表妹，今儿啥也别说，我有位老哥们儿，一位宫廷大厨，叫孙睿年，这位的祖上可是当年给康熙爷做过千叟宴的，有祖传的好手艺。这两天正好在找我玩儿，所以今儿个谁也不许走，走了就没口福喽!”刘灿源说得诚恳，王氏盛情难却，只得又坐下。

过了片刻工夫，酒菜便一一端上来，一会儿便铺满了整张桌。皓天扫了一眼，这些菜别说他大部分都没吃过，连见都没见过，听都没听过。他拼命咽下一口唾沫，赶紧转移视线。

王少川的眼瞪得溜圆：“表哥啊表哥，您这几道菜可都大有来历啊，香油膳糊、酱焖鹌鹑、狍子脊、山鸡片、沙舟踏翠、琵琶大虾、龙凤柔情……”

王少川摇头晃脑说了一大串，刘灿源说：“少川比我研究得透彻，我都不知道这么文雅的菜名。”

王少川说：“其实这些菜我也没怎么吃过，都是以前在书铺看书看到的。”

皓天肚子可真不争气，忽然咕咕叫了几声。屋里几个人都笑了起来，弄得皓天很不好意思。可是刘顺还故意火上浇油：“为什么你肚子说响就响啊？这可是本事，赶紧教教我!”刘灿源用筷子往他脑门上敲了一下，又夹了一块鸡肉放在皓天碟中：“看来是真饿了，赶紧吃!”

吃完了饭，歇了一小会儿。刘灿源的宫廷大厨朋友又上了一道酸奶。嚯，这叫一个好吃。较之上回在德丰堂饭庄吃的，这个更酸甜可口，更浓厚香醇。

这之后皓天算是喜欢上表舅家了，又能冲奶粉喝，又能吃到宫廷风味酸奶，真是快活似神仙啊。

刘灿源的宅子挺大，前后两个大院，院中几十间房屋都是有廊的。告辞了刘灿源，走出刘宅，王少川不停叹气，说：“这么多房子，表哥住得完么?”

王少川以前一直心高气傲，不过前年被放高利贷的差点打折了腿，人变老实了不少。每次一想到姐姐就觉得心里不是滋味，也恨自己，怪自己野心太大，太莽撞激进才落得如此下场。大老板是做不成了，可还得吃饭啊，找人托关系到一家当铺里去做伙计，每个月也能收入一二十块大洋。可时间一长，他又不甘心了，心想自己聪明绝顶，偏偏生不逢时，真是天妒英才啊。老这样下去，这苦寒日子到底什么时候是个头哇？什么时候才能够报姐姐的救命之恩呢？他就天天想，绞尽脑汁想。想来想去也没想出什么好办法，没本钱，什么也做不了，杀人放火，他又不敢。他很迷惘，很苦闷。

可最近无意撞上远房表哥刘灿源之后，王少川这尘世间的迷途小羔羊马上又找到了人生真谛，那颗迷惘的心又开始蠢蠢欲动起来，老天保佑啊，今后又要走上金光大道啦！

王少川为了获得刘灿源的信任做了不少功课。他了解到刘灿源以前做生意，但是这两年却突然不做了。媳妇的离世让他忽然想明白了，人生无常，那么拼命赚钱何必呢？挣得再多到最后也带不走，一切都是空！这一想，他就彻彻底底变了，从一个生意人变成了一个大善人。

做善人也是需要资格的，刘灿源家大业大，不做生意也够吃喝几辈子了。他要当大善人，做好人好事。所以他出资建学校，就是为了让贫苦的孩子能够改变命运。看谁日子过得紧巴，只要让他看到，用不着人家张口，他就会非常主动地去救济。每个月的初一、十五，他都会在自家后院摆上十几桌酒席，让那些平常难得见油水的街坊邻居吃些好的。也有几个骗子打着做善事的旗号骗了他不少钱，拿到钱之后就脚底抹油溜之大吉。他倒也不气，哈哈一笑了事。

王少川了解到刘灿源的这些光辉事迹，激动得彻夜难眠，这不是天上掉下个贵人嘛。何况这位贵人还跟他是亲戚！王少川哭了，呜呼，真是天不亡我，该我王少川时来运转了！

经过一段时间的踩点、考察，王少川制订了详细的发展计划，马上跑到刘灿源的家，说出自己的实施方案。王少川打算干什么呢？原来他注意到皓天所在的学校许多学生离家太远，吃饭很不方便，就想托刘灿源帮个忙，在学校开一家食堂，管学生每天早饭午饭。

要说刘灿源，对王少川的丑事是早有耳闻，内心里是极不情愿帮的。这个表弟还是太任性了，想一出是一出，你自己随便怎么折腾都行，可是你做错了，得自己承担，不能让别人为你的错误买单啊。表妹以前多年轻，多好看哪，这个不争气的表弟愣是把姐姐折腾得一下子老了十来岁。这种人怎么能帮呢？

不过心善的人就是这样，架不住别人一再央求。刘灿源单独与王氏沟通后，改变了主意。他对王少川说："你是真想改好？"王少川连连拍胸脯保证。

刘灿源说："帮你可以，有两个条件。"

"啥条件？"

"饭菜不能卖贵了，每周要来一顿免费的午餐，还要保证质量，要大家吃好吃饱。"

王少川再拍胸脯："那没问题啊，完全没问题。表哥真是个大善人。"

刘灿源说："第二个条件嘛，你姐姐得在食堂待着。管收钱，也管出钱。"

王少川说："哦，我明白了，您是不放心我，让姐姐监视我。"

刘灿源哈哈一笑："表弟别理解偏了。这一是怕你有时候粗心大意犯糊涂算错账，二也是怕你姐姐一个人天天在家闷得慌，出来工作也能散散心。"

王少川一搔头皮："同意！"

王少川在学校开食堂的事儿就这么定了。王少川一番风风火火的准备，又是找大厨，又是在附近找合适的菜市场，半个月之后就热热闹闹开张了。刘灿源也特意赶来捧场。王少川一高兴，宣布第一天吃饭免费，可把全体师生乐坏了，纷纷夸王少川是善人。王少川心里也美滋滋的，原来做好人好事的感觉这么好哇，我一定要加油，要好好干！

王少川这次还真的东山再起了。刘灿源找了几个他的厨师朋友坐镇指挥做饭，饭菜做得香喷喷，又便宜实惠。学校师生都喜欢在学校吃，食堂生意做得风风火火。有一天教育署的人来学校视察，吃了一顿午餐之后赞不绝口。连续两年学校食堂还被政府评为“北平学校模范食堂”。王少川天天心里美滋滋的。

学校外边有人的鼻子比狗鼻子还灵，看到这里又便宜又好吃，陆陆续续跑到学校来寻食。王少川对此当然没意见，来吃的人当然越多越好，谁跟钱有仇啊？干了两三年，如今的王少川今非昔比，胖了，做人有底气多了，说话嗓门都跟以前不一样，还有点膨胀，觉得自己是个人物了。

外边到学校吃饭的人越来越多，王少川的小日子也过得越来越不错。可是有人不乐意了。谁？学校校长贾大方的弟弟贾大正。贾大正在学校做日常办公采购，算是个闲职，但也能揩点油水。但是一看王少川的食堂比他的油水更肥，眼红、嫉妒，也后悔，渐渐就坐不住了，心想自己当初怎么就白白错过了这发财的机会呢？

这天贾大正一见到王少川就眉开眼笑：“少川啊，哥跟你商量个事。”

王少川根本没拿正眼瞧他：“啥事啊？”

“这可是大好事！对咱们学校的学生大大的好！”

原来贾大正已经在外边联系好了，他想在学校卖牛奶。每天给学生每人喝一杯，不过只能通过王少川的食堂来搭配销售。

王少川一听，冲贾大正伸出了大拇指：“哥，听你这么一说，这还真是好事！一天一杯奶，没准就能改变一个民族呢。”

贾大正一看有戏："当然当然，到时候赚钱了，咱俩三七开!"

王少川问："你三我七?"

贾大正眼一瞪："你可真会开玩笑，奶商是我找来的，钱是我垫上的，牛奶是我提供的，只能是你三我七啊。"

王少川眼也一瞪："再瞪眼你眼也没我大，你三我七你以为我就乐意了？我干吗找你啊，我有病啊，我自己也可以找人！我们老王家也养牛挤奶，我外甥现在还会做牛奶呢!"

说干就干，第二天，王少川就找到附近的牧场，就是杰森老师常给学生上生物课的牧场，让他们每天提供鲜牛奶，在食堂里卖。

这可把贾大正气坏了，这小子做事狠辣呀！他找到做校长的哥哥告状："哥哥哎，你是校长，你咋这么傻呢，凭什么白白便宜了那小子，凭什么呀？我的亲哥哥，你千万不要有任何犹豫，有权不用过期作废！咱得把食堂弄到自己手里!"

贾大方没好气地瞪弟弟一眼："是啊是呀，我傻，你能。凭什么呀，凭人家是刘灿源的人！这学校当初可是人家刘灿源凑了不少钱给重建的!"

贾大正奸笑说："非也非也，那刘灿源以前是威风，可现在他是拔毛的凤凰不如鸡喽。他现在是穷光蛋了，谁还拿他当回事儿啊。"

啊？那么有钱的刘灿源刘阔佬怎么就成穷光蛋了？谁都知道他的家业无比雄厚，整个半拉街的房子都是他家的，怎么短短几年工夫，两辈子什么也不干也吃不完的家业说没就没了？

这事听起来的确不可思议，可刘灿源还真通过自己坚持不懈的努力做到了。长话短说，主要是因为刘灿源天天努力着做好人好事，到处给人送钱，一出手还挺大方，这就吸引了各路骗子的注意。骗子觉得刘灿源太可爱了，于是组团忽悠他，变着法儿地从他身上揩油水。这帮人说刘老爷修学校好啊，孩子是国家的未来，教育兴国！那帮人说刘老爷还是搞实业好啊，解决了群众就业问题，实业救国！刘灿源一听这可都是高大上的事，高兴得连连鼓掌，可这些天大的好事，你们需要我做些什么呢？

骗子们很激动：很简单，你只要出钱就行，其他的事我们来做，谢谢刘老爷，老百姓会记住你的！

刘灿源大手一挥：呼呼呼哈哈哈，只要有需要，你们尽管开口，凡是能用钱解决的事儿那根本就不是事儿！好，我出钱，你们出力，这事儿就这么定了，兄弟们辛苦啦！

骗子拿到钱都很感动，心想这年头这么傻的有钱人真不多见了，一定要好好珍惜，那就干脆再骗他一次吧。于是，骗完了第一次后接着又骗了第二次，然后又第三次，第四次……最后他们终于不骗了，这并非他们良心发现，而是因为刘灿源到了后来，实在没什么家产可骗了……

到了皓天中学快毕业的时候，刘灿源差不多已经一贫如洗，财产只剩下一个小独院。找他喝茶的朋友也越来越少，以前门庭若市，如今门可罗雀。比如这个贾大正，以前见他就跟哈巴狗似的，现在根本不把他往眼里搁了。正是人情如纸，世态炎凉。

贾大正一直看王少川不顺眼，他把王少川看成是刘灿源的人。以前刘灿源前呼后拥的，他不敢得罪。如今刘灿源失势了，那就没什么可忌讳了。所以他就想把王少川给轰走，然后自己占领学校食堂。

贾大方听完弟弟的想法，猛一拍巴掌："大正啊，你咋不早说？这个王少川我早就想赶他走了。他一个在别人的地盘开食堂的谁拿他当回事儿呀，还自以为是个人物，走路都鼻孔朝天，对我爱理不理。有时候跟我走碰头都假装没看见我，简直岂有此理嘛，怎么说我也是堂堂一校长啊！"

贾大正也拍了一下大腿："大哥千万别跟这种人一般见识，他就是上不了大席的狗肉。大哥大人大量，大人不记小人过！"

"我是有修养的人，当然不跟他一般见识，不过嘛……"贾大方扶了一下眼镜，“不过我也是有一定身份地位的文明人，直接赶他走这总不大好吧，我还得注意影响。”

“大哥你放心，我早就想好了!”贾大正摇头摆尾，叽哩呱啦如此这般。贾大方听完之后，非常严肃地批评弟弟：“大正你太坏了。不过——我喜欢，呵呵。记住，一定要注意隐蔽，被人发现我可就吃不了兜着走了!”

“做坏事也是需要天赋的，我正好有这个，大哥放心!”有了后台的大力支持，贾大正跃跃欲试，摩拳擦掌，这就准备干坏事了。

王少川这两年顺风顺水，时间一长，他又有些蠢蠢欲动，又想扩大自己的事业了。干食堂他觉得委屈了自己，他一直都觉得自己是做大事的人。他开始经常泡在外边，希望发掘新事业，开辟新天地。如此一来，食堂的许多事就全靠媳妇赵氏和姐姐王氏两个人打理。他的孩子才一两岁，虽说已经断奶了，可也不让人省心。赵氏天天带着孩子去食堂，天天早出晚归的，把她累得够戗。姐姐王氏在食堂管收钱，不忙的时候也会过来帮忙。可是老这样也不行，毕竟她俩是女人，学校食堂天天有外边人进来，人太杂，有许多事还是需要男人来撑场。

王氏劝弟弟多看着点自己生意，别老顾着在外边玩，也得让媳妇喘口气。王少川每次都是满不在乎：“我也很忙啊，我天天在外边要搞关系，要谈生意，也很累啊。食堂生意摊子不是已经铺开了嘛，用不着我操心啦。啊，你们就多操点心，实在不行，就多请俩伙计。”说了几次，看王少川毫不在意，王氏也没办法，只得由着他去。

这一天中午饭的时候，食堂大摇大摆来了几个人，一看就是那种街头混混。一个个懒洋洋往椅子上一坐，很快便点了几个硬菜：粉蒸肉、炸香椿鱼儿、醋熘木须、干炸丸子，还点了牛奶。菜上来后几个人开吃，吃到一半的时候，其中的一个人忽然叫了起来：“蟑螂，牛奶里有蟑螂!”这人嗓门挺大，全食堂的人都听见了。

赵氏一听着急了，赶紧走了过去，看到一个人正用筷子扒拉着碗里的一只死蟑螂："你是老板啊，不对啊，我们点的是牛奶，可没点蟑螂牛奶啊？"

几个人哄堂大笑。赵氏有些急了："几位没搞错吧，我们食堂一直很干净卫生啊。"

那人翻了翻白眼："怎么着啊，莫非我们冤枉你不成？"

"没说冤枉我们，就是你不能平白无故说我们不干净啊。"

那人站起身来，冲着围观的一群人抱了抱拳："各位，求你们发发善心，可得为我作证，这牛奶可是刚刚在他们食堂点的……"说着用筷子轻轻夹起了蟑螂，在大家面前慢慢晃悠了一圈，"大家都是有学问的人，帮我看看，这个小东西是不是传说中的蟑螂？我刚才差点给吃进嘴里！"

有两个女生看了一眼，皱皱眉头，赶紧跑一边去了。很快，一群不明真相的围观群众开始交头接耳。那群人更加鼓噪喧闹。

这时候王氏疾步走了过来，对几个人赔着笑："几位也别生气，这肯定是个误会，按说我们食堂卫生很严格，每天都恨不得把角落旮旯大清除一遍，也不知道今天从哪里蹦出来的蟑螂。这样吧，不管怎么说，今天这事儿影响了胃口，肯定是我们的不是，今天就不收钱了。"

那人扫了一眼王氏，怪声怪气地说："呵！说的比唱的好听啊，不收钱就拉倒了？万一我吃出毛病来了那可咋整？"说着从口袋里拿出两块大洋，"啪"地放在桌上，"够不够？爷还真不缺这点小钱。"

王氏拿起大洋，又塞到那人手里，继续赔笑："这……几位一看就都是有身份的人。今天千错万错都是我的错，我保证以后绝对不再发生这事，大兄弟行个好，今天就算了好不好？"

看王氏一直和颜悦色，那人也不再追究："行了，我就相信今天是个意外，再折腾好像我这有理的也没理了，今儿个就卖你一个面子，走人!”冲几个兄弟一招手，几个人呼啦啦走掉了。

事情总算是告一段落，看着这帮流氓出去，王氏长长出了一口气，几乎虚脱在地。她还是第一次碰到这种事，刚才也吓坏了，一直在勉强撑着。

赵氏看王氏神色不对，走上前问道：“姐，你没事吧?”

王氏摇摇头：“还是第一次碰到这种事。唉，他们要是成心找事，咱们两个弱女子就只有受着，硬来斗不过他们的。”

赵氏愤愤地说：“都是王少川，他在外边逍遥快活，咱们在这里受欺负!”

当天等王少川回家，赵氏对着他就是一通嚷嚷。王少川一听火大了：“这都什么玩意儿啊，胆敢欺负到我的头上，反了天了!”王少川不怕，他混了这几年，也认识几个江湖兄弟，第二天请他们喝酒，江湖兄弟一听也火大了：“少川哥，真有人在咱们地盘闹事?放心，兄弟们一定帮您摆平!”

王少川这几天也不出去了，一直在食堂蹲着。正等得焦急的时候，前几天闹事的几个混混如期而来了。又点了几个硬菜，跟上次一模一样。

很快，他们在牛奶里找到了新玩意儿：“苍蝇，牛奶里有苍蝇！嗨嗨，瞧一瞧来看一看，苍蝇牛奶!”

熟悉的感觉，熟悉的味道。哗啦啦，马上一群人又围上来看热闹了。

“哟，还真是苍蝇!”

“哟，个头还挺大!”

正在此时，王少川出场了：“这大冷天的，哪儿来的苍蝇啊?”

还是上次发现蟑螂那一位，他很生气：“你就是老板吧，你什么意思?哦，大冷天的我们没事抓苍蝇玩啊?你看看，你看看!”

王少川靠前仔细一看：“哟，还真是!”

“是吧，没骗你吧，一头大苍蝇!”

“看见了，看见了，不是一头，是好几头呐!”王少川指着几个混混，“这几头苍蝇加起来少说也得几百来斤吧!”

围观群众笑了。十四岁的皓天也在一边看着，他觉得舅舅当时看上去真是老厉害了。

“哎哎，你咋骂人呢?”几个混混不干了，“信不信把你场子砸喽?”

“谁敢!”这时忽然响起炸雷般的一声吼。十几个人一下子把几个混混围了起来。

混混们吓坏了：“你们要干啥?”

一个彪形大汉靠上前：“不干啥，你不说有苍蝇吗?我们来消灭苍蝇的!”

那混混东张西望：“大哥开玩笑呢吧，谁说有苍蝇了?谁说有苍蝇了?这大冷天哪儿来的苍蝇?好汉不吃眼前亏，兄弟们，撤!”冲几个兄弟一招手，几个人呼啦啦走掉了。

“皓天，都看见了吧。咱不惹事，但也不怕事。”事后，王少川对皓天说，“谁欺负咱们，咱们决不能躲着藏着，不然他们只会骑在你头上拉屎!”

这话说得漂亮，皓天记住了，他觉得舅舅真是个纯爷们儿。皓天同时也明白了一个道理：牛奶不管多好，也会惹出事端。

这时候的皓天已经长成了一个俊小伙：有棱有角的脸型，高高的个头，身子板虽然还显瘦，但挺结实。他学习很用功，成绩一直保持在前几名，他还乐于助人，帮助其他学生共同进步，赢得了师生们的一致称赞，尤其是带领同学们养牛挤奶这事儿。

经这一闹腾，校方不愿意了。贾大方找到王少川，进行了一番严肃的谈话：“好家伙，我们这里是文明的学校，是教书育人的地方，不是三教九流逞英雄的腌臜地！”

王少川连连点头：“校长您说得是，我也不想惹事啊，可人家欺负咱们啊。”

“为什么偏偏欺负你就不欺负我呢？”贾大方摆摆手，“你啥也别说了，为了学校的安定，我看你是不能在这里干下去了。”

王少川一听愣住了：“校长你怎么不讲道理呢？凭什么？”

“不凭啥，就凭我说的。从明天起，你就给我撤走。”

“可我们是签过合同的啊。”

“合同上也说了，如果经营不善，给学校造成了不好的影响，可以随时取消你的资格！”根本不容分说，贾大方转身而去。

王少川气坏了，可是县官不如现管，没办法，只得离开学校。过了几天，他明白了，原来这一切全是贾大正在背后指使，目的就是抢占学校食堂。

王少川恍然大悟：哇呀呀，贾大方、贾大正你们兄弟俩合伙给我下绊子啊。他心里觉得窝囊透了。过了两天他跟江湖兄弟喝酒说起这事，兄弟们一听拍案而起：“这也太小人了，不能便宜他们啊。少川哥你放心，我们给你好好出一口气，得给他们一点颜色瞧瞧！”

王少川举杯一饮而尽：“既然如此，就谢谢兄弟们了！”

两天后，一个月黑风高的夜晚，贾大方正在睡觉，忽然家里闯进来几个人。他还没明白怎么回事儿，几个人就把他从床上拎了起来，五花大绑。

很快贾大正也跟大哥会合了，身上同样五花大绑。哥俩大眼瞪小眼，吓坏了：“你们……你们要干什么？”

“不干啥，就是逗你哥俩玩。说，你们哥俩都干了啥坏事？”

贾大方快哭了："我们是好人啊。一直坦坦荡荡、清清白白做人。"

有人一脚踹在贾大方胸口："还好人，还清白，你们对王少川做的事那是好人该干的吗?"

贾大方呼吸忽然变得急促，脸色憋得黑紫："快放了我，放了我!"紧接着口吐白沫，身体一阵猛烈抽搐，一会儿工夫就气绝身亡了。

要说这一脚并没多使劲，不过赶上急性心脏病发作，就是一条人命。

俗话说：欠债还钱，杀人偿命。贾大方一送命，这王少川姐弟俩还能有好日子过吗？张皓天刚刚好起来的家庭是不是又得一贫如洗了？请看下回分解。

第七回

舅吃官司母断腿　少年自立养家庭

庆春学校校长贾大方就这样不明不白地死了，现代医学把贾大方的这种突然死亡称为心脏病猝发死亡。那时候中医的说法叫“胸痹”，有这种病的人千万不能受刺激惊吓，不然就会有生命危险。

贾大正眼睁睁看着亲哥哥死在自己眼前，惊恐万分，过了半天才发出凄厉的嚎叫：“救命啊，死人啦，死人啦!”由于惊恐过度，也昏迷了过去。

几个人面面相觑，本来只是想吓一吓这哥俩，没想到居然出了人命。这结果可是谁都没想到的，几个人这下也慌了。这都摊上人命了，要吃官司啊，赶紧跑哇。

几个人连夜溜掉了，王少川可就倒大霉了。第二天天还没亮，一帮警察就风风火火赶到他家，把他给抓了起来，投进了牢房。很快又抓了两个逃跑的嫌犯。这一下，王少川的好日子是真到头了。可是倒霉的不只是他，还有他的媳妇和孩子，还有他的姐姐王氏。

王少川摊上了人命官司，成了谋杀庆春学校校长的主要嫌疑人。这事可闹大了，成了王少川附近街坊邻居最新的热门话题。

王少川媳妇赵氏泪眼汪汪地抱着孩子去找姐姐王氏，大人哭，小孩闹。王氏也是干着急，她也不过是个弱女子，能有什么办法呢？情急之下，她想到远房表哥刘灿源。想着他虽然这两年家道中落，但毕竟瘦死的骆驼比马大，兴许他能有什么办法，病急乱投医，死马当活马医吧。

刘灿源如今一贫如洗，被他老爹扔在京西一座破败的小院子里。人也不像以前白白胖胖，变黑了，也瘦了，不过精神状态倒是不错。见到他，王氏还没张口，他就说："少川的事儿我今天刚听说了，闹得动静挺大。死的人毕竟不是一般人，上边很重视，这事儿还真不太好办……"

王氏心乱如麻："这事少川做的是太莽撞，可是他怎么会杀人呢？你也知道，他以前哪儿会有这个胆子？也就是这两年结交了一些社会上乱七八糟的人，才给他壮了点胆，其实他无非就是想吓吓他们兄弟俩。况且，他当时也没有在现场……"

"这些我都知道，他是没在现场。可是他的江湖兄弟把他给供出来了啊，说他是幕后指使。"

看王氏长吁短叹，刘灿源安慰她："你也别着急，着急也没用。我在想啊，也不是完全没办法。咱们说不定可以从别的地方入手，正面入手不行，侧面也许能行。"

"有什么办法你尽管说。少川是我弟弟，王家就这一根独苗，孩子这么小，没爹可怎么成？要我倾家荡产都行。"

"少川不着调，可你这姐姐做得可真是没得说。"刘灿源叹了一声，"我有个认识多年的老熟人，是一位德高望重的老中医，姓华，据说是神医华佗的后人。这北京有一大半大夫都是他的徒弟，我想兴许能从他那儿入手。"

王氏有点不大明白，不知道找大夫有什么用。刘灿源说："比如说，要是有人能作证，说贾大方以前就有胸痹这种病。那事情也许就变简单了，起码说明少川不是有意谋杀的。"

王氏一听，犹如溺水之人抓到了一根救命稻草：“还真是，我怎么没想到呢。表哥你可真是帮大忙了!”

刘灿源竖起大拇指：“华大夫是我父亲以前的老朋友，医术很高明，为人也是一等一，古道热肠，只要他能帮得上忙，那他一定会帮的。不过我也很久没跟他见面了，上次见面还是几年前我夫人生病的时候……”

王氏急切地说：“我们能不能现在就去见他?”刘灿源笑了：“你这么急，我敢不答应吗？咱这就去找他!”王氏有些不好意思，可事关紧急，也顾不得许多了。赶紧雇了马车，去找这位华佗的后人。一路快马加鞭赶了将近一个时辰，到日落时分，终于赶到华府中。刘灿源面露喜色：“找到就好办了。”

但让人大感意外的是，华大夫已经于去年与世长辞了！王氏不禁大失所望，回去的路上刘灿源看王氏半天默不作声，又安慰她：“表妹，你也不要太失望。咱们全力以赴，就不信找不到华大夫的徒弟。”他的声音并不大，却说得很坚定。

王氏对刘灿源感激不尽：“表哥，你每天那么忙，还让你操心这事儿，真是麻烦你了。”

刘灿源连连摇头：“表妹啊，你就是太见外。少川是你弟弟，可也是我的表弟啊，我操心也是应该的。”

马车先送王氏回到家，这时候天差不多已经黑透了。刘灿源本来要马上赶回自己家，却看到皓天手提着马灯，一个人孤零零站在门口张望。他一直挺喜欢这孩子，也很久没跟这孩子唠嗑了，就下了马车。

因为舅舅的事情，皓天也受到了“特殊照顾”，校方让他暂时不要去学校了。皓天这几天心里也是七上八下。看到刘灿源，眼神一下子亮了起来：“表舅来了!”走上前亲热地拉起刘灿源的手，“表舅怎么变瘦了？是不是操心太多了?”

“嗨，瘦是好事啊，人显得年轻，精神！你看你，高高瘦瘦的，多漂亮，将来大姑娘排着队要嫁给你，哈哈！”

王氏给刘灿源沏了一壶红茶，让他跟皓天先聊着，她做饭去。没想到皓天抢先一步跑到灶屋，很快就把饭菜端了过来，笑嘻嘻地看着王氏：“没想到吧，我早就做好了，都热了两遍了，趁热赶紧吃吧！”转头又冲刘灿源文绉绉来了一句，“做得不好，表舅多多指教！”

刘灿源笑眯眯地说：“我来验验成色。”皓天一共做了三道菜：肉末炒雪菜，炒酱瓜，清酱茄子。刘灿源拿起筷子，夹了一口清酱茄子：“行啊，这道菜软烂鲜脆，真有你的，比我家那臭小子强多了。那小子只知道吃吃吃，从来就没想过烧菜做饭啊。”

王氏说：“我在学校食堂做事的时候，皓天名义上说是找我，其实是到后厨偷看师傅做菜，有时候还帮下手。你看他就这点出息。”

“可别小瞧这做菜，弄不好将来像张家祖上那样，到皇宫给皇帝做菜去，那出息就大了！哦，对了，现在不兴皇帝了，也不兴辫子了，是民国，民国大总统！”刘灿源放下筷子，“我这两年家庭有了大变故，许多事情也想明白了，人呐，还是踏踏实实好。我看皓天就比我家那臭小子踏实……”

王氏很谦虚：“表哥说哪里话，我看顺子一直很乖巧，也很机灵。”

提起儿子刘顺，刘灿源有些不自在：“唉，这小子原本是含着金钥匙出生的，可是这两年也跟着我这不争气的爹遭罪了。”

皓天一本正经地说：“表舅，您一直干的是利国利民的事情，是我学习的榜样。刘顺有您这样的父亲该感到特别骄傲才是。”

刘灿源哈哈大笑：“这孩子真会戴高帽子，我做的那些鸡零狗碎算什么利国利民？还不是便宜了那帮骗子？不说这些啦，对了皓天，那臭小子最近在学校调皮捣蛋没有？我知道你俩老在一起玩，可别袒护他，老老实实告诉我。”

皓天说：“刘顺现在可跟以前不一样了，他有自己的理想。我每天在养牛挤奶，他每天在想着未来怎么能把那牧场买下来！”

刘灿源一听颇有兴趣：“哦？原来他还有这么大理想啊？我都不知道！”

皓天很认真地说：“他说，他说呀，将来一定要让刘家东山再起！”

“啊？”刘灿源两眼瞪得溜圆，“什么东山，什么再起？我们家没有东山啊。这小小年纪不好好读书，一天到晚脑袋里都想的什么乱七八糟的玩意儿啊？”

王氏给刘灿源盛上一碗汤：“表哥真会说笑。孩子有理想是好事啊，你说是不是？”

刘灿源点点头，又摇摇头，转脸又问皓天：“我也读过那梁任公的《少年中国说》，说得好哇。有理想是好，可也不能好高骛远啊。皓天你可千万别跟顺子一样。”

皓天本想为刘顺辩驳两句，被王氏用眼色给制止了。王氏接着说：“我是想啊，儿大不由娘，只要不任性胡来，就随他们呗，免得咱们落埋怨。”

刘灿源嘿了一声：“也是也是，他们马上都长大了，以后就看他们啦。”

吃罢晚饭，刘灿源告辞，临别特意叮嘱王氏不必太担心。他会继续打听，让王氏在家等消息。

皓天说：“表舅真是大好人，明明不是自己的事，还那么上心。”

王氏叹了一声：“可惜好人没好命啊。他家以前是大富之家，现在日子过得也很不好，都是因为他的菩萨心肠。”

皓天反问一句：“那你的意思是，要做个坏人才会过好日子？”

王氏笑骂一句："狗嘴吐不出象牙来，我是让你跟人学坏？唉，皓天呐，当娘的不求什么大富大贵，只求个太平安稳。你看咱们家，你爹这都好几年了，是死是活也不见个人影，刚过两天安稳日子，你舅舅又摊上这事儿……宁做太平犬，莫做乱世人啊。"

为了这个倒霉弟弟王少川，王氏这几天是心烦意乱。第二天她来到少川的家，想着跟赵氏结伴一起到牢房看弟弟。可是赵氏年幼的孩子又偏偏发烧了，大人哭，小孩闹，家里乌烟瘴气。王氏一看，得了，还是我一个人去吧。让赵氏准备了少川的衣服带去，又做了几道王少川平时爱吃的饭菜，就出发了。

皓天本来也要跟着去，王氏不让，要他在家一边做功课一边等刘灿源的消息。她前几天去过一次，知道路怎么走，说是差不多在天黑之前就能回来。可是皓天一直等到天都黑透了，王氏还是没有回来。皓天心里着急，做好了晚饭就准备到外边去看看。忽然听到院外一声喊："表妹，哈，需要的人找到了！"原来是刘灿源到了。

皓天叫了一声"表舅"，刘灿源应了一声，擦了把汗，看上去挺兴奋："哎，表妹呢，你娘呢，有好事来了！"

"去牢房看舅舅去了。按说早就该回来了，可到现在还没回来。"

刘灿源埋怨说："哟，早跟我说嘛，我的马车虽然破了点，可随接随送多方便啊。京师第二监狱那可太远了，咱们赶紧顺着路去接她吧。"说罢赶紧拉皓天上了马车。

路上皓天一直心神不宁，隐隐约约觉得母亲很可能出了什么事。在心理学界有个著名的墨菲定律说的就是他这种心理：如果事情有变坏的可能，不管这种可能性有多小，它总会发生。这话说起来比较拗口，用咱们的话说就是，你越怕啥就越来啥。皓天的担心不幸得到了验证……

王氏去见弟弟之前，原本雇了一辆马车，到了监狱跟车夫说好在外边等她，可等探完了王少川出来，马车却没影了。路边有卖小吃的告诉她，说马车拉别人走了。这车夫也太没职业道德了。王氏站在路边等了半天也没等来一辆马车，无奈之下怕越等天越晚，不等了，步行回家吧。路上兴许能碰到马车，到时候再坐也不迟。

王氏紧走慢走了大概半个时辰，有些累了。这时天已经擦黑，忽然听到身后传来马车摇铃声，回头看到一辆空马车往这边赶来，心想这下好了，赶紧冲马车招手。那马车夫四十来岁年纪，说了一句："上来吧！"王氏没多想就上了车。上车后她忽然闻到一股酒味——原来车夫酒驾了，王氏安全意识非常强："师傅既然你喝酒了，钱我照给你，你放我下来吧。"那车夫却根本不听，满不在乎地挥了一下马鞭："没事，我喝得不多，都是轻车熟路，你就放心吧，驾！"谁知那马也跟主人一样，似乎也喝醉了，跑得很快。那条道本来就不平坦，王氏在车上颠簸得厉害，心惊胆战，只盼着赶紧到家去。

可惜不幸终于还是发生了。走到半路，那马一声嘶鸣，似乎绊住了什么东西受惊了。王氏从车上一下子被甩到了前面，紧接着马车轱辘又飞快从王氏腿上碾了过去……王氏惨叫一声，当场昏死过去！

车夫连滚带爬从地上起来，酒也醒了一大半。他倒是没事，可看到王氏出事了，心里也害怕，把她挪到路边就不管了，自个儿驾上马车夺路而逃。

过了半个时辰，王氏被风一吹，悠悠醒了过来。她挣扎着要爬起来，却发现自己双腿已经不听使唤，低头一看，两条小腿已经血迹斑斑。

那条路本来就在京郊，平时过往行人并不多，到了晚上就更没人了。王氏躺在地上叫天不应叫地不灵，不知如何是好。终于等到皓天他们赶来，看到了亲人，王氏再也忍不住，放声大哭："你说这以后日子还怎么过啊？"皓天看着脸色惨白的母亲痛苦不堪的样子，也是心如刀割，不停抹泪。刘灿源和车夫小心翼翼把王氏抬上马车，一路不停地说着安慰话。

刘灿源并没有直接送他们回家，而是马不停蹄送他们到了宛平城的一家医疗诊所。

这家诊所是一位洋人办的，你道是哪位洋人，就是马约翰，孙良喜的好朋友，他也是一名来自美国的传教士。二十年前他曾经在天津医学堂教医学课，两年之后开始在京津一带行医，做过不少成功的手术。他曾给刘灿源的父亲做过肿瘤切除手术，老人家因此多活了好几年。刘灿源正是希望通过马约翰的高超医术来拯救王氏。

王氏的裤子已经和血肉粘连在一起。马约翰给她上了麻醉药，然后用剪刀剪开裤子观察伤势。看到一片血肉模糊，他轻轻摇摇头，对刘灿源说："伤势很严重，不过你们送来得比较及时，不然很可能要做截肢手术，以后就不能走路了。"皓天一听，急切地抓住马约翰的手，两只泪眼饱含渴望："马叔叔，您可一定要把我娘治好啊，我谢谢您了！"

马约翰点点头："放心吧，孩子。救死扶伤是医生的神圣职责，我打算明天早上给你母亲做手术。今天晚上你们就辛苦了，好好照顾她。"

皓天要刘灿源先回去，说自己一个人照顾母亲就行了。刘灿源说不行，一个人精力有限，还是两个人轮流照顾好一些。看刘灿源说得坚决，皓天只好答应。他坐在母亲床头，紧紧握住母亲的手。想到自父亲走后，母亲这些年一直受苦，好不容易才过了几天好日子，想不到又碰到这种事，心里异常酸楚：真是苍天无眼，命运弄人啊。

王氏微微睁开眼，看到皓天，想说什么，半天也没有说出来，眼泪却不停涌了出来。皓天拿过毛巾擦去她眼角的泪，说："娘，您明天做完手术就会没事的，您就放心吧。"王氏的声音很虚弱："当时我真想着就要死在荒郊野外了。我要死了，你就没有娘了，那你以后可怎么办呢？"

"娘，您一定会长命百岁的。您不会丢下我不管的。"

刘灿源从外边轻轻走进来，上前安慰说："表妹，你不要老想着这些不吉利的。放心，老天爷不会让你走的。你还得看着皓天长大，等着他娶媳妇，给你生几个孙子。"

王氏也笑笑："这几年表哥一直帮助我们，我们娘儿俩真不知道怎么报答你。"

刘灿源皱皱眉头："表妹你也是读过书的，怎么这么俗气？真说报答的话，你就好好养伤，皓天就好好做人，以后不许再说这些垂头丧气的话。"

王氏点点头："表哥，我答应你，皓天你也赶紧答应表舅。"

皓天也用力地点点头。看他们母子郑重其事的样子，刘灿源忍不住笑起来："明天一定会更好！"

第二天上午，马约翰来为王氏做手术，皓天和刘灿源一直在外边等着。大约过了一个时辰，马约翰走出来，告诉他们说手术很成功，不过至少要一年时间不能下床。至于什么时候能下床，那就看造化了。

在诊所观察了两天，马约翰又开了一些西药，要王氏回家静养。自此皓天便彻底告别了学业，全心全意在家照顾母亲。

再说王少川那档子破事。由于王氏家中突遭变故，一切跑腿找人的活计就全由刘灿源来代劳。他找华大夫的徒弟作证，那徒弟的确曾经为校长贾大方看过心脏病，不过事到临头却退缩了。因为害怕贾大方的弟弟贾大正打击报复，所以不敢作证。刘灿源好说歹说都不行，最后那徒弟松了口，提出只要给他一笔钱就愿意作证。这笔钱数目可不小，刘灿源一筹莫展，他早已一贫如洗，哪里还有什么钱财？

眼看马上就要结案，人命关天，刘灿源无计可施。陡然想到自家还有个小独院能卖些银两，一咬牙一跺脚就给贱卖了。儿子刘顺给送到他爷爷那里去生活，自个儿住到了一家寺院里。那寺院的老方丈跟他是多年的朋友，以前也接受过他不少恩惠。

刘灿源用卖房子的钱上下左右打点了一番，过了一个月，案子总算尘埃落定，宣判了。王少川虽然没有谋杀贾大方，但也等于间接导致了贾大方的死亡，死罪可逃活罪难免，被判三年。王少川一条小命总算保住了。

王氏过了几个月才知道刘灿源把自家院子卖了，让表哥赔人又赔钱，她心里难受。想世间竟有如此大仁大义之人，这一来就落下了心事。总想着有朝一日等有钱了，再把表哥的小独院买回来还给他。刘灿源却哈哈一笑："有钱怎么样？没钱怎么样？那都是身外之物，只有命是自个儿的。我算是想明白了，只要人活着就好，过一天快活一天……"

转眼一年又过去了。这一年来通过皓天无微不至的照顾，王氏终于可以勉强下地活动。虽然行动大不如从前，但好歹没有落下终身残疾。又过了一段时间，王氏又重新捡起了老本行，开始刺绣。皓天看着做活的母亲，心里是又高兴又难过，高兴的是母亲身体恢复得越来越好，难过的是他不能养活自己的娘，反而还得让娘做活养活自己。

都说穷人的孩子早当家，皓天也算是历经沧桑的少年了，思想活动就比那些还在学校读书的同龄人要丰富得多。母亲王氏现在的身体依旧很虚弱，还要继续吃药。光药钱就是一笔不小的花销，这两年害了这场大病，把家中的积蓄也差不多掏空了。他想不能再这样下去了，不能让母亲再操劳了，自己要赶紧承担起养家的责任，要到外边去找活干。

可那时候的就业机会还真是少得可怜。虽说民国已经成立，可世道并不太平，依旧兵荒马乱。老百姓的日子都过得紧巴巴的，都想到外边找活挣钱，哪儿有那么多活让人干？何况皓天当时才十四五岁，用现在的说法，他还是个未成年的童工。皓天像个没头苍蝇一样到处碰机会，碰了大半个月也没碰到，心里干着急也没用。

俗话说，老天爷饿不死瞎家雀儿。正在皓天六神无主的时候，机会来了。这天上午，刘灿源来到皓天家里，一进门就说踏破铁鞋无觅处，得来全不费工夫，他给皓天找到生计了。东直门外有一家养牛场，牛场的奶牛棚管事人是一位姓秦的。他们需要一位帮养牛挤奶的工人，每个月有五块大洋的工钱，干得好还有额外奖赏。皓天一听挺高兴，这活儿我会啊，就跟着刘灿源出了门。

走了约莫半个时辰，来到一个大户人家门前。刘灿源咣咣咣敲了门，皓天听到一声清脆的嗓音："来了来了！"一个少女身材高挑，容貌秀丽，明眸皓齿，年纪跟皓天差不多，大大方方走出门，冲刘灿源打了一声招呼，"刘伯伯啊，快进屋！"又瞟了一眼皓天，看他似乎有些不好意思，也没跟他说话，径直领二人进客厅坐下，斟上一壶茶端了上来，让他们再等等。说父亲一大早有个急事儿出去了，交代了有一位姓刘的伯伯要来访，估摸着父亲也快回来了。

刘灿源笑呵呵地说："你是芙蓉吧。"

叫芙蓉的少女坐了下来，疑惑地问："刘伯伯怎么知道我的名字呢？"

刘灿源故作神秘地说："你不知道吧，你这名字还是我给起的。十几年前你爹给我家送奶，那时候你母亲正好怀了你，他就让我给起个名字。我当时桌头正好放了一本唐诗，其中有两句我记得是那个李白写的——绮罗惊翡翠，暗粉妒芙蓉，就给起了这名字。想不到你这小姑娘如今长得还真跟出水芙蓉似的。"

芙蓉笑了起来："想不到我的名字还有这段来历，不过那不是李白写的诗啊，是谁来着，杜甫？孟浩然？"看了一眼皓天，"不对不对，我怎么也把名字给忘了……"

一直不作声的皓天忍不住插了句："这个诗人叫赵嘏。"

芙蓉惊奇地看了皓天一眼："对了对了，你记性真好。"看他面前的茶一直没动，赶紧又换了一杯热的推到他面前，"再不喝就凉了。"

刘灿源饶有兴味地看着这对少男少女："芙蓉，你们也认识一下。他叫皓天，以前在庆春中学的时候可是年年考试头几名啊。唉，可惜喽。"

芙蓉越发好奇："庆春，那可是好学校，怎么就可惜了呢?"

刘灿源叹口气："嗨，都过去了。说来话长，以后说不定你们见面机会多着呢，没事的时候你就问他。"

芙蓉不明白刘灿源的话是什么意思，转头看看皓天一直安安静静坐着。这个少年看上去有些腼腆，有些倔强，还有些神秘，似乎身上藏着许多故事。虽然初次见面，但她却想马上知道他的一切。

第八回

芙蓉皓天萌心事　秀娥刘顺见面痴

秦桂龙所在的养牛场过去是清朝宫廷的御用牛场，早前叫繁牧所，主要饲养的是黄牛，专职给御膳房庆丰司提供牛肉和牛奶。清朝灭亡后，牛场被直系军阀占了，算是国营牛场。牛场的奶牛棚管事人，也就是奶牛棚工头秦桂龙，祖传的养牛挤奶的手艺，在方圆几十里内都很有名气。牛场主人换了，他这个奶牛棚工头没换，宫廷的手艺没变。

因此，当牛场的奶开始向社会公开售卖的时候，很多富贵人家都喜欢喝这个牛场的奶，生意越做越兴旺。

牛场近期新进了一批蒙古奶牛，需要挤奶工学徒。刘灿源通过送奶的了解到这个信息，他跟秦桂龙是故交啊，赶紧推荐张皓天去认师。

秦桂龙一见张皓天就打心眼里喜欢。这孩子说话得体，做事利索，看上去也挺实在，而且会挤奶啊。他认为很靠谱。

张皓天也很高兴，又见到自己最喜爱的大草原了，又见到自己最喜爱的奶牛了。他向秦桂龙磕了三个响头，拜秦桂龙为师，正式学习养牛挤奶的本事。每天早出晚归，种草割草拌饲料，打扫牛舍，给牛洗澡，配种挤奶，天还没亮又到处去送奶，日子过得非常充实。

秦桂龙的老婆死得早，只留下独苗女儿秦芙蓉。秦桂龙很宠爱女儿，之所以一直没有续弦，也是怕女儿受委屈。他倒想得开，要是一般人非得再找个女人生个儿子不可，这样才能传宗接代。可他不，他认为生男生女一个样。这在那个年代可是了不起的想法，称得上第一代计划生育模范。

在这个牛场工作还是不错的。过去是归宫里管，现在归政府管。秦桂龙觉得都差不多。谁管都一样，我该拿多少钱还拿多少钱。牛场亏了赚了都不是我的事儿，那是政府的事儿，场主的事儿。

秦桂龙尊重知识，女儿到了上学年龄就毫不犹豫地送她进了女学堂。秦芙蓉上完小学上初中，上完初中上高中，一直从晚清上到了民国，从小姑娘变成了大姑娘。

皓天比秦芙蓉大一岁。两人第一次见面的时候，秦芙蓉正上中三。距离学校不太远，每天都回来，皓天几乎每天都能见到她。可是一年后秦芙蓉去了高中，见面就不那么容易了，要一个礼拜才能见一次。因为学校远了，回家不方便，秦芙蓉就住在了学校宿舍。

皓天嘴上不说什么，心里觉得可惜。他特喜欢听秦芙蓉跟他讲学校的事情。有一次周末皓天特意等秦芙蓉回来，说借她的课本拿回家看看。秦芙蓉有些莫名其妙，也不知道他拿课本做什么。皓天回到家后，当晚就在昏暗的油灯下一个字一个字把课本全给抄了下来，抄了整整一夜。第二天双眼通红把书本还给了秦芙蓉。

秦芙蓉知道后非常惊讶，说："你想要学，我再买一套就是了，全抄下来也太辛苦了。"皓天笑笑说："不辛苦啊，我抄的时候就等于学了一遍。我以前的老师常说，好记性不如烂笔头。"

秦芙蓉就有些惭愧："你这么好学，干脆你替我上学得了。我在学校天天都闷死了。"

"那可不行，我还得给牛喂草，还得挤奶送奶，得干活吃饭呐。这个也就是有空瞅一眼。打发打发时间，就跟玩儿似的。"

秦芙蓉愁眉苦脸地说："唉，真羡慕你，你还觉得好玩，我在学校都觉得跟坐牢一样。"

有句话叫距离产生美，两人见面机会虽然不像以前那么多，但反而说话更多了。每次秦芙蓉回家，都到草原上或者牛圈里找皓天，皓天也常到师父家找芙蓉，两个人嘀嘀咕咕老半天，一说话就忘了时间。所以每次秦芙蓉回家的时候，皓天就回家很晚。

一来二去，王氏就觉得不太对劲。这天皓天又是很晚回来，她就跟皓天开玩笑："你是不是喜欢你师父家的芙蓉啊，不然成天哪儿有那么多话说？"

皓天笑了："娘，你想哪儿去了，我小时候不一直跟你嚷着想要个妹妹嘛。这不，芙蓉她正好给我当妹妹。"

"傻小子，你不知道吧，以前的时候到你这个年龄，还真就该谈婚论嫁了。再过些时候，兴许我就抱上孙子喽。"

"嗨，你说咱们家这么穷，谁愿意嫁给我啊。"皓天摇头晃脑逗母亲，"古人有云，事业不成，何以家为啊。"

"人穷没关系，只要安分守己，只要勤劳肯干，咱们早晚会过上好日子的，是不是？"王氏心情不错，说着还难得地夸起儿子，"再说，咱家皓天也是一表人才啊，还愁娶不上媳妇？"

皓天赶紧关起门："娘，您这夸自家儿子也夸得太狠了一点。这话咱关起门来自己说行，万一让隔壁李伯伯听到，还不得笑话咱们？"

说曹操曹操到，那隔壁李伯伯李老三好像有心灵感应似的，第二天真的就拉着自家媳妇风风火火到皓天家来了。老公母俩一见王氏就劈头盖脸说了一句："弟妹，给您报喜来了！"

王氏没听明白："谁家的喜事？"

李老三一拍大腿："嗨，你还不知道，这是咱两家的大喜事啊。开门见山地说吧，我看我们家秀娥跟皓天挺般配的，咱们就赶紧选个好日子，干脆俩人成亲得了。”

王氏一下子懵住了：“这……李哥，您又说笑了。不过说起秀娥这闺女，倒的确有些日子没见了，她在工厂干得还好吧？”

李老三有些着急：“开玩笑？我像是那种爱开玩笑的人吗？这主意可是我经过三天三夜想破脑袋想出来的。”李老三老婆陈氏也在一边助阵：“是啊是啊，你看咱两家离这么近，要是皓天娶了秀娥，还能天天见面，这可是天大的好事啊。”

王氏很为难：“李哥，这……”

李老三摸了一下后脑勺，摇头晃脑给自家闺女做起了征婚广告：“这，这这这这这什么呀？你看不上我们家秀娥不是？我们家秀娥长得那也是一枝花啊……而且人好，心眼儿实在，还很能干！我跟你说，大妹子，你可是捡着大便宜了。男大当婚，女大当嫁，还犹豫啥呀？”

陈氏扯了一把老三：“嘚瑟！咱闺女再好，也不能当着亲家面这么吹牛皮。秀娥是弟妹看着长大的，她自然能分得清好坏，弟妹您说是不是？”

“这……”王氏听得目瞪口呆，这八字还没一撇儿呐，咋就忽然成“亲家”了？她的确是看着秀娥长大的，这闺女打小爱跟皓天一块儿玩，相貌确实比较耐看，只是那性格……那可是北京纯爷们儿！她做梦也想不到秀娥有一天会成为自己的儿媳妇！

看王氏一脸迷惑左右为难的样子，李老三哈哈大笑，对媳妇说：“怎么样，你看吓着人家了吧。我早就说了，你这是剃头挑子——一头热，戏台上收锣鼓——没戏！”

原来这两口子这么着急是有苦衷的。他们之所以如此，完全是因为女儿秀娥的缘故。这秀娥跟皓天一般大，年方十七，一年半前到天津的缫丝厂做女工。吃住都在工厂，十天半月回趟家。按说女孩子家能够自力更生，本来是挺好的事，可是做了一年之后，她忽然不开心了。原来当初跟她一起入厂的几个好姐妹都一一出嫁了，只剩她孤孤单单一个人，她就觉得心理不平衡：凭什么呢？她们一个个长那么难看都把自己嫁出去了，我这么漂亮的人儿怎么就偏偏还是孤家寡人呢？她想啊想，想了三天三夜，终于想明白了：正是因为她太优秀，所以才让那些男人自惭形秽，所以才注定了她仍然单身的悲惨命运！

然后她又想：谁来帮她结束单身命运呢。自然而然，她想到了青梅竹马的张皓天。

然后她就开始生病了，不想做工了，回家成天就闷在家里，晚上睡觉梦里老嚷嚷："皓天！皓天！"得，得相思病了。李老三两口子一细问，怎么办？活人不能就这样闷出大毛病来啊，赶紧提亲吧。

王氏听两口子如此这般一说，哭笑不得，这究竟算是哪门子事呢？李老三两口子可怜兮兮地瞅着王氏，就差跪下磕头了。都到这份儿上了，王氏哪还敢推辞："等皓天回来，我跟他好好商量一下。"两口子千恩万谢。

晚上皓天回家，吃罢饭，王氏就把白天李老三家的事说给皓天。皓天一听也懵了："这都哪儿跟哪儿啊？秀娥，一个好好的人，怎么会突然变成这样了？"

王氏说："是啊，以前看她是男孩子性格。没想到这做了一年工，转性了。你说咋办呢？"

皓天挠挠头："我能咋办？再说，我也管不了啊。"说着就想回自己屋。

"皓天，你李伯伯为人怎么样？"

"那还用说吗，实打实的好人啊。"

"当年他帮了你爹大忙不说，就是你爹出门后的这些年，他们家也一直没少帮衬咱们。"王氏不禁伤感起来，"咱们一家很欠他们家的情啊。"

皓天点点头："这些我都知道，他们家的大恩大德我一辈子都不会忘，也想有朝一日能够有机会报答他们。"

"那现在他家秀娥出事了，这不就是机会不是？"

皓天点点头，又摇摇头："要我给他们家干活什么的，我都能干。可这事儿我真不知道该怎么帮忙。容我好好想想。"皓天进屋去了。

第二天吃早饭的时候皓天跟王氏说："我想好了，帮他们。你放心吧，等我晚上回来就看秀娥去。"

王氏有些心疼皓天："儿子，受委屈了。"

皓天笑笑："比起他们家对咱们的恩德，我这点委屈算啥？再说，我还真不该有什么委屈。走喽，晚上见！"说完抬脚出门。

王氏瞅着皓天高高瘦瘦的背影，儿子是真长大了，善解人意，明白事理，不用她老操心了。

心病还须心药医，解铃还须系铃人。接下来皓天就开始按计划实施"拯救秀娥行动"。行动其实也挺简单，就是皓天不断接近秀娥，让她安心，不再瞎折腾，病就会好起来，至于以后嘛——只能以后再说。

虽然是隔墙邻居，但是这一两年来皓天跟秀娥见面机会的确很少了。晚上皓天到秀娥家，一看秀娥的样子吃了一惊：一脸憔悴，双眼浮肿，穿的衣服跟变了一人似的。以前她性格可是大大咧咧的，跟男孩子一样。

秀娥一看到皓天，无神的双眼忽然又光彩了，她日思夜盼的心上人来了！刚张口叫了一声"皓天"，又马上意识到自己现在形象很不好，不禁大感羞愧，用被子蒙住了头，让皓天先出去，等会儿再进来。皓天只得出去。过了老半天，才听到秀娥细声细气地叫了一声："进来吧。"

等皓天再次看到秀娥，秀娥不一样了，她穿上了一身平时不轻易穿的好看衣服，脸上还擦了粉涂了胭脂，端端正正坐在床边，似笑非笑看着皓天，捏着嗓子问："皓天，你咋想到来找我了？"

皓天却没出声，仔细端详着秀娥看了半天：“秀娥啊，你咋成这样了？”

秀娥没想到皓天蹦出这一句，愣住了：“我哪样了？女孩子不都这样的吗？”

皓天终于乐了：“想不到啊想不到，你啥时候变成女孩子了？”

秀娥生气了：“你埋汰我，你瞧不起我！”

皓天连连摆手：“我哪儿敢啊，我就是觉得奇怪，秀娥，你要知道咱们可是从小一起穿开裆裤长大的。我可是一直把你当我的好哥们儿啊，你这忽然女里女气的样子，我还真不习惯。求求你了，你还是做回你的假小子吧，好不好？”

秀娥有点恼羞成怒：“啊呸，张皓天啊张皓天，本来想指望你夸我两句呐。没承想你，你你你你你，真气死我了！”

皓天苦着脸：“秀娥，你千万别难过，你一难过啊，我这心就碎了。咱们是好哥们儿，有难同当啊。要不，咱们一块哭鼻子吧。”说着捂起了脸，“呜呜呜”假装哭了起来。

秀娥这下真被逗乐了：“张皓天你江湖了，了不起了你，还会贫嘴了。”

皓天趁机端上一碗熬好的中药，轻轻吹了几口，递到秀娥面前：“哥们儿，赶紧喝吧，喝完就睡觉。”

秀娥看看皓天，又看看一大碗药，连连摇头：“不喝，苦！”

“可是不喝怎么能治好你的病呢？干脆咱们还玩剪刀石头布，你输了你就喝一口药，我输了我就喝一口凉水。”

秀娥翻了一下白眼：“你还敢提这茬啊。”剪刀石头布是当年他们几个小朋友最喜欢玩的游戏，赢的人可以刮输的人鼻子。皓天玩得最好，秀娥玩得最差，所以就经常只能被刮鼻子。秀娥后来就不玩了，说大家天天欺负她，所以她的鼻子才被刮得越来越大。

秀娥喝完了药，皓天又跟她扯东扯西了半天。秀娥打开了心结，情绪明显好多了。皓天看时候不早，又跟她相约过几天一起到外头逛街，这才走了出去。李老三两口子一直在外边等着，对皓天自然是百般感谢。

过了几天是礼拜天，风和日丽。一大早秀娥就打扮得花枝招展的，叫上了皓天。皓天也跟师父请了假，两人约好要到天桥去逛一逛。皓天盯着秀娥上上下下瞅了半天，秀娥有些不好意思："干吗呀，你这眼神怪怪的，瞅得我浑身发毛。"

皓天说："你这妖里妖气的样子我瞅着也发毛啊，都不知道别人怎么看我。"

秀娥急了："你把我看成什么人了？"

"不是人，是山小雀。"

"你这话啥意思？"

"山小雀翻筋斗——卖弄花屁股！"秀娥一听气坏了，追上来就要打皓天，皓天边跑边说："这不对呀，你是白骨精，我是孙悟空，我应该打你才对啊！"

皓天这一说，搞得秀娥有些伤感。俩人小时候经常玩孙悟空三打白骨精，于是秀娥就开始抒情了："小时候多好啊，无忧无虑的。那时候我扮白骨精还真觉得挺美，怎么长大了就那么多烦恼呢？"

皓天损秀娥："咱都是普通人家的孩子。你这些小情小调我看就免了吧，看上去真不是那么回事儿。"

秀娥又气急败坏了，两人一路打打闹闹，很快来到天桥。

天桥几十年前还是个冷清的地方。地势很低，到处都是水坑，地皮根本不值钱。但是有一群江湖艺人却把这里当成了聚集地，什么耍猴的、拉洋片的、算卦的、变戏法的、唱戏的……人能兴地，地也兴人，这里越来越热闹。到后来警察厅将天桥分为东西市场，还组织了东西市场联合会。许多摊贩商人开始买地建屋，数年以后，这里就成了平民模范市场。

皓天和秀娥两人在天桥从东往西，一路走走停停，转悠了大半天。碰到好看的就多看两眼，碰到好吃的就吃几口，秀娥精气神明显好了许多，一路上叽叽喳喳。看秀娥没事了，皓天也觉得挺开心。

两人走累了，也口渴了，就想找个地方歇会儿脚。皓天领着秀娥到了一家字号梅园的奶茶店，进去坐定，要了两碗酸奶。皓天喜欢吃甜一点，不光给自己，给秀娥也多加了些糖。

寒暄了一会儿，皓天小声说："你不知道吧，这家奶茶店的主人是怎么喜欢上酸奶的吧？"

秀娥问："哦，这你也知道？"

皓天慢悠悠地说："嘿，我也只是听说。这家店主原来是一个翰林大学士。有一回他在宫中做皇妃的姐姐跟他开了一个玩笑，给他寄来了一个包裹。包裹里有一个大盒子，拆开一看里面有一指甲盖那么小点的酸奶。盒子下面压着他姐姐留的一张小纸条：弟啊，这酸奶特好吃，我吃着吃着，剩下这么点儿才想起你。你尝了要喜欢，就自己去多买点吃啊。"

"哈哈哈哈。这个皇妃姐姐怎么这么逗！"秀娥笑得前仰后合，"皇宫里特制的，叫她宫外的弟弟上哪儿买去。不过，这又跟梅园店主有什么关系？"

皓天没直接回答，接着说："弟弟一尝那点酸奶，觉得这可能是人世间最好吃的东西了。买是没地儿买去啊，宫里的东西嘛。他就找机会进了宫，向做酸奶的御厨学了本事，学成后就自己开店成店主了，那什么翰林大学士也不做了。这样，天天可以吃好吃的宫廷酸奶，不需要望宫止渴啰。"

"哈哈哈哈。这个弟弟也逗！整个一吃货！"秀娥又笑得直不起腰了。

皓天一伸大拇指："笑得好！秀娥，你终于又成了一条好汉，这下咱们又成哥们儿啦。"

"胡说啥啊你？"秀娥冲着皓天的后背就是一通乱捶，猛然意识到自己的举止很不雅观，四下扫了一眼，发现所有人都朝他们这边看，又不禁脸红了。

"脸红什么？"

秀娥"唉"了一声："看来我是做不成淑女了，也只能做你哥们儿了。"她忽然往皓天旁边一指，"你看看，人家那才是淑女。我瞅老半天了，这淑女一直在偷偷看你呐。"

皓天扭头一看，正和那女孩四目相撞。他没想到在这里碰到了秦芙蓉，赶紧站起身来，冲她打招呼："你也来玩啊？"

芙蓉轻轻点点头，又扫了一眼他身边的秀娥，神情似乎有些不自在："礼拜天没事就瞎转转。"

皓天一拍脑门子："哎哟，我怎么忘了今儿是礼拜天你在家啊？早知道我就去跟你聊天了，等下吃完了酸奶，咱们再一块儿瞎逛呗。"

秀娥狠狠掐了一下皓天胳膊，皓天"哎哟"一声。芙蓉却没一点儿高兴的样子，冷冰冰来了一句："你这不是有人跟你说话嘛。"

皓天说："这不是人，是我一哥们儿。"

秀娥啐了一口："德性！"

芙蓉却没心情跟他们开玩笑，转身就走："你们好好玩吧，我得回去做功课了。"话未说完，人就已经冲到了门口，似乎急于摆脱皓天似的。

皓天愣了半天，搞不懂芙蓉怎么回事儿。秀娥扯了扯他的衣袖："哎哎干吗呢？怎么你一见到这女的魂都丢了？老实交代，你们俩是不是有什么关系呀？"

"我们能有什么关系？你咋说话酸儿吧唧的。好好说话！"

“怎么了，不行啊？许人家吃醋就不许我吃醋啊。”

“什么跟什么呀，什么吃醋啊？你可别胡说八道啊。”

“你别看我平时粗枝大叶的，女孩子这点儿小心思我还是一眼就能看穿的。”秀娥帮助皓天分析芙蓉，“她呀，本来想跟你在这里假装无意碰头的，然后就陪你玩。谁承想在你身边多了一个如花似玉的女子，她的心一下子就凉了，就好像兜头浇来一瓢凉水……”

皓天假装不懂：“不明白你说什么，咱们继续玩去吧。”

皓天和秀娥两人在天桥市场边走边扯，忽听到有人叫他的名字。皓天扭头一看，一名梳中分头、身穿西装和他年纪差不多的少年正笑嘻嘻地看着他。

皓天定睛一看，吃了一惊：“刘顺！真没想到会在这里碰到你！”

这少年正是他几年不见的好朋友，也是刘灿源之子——刘顺。他瞅瞅皓天，又看看秀娥，眼神里透着一丝狡黠：“你没想过碰到我，我却老想着有一天会在这里碰到你。这不，想着想着就碰头了。怎么这么好的雅兴逛街啊？”

皓天心里藏着无数疑问：“早听说你跟你爷爷在一起生活，却不知你住哪里，这几年也没听你消息，问过表舅他也老是含混其词……”

刘顺神秘兮兮地说：“你想不到吧，我在这边做生意，都做了大半年了。”

皓天不禁感到好奇：“你可真行啊，都开始做生意了？啥生意？”

“嗨，一时半会儿也说不清楚。干脆到我的铺子里坐一坐吧。”

皓天说：“都有自己的铺子了，那可是大生意啊。”转头对秀娥说：“走吧，你也跟着去瞧瞧。”秀娥看刘顺神神道道的也挺好奇，连连点头。

刘顺径直朝前走去：“你别笑话我，哪儿来什么大生意啊。就是爷爷看我没事干，给我整了一点儿本钱，让我学着做生意。”领着二人来到东市场。

东市场不像西市场热闹。西市场有杂技场，玩意儿场，东市场全都是做买卖的，最多的买卖是卖估衣。所谓估衣，也就是旧衣服。皓天心想莫非刘顺开的是估衣铺，到了刘顺的店铺却发现全是新衣服。

只见店铺前一个硕大的招牌，上面歪歪斜斜写着四个大字：顺风招摇。

皓天觉得滑稽，故意逗刘顺："顺风顺水，招摇过市，这店铺名起得还真是别出心裁，想必那写字之人也是一位世外高人。"

秀娥一语道破天机："胡扯啥啊，一看就知道写字的肯定没好好读书。"

刘顺哈哈大笑："还是这位小妹妹有眼光，我的确不爱学习。从小到大都不爱，哪能跟皓天比。"

店铺面积不小，秀娥到里边转了一圈。秀娥看中了一件女装，问刘顺："这衣服咋卖？"

刘顺说："不要钱。"

秀娥愣住了："不要钱，有这等好事？"

"你一穿上这身衣裳往店门口一站，那就是活招牌啊。还问你收钱多不好意思。"

"哟，真的呀。"秀娥禁不住夸，一听就心花怒放了。皓天又笑她："你还当真了呀。"

秀娥眼一瞪："关你什么事，好不容易有人夸我，管他真的假的，扫兴。"

刘顺接过话茬："你要看中，我真的就送给你。就当是我送给弟妹的见面礼。"

秀娥不明白了："什么弟妹？"

刘顺摸了一下后脑勺：“怎么……你们俩……”

皓天赶紧制止刘顺说下去：“别瞎说，这都哪儿跟哪儿啊。她叫秀娥，是我邻居，是我哥们儿。”

秀娥又特意强调一遍：“对，哥们儿！人家名草有主了，所以俺们只能是哥们儿。”

刘顺连连点头：“做哥们儿挺好，我看你俩就风马牛不相及嘛。秀娥，以后常来玩啊，我天天送你新衣服穿。穿完不想穿了，再送回来，咱卖到估衣铺去。”

这刘顺虽然年纪不大，但说话却油腔滑调，很老练的样子。皓天跟他扯了一个时辰，大致了解了他这几年的情况。当年他父亲刘灿源把家产全部整完之后就把刘顺送到他爷爷那边，自己一个人住寺庙去了。刘顺爷爷在乡下养老，还有些积蓄，祖孙两人生活倒也过得去。可惜好景不长，爷爷病重，临走之前就把所有积蓄留给了刘顺。刘顺一直想做生意，这就到天桥买了块地皮开了家店铺。刘家原本就是生意世家，是做过大生意的，虽然到了大慈善家刘灿源这一辈彻底衰败，可刘顺耳濡目染，还是受了不少熏陶。

皓天感到奇怪：“表舅我每隔俩月还能见他一回，可是却怎么一直没见过你?”

刘顺的神情却显得很冷淡：“这几年我们一直没再联系过，你也别跟他说我在这里。”

既然刘顺不愿意再提父亲，皓天也就不好再问。天色已不早，皓天和刘顺告别，刘顺无论如何要送他们每人一件新衣服，刘顺太热情，皓天只好收下。秀娥却不觉得不好意思，回去的路上一直欢欢喜喜，时不时看一眼手里的新衣服，对刘顺的一切也挺好奇，不停问东问西。皓天看她这样子，心里暗暗好笑，心想，这丫头哪来的什么相思病啊，害自己还担心了好几天，人家这一有别人送新衣裳，马上把他抛到九霄云外了。

又过了一礼拜，秀娥晚上从工厂回来，又要拉皓天第二天去天桥。皓天却推辞了，说自己有活干，让她自己一个人玩去。秀娥央求说："你再忙，你就是头驴，老干活也不行啊，也该歇一歇吧。走吧，你该看一下那个叫刘顺的老朋友了，我……也想去看看他店铺里的新衣裳。"

皓天也不含糊："拉倒吧，你要找刘顺，就自己去，可千万别拉上我。"

好说歹说，见皓天死活不同意，秀娥也没辙，一个人气哼哼地走了："我就一个人去咋地，他刘顺还能把我吃了不成?"

皓天其实并不忙，他是有小心思的。因为礼拜天到了，他想着芙蓉也该回家了，他想跟芙蓉请教一下功课，有几个问题他搞不明白。可是礼拜六左等右等等到天都黑透了，还是不见芙蓉，最后等不住了就问师父秦桂龙。原来她早就托人捎话，她在一女同学家里玩，晚上就在同学家过夜。皓天又问芙蓉礼拜天回不回来，师父吸溜着旱烟烟雾缭绕，回答也是云山雾罩：兴许回来，兴许不回来……皓天也只好等第二天来撞运气了。

第二天上午到了师父家，皓天一边做功课一边等芙蓉。到了中午吃过午饭，秦桂龙跟人约好了出去打牌，留下皓天一个人。又等了半天，芙蓉还是没回来。皓天就有些着急了，正准备回自己家，没想到芙蓉带着一个邻居女同学回来了。皓天一看到芙蓉喜出望外："功夫不负有心人，芙蓉你终于回来啦!"

谁知芙蓉看到他却一副爱理不理的样子："听爹说今天不是没活儿干吗，你咋还在这里呢?"说着就领女同学进了自己房间，把皓天一个人孤零零地晾在了院子里。

皓天听着芙蓉房间传来的阵阵笑声，感觉挺尴尬，不知道为什么芙蓉这样冷落他。他左思右想了半天，有点想明白了，是不是因为我上周没给她交作业所以她生气了？可那也不该怪我啊，我不是为了救人嘛。

想着想着他也有点生气了，干脆直接把芙蓉叫了出来："芙蓉你出来，我有话要说，说完就走！"

芙蓉出来了，依旧不冷不热的："有啥话说吧。"

皓天瓮声瓮气地说："上礼拜天我是因为邻居姑娘病了，我要陪她，所以就耽误了功课。今天本来想问你功课的，看你这么忙，那就算了。"说完转身就走。

芙蓉却叫住了他："张皓天你站住。"

皓天站住了："你不是不愿意搭理我吗，还有什么吩咐？"

芙蓉面如秋霜："你给谁脸色看呢？"

皓天也不冷不热的样子："你是有知识的人，咱讲点道理好不好，究竟谁给谁脸色看呢。从一见我你就板着脸，看到我就跟看到瘟神似的。我还纳闷到底怎么得罪你了，现在你倒恶人先告状了。我跟谁说理去？"

芙蓉心有些软了，却还是嘴硬："这么说你还有理了？好好反思一下，你到底做错了什么。"

"反思老半天了。"皓天指了指天，"我自认上对得起天"，又指了指地，"下对得起地。"

两人正在僵持着，那女同学从房间走出来打圆场："你们俩玩什么呢？"

芙蓉好像抓到了救命稻草，对女同学说："咱们别理他，回屋玩咱们的去。"

女同学也不傻："行了行了，时候也不早了，我还得回自己家收拾一下。明儿还得上学呢。"说完就朝大门走去。

院子里只剩下皓天和芙蓉，皓天斜眼看了看芙蓉，把脸别到了一边。芙蓉轻轻哼了一声，脸也别到了一边。约莫过了一袋烟的工夫，还是皓天打破了僵局："脖子都扭疼了，什么时候给扳回来？"

芙蓉扑哧一下笑了，大概又意识到不妥，赶紧又板起了脸："你不说要走吗？怎么还赖在这里？"

"好好好，这可是你说的，我走。"皓天抬起脚，转身要走。

芙蓉冷笑一声："你怎么这么听话呢？是不是你那邻居家姑娘的话你也听？"

皓天转身，一脸无奈："我说芙蓉大小姐，你到底什么意思啊。我都说了，人家生病了，病得很严重，不吃饭不睡觉的，所以我就跟她逛街，是帮她解开心病。知道不？"

芙蓉不依不饶："心病？什么心病啊？我看她活蹦乱跳兴高采烈的。你一定在撒谎，你说吧，你们俩是不是有什么关系啊。"

皓天愣住了，前几天秀娥也跟他说过同样的话。虽然是一模一样，可是从芙蓉口里说出来却似乎又感觉不太一样，有一种别样的风情。皓天有些迷惑，不禁喃喃自语："怎么都这样呢，看来女人都不讲道理。"

芙蓉噘起了嘴："说谁呢？你娘也是女人。"

一缕阳光正打在芙蓉脸上，皓天怔怔看着芙蓉，忽然嘴里冒出来一句："你噘嘴的样子真好看。"

芙蓉的脸一下子红了起来，默不作声。皓天看着她娇羞的样子，也突然觉得心跳加速了。在这个春天的午后，这一对少男少女的内心似乎都有一些萌动。

正在此时，门"吱呀"一声开了。秦桂龙回来了，看见芙蓉就说："呵，回来了，我这当爹的见自家闺女一面都难了。"

芙蓉赶紧跑到秦桂龙身边，挎起他的胳膊："爹爹，昨天女同学过生日我才没回来啊，我又不是有意的。"说着又偷偷看了一眼皓天，似乎这话是有意说给皓天听的。

皓天也恢复了常态："师父回来了，我就先走了。"

"哦，你不是问芙蓉功课吗，都问完了？"

皓天瞅了一眼芙蓉，芙蓉微微垂下头，他心里又是一动，嘴上却言不由衷："嗯，芙蓉今天太忙，没工夫搭理我。下次等她回来我再问吧。"

当天晚上，皓天躺在床上辗转反侧。脑海里像放洋片儿似的，浮现出白天的一幕一幕。想起芙蓉的一颦一笑，又想起她羞红的脸，只觉得心潮澎湃，无法入睡。他却不知道，芙蓉那边同样是辗转反侧，无法入睡。不知不觉中，这一对十六七岁的少男少女都有了无数萌动的心事。

这正是：关关雎鸠，在河之洲。窈窕淑女，君子好逑。

第九回

青楼结识知春妹　庙会收获芙蓉情

接下来的一个礼拜，日子就相当难熬了。皓天每天都盼望着礼拜天赶紧到来，这样就好早日见到芙蓉。他想转移自己的煎熬，就更加拼命地干活，有几个活儿根本不急，他也提前给干了。

谁知道好不容易马上要等到芙蓉回家了，却又忽然有事了。直隶省，也就是如今的河北省保定一个叫连有福的外放旧王爷，新买了一处牧场，一百多头牛。这阵子有不少母牛怀上小牛犊了。听京城朋友介绍说秦桂龙特别擅长养牛挤奶，就特意来京城，先把牛场场主搞定了，然后拉着场主来说情，要秦桂龙去他的牧场帮着侍弄这些孕牛一段时间，同时教他的牧场工人养牛挤奶，教会了就完事儿。并且先付了一笔定金，说只要做得好，事后一定重酬，自然也少不了给场主那一份。

秦桂龙一看，体面人啊，给的工钱不少，场主也同意。估摸着大概需要两个月左右时间，也没怎么犹豫就答应了。将自己的牛场交代给了几个堂兄弟，然后要皓天赶紧收拾一下，马上跟他出发。皓天一听心里有些惆怅，心想：这一来又要好久见不着芙蓉啦。可是没办法，他是师父的得力助手，师父现在已经离不开他了，他必须得去，不得不去。

第二天一大早，皓天起床后收拾了一下行李，告别了母亲，就马不停蹄跟着师父来到了保定。

这是皓天第一次出远门。这回见到的牧场更大，这个旧王爷可不是一般的有钱。牧场的草原非常宽阔，东西北三面都完全接到了远处的山脚下，远远看去山顶还有白云缭绕。南面有一条河，水草茂盛。成群的牛羊，在草原上悠闲地散步、吃草，有几位牧人骑着骏马在草原上疾驰。这景色简直太美了。

当天晚上连有福便设宴款待师徒二人，相当于他乡接待故知啊。连有福实在太热情了，酒桌上不停劝酒。秦桂龙经历过不少酒场，平时自己没事也会喝上二两。皓天却没喝过酒，稍微沾了点就感觉晕。

秦桂龙一看他为难的样子，对连有福说："咱就别再难为小家伙了，我替他喝。"说罢端起酒杯一饮而尽，连有福一伸大拇指："咱京城爷们儿就是豪迈！"又给倒了一杯。秦桂龙又喝了一杯。这一来二去，推杯换盏，秦桂龙终于也扛不住了，喝的是酩酊大醉，说话都不利索了。连有福一看这两人都喝得醉醺醺的，哈哈大笑，送二人进房睡觉。

那连有福是外放王爷，早前受皇上赏赐多了，钱多得都没地儿花。生活中最大的爱好就是摆阔，这赶上京城来的更要显摆显摆。刚过了一天又来请师徒两人喝酒，这次师父秦桂龙求饶了："那天晚上我可现眼大了，今儿晚上是无论如何不能这样了。"连有福一看师父这边有点行不通，就朝徒弟做功课："小伙子，你是男人不，是爷们儿不?"

皓天想了想说："不喝酒也不说明就不是爷们儿。"

连有福连连摆手："非也非也，喝酒的不一定是爷们儿，但不喝酒的肯定不是爷们儿！我跟你说，我这可是好酒，贵州茅台！这酒一般人喝不到，今天你就给喝了，喝了之后我给你工钱加倍！"

皓天不为所动："您说笑了，按我们那儿的说法，是多大的屁股穿多大的裤衩。我们就收干这活儿的，不能乱了规矩，该收多少钱就收多少钱。”

连有福一听，这小伙子行啊，居然不为金钱所动，“好，真爷们儿，干一杯！你不喝我喝！”抓起酒杯咕咚一口喝下了。一会儿工夫就连喝三杯，然后又开始用激将法：“我这都喝三杯了，你还不喝一杯？这可不行啊，不是做客之道啊。”

秦桂龙暗叹一声，这又躲不过去了：“主人家您太客气，皓天年纪还小，喝酒伤身，我看还是我来吧。”

皓天一看师父又一连灌了几杯，心想不能再跟上次一样让师父出丑啊，拦住了秦桂龙，端起酒杯：“师父，我今天就学学吧。”

连有福鼓掌欢迎：“好样儿的，早该学了！一学准会！”

皓天瞅了瞅，这杯酒大概得有半两左右，心想这要是牛奶该多好，可是没办法，喝！长痛不如短痛，一仰脖子，就灌了进去。那酒到了嗓子眼儿，皓天只觉得火辣辣的。心想什么上等好酒，根本品不出什么好坏滋味。不知不觉又喝下几杯，这就有感觉了，飘飘然了，感觉进入了另外一个花花绿绿的世界，瞅着桌上的一个个人，不停地笑。秦桂龙一看坏了，赶紧起身告辞，拉皓天进屋睡觉去了。

皓天躺在床上感觉天旋地转，恍惚之中依稀看到了芙蓉，不禁伸出手来，却抓了个空，心里顿时无比沮丧。秦桂龙见徒儿抓挠难受，向主人讨了一杯牛奶，温了，让皓天喝下去。嘿，这一喝牛奶，皓天就感觉胃里好受多了，就是眼皮子抬不动，很快便呼呼睡去。

半个月过去了，这半个月皓天是度日如年，每天拼命干活，只希望早点结束早点回去，这样就能早日见到芙蓉了。这半个月连有福又招待了师徒好几次，皓天喝酒进步挺快，每次也能喝上几两。

一次酒后闲话，连有福听说皓天还是个“雏儿”，还没尝到过女人的滋味，拍案而起：“这说明你还不是真正的男人！这可不行，我得带你去开个荤去，今晚就去!”嘿，好歹曾经是王爷，吃喝玩上的功夫不是嘴上白说的。

这天傍晚，连有福特意支开秦桂龙，说要到外边去买东西，要皓天跟着帮个忙。秦桂龙看出来主人有些不怀好意，却也没办法，偷偷叫住了皓天，要他多多提防，别做傻事。皓天不知道师父何以如此紧张，不过还是用力点点头，要师父放心。

两人到外边的市场转了一圈，天已经黑了，走到半道经过一家“龙凤酒楼”，连有福说：“肚子饿了，咱们去里边吃一点，吃完就回去。”皓天不好拒绝，跟着到了酒馆。一位中年妇人看到主人就喜笑颜开：“连老爷你可好几天没来了啊。”连有福大手一挥：“废话少说，赶紧上酒菜，看见没？今儿我还带了一位，你们要好好招待。”妇人扫了一眼皓天，顿时眉开眼笑：“哟，这小爷长得还真俊，我们这儿……”

连有福打断她，让她先选好地方。皓天觉得诧异：“咱们就随便找张桌子不就行了?”

连有福神秘兮兮地说：“我们这里的跟京城那边不一样，吃饭有特殊规矩，这叫花酒，你先等着。”说完走到那妇人身边，附在耳边说了几句悄悄话。

过了片刻，皓天被叫到二楼一个房间，进去后吓了一跳。只见一名浓妆年轻女子站在桌旁，满身脂粉味，笑意盈盈地看着他。皓天只觉得浑身不自在，赶紧出门问连有福：“你咋不过来一起吃?”连有福一本正经地说：“你是初次来，所以要特别照顾，享受单间的待遇。你在这边吃，我在另外的地方吃。等你吃完就出来，我在外边等着，赶紧去吧。”说着又推皓天进去。

一会儿工夫饭菜便端了上来。那女子一双媚眼直勾勾盯着皓天，娇滴滴地说：“这位小爷，您还是第一次来吧，我叫玉影，今天就让我来伺候您。”

皓天勉强笑了笑：“你们这里还真有趣，不就是吃个饭嘛，排场这么大。”

“您可是贵客哪。”那玉影夹了一口菜，送到皓天面前，“来，吃一口。”

皓天推开她，拿起了筷子，只希望赶紧吃完这顿饭，这顿饭吃得太难受了。

玉影又打开一壶酒，斟上酒杯，递给皓天：“来，小爷也喝一口。”

皓天又推开：“我不会喝酒。”

玉影咯咯笑起来：“小爷还挺害羞哪，我看哪，你一定是个‘雏儿’。”

皓天再次听到有人说自己是个“雏儿”，心里不太高兴。却也懒得理会，匆匆吃了几口菜，说吃饱了，转身便要出门。到了门口，却发现门被反锁上了，无论如何都打不开。

女子又凑到皓天面前：“这可真不巧，锁正好坏了。”

皓天着急了，用力捶打着木门：“门锁坏了还愣着干吗？赶紧找人修锁开门哪。”

玉影却不紧不慢坐下来：“小爷莫非怕我吃了你不成。放心，累了你就先在这里歇息一晚吧。等明天自然有修锁的人来。”她指了指屏风后面，“喏，屏风后面就有一张床，大床，够两个人睡了。”

“这是什么鬼地方？明明吃饭的地儿怎么还有床？”

玉影看皓天的样子不禁感到好奇：“小爷你真不知道这是什么地方么？小爷难道今天真想离开这里么？”

“我还真不知道，孙二娘的人肉包子铺？不像啊。”

“实话对你说吧，今天跟你一块来的那位爷特意交代了。说无论如何今晚要把你留住，因为他要你做真正的男人。这里就是青楼啊。”

“青楼?”皓天大吃一惊，他以前只是偶尔听说过这种地方，这次算真正见识了。无论如何他不能在这里，他使劲捶打着房门，大声叫了起来：“快开门，开门!”

玉影拉住皓天：“你就是喊破天也没用的。我看咱们还是等到天亮吧。”

皓天如同热锅上的蚂蚁，烦躁地在房间走来走去。玉影说：“你别走来走去了，我好头晕。坐下来吧，咱们聊聊天。”

皓天厌恶地看了一眼玉影：“跟你这种人有什么好聊的?”

皓天的话一下子让玉影受刺激了，脸上本来挂着的媚笑变成了冷笑：“是啊是啊，我们压根就不是人好吧，你们都是高贵的上等人。”

皓天反唇相讥：“我不是什么上等人，可绝不会赚那些不干净的钱。”

玉影更加激动：“你以为钱会进到我的腰包里？你以为我愿意做窑姐吗？哪一个人天生就愿意如此下贱？这不都是因为家里穷给逼的吗?”说着竟然嘤嘤哭了起来，看来是真觉得自己委屈，眼泪把脸上的妆化成一道一道的，看上去是又可怜又滑稽。

皓天说不出话来，心想其实她们也是苦命人，真不应该拿她当出气筒。走到墙角盆架处拿了一块湿毛巾递给她：“都哭成什么鬼样子了，这得吓死多少小孩啊。来，赶紧擦擦。刚才我言语太重了，实在对不起啊。”

“呵，你还是第一个跟我说对不起的人，谢啦。对了，听你口音是京城来的人吧。”

皓天坦诚相告：“是，我跟师父在这边有生意，过段时间做完就走了。”

“那以后就见不到你了。你真是个好人，我会记住你的。你会记得我吗?”没等皓天回答，玉影又幽幽地说，“算了，相逢何必曾相识。反正你以后也不会再来，记不记得又有什么关系。”

皓天心中一动，这个年纪轻轻的女子，却有着和自己年龄不相称的成熟和沧桑。他忽然想到芙蓉和秀娥，如果这女子也像她们那样去学堂读书，去工厂做工，那她还会是今日这样的处境吗？想到这里，不禁脱口而出："老天爷对你太不公平了，你不该是现在这个样子。现在是新时代了，你今年多大了？你要是去学校念书，也一定会有大出息的。"

玉影摇头苦笑："别谈什么老天爷，反正我从小就被卖到这里，一直没见过老天爷什么样。不过还是谢谢你了。谢谢你的尊重。我活了十七年，从来没被人这么尊重过。"

十七岁，跟我同岁啊。皓天再一问，玉影只比他小两个月。皓天天性纯良，这一番交流，让他对玉影多了几分怜惜，同时添了几分亲近："我比你大两个月，今天你我能够在这里遇到也是缘分，我们不如交个朋友吧，我叫张皓天。"

玉影诧异地看着皓天："张皓天，我记住了……你真的愿意跟我做朋友？"

"当然愿意。"皓天毫不犹豫地说，"玉影是你的原名吗？"

玉影眼中闪闪发光，却又很快黯淡下来："这是我在青楼的名字，是这儿的妈妈给起的。我哪有自己的名字啊。"

皓天说："没有自己的名字这怎么行啊。不如我给你取个名字吧。"

玉影有些兴奋："看你斯斯文文的，一定读过不少书，给我起的名字一定错不了，好，你给取的名字我以后就当我的本名。"说着端起酒杯一饮而尽，"小女子这厢有礼了！"

皓天略加思索，口中念念有词："春风如醇酒，著物物不知。我看你就叫知春吧。"

玉影不大明白："什么意思呢？"

"意思是，看到你就知道春天来了。"

玉影这下明白了，拍起手来：“我明白了，我就是报春鸟，是杜鹃，是布谷鸟！知春，知春，真好听，我就叫知春了！”

看她开心的样子，皓天也感到开心：“知春，我现在就叫你知春好不好，知春妹妹！”

玉影——她现在改名字叫知春了，连连答应：“哎哎！不过……只有皓天哥你才可以这样叫我，这么好听的名字我舍不得在这个脏地方用。还是先存着吧，等哪一天不在这里我再用。皓天哥，谢谢你！”

一句“舍不得”让皓天倍感心酸，心想：幸福对于她这样出身的人，实在太奢侈了。

知春举起酒杯：“皓天哥，今天是我在这里最开心的一天了。反正今晚你也走不掉了，索性不如我们喝喝酒，说说话，喝到天亮。来，干一杯！”说罢便先自干一口。

皓天有些为难：“其实我不怎么会喝酒，前两天刚学的，所以只能陪你喝几杯。再说了，明天我还要做工哪，怕喝酒耽误事。”

知春摆摆手：“对了，皓天哥你是做正经事的，不像我们天天醉生梦死。放心啦，我不会逼你喝的。”

皓天说是少喝，可是跟知春聊着聊着，不知不觉却已喝下半壶，两个人都有了醉意。皓天看时间已是午夜，对知春说：“知春妹妹，你到床上睡去吧。我趴桌上凑合一夜。”

知春摇摇头：“不行不行，那怎么行呢？皓天哥你是客人，我是伺候你的。况且我也习惯了晚睡，还是我趴桌上，你到床上去吧。”

皓天打了个哈欠：“既然是朋友，还说什么伺候不伺候的。废话少说，马上去床上睡觉。不行，我太困了，你可别耽误我睡觉。”说着便一头栽倒在桌子上，一会儿工夫便呼呼睡去。知春拉不动他，只好作罢。

第二天，天已微亮，皓天睁开眼的时候，却看到知春依旧趴在桌上睡，原来她并没有到床上去睡。皓天不忍打扰她，悄悄洗了把脸，就准备出门。岂料到了门口，门却依旧反锁着打不开。正在焦急，却听到身后传来知春的声音："皓天哥，你要走啦？"

皓天回头看了一眼知春："是啊，知春妹妹，我该走了，怕打扰你睡觉，所以就没叫你。"

知春忽地站起身来："呀，以后我们就见不着了。皓天哥，你以后会想起我吗？"

"会的。"

"等你将来有了老婆也会想起我吗？"知春喃喃地说："将来咱们再见面时，我希望到时我不再是现在的我。"

皓天有点懵，不知如何回答。知春却笑了起来："逗你玩呐，皓天哥。你这人真是实诚，连句哄人的瞎话都不会说。好啦好啦，不难为你了，我叫妈妈来开门。"忽然又压低声音对皓天说："咱们就假装事儿成了，这样你好交代我也好交差。"

"什么事儿成了？"皓天一脸茫然。

"哎呀，怎么说呢？"知春也不知道如何回答，"就是男女之间的那种事嘛，我来之前他们千叮嘱万嘱咐，要你做真正男人做的那种事……哎呀，你就说成了就行，不然妈妈就要骂我的，记住了吗？"

皓天虽然似懂非懂，不过还是点点头："我说是就是了。不会让你为难的。"

知春放下心来，叫人开了门，拉着皓天便走了出去。那连有福正在楼下大厅吃茶，一看到皓天下来便乐了，挤眉弄眼地问："好啦？"

皓天看看知春，点点头："好啦，你别跟我师父说就是。"

"哈哈，当然当然，我怎么会跟你师父说？"说罢随手给了知春一个银元宝，"赏你的。"

知春接过元宝，连连称谢。结账完毕，又一直送皓天到大门外。皓天坐上马车走了好远回头还看到知春在冲他招手。连有福问他："怎么样，这女人的滋味怎么样？"

皓天生连有福的气，一直没言语。连有福自觉无趣："还不好意思啦，我这是做好事你还不领情。告诉你要想做男人都得过这一关，过了这一关你就是真正的爷们儿！"

皓天回去见到师父秦桂龙，秦桂龙问他为啥彻夜不归，他说："陪主人多喝了几杯，他就不想走了，所以就找了客栈睡下了。"秦桂龙一直对皓天很放心，也就不再说什么。

第二天一大早皓天心思有些恍惚，虽然他明知自己跟知春没做什么事，可好像还是有些对不住芙蓉。他这么一想就想到了中午时候，秦桂龙来叫他吃饭。忽听一片清脆的声音从不远处传来："爹，猜猜谁来了？"皓天一惊，感觉如堕入云里雾里，心怦怦跳了起来。

只见一名年轻女子出现在面前。她斜挎着一个精致的小背包，穿一身剪裁合体的淡蓝色女生服，刚剪的齐刘海短发显得清新乖巧，此时阳光正打在她的脸上，笑靥如花。

"哟，闺女来了！"秦桂龙放下手中的活，"嘴里都叫着爹哪，还能是谁，这爹能是随便叫的吗？我看看，这背上没长翅膀啊，怎么过来的？"

芙蓉说："从卢沟桥车站直接坐火车坐到这里，可方便了！"

秦桂龙逗她："我家闺女长大了，胆也大了，以前你可一直不敢坐火车啊。"

芙蓉跟秦桂龙撒娇："别拿老眼光看人，人家都长大了！"

皓天在一边一直没出声，芙蓉只顾着和秦桂龙腻歪，就像没看到他似的。他有种被冷落的感觉，内心颇感惆怅。

秦桂龙拉着芙蓉："正说要吃午饭呢，走走走，咱们到外边找个馆子，吃点好的。”又回头叫皓天，“皓天，别瞎忙活了，走吧。”

猛然见到芙蓉，皓天却犯傻了：“不饿，等下主人家也送饭过来，我再干一会儿，你们去吧。”

“你这孩子干吗呢?”秦桂龙不高兴了，“天天大鱼大肉有啥好吃的，到外边咱们吃点特色菜。”

芙蓉摇着秦桂龙的胳膊：“爹，我天天在学校吃得太清淡了，正想着大鱼大肉哪，况且我这一路奔波，也饿了，也累了，走不动了……”这时她才瞟了一眼皓天，两人目光相对，又马上回避开了。

秦桂龙笑了：“好好好，依你，你在家吃饭不一直很矜持嘛，都是假的啊。饭估计一会儿就来了，我到屋子里换件衣服。”说罢转身进了屋。

皓天悄声说：“真没想到会在这里看到你。你瘦了。”

芙蓉垂下头，声音像是蚊子叫：“学校放两天春假，我太想……我爹了，所以就来看……我爹。”

皓天再笨也听出来了，这话颇有一点此地无银三百两的意思，不由心里偷着乐：“哦，幸好不是来看我。”

芙蓉哼了一声：“想得美，才不稀罕看你!”

皓天看到芙蓉的娇憨之态，只觉得心花怒放，忍不住说：“芙蓉，你真美。”

一句话惹得芙蓉小鹿乱撞：“别瞎说，那是你没见过美的。”忽然又想起上次天桥的相遇，不由又不悦起来，“我就觉得你那邻居姑娘比我美。”

皓天拍了一下脑门：“你记性真好，还记着这茬儿呢。”

芙蓉半天没言语，似乎在等皓天给她一个满意的答案。这时候，饭已经送来了，秦桂龙从屋里走了出来：“赶紧吃饭，吃完干活!”

芙蓉反应挺快：“爹，我肚子早饿得咕咕叫了，让我看看今天都有什么饭!”说着一把掀开盛菜的竹篮，“哇，有鱼肉，有烧鸡，还有……”

几个人坐下来开吃，芙蓉时不时给秦桂龙夹上一口菜，假装无意地也给皓天夹一下。皓天吃在口里，甜在心里。

吃罢午饭，秦桂龙一个人做工，让皓天带芙蓉到周围转一圈，然后就送她上火车回去。

芙蓉有些委屈，嘟囔说："你是不是我亲爹？怎么我这刚来，你就轰我走啊。"

秦桂龙拿起旱烟抽了一口，慢悠悠地说："你在这边睡不惯，还是回去好一点，真以为我们在这儿是来享福呐。"

芙蓉握紧了拳头："我不怕苦。你们能吃苦，我也能！"

"说得轻巧，自小到大，咱家虽然不富裕，可哪儿让你吃过什么苦啊，看到只蟑螂都能把你吓得半死。"

芙蓉有些紧张了，转头问皓天："这里也有蟑螂吗？"

皓天故意逗她："这里的蟑螂跟咱们那儿不一样，一个个都成精了，跟耗子差不多大。"

"瞎说！"芙蓉瞪了一眼皓天，"我才不在这里住，我晚上到同学家住去。"原来这次她是跟一位家在保定的同学一起来的。秦桂龙一听放心了，说城南边这两天有个庙会挺大，挺热闹，让皓天带芙蓉到外边去转转。

芙蓉还有些扭捏："我一个人就行了，丢不了。"

秦桂龙说："现在世道乱，哪里都不太平，还是有人跟着好。"两人这才走了出去。

路上两人半天没言语，皓天日思夜想着芙蓉，如今真的单独相处了，反而又拘谨了。

这一对少男少女各怀心事。不知不觉到了城南，一看庙会人山人海，各种叫卖声不绝于耳。走到一卖棉花糖的摊位，皓天丢了两个铜板，一会儿工夫棉花糖就做好了。皓天递给芙蓉，芙蓉却不要："我要你手里那个，你的比我大。”皓天把自己手里的棉花糖递给她，芙蓉这才笑盈盈地接过来，甜甜地咬了一口。

皓天看着她开心得像个小孩，笑她：“真是长不大。”

“我才不要长大……长大那么多烦恼。”

“都有什么烦恼？说说，兴许我能帮你。”

“得了，还是管好你自己吧。”一会儿工夫，皓天的棉花糖刚吃了一半，芙蓉却已经吃得精光，眼巴巴盯着皓天的手，皓天给她递了过去：“吃吧。”她犹豫了一下，还是接了过去。

皓天只觉得一股暖流涌入心田，试探着要去拉芙蓉的手。芙蓉却红了脸，轻轻在他手上捏了一下又迅速甩开了，小声嘀咕：“大庭广众的，让人家看见多不好。”

这是芙蓉接受了自己吗？此时的皓天心花怒放，想大叫，想大笑，直感自己是这个世界上最幸福的人。

两人在庙会转了半个时辰，根本心不在焉。穿过长长的一条街，又漫无目的继续七走八走，到了一条僻静的巷子站住了。你瞅瞅我，我瞅瞅你，空气静得只能听到彼此的呼吸。

半天，芙蓉才轻轻叹息一声：“天气真好。”

皓天大着胆子说了一句：“有你在，所以天气才好。”

芙蓉笑了：“没看出来，才几天工夫，你就学会了油腔滑调……”

皓天挠了挠后脑勺：“我也不知道为什么，一见你就想说那些平时说不出口的话。”

芙蓉忽然抬起头，凝视着皓天：“其实我也，我也喜欢……听你说。”

皓天再也无法遏制自己，一把抓住芙蓉的手。这次芙蓉不再拒绝，同样紧紧攥住了他的手，两个少年十指紧扣，似乎再也不想分开。

两人互诉衷肠，表白了心迹，两颗躁动的心也安静下来。

天渐渐黑了下来，看到有人朝这边走过来，芙蓉松开皓天的手，轻声说：“该回去了。”

又走了一会儿，芙蓉忽然叫了一声：“哎呀，不好了！”

“怎么了？”

芙蓉满脸焦急：“我忘了同学家的路怎么走了，这可怎么办？”

皓天又幸灾乐祸了：“真是小糊涂虫，那就跟我回去呗，跟我们住一块啊。”

芙蓉头摇得像拨浪鼓：“不行不行，你们房子里有蟑螂，万一爬到脸上……太可怕了！”

皓天拍拍胸膛：“咱不怕，有我在，我帮你一个一个捏死它们。”

芙蓉捂住耳朵：“别说了别说了，好恶心。”

皓天摇摇头：“唉，幸亏有我，要不然还不被人拐跑？”

芙蓉使劲掐了一下皓天胳膊：“本来我是记得的，都怪你，带人家七拐八拐，拐着拐着就迷路了。”

皓天说：“所以你以后出门就一定要跟着我，这样就不会走迷路了，知道不？”

芙蓉看着皓天，眼神比天上的星星更亮：“以后就一直跟着你，烦着你，好不好？”

皓天心醉了，他又怎么会嫌烦呢。

三天后，芙蓉要回去上学了。傍晚皓天送芙蓉去车站，芙蓉恋恋不舍：“要是天天都这样多好。”

皓天冲芙蓉眨眨眼：“其实这也没多少天了，等干完了这里的活儿咱们就能天天见面了。我不在你要照顾好自己啊。”

芙蓉点点头：“嗯，你也要保重自己啊。”

送完芙蓉没几天，皓天又送别了一位姑娘。谁？

估计您猜出来了：知春。

这差不多又是一次生离死别。怎么讲，那知春被赎身了，赎她出来的还不是一个中国人，要带她远渡重洋，见了这回可真不一定有下回了。这是怎么回事儿？请看下回分解。

第十回

亭华梅园品香醇　高僧迎客说无心

这天连有福悄悄将皓天叫过去，对他说：“龙凤酒楼订了我们的牛奶，你今天帮送过去。”说完还朝皓天挤了挤眼，诡秘地一笑。

皓天一听要给龙凤酒楼送奶，浑身不自在，心里叫苦不迭，只怪连有福多事。您这旧王爷拈花惹草没人管，我这穷人怎么跟家人交代啊。想到当晚所遇的青楼女子知春，又有些不安，心想也不知道她现在怎么样了，多么聪明善良的姑娘，怎么偏偏不幸待在那种地方？如果知春妹妹能早日离开那地方该有多好哇。可是不行，她还得攒钱为自己赎身，她没钱。

送奶到龙凤酒楼时，皓天看到一架崭新的马车停在楼前。马车帘子掀开，一只纤纤素手伸了出来，知春坐在马车里，笑盈盈地叫：“皓天哥。”

皓天很惊奇，走了过去：“知春妹妹，你这是?”

知春告诉了他原委。原来，近一年来有一个叫藤原的东洋人在保定做生意，常常来光顾龙凤酒楼。他说知春长得像他死去的妻子。再过几天就是他妻子的周年忌了。他想给知春赎身，认她做干女儿，带她去东洋生活，以慰自己对亡妻的思念之情。

知春说：“我今天就跟他走。走之前我一定要跟皓天哥见一面。所以我为酒楼每一个人都买了牛奶，指名皓天哥送来。”

皓天释然了，为她的真情感动。同时，又为她的未来感到渺茫：“知春妹妹，你这是要去另一个国家啊，语言不一样，生活习惯不一样，你孤身一女子，未来怎么样可真难说。现在好歹你人熟地熟啊。”

知春坚定地说：“我一定要摆脱现在这种生活。藤原先生能帮我达成这个愿望。所以我毫不犹豫答应了。再见，皓天哥！相信我们都会越来越好，相信有一天我会回来再见到你的。”说罢挥了挥手，让车夫驾着马车走了。

皓天望着马车远去，心中无限怅惘……

光阴似箭，转眼两个多月过去，师徒二人教会了连有福牧场工人养牛挤奶的本事，结了工钱，便离开了保定，回到北京。

母亲王氏见到皓天喜出望外，心疼地说，儿子黑了瘦了。问东问西，又张罗着做了好几道皓天爱吃的菜。吃饭的时候忽然说：“你舅舅马上要出来了，过十天半月就能见到他了。”皓天算了算：“还真是，我都差点把这事给忘了，舅舅都在里边呆三年了！”

在家里歇了两天，皓天又去师父家上工。这天是礼拜四，明知芙蓉礼拜五放学后才回家，皓天仍好像期待芙蓉突然出现，一直在奶牛场干到晚上十来点钟，这才一身疲惫地走出师父家门。

回家路上要穿过一条长长的南北胡同，皓天只希望赶快回家栽床上睡觉。这时，迎面一条黑影朝他这边飞奔而来，一下子把他撞倒了。那人也摔倒在地，骂了一句：“兔崽子，眼长屁股上了！”皓天也懒得跟他理论。那人捡起地上包袱，爬起来一溜烟又跑了。

皓天继续往前走，隐隐约约听到前边传来呻吟声，走过去借着微弱的路灯一看，吓了一跳。只见一名二十岁左右的青年男子正歪歪斜斜靠在路边电线杆子上，满脑袋是血。皓天一看情况紧急，赶紧拨打110——哦，那时候还没有110，所以也找不到警察叔叔。

皓天扶青年男子坐稳，问他："出什么事了?"青年男子睁开了眼，微弱地说："我被人用石头砸伤了脑袋，他们还抢走了我的包袱。"

皓天听他是南方口音："哥哥你是外地人吧，还能不能坚持?我送你到附近的诊所看看伤吧。"那青年男子却微笑着说："兄弟谢谢你，不过不用了，也没什么大碍。"

皓天拍了拍青年男子肩头，"遭遇抢劫受伤了老在外边待着可不行，我看还是送你到你的住地吧，你住哪里?"

青年男子摇摇头："我也不知道住哪里，本来我是想找酒店住的，却没想到遭劫了。现在是没法找酒店住了。"

皓天说："这样吧，你干脆住我家里，我家就在附近。"说罢不由分说架起他就走。边走边问他："我叫张皓天，怎么称呼你?"

"我叫虞亭华，是浙江慈溪鸣鹤场人。"

"看上去你比我大两岁，咱这么地，我就叫你亭华哥吧。"

"好的，皓天兄弟。"

两人说着说着就到了家，王氏一看皓天大半夜从外边带了位血人回来，目瞪口呆："皓天，这咋回事儿?"

虞亭华冲王氏很礼貌地鞠了一躬："阿姨您好，阿姨对不起，要打扰您了。"

王氏一头雾水，皓天拉了把椅子让虞亭华坐下："唉，他被抢劫了，还给打伤了，真够倒霉的。一个人靠着杆子正哭哪，刚好被我碰上，身无分文，没地儿去啊，我就带他来咱们家了。"

虞亭华赶紧很认真地纠正皓天："啊，皓天兄弟，我可一直都没哭。"

"反正我听到了你的呻吟，我就当是在哭喽。"

"皓天兄弟，咱们还是要讲科学。呻吟是人的本能反应，哭是人的情绪反应。两者不可同日而语啊。"

皓天和王氏听得一愣一愣的。王氏说："行了，你先别忙着较真，看你也是老实人，我这就给你收拾一下床铺。皓天你赶紧给他打盆温水来擦擦，血里呼啦的，这也太吓人了。"

虞亭华再次深深地鞠躬："真是麻烦你们了。"

看他文绉绉的样子，王氏也乐："皓天，瞧人家这礼数，多周到。你得多学着点哪。"

等擦完了脸，王氏又给简单包扎了一下。虞亭华虽然脑袋上一块大包，脸也有些浮肿，但还能看出来大致轮廓，的确像个文弱书生，挺眉清目秀的。王氏问："小伙子，我看你像个学问人，你这大老远来这里要做什么呀，有没有亲戚朋友在这里?"

虞亭华无奈地说："阿姨，说起来真是一言难尽。长话短说吧，我是浙江慈溪人，原在上海读书，今年受了政府派遣，过段时间要到美利坚合众国去学习的。要从北京出发，可是我贪玩嘛，我没来过北京。听说北京很好，所以我就提前两个月来到这里，想一个人在这里玩两个月，谁知道刚下火车，就发生了这样的事情……"

一般人碰到这种倒霉事会很沮丧，可是虞亭华的样子却显得波澜不惊，无比平静。

第二天一大早，皓天没有送奶任务。他拉着虞亭华去吃早饭，到小馆子要了一些北京小吃，又要了两碗豆汁儿个焦圈。虞亭华没吃过驴打滚豌豆黄，分别试着尝了一口，一尝味道还挺不赖，就放心地吃了起来。吃完之后，虞亭华对北京风味食品就来劲儿了，缠着皓天介绍再吃点啥。皓天一想，嗯，确实还有一样我现在就想吃的，就带他到了梅园奶茶店。

那梅园古色古香，店主姓金，就是张皓天讲故事提到的翰林大学士。既有学问又有技术，盛酸奶的器皿那是相当考究，宫廷之风浓郁。酸奶非常浓稠，不算太酸，奶味十分香醇，里边放了一些新鲜的水果和特别脆的谷物，好像还有一些软甜的葡萄干，再多加点糖，搅拌后味道真是太棒了。皓天心想，又换新花样了，这产品是得推陈出新，才能不断吸引顾客啊。

虞亭华边吃边啧啧称赞：“到底是京城，高人多啊。这么好吃的酸奶，我们老虞家是做不出来的。”

皓天很惊讶：“你们家还做酸奶?”

虞亭华点点头：“实不相瞒，我家在当地是养牛的。家里有几十头牛，水牛黄牛都有，鲜牛奶、酸奶都做，可没有梅园酸奶这么好吃。这两年我们那儿多灾，牛病死了不少。你不知道吧，牛死的时候会流眼泪的，每次看它们死得很凄惨，我就很难过，所以就想学畜牧。这回去美利坚合众国就是去学这个的，学牛羊的饲养、繁殖、管理，等等，我要让牛们长命百岁。”

虞亭华这话说得很动情，皓天说：“亭华哥，有志气！这几年我养牛，也一直在想，怎么让牛活得更健康，活得更长久，让母牛为人类产出更多的奶。等你将来学成归来，也教我这些本事。”

虞亭华点点头：“没问题!”

“我还要养洋奶牛，开办洋牛奶厂。”皓天说，“我小时候身子弱，我爹认识一位孙叔叔。那时候他天天给我送洋牛奶、洋奶粉喝，说来也奇怪，我的身体越来越好了。后来我去一个洋奶牛场亲眼看到，他们讲究科学饲养，规模生产，营养好，又健康。等我将来有机会也要养很多很多洋奶牛，让天下人都能够喝上好牛奶。”

“好样儿的!”虞亭华说，“看来你跟这牛挺有缘分。不过洋牛奶有洋牛奶的好，土牛奶有土牛奶的好。咱们也不用妄自菲薄。什么时候将二者之长融为一体，一定会生产出更适合咱们中华民族的好牛奶!”

皓天登时豁然开朗：“亭华兄说得极是！洋为中用，古为今用。是为上策。等你学成归来，咱们一块努力！”

虞亭华深鞠一躬：“一言为定！”

两人边吃边聊，很投机。吃完酸奶，皓天要到师父家做工，虞亭华也想跟着，被皓天给拦住了，让他在家好好养伤，虞亭华只得回去。皓天今天要见芙蓉啊，怎么能让虞亭华搅到里边来呢。

傍晚时分，皓天算好了时间，提前在芙蓉回家的一条必经胡同埋伏着，他想给芙蓉一个惊喜。

芙蓉看到皓天，惊得张开了嘴巴：“我这不是做梦吧。”

总算见到了日思夜盼的心上人儿，皓天自然是心潮澎湃。可见到芙蓉却一下子又说不出话，只一个劲儿地傻笑。芙蓉倒是很快镇定下来，笑他：“这是谁家的傻小子，偷乐什么呢？”

皓天说：“你一定会施法，是妖女，所以一见你我整个人就变傻了。”

芙蓉板起了脸：“乱说话，什么妖女，真是难听死了。”

皓天神秘兮兮地把手放在怀里，神秘兮兮地说：“你猜我给你带了什么？”

芙蓉颇感意外：“哟，还知道送东西讨人欢喜了。我猜猜，是不是棉花糖？”皓天摇摇头：“不对，再猜。”“花衣裳？”“不对。”“新鞋子？”“不对。”

芙蓉一跺脚，不猜了：“真是坏死了，在学校天天想问题想得头都炸了。见到你本来想放松放松，没想到更会折磨人，你咋比教书先生还坏呢？到底是啥东西，快说快说。”

“好了好了，不难为你了。”皓天小心翼翼从怀里拿出一个小布袋，在芙蓉眼前晃动了一下，“这可是好宝贝。”

芙蓉迫不及待了：“赶紧打开呀。”

皓天把布袋递到芙蓉手里：“给你，你来打开。”

芙蓉正要打开，却又停住了："瞧你神秘兮兮的，到底什么呀，不会里边藏着蟑螂吓我吧。"

皓天卖起了关子："也许真是蟑螂。敢不敢打开？"

"哼哼，有什么不敢的？本姑娘已经长大了。"芙蓉一咬嘴，打开了小布袋。

皓天观察着芙蓉的表情，只见她起初惊讶，很快眼神亮了，笑容在脸上很快荡漾开来。

"呀，这小东西这么可爱。"芙蓉喃喃自语着，拿着一个小木雕反反复复地看着。

小木雕是皓天在直隶府买来的，只见一对少男少女背靠着背坐着，神情充满了幸福和欢喜。

芙蓉指着男孩："这个是你吗？"皓天点点头。

芙蓉指着女孩："这个是我吗？"

皓天说："难道还能是别的谁？"

"这么可爱，只能是我。"芙蓉开心地一遍遍抚摸着木雕，"费了不少工夫吧。"

"没觉得啊，因为买的时候心里想着你看到一定很开心，我就也很开心。"

"看出来了，他们也很开心。"芙蓉把木雕小心翼翼放进小布袋："这一对小人儿我会好好收着，每天都看着。"

两人久别重逢，自然有着说不完的悄悄话，不知不觉已是繁星满天，告别了几次还是舍不得离开。最后相约第二天一起去逛天桥市场，这才总算结束了约会。

第二天一早皓天要去天桥，虞亭华赶紧说："可不可以带我一起去，我来两天了，还没有出去转过。"看他可怜巴巴的样子，皓天点点头："好吧。别跟丢了就行。”

芙蓉满心欢喜地去和皓天约会，大老远却看到皓天身边还跟着一个人，心里多少有些不乐意。想着皓天也太不解风情了，两个人约会享受的是二人世界，你却拉一个大灯泡来，这也太没情调了。

走近一看芙蓉更不乐意了，只见皓天带的这个人头上还包着纱布，一副傻傻的神情。她板着脸，也不说话，等着皓天解释。

皓天赶紧迎了过去，悄悄对她说：“他是我回家路上捡到的，这可是个大宝贝。”

芙蓉从鼻孔哼了一声：“还大宝贝哪，我咋看上去呆头呆脑的呢？”

“可千万别这么说，这人虽然看上去有点书呆子气，但人家可是个有学问爱科学的新时代好青年。咱先别说了，跟人打个招呼呗。”芙蓉没办法，只得硬着头皮走到虞亭华跟前，不冷不热地说：“你好。”

虞亭华陡然看到一个俊秀的姑娘站到面前，有些不知所措，慌忙鞠躬：“你好。”又看看皓天，“你们……啊呀，这个。那我还是回去吧。”说着转身欲走。芙蓉也觉得这人好笑：“别呀，既然你是皓天的朋友，我要是让你走了，他的肚子还不气炸啊。”

皓天拉起虞亭华：“他叫虞亭华，我叫他亭华哥。”

芙蓉说：“亭华哥好，我叫芙蓉。”

三个人到了天桥市场，这里永远都是熙熙攘攘，热热闹闹。虞亭华初次看到这地方，觉得很新鲜，不停问东问西，芙蓉忍不住笑他：“你怎么跟个小孩一样问个不停？”虞亭华也笑笑：“我的先生教我，碰到不明白的就要不耻下问，不然会憋坏肚子的。”

转着转着，鬼使神差又来到刘顺的“顺风招摇”了。刘顺正悠悠然站在店铺门口挂衣服，看到皓天“哎哟”了一声：“皓天啊，哪阵风把你吹来了，两月不见，你可想死我了！”这话说得跟现在有些明星春晚拜年一样，一点儿诚意都没有。皓天打了个哈哈：“你这不明明活得很潇洒嘛。”

刘顺扫了芙蓉一眼，冲皓天挤了挤眼：“嗨，我也就姑且一说，你也就姑且一听，千万别当真。”又冲着虞亭华打招呼，“这位是……”

毫无例外，虞亭华又要鞠躬了：“我叫虞亭华，请多多指教。”

“别逗了，我一江湖混饭的，能指教您什么呀。”刘顺是个自来熟，跟人说句话就是熟人了。

虞亭华文绉绉地说：“哪里哪里，子曰：三人行必有我师焉。”

几个人正说着闲话，忽然从铺子里边走出一名年轻女子。皓天一看到她，“哎哟”了一声：“这……这位是谁家姑娘啊？”

“谁啊谁啊。”那女子冲着皓天踢了一脚，“德性，出门仨月眼高了，不认识俺这俗人了。”

原来这女子却是秀娥，上次皓天跟她到这儿一转之后，没承想让她认识了刘顺。隔几天就过来，假装要买衣服，其实就是找刘顺东拉西扯。这刘顺恰恰就喜欢这种大大咧咧性格的女子，两个人这算是王八对绿豆——对上眼了。好上以后，两人一商量，干脆让秀娥到这儿上班吧。秀娥也没拒绝，不做缫丝厂的女工了，到刘顺的店铺做起了模特。俗话说，刘顺看秀娥，越看越像嫦娥。刘顺觉得秀娥这么棒的身材简直是中国好身材，如果不好好利用起来那简直是暴殄天物，所以秀娥从此就天天有新衣裳穿——穿一天再给挂上去卖，反正也看不出来。

皓天心说：前一段还害相思病要死要活的，转眼就成了刘顺的女人了，这也变得太快了！嘴上笑着说：“果然士别三日当刮目相看，你说咱们国家要是赶上你们这种发展速度，不早就成宇宙强国了？”

刘顺哈哈大笑：“行了行了，我们秀娥姑娘是内秀腼腆的人，你别老埋汰她。再说皓天你以前不这样啊，现在也油腔滑调了，是不是人逢喜事精神爽啊？”说着又把目光扫向了芙蓉。

芙蓉微微一笑，轻轻扯了把皓天衣角，示意离开，皓天也就只好告辞。其实他还有话想跟刘顺说，那就是刘顺的父亲，也是他的表舅刘灿源。前两天他听母亲说，表舅前一段出家了，这让他感到吃惊。也不知道刘顺知不知道。他找过刘灿源一次，不巧刘灿源出去了。想抽空再去，他希望刘顺也能跟着他一起去。不过转念又一想，上次一说到刘灿源，刘顺就岔开话题，不愿意提他，这次要真说了，弄不好还会碰一鼻子灰。

到了中午时分，三个人进了一家小饭馆吃饭，皓天点了几道芙蓉平时爱吃的小吃，又对虞亭华说："你要不挑食的话，这几样风味小吃也不错的。"虞亭华若有所思地点点头："当然，京城地儿的小吃，又是芙蓉姑娘喜欢的，必然是上品。"芙蓉直乐："哪儿是什么上品，就是小吃，到处都有得卖。"

吃罢午饭天色尚早，虞亭华提议到香山去转转，说香山他一直想去："听人说那里春天山花烂漫，夏日清爽宜人，深秋红叶飘丹，冬季银装素裹，说得让人心痒难耐啊。"芙蓉看虞亭华摇头晃脑的样子，立即表扬了他："你记性真好，肯定是好学生。"虞亭华很谦虚地摆摆手："不敢当不敢当，我就是尘世间一迷途小书童而已。"

皓天有些为难，说香山距离这天桥老远了，不如下次吧，他担心芙蓉累着。不过芙蓉却兴致勃勃，说，怕什么，反正自己也好几年没去过了，正好趁着好天气去转一下。

几个人说走就走，租了辆马车，约莫一个时辰，赶到了香山。从东门进去，放眼看去，两旁绿树成荫，地上芳草萋萋，泉流淙淙，亭台层层，时而有小鸟欢快地飞过，空气中似乎散发着各种香甜的味道，令人神清气爽，心旷神怡。虞亭华闭上眼睛，忍不住要来个现场诗朗诵："啊，香山，这就是美丽的香山，钟鼓馔玉不足贵，但愿长醉不愿醒！"

几个人来到一处幽静的枫树林中，皓天忽然站住了："我六七岁的时候第一次到香山，就是来到这里。”

芙蓉机智地回应：“六七岁？那肯定不是一个人来的。”

皓天触景伤情，神情显得有些落寞：“虽然那时候很小，可我还是记得很清楚，那一年我娘和我就是在这里跟我爹告别了，从此再没见过面。”

虞亭华叹了一声：“原来你有如此伤心的往事。”

芙蓉以前只是知道皓天没了父亲，并不知道这其中的曲折，不过看到皓天伤感，也不由伤感起来，小心翼翼地问：“从此就一直没有伯父的消息了？”

皓天点点头：“是啊，从此他就好像从天地间消失了。”

虞亭华说：“可想而知，你们母子俩这些年生活很不容易吧。”

皓天笑笑：“我其实倒没受过什么苦，也就是小时候被其他的小孩骂过我是没爹的野孩子，我心里委屈。不过和我娘受的那些苦比起来，这些委屈又算什么呢？我娘太不容易，爹走后，家里的重担全落她一人身上了。”他转头对着芙蓉继续说，“不过也有好人帮了我们家不少忙啊。你看那个秀娥，她爹就对我们家有恩，所以我一直都把他们家人当亲人。还有刘顺，他爹是我表舅，更是好人中的大好人，因为他心里装的不只是我们家，还有天下穷人……前两天我才知道，表舅出家了，今天本来想跟刘顺约个日子去看看他的。”

芙蓉痴痴地看着皓天，心中充满母性的柔情。她想不到皓天身上原来有这么多的秘密，难怪他做事要比同龄人更加沉稳，因为他比同龄人受的苦要更多。转念一想又觉得自己实在很幸运，不禁冲口而出：“正是有那样的环境才造就了这样的一个你，这样的张皓天。”

虞亭华伸出大拇指：“芙蓉姑娘说得好，环境决定性格，性格决定命运。不过总的来说，咱们做人还是要向前看是不是？要相信明天会更好。”

皓天微笑：“是啊，要向前看。现在总算熬过来了，现在我长大了，也能为家里做点事了，日子一定会越来越好的。”

芙蓉忍不住靠近皓天，忘情地抓住皓天的手：“我相信，一定会的。”

皓天忍不住笑她：“当着别人的面这样，你也不怕害羞了。”芙蓉这才意识到旁边还有个虞亭华，赶紧害羞地松开了手。

虞亭华赶紧背过身去：“没事没事，你们就当我是空气好了。”

几个人走下香山回到城中，天色已黑，又一起吃了饭，皓天这才和芙蓉依依惜别。回去路上虞亭华不停地夸芙蓉，说真是羡慕皓天，能找到这么一位好女子。皓天自然心里也高兴，只觉得自己是天下最幸运的人……

过了两三日，皓天的舅舅王少川刑满释放了。皓天母子和王少川媳妇赵氏一起来到第二监狱把王少川接了出来。王少川在牢房的生活肯定不那么幸福，看上去马瘦毛长，精神萎靡。赵氏在大门外一看到他就嗷嗷哭开了，她怀里抱着的孩子也跟着哇哇哭。王少川一看到孩子有点缓过劲了，赶紧伸出手来要抱孩子。那孩子不愿意，更是哭个不停。

赵氏埋怨他：“你别一见面就凶神恶煞的，吓坏了新生。你蹲牢的时候他才一两岁，哪儿认识你是谁啊。”

王少川一个劲傻乐：“王新生，你这名字还是爹当年给你起的，这名字还真不赖。”

找了家馆子，包了雅间，皓天给舅舅斟了一杯茶：“舅舅今天你随便点，我请客。”王少川喝了口茶：“行啊，你小子有出息，有手艺，会赚钱了。比舅舅强多了，舅舅是吃过牢饭的人。人老珠黄，鸡飞蛋打，以后出门还得被人笑话，要夹着尾巴做人哪。”

王氏心疼地看着弟弟，安慰他：“少川，你才进去几年时间，没事，只要好好干，好日子还会来的。”

皓天连声附和：“对呀，舅舅，说不定过几年你就成了连锁店的老板。”

王少川勉强笑了笑："呵，还记着这茬儿哪！别笑话舅舅了。"

皓天连连摇头："不敢不敢，舅舅其实一直很有主意，有想法，值得我好好学习。"

王少川叹了口气："今时不同往日，世道变了，我也变了。我在牢里睡不着的时候时常会想起你那位表舅刘灿源的话，真是觉得他说得很有道理啊。"

"他说了什么？"

"他说啊，他说，多大的屁股穿多大的裤衩。"王少川挪挪屁股，"你们说，就我这瘦屁股非得穿一条肥裤衩，我能撑得起来吗？那裤衩穿不上还不得掉到地上？"

几个人听着都笑了。王少川四岁的儿子王新生站在椅子上，大概也觉得这话挺有意思，扭着小屁股嘎嘎笑了起来。

王氏说："这话琢磨起来还真是那么回事儿。少川，你能经常想起这话，我看你是长心眼了。"

"嗯。"王少川用力点点头，举起了酒杯，"好，告别昨日之旧我，成就明日之新我。来吧，干一杯！"

大家都举起了酒杯："干杯！"

王新生忽然嚷嚷起来："我也要喝酒！"

王少川说："胡闹，小孩子喝什么酒？是不是该到喂奶时间了？"后半句话是对赵氏说的。

赵氏说："这两年我一直不下奶，多亏了皓天给新生买的牛奶，是市面上最好的牛奶。"

王少川感动了："皓天有心，舅舅谢谢你！"

皓天说："这种牛奶也是我小时候爱喝的那种。我现在干这行，也就一凑手的事儿。"

一提到牛奶，勾起了王少川的伤心事，苦笑一声：“当年要不是因为这牛奶，我怎么会坐牢呢?”

皓天一看王少川又要伤感，赶紧用酒杯跟王少川碰了一下：“舅舅，都过去了，咱们做人还是要向前看，干杯吧!”

这次大家是真的干杯了。

饭桌上提起刘灿源，王少川思潮起伏，想着找个日子去拜见救命恩人，当面谢恩。和皓天母子定下日子，过了几天大家便一起来到宛平一家寺庙，寺名叫无心寺。坐西向东，共四进院落，刘灿源住在第四进。一路走过去，只见庙宇青砖青瓦，路旁古木参天，环境幽静古朴，有钟声远远传来，令人悠然神往。

众人连呼吸都不敢大声，生怕打扰了这里的宁静祥和。看到刘灿源的时候，他正在院内扫地，头上光光的，已经没了头发。王氏看他身影萧索，不禁心下恻然，眼圈忍不住红了，强忍住内心激动，轻轻叫了一声：“表哥，我们来了。”

刘灿源转过身来，看到面前几个人，吃惊地张大嘴巴，继而笑逐颜开：“哈哈，稀客稀客，贵客贵客。早上起来就听到喜鹊喳喳叫，寻思着今天肯定有什么好事。想来想去也想不出什么好事，原来是你们来了，这可真是大好事!”

大家坐到院里的石桌旁喝茶，寒暄了好一阵。皓天劝刘灿源还俗，说如今刘顺开成衣店了，刘家父子可以团团圆圆，享受天伦之乐。

提到刘顺，刘灿源开始摸脑袋：“从我把家里卖了之后，这孩子好几年都不愿意见我了。他一直生我的气，说我是败家爹，不为他考虑。嗯，我就是个无心人嘛。”

王少川有些惶恐：“我出来之后才知道你为了我的官司把自家院子都卖了。我这两天一直想这事，我想等我干几年，再给你买回来……”

刘灿源打断了王少川："别别别，千万别难为自己，也别难为我。什么钱财，什么房产？没用。那都是身外之物，想多了徒添烦恼。今儿我跟你说，你当年出事是无心的，我卖自家院子同样也是无心的。你没求我，我纯属自愿。所以啊，无心无心，咱都要无心，别把这事太当回事儿！"

王氏说："表哥，我看刘顺小小年纪就能够自谋生路，很有生意头脑。这是让人开心的事儿。您该跟他在一块才更开心啊。"

刘灿源点点头，又摇摇头："人各有命，我已经习惯现在这种清静了。顺儿这孩子打小心眼多，以前就老憋着一股劲，说要光宗耀祖。我是觉得他还是太刻意了，太刻意就是太有心，太有心就容易给自己，也给别人设障啊。"

大家见劝不动刘灿源，只得作罢，走下山来。

皓天边走边频频回头，见古刹寂静，松柏森森，想世间聚散，各有缘分。由此他想到了芙蓉，芙蓉此时此刻在干什么呢？

他没想到，他的意中人芙蓉正经历人生最大的一场危机，遇上了歹人，后来更差点因此丢掉了性命。这真是天有不测风云，人有旦夕祸福！

第十一回

浪荡公子自作孽　实诚少年喜结亲

张皓天在看望表舅的山路上思念芙蓉的时候，芙蓉正在参加学校举办的每年一度的中学毕业晚会。校方非常重视这次活动，邀请社会各界知名人士前来参加。

轮到芙蓉登台表演节目，她穿着一身清新的学生制服，一个人俏生生地站在舞台上，目光眺望远方，用清亮的嗓音深情地唱起李叔同大师的《夕歌》：老师讲的话，可曾有违背？父母望儿归，我们一路莫徘徊，将来治国平天下，全靠吾辈！大家努力呀，同学们，明天再会！将来治国平天下，全靠吾辈！大家努力呀，同学们，明天再会！

芙蓉唱罢，台下掌声雷动。芙蓉深鞠一躬，走到幕后。

芙蓉可没想到台下有一名西装革履、梳着大背头的青年男子正悄悄吩咐随从："赶紧打听一下这姑娘叫什么名字，我想认识她……"

这一年是 1917 年，非常不太平的一年。民国虽然已经建立 6 年了，可是中华大地到处军阀割据，天下纷扰不宁。

辛亥革命后，袁世凯窃取了由孙中山先生发起的辛亥革命胜利果实，做了大总统。对于孙中山来说，这本来也不是大不了的事，只要维护民主共和制，谁做总统都一样。可是到了 1915 年袁世凯暴露出真实面目来了，他不想做总统了，想当皇帝。再加上大儿子袁克定的极力怂恿，1915 年 12 月袁世凯忽然宣布要做皇帝，改国号为中华帝国，建元洪宪。

袁世凯这事做得荒唐，这就让孙中山很不开心，很生气，要北伐袁世凯。以云南军政府都督蔡锷为首的南方军阀积极响应孙中山，发起了轰轰烈烈的护国运动。袁世凯其实也不在乎什么护国军，他打了一辈子仗，手下个个都是强将，才不怕这个。

可让他没想到的是，不但孙中山反对他，连他的旗下学生直系军阀首领冯国璋和皖系军阀首领段祺瑞也不同意他称帝，不愿意跟他玩了。这就让他觉得老脸没了，抑郁啊，苦闷啊，过了 83 天之后就跟他独家制造的“中华帝国”彻底拜拜了。

他这一死不打紧，要知道他可是北洋军阀大统领，这一死就群龙无首了。原先的各路手下为了各自的利益就开始斗得你死我活，不可开交。这其中，以直系军阀首领冯国璋和皖系军阀首领段祺瑞的矛盾更尖锐，冲突更激烈，今天冯段要联合跟护国军打架，明天冯国璋又撂挑子不干了，后天张作霖又插了进来，然后张勋带着五千辫子军复辟了，再然后各路来路不明的护国军又打过来了……总而言之，言而总之，城头变幻大王旗，局势一片乱哄哄。

这时候，有一位不知道从哪里蹦出来的黎大帅乘虚而入，要找靠山，拜了段祺瑞的山头。

那位在学校一见到芙蓉就想跟她认识的青年男子就是黎大帅的儿子，名叫黎建昌。黎建昌靠着父亲打下的一片江山过着锦衣玉食的生活，终日无所事事，游手好闲，是个浪荡公子。这次学校毕业晚会原本邀请的不是他，是他父亲黎大帅，但是黎大帅懒得来，就让儿子顶替。这一顶替坏了，他不请自入，闯入了芙蓉原本平静的生活。

他打听到芙蓉是奶牛场工头秦桂龙的女儿，三天之后就来到了芙蓉家。

芙蓉已经放假，当天午后秦桂龙和皓天外出做活，留下她一个人在家。黎建昌进来了，非常礼貌地问她："请问这是秦师傅的家吗？"

芙蓉说："是，有什么事吗？"

"哦，我想订牛奶。"

"真不凑巧，我爹刚好出去，要晚上才能回来。"

"不急，我正好有空，慢慢等他。"

芙蓉没办法，只好搬了张椅子，沏了壶茶，让黎建昌在客厅慢慢等，自己回屋读书去了。过了大约一个时辰，黎建昌又叫来芙蓉，说一个人太闷，让她陪着聊会儿天，芙蓉有些不乐意。可人家毕竟是客户，还是坐了下来，有一搭没一搭地跟黎建昌扯着话。黎建昌有意卖弄自己的家境，想吸引芙蓉注意，可是芙蓉却一点儿也不在乎，只是"嗯"了一声。这就让黎建昌觉得更有兴趣了，他碰到过不少女子，一听他是大帅的公子，恨不得变成膏药贴到他身上，可是这芙蓉居然不为所动，不受诱惑，这个好，够单纯。

这么一想，黎建昌又改变了主意。如果芙蓉是那种容易上钩的女子，那么他很快也会觉得没意思，但是芙蓉不是，那就要放长线钓大鱼了。他本来就闲得发慌，这以后正好就有事儿干了。

等皓天和秦桂龙回来，黎建昌已经告辞。芙蓉指着桌上的一张名片，说有位大帅的公子今天来，想订牛奶。秦桂龙点点头，回屋休息去了。皓天其实本来可以直接回家的，但是因为要看芙蓉，就又拐到师父家，嘴上说是请教来。两人一见面，自然是欢欢喜喜，说个不停。

芙蓉说："还是咱们穷人家的孩子好。今天来的那个什么人一看就让人膈应。"

皓天问："怎么就膈应了？"

芙蓉撇撇嘴："那种公子哥自认为家里有点权势就了不得了，看他那副神气的样子就讨厌，其实有什么呀，全是花花架子。"

皓天笑了："人家终归是大帅啊，手下有好多人给大帅卖命，了不起。"

芙蓉哼了一声："什么狗屁大帅，满大街都是，谁认识他们谁啊。"

"嗨，别管他们了，反正跟咱们不是一个世界的人。"

正说着，秦桂龙咳嗽了两声，从房间走了出来，大手一挥："皓天，别学了，赶紧回去吧。"

芙蓉也故作没事，冲皓天眨着眼："走吧走吧，你最近落下的功课太多了，一时半会儿跟你讲不清楚。"

皓天走后，芙蓉也要回自己房间，秦桂龙却叫住了她："坐下来，爹问你点事儿。"

芙蓉忐忑不安地坐了下来："爹，什么事儿啊？"

秦桂龙瞅着芙蓉："你觉得皓天怎么样啊。"

芙蓉的心跳加快了，不过表面却不动声色："挺好啊，又懂事，又能干，又好学，又肯吃苦。"

秦桂龙点点头："嗯，起初我就是看他实诚所以才收他的。"

"爹，你想说什么呢？"

秦桂龙慢悠悠地说："我想给他说个媳妇。"

芙蓉刚喝下一口茶，差点没喷出去："给他说媳妇？爹，您啥时候还当起月老来了？不务正业啊。"

秦桂龙说："师父师父，师徒如父子嘛。我给他说个好人家的姑娘也是应该的嘛。"

芙蓉想了想，摇着头说："可是他年纪还不是很大，男人还是要以事业为重。古人说事业不成何以家为，爹您可别耽误人家呀。"

秦桂龙神色不对劲了："哎，不对啊，你怎么好像很紧张他的样子啊？"

芙蓉咬了咬嘴："爹，他也是我的朋友啊，我关心朋友不行吗？"

秦桂龙咣咣咣敲了几下旱烟杆："你别以为我不知道你心里打的什么小算盘。我心里明镜儿似的。"

芙蓉吓了一跳，声音像蚊子叫："爹，你说啥啊。"

秦桂龙又笑了："你喜欢他了，对不对？"

芙蓉涨红了脸，半天才有些委屈地说："那我也没做错。"

秦桂龙一拍大腿："好哇，你终于承认啦。我早就看你们不对劲，赶紧坦白交代！"

芙蓉反而豁出去了，神色很倔强的样子："那又怎么样，我们坦坦荡荡，又不是做什么见不得人的事。"

秦桂龙这下算是把事情挑明了，其实皓天在他的考试里早就过关了。芙蓉一看爹默许了，自然是心花怒放，她是单纯的姑娘，一股脑想的全是美好的未来。她怎么会想到这世上还有黎建昌这种人呢？

黎建昌以订牛奶、买奶牛、学技术等各种名义，天天都要到芙蓉家里扭一趟，还甚至要给芙蓉送花。

皓天看出一些不对劲，提醒芙蓉。芙蓉之后就不再搭理黎建昌了。

皓天又担心黎建昌这小子仗着大帅爹的权势使阴招，之后芙蓉进进出出他都尽量陪着，力保芙蓉不出事。

秦桂龙瞅着这一对孩子甜甜蜜蜜，想着终于给闺女找到值得托付终身的人，总算对死去的芙蓉她娘有了交代，心里也高兴。抽了个空儿对皓天说："跟你娘说一下，哪天咱们两家坐下来，一起吃个饭。"皓天和芙蓉一听明白了，那真是心花怒放，欢天喜地。

回到家，皓天跟王氏传达了师父的意思。大概幸福来得太突然，王氏一听还有点不相信：“怎么从来都没听你说过，你这又唱的哪一出啊，你可别逗我？”

皓天说：“我刚才这一路走着也都觉得步子轻飘飘的，昨天还没想到，谁知道今天就……娘，这事儿的的确确是真的呀，我哪儿敢拿这种事逗您呀。您到底同不同意？”

王氏只觉喜从天降，笑得眼泪都溢到了脸上：“你师父把自家宝贝闺女送出去都不皱一下眉头，我……我……还能有啥意见？”

皓天和芙蓉的大事这就算定下来了，聘礼下了后，双方家人亲友都挺高兴，挺满意。可是有人一点儿也不满意，谁呀？黎大公子黎建昌啊。

黎建昌回到家二话不说，就把家里那些瓶瓶罐罐摔了个稀巴烂，把二姨太和管家吓坏了。活了二十来年还真没在女人这方面翻过车，想不到这次丢人现眼了，这传出去还不被人笑掉大牙？建昌很生气，后果很严重，他狞笑了：看来软的不行，那就来硬的吧，我要做个大坏蛋，我要霸王硬上弓，哈哈哈哈！

黎建昌正对着镜子狞笑，没想到他爹黎大帅回来了。黎大帅膀大腰圆，豹头环眼，跟张飞唯一的区别就是张飞是满脸胡，他是八字胡。他一看屋里乱七八糟，勃然大怒：“孙子你给我出来！”这对父子一生气辈分都不分了。

黎建昌天不怕地不怕就怕这个爹，灰溜溜出来了：“爹，您今儿回来咋这么早？”

黎大帅一拍桌子：“不回来早点，你孙子还不把家给掀了？”

“我不是你孙子，是你儿子……”

黎大帅怒喝：“滚！”

黎建昌正准备滚，黎大帅又怒喝：“回来！”

“你到底是让我滚还是让我回来？”

“我让你跪下！”

黎建昌瞅了瞅四周，有点难为情，后妈还有管家都在瞅着哪：“我都这么大人了……”

“跪！”

黎建昌看来只得跪了：“爹，我是一不小心……”

“啥叫一不小心？一不小心你就摔这么多值钱东西？我看你是一不小心就给老子添乱，一不小心就要欺负人家黄花闺女！”

“啊？”黎建昌没想到自己在外边干的坏事传到了当爹的耳朵里，这可太糟糕了。

黎大帅坐了下来，恨铁不成钢地说：“孙子……大爷！你是我大爷行不？不指望你光宗耀祖，但是你也不能老给我添乱啊。老子跟你说，今时不同往日了。以前我在外地，你胡来，老子睁一只眼闭一只眼，可是现在你是在皇城根儿知道不？你老子我上边还有人，你老子我也是受气包，你还真以为你爹是大帅就可以为所欲为了？狗屁的大帅！在这儿人家用得着的时候我是个人物，用不着的时候我他妈就是一狗屁！”

黎建昌还挺委屈：“可我啥也没做啊，再说了，我就不能正正经经娶个老婆了？男大当婚女大当嫁，我这也是天经地义嘛。”

这一说黎大帅一下子不生气了，居然还笑了：“你说的还真是这么回事儿。起来起来，赶紧起来。”

黎建昌站起来，揉了揉发酸的膝盖，可怜巴巴地瞅着黎大帅：“我也想当好人啊。”

黎大帅若有所思，冲儿子招手：“哟，是吗？来，来，过来。”

黎建昌哆哆嗦嗦走到黎大帅跟前，黎大帅笑眯眯地说：“再靠前一点儿。”

黎建昌往前靠了一点儿，“啪”，马上挨了一大嘴巴。黎建昌快气哭了："我就知道我就知道，从小到大你都玩这一套！"

黎大帅说："知道你还往前凑？"

"你是我爹，我敢不听你的话吗？"

黎大帅点点头："这算是一句人话，还知道我是你爹。今儿咱俩说点知心话，我问你，就算当爹的是混账王八蛋，可天下有哪个当爹的愿意自己生出来的儿子跟自己一样也是混账王八蛋？天下有没有这样的爹？"

黎建昌不吭声。

黎大帅自问自答："没有，肯定没有。要是有，那这当爹的一定不是个玩意儿，不是人。哎，咱爷儿俩来北京有两年了吧。"

黎建昌说："嗯，差不多两年了。"

"这两年来，你能不能告诉我你勾搭了多少姑娘？"

黎建昌赶紧辩解："我也没勾搭啊，都是她们自愿的，甚至她们有的还勾搭我。"

"为什么她们自愿，她们怎么那么犯贱呢？"

"可能看我年纪轻轻一表人才吧。"

黎大帅冷笑："就你？一表人才？我告诉你，放眼整个北京，一表人才的人一抓一大把，可绝对没你什么事！我问你，前几天你是不是让一个女的堕胎了？那女的今天都闹到总理府去了你知不知道？！"

"爹……我不对，你给我点脸面好不好？"

"还觉得丢人哪？"黎大帅瞅瞅二姨太，"他还知道丢人，他咋就没想过我比他更丢人呢？"

二姨太赶紧赔笑："建昌还年轻，您也别对他太严厉了，以后让他悠着点。建昌，是不是啊？"

黎大帅摇摇头："她娘死得早，我又老在外边跟人打打杀杀，都是你们哪，你们把这孙子宠坏了。"转头继续教训黎建昌，"你知不知道，老子有你这样的儿子，经常被人笑话？”

“不是吧，我怎么老听人家夸我长得比你帅……”

黎大帅怒极反笑：“他娘的，你这意思是你就不该是我儿子？真是混蛋玩意儿，你也不想想，那些乱七八糟的娘们为什么要勾搭你？那些人为什么讨好你？不就是因为你有一个我这样的爹吗？老子要是垮台了你还能在外边胡作非为？早他娘的一枪把你崩死了！”

“爹英明神武，怎么会倒台呢？”

黎大帅牛眼一瞪：“滚蛋，老子用不着你来拍马屁！老子现在也无非是人家的一枚棋子，人家捏死我就跟捏死一只蚂蚁一样，知道不？所以啊，做人别太嚣张，要夹起尾巴做人，这才能活得长！”

黎建昌听得不耐烦，嘴上还得认错：“记住了，以后我绝不会乱来。”

黎大帅摆摆手：“行了行了，你也别跟我说这种虚头巴脑的玩意儿。我想好了，要想不让你乱来，我只有一个办法。”

黎建昌大为好奇：“啥办法？”

黎大帅皮笑肉不笑：“嘿嘿，这可是个好办法，一般人我还真不敢用。”说着，他回头吩咐管家，“老赵，把我车上的袋子给拿过来。”

管家一溜小跑，一会儿工夫就提着一个袋子进来了：“啥玩意儿？还挺沉。”

黎大帅说：“解开。”

老赵解开袋子一看，原来是一副银色脚镣。黎大帅拿出来在黎建昌眼前晃悠：“以后我不在家的时候你就戴着它玩吧。这玩意儿是用银子做的，老贵老贵了。”

黎建昌大惊失色：“妈呀，你还真不是我亲爹！”转身就往外冲去，到了门口却看到两个彪形大汉像铁塔一样挡在他面前，像老鹰抓小鸡一样把他揪了回来。

黎建昌跪到黎大帅跟前："爹，我错了，我真错了！"

黎大帅很慈祥地笑了笑："知错就改，善莫大焉。"

黎建昌痛哭流涕："您可千万别让我戴那玩意儿啊，我又不是囚犯！"

"都说虎毒不食子，我又怎么忍心呢？可是如果不这样，我又怎么能保证你不乱来呢？"黎大帅晃着手里的脚镣，很和蔼地说，"今儿晚上你就好好睡一觉。从明天起你就跟它做难兄难弟，陪它好好玩两年吧。"

说完这话，黎大帅站起身来，回自己房间去了。

"爹，爹，爹！"黎建昌像一摊烂泥，瘫倒在地上哀号不已。

由于半路杀出个黎大帅，黎建昌的"霸王硬上弓"计划就只能胎死腹中。一切似乎都是天意，但却也是理所当然。正所谓：天作孽，犹可违；自作孽，不可活。

再说皓天和芙蓉两人各自带了家长喝了定亲酒，约定等芙蓉大学毕业后就正式成亲。这也算了了大家的心愿，两人这几天心里是比蜜都甜。

虞亭华也没歇着，他考上了清华学堂留美预备班，政府出钱，留美梦想即将实现。

好事年年有，今年特别多！皓天刚与芙蓉订完婚期，又迎来了影响他一生的一个重要人物。

那是一个燥热的夏夜，皓天刚冲完澡，便听到一阵敲门声。他不禁有些奇怪，问了一句："谁呀？"过了一会儿才听到外边有人问："这是张义海的家吗？"这让他很惊奇，父亲离家已经十来年，已经很少有人提"张义海"这三个字了，话说这口音听着怎么有点耳熟呢？

开了门，皓天看到一名中年男子正站在门口。只见他穿一身黑色西服，身材笔挺，相貌堂堂，右脸上有一道刀疤，手里拎着一个大皮箱。他面带微笑看着皓天："还认得我不？"

皓天几乎难以置信，惊喜出声："干爹！是你，真是你，干爹！"

那人朗声大笑："天儿！你还记得我？那年我离开时你才六岁，长高了，长结实了！"

皓天说："干爹！我一直惦记着您哪，赶紧进来——娘，快看谁来了？"

那人慢慢用手抚摸着大门，感慨着："那一年我来的时候鹅毛大雪，今年我来的时候却是炎炎盛夏，还是这条胡同，还是这扇门。不过，当年的小朋友如今却变成大人了。"

王氏从房间走出来，也吃了一惊："良喜，喜子，真的是你吗？"

那人声音有些颤抖："嫂子，真的是我啊，你还好吗？还有义海呢？"

这名中年男子正是皓天父亲张义海的老同学、老朋友、拜把子兄弟孙良喜。听他说到张义海，王氏再也按捺不住，泪水夺眶而出。那泪水是她多年的疑惑和委屈，是她无尽的绝望和希望，是她无数的祈祷，是她无尽的压抑。此时此刻，她终于痛痛快快地一次宣泄了出来。

孙良喜有些慌，他不知道该如何去安慰面前这瘦弱的女人："嫂子，当年我离开后去了广州，过了几个月曾经收到过义海的信，说他过不了多久便要去找我。可是此后过了一年我也没有等到他过去，后来我又到了云南，我还以为他一直在家……他究竟……"

皓天黯然回答："那一年，由于清政府要抓他，所以我爹才要去投奔你。可是以后我们再也没有见过他。"

"原来我们都没有见过他！他究竟去了哪里？"孙良喜也忍不住哽咽起来，"我对不起他，对不起你们全家啊。"

王氏此刻已经冷静下来，带孙良喜进了客厅，这才说："这事完全不怪你，谁也没有料到会发生那些事。"

孙良喜仰天长叹："可是毕竟因我而起，如果不是因为我当时和他交往甚密，清廷又怎么会去为难他？"

王氏微微摇头："喜子，过去的已经过去，现在就更不用再提这些了。

只希望所有人都平安健康，不管人在哪里都好。”

孙良喜沉吟片刻才说：“看到嫂子已经放下，我也很欣慰。的确，我们都要向前看。”

皓天问：“干爹这次到北京，是不是又有什么特殊任务？”

孙良喜微微一笑：“是啊，要处理许多乱七八糟的事情。民国虽然几年了，可是依旧一片乱糟糟啊。”

王氏说：“皓天啊，你孙叔叔是做大事的人，咱们只能做些小事。现在你也学了门手艺，能顾住自己温饱，咱就老老实实做咱们的小老百姓吧。”

孙良喜听出王氏说话的弦外之意，也表示理解地开起玩笑：“有了手艺到哪里都不用担心没饭吃，不知道天儿学的哪门手艺？是弹棉花还是做糕点？”

皓天一本正经地说：“我现在在农场做挤奶工。”

孙良喜哈哈大笑：“天儿，我今天算是来对了。”说完变戏法一样，从皮箱里拿出了几个瓶装牛奶：“你尝尝。”

皓天打开尝了一口，叫了一声：“嚯，这牛奶口感真纯！比咱们的土牛奶是好喝一些。”

孙良喜笑笑：“现在国外一些牛奶厂家已经规模化、现代化生产了，科技越来越先进了。咱们国内的奶牛场做工水平还是没办法跟洋人比。咱们得迎头赶上啊。”

皓天忽然想起虞亭华说过的话：“科学救国，实业救国，是这个意思吗？”

这话从皓天口里说出，孙良喜有些意外：“天儿真长大了！这也是孙中山先生提倡的。其实有许多看似不可能实现的事，只要努力你会发现也没那么复杂，你看，大清不也亡了？事在人为嘛。还记得你说过的要开一个奶牛场的心愿吗？筹备得怎么样了？”

皓天不好意思地搔了搔头：“这两年能顾上生计已经很不错了，哪有钱办奶牛场啊。可能还要攒几年钱才行。”

孙良喜说：“天儿，钱的事我来想办法！只要你决心定了，告诉干爹。咱们就一块办！”

皓天非常感动，只觉全身充满力量，充满激情。他恨不能马上就开办一个奶牛场，实现自己的宏愿。

不过，有一个人不想皓天这么早就挑这么大的担子，尤其是跟着孙良喜一块干。谁？皓天的母亲王氏。这正是：殚心竭虑终为子，可怜天下父母心！

第十二回

教授送书多指点　牧师启迪栋梁才

许诺要资助张皓天建奶牛场后，孙良喜看时候不早，便欲告辞。王氏起身相送，皓天却拉住他的手说："还有两间空房哪，我看干爹就住这里吧，这样没事就能跟您多说说话。"

王氏瞪了眼皓天："咱们家这破地方，你也不怕委屈你孙叔叔？"

孙良喜摆摆手："嫂子说委屈就见外了。不过上边已经给我安排好住所，燕京大饭店，距离这边不远，主要还是为了联络方便。"

皓天不好勉强："好吧。"

孙良喜拍拍皓天的肩膀："以后机会多的是。过几天我再来看你。"

送孙良喜走后，皓天要回自己房间，却被王氏给叫住了："皓天，坐下，娘有话跟你说。"

皓天看母亲的神情有些不对劲："娘，什么事啊？"

王氏兜头问了一句："你觉得孙叔叔为人怎么样？"

皓天有些莫名其妙："这还用说吗，我干爹当然是好人啊，有情有义，是个响当当的男子汉。"

王氏脸色越来越暗："那你想不想跟你爹一样？"

皓天不明白："啥意思？跟我爹一样怎么了？"

王氏没好气地说："跟你爹一样出去了再也不回来了啊。"

皓天这下算知道母亲的心思了："娘，您想哪儿去了？我不就是一个挤奶工嘛，能跑哪儿去？"

"那可不一定。"王氏长叹一声，"我只求安安稳稳，再有什么打击我可真受不起了。你孙叔叔是好人不假，可他是大英雄，他做的那些事不是咱们老百姓能做的啊。你不要像你爹一样与他再搅和了。"

皓天盯着王氏鬓角的几根白发，心里也不好受："娘这些年受太多苦了。放心吧，儿子会一直陪在您身边，哪儿也不去。"

王氏继续说："宁做太平犬，不做乱世人。如今这时代，谁不是自求多福？可你孙叔叔就不一样……不说他了，我就是担心你跟着他胡思乱想。"

皓天郑重其事地说："娘，您放心，儿子如今长大了，有自己的脑子，会分得清事情轻重。"

王氏含笑看着皓天："好，娘信你。你要真想办奶牛场啊，找一些知根知底的街坊邻居搭伙就好了。"皓天连声称是，王氏这才回房歇息去了。

皓天回到自己房间就倒在了床上，虞亭华却神秘兮兮地凑了过来："你家今天晚上来的那个人是干啥的，看上去可真气派。"

皓天说："亭华哥，你知道那么多干吗？又不关你什么事。"

虞亭华说："好奇呗。我就是听他说话，感觉挺不一般，像是做大事的人。再说，他跟你家这么有渊源，我关心他也是关心你嘛。"

皓天说："你真想知道啊？怕说了你晚上睡不好觉。"

虞亭华说："我才不怕。"

"好吧，说起我干爹他可是个响当当的传奇人物，当年他为了国家事业四处奔波，历经各种艰险，真可算是身经百战，九死一生！"

虞亭华竖起大拇指："英雄！后来呢？"

“后来……后来中华民国就成立了。”

“了不起！这么一说我知道了，他也为推翻清朝建立民国立下汗马功劳……再后来呢？”

“再后来他就到了我家，再再后来他就走了。你也看到了。”

虞亭华瞪大了眼：“你这说了半天等于没说。”

“其实我也不知道他的许多事。”皓天嘿嘿笑了，“总而言之，他做他的大事，咱们做咱们的小事，各有分工。”

“话虽如此，可是也得看什么环境下说。比如说起这个洋牛奶吧，我看就跟你，跟我有关系。”

“你耳朵还挺尖，都听到了……说说跟你我有什么关系？”

虞亭华说：“当然有关系。如果国人都能喝上高质量的牛奶，都能强身健体，咱们国民就不会被列强指着说是东亚病夫了，咱们国家不就越来越强大了？”

皓天忽然一拍脑袋，有心挤对一下虞亭华：“哎是啊，你们家不就是养奶牛的大户吗？高质量，那就先从你家做起啊。”

提到自己家的养牛场，虞亭华连连摇头：“我们家啊，主要都是水牛、黄牛，产量也偏低，跟洋牛奶没法比。人家质量好，口味好，价钱也不算太贵，现在大家都愿意买洋牛奶，不愿意买我们的土牛奶。”

“那就应该想办法啊。”

“办法也的确想过，比方说跟外国牛配种，可是不得法。配过几次都没成功，不耐烦了，以后也就没再试过。”

“那有没有别的办法？”

“有啊……不过这种办法一般人不敢干，我爹就敢干。”

“你爹？啥办法？”

虞亭华憋了半天，像是下定了某种决心似的说：“现在咱们已经是好朋友，我也就不能再欺骗你了。实话跟你说，其实我爹是个奸商。”

皓天很意外，他还是第一次听人这么说自己父亲：“这……为什么是奸商呢?”

虞亭华闭上眼：“唉，我爹他给牛奶兑水，兑米汤……”

皓天提高了声音：“这不明摆着坑人吗?”

虞亭华“嘘”了一声，让皓天小声说话，接着说：“我不同意他这么做，他打我，骂我，说我是个不孝子。可是我也不能举报自己的亲爹啊，他毕竟是养育我的人……我只能选择离开这个家。”

“到上海求学去了?”

“嗯。我已经三年没有回家了，没跟我爹再见面。不过我母亲到学校找过我两次，要给我钱。可是这些钱我没要，因为这些钱不干净，我花得不安生啊。”他有些激动起来。

皓天问：“那你在学校怎么生活?”

虞亭华矜持地笑笑：“因为我学习努力，所以每年都有助学金，这就够了。这回去美国留学，我也已经申请到全额奖学金了。”

“厉害厉害!”皓天忽然从床上坐起来：“我忽然明白了，你这次这么早就来北京，原来是不愿意回家。而且，你通过自己努力早赚好学费了。亭华哥，想不到原来你也有很多秘密啊。”

虞亭华不好意思地笑笑：“皓天，我不是有心骗你，希望你原谅我。现在说出来这些，我也感到轻松了。”

皓天拍拍虞亭华肩头：“我已经原谅你了，咱们是哥们儿嘛。”

“这下你就知道我去美国为什么要选畜牧学了吧。因为我不相信，咱们中国人做不好牛奶，养不好奶牛!”

此时此刻，虞亭华的神色充满坚毅和希望。皓天被感动到了：“说得真好!亭华哥，你一定会成功的!”

“谢谢！”虞亭华用力点点头，“这个我也相信！”

第二天一大早，皓天问虞亭华会不会骑脚踏车，虞亭华说会呀，皓天就拉着他兴冲冲来到市场的脚踏车行，让虞亭华帮他选车。车行车子有新的旧的，皓天一看新车价格吐了下舌头，新的买不起，只能要旧的。虞亭华选了一辆六七成新的车子试了试，质量还行，皓天用攒了整整两年的辛苦钱给买了下来。

回去路上皓天便迫不及待要虞亭华教他学骑车。他天性聪明，不过半天工夫便学会了，兴奋坏了：“谢谢，再见！我找芙蓉去。”说罢转身而去，留下一串快乐的车铃声。虞亭华呆若木鸡，哀怨地说：“落花有意流水无情啊，我还以为是给我买的，这重色轻友的家伙……”

皓天一路骑着脚踏车，只觉耳畔生风，心神激荡。很快便来到师父家，秦桂龙一看皓天弄了一个洋玩意儿过来：“呵，你小子还挺赶时髦啊。”皓天说：“师父，我可不只是为了自己啊。”说着话芙蓉从外边回来了，一看到脚踏车，也很惊讶：“哪儿来的啊？”

“买的啊，我买的。”皓天有些得意。

秦桂龙说：“这玩意儿可不便宜。你倒上手挺快。”

皓天朝向芙蓉：“芙蓉，你要学骑车，我教你。”

芙蓉矜持地摇摇头说：“我才不学这个，这种车是你们男人骑的。我们女孩子要骑的是那种坤车。”啥叫坤车？就是没有大梁（车杠）的女用自行车。

“那就等我有钱了给你买一辆，眼下就先凑合着吧，坐后座。你马上开学，以后你每天下课我就骑车接你去。”原来皓天早有预谋。

芙蓉也兴奋了：“真的？”

“当然了，不然我买车干吗？”皓天的神情像个骄傲的英雄。

芙蓉故作矜持：“嗯……这个……鉴于你的诚意。好吧。我同意。”

皓天双手抱拳："遵命。"

芙蓉忽然又说："还是不要吧，你要干活，还要骑那么远，白天已经够累了……"

"没关系，我有使不完的劲儿！"

秦桂龙说话了："你以为你是铁打的身子？也不想想那有多远的路，一两天还行，要是天天如此，非把你累死不可。"

皓天有些不服气："我没事。"

"别吹了，你们年轻人太冲动，头脑一热不顾一切。没戏，没门！"

芙蓉冲皓天眨了眨眼："心意我领了，不过行动起来难度太大。以后就一礼拜接送一次吧，你心疼我，我也应该体贴你呀。"

秦桂龙瞅着这对小情侣哼了一声："以后当着我的面不许腻歪，成何体统！"

愉快的假期生活结束，芙蓉就要到一个全新的环境去读书了。她读的是女子高等师范大学，学校坐落在石驸马大街，也就是如今的新文化街。开学第一天的清晨，皓天骑着车穿过一条条街道，芙蓉默默坐在后座。过了一会儿，她把头轻轻地靠在皓天后背上，皓天只觉得心神俱醉。

终于到了校门口，芙蓉下了车，默默看着皓天。皓天看她脸上带着一丝惆怅："怎么了，傻丫头？"芙蓉轻声说："又不能天天陪你了，你该多可怜啊。"

皓天轻轻刮了一下她的鼻子："你是说你自己可怜吧。小可怜别怕，这又不是什么生离死别，过几天咱们就又见面了。去吧，到时候我来接你。"

芙蓉乖乖地点点头："好，我在校门口等你。"然后一步三回头地朝校门走去。看着她的身影彻底不见，皓天才转身离去。

花开两朵，各表一枝。

再说虞亭华留学的事儿。过一些日子，虞亭华就要去美利坚合众国伊利诺大学攻读畜牧学了。临行之前，有些师友必须告别。

这一天，虞亭华拉着张皓天，骑车去了清华学堂。在这里，虞亭华已经通过了留美预备学生的甄别考试。

虞亭华来跟当时中国著名的畜牧学家陈程告别。陈教授年纪不大，方脸、大耳，也就比亭华、皓天大个几岁。因此三人聊得很开心，互相之间一点也不拘束。

陈程教授很博学，这也让皓天非常兴奋。又找到一些上学时的感觉了，他有许多问题要问。

有一个他始终想问却一直不知道找谁问的问题："陈教授，咱们中国的乳业一直这么落后吗?"

陈程说："不，中国古代的乳业曾经一度领先世界的。春秋战国时期，有一本书叫《黄帝内经》，看过么?"

皓天摇摇头。

陈程说："《黄帝内经》是中国最早的医学典籍。有一部分内容叫素问，里边谈到了中国古代的膳食养生，提出了'五谷为养、五果为助、五畜为益、五菜为充'的饮食搭配原则。这里边讲到的'五畜为益'，指的就是'人食其肉、饮其汁'非常有益处。汁就是牲畜的奶了。咱们中国人是世界古代乳业的发明者啊。西汉也有'饮走兽泉英，可以却老复壮'的记载，而且出现了'养羊酤酪以供伏腊之费'的专业养羊人。到了六世纪北魏农学家贾思勰的《齐民要术》，则已经有世界上最早、最完整的关于乳品加工技术的记载了……"

皓天听得如痴如醉，原来我国有这么悠久灿烂的乳业史，我学的东西还是太少太少了啊。

陈程拿出了几本自己撰写的关于畜牧学、乳业方面的著作，送给皓天，并且勉励他说：“成才要读万卷书、行万里路、做万件事”。

皓天非常感动，素不相识，头一次见面就给送书。他连声感谢，恳切请求陈教授有空去他上工的奶牛场走走，给工人们多指点。陈程爽快答应了，他是个重视实践的学者。这之后，陈程教授多次去奶牛场，一来而去，就与皓天和工人们都成了好朋友。

对于爱徒虞亭华，陈教授预祝他赴美学习满载而归，告诫他要“中学为体，西学为用。只有把眼界、学识与技能集于一身，方能报国有门”。陈程最后说：“我正在清华学堂筹建畜牧系，欢迎你学成回来后到畜牧系教课。”

虞亭华连连点头，感谢老师的指点和赏识。

虞亭华后来受清华大学聘请回国任教十几年。先担任教授兼农场主任，之后清华大学创设农科，他被任命为农学系主任、农场场长，为培养中国现代农业科技人才做出了杰出贡献。这是后话，暂且不提。

过了几天，虞亭华带皓天去了一个教堂。你道是哪个教堂，就是马约翰牧师在的教堂。马约翰一见到虞亭华便开心地和他拥抱：“欢迎你，亭华小朋友！”见到皓天更高兴：“皓天老朋友，你好！”

原来马约翰与虞亭华已相识数年。马约翰曾经到虞亭华在上海的学校住过一段时间，两个人的房间刚好挨着，经常打交道。马约翰教堂的奶牛也是从上海运过来的。那时候，上海作为通商口岸和租界集中地，洋人众多，奶牛传入早，用奶需求大，乳业发达。

虞亭华说：“马约翰牧师，我马上就要到您的国家了。”

“哦？想不到我在你们中国住下了，你却要到我们美国去了。”

“我跟你不一样，我主要是去学习，还要回来的，这里才是我的根。”

马约翰很开心地说：“哦，很好很好，这样我就还能看到你了。美国是个很开放的地方，那里的人喜欢自由，生活也很简单。他们把人生当作旅行，喜欢到处走走看看，喜欢哪里就会在哪里住一段时间。”

皓天插话：“我听说美国人都很好玩。”

马约翰扮了个鬼脸：“是的是的，不过也有例外，比如我们总是一本正经的政治家们，他们在台上演讲总是滔滔不绝，但是台下的人却总是想打瞌睡。因为台上这些人是幽默的敌人。”

虞亭华笑了：“好像哪里的政治家都差不多。”

马约翰说：“我看你们的孙先生就很好嘛，我觉得他会带你们走向光明未来的。哦，说到未来，你们都有什么打算？”

虞亭华说：“我的打算嘛，就是能够跟各种动物愉快地打交道。我想让它们活得更健康、更长寿！”

马约翰伸出大拇指：“了不起，亭华，我相信你一定会找到属于你们的秘密交流语言的。”转头又问皓天：“皓天老朋友，你对未来有什么打算？”

这一问把皓天问住了。他想：我到底未来想做什么呢？我娘未来想过安稳日子，表舅刘灿源未来想过安静日子，表弟刘顺想重振祖业，舅舅一心想发大财出人头地，我呢。

想了一会儿，皓天像回答又像自言自语：“我小时候想过当孙悟空，会在天上飞，一个筋斗十万八千里。”

马约翰张大了嘴巴：“哈哈，这真是有趣的理想！一下子飞十万八千里？你要是能这么飞了的话，能不能带我绕着地球飞一圈？这样我就能省很多钱了。”

皓天说：“马叔叔说笑了。我到现在还不会飞哪。看来人是飞不起来的。”

虞亭华打圆场：“也不能这么说，英国的莱特兄弟不是前两年发明了飞机吗。有了飞机，人就能在天上飞了。飞机就像是人类的翅膀啊。”

“说得很好！你们中国有句话不是说，只要功夫深，铁杵磨成针嘛。”马约翰拍拍皓天的肩膀，“小伙子，我相信总有一天你会做到的！”

皓天不由心中一阵激动：“谢谢你们，我会好好努力的。老实说，我也明白，人自己飞起来是不可能的。我倒确实有个理想，就是开奶牛场，发展我们中国自己的乳业，生产出世界上最安全最好喝的牛奶！”

“好样的！”一听皓天说牛奶，马约翰边赞边把他们领到一个餐厅，指着角落里一个一人多高的大柜子：“看，这叫电冰箱。我们美国人生产的。刚运过来没多少日子。有了它，食品保鲜时间就更长了。”马约翰把冰箱门打开，皓天哥俩立刻感觉一股寒气扑面而来。马约翰从里边拿出两袋奶，“这牛奶放两天了，你们尝尝还新鲜不新鲜。”

马约翰将袋装牛奶拿热水捂了一会儿，给亭华皓天一人一袋，皓天一喝便说：“荷斯坦，熟悉的味道！”这牛奶喝着依然新鲜得很。

从马约翰处得知，美国、英国、荷兰已经在北京建了蒸汽机牛奶棚，还有俄罗斯、日本等，好些个国家都在京建现代化牛奶场。皓天不由感慨：科技进步得真快，中国需要快马加鞭、迎头赶上啊。

临别之际，马约翰忽然从柜子里拿出一个包裹递给虞亭华。虞亭华不知何意，马约翰说：“你在这里的遭遇我前一段就听你的一个同学说过了，所以我就号召教友兄弟姐妹们给你募捐了一些钱和生活用品。虽然不多，不过也够你在美国生活一阵子的。拿着吧，这是大家的一片心意。”

虞亭华感激涕零地收下包裹：“非常感恩兄弟姐妹们，我将来会报答大家的……”

第二天一早，皓天要去奶牛场上工，对虞亭华说：“亭华哥，你就要去美国了。还没去过我上工的奶牛场呢。一块去吗？”

虞亭华大喜：“好兄弟，老想跟你去奶牛场，这回总算能见识见识了。”虞亭华拿了个箱子跟皓天走了。

到了奶牛场，遇上场里刚从集市买来一群牛，几个工人赶着往牛圈去。有个工人就喊：“皓天来得正好，这儿有两头牛，懒得很，走两步歇三步。你来帮赶到牛圈去吧。”

张皓天答应了一声，走过去，接了绳子：“这牛热的吧。瞧嘴角那口水流的。”

虞亭华跟着走了过去，定睛一看，大喊：“大家停住。不要赶牛走了，这些牛需要隔离。”

皓天说：“怎么了？”

虞亭华说：“牛病了，得口疮了，就是口蹄疫。”

皓天说：“严重吗？”

虞亭华说：“刚发病。不过传染速度会很快。今天买的牛都需要单独隔离。我先处理一下这两头牛。”说完打开了箱子，连着叫上皓天一块戴上了口罩和手套。虞亭华拿出针和药，清洗病牛患处、消毒、打疫苗，皓天在旁帮着，忙得不亦乐乎。这虞亭华专业学畜牧，医病畜方面的技能可不是闹着玩的。

有工人赶紧叫来秦桂龙，秦桂龙也是行家里手。皓天刚学两三年，还没遇到过口蹄疫。秦桂龙一看，知道牛真病了。赶紧组织工人择地新建牛舍，一牛一栏，要求通风干爽，把今天买来的有问题的牛都给隔离消毒。回过头来连声夸赞虞亭华发现得及时，要不牛场就要大遭殃了。

晚上回到家，虞亭华告诉皓天：过几天他就要跟留学团一起出发去美国。皓天问要去多久回来，虞亭华说，总共三年时间。如果中间往返不方便，那就要等三年以后了。

皓天不禁颇感怅然，这几个月的时间，他们两人已结下深厚情谊。他想，虞亭华才是国家需要的栋梁吧。还有芙蓉，虽然是一名女子，却也进入名校，将来自然也是国家需要的栋梁吧。这么想着，心底深处有喜悦，却也有难过，喜悦的是自己的朋友和爱人前途越来越光明，难过的是自己却似乎只能在原地踏步，不能赶上他们前进的步伐。

过了几日是礼拜天，皓天带上芙蓉，一起去到天津码头送别虞亭华。汽笛响起来，虞亭华登上了轮船，跟两人大声说话。

皓天看着虞亭华踌躇满志的神情，眼神里充满了羡慕和敬佩，也有一些失落！

皓天大声说："亭华哥，你就是国家需要的栋梁之材！"

虞亭华问："你说什么人算是国家栋梁之材？"

皓天说："就是那种对国家、对民族有用的人。不是那种只关心个人一亩三分地的人。"

虞亭华看出了皓天的落寞，"那你觉得你是哪种人？"

"我只是个会一点小手艺的挤奶工。是一个平庸的人，一个碌碌无为的人。"

虞亭华盯着皓天，很认真地说："皓天兄弟，不要妄自菲薄。我看你已经有相当的技能，而且也很上进，假以时日，也会成长为国家的栋梁之材。"

皓天仰望着天空，喃喃自语，"我只是想让自己活得更充实，如果我能像干爹、像亭华哥你那样，用自己的能力去帮助更多人，就好了。可是我却好像什么也做不了，只能糊一下这张嘴。"皓天顿了顿，长叹口气："唉，我将来可能一事无成。而你，你是有理想的人。"

虞亭华豪迈地说："皓天，此言差矣，我们都是年轻人，我们都要做有理想有责任的人！"说着，他在轮船上情不自禁背诵起梁启超那篇著名的《少年中国说》：

少年智则国智，少年富则国富；少年强则国强，少年独立则国独立；少年自由则国自由；少年进步则国进步；少年胜于欧洲，则国胜于欧洲；

少年雄于地球，则国雄于地球！

虞亭华诵得铿锵有力，船上的人和送行的人拼命鼓掌叫好。皓天也听得热血沸腾，壮志满怀，感觉自己也融入为国家前途命运拼搏的伟大事业中去了！

第十三回

皓天立誓办奶场　宫廷秘籍暗帮忙

受了留美学生虞亭华的感染，张皓天开始认真思考起自己的前途：未来我到底要干啥呢？如何帮助更多的人过上好日子？怎样才能成为国家的栋梁之材？

张皓天每天更多地读书看报，满腔热情关心国家大事，常常去清华学堂向陈程教授请教。他在脑海里反复琢磨这些问题，答案是越来越清晰：自主兴办现代化奶牛场，科技救国！实业救国！陈程教授给予他悉心的指导和热情的鼓励。

小皓天要干大事了，刚到十八岁的他要做老板，独立养牛挤奶做生意了。用现在流行的说法，他这叫主动创业，是有为青年。可是按当时的看法，他这叫白日做梦，是不务正业。

那个时代虽然有识之士呼吁着要实业救国，可说起来容易做起来难。军阀政府天天忙着划分地盘，没人支持实业，所以大多数人也没有什么能力去做实业。皓天既不是官二代，又不是富二代。一没钱二没人，只是一个一穷二白的穷小子，要想创业当然只能是痴人说梦，简直难于上青天。

所以皓天一提出来要自己兴办奶牛场，家人亲戚也就芙蓉表示支持，更多人则表示不看好，大家排着队打击他的积极性。

首先是张皓天的师父、准岳父秦桂龙。

用现在的话说，秦桂龙，国营单位高管。官办的牛场，旱也好，涝也好，有政府资金支持，一直办下去没太多悬念。工资福利是没得说，还有一些外捞，比如去连有福牧场帮做做工之类。张皓天跟着他干基本可以看作端了个铁饭碗。虽然暂时拿钱少了点儿，不过奶牛规模上去后，这薪水还会涨的啊。多稳当的工作。况且张皓天你小子也得为我闺女芙蓉着想啊，她将来嫁给你，你这收入不稳定，万一有个闪失，我闺女吃啥喝啥。

因此，秦桂龙一听皓天说完，腾地一下火就冒起来："你想干啥？你瞧不起咱们做工的是不是？咱们牛场多好的工作啊。哦，你要做大事你就能成大事了？想做大事的人满大街都是，咱们牛场的也全是啊，一抓一大把，可有几个真成事了？哦，他们都是二傻子，就你有能耐？"

皓天少不了拉芙蓉一块劝，芙蓉就一边帮爹爹捶背，一边柔声细语，举出许多励志大王的故事。

可秦桂龙压根就懒得听，还没说完就打断了："别跟我讲这个，你平头老百姓能跟人家这个那个大王比？人家那是天选之人，啥叫天选之人？老天爷都愿意帮助他，老天爷都让他顺风顺水，天上掉馅饼一定砸的是他们，指定不是你。你看看乌泱乌泱的这么多人，有几个成了大王的？"

看皓天、芙蓉低了头不吭气，秦桂龙觉得话说得有点重了，决定晓之以理，动之以情，采取迂回战术："芙蓉啊，我就你这么个闺女。皓天啊，你是我的徒弟，还是我的未来女婿。你们马上要办大事了，你们说，我这当爹的能不疼你们吗？"

皓天说："师父……"

芙蓉也很动情："知道爹疼我们，可我们也疼爹啊。爹，您放心，下辈子，下下辈子，我还给您做女儿。"

秦桂龙点着芙蓉的鼻子："臭丫头，你这迷魂汤灌得我五迷三道的，我都忍不住要投降了。”

“这么说，爹同意啦?”

“可是思前想后，我还是得硬起心肠来。”

芙蓉一听都快哭了：“爹!”

秦桂龙又抽起了旱烟：“咱们靠手艺吃饭，现在世道不太平，可日子不也过得去吗?虽然没有大富大贵，但也不用担惊受怕。非得瞎折腾干啥呢?我想单干老久了也没敢动。你们心大，要干这么大的事，可你得有输得起的本钱啊。依我看，这就是赌博，赌博有成功的，可是大多数人不都倾家荡产了?别西瓜没捡到，把芝麻也丢了，啥也没落住，到时候哭都来不及啊。”

姜还是老的辣，秦桂龙的一番深情表白几乎无懈可击，把不知天高地厚的两个年轻人不动声色地就给堵回去了。任芙蓉磨破嘴皮，始终咬定青山不松口。最后芙蓉也没办法了，缴械投降：“我爹实在太厉害了，他这关咱们看来是注定过不去了。”

然后是舅舅王少川。皓天想舅舅是经过商海浪潮的，见多识广，可以很好地帮衬自己。

皓天找到舅舅王少川。王少川从监狱出来这两年，是真的彻底变了个人似的，也没那么多话了，也没那么多想法了，老老实实跟媳妇家的二哥合伙开了一家杂货铺。每天赚钱不多，可是早出晚归，也挺辛苦。但是他也知足了，再也不是以前那个雄心勃勃的王少川了。

王少川一听皓天的想法，伸出大拇指：“皓天啊，我看你现在敢闯的样子颇有我当年的风采!”

皓天一听有戏，赶紧说：“舅舅，我知道您当年就是敢想敢干的人。所以啊，我就想跟您好好学习一下经验。”

王少川大发感慨：“是啊，因为太敢想太敢干，整天想着一口吃个大胖子。所以后来你也看到了，赔本喽，坐牢喽。唉，一把辛酸泪，往事不堪回首月明中啊。”

“可失败是成功之母啊，况且我也不是一口吃个大胖子的人哪。舅舅，我还是觉得你本身想法没错，只不过就是运气不太好。”

王少川连连摇头：“别提了。皓天，我真没啥经验可传授给你的。如果非要说有，那就四个字。”

“舅舅，哪四个字?”

“脚踏实地，安守本分!”

这都八个字了。

看来舅舅这边也是没戏，皓天原以为会重新唤起他激情燃烧的岁月，会支持自己一把，可他的燃烧岁月早已被一瓢冷水给浇透了。

最最关键地当然是说通母亲王氏。皓天特别选了一个吃饭时母亲高兴的时机：娘，您看我这年龄也不小了，想正儿八经干一番事业，希望您老人家支持。我想让大家都能喝上高质量、不掺假的牛奶。娘，您看您这年纪也需要喝牛奶来补身子，那广告不是说了吗，小孩喝了强身健体，大人喝了延年益寿！以后我每天给您都喝最好的牛奶!

王氏没上套：“我咋听着怎么像卖狗皮膏药的?不知道的还以为你说的是啥灵丹妙药呢。以前老祖宗几千年也没多少人喝牛奶，不也都活得好好的，不也一步步走过来了?”

“对，老祖宗是一步步走过来了，以前也活得挺好。可是这些年却不行了啊，一直被洋鬼子骑在头上欺负，您知道为啥吗?就因为洋鬼子人人从小就喝牛奶，一个个长得人高马大。我们不喝牛奶，个头就都不高，长得不结实，所以就只能挨人家欺负啊。”

王氏听着觉得确实也有道理，这让她想起了丈夫张义海临别前的嘱托。可是再想到丈夫和弟弟这些年做生意的惨痛教训，皓天这一扎进去，大家又得天天担惊受怕了，现在皓天跟着他师父混得挺不错。所以最后王氏干脆一摆手："反正娘也说不过你，可能娘的想法老了，不合时宜了，你也听不进去。按说你也大了，有自己打算，娘不该干涉，可娘就是止不住地担心。你这样，你找你舅舅和你师父，他们要同意了，那娘就同意你自个儿单干。"

对于这样的结果，皓天并不感到意外，他理解他们的想法。大家都是为他好，所以也不怪他们。不过他还是要坚持自己的想法。他热爱乳业，咱们国家当前乳业发展多落后啊。这是他人生的第一次创业，为国又为民！他下了决心，无论如何他都要去干一番，时间已经刻不容缓。宋朝爱国名将岳飞曾经说过：莫等闲，白了少年头，空悲切。皓天可不想等自己老了再去"空悲切"。

可是偌大一个奶牛场哪儿会那么容易就建起来？这个皓天早想过了，以他目前各方面的条件，肯定是搞不起大型奶牛场。皓天就先从小的做起，经过认真思考和研究，他决定搞一个小型养牛场：弄两头奶牛，在自家院里养。院子面积还算宽敞，西南角上原来张义海用来放书的几间房改建改建，养个四五头奶牛也还问题不大。院东墙外不到一里地就有块草地，牛可以去那儿吃草。

从本心想，皓天打算喂养他一直念念不忘的洋奶牛——荷斯坦奶牛。这种牛原产于荷兰，体型高大，轮廓匀称，皮薄骨细，脂肪少，乳房大，产奶量非常高，因为身上有黑白相间的斑块，也叫黑白花牛。

在当时的中国，荷斯坦牛是稀罕物，同其他引进的牛比如爱尔夏牛、娟姗牛、瑞士褐牛、短角牛等，主要集中在教堂、租界、洋学校、海关，普通人很少亲眼见过，更别说要去养了。

张皓天想养荷斯坦牛，一是因为打小就喝它的奶，亲眼看过亲手摸过；二是这段时间读书看报和向陈程教授请教，明白了荷斯坦牛的适应能力特别强，先后被引进到世界各地，经过培育和改良变成了“混血牛”，像美国、加拿大和澳大利亚等地方的奶牛培育技术已经很成熟。引进到中国来好养活，未来还可以改良。当然，最重要的是，荷斯坦奶牛天然产奶量就大，与其他洋奶牛比相当有优势。

不过，有两个问题：一是让荷斯坦牛漂洋过海到中国是个让人极为头痛的问题。种公牛种母牛还都得有，才可能后继有牛、持续发展。所以，要买至少得买两头。那么第二个问题来了：这买洋奶牛的钱从哪儿来呢？

皓天明白这些困难，却还是下定决心要去做，多大的困难也要克服。他要去找世界上最好的奶牛，要让中国人喝上世界最好的牛奶！这不光是他的志向，还寄托了父亲、干爹和虞亭华等很多人的期望。至于钱的事儿，凑凑、借借，总会有的。

想要搞定洋牛奶，那就还得找老外。

张皓天就去找老外。老外就是马约翰牧师。他那儿不就有两头荷斯坦吗？

没想到马约翰所在教堂养的两头荷斯坦牛寿终正寝了，也没生个一男半女的，死了以后马约翰也不养了。皓天于是找马约翰打听，看有什么途径把荷斯坦牛引进来。

马约翰一听，伸出了大拇指：“了不起！了不起！明知不可为而为，这个世界最需要的就是勇于挑战、异想天开的人，比如发明家爱迪生先生，他就非常敢于挑战、异想天开！”

皓天有些不好意思：“可我不是发明家啊，我只想养两头纯种的荷斯坦牛……”

“那也了不起！”马约翰说，“我怎么以前就没有想过多养几头奶牛呢？那些政治家们、资本家们怎么就没有想过呢？这可是一件天大的好事啊！又能供自己喝牛奶，又能拿来赚钱养家。”

皓天若有所思："我想这可能主要是因为实施起来难度太大吧。"

马约翰点点头，又摇摇头："有这方面原因，不过也未必。你们中国不是有句话吗，叫不怕功夫深，铁杵磨成绣花针……"

皓天不明白了："那究竟是什么原因呢？"

"这个我暂时也想不太明白，可能跟垄断有关。"

皓天又听到一个新词："垄断？什么是垄断？"

"垄断就是我一个人养牛就行，你们统统不许养。这样就只有我一个人发财了！"马约翰说完，哈哈笑起来，"大概就是这么个意思，你的明白？"

皓天一听当然就明白了。嗯，人为财死、鸟为食亡。荷斯坦奶牛自从引进中国后基本是传教士、洋政客和洋商人在养殖经营。这几年，中国人的消费水平不断提高，眼界也在不断提高，很多人认同牛奶对强身健体有帮助，上层人士和家境较宽裕者都开始购买洋牛奶喝，这么好的赚钱机会，洋人不会轻易就给了中国人。

皓天真诚地看着马约翰："哦，我觉得这样不太好。"

马约翰眼睛闪闪发亮："张皓天先生，我支持你这个想法。这确实不好，非常不好。你们孙中山也说天下大同。你们中国人也理所应当有权利喝世界上的优质牛奶。我会全力帮助你，我会帮你好好打听一下，看能不能帮你找两头荷斯坦牛。"

皓天激动地握住马约翰的手："那太谢谢您了！需要多少钱，我倾家荡产、砸锅卖铁都给拿出来。"

马约翰扮了个鬼脸："这个……到时候再说吧，何况也不一定能找到。到时候你埋怨我，我也会很惭愧的。"

"怎么会埋怨您呢？马约翰先生，您是我心中的大好人，我都不知道怎么感谢您！"

接下来的日子里皓天就耐心再耐心地等待马约翰的消息。

当然，除了等待，还要做许多准备工作。

盖奶牛棚，买草饲料，还有一些工具，比如水槽、食槽、小车、扁担、箩筐、筛子、铁锹、木勺，等等，一样也不能少。这些对皓天来说，倒都不陌生。

刚过完年，皓天开始忙碌起来。为了让大家宽心，他每天还去师父的奶牛棚上工。得空就忙活这些事儿，先买工具，挤奶桶、贮奶桶、冷却罐、消毒用的毛巾、纱布、碱面，还有上面列的那些工具等。他想：等洋奶牛到了我再跟师父提，辞了工，独立干事业。

他这一买，母亲王氏明白了：儿子是真下决心了。心下虽然有些担忧，但也颇感欣慰。孩子长大了，有事业心了，这不也是义海的心愿吗？王氏就在一个吃完晚饭的夜里，叫皓天一块搬开了家里的大水缸，从下面的暗洞里取出了张家祖传的养牛挤奶的秘籍，在案桌香炉里点上了香，向张家列祖列宗祷告了一番，郑重又郑重地把秘籍交给了皓天。

皓天惊喜莫名：没想到我们家祖上还有这么好的宝贝，这真是天助我也。

这本秘籍实际是一本中国历朝历代宫廷养牛挤奶和制作奶制品的经验总结。里边详尽地介绍了奶牛挑选、培育、繁殖，牛棚建设，草料培育，饲料制作，牛病防治，挤奶制奶，乳品养生等的原理和做法。尤其是对清朝宫廷里的奶制品，那些皇亲国戚喜欢的上等奶点的制法，有不少是张皓天的祖先“神厨张”亲手开创的，记录得更是清楚明白，什么奶豆腐、奶油饽饽、奶酪、奶戳子、奶油栗子粉等。那用冰窖制作冷饮乳制品“酥山”，也就是现在的冰激凌，早在我国唐代就已经被宫廷御膳师们玩得炉火纯青，传到清宫那更是风情万种了。

张皓天也就明白了，梅园、德丰堂、刘灿源的宫廷大厨朋友制作的酸奶，各有各的风味是因为啥，又为什么都很好吃。还有舅姥爷家的黄牛奶，土腥味重的根结在哪儿。这秘籍里都能找到一些答案。

想到舅姥爷家的黄牛，皓天有主意了。他一方面托人给舅姥爷捎口信，说黄牛最近时间如果产崽给留着，皓天要买一公一母两头小牛犊。洋奶牛没到，先养两头土黄牛嘛，这个轻车熟路。祖传秘籍里的乳制品制作也主要是以黄牛为原料，正好练练手。

另一方面，皓天请来了木匠，依照养牛秘籍上的标准，夏天要防雨通风，冬天要防寒保暖，在自家院里盖起了奶牛舍……

芙蓉周末来找皓天，看他挥汗如雨，累得跟狗一样，就一阵心疼："累吗?"

皓天码着牧草垛："不累!"学牛"哞……哞……"地叫了两声。

芙蓉乐了："合着你天生就是一头牛啊。"

皓天也乐："冥冥中注定我跟牛特别有缘。我刚知道，我们张家原来是养牛世家，祖上在御膳房养奶牛。"

芙蓉赞了一声："嚯，正宗嫡传!"赞完后不忘撒一下娇，"都说你心大，可你现在心里装的全是奶牛，根本就没我的份儿。"

皓天有些委屈："我这可不只是奶牛的问题，奶牛下奶不还是为了给人喝吗？咱们是为国人健康着想，别人不理解你还不理解啊。"

芙蓉心软了："好吧好吧，不过你以后养牛，一身臭味，到时候见我，我也被你熏臭了。"

皓天被逗笑了："那我就离你远一点，尽量不见你。"

芙蓉使劲拧了一把皓天胳膊："你敢!"

过了一个月，舅姥爷给皓天送来了两头黄牛犊。喂养黄牛对皓天来说不是什么难事儿，他耐心伺候着。再过一年，等这两头牛配种成功，产犊有奶了，张家秘籍上记载的那么多绝技就能施展了。

酸奶制作是不用等的，皓天得到祖传秘籍后，就开始从师父奶牛棚少量购买一些牛奶回家，照着张家祖传秘籍，研制酸奶。他也去梅园、德丰堂买回一些酸奶，相互比较参详，细心琢磨自己做的酸奶优劣都在哪儿。

酸奶有眉目了，要大批量生产自制的酸奶，还得等奶牛下奶。黄奶牛是有了，洋奶牛呢？要想牛奶好，奶源首先得好。这是皓天从书上和陈程教授那儿学到的。他从各种信息渠道分析得出，荷斯坦黑白花还是要略胜一筹，用荷斯坦牛的奶做酸奶是不是风味更好一些呢？能做得更好就一定要勇敢去尝试。马约翰叔叔寻找荷斯坦行动进行得怎么样了呢？他去了几趟教堂，也没见着人。还有，养洋奶牛自己能不能养好？它毕竟跟土黄牛差别还是很大的。一想到这些，皓天就不自觉地心焦……

这天后半晌，刘顺和秀娥来到皓天家。原来刘顺马上要和秀娥成亲，来这里要皓天和母亲王氏到时候去喝喜酒。皓天和王氏一听，连声祝贺。

刘顺已经今非昔比，做了几年生意，势头很旺，看上去说话更加老练。秀娥这两年跟着他，也变得不一样了，有一些老板娘的派头了。

刘顺很善于察言观色，看出皓天老在挂念什么，就问他怎么回事儿。皓天也没有隐瞒，把正在养黄牛和等待洋奶牛消息的事情一五一十说了出来。刘顺听罢，不禁啧啧连声："想不到啊张皓天，你小子居然也要做奶牛场大老板了！"

皓天苦笑："你就别笑话我了，我算哪门子大老板，就是个小牛倌，再说成不成也是未知。"

秀娥重重一拍皓天肩膀："皓天哥你从小到大，聪明又肯干。上学时候你就会养奶牛了。你就没干不了的事情，我相信你。"

刘顺啧啧咂嘴："你胳膊肘往外拐啊，啥时候也没这么夸过我啊。"

秀娥翻了个白眼："你别得了便宜还卖乖。本姑娘为你卖命，还心甘情愿一天到晚服侍你，你还想怎的？"

“这么一说，还挺有道理，好吧，我知足了。”刘顺转头很认真地对皓天说，“皓天，我能娶上秀娥这么个好媳妇，还多亏了你这大媒人啊，我得好好谢谢你。以后你有啥需要帮忙的吱一声，你老表我上刀山下火海赴汤蹈火在所不辞！”

皓天说：“谢过老表啦，我现在最需要两头黑白花牛，你能不能给我变出来？”

刘顺愣住了：“这个，这个这个你可真难为我了。小时候我也学过幻术，你要让我把秀娥变成大老爷们，我倒兴许会给你变一下……”

秀娥板起了脸：“你说啥？有本事再说一遍！”

刘顺赶紧说：“不过你让秀娥变成大老爷们，我怎么会舍得呢？这可是打着灯笼找不着的好女人啊。”

秀娥美滋滋地说：“这还像句人话，今天有皓天作证，以后你敢欺负我，我就找皓天给我出气。”

皓天捂住了腮帮子连说酸。

几个人正在嘻嘻哈哈说笑，忽然院门外传来一嗓子：“贫僧饿坏了，里边的施主能不能给洒家整一点好吃的？”

王氏一听，赶紧从里屋走了出来，冲皓天使了一下颜色：“这声音耳熟啊，皓天，赶紧赶紧！”

皓天应了一声，瞅了一眼刘顺，就向外走去。刘顺也觉察到了些什么：“我看我们该撤了，表姑，皓天，改天再聊吧。”说着就站起身来。

王氏急忙拉住刘顺：“顺子、秀娥你们可千万别走，我正准备给你们做顿好吃的呢。”

皓天走过院子打开大门，就看到一位中年出家人笑眯眯地站在门口。皓天激动地叫了一声：“表舅啊，终于见到您了，您可把我想死了！”

这位出家人正是皓天的表舅，刘顺的父亲——刘灿源。只见他满面风尘，头发也没剃，胡子一把抓，身上僧袍打满了补丁，脚上的罗汉鞋也露出了脚趾头，虽然变黑变瘦了，不过气色却还是很好。皓天在门口就喊："娘，表舅来了！"

王氏从北屋里疾步走了出来，眼泪都差点掉出来："哎呀，表哥来了！去过几次寺院都说您在外地化缘，这都快一年没见了！"

刘灿源哈哈大笑："哈哈，我变了，表妹你却还是一点也没变啊！"

问起刘灿源这一年情况，原来无心寺的老方丈去年圆寂之后，刘灿源就做了新一任方丈，他平时很少在寺里待着，一天到晚在外边。一年前听说贵州自然灾害频发，旱灾、水灾、雹灾、饥荒、瘟疫全都赶一块去了，当地百姓苦不堪言。刘灿源就带着寺里几位弟子赶赴贵州，开始张罗着赈灾募捐，这一忙活就是一年。

王氏听完擦了把眼泪："咱赶紧屋里去。真是无巧不成书，今天正好家里来了人，您忒熟悉了，赶紧进屋看看吧。"

刘灿源有些纳闷："谁呀，我也熟悉吗？"说着就朝里走去。进屋一眼就看到了刘顺，一下子愣住了，"你？怎么会是你啊？"

刘顺一看自己的爹现在成了这样子，心里也不是滋味。平时伶牙俐齿，这时候见到亲爹倒说不出话来，毕竟六七年都没见面了，他觉得别扭。

秀娥在一边看着也不知所以，左瞅瞅右瞅瞅，问刘顺："你们俩……"

刘顺有些没好气："你就别问了。"

刘灿源又打量了一下秀娥："这位姑娘是……"

秀娥也不傻，看两人眉目有相似之处，心想可能是近亲："大师，我叫秀娥。"

王氏笑着打圆场："表哥您还不知道吧，顺子马上就要办大事了，这位姑娘就是您未来的儿媳妇呀。"

刘灿源和秀娥异口同声“啊”了一声。刘灿源说：“没想到这么快啊，这是好事啊。”

秀娥有些尴尬地笑笑，埋怨刘顺：“你怎么不早说呀，我还以为……你说他不是俗人，原来是这么回事儿啊。”她以前问过刘顺，说怎么老不见你爹啊，刘顺也不好说，被问烦了，干脆说，我爹现在不是俗人了。秀娥还以为他爹升天了呢。刘顺不好往下接，又烦他爹这时候出现，借故有急事拉着秀娥赶紧出门回家了。

皓天递给表舅一杯酸奶，“您有口福了，我今儿刚做的，您尝尝，清爽清爽，去去乏。”

刘灿源听说皓天自己养黄牛，会做酸奶了，很高兴。舀了一小勺送进嘴里，微眯着眼品了一下，伸出了大拇指：“好吃啊好吃。嗯，上品酸奶!”

刘灿源什么人，原来也是大富大贵之人。御膳房厨师朋友都去过他们家现做酸奶，他说好，那肯定味道错不了。皓天心下得意，这祖传秘籍还真管用。嘴上还是很谦虚：“哪里哪里，表舅，我也就是刚学着做，懂点皮毛。”

刘灿源就借题发挥：“刘顺这孩子太拧，对他来说父子关系其实也是枷锁，不过我希望他能够活得自在些，别跟自己较劲，一切顺其自然就挺好。就比如说这酸奶，好吃，也不贵，人家也没想过上大席，这就是自在，这就是洒脱，皓天你说是不是这个理?”

皓天最近的状态也有些走火入魔，闻听此言不禁有种豁然开朗的感觉：“表舅说得好，我最近也有些烦恼，有点转不过来弯儿。听您这么一说，我感觉自己一下子放下了。”

刘灿源鼓掌：“放下就是自在，好哇，好！啥烦恼啊，说来听听!”

皓天把最近的情况如此这般说了一遍，王氏在一边苦笑：“您看，皓天跟您家刘顺的犟劲不相上下啊。”

刘灿源点点头，又摇摇头，说：“皓天的犟劲是坚持，是理想，这跟刘顺可不一样。刘顺的犟劲是自寻烦恼，是跟自己过不去啊。皓天年纪这么轻就能够心怀天下，想让全国老百姓吃上好牛奶，这了不起啊，咱们可得支持啊。”

他这么一说，王氏一下想通了，表示今后也要坚决支持皓天办奶牛场。

皓天脸上不自禁露出了笑容：嗯，以后的路可就顺畅多啦。

但日子不会这么顺畅地度过。翻过 1918 年，到了 1919 年，国内和国际形势发生了翻天覆地的变化，一场巨大的政治风暴席卷中华大地。在这场风暴中，张皓天作为一名有血性的中国人，也被裹挟了进去，他和他的未婚妻秦芙蓉都差点被吞噬在旋涡中心。

第十四回

五四爱国震天响　运送奶牛遇奸商

1919 年的这场政治风暴刮得是如此猛烈。

1 月份，第一次世界大战结束刚刚两个月，各大战胜国的代表们在巴黎凡尔赛宫参加巴黎和会，分享胜利果实。由于大战期间派出了十几万劳工，对协约国军队进行了有力支持，中国作为战胜国也参加了这次和会。然而在一群如狼似虎的战胜者们中间，中国就像一只瘦弱不堪的羔羊，徒有其名，只能任人欺辱。作为利益相关的日本蛮横地向中国提出，他们要接手中国山东，理由是早在 1915 年、1918 年，袁世凯和段祺瑞便针对山东问题签署了《二十一条》和《欣然换约》，正是这两个丧权辱国的条约让日本势在必得。

“中国不能失去山东，就像西方不能失去耶路撒冷！”尽管外交家顾维钧先生据理力争，慷慨陈词，然而弱国无外交，根本无法动摇日本的野心。

巴黎的消息在 5 月 1 日传到中国北京，北大的同学第一时间在西斋饭厅聚会，异口同声痛斥北洋政府的卖国行为。很快，整个北京沸腾了。有血性的中国人无不为之感到震惊和愤慨，他们痛恨侵略者的蛮横，同样也痛恨一众为一己私利而出卖国家的政客们。

到5月4日，高潮出现了。北京3000多名学生代表齐聚天安门广场，展开了一场轰轰烈烈的爱国运动。只见广场内横幅林立，吼声震天。

天安门大会向世界发布了震耳欲聋的宣言：

“呜呼国民！我最亲爱最敬佩有血性之同胞！我等含冤受辱，忍痛被垢于日本人之密约危条，以及朝夕祈祷之山东问题、青岛归还问题，今日已由五国共管，降而为中日直接交涉之提议矣。噩耗传来，天暗无色。夫和议正开，我等所希冀所庆祝者，岂不曰世界中有正义，有人道，有公理，归还青岛，取消中日密约、军事协定，以及其他不平等之条约。公理也，即正义也。背公理而逞强权，将我之土地，由五国共管，倚我于战败国，如德奥之列，非公理，非正义也。今又显然背弃山东问题，由我与日本直接交涉。夫日本虎狼也，既能以一纸空文，窃掠我二十一条之美利，则我与之交涉，简言之，是断送耳，是亡青岛耳。夫山东北扼燕晋，南控鄂宁，当京汉津浦两路之冲，实南北咽喉关键。山东亡，是中国亡矣。我同胞处此大地，有此山河，岂能目睹此强暴之欺凌我，压迫我，奴隶我，牛马我，而不作万死一生之呼救乎？法之于亚鲁撤、劳连两州也，曰：‘不得之，毋宁死。’意之于亚得利亚海峡之小地也，曰：‘不得之，毋宁死。’朝鲜之谋独立也，曰：‘不得之，毋宁死。’夫至于国家存亡，土地割裂，问题吃紧之时，而其民犹不能下一大决心，作最后之愤救者，则是二十世纪之贱种。无可语于人类者矣。我同胞有不忍于奴隶牛马之痛苦，亟欲奔救之者乎？则开国民大会，露天演说，通电坚持，为今日之要著。至有甘心卖国，肆意通奸者，则最后之对付，手枪炸弹是赖矣。危机一发，幸共图之！”

这一天，中国青年向世界宣告，他们再也不是软弱可欺的人类，他们同样是有血有肉、挺直脊梁、堂堂正正的中国人！

这时张皓天已经长成为一名英俊帅气的小伙，芙蓉也成为一名亭亭玉立的少女。本来，这一对年轻人感情稳定，心心相印，只待芙蓉大学毕业后便举行婚礼，从此朝朝暮暮，长相厮守，过小家庭安稳日子。

但是，从“五四”那天起，安稳不了了，皓天内心深处那些隐藏已久的东西彻底被唤醒。那是青春的热血，那是激情的火焰。他不愿意再做个听话的乖孩子，没理由再去装聋作哑袖手旁观，他要加入到这场运动中。他要为国家的尊严，为个人的尊严而呐喊！

皓天家的母黄牛产了崽，开始下奶了。每天也能下个两三公斤。皓天把自家产的牛奶送到了广场学子手中，帮助分发宣传资料，身体力行融入到了轰轰烈烈的伟大的“五四”爱国运动当中。而这一次，一向循规蹈矩的秦桂龙和谨言慎行的王氏一开始劝阻两下，后来看左邻右舍都在谈学生运动，谈爱国，便也不再阻拦皓天。他们看到了孩子眼中熊熊燃烧的光和热，正直的、正义的光和热……

芙蓉也没闲着，作为一名新时代女性，她勇敢地加入了广场游行队伍。

芙蓉有一位同班同学，名叫黄云裳，英姿飒爽，性格外向，不拘小节，兼有古道热肠，热心助人。芙蓉很喜欢她，很自然地和她成为无话不谈的好朋友。她家住在京西，由于路途甚远不便回家，便经常礼拜天去芙蓉家玩。一来二去，皓天也和她熟悉了。

黄云裳对皓天的理想和正义感非常敬佩，言语间时不时就夸几句。这让芙蓉有点紧张。

这天，皓天在牛舍忙活。他穿了一件粗布长褂，将牛舍内粪水、乱草很细致地清理了一遍，然后，洗净了双手，用温水给牛擦洗，先擦洗的是牛犊。那牛犊子微侧着头，黑亮的眸子瞧着皓天，一副温顺乖巧的模样。

芙蓉刚好走过来，看到人牛友善的样子，对皓天说：“我现在都有点怕你了。”

皓天不理解："怕我啥？你爹我娘都要我做个老婆孩子热炕头的安分守己的人，这样的乖孩子有啥怕的？"

芙蓉说："我老觉得全世界人都喜欢你似的，我老是害怕他们把你抢跑。连这几头牛都可能把你给抢走了。"

皓天拍了拍牛腹："芙蓉，别人谁也抢不走我。我就跟这牛一样，脾性儿贼犟。全世界我只喜欢你一个。"

芙蓉感动极了："皓天，你真好。这辈子能够遇到你，真是太好太好了，我们不但要这辈子，下辈子也要在一起好不好？"

皓天只觉得这是他听过世上最美妙的话，不禁心神俱醉："我也这样想。"

芙蓉咯咯地笑："好啦，我们终于找到共同理想了。"

皓天有些愣神："是不是咱们这些平凡人物只能有这些小理想啊？"

芙蓉用手在空气中画了一个气球："那要多大才行啊？这么大行不行？要是不够，就吹，越吹越大，最后，嘭，炸了。"

皓天盯着芙蓉："不愧上的是师范学校，将来你一定是个好老师。"

芙蓉装模作样地咳嗽两声："咳咳，你就是我的第一个学生，不许跟老师顶嘴，不许惹老师不高兴。"

皓天说："老师，我有什么事让你不高兴了吗？"

"皓天同学，你还真有事让我不高兴！"

皓天一脸懵懂："啥事儿？"

芙蓉瞅了瞅周围："这个事儿，这个事儿……你看，我的同窗黄云裳同学还没有意中人，老跟着咱俩也不是太方便。我都跟你说多少遍了，云裳这个男友的事儿你要当作正事来办。你这不还没给老师正经办不是？"皓天连连点头，表示今后一定要听老师的话，好好表现。芙蓉狡黠地笑了……

几个人经常谈天论地，黄云裳虽身为女流，却不爱风花雪月，更热衷谈论时事，她最喜欢说的一句口头禅是“国家兴亡，匹夫有责”。她还成立了学生社团，名曰“新思社”，由她任会长，芙蓉任副会长。芙蓉颇感惭愧，因为自己并不喜欢这些话题，不过黄云裳却醉翁之意不在酒，说她有好人缘，大家都喜欢她，她做了副会长能够吸引更多人加入。芙蓉听了这莫名其妙的理由啼笑皆非，不过还是答应了，谁让她们是好朋友呢？

孙良喜隔三岔五要和皓天见一面，偶然一次听皓天说起黄云裳的不寻常，颇感兴趣。经过几次交流之后，孙良喜对她的激情和从容欣赏不已，竭力邀请黄云裳加入他所领导的革命组织，为国家前途而努力。黄云裳早听皓天说起过孙良喜非凡的经历，知道他与蔡锷将军曾经长期共事，对他崇拜有加，欣然答应。在孙良喜的鼓舞下，黄云裳的爱国热情更加高涨。

这一天，黄云裳和芙蓉走在游行队伍中，尽情地宣泄心中的不满，发出了让那些“上等人”胆战心惊的吼声：

“外争主权，内惩国贼！”

“废除二十一条！”

“打倒日本帝国主义！”

“宁肯玉碎，勿为瓦全！”

“收回山东青岛！”

正在这个时候，虞亭华也从美国回来了。作为爱国青年，他同样无法让自己做到无动于衷，因为他相信“不义之人必将受到正义的惩罚”，所以他必须要回到祖国加入到这场运动中，去亲眼见证正义的审判。

两年不见，皓天感觉虞亭华变化不小。他从当年那个文弱腼腆的书呆子，变成了一个沉稳幽默的男人，看来环境改变性格这话不无道理。虞亭华认为张皓天变化更大，变得有理想、有主见了，他表示完全赞同皓天“兴办奶牛场，实业救国”的做法。

皓天没有忘记芙蓉老师的教导。他向虞亭华介绍了游行的形势，顺便狠夸黄云裳了不起。这次运动本来黄云裳所在的学校怕惹事，不让参加。但是由于她据理力争，把学校领导都教训了个遍，学校最后没办法，只好同意她们上街去。

虞亭华瞪大了眼睛：“哦！真是勇敢的女孩子！快带我去见她，我迫不及待想跟她谈谈理想，谈谈人生！”

当天晚上皓天就把几个人召集到一起。一个多月来，芙蓉和黄云裳天天在外边活动，天气正热，两个人都晒黑了。黄云裳本来就不白，看起来要更黑一些，虞亭华一见到她俩就很热情地走上前去握手：“哈罗！你们好！”

芙蓉看着虞亭华说：“两年不见，看上去有洋味了，是吧皓天。”

皓天点点头：“嗯，同意。”

虞亭华抽了抽鼻子：“你说的洋味很可能是我身上喷的古龙香水味。我觉得自己可没变，还是那个傻乎乎的中国学生。”转头向黄云裳伸出手来，“你好，小姐贵姓？”

黄云裳大大方方地伸出手：“你好，我姓黄，名云裳。”

虞亭华故作惊讶：“姓黄？奇怪，我以为你姓别的姓的。”

“哦？别的姓？”

“我觉得你应该姓 Black 名 Rose 才对。”

“Black Rose？”黄云裳想了想，大笑起来，“你是说我应该叫黑玫瑰，意思是笑我长得黑呗。”

虞亭华耸耸肩：“开个玩笑，不要介意。不过黑也有黑的风采啊，我在美国见过不少漂亮的黑人姑娘。”

黄云裳问：“那你是不是要交一个黑人女朋友？”

虞亭华一下子难过起来：“交过，不过才半小时她就把我给甩了。”

众人惊呼：“啊？半小时？”

“是啊，我在海边跟她玩游戏，玩得很愉快。结果她妈妈过来了，说，不要跟中国人玩，然后一把抱起她就走了，我只能眼睁睁地看着。”

芙蓉笑了起来：“原来你说的女朋友是个小姑娘啊。”

虞亭华很认真地说：“嗯，五岁的小姑娘。不过，当时我难过的不是这个，而是在美国，黑人本身就是饱受歧视的群体，他们为什么还要反过来瞧不起我们中国人？”

黄云裳头头是道地分析起来：“这好像不仅仅是种族歧视的问题了。好像只有通过歧视中国人才能够体现他们活得不那么糟糕。”

虞亭华拍手：“黄小姐言之非常有理。归根结底，他们是觉得我们是可怜兮兮的弱者。而弱者从来都是被人瞧不起的。我看他们对日本人的态度就明显客气多了，虽然我们跟日本人外表看起来没什么两样。”

黄云裳叹了口气：“这正是弱国无外交啊。我可怜的中国，因为当权者的软弱无能，连累我们的留学生也要跟着受气。”

虞亭华微笑说：“所以我的门门功课都考第一。他们如果骂我是中国猪，我会毫不客气回敬，你们连猪都不如，他们就无话可说了。”

黄云裳拍起手来：“谢谢你呀，为咱们中国人争光了。”

两个人你一言我一语聊了半天，才发现皓天和芙蓉坐在另一边。黄云裳叫他们：“你们干吗偷偷摸摸啊？”

皓天说：“我们是给你们的忧国忧民腾出一个空间。”

黄云裳笑了：“还说风凉话？你俩最近不也开始忧国忧民了吗？”

芙蓉说：“这大概就是近朱者赤，不过我的的确确觉得充实了许多。”

“是啊，我们还年轻，年轻人就应该做一些年轻人该做的事情。”虞亭华热血上涌，“不好意思，我忍不住又要朗诵《少年中国说》了。”

黄云裳提议：“我们一起朗诵吧。”

四个人一起诵起来：

红日初升，其道大光；河出伏流，一泻汪洋。潜龙腾渊，鳞爪飞扬；乳虎啸谷，百兽震惶。鹰隼试翼，风尘吸张；奇花初胎，矞矞皇皇……美哉我少年中国，与天不老；壮哉我中国少年，与国无疆！

诵毕，大家都心怀激荡。虞亭华说："说得多好啊。只愿我们的中国永远都是生气勃勃的少年！"

黄云裳非常积极配合着虞亭华："让那些尸位素餐的家伙们颤抖去吧！"

皓天举起双手伸向夜空，大声说："让暴风雨来得更猛烈些吧！"

该轮到芙蓉了，芙蓉柔声说："你们不饿吗？我饿了。"

皓天抱头大叫一声："破坏气氛，该罚！"

四个年轻人响亮的笑声穿透了夜幕，响彻北京城的上空。

学生的爱国热情也点燃了全体国民反帝反封建的热情。各地高校纷纷成立学生联合会，学生罢课、工人罢工、商人罢市，各种抗议帝国主义分赃和军阀政府卖国的集会、游行、示威风起云涌。

到了6月份，北洋军阀政府颁布严禁抗议公告，大规模逮捕学生，这激起了全国人民的怒火。清华大学的陈程教授强烈预感到一个新的运动形势将要来到，他多次来找张皓天、虞亭华，与他俩共商时艰和应对之策。

在分析完当前局势后，陈程目光坚毅对皓天、亭华说："壮大爱国运动声势已经迫在眉睫，是时候将工人兄弟组织发动起来了。"

这天清晨，张皓天、虞亭华将牛场的工人集中在奶牛棚前，搬来一张长凳。陈程教授站在凳子上，拿出了一张报纸，上面是林长民的《外交警报敬告国民》。陈程慷慨激昂地朗读：

"胶州亡矣！山东亡矣！国不国矣！此噩耗前两日仆即闻之，今得梁任公电乃证实矣！闻前次四国会议时，本已决定德人在远东所得权益，交由五国交还我国，不知如何形势巨变。更闻日本力争之理由无他，但执一九一五年之二十一条条约，及一九一八年之胶济换文，及诸铁路草约为口实。呜呼！二十一条条约，出于协逼；胶济换文，以该约确定为前提，不得径为应属日本之据。济顺、高徐条约，仅属草约，正式合同，并未成立，此皆国民所不能承认者也。国亡无日，愿合四万万民众誓死图之！”

陈程向工人们详细解读了中国外交的失败和军阀政府的卖国行径，满腔热忱号召大家走上街头支持爱国学生运动，一致力争，救亡图存。

皓天只觉全身发热，他跳上长凳，举起拳头，上下有力挥动，带领工人们高呼：

“打倒卖国贼!”

“不做亡国奴!”

“抵制日货!”

“支持国货!”

工人们爆发了，他们纷纷涌上街头游行。商人、乡绅也被感染了，人人都在喊爱国，喊抵制日货。张皓天、虞亭华走到了游行示威的前列。他们积极散发传单，高喊口号，最后迫使北洋军阀政府释放了爱国学生，严惩了卖国奸贼，大总统徐世昌也不得不黯然提出辞职。

张皓天从斗争中感受到了工人阶级的强大力量，感受到了国人不屈不挠、忧国忧民、敢于斗争的伟大的爱国主义精神。

这当中，有一位牛场工人让张皓天感到非常有冲劲。他叫牛大勇，刚满十八岁，个儿得有一米八五，浓眉大眼，东北人。他的大哥在日俄战争中被日本人抓去做苦力，奴役致死。他和另两个哥哥为逃避日本人抓壮丁，跑到了北京。牛大勇对日本人有刻骨的仇恨，几次反日示威游行他都不畏险阻、冲锋在前……

国家大事要忙，家中小事也不能落下。

话说皓天家的母黄牛都产奶支援爱国学生运动了，马约翰的洋奶牛还没任何音信。现在虞亭华回国了，那就一块去看看马约翰叔叔，问问他洋奶牛的事儿。如果马约翰搞不到荷斯坦，那就另想办法。

晚上皓天、芙蓉和虞亭华走进了教堂，却看到马约翰躺在自己床上，脸色苍白不堪，一副萎靡不振的样子。马约翰看到皓天、亭华，憔悴的脸上露出一丝微笑，声音有些沙哑：“我刚回来也就半天，正念叨你们，你们就来了。”说罢勉强支撑着要坐起来。

皓天赶忙走上前扶他：“马约翰先生，您怎么了?”

马约翰说：“不用担心，就是感冒了，力气被病魔偷走了，吃了药，休息几天就好……”话没说完，忽然打了一个惊天动地的喷嚏，把其他人吓了一跳。

皓天赶紧给他倒了一杯白开水，马约翰连声道谢，喝了几口，又看了一眼站在皓天身后的芙蓉，“这位迷人的姑娘就是你的女朋友?”

皓天回答了一声“是”。芙蓉微笑着冲马约翰招手：“马约翰先生您好，以前听皓天和亭华总是说起您，今天终于见面了。”

马约翰耸耸肩：“哦？他们说我什么呢？是不是说我是一个虚弱不堪的糟老头?”

“不是的，他们说您幽默善良，心有大爱，乐于助人。”

马约翰精神似乎一下子好了起来：“啊，我要飘飘然了。皓天真幸运！要是年轻几十岁，我就要追求你了。”

芙蓉知道这是西方人习惯的夸人方式，很礼貌地表示谢意。

“对了，皓天，我要说声抱歉，你希望的奶牛没有在我这里，对不起，我无能为力。”

皓天事先已经做好了准备，所以并没有表现出失落：“马叔叔，没关系。我们中国有句话，叫得之我幸，不得我命，强扭的瓜不甜，还是一切随缘好了。”

马约翰表示非常遗憾。

原来马约翰上次见过皓天之后，就一直把奶牛的事情放在心里。他向北京的几个同道打听哪里能够买到荷斯坦牛。大家平时都喝奶粉，有一位教友倒是养奶牛，可养的却是瑞士褐牛。马约翰打听了半个月，也没找到满意的，正在这时候，有上海的同行邀请他去参加布道会，他便去了上海，没想到在上海他有了意外发现。当时上海乳业的发展已经比较繁盛，奶牛种类比较完整，早在光绪年间就以教会、洋行、侨民或在华办校等形式，先后引入了荷斯坦牛和其他奶牛品种。到了民国初期，存栏奶牛总量已经达到近两千头。

马约翰大喜过望，下了决心，他要把荷斯坦奶牛从上海搬运到北京。他用自己的积蓄在一家奶牛棚买下一公一母两头荷斯坦小牛，要运回北京。带着两头牛坐火车轮船肯定不行，他托一位教友找了在上海租界做领事的朋友帮忙搬运。领事也挺给力，安排了一辆送货的大卡车，找了一个当地的货车司机帮忙开着，把两头牛给装了上去。马约翰千恩万谢，随着司机上了路。

原本想着三两天就到北京了，可没承想才走到半路，其中那头母奶牛忽然发病了，腰下部出了一大片皮疹，还不停拉肚子。起初这头奶牛还挺兴奋，可兴奋着兴奋着坏了，很快就口吐白沫，四肢不停地痉挛抽搐起来。

眼看着奶牛有生命危险，马约翰心急火燎，又让司机驱车疾驰返回了上海。那里有懂行的兽医大夫，一检查，说这奶牛是在上车前吃了有毒的发芽马铃薯。医生又是洗胃，又是静脉注射葡萄糖，折腾了五六天，本来奄奄一息的奶牛总算脱离了生命危险，慢慢恢复了正常。

马约翰等奶牛彻底恢复了健康，这才第二次上路。一路上对两头荷斯坦牛是无微不至的关怀和照顾，风雨颠簸，历尽艰辛。到今天上午，运牛车终于到了北京地界，没想到刚过了北京南城城门关卡不到两里，遭遇了一支游行抗议队伍，旗号为北京乳商联合会。游行人群把货车司机拉出来痛打，并且试图推翻、焚烧送牛车，幸亏被前来维持秩序的警察给及时冲散。警察把货车扣住后开走了，马约翰也因为连日劳累，担惊受怕，急火攻心，加之受了点风寒，得了重感冒……

皓天和芙蓉虽然没在现场，不过也听得惊心动魄。皓天感动地说："真没想到发生这么多波折，真的是太辛苦您了。马叔叔您要多保重身体，把病养好！"

"那现在两头荷斯坦牛在哪里呢？"芙蓉自言自语似地问。

"今天太晚了，我们只能明天再打听了。"皓天说。

荷斯坦牛到底在哪儿呢？马约翰分析说应该在警察手里，他在混乱中听到了有人叫出"南城警局"的名字。是否就可以认定，两头牛现在在南城警察局里，被警察看管着。但实际上不是，它现在一个商人手里。准确地说，在一个奸商手里。这是怎么回事儿？欲知后事如何，请看下回分解。

第十五回

领事警局将牛讨　皓天智斗黄金榜

“五四”运动像一场狂风暴雨席卷了全国，无数人为之激愤不已，然而事情却并非如大家所想那么简单，运动进行到后来，渐渐变了味道。除了那些单纯的学生、工人和人民群众，同样还有不少动机不纯的人。这里边有浑水摸鱼的，有趁火打劫的，还有借机公报私仇的。反正他们脸上也没刻字，他们说自己是爱国者，许多不明真相的群众也就信了，这极大破坏了“五四”运动的正义性和单纯性。

截停马约翰货车的乳商游行队伍的头儿就是这样一位动机不纯、浑水摸鱼的隐藏的伪爱国者。谁？庄有德。这个人是北京乳商联合会会长，德成牛奶公司的老板。五十来岁，面皮白净，眉毛稀疏，阔嘴，微胖，架一副金边有色眼镜，看上去一副忠厚老成的样子。

庄有德把持着乳商联合会，从一开始就不支持罢商罢市，他采取的是逃避的态度。当京城众多的牛奶店、酸奶店、奶粉店、奶茶店店主开始罢市的时候，乳商联合会不为所动。后来，在董会各位同仁纷纷诘问指责下，庄有德才给北京军阀政府发了一个不痛不痒的电报，要求政府“谨慎交涉，妥善处理”，以“保一方平安”。

形势发展非常之快，乳商与众多绸缎店、布匹店、鞋店、洋货店、烟酒店、鱼行、水果行等一块，相继停业，此呼彼应，形成了全市性的罢市热潮。

庄有德装好人，以为乳业大局着想的姿态一家家去劝乳商老板：您看，学生都还没到为生计发愁的年龄，咱们做生意的都一把年纪了，怎么能跟他们一样冲动啊，还养不养家啊。您看，这游行队伍到处乱喊乱叫，还打砸店铺，叫咱们还能好好做生意吗。您看，这每天大家都搞串联游行，不讲规矩，多危险啊。

总而言之、言而总之，庄有德是主张规规矩矩、老老实实不闹事的，政府说怎么办就怎么办。

但庄有德阻挡不了乳商们参与爱国运动的热情。马约翰载着荷斯坦牛的货车回京这天早上，各个乳商先涌入商业联合会的议事厅开会。会上大家慷慨陈词，倡议扩大游行规模和范围。庄有德表面敷衍，暗地里想开溜。但是闻讯来开会的乳商蜂拥而至，大家群情激昂，说乳商联合会必须向政府表个态，我们也非常爱国，不能做亡国奴啊，簇拥着就上大街游行了。

庄有德是会长，身不由己被拥到了大街上。既然游行了，身为会长就带个头吧。庄有德没办法，只好走到了队伍前头，随着大家高喊口号，伺机再寻脱身之计。这时候，他看到了马约翰的货车和那两头摇头摆尾的荷斯坦牛，登时计上心来。他对跟在身后的管家马福低声耳语了一阵，带着队伍径直把货车拦了下来。

庄有德让大家静一静，大声说："大家看，这就是万恶的日本帝国主义牛奶公司的运牛车，今天不能让它跑了。"他的管家马福和几个凶神恶煞的小伙拉开车门，把司机揪下来就是一顿拳打脚踢。

那司机叫郝运，四十来岁，原来是上海码头背包干苦力的，学会开车后，就去了货运公司做司机。郝运鼻青脸肿地给大家磕头："各位兄弟，都是自己人。我也是穷苦人家出身，上有老下有小。放过小的吧。”

马福给郝运猛踢了两脚，低下身对他说：“你要承认是给日本牛奶公司干活的，就放了你。不承认就继续打。”接着招呼众人噼里啪啦又是一顿狠揍。

郝运被打得嘴角流血，看来这趟是没法“好运”了，在京城地界，人生地不熟，别把小命丢这儿了。只好当众认罪说是给日本牛奶公司运奶牛的，跪地作揖求饶。游行队伍就高喊“打倒日本帝国主义”“抵制日货”。

马约翰一看情形不对啊，好汉不吃眼前亏，在司机被揪下来的那一刻，就跳下了货车。他很淡定地跟大家说只是搭顺风车的。围观群众一看是个西方传教士，非常慈祥平和的样子，显然不是日本人，也没太追究。马约翰就隐到路边去观望了。

庄有德拽起瘫在地上的郝运，打了他两个耳光，高声痛斥他“为日本人卖命”的汉奸行径。一堆人又一阵踢打，郝运瘫倒在地。马福叫了两个人把郝运拖走了。

庄有德号召大家推倒货车并烧毁以表达对日本人的仇恨，这时候警察不失时机地到了，当然是马福暗地安排叫来的。警长叫吴天德，跟庄有德一样，都是“德”字辈的。他装模作样训斥了司机，道貌岸然告诫游行队伍要做守法市民，就命令手下将货车开走了。留下游行队伍继续高声叫骂，闹闹哄哄。马约翰听到人群里有人在说这些警察是“南城警局”的。

北京乳商联合会会长、德成牛奶公司老板庄有德出名了。第二天，各大报纸都登出了他大义凛然痛骂汉奸的“光辉形象”。还有他与战利品“日本牛奶公司的货车”和“两头荷斯坦牛”的照片。

庄有德为什么与“日本牛奶公司的货车”和“两头荷斯坦牛”合照了呢？原来，南城警局吴天德把“日本牛奶公司的货车”和“两头荷斯坦牛”高价卖给庄有德了。这车和牛压根就没进警局，就被庄有德派人转送到了德成牛奶公司，而且召来了好些记者拍照。

自然，德成牛奶公司的乳品这天上午就卖断了货。庄有德急令手下收购其他牛奶公司的产品，大幅抬高价格出售，依然供不应求。庄有德数钱那个乐啊。

有不乐的。谁？张皓天。看到庄有德与两头本来属于自己的荷斯坦牛的合照，张皓天这个气啊！奸商奸商奸商！张皓天对马约翰说那我和亭华哥两人去南城警局问问？马约翰先生连说“NO NO NO”，他有办法处理，他让皓天、亭华在教堂等着，说没准今天就能把牛要回来。马约翰去了美利坚合众国驻中国总领事馆，总领事一听：这还了得，我陪你去。

总领事带着马约翰去了南城警局，吴天德不在，干吗去了？手下说去大街上维持秩序了。

到了下午三四点钟，吴天德醉醺醺回到了警局。

吴天德醉眼惺忪问总领事：“总领事大人，上我这小小警局有何事儿啊？”

总领事严正交涉：“吴警长，我美利坚合众国公民马约翰牧师买了两头荷斯坦牛，途经贵局辖地，被贵局扣押了。我们强烈谴责这种强盗行径，严厉要求立即奉还！”

吴天德一下子酒就醒了：“那两头荷斯坦牛是你们美国人的？这怎么可能呢？那司机当场承认是日本牛奶公司的货啊。而且马先生您当场说是搭顺风车的啊。”

马约翰少不了一番解释，吴天德说得让货车司机来对质。那货车司机哪还能找到，庄有德当天夜里就给他塞了钱让他回上海了。货车开走，荷斯坦牛留下。

找不到司机，怎么证明这牛是马约翰的呢？马约翰有办法，他拿出了买牛的字据，又让上海货运公司发来了承接这趟货运包括司机是郝运的证明电报。总领事总结性发言了："吴警长，铁证如山吧。您要不还牛，我马上去找您的上司贾总警长来解决。"

吴天德傻眼了，得，还牛吧。他对总领事说："误会误会，纯属误会。不过这牛啊，不在警局。它们现在啊，待在适合它们的地方，早前也不知道是您美国大人的啊。这都转到我们国家的奶牛场给妥善养着了。过两天啊，我让人给马约翰先生送过去。"

这事儿就这么了结了。吴天德就派手下去通知庄有德赶快还牛。卖牛的钱自然不会还回去。庄有德呢，已经通过炒作这次"爱国行为"赚足了钱，往后面看还会继续大赚，也不在意。不过还有不少记者不停过来采访拍照，这荷斯坦牛嘛，过几天再给马约翰牵去。

忙活一天，夜色很浓了。马约翰回到教堂，张皓天、虞亭华还在焦急等着。听说荷斯坦牛这几天就能要回来，张皓天非常激动，对马约翰连声道谢。几个人不知不觉谈到了大半夜。说到爱国学生运动，马约翰表示十分欣赏，说全世界都在关注这场人民自发举行的示威运动，中国的遭遇已经引起世界广泛同情，不过其中显露的排外情绪也让他非常担忧。

看时间不早，皓天和虞亭华起身准备跟牧师告辞，这时忽然听到外边一阵乱糟糟的声音。几个人走出去，一看大吃一惊，只见教堂空地处灯火辉煌，五六个人正站在院中。一个人举着火把，另外几个人腰里都别着一把匕首。中间的人留着板头，身材健硕，相貌堂堂，像是他们的头领。他冷冷地盯着马约翰，大声质问："你是这里的牧师？"

马约翰微微鞠躬："正是在下。请问这位先生深夜到此有何贵干？"

头领一声冷笑："还有何贵干？今天就是来干你！你们这些洋鬼子没有一个好东西，成天在我们中国土地上耀武扬威，统统死有余辜！"说着冲身后一招手，"兄弟们，先把这老家伙给绑起来！"

几个人呼啦啦便围了上来，要抓马约翰。见此情形，皓天和虞亭华挺身而出，一左一右挡在马约翰面前。

皓天大声说："你们是什么人？为啥无缘无故抓人？"

头领怒喝："呔，哪里钻出来的小杂种？老子从来不把洋鬼子当人。你俩是中国人，中国人不杀中国人，给老子乖乖滚一边去！"

虞亭华往前走了一步："现在是讲法律的时代，除了司法机构，任何人都无权抓人。"

"哦，居然跟我讲法律？"头领哈哈一笑："老子就是法律！兄弟们，上啊。"眼看马约翰就要被抓，却听虞亭华大喊："慢着！我是政府人员，你们要跟政府过不去吗？"

"政府？"头领狐疑地看着虞亭华，"不像啊。再说了，现在的政府都被骂成了臭狗屎，你就算是政府的人又咋地？爷跟你尿不到一壶，才不怕你，滚开！"一把推开虞亭华，虞亭华猝不及防，踉跄倒地。

皓天气血上涌，猛然冲上去也推了头领一把："你们欺负一个老人可不是好汉行径。"

头领后退几步："他妈的，小杂种活腻了吧。"一个手下兄弟冲到皓天面前，一记重拳捣在皓天肚子上。皓天只觉得肚部一紧，五脏六腑都抽搐。他痛苦地弯下了腰，转念一想，这帮歹徒人多势众，跟他们硬干肯定不行。他就假装服软："你们等着，我撒泡尿回来！"说罢便向马约翰房间走去。

头领不屑地说："老子就在这儿等你，看你还能玩啥花样。你要不出来你就是狗熊啊。"他冲一个兄弟使眼色示意跟着皓天，接着说，"兄弟们，别愣着啊，快把洋老头捆起来。今晚任务很艰巨，弄完了咱赶快撤，找下一家。"

马约翰被五花大绑，喃喃祷告："神啊，请宽恕这些不义之人吧，愿他们终究有一天为自己犯下的粗暴恶行而羞愧。"

头领怪笑一声："真是烦死了，老家伙都死到临头了，还他娘的瞎祷告啥哪，神呢神呢？让他赶紧来救你。"

皓天走到马约翰卧室就迅速把门从里边给锁起来，把跟着的坏蛋给晾在了外边。那门很牢固，一时半会儿还真进不来。他拿起床头的电话，拨了一串号码，对着话筒说："干爹，我是皓天，马叔叔教堂出事了，你快来！"

皓天假装若无其事地到厕所撒了一泡尿出来了，正看到虞亭华在请求头领："请你们把我也抓去吧。"

头领拍拍虞亭华的脸："笨蛋，你看你学啥不好，学洋人的狗屁玩意儿？看你傻里傻气的，脑袋学坏了吧。记住，你是中国人，不要跟洋鬼子学！等着吧，这两天会有大新闻！"

皓天冲上去紧紧抱住马约翰，死命护住马约翰不让歹徒们施暴，拼尽全力去拖延时间。虞亭华随即也冲上来抱住马约翰和皓天。

头领大怒，手脚并用，在虞亭华和皓天身上一通乱打乱踢："滚，滚，滚！"两人身上剧痛，却都不肯松手。又有两个人冲上来要把他们强行拽开，拽不开就又来一番拳打脚踢。拳头像雨点一样落在皓天和虞亭华的脸上身上，但无论他们如何凶狠，却始终无法把两人从马约翰身边扯开。马约翰仰天长叹："你们还是松开吧。神会惩罚他们的。"

头领哼了一声："赶紧的，赶紧让你的上帝过来惩罚我，我等不及了！"又看看皓天和虞亭华，"看不出两个小杂种还真有一股子拧劲儿，是不是真要挨刀子才痛快?!"说着便从腰里抽出一把寒光闪闪的匕首，在他们面前晃来晃去。

皓天一咬牙："除非你杀了我，不然休想从我手里把他带走！"

"真有种，你真不怕死？"头领把匕首抵在皓天脸上，"看你这小模样还真不赖，老子今天就给你破了相咋样？"说着忽然扬起了匕首！

皓天闭上了眼，只觉得脸颊有冰冷的物体划过。

头领拍拍皓天的脸："小杂种，睁开眼，怕了吧。嗨，吓唬你哪。"原来他刚才只是用刀背在皓天脸上划了一道，"我就不明白，洋鬼子跑到咱们中国土地上来作威作福，你们这么维护他何苦呢？"

张皓天盯着头领："马约翰先生是一个好人，他对中国人很友好，他一直在帮助咱们中国人。"

头领东张西望："哪儿呢哪儿呢？啊呸！全是骗人的玩意儿！中国人被这些玩意儿骗了这么多年，赶紧醒醒吧！"

几个歹徒围上来对皓天、亭华又踢又打，眼看两人招架不住，马约翰就要被抢走。

"住手！"只听一声洪亮的叫喊远远传了过来。

"干爹终于来了！"皓天长长出了口气。只见孙良喜从黑暗处走了过来，他神态自若，仿佛刚刚参加完一场酒会。只是他脸上的那道刀疤在火光映照下格外醒目。

头领有些愣神："什么人敢蹚这趟浑水？"

孙良喜目光炯炯："我叫孙良喜，是国民党军团参谋，带兵打仗的。"

这下头领不淡定了："你可别蒙我。"

孙良喜不动声色："现在，他们都在教堂外。你可以让你的兄弟去看看。"

头领指使一个兄弟出去，那兄弟很快回来，说话都不利索了："外边……有一二十个穿军装的……"

头领冲兄弟嚷嚷："怕啥，穿军装又咋地？还能把你给吃了？"转脸面向孙良喜，"管你们什么国民党，什么乱七八糟的军阀大帅，有啥了不起？老子黄金榜也参加过护国军，也讨伐过袁大头，那又咋样？现在我跟兄弟们不一样还是连饭也吃不饱？"

这一说勾起了孙良喜的兴趣："哦，原来叫黄金榜，金榜题名，好名字！还参加过护国军？说来也巧，我正好也参加过，说说你哪一路的？"

"说了也白说，反正老子跟你不是一路人！"

"好，不说也罢。那你这光明大道偏不走，偏要干这杀人放火的勾当？"

黄金榜"呸"了一口："老子哪里杀人放火了？老子这是为民除害，替天行道！"

"哟，这话就严重了，那人家牧师到底碍着你啥了？"

黄金榜恨声说："这些洋鬼子没一个好东西，妖言惑众，搅乱我中华大地，难道他们不该去死？"

孙良喜皱起眉头："这都什么乱七八糟的？国家眼下的确是乱，但你也不能把罪名硬按到他们头上啊，你这不是乱上加乱吗？真是一个糊涂蛋！"

黄金榜有些懵："放屁，我做人堂堂正正，光明磊落，怎么会是糊涂蛋？"

孙良喜说："他们只是传教的牧师而已，你们一帮人欺负他们算什么本事，有本事你去跟八国联军干啊。"

黄金榜更加激愤起来："你以为老子不想跟狗日的八国联军干？我告诉你，当年我爹就是死在八国联军手里。我恨不得扒了他们的皮，喝了他们的血，可惜我那时候太小！"

孙良喜眼光有些异样："听你这么一说，我就有些理解了，你这也算是国仇家恨了。"

黄金榜口气不那么强硬了："那你说这些洋鬼子该不该杀？是洋鬼子就不该来我们的地盘，我就是要给他们一点教训！"

孙良喜想了想，摇摇头："还是不该。一码归一码。"

黄金榜都快气哭了："你这是非不分啊。"

"咱们也别在这里瞎扯了，我看有个地方能分得清是非。"孙良喜说着拿起一包烟，还递给黄金榜一支。黄金榜犹豫了一下，还是接了过来："啥地方？"

"到了你自然就知道了。"孙良喜说完，吹了声呼哨。很快，教堂外边二十几个军人冲了进来，把黄金榜一帮人围了起来。

黄金榜瞪着孙良喜："你……这……"

孙良喜说："我给你们安排个地方，你们先进去待两天。等你冷静了我们再好好谈谈。"

拿匕首的肯定干不过拿枪的，黄金榜也不傻："好汉不吃眼前亏！我看你玩啥幺蛾子！"一帮弟兄老老实实跟着军人走了。

孙良喜向马约翰表示歉意："我们来晚了，牧师受惊了。"

马约翰摇摇头："我要感谢孙先生。您今天要是不来，我就见上帝去了。"

一直在一边没吭声的皓天终于长长出了一口气："干爹来得太及时了，您要再不来，我们都撑不住了！"

皓天和虞亭华两个人脸上青一块紫一块，两人看着彼此，忽然忍不住笑了。

孙良喜感慨地看着皓天，由衷感到天儿长大了，遇到事情能非常沉着冷静地处理了。

马约翰牧师虽然遭遇了意外袭击，但却未见丝毫沮丧之色，依旧安静平和。皓天看他如此，不由心生敬意。只是想到自己等一下要回家，心里就叫苦不迭，这可是头一次被打得头破血流，如果被母亲看到他这个悲惨的样子，那后果就不堪设想了……他感到非常苦恼。

孙良喜一看他的样子已经猜到了八九分："今天这么晚了，我的住所正好距离这里不远，你们俩干脆到我那儿住一宿得了。”皓天有心想去逃避一晚，嘴上说着“这怎么好意思”，脚上却已经用行动投票了，拉起虞亭华就朝孙良喜住所方向走去。

由于孙良喜平时经常跟同志们聚会议事，所以上级给他配备了一座上下两层的小白楼，楼上是会议室，楼下是卧室。孙良喜安排他们睡卧室，自己在客厅沙发上凑合。

皓天和亭华早已疲惫不堪，实在没精神跟孙良喜客套，匆匆洗了个澡，在伤处上了些药，倒在卧室床上就蒙头大睡。两人一觉睡到天大亮，孙良喜一见他们出来，马上对皓天说：“走，我跟你回家一趟，跟你母亲解释一下。”皓天心下感激，孙叔叔真是太善解人意了。

忐忑不安地回到了家，王氏一看到两个人的样子，马上对皓天板起了脸：“我最近就一直觉得有点不对劲。这下还真出事了，说吧，怎么回事儿?”

孙良喜接过话茬：“嫂子，这回皓天可是干了一件大好事啊。”接着把事情的来龙去脉如此这般地讲述了一遍。

王氏听完，叹了一声：“这事谁能预料到呢？我也不是不讲道理的人，不能怪在你们谁的头上，可是我这心，怎么还是揪起来了?”

皓天抓住王氏的手，请求母亲的谅解：“娘，我让您担心了，可是有些事……我也不能不做。”

王氏心疼地看着皓天，无力地说：“皓天，你长大了，有自己的主意，这兴许是好事。可是万一你真出了什么事，你教我可怎么办呢，想想你爹……”她极力控制住自己，没有再说下去。

想起张义海，孙良喜心下充满歉意：“嫂子，我这两年一直在托人打听他的下落。根据查到的线索，他可能根本不在国内。我会尽力托海外的朋友去打听他的消息……”

王氏勉强一笑："良喜，你费心了，可是我却早已死心了。这几年我是放下了，不再想他的事了。只愿他不管在哪里，能有吃有住就好。只愿他的儿子能够成人，做个好人，做个安分人。"

孙良喜有意缓解沉闷的气氛："皓天是个好孩子，有担当，有责任心，又聪明肯干。这样的孩子打着灯笼都找不着，谁见谁稀罕，能差到哪儿去？嫂子，这种事毕竟只是一场意外，皓天他也知道把握分寸。我看他将来一定会有大出息，你就少操点心，以后就好好享你的清福喽。"

皓天听着孙良喜夸自己到这份儿上了，心里也挺得意。虞亭华眼巴巴瞅着他，忽然酸溜溜说了一句："怎么我从小到大没人这么夸过我呢？"

王氏忍不住笑起来："你这国家公派出去的留学生还用得着夸吗？将来你都是专家了，皓天可跟你差了十万八千里。"虞亭华嘿嘿直乐。

王氏又转向孙良喜说："喜子，刚才我只顾着唠叨，竟忘了谢谢你，皓天他们俩昨儿晚上遇事能够安全解决，真是多亏你。"

孙良喜摆摆手："嫂子你也太见外了，我是皓天的干爹，这些都是理所应当的。"

一场潜在的家庭风暴总算平息了，一切风平浪静。

当晚皓天见到芙蓉，芙蓉看到皓天的样子也是大吃一惊，眼泪汪汪地听皓天说完，她一下子扑在皓天怀里："皓天，你要答应我，未经我的同意，坚决不能出事！"

皓天轻轻地抚摸着她的头发，温柔地说："嗯，我答应你。"说着低下头来想亲吻芙蓉的额头，可是刚刚碰了一下就大叫一声："哎哟，嘴唇疼死了！"

芙蓉又是心疼又是好笑："看来做英雄是需要付出血泪代价的。"

皓天苦着脸："代价太惨痛，下次坚决不能让他们打我的脸，尤其是嘴……"

芙蓉佯装生气："呸呸呸，乌鸦嘴，还敢有下次，真是讨打！"

芙蓉就跟皓天说起了当天的游行请愿，她今天的经历也是惊心动魄。她看到了游行队伍到处打砸，人们像被点燃的火药桶，疯了似的到处撒气。而军警举起了亮晃晃的刺刀和警棍向游行队伍猛扑过来，自己的肩膀被枪托砸了一下，现在都生疼。

皓天帮芙蓉揉了一阵肩膀："现在好点了吗？"

芙蓉柔声说："好多了。今后几天我们还要去游行，但愿不要碰到这些恶棍一样的军警！"

不会碰到恶棍一样的军警吗？后面这几天，军警倒没有像恶棍一样镇压学生游行。但是，有一个混账恶棍却冒了出来，他差点害死了芙蓉。这个恶棍是谁，请看下回分解。

第十六回

英雄救美原陷阱　烈女割腕实真情

要害芙蓉的这个恶棍说出来大家并不陌生。谁？黎建昌。他爹黎大帅跟段祺瑞混饭的。

黎建昌上次出场还是两年前的事儿，他也够憋屈的，刚刚出场还没充分表现，就被他爹黎大帅咔嚓一下给锁在了家里。黎大帅非常疼爱自己的宝贝儿子，特意给黎建昌定制了一副银制的脚镣，只要一出门就给他锁上，钥匙揣在黎大帅身上，不经他允许谁也甭想打开。

黎建昌这下可被折磨坏了，每天拖着沉重的脚镣在自家别墅里鬼哭狼嚎。说爹我错了，我以后一定当个乖儿子，我孝敬父母孝敬天地；说爹我错了，我以后一定要提高个人修养，绝不调戏良家妇女；说爹我错了，你不放我，我就不吃饭不拉屎，我就咬舌自尽；说爹我错了，我真不该叫你爹，你到底是不是我亲爹，世上哪有如此狠心的亲爹呀？

可黎大帅是谁啊，上过刀山下过火海杀人不眨眼的主，会因为这不肖之子的几声哀号就被轻易打动？嘿嘿，乖儿子，你就先熬着吧，只要你给我乖乖学好了，那你就苦尽甘来了，老夫早晚会放你出去滴！有诗为证：任尔东西南北风，手拿钥匙不放松，呼哈呼哈呼呼呼哈哈哈！

善良的朋友可能会说黎建昌还是千万别出来的好，不然又该惹是生非了，可是人算不如天算，黎建昌居然一不留神出来了！说起这事，居然还跟这次的“五四”运动有关。

火烧赵家楼大家都知道，一名叫匡互生的北京高等师范学校的学生跑进了卖国贼曹汝霖的公馆，要对他采取行动。人没找到，大家很生气，然后搜到了曹汝霖的父亲和姨太太，众人严厉谴责曹父：你咋养了这样一个卖国贼儿子？肯定是教育问题！然后又朝那位姨太太抽了几个大嘴巴：给一个卖国贼做姨太太，你真是不知廉耻啊。骂完了，又砸了一辆小汽车，大家也算发泄完毕了，准备撤退，没想到一股黑烟从后进房院腾空而起……这就是历史上著名的火烧赵家楼事件。

这事一出来，极大振奋了大家的信心，心想这些看似凶神恶煞的反动派也不过是纸老虎。敢跟正义作对，这就是与人类为敌，我烧了你家！有人开了头之后，就有不少人也开始喜欢上了打砸抢。这一不小心，就砸到了黎大帅家里。这一看，呵，小别墅真漂亮，呵，这里居然也有姨太太！腐败啊，可耻啊，各位爱国同胞，给我冲啊！群情很汹涌，就一股脑儿冲到了黎大帅家里。黎大帅当时没在家，家里也就两个警卫兵和几个佣人，还有他的姨太太。警卫兵也怕啊，哪敢乱动？一会儿工夫黎大帅的家就被砸了个稀巴烂。

几个学生踹开了黎建昌的房门，一看黎建昌躲在角落里瑟瑟发抖。黎建昌说：“你们别杀我！我是无辜的？”

学生们看黎建昌一副窝囊相，表示很无奈：“我们干吗要杀你？我们是讲文明讲礼貌的好人。你怕啥？哎，你这脚上怎么还戴着脚镣呢？还是银子做的，可真他妈腐败！说，到底咋回事儿，站起来说话！”

黎建昌虽然足不出户，可是每天无聊的时候就看报纸，对外头世界发生的事情一清二楚。这小脑袋瓜反应还挺快：“你们不知道啊，我被我那个禽兽父亲给锁在了家里！因为我反对腐败，我要走上街头跟大家一起去游行，他就火大了，就把我给锁了起来！”

众人一听大怒：“真是岂有此理，简直岂有此理！”他们热情地鼓励黎建昌，“虽然你出生在反动无良家庭，但是你没有受到这万恶家庭的丝毫污染，依旧保持了你高贵的灵魂和独立的人格。你做得没错，我们非常欣赏你，支持你，你是跟我们站在同一阵线上的。所以，我们现在来拯救你！”

黎建昌这次是真哭了，两年了，他等了整整两年啊，他等的就是今天！他忍不住高呼：“我要跟你们一起去战斗！自由万岁！我要自由，我要自由！”

众人一致高呼：“自由万岁！我要自由！”

人多力量大，不一会儿工夫，黎建昌的脚镣就被砸开了。我黎建昌，我这万兽之王终于又重新回到人间了！为了表达内心的喜悦，他迅速冲到客厅，又把本来砸得稀巴烂的东西重新砸了一遍：“哦，这可恶的家庭，哦，这禽兽的父亲，哦，这耻辱的生活！”

黎建昌怀揣着从家里搜出来的一大把银票重新走上了街头。他离开了那个让他不自由的家，彻底解放了。大街上每个人的脸上似乎都挂着亲切的笑容，在对他微笑。啊，空气多么的清新！啊，生活多么的美好！

这个时候，他看到了街上参加游行的秦芙蓉。

他忍不住想冲上去跟秦芙蓉打招呼，可是他忽然想到一个很严峻的问题，这位芙蓉姑娘，曾经，好像是非常讨厌他的！如果芙蓉不搭理他，光天化日之下，那多让人下不来台啊。我这么高贵的家庭怎么能受这样的气呢。

来硬的看来是不行了，那该怎么办呢？黎建昌想啊想，想了三天三夜，忽然一拍脑袋：我有钱啊，有钱能使鬼推磨啊！我自己办不了的事情，完全可以找人办嘛。哈哈，我果然还是很坏，非常坏！

黎建昌很快就找到两个流氓，他让其中一个流氓假扮学生混在游行队伍里，去设法接近芙蓉。据说这两个流氓会一点儿功夫，不过仅仅会些三脚猫功夫是没用的，他们混饭主要还是因为他们有三只手。

这天中午，在国务院参加请愿活动的芙蓉和黄云裳要吃饭。到了饭馆之后，芙蓉才发现自己的钱包不见了。她急坏了，包里装着的零花钱她倒不在乎，她在乎的是包里还装着皓天送给她的小木人。那可是皓天的定情之物，是她最宝贝的宝贝，无论任何东西都无法与之交换。这么宝贵的东西丢了，芙蓉的魂儿也丢了一半。黄云裳一看她着急的样子，饭也不吃了，要跟她一起找，兴许掉到哪儿了。虽然不抱什么希望，两个人还是把各个经过地点搜索了一遍。忽然黄云裳看到了什么，她轻轻地拍了一下芙蓉，小声说："前边那个人手里的包是不是你的？"

芙蓉顺着黄云裳手指方向一看，只见一个男人正在慌忙扒拉着她的钱包，一下子激动地大叫起来："是我的包，小偷，快还给我！"说着就往前跑过去，黄云裳也紧跟过去。小偷听到大叫，慌神了，街上人多，那小偷却像一条鱼一样穿梭在人群中。芙蓉眼看就追不上了。这时忽听身边一个学生模样的青年男子对她说了一句："在这儿等我！"说着便飞快从她身边冲刺过去，朝小偷的方位追去，小偷慌忙跑到前边拐弯，男学生也紧跟着拐弯。

过了片刻工夫，男学生终于气喘吁吁地回到原地，他浑身大汗，冲芙蓉晃动着手里的东西："东西追回来了，可惜让小偷给跑了。"芙蓉大喜过望，接过钱包就检查起来，发现里边的东西一样不少，这才长舒了一口气。黄云裳碰了她一下："瞧你发什么呆呢？还不赶快谢谢人家？"

芙蓉这才回过神来："哎呀，真是不好意思，谢谢你了，太谢谢了！"男学生非常洒脱地一笑："同学不要客气，互相帮助应该的！"

黄云裳性格外向，主动向男学生握手："请问这位同学，我们在女子师范学校读书，你是在哪里读书呢?”

男学生说：“哦，我叫林稻城，在清华读书。”

黄云裳和芙蓉几乎异口同声：“哦，清华，那可是高级学府啊。”

林稻城说：“你们也很高级啊，侧重点不同而已。你们师范学校春风化雨、教书育人更让人敬佩。”

黄云裳忍不住猛夸起林稻城来：“你这追小偷的功夫不简单哪，简直是文武双全。”

林稻城很谦虚地说：“不敢当不敢当。有机会我们可以互相学习的。这样吧，白天大家都要做事，那就趁晚上我们找个地方一起交流学习。”

黄云裳举双手双脚赞成：“好哇，我看就今天晚上吧。”

芙蓉有些为难，她答应晚上要去见皓天。

林稻城很善于察言观色，马上说：“不打紧，改天也行。”

芙蓉刚要开口，又被黄云裳抢过话头：“我看就今儿晚上吧，一起吃个饭，彼此熟悉一下。”

林稻城耸耸肩：“我是没意见，就看你们了。”

事已至此，芙蓉也不好推托，说：“那就晚上一起吃个饭吧，我请客。”

林稻城慌忙摆手：“我一个大男人怎么好意思让女士请呢？这样吧，我知道有个酒馆，做的菜挺有风味，咱们就到那里去吧。”

芙蓉说：“既然你喜欢，那我们就去好了。如今都提倡男女平等，谁花钱都一样，不过这一顿必须我请，不然我会一辈子不安的。”

林稻城只得无奈地同意：“你可真是较真，不过那地儿不好找，还是到时候我接你们去最好。”几个人约好了时间，林稻城便礼貌地告辞而去。

黄云裳碰碰芙蓉：“你看这位林稻城多有风度，还帮你一大忙，怎么着也得表示感谢嘛。”

芙蓉取笑黄云裳："别拿我说事，受人恩惠千年记我能不懂？我看是你这大龄女青年心怀鬼胎才对……是不是对人家一见钟情了？这可是好事，晚上我帮你说说去。我看你们俩能成。"

这一被戳中心事，黄云裳还有些害羞了："可千万别瞎说，这八字还没一撇儿呢。"

晚上游行结束，林稻城已经叫好一辆黄包车在路口等着，让芙蓉和黄云裳上去，自己上了前边一辆车带路。芙蓉提前跟张皓天说了和黄云裳一块去见个同学，张皓天正忙着马约翰荷斯坦牛的事儿，也没太在意。

芙蓉上黄包车的时候，张皓天的奶牛场工友牛大勇刚游行完。牛大勇自然也看到黄云裳和林稻城了。他觉得这个林稻城有点面熟，听到林对黄包车车夫说"去黑井胡同"，那可是个偏僻地儿啊。牛大勇心知有事，连忙叫来一个工友，让他去告知皓天，自己一溜小跑远远追了上去。

车子没行多远，七拐八拐，来到一处幽暗的胡同停下，这就是黑井胡同了。有二十来家院落。林稻城领着她们来到一座破落的小独院："酒馆就在这院里。"

黄云裳说："别说这地儿还真是不好找，太神秘了。"

林稻城露出神秘的笑容："这里的确很神秘，烧菜的厨师都很神秘，你们怕不怕？"

芙蓉有些担心，说："这地方是不是有点太偏了。"

黄云裳却示威似的看着林稻城："你这一会儿看上去也很神秘啊。不过这只能激起我的好奇心，才不会害怕。我们连恶警察的刺刀都不眨一下眼，还怕吃一顿饭？"

"那就好，一起进去坐吧。"林稻城带着她们走进了客厅。芙蓉一看客厅的摆设更加惊奇，这小院虽然看上去破败不堪，但是客厅里的一切摆设却都是崭新的，好像主人刚刚搬进来。客厅里没有其他人，桌椅碗筷已经摆好。几个人落了座儿。

林稻城打开留声机，优美的音乐响起，很快便笼罩了周围。林稻城又沏了一壶茶，说：“咱们先喝一会儿茶，等一下饭菜便会端过来。”

几个人一边扯着闲话一边喝茶，不一会儿工夫就见到一个厨子打扮的人端着菜盘走了进来。这个厨子很奇怪，戴了一个大口罩，脸基本被罩住了，根本看不清长什么样子。

芙蓉、黄云裳都有些吃惊，林稻城解释说是卫生需要，从国外学过来的。两人也就没说什么了，但心里总有些不安。

桌上很快摆上来七八道精致的菜，显然做得很用心，看上去赏心悦目。厨子轻轻鞠躬，然后小心翼翼退了出去。

芙蓉和黄云裳盯着一桌子菜，却不知道这些都是什么菜。因为这些菜她们平时根本没见过。

芙蓉说：“太奇怪了，这都叫什么菜啊？”

林稻城已经拿起筷子：“叫什么重要吗？重要的是好吃。吃了这些菜，也许你们就忘了厨子了。别客气，赶紧动筷吧。”

黄云裳迫不及待夹了口菜：“这个不知道是什么肉，真好吃。芙蓉，你赶紧尝尝。”

芙蓉吃了一口，也觉得满口留香。

不知不觉吃了一个多时辰，芙蓉看天色已经很晚，对黄云裳说：“我们回去吧。”黄云裳点点头：“好。”

芙蓉事先说好要请客，她打开钱包，问林稻城：“多少钱？”

林稻城双手一摊：“我不是老板，不知道多少钱。”他指了指站在门口戴口罩的厨子，大叫：“老板，多少钱？”

那厨子开口了：“都是自己人，要什么钱呢？”

芙蓉脸色变了，这声音她似曾相识。黄云裳却大惑不解：“自己人？

怎么就跟你自己人了？”

蒙面厨子慢慢扯下大口罩，笑容可掬地说：“可是芙蓉姑娘一定认识我，是不是？好久不见了，芙蓉姑娘。”

芙蓉万万没想到这个厨子竟是两年未见的黎建昌：“怎么是你？你怎么在这里？”

接下来双方发生了激烈的争吵。芙蓉、黄云裳明白了，这个林稻城虽然长得一表人才，但根本不是什么清华大学的学生，而是一个小偷。他跟那个偷芙蓉钱包的小偷是一伙的。并且这次事情是精心设计好的阴谋，目的就是把芙蓉、黄云裳引到这儿来。黎建昌给了他俩不少钱。

芙蓉用力拉起黄云裳往外走去，但是被林稻城挡在了门口。

黄云裳大声说：“你们知不知道这是犯罪？我警告你们最好赶紧放了我们！”

林稻城慢悠悠地说：“那你赶紧告警察抓我们啊，不过我劝你还是省省吧。这地方冷清，周围基本上没什么住户，我估摸着就算你喊破喉咙也没用。哦，对门院子倒是有人住，可那人是我哥们儿。”

黄云裳还真喊了起来：“来人啊，救命啊！”良久没人回应。

林稻城把黄云裳从屋里往院里拽：“黎公子，黄小姐归我。秦小姐就归你了。”黄云裳又踢又骂，架不住林稻城力气大，被拽出了门外。

芙蓉想往外冲，黎建昌堵住了门，狞笑着，向芙蓉一步步逼近，眼里露出畜生一样的光。

间不容发之际，芙蓉猛然冲进厨房拿起一把亮晃晃的菜刀，胡乱地朝黎建昌挥舞着：“你敢再过来我就砍死你！”

黎建昌面容更加狰狞，就手抄起了一条长凳：“今天你是从也得从，不从也得从。看你还能折腾多久。”

芙蓉悲愤至极，她绝望了，大叫了一声“皓天”，忽然挥起菜刀，朝自己左胳膊大动脉划了下去，登时鲜血迸溅。猛然间芙蓉只觉得天旋地转，昏死过去……依稀中她听到了皓天在焦急地喊："芙蓉！芙蓉!"

芙蓉再次睁开眼的时候已经过去了两天两夜，第一眼看到的便是皓天，皓天正坐在床边发呆，她轻轻叫了一声："皓天。"

皓天一看芙蓉醒了，脸上一阵惊喜，泪水一下子涌了出来："芙蓉，芙蓉你终于醒过来了!"

芙蓉呆呆地看着皓天，无力地说："皓天，真的是你吗？我这是不是在做梦?"

皓天轻轻地握住芙蓉的右手："你不是做梦，不是，现在我们在医院。"

芙蓉苍白的脸上露出微笑："真的啊，真好，真好，我又能看到你了。"

皓天忽然从口袋里拿出他送给芙蓉的小木人："我们早就说好了，永远不会分开。"

芙蓉接过小木人，不禁泪光盈盈，用力点点头："嗯。"

皓天站起身来："师父就在隔壁，我赶紧叫他过来。"说着朝门外走去。

秦桂龙疾步走了进来，芙蓉叫了一声"爹"，秦桂龙不禁老泪纵横："芙蓉，老天保佑啊，你总算又活过来了。闺女啊，你这次可真是去鬼门关走了一趟。"

芙蓉回想起当时的场景，眼泪也止不住了："我没想到自己还能活过来。"她忽然惊叫一声，"云裳呢？云裳在哪里?"

皓天说："放心，云裳没事……"

原来芙蓉出事的时候，黄云裳正在院里拼命抵抗流氓林稻城，她大喊大叫。牛大勇听声找进了这个院子，他一个箭步冲到林稻城身边，两手在林胳膊上一钳，只听一声惨叫，林稻城放开了紧拽黄云裳的手。牛大勇再一屈肘，死死锁住林稻城的喉咙，用力一带，将他放倒在墙角边。

这时候张皓天、虞亭华闻声赶到，牛大勇把黄云裳交给虞亭华照顾，招呼皓天赶紧进屋救芙蓉。这时黎建昌见要出人命，不知如何是好，正拿了个包要仓皇逃走。牛大勇一脚飞起，将黎踹倒在地。皓天顺手抄起一把椅子，狠狠拍在黎建昌的脸上，黎建昌血流满面，瘫倒在厨房外。

皓天微微扶起芙蓉，这时候从祖传秘籍里学到的疗伤技能救了急。皓天用手指使劲压住芙蓉的动脉伤口处，从兜里拿出一块干净的手帕包住伤口。边小声安慰半昏迷的芙蓉，边让牛大勇打电话叫医生。

这时候，黎建昌恢复了点气力，爬进厨房。等牛大勇打完电话再找时，黎建昌已偷偷从厨房后门溜走了。小贼林稻城也趁机逃了。

皓天发誓：以后只要有机会，绝不会放过黎建昌这个败类。

医生过来做检查，说芙蓉所幸伤口不是很深，流血不是太多，送来抢救也算及时，现在已经基本脱离危险期，再过十天半月就可以出院。这一说大家安心了不少。

芙蓉没事了，可是张皓天舅舅王少川家里却出事了：王少川的宝贝儿子，也就是皓天的小表弟王新生出了大事。刚吃过早饭没过一会儿，就忽然口吐白沫，不停翻着白眼，等送到医院的时候，已经面皮紫黑、气若游丝，叫半天也没一点儿反应。

医院检查结果是严重的食物中毒。

这下可把大家急坏了，最急的当然是王少川。大老爷们在医院里搂着媳妇嗷嗷大哭，哀求医生无论如何都要救他儿子一命，就算倾家荡产也在所不惜。说他之所以给孩子改名叫新生，就是把儿子当成了自己生命的延续，所有的希望全寄托在新生身上。万一新生死了，他就彻底被打垮了！

医生是一位中年大姐，看王少川一见自己就哭，这才半天工夫就哭了好几次。刚开始还劝他两句，可看他哭个没完，就有些不耐烦了：“我这又要催吐，又要灌肠，都快累死了，您就别再添乱了，我们医院是救死扶伤的地儿！你就老老实实给我等着，坚强一点儿。别哭个不停，千万别惹恼了阎王爷！”

这一说王少川不敢再哭了：“好吧，大姐，您是活菩萨，我等着。”

可到了晚上，王少川又哭了，不过这一次是因为高兴。儿子王新生总算给救过来了，会叫爸爸妈妈了。医生大姐叹口气：“你说你们爱孩子，咋就没想着给孩子吃点好的？”

少川媳妇说：“大姐你什么意思？我们宁愿自己不吃，也要给孩子吃好的啊。”

医生说：“大妹子，你说这个我信，可是你们得学会辨别什么是好的，什么是不好的。我说话不好听，你看，这不，食物中毒了。你说孩子万一真出了什么事，你就算哭个三天三夜也哭不回来啊。”

王少川和媳妇琢磨来琢磨去，百思不得其解：到底怎么就中了毒呢？孩子整天他们都看着，跟他们吃得差不多啊，他们怎么就没事呢？新生也就是多喝了一大杯牛奶啊。

虞亭华分析说：“问题很可能出在孩子喝的这杯牛奶上面。我们家就是卖牛奶的，我了解其中的内幕。有些牛奶商家兑水兑米汤兑豆浆，这就算是赚黑钱的笨办法了，有些确实无法无天，不知道往牛奶里加了什么，吃了很容易中毒。”

虞亭华给大家讲起了发生在十九世纪五十年代美国纽约著名的“毒牛奶事件”。

当时纽约的奶农为了降低饲料成本，专门把牛养在城市的酒厂附近，将制造威士忌酒剩下的下脚料拿来喂牛，结果本来白色的牛奶变成了蓝色牛奶。为了去除这种蓝色，他们在牛奶里面加入了熟石膏粉，然后又为了增加牛奶的浓度，在牛奶里掺杂了淀粉和鸡蛋，然后又为了让牛奶的颜色看起来像真正的牛奶，加入深色的糖浆。当时的报纸披露说，因为喝这种毒牛奶，一年就死掉8000多名儿童。

皓天说："这也太无耻了。怎么能拿生命当儿戏。"

虞亭华说："说白了，还不是为了降低成本多挣钱！"

皓天提高了声音说："我今后要卖一定卖良心奶，宁可不赚钱！"忽然，他有了个想法："咱们不如暗中调查一下，现在北京大的牛奶厂家生产的牛奶里边有多少是质量合格的，有多少是劣质的甚至有害的，然后告诉大家真相。让市民提高警惕，对净化乳业市场竞争环境非常有好处。"

虞亭华一下兴奋起来："皓天，没想到你现在才半个乳商，就为净化业界环境着想了。这是很有意义的事情，咱们这就开始调查！"

张皓天、虞亭华决定调查北京牛奶质量合格率。

清华大学的陈程教授也非常支持。他给皓天、亭华两人提供了一些资料，并且安排学生利用清华实验室做检测分析。

这次调查把北京乳业搞了个天翻地覆，本地乳商联合起来抹黑调查，虞亭华因之不得不再次远离祖国避险，而张皓天长时间在乳商行当里遭尽非议排挤。但是张皓天无所畏惧，因为牛奶食品安全直接关系到老百姓的生命，而他信奉"老百姓的命比天还大"！

第十七回

洋乳全比国产好　杰克萝丝入洞房

调查北京牛奶合格率，说干就干，第二天皓天和亭华就四处出击。一早上，他们分别转了二十家奶茶铺，土洋各半。各家都买了些牛奶，并且做了记号。

陈程教授的实验室对这些牛奶分别进行化验。检验结果很快就出来了：洋牛奶合格率要比国产牛奶高得多，国产牛奶几乎没有一家合格的。为了让颜色、香味、口感更好，什么乳化剂、稳定剂、增稠剂、营养剂、香料甚至色素等，国产奶商是哪一样能够使牛奶更畅销，就添加什么。豆浆、米汤、碱面、刷墙用的白灰膏……碱面可以去除过期牛奶的异味儿，而白灰膏、米汤、豆浆什么的，则可以改善掺水牛奶的色泽和黏稠度。这些添加物偶尔喝对健康成年人可能没什么，但喝多了就有害了，尤其对老幼体弱者。

虞亭华郁闷地说：“我原以为会有一两家大牛奶商给咱们国货挣一点面子，可居然连一家都没有。他们宣传总是说‘望诸君爱用国货’，可是我爱国货，国货不爱我啊。”

皓天不禁困惑：“没想到国产奶和洋牛奶差距这么大。洋牛奶比国产奶好，可是价钱贵不少，许多国人喝不起洋牛奶，这该怎么办？”

虞亭华斩钉截铁地说："宁愿不喝，也不能喝毒牛奶！"

皓天热烈支持："对，人命关天！老百姓的命比天还大。我们的当务之急是先揭穿那些黑心商人，剩下的问题只能走一步说一步了。"

过了两天，报纸上登出了一条新闻《留洋学生暗查牛奶 国产货竟无一合格》，把留洋学生虞亭华回国调查北京牛奶市场的经过和结果原原本本说了一遍，老百姓一下炸了锅：那边正在热火朝天抗议日本的无耻，这边中国人还在坑害中国人。长此以往，国将不国、民将不民！这当中还有以"抵制日货"出名的爱国商家德成牛奶啊。

牛奶界沸腾了。几家乳商也坐不住了，连夜聚集到一起共同商议如何应付形象危机，吵吵嚷嚷折腾了一夜，到了第二天终于商量出了结果。

二十家本土乳商联合在报纸上发出了声明，愤怒抗议某无良报纸的新闻报道，对国产牛奶大肆造谣中伤，实在涨洋人志气，灭国人威风。而经过查明，该报纸居然是由日本人做后台出资，那么一切就一目了然，我大中华绝对不能容忍这种喜欢造谣中伤的下三烂报纸的存在，等等。

政府也帮助"辟谣"：一小撮心怀叵测的人想搞乱我国的牛奶市场，他们很可能有境外势力支持，我们要彻查。各地报纸纷纷转载拥护政府决定。

群众又一下炸开了锅：好哇，原来这是拿我们当猴耍啊，原来这家报纸有日资背景，是日本人的傀儡啊。想置国货于死地，让中国人不喝中国奶，让中国彻底垮台，太卑鄙了，太无耻了！一群不明身份的人怒气冲天地跑到报社，稀里哗啦把这家报社砸了个稀巴烂。

虞亭华也成了众矢之的，几家报纸居然挖掘到虞亭华的家庭背景。说原来这位美国留学生虞亭华的家在浙江当地就是卖牛奶的，他家的牛奶兑水兑米汤兑碱面，那才是不折不扣的黑心牛奶！虞亭华百口难辩，因为人家说的是事实啊。

很快，一家报纸通过推测得出结论：这个虞亭华很可能是同时为美国和日本服务的双料间谍!

那些牛奶公司呢，毫发无伤。德成牛奶公司老板庄有德还煞有介事地接受采访，说“中国人不害中国人”。

皓天也被不知哪儿冒出来的记者跟踪了，最后报纸上说一个小牛倌也参与了进来，无非就是想“出名”，他自家建了个小奶牛场，想赚大钱，眼红同行，想借踩知名牛奶公司博出位。

皓天倒没觉得什么，身正不怕影子斜。而且报纸为了不让他“出名”，连他的名字都不屑提起。虽然乳界那些大老板已经知道有这么一号人物存在，他们只是认为他想趁乱得利。

但是虞亭华很受伤，尤其被扣上“双料间谍”的大帽子很不好受。陈程教授和马约翰牧师都建议他暂时远离中国，避开风头，去美国继续完成他的学业。

虞亭华黯然启程。

临行前，皓天、芙蓉和黄云裳为虞亭华送行。

黄云裳最近一直在为虞亭华鸣不平，接连写了好几篇稿件为虞亭华正名。可当时正是非常时期，大报纸为了政治正确，故意压下了她的稿子。小报纸人微言轻，大家都当耳旁风。总而言之，群众认定了虞亭华是坏蛋，那么他就只能继续当坏蛋。

黄云裳赌气地说：“真气人，连你这样本性纯良的人居然都成了坏蛋，那么我也不做好人了，也陪你做坏蛋吧。”

芙蓉想让气氛轻松点：“看你这样子，比你自己遇到事还在意一百倍。”

皓天说：“这次事件告诫我们，北京以至全国的乳业界都相当黑暗。我们要正视现实，要学会斗争，更好地保护自己。”

黄云裳很悲观："一切都在颠倒黑白，哪里有什么现实？现实成了假的，假的倒成了现实！"

虞亭华看着大家，很是感动："其实只要你们这几个好朋友相信我是好的，我就没理由失望和难过。回国这一段时间我的心理发生了许多变化，也遭受了不小的冲击。不过仔细一想这些都不重要，重要的是我个人能不能做到不受外在因素干扰。面对黑暗，我们必须要让自己变得更加强大，更加光明，只有如此才是唯一出路。"

几个人纷纷叫好。

虞亭华最后对皓天一字一句地说："皓天，你一定要办好奶牛场，让大家都能喝上高质量的牛奶，这是利国利民的大好事！希望下次回来，能看到你的奶牛场初具规模了。"

皓天热泪盈眶："一定！到时，请亭华哥做我的高级顾问。"

虞亭华连连点头："我这个顾问是免费的。皓天，加油！你一定能行。我早看出来了，你的心里装着一个很大的牧场。"

皓天往远方眺望，他似乎看到了蓝天下那一望无际的大牧场，还有牧场上成群的奶牛正在悠闲地吃草散步……他激动地说："面对这种黑暗的现实，要让老百姓喝上放心奶，我没有任何理由逃避！我想好了，干！"

芙蓉悄悄站到皓天背后，温柔地说："好吧，我就在你背后做个默默付出的伟大女人。"

黄云裳忍不住酸溜溜地说："唉，真是只羡鸳鸯不羡仙啊。"

大牧场看上去是那么远，荷斯坦奶牛却已经越走越近了。

又经过几次斡旋，马约翰牧师从庄有德那儿要回来了两头荷斯坦牛，第一时间就通知皓天第二天到教堂去。第二天正好芙蓉找他，两个人一起去教堂。一路上皓天只觉得心一直怦怦在跳，天气并不热，他却是满头大汗。芙蓉看他紧张的样子，也情不自禁受到了感染，觉得心浮气躁起来，不禁跺了一下脚，不走了："皓天啊，我看咱们还是先停一下吧。"

皓天站住了："累啦？那就歇一会儿。"

芙蓉捂住胸口："不是累，是慌，心慌意乱的那种慌。你别慌啊，都传给我了。"

皓天想了想："我慌了吗？我没觉得啊。"

"你看你像猴子屁股着了火一样，那还不叫慌吗？"

皓天看芙蓉的脸红扑扑的："也不知道咱俩谁的脸像猴子屁股。"

芙蓉从包里拿出小镜子照了照，一看就乐了："都怪你！"

"嗯，怪我，我的确很激动，希望能够马上见到马约翰牧师，马上见到咱们的荷斯坦奶牛。我已经在报纸上看到过它们的照片了，真漂亮！"

这么一聊，二人的心情放松了，步子也轻快起来。

走进教堂，马约翰直接领他们朝教堂西侧草场边的一间小屋走去，边走边说："十几年前我就是在这里养奶牛的。"

皓天屏住呼吸走进了小屋，只见两头半大的荷斯坦牛正瞪着一双水汪汪的大眼睛凝视着他们，鼻孔发出呼呼的气息，马约翰走上前，轻轻抚摸着它们，它们和马约翰已经打了很长时间的交道，所以显得很温顺。

芙蓉也试探着用手轻轻去抚摸它们，它们没有抗拒，很快便低下头咀嚼起面前的草饲料来。

芙蓉高兴地说："皓天，你一下子就有了两个牛宝宝，真是太可爱了！"

马约翰轻轻拍了拍体格稍大的奶牛说："这是个健壮的小伙子。"又拍拍体格稍小的奶牛，"这是个漂亮的大姑娘。现在，我就把它们交给你了，给它们准备好可口的美食，把它们当朋友一样对待吧。"

皓天激动地说："谢谢您，马约翰先生，我一定会好好待它们！还有一个事儿，这两头奶牛一共多少钱？还有您买牛的其他花费……"

马约翰打断他："我希望帮它们找个善待它们的好主人，现在我的目的达到了。我不要你给钱。"

皓天苦着脸说："这可怎么行呢？您为了它们费了那么大的精力，还要再搭上自己的钱，这无论如何都不行。您如果不要钱，我就会总觉得欠着您。我们中国有句话说，有恩不报是小人，我可不愿意做小人。"

马约翰拿皓天没办法，最后说以后你给我免费供应牛奶好了。皓天感激得不知如何是好。

马约翰最后半真半假地说："现在它们还没开始下奶，这段时间就好好伺候它们。跟你们说，奶牛的记忆力非常好，谁对它们好，谁对它们不好，它们都会记得的。碰到坏人它们就不产奶，碰到好人它们就会多产奶。"

皓天说："以后我跟芙蓉都把它们当自己孩子，肯定是好人，是不是芙蓉？"

芙蓉冲着马约翰有些不好意思地点点头："您就一百个放心吧。"

马约翰哈哈大笑："哦，这很有趣。你们还没结婚，可是已经有孩子了！"

皓天和芙蓉把两头荷斯坦牛牵回了家，立时轰动了左邻右舍。要说起来，那时候普通老百姓能亲眼见到洋奶牛都不容易，更不用说现在可以随意摸到了。

皓天把两头洋奶牛领到为它们早已准备好的奶牛棚里，跟两头黄牛不在一块。一个东南院，一个西南院。洋奶牛在西南院，两个小家伙起初不肯进去，站在门口朝里边瞅了半天，意识到没有危险这才小心翼翼走了进去，看到熟悉的草饲料，小公牛一下子放松了戒备，马上就开吃了。小母牛一看它吃了，也赶紧凑上去吃了起来。吃完之后它们看到水槽，毫不犹豫就咕咚咕咚喝了好几大口。

芙蓉高兴地拍手："哎呀，太好玩了，瞧把它们兴奋的！"

皓天故作深沉地说："按照人类的年龄，它们正值青春年少，来到新地方，好奇一点也是很正常的。"

芙蓉说："干脆咱们给它们起个名字吧，以后也容易叫。"

皓天点点头："好主意，你是大才女，你给起一个吧。"

芙蓉也不客气："既然它们是洋奶牛，那我看就给起个洋名字吧，公奶牛就叫杰克，母奶牛叫萝丝，好不好？"——芙蓉还挺有先见之明，起的名字正好是后来轰动世界的电影《泰坦尼克号》的两位主人公。

十五的月亮十六圆。这年八月十五中秋节的第二天晚上，皓天在家中院子里摆了张桌子，桌上摆满了各种水果点心，还有皓天新近研制出来的几种奶制品，庆祝中秋佳节。虽然没多少钱的招待，可丰富多彩，也是一番心意。

皓天把师父秦桂龙和芙蓉一起请了过来，还叫了邻居李老三两口子，还有舅舅王少川一家三口。大家在一起一边吃着酸奶一边赏着中秋月，也算清清爽爽、热热闹闹。不过皓天心里有遗憾，那就是他没找到表舅刘灿源，听说又要出去一阵子了，未免美中不足。

李老三问秦桂龙："你看我们家秀娥马上就要嫁人了，你这闺女跟皓天啥时候办事啊？"

秦桂龙猛抽了一口烟，瓮声瓮气地说："我也着急啊，可我是皇帝不急太监急啊。"

芙蓉急忙给秦桂龙和王氏各自斟了杯茶："爹，我这不是学业在身嘛，还有皓天，他现在土奶牛、洋奶牛都在养。他老说，事业不成何以家为……"

王氏含笑看看两个年轻人："我不着急，皓天又不是傻子，放着这么好的姑娘还能给放跑不成？"众人哈哈大笑。芙蓉害羞，偷偷看了一眼皓天，皓天也正傻乎乎地看着她，赶紧低下了头。

王氏不由想起了不知生死的丈夫，她抬头看了一眼天上明月："月有阴晴圆缺，人有悲欢离合。义海这一走，也不知道现在怎么样了。以前我老想着自己也没做什么坏事啊，老天爷要这样对我。现在也不觉得委屈了，何必跟自己过不去呢？不管义海他人在哪里，大家都能过得平安吧。"

李老三媳妇陈氏说："大妹子想开了，你家日子也越来越好，大家都高兴。义海是好人啊，你们一家也都是好人，我们也都是好人。好人一定有好报，好人都一生平安。"

李老三蓦然想起了什么，对王氏说："妹子，托你个事，也不知道成不成。"

"李大哥跟我客气啥，啥事尽管说。"

"你看我这儿眼瞅着闺女要嫁出去了，特意选了良辰吉日，不就图个吉利吗？可是刘顺那边连一个人也不来照个面儿，我这面儿上也不好看啊。你看到时候能不能把亲家请来？"

王氏说："我看表哥应该没问题，可是刘顺他……就不敢说了。"

李老三一拍桌子："放心，这小子敢找麻烦，我就揍他。"

陈氏撇撇嘴："你就可劲儿吹吧，就你，给你俩狗胆也不敢。"转头对王氏说，"大妹子你看着办吧，实在为难也没啥。"

王氏笑笑说："为难谈不上，这两天我就找表哥说说去。"

过了十来天王氏去了无心寺，她特意为刘灿源缝了一件青色僧衣。刘灿源穿在身上正合适，挺高兴。王氏说明来意，刘灿源一听没吭声，接着掐指一算，说："哟，这可真不凑巧，到时候我得外出。我看就免了吧，婚礼是小事，将来过日子才是大事，反正有我没我他们都得过日子，他们能过好日子我也高兴。话说回来，那孩子看见我也肯定不乐意，人家大喜日子我死皮赖脸过去，不是添乱么？"

王氏看表哥说得坚决，只好无功而返。回去告知李老三夫妇，两人也没法再强求，缺个人就缺个人吧。

婚礼头两天刘顺叫来皓天，要他帮忙搬家。刘顺是心劲足的人，通过几年的努力，他硬是把当年被父亲刘灿源贱卖的那座小独院给重新买了回来。当年贱卖没多少钱，可刘顺再买回来价钱就大不同了，翻了好几倍。

皓天夸刘顺："了不起！"

刘顺满不在乎地说："这算啥？我将来还要把我们那条街都给买回来，我要把我们家失去的统统拿回来！"

说这话的时候，刘顺的眼神看上去狠叨叨，皓天内心多了些担忧。

婚礼当天上午，身着凤冠霞帔的新娘子秀娥就哭哭啼啼坐上了大红花轿。王少川的儿子王新生早就坐在轿子里，他是"压轿童子"。

刘顺特意给了轿夫双份钱，让他们把轿子抬稳当一些。又请了三班吹鼓手，一路吹吹打打、浩浩荡荡向前走去。

到了刘顺家门口，秀娥怀抱着一个宝瓶下了轿子。只见容光焕发的刘顺拿起八仙桌上的桃木弓柳木箭，朝她虚射了三次。众人一片叫好，又有人把事先准备的炭火盆放在了门口，让秀娥从盆上迈过去，这就算是驱邪避灾了。

芙蓉在一边看着好笑，悄声对皓天说："将来咱们要是也这样，那真麻烦死了。"

皓天开玩笑："那就给你多准备几个火盆，让你不停地跳。"

芙蓉威胁皓天："我才不，你要敢这样，我就不嫁了。"

皓天乐了："那你就成老姑娘了。"

婚礼仪式开始，李老三两口子正襟危坐在堂前，一对新人开始拜天地。拜过天地后，就开始进洞房抓盖头。刘顺美滋滋地掀起了秀娥的盖头，看了一眼脸色陡变，又给盖住了："啊？秀娥，你咋变丑了？"

秀娥气得自己个儿把盖头扯了下来："哼，我哪丑了。大家伙儿评评，我丑吗?”

众人起哄:“丑!”

秀娥气得快哭了:“你们欺负我!”

皓天赶紧吆喝:“谁敢说你丑?明明很美嘛。美!”

众人跟着吆喝:“美!”

秀娥破涕为笑:“反正今儿个死活就嫁了,生是你刘家的人,死是你刘家的鬼,刘顺你赖不掉了!”众人哄堂大笑。

闹了一会儿,大家伙儿就开始上桌吃喜宴。那时候都流行去大饭馆办喜宴,不过刘顺在院里办是别有深意的。他给街坊邻居,沾边的不沾边的七大姑八大姨到处发喜帖,让他们来吃喜宴,就是为了争一口气,要让大家伙儿都瞧瞧,他刘顺又把家里失去的院子买回来了!

那天刘顺也喝了不少酒,起初因为要招待宾客还算节制,等到众人一一散去,他又招呼皓天等几个人喝了一通。事先李老三叮嘱皓天,让他看着刘顺,别新婚大喜日子喝得五迷三道出乱子。皓天其实早有准备,他事先给自己灌了几瓶牛奶,这样就不容易醉。

可刘顺只想喝酒,而且谁也拦不住。他现在发达了点儿,就想发泄,和众人吆五喝六,喝完一坛又一坛,到后来酩酊大醉,一头扎桌子上,呼呼睡着了。

皓天把众人一一打发走,和秀娥张罗着把刘顺带到洞房。没想到刘顺又醒了。这一醒可了不得,又闹着找酒喝。秀娥把酒都藏了起来。刘顺找不到酒,就开始瞎胡闹,时而仰天长笑,时而痛哭流涕,时而沉默不语,时而滔滔不绝,搞得秀娥哭笑不得。

皓天从家带来了一碗自己调制的酸奶,让秀娥一勺勺舀给刘顺吃。刘顺慢慢清醒了,说话有些着调了:“这吃得什么,哦,酸奶。能缓解酒劲啊。哎,我这刚才都说啥了?有没有闹笑话?”

秀娥没好气地说："你还怕闹笑话?"

刘顺自知有错，心里发虚："唉，秀娥，老婆，今天我就是高兴，多喝了点，以后保证少喝。"

秀娥说："那看来还是别高兴了，要不是人家皓天，也不知道你到底要闹到什么时候?"

刘顺很不好意思："老表，今儿多亏你了。哎，你的牛奶大业怎么样了啊?"

皓天说："刚起步。"

刘顺嚷道："着急着急！得加快速度！皓天，不知为啥，我老是觉得，咱俩合一起将来肯定能干一件惊天动地的大事来！"

皓天说："干啥大事?"

刘顺兴致勃勃："养奶牛就是大事啊！咱俩合作，我出钱买奶牛，建大牧场，你出力，出技术，没咱俩干不成的事儿！"

皓天来了兴致："口气真不小。这奶牛一头一头添没事儿，它还产犊呢。大牧场可要不少钱。"

刘顺大声说："我们刘家就有一块地，正适合建牧场。就这么说定了啊，咱哥俩一块干！"

皓天心动了："真的啊，好啊。咱俩一块干！"

刘顺一激动，又找来一坛酒喝了。得，这回栽倒床上呼呼睡去了。

这时候夜比较深了，皓天告辞回家。秀娥送他出门，到了门口，皓天叮嘱秀娥："新婚之夜你也别跟他较劲了，过日子就是相互包容，记住啊。"

秀娥扑哧一笑："说得你好像过来人一样，放心吧，知道他有心事，发泄完就好啦。"皓天这才放心而去。

谁知刚一出门，就看到一人在月下独自徘徊，大光头在月光映衬下闪闪发亮。皓天定睛一看，叫了声："表舅！"那人回过头来，正是刘灿源。他冲皓天嘿嘿一乐："凑巧了，正好经过此地。"

皓天故意逗他："出家人不打诳语。"

刘灿源双手合十："阿弥陀佛，善哉善哉。"

"表舅，站好久了？您这来都来了，进去看一眼怕啥。今天顺子的洞房大喜，他还能吃了你不成？"

刘灿源有些不好意思："我这吧，在外边感受一下其实也一样，热热闹闹的，皆大欢喜，这不挺好嘛。行啦！"

皓天拉住刘灿源不由分说往自家走："我看你也别愣在这里了，今儿晚上到我家住一宿得啦。我也想陪您说说话。我家新养了两头洋奶牛呢。"

刘灿源到了皓天家。进了门，刘灿源听见南院牛棚里有牛叫声，他走了过去，朝里边一看，对皓天说："你们家洋奶牛今晚也要入洞房了。"

皓天朝里一看，乐了。嘿，杰克萝丝要开花结果啦！

第十八回

亭华有负黄云裳　刘顺牛场要插脚

早在两三天前，皓天就发现萝丝不对劲了。她变得烦躁不安，时不时跑到杰克身边去蹭一蹭，用一双火辣辣的牛眼给杰克眉目传情。她这是主动向杰克求爱，可杰克却是木头脑袋，根本无动于衷。

这一来萝丝就更加焦虑了，食欲减退了，反刍次数也减少了，不停地在牛棚走来走去，小尾巴甩来甩去，还时不时发出哞叫，那意思是："真是大笨蛋，我都表达这么明显了，你怎么还不理人家啊?"

刘灿源来的这个晚上，杰克萝斯终于入洞房了。刘灿源说是"被顺子秀娥的喜气冲的"。英俊小伙儿杰克终于脑袋开窍了，向漂亮大姑娘萝丝求爱，萝丝深情地凝望着杰克，激动得泪流满面："功夫不负有心牛啊，傻小子终于明白了我的一番深情!"

当天晚上，两头奶牛在牛棚里开始了一场轰轰烈烈的爱情。后来有人把它们的爱情故事写成了一首歌，歌中唱道：你是风儿我是沙，缠缠绵绵绕天涯……

这对皓天、芙蓉来说，增添了不少生活乐趣，两人时不时拿杰克、萝丝来打趣。皓天养牛有耐心，像个老妈子一样伺候杰克和萝丝，可是仅有吃苦精神那当然是不够的，还得懂技术。好在有陈程教授、虞亭华送的有关奶牛养殖方面的书，还有祖传秘籍，那可是宫廷不传绝学，互相参照，现学现用，领会神速。

皓天一天到晚观察着杰克、萝斯。母牛萝丝这一发情，马上就将配种繁育，然后进入产乳期了。世界公认优质高产的荷斯坦牛奶，就要在我张皓天的这个奶牛棚出世了！娘、干爹、表弟王新生，左邻右舍就可以喝到我做的牛奶了。一想起这个，皓天就心潮澎湃。

正在这当口，虞亭华结束了留学生涯，回来报效祖国了。回来找的第一个人自然是皓天。当晚皓天就拉着芙蓉和黄云裳一起为他接风洗尘。

黄云裳一看到虞亭华就瞪大了眼睛，左瞅瞅右看看："咦，以前你可是白面书生，这一年不见你怎么变黑了？是不是到煤窑做苦力去了？"

虞亭华眨眨眼："说是做苦力也差不多，不过我不是给人做苦力，是给牛做苦力！"

原来这一年虞亭华并没有待在课堂，而是一直奔波在美国的几家大农场参加实践劳动。这是学校的特意安排，目的是要大家别只会纸上谈兵，还要学以致用，要积累实战经验。

皓天一听高兴坏了："亭华哥，你现在理论有了，实践也有了，那以后我家杰克和萝丝的生活可全都指望你啦！"

虞亭华一脸疑惑："什么？你家的杰克和萝丝？是两口子？什么时候你们家住洋人了？"

得知杰克和萝丝是两头荷斯坦牛，虞亭华恍然大悟："我明白了，杰克一定是公牛，萝丝一定是母牛！"

皓天伸出大拇指："亭华哥，你太有智慧了！"

虞亭华谦虚："这个不敢当。皓天，没想到你这还真把奶牛场建起来了，还土洋结合。说说，搞奶牛场好不好玩？"

皓天说："哈哈，好玩，我越来越感到有乐趣了。尤其是我们家杰克和萝丝。”

黄云裳打了个哈欠，对皓天抗议说：“哎，我说，人家亭华哥哥刚从大洋彼岸回来，能不能别老谈什么奶牛。都这么晚了，让他回去好好休息一下好不好？”

皓天学黄云裳说话：“还有人心疼‘亭华哥哥’了。亭华哥哥你说句公道话，你这一回来我就给你接风洗尘，哪里委屈你了？”

虞亭华笑着看了一眼黄云裳：“不打紧，咱们这里的晚上时间正好是美国的白天时间。我刚回来，身上生物钟还没倒过来，就是睡也睡不着。”

黄云裳又问：“都说美国最讲民主，那民主的美国好玩吗？”

“这个要分怎么看了，保守一点的可能不大适应，喜欢新鲜的就会喜欢。所以有人说，如果你爱他，就带他去美国，那里是天堂；如果你恨他，就带他去美国，那里是地狱。美国人的生活观念和我们的完全不一样，每个人的生活方式也是千奇百怪。”

黄云裳好奇起来：“都怎么个千奇百怪呢？说出来我们也感受一下。”

虞亭华说：“根据我的观察，美国人喜欢简单，崇尚自由。他们脑袋里总有一些稀奇古怪的主意，倒不是有什么坏心眼，就是喜欢变着法儿去玩。”

黄云裳若有所思：“听说那里人很开放，也不知道怎么个开放法。”

“这个啊，依我看，所谓开放的意思就是没有那么多忌讳，放得开，无拘无束，所以开心快乐。”

黄云裳和虞亭华一问一答，配合挺默契，皓天和芙蓉倒插不上话了。芙蓉悄悄地拉起了他，轻声说：“你看他们挺热乎劲儿，显得咱们多余了。”

虞亭华耳听八方，赶紧说：“今天时候不早了，我看大家还是撤了吧，改天再聊。”

皓天说："那我送芙蓉回家，你送云裳回学校。"

虞亭华一听这话愣住了，黄云裳赶紧说："不用了吧，我有单车，自己骑着就回去了。"

虞亭华连连摇头："那可不行，一个女孩子晚上走夜路还是小心一点儿好。"说完抢过黄云裳手中的车把，"皓天，在家等我，我送她回去之后马上回来！"

"哎呀，亭华哥哥，这如何好意思呢？"黄云裳嘴上虽然这么说，可是脸上已经笑出了花，很灵巧地坐了上去。

望着两人的背影，芙蓉微微一笑："看把她美的。"又问皓天，"说实话，你觉得他俩咋样？"

皓天说："说实话，我看挺好。"

芙蓉点点头："我也觉得郎才女貌挺般配，再加上两人性格一冷一热，正好可以互补。"

皓天刮了一下芙蓉的鼻头："没想到你还有做红娘的爱好。"

芙蓉说："我是看他们彼此有点意思，才想到他们兴许会是一对，你见到亭华的时候探一下口风。"

送完芙蓉回到家，皓天骑着车子也回到自己家。不一会儿虞亭华也风风火火回来了。皓天说："这么快就回来了，真是不解风情，你看这花好月圆的，多好的机会。"

虞亭华一脸迷惑："什么意思？"

皓天说："什么意思还不明白？我看你读书读傻了吧。"

虞亭华恍然大悟："哦，原来你是想撮合我们俩……"

皓天说："也得看你是不是乐意啊，强扭的瓜不甜。"

虞亭华点点头："要说这位黄姑娘真是好姑娘，人很爽朗热情，模样长得也很俊俏，不过嘛……"

皓天打断他："还不过什么？这么好的姑娘，你还犹豫啥？"

虞亭华又摇摇头："不过，我已经有心上人了。"

"啊？"皓天目瞪口呆，"这，这这这……也没听你说过啊！"

虞亭华耸耸肩："你不是也没问过嘛。再说，这也就是最近一年才发生的事情。"

皓天有些犯难："这下完了，我怎么交差啊，那黄云裳对你可是很有意思的！"

虞亭华说："那要不，我两个都娶？"

"想得挺美，那也得问一下云裳，看人家愿不愿意。"

虞亭华哼了一声："你还当真了，就算她乐意，我也不乐意啊。如今全世界都是一夫一妻制，我难道要跟全世界作对吗？再说，我的心里也只能装得下一个人。哎，说了半天，你怎么也不问问我喜欢的人到底是什么人啊？"

皓天赶紧道歉："不好意思，只顾想着云裳那丫头怎么办，还真把你的心上人的事情忘了。看你一提到她就眉飞色舞的，这人肯定不简单，说说，你们怎么认识的？"

虞亭华故意卖关子："这个说来话长，我看你也没兴趣，等哪天你有兴趣了我再说给你听。"

皓天说："我现在就很有兴趣。"

虞亭华于是跟皓天坦白了。原来，虞亭华在美国康奈尔的一个大农场实习，认识了农场主的女儿。她叫爱丽丝，很活泼开朗，两人经常在一起交流，彼此都有好感，不过当时大家并没有挑明关系。直到虞亭华离开之前，一件事改变了这一切——虞亭华生病了，发着高烧，身体很虚弱，下床都很困难。这时候爱丽丝就开始无微不至地照顾他，一连照顾十来天时间。虞亭华非常感动，然后……一切就顺理成章了。

第二天，四个人聚的时候。皓天又兴致盎然地聊起杰克与萝丝。黄云裳扑哧一笑，借题发挥：“亭华哥，你的感情问题啥时候解决啊?”

黄云裳一说这话，皓天和芙蓉对视一眼：这丫头还真是哪壶不开提哪壶啊。

虞亭华咳嗽两声，郑重其事地宣布：“其实，我的感情问题已经在美国瓜熟蒂落了。”

果然，黄云裳反应最激烈，张大嘴巴“啊”了一声，半天才回过神来：“真的吗?”

虞亭华点点头：“真的，她是一位美国女孩，我们在农场认识，并且相爱。我们约定一年之内结婚。”

“哦。”黄云裳点点头，没再说话。

虞亭华看着大家：“大家为什么不祝福我呢?”

黄云裳拍拍手，声音提高了八度：“你看，大家高兴得连祝福都忘了。我首先祝福，祝你们甜甜蜜蜜，永永远远，生生世世，白头偕老!”说着说着声音居然变成了哭声。

这一下子搞得虞亭华手足无措：“云裳，你怎么了?”

芙蓉赶紧给黄云裳递上手帕。黄云裳边擦眼泪边说：“我这人情感太丰富，一听好朋友要结婚，就情不自禁感动了。”

芙蓉在一边为黄云裳解围：“这个我作证，云裳悲伤也哭，高兴也哭，前两天走路一不小心踩死了一只蚂蚁，哭了三天三夜。”

黄云裳嗔怪地拍了一下芙蓉：“胡说八道！我简直被你说成神经病了!”

皓天说：“你要真是神经病，将来做了教书先生，教出一群妖魔鬼怪来，那天下还不大乱?”

两人这一开玩笑，黄云裳的惆怅化解了。详细问了虞亭华在美国的罗曼蒂克史，总结说："哦，又一个美女救才子的故事，不过换成了美国版。"

虞亭华抱歉地说："唉，我就说吧，让你失望了。太阳底下无新事。"

芙蓉问："可是你们一个在美国，一个在中国，将来又怎么生活在一起呢？"

虞亭华一脸无奈："还是你考虑得周到，我们当时只顾着昏天黑地谈恋爱，根本就没想过这个问题。等到我要回国，我们才意识到这个严重的问题，到底怎么办呢？"

皓天说："这简单，就让她来中国呗。"

"你以为我没想过？可是她好像更希望我去美国。"虞亭华苦笑着说，"可是我又怎么能离开我多灾多难的祖国呢？"

黄云裳脱口而出："你这么一说，我就放心了。"说完这话意识到不妥，赶紧解释，"我是担心咱们国家失去了你这么一位年轻有为的专家啊。"

芙蓉赶紧举手为黄云裳证明："这个肯定是云裳的真心话，不管你们信不信，反正我信了。"

黄云裳急眼了："嗨，你这不说倒好，一说，不明摆着说我是此地无银三百两吗？"说着伸手要打芙蓉，芙蓉轻巧地躲开了。

皓天说："好了好了大家别闹了，咱们倒是一起帮亭华哥出出主意啊。"

芙蓉想了一下说："我倒是想了一个办法：前半年让爱丽丝来中国，后半年亭华哥去美国，你看这样多公平。"

皓天连连点头："这可真是好主意，我怎么就没想到呢？"

黄云裳的报复机会来了，对着芙蓉一阵抢白："什么好主意，这明明就是馊主意好不好？说了等于没说，天下事要真都像你这样一刀切，大清朝就不会灭亡了，袁世凯也不会做皇帝梦了，世界大战也不会爆发了！”

芙蓉笑了：“这都哪儿跟哪儿呀？”

虞亭华连连摇头：“我看说来说去大家还是没主意，不过原本也没指望你们。依我看，听天由命吧。”

皓天拍拍虞亭华的肩头：“亭华哥你也别泄气。只要我们坚持，我相信我的奶牛和你的爱丽丝都不会让我们失望的。正所谓：吹尽狂沙始得金，船到桥头自然直！”

虞亭华说：“说得对，我们都要有信心，都要有耐心。尤其是你的奶牛萝丝，她的怀孕期要 280 天，生下小牛犊之后才能够进入泌乳期，开始正式产奶。”

这一年芙蓉和黄云裳一起毕业了。两个人果然是一对好姐妹，毕业后又一起到同一家中学做教师，同学变成了同事。

紧接着，芙蓉和皓天的终身大事提上了日程。秦桂龙特意找人选了最好的日子，定下来三月初十完婚，那时候正好春暖花开。芙蓉和皓天也觉得挺好，热切期盼着那一天的到来。

虞亭华呢，皓天热忱邀请他做牧场顾问，一块经营奶牛场。虞亭华自然另有打算，婉拒了邀请：“这个我还真得考虑一下，毕竟这两头奶牛的牧场它也是牧场啊。”

皓天说：“得了吧，一看就知道你是嫌小。也对，你是国家公派出去学习的，当然得为国家服务。”

“你也可以为国家服务呀，咱们都是国家的一分子嘛。”

“我也行？我没那么大雄心壮志，无非就是想让更多人喝上好牛奶。”

“这就是为国家服务啊。你想，国家是什么？有家才有国，无数个家都能喝上优质牛奶，那咱们国家不就越来越强大了？我相信今天你养两头，只要养得好，明天就是二十头，二百头，两千头！你得知道，咱们这是科学养牛，只要找对方法，做国家乳业领头牛指日可待！”

“好，我加油干，好好干！”虞亭华一番话说得皓天心潮澎湃，“亭华哥谢谢你，你就是我的引路人！”

张皓天就专心致志地伺候几头牛。对萝丝格外用心些，因为她怀孕了，产犊挤奶可以掰着指头数了。

电影《列宁在1918》里有个片段，说的是由于战时物资短缺，当时的革命同志都处在挨饿状态。列宁的妻子和一个警卫员互让一个面包，他对妻子说出如下一番话：“面包会有的，牛奶会有的，一切都会有的！”意思就是无论生活多么艰苦，都别放弃希望，只要有希望，就会有未来。这话放在刚刚开始创业的皓天身上也挺合适。

皓天说：奶牛会有的，牧场会有的，一切都会有的！这话什么意思呢？这话就是说皓天仅仅养几头奶牛是不够的，他还需要一个大牧场一群洋奶牛来实现他的梦想，但是这牧场怎么说有就有呢？穷小子张皓天一无资金，二无土地，所以这只能是梦想。皓天倒也不着急，他一心一意要先把萝丝给养好，让她赶紧产奶。

可是有人比皓天着急，谁啊？刘顺。

刘顺这两年生意做大了，在天桥又租了三个店铺。天天都要在几个店铺里跑来跑去，忙得不可开交，这样皓天跟他见面的机会也就少了。腊八的时候，刘顺跟着媳妇秀娥到老丈人家，中午吃饭口又把皓天拉过去了。

两人喝了几杯，都有点晕乎乎的。刘顺问皓天的近况，皓天如实相告，刘顺还没听完就一阵连珠炮：“你这也快一年了吧，怎么回事儿，还是原来的几头牛啊，这洋奶牛怎么还不下奶啊？你看我媳妇肚子都变大了，眼看小孩刺溜一下就来到这世上了，可你这高级优质牛奶还一点儿谱都没有，我替你着急啊！”

皓天说：“我都不急，你急啥？着急有用吗？饭要一口一口吃，事儿要一步一步来。”

刘顺直摇头：“我看未必！都照你这样，你这洋牛奶到啥时候能让全北京城的老百姓喝上啊？这全北京都翘首以盼你的奶牛大事业，你还不把大家伙儿全给急死啊。”

“你这说的我罪大了，不敢当啊。俗话说万事开头难，你别看我今天只有两头奶牛，可是明天呢，后天呢？子又有子，子又生孙，子子孙孙无穷匮也。”

刘顺说出了心里话：“行了，你就别跟我拽文了。我跟你说，正好我手里这几年做生意也攒了一点儿钱，我现在就给你扩大投资。咱们多养几头洋奶牛，北京买不了，咱去上海，把这事儿做大行不行？”那时候，上海因为租界多，洋人多，洋奶牛引进规模更大。

皓天一听，瞪大了眼：“好事啊，好事！我举双手双脚赞成！”

这一说刘顺乐了：“我还以为你死脑筋哪，看来你还是有点头脑的嘛。那怎么着，过几天咱们就走一趟，赶紧买个十头八头的，开始咱们轰轰烈烈的事业吧！”

皓天伸出大拇指：“有魄力，一看就是做大事的人！可是……”

刘顺说：“你好好的，忽然来个‘可是’，让我这心里咯噔一下。可是什么，快说！”

“可是有一个大问题，你说这十来头牛我到哪儿去养？我家这小破院藏不了啊。”

刘顺抱住了头：“哎哟不好，你一说这个，还真是大问题！那你说怎么办？”

“还能怎么办？老老实实继续照顾我的杰克萝丝和三两头黄牛吧。”

“可是你的萝丝马上就要产仔了，接下来还会继续产的，你这小破院马上就要装不下啦！”

“兵来将挡，水来土掩。我还是先把眼前的事情做好吧，先把几头牛照顾好，其他的慢慢想办法。到时候实在不行，那我就把奶牛送人也是做好事啊。”

刘顺说：“这可不行。你辛辛苦苦摸索出来的养牛经验，好不容易都快混成专家了。怎么就能轻易把奶牛拱手送人呢，那不是暴殄天物吗?”

皓天说：“这个也得看造化，该是你的就是你的，不是你的怎么都不是你的。”

刘顺冲口而出：“你这年纪轻轻的怎么跟个老头子一样？就我家那个老爷子……”一提到自己亲爹，刘顺急忙改口，“皓天，咱还是得做个正常人，是不是?”

说者无心，听者有意，皓天直截了当地说：“正常人？那正常人怎么过年就没想过去看看自己的亲爹?”

这一说刘顺面子上挂不住了：“我不跟你扯这些，你就别瞎掺和了。你还是赶紧想想你家奶牛的后路吧。我得去陪秀娥喽，过年好，回见啊!”说完一溜烟就跑了。

皓天摇摇头，看来刘顺这心里的疙瘩是解不开了，时间越久就越难解开。站在旁观者角度，按说他是不该管这事儿，可是他不管谁又能管呢?皓天非常尊敬表舅刘灿源，觉得刘灿源这辈子大起大落太不容易了，只希望他能够过上幸福生活。他自己倒好像是不在乎，可是连自己的儿子都不愿意跟他打交道，他真的能做到来去无牵挂吗？皓天很怀疑。

马上过年了，王氏想到刘灿源，想请他到家过年团聚一下。皓天就风风火火去了无心寺。没想到无心寺里只有一个小沙弥，小沙弥说方丈已经出去两天了，等他回来的时候会告知皓天来找过他。皓天心想这表舅还真是劳碌命，大过年的也闲不住，请小沙弥见到他转告一下，快快而回。

小孩子最盼着过年。因为过年有好多好吃的好玩的，还能穿新衣服，还能放爆竹。这天是大年三十，午后王少川就拉着一家子到姐姐家拜年，皓天的小表弟王新生蹦蹦跳跳的，非拉着皓天跟他一块逛街。皓天也喜欢这个小家伙，转了老半天，回来买了一大堆玩意儿，什么杂拌儿、爆竹、口琴，还有一个风筝，嚷嚷着要王少川陪他放风筝。

王少川刚跟姐姐一起做完了年菜，不耐烦地说："我这还没喘口气呢，你这兔崽子就来折腾我。你表哥都陪你玩了大半天你还不知足，到底有完没完啊？给老子一边待着去！"

王新生看王少川凶他，也很生气："我这是给你面子，你还真当个事儿了，不玩就不玩！"

"嘿！兔崽子成精了！"王少川扬起巴掌，"信不信我抽你？"

王新生岿然不动，冷冷地说："你敢！你抽我我就让我娘抽你！"

这一说，大家伙儿都乐了。王少川对着媳妇赵氏直摇头："你看你看，你把这兔崽子惯成什么样了？这长大了还了得吗？还不翻天？"

赵氏斜眼瞅着王少川："瞧你咋咋呼呼的，到底是我惯的还是你惯的？你这一年赚的仨瓜俩枣不全都花在儿子身上了？我这过年的你连件新衣服都不舍得给我买，我的委屈跟谁说去？"

"你可真有出息，跟小孩子争这个。咱们将来指望儿子养老送终呢，能不对他好一点儿吗？"

王氏说："瞧你们这一家子，老大老小都没个正形，也不怕让人笑话。"

王少川嘿嘿一笑："这不逗闷子嘛，过年嘛，咱不就图个热热闹闹，大吉大利！"

王氏嘀咕说："今年我还请了一人到家过年，你看到现在还没来，也不知道皓天话传到没有？"

"谁呀？"

“表哥啊。”

王少川“哎哟”了一声：“你说灿源表哥啊。正好正好，我这也老有些日子没见了，他一天到晚好像挺忙的。我就不太理解他，出家人了，也不知道一天到晚忙个啥。”

赵氏说：“人家有人家的活法，咱们这种凡夫俗子当然不理解。”

王少川说：“表哥是大好人啊，心怀天下苍生，简直就是一尊佛。”

这时忽听门外传来一串爽朗的笑声：“哈哈哈哈，耳朵发热了，这是谁在背后说我呢？”众人一听，刘灿源来了！赶紧出门迎接贵客。

只见刘灿源穿着崭新的僧袍，背着行囊，神采奕奕站在院子中央：“表妹啊，你上次给我做的衣服我一直舍不得穿。你看，今天万象更新，我一咬牙，就给穿上了！”

王氏激动地说：“有啥舍不得的。这不，我今年又给您做了一件，走的时候您得拿上。”

刘灿源双手合十：“我这空手而来，走了还有新衣服拿，这一趟收获太大了！”

皓天扯起了刘灿源的手：“表舅，外边冷，咱赶紧进屋吧。”

刘灿源问皓天，“你的洋奶牛怎么还不下奶呢？哦，产崽才有奶，那啥时候产崽？”

皓天掰着指头算了算：“反正肚子是越来越大了，吃得也特别多，按说这 280 天也到了，崽怎么还没下来呢？”

刘灿源想了一下，说：“要让她下崽，我倒有个办法。”

刘灿源曾经是一方富豪，见多识广。他说有办法让洋奶牛下崽，谁会不信呢。那到底又是什么办法呢？

第十九回

表舅二胡催生犊　表兄一心要入股

上回说到刘灿源说有办法让洋奶牛下崽。大家都觉得很新奇。

只见刘灿源变戏法一样，从行囊里拿出一把二胡来，“我这两年迷上了这玩意儿，手艺还不行，在你们面前我就不献丑了。待会儿咱们到牛棚，我让牛听一下。兴许这一听，一激动，今天晚上就给下个小牛犊出来!”

王少川一伸大拇指：“好家伙，表哥您可真是多面手。您要真把这牛听哭了，那可就成大新闻了!”

皓天提着马灯，大家一起到了奶牛棚。两头奶牛正在棚里思考人生，一看到有人来了，不免有些惊奇。牛眼滴溜溜乱转，心想这帮人忽然跑过来要干啥呢?

皓天给刘灿源搬了把椅子，刘灿源坐下，把二胡放在大腿上。让大家完全安静下来，然后很温和地冲着两头牛打招呼：“嗨，过年好哇!”那杰克哞哞叫了一声：“过年好!”萝丝有些犯懒，嘴巴张都没张，毕竟身怀六甲，行动不那么方便。

刘灿源弓杆一抬，一曲悠扬静雅的二胡响了起来。还真别说，刘灿源拉二胡，细腻柔和，举手投足之间尽显大师范儿，把大家听得如痴如醉。

那两头奶牛一看，这原来是特意为我们表演的啊，感动得嗷嗷哭了。杰克兴奋异常：“亲，我听得是热血沸腾啊。”萝丝也眼泪汪汪：“亲，这也实在太浪漫了，受不了啊。哎哟，我这身子怎么忽然疼起来了？”

萝丝陡然发出一声悠长的牛鸣，身体开始不停晃动起来。皓天凑前一看，只见两条小牛腿已经从萝丝身后急不可耐蹬了出来，惊喜出声：“萝丝分娩了！”

大年三十这天晚上，萝丝终于顺利产下生命中的第一个牛宝宝。

牛宝宝挺健康，不停摇晃着小脑袋感受着全新的世界。萝丝凑上来，深情地注视着这生命中的奇迹，一遍遍舔着牛宝宝身上的毛——这，就是“舐犊情深”。

在场所有人当晚都喝下了皓天的奶牛产下的第一桶牛奶。小家伙王新生喝一碗不够，又咕咚咕咚喝下一碗。王少川呵斥儿子：“兔崽子你有点出息好不好？”

皓天夸王新生：“我这小表弟可不简单，他知道这母牛产犊后头三天的乳汁是非常好的东西，所以一定要多喝！”

刘灿源得意地说：“皓天，都说对牛弹琴没用，可你看我这二胡一拉，马上就给你添了一头小牛！”

皓天兴奋极了：“表舅，您简直是神仙下凡，这也太厉害了！要说这书上也没这个记载，哪行的本事儿啊，也都得在生活中学。我看以后您就专门在这儿拉二胡吧，这牛一听个个精神焕发，产奶量一定大大的！”

几个人围坐在炕头守岁，东拉西扯，扯到皓天将来事业发展的问题。刘灿源问皓天：“将来你这奶牛越来越多，你家这小院子可不行了，那你怎么办？”

皓天心下觉得奇怪，他们父子俩还真是心有灵犀，想到一块了：“表舅，我也是最近才开始想这个问题，所以也开始留意方圆有没有合适的草场。可是看了好几个地方都不满意，不是土质不好，就是环境不好。”

“这个……你先别急，我好好想想啊。”刘灿源低头想了一会儿，猛然一拍脑门：“这事儿啊，我跟你说，我还真想到了一个地方！”

原来早几年前，北洋政府看中了刘灿源所在的无心寺。想把无心寺作为政府办公的地方，为此特意给了当时的方丈捐了一大笔香火钱，让他们在别的地方重建寺院。胳膊拗不过大腿，方丈只好勉勉强强同意了。然后东找西找，正好刘灿源的祖上在通州有一块尚未开发的草场，当年祖上原本是看那里有点世外桃源的意思，打算在那里养老，可还没筹建就死了，这地方也就一直闲置着。

刘灿源一想，这不正建寺院吗？就把这草场转给了寺院。可谁知道没过多久，段祺瑞又找来一位风水先生看风水。风水先生看罢直摇头，说无心寺风水不好，阳气不足，阴气太重，搬到这里会影响官运。段祺瑞挺迷信，那就拉倒吧，这样无心寺又把通州那块地的地契还给了他，继续闲置着。

介绍完后刘灿源说：“那地方我去过几趟，觉得挺好，兴许适合你。这样，抽空你跟我去一趟看看？”

皓天一听眼睛发亮了：“表舅，这太好了，我看您要是没事儿的话，干脆咱们明天就过去瞧一下吧。”

王氏瞪了一眼皓天：“看把你急的，你表舅这一路风尘仆仆，这大过年的，老折腾个啥。”

皓天很不好意思：“表舅，对不起了，我这一段也是被这事儿给整得心里七上八下的……”

刘灿源摇摇头：“不打紧不打紧，赶明儿我们就走一趟。满意的话以后这地儿就是你的奶牛场啦！”

王少川在一边说：“皓天你可真是烧高香了，这好事儿怎么全让你赶上了。坐屋里不动你这一说马上就有人主动送你一块地！”

刘灿源对王少川说：“你要天天给我牛奶喝，我就把这地儿给你行不？”

王少川这次挺谦虚：“养奶牛这事儿我可干不了，还是留给他们这些精力旺盛的年轻人去干吧。”

王新生抵不住瞌睡虫，早早就趴在赵氏的怀里睡着了。王少川一家子先走了，三个人又守到后半夜，这才各自回房歇息。

皓天说：“表舅，明天是大年初一，您可千万别再不吭声跑了！”刘灿源坐在床上哈哈大笑，然后就忽然打起呼噜来，看来他折腾了这么久，是真累坏了。

皓天却是辗转反侧，思潮起伏。想马上就有自己的草场了，想蓝天下成群的奶牛，他心里那个激动啊。感觉所有的一切就像做梦一样，干爹、马约翰、表舅、虞亭华、陈程教授……这都是他人生当中的贵人啊，自己绝对不能辜负他们，要好好做一番事业！

第二天皓天一睁眼，表舅怎么又不见了？这不说好了要去看草场吗？赶紧从床上跳了下来，奔到客厅一看，刘灿源正坐在客厅和母亲喝茶聊天，这下他放心了，长舒了一口气。

吃过早饭，皓天把昨晚上和今晨挤下来的两桶牛奶分给街坊邻居，这一下足足跑了几十家。皓天告诉有需要的邻居以后大家有牛奶喝了，头三天免费供应，以后按最低价定量供应，邻居一听个个都挺高兴。

吃了中午饭，皓天出门就雇了一辆车，和刘灿源一路风风火火赶到通州。

到了目的地，皓天一看果然是个好地方。地势平坦，背风朝阳，土质合适，水源充足，空气清新，交通便利，完全符合牧场建设要求。

皓天绕着全场走了一圈：“这地方真好！表舅，这次您可帮了我大忙了！”

刘灿源说：“可惜现在是冬天，百草不生，要不然这碧草蓝天的，那才是一个美呀。”

皓天大声说：“春天不远了！表舅，我要在这里建一个漂亮的大牧场！”

刘灿源的神情却显得为难起来：“是啊，春天快到了。可是皓天，我后来才想到其实还有一件事没办。”

“什么事？”

“地契。”刘灿源双手一摊，“地契不在我手上啊，我得把地契拿给你才行。”

原来当时刘灿源觉得草场既然没用了，就把地契还给了他父亲，也就是刘顺的爷爷。后来刘顺的爷爷去世前立了遗嘱，既然儿子出家了，四大皆空了，他就把剩下的所有家当全留给了孙子刘顺，而这张唯一的地契也包含在其中。

皓天一听这样，不禁想起前几天和刘顺见面时的对话。他不知道刘顺是不是跟表舅一个意思，也想到在这里建牧场。如果真是这样的话，那事情倒也不是很难办。不过既然当时刘顺并没有提到这些，他也不好自作多情，只好说：“表舅的意思是……”

刘灿源若有所思：“看来我还得找刘顺一趟了，让他把这个地契给你。”

皓天一听这可是给表舅出难题了：“表舅，这可不行吧，你们俩这几年……我怕他脑袋一时转不过弯，您还是别为难自己了。”

刘灿源理解皓天的意思：“他对我有意见这不假，不过再怎么说我也是他爹。这臭小子从小就怕我，他现在是翅膀硬了，不过他还能吃了我？等着，过几天我给你消息。”

皓天还是不放心："我看，还是咱们一块去见他吧。我也正好跟刘顺细说一下我的计划。"

刘灿源一想："这样也好，毕竟你是当事人。将来你要掌控大局，跟他说一下应该比我好使。"

皓天说："我看咱们也不用跑了。明天是大年初二，他媳妇要回娘家，到时候咱们兴许就能见到他。"

大年初二这天，刘顺果然陪着大肚子媳妇秀娥到了老丈人李老三家拜年。头天晚上皓天特意去李老三家，让他们全家老小第二天到自己家去聚一下。李老三问："为什么呀？咱们两家的关系熟不拘礼，这没错。可是这大年初二姑爷照理儿得上老丈人家，去你家不太好吧，我们家九堂大供都齐了，年货也不缺啊。"

皓天很神秘地告诉李老三："有一位大善人你们不是一直想见吗？这两天他就住在我们家！"

李老三老两口一听亲家就住在皓天家，不禁有些晕乎。俩孩子结婚这几年一直没见过刘灿源，刘顺父子中间的曲曲弯弯他们也知道，可总觉得这是一大遗憾。两口子商量了一会儿，李老三拍板了："不管那么多了，他是大善人，咱也是大好人，亲家见面原本天经地义啊。他们之间的那点鸡毛蒜皮跟咱们有啥关系，凭什么咱们不能见？见，非见不可！"

第二天中午时分，李老三老两口就拉着刘顺小两口到了皓天家。只说是过年大家凑一块热闹热闹，刘顺压根也没多想。大家寒暄了一会儿，皓天就从厨房端上来几道菜，刘顺一看端上来的这几道菜，感到很意外，只见有炒菊花羊肉丝，有炒木须肉，有芝麻酥鸭，有灌汤黄鱼，这几道可都是自己小时候喜欢吃的。只是这些年在外边吃的跟以前在家里吃的味道总感觉不太一样，也就吃得少了。等开吃的时候，他拿起筷子对准这几道菜挨个尝了一口，不禁连连叫道："奇怪，奇怪，奇怪！"

皓天故意问："怎么就奇怪了？"

"我怎么在你家的菜里吃出了我家的味道？今天这几个菜跟我小时候吃的，这味道，这调料几乎一模一样，这……这不合情理啊！"

王氏笑着说："那这也太巧了，或者我做的刚好对你胃口了。顺子，既然你爱吃，那就多吃一点。"

"那我还真不客气了。"刘顺的筷子忙活起来，还不停给大着肚子的秀娥夹菜："好吃啊好吃，真是好吃。我看你以后没事就待家里，跟我表姑学做菜得了。"

秀娥一撇嘴："我怎么能跟你表姑比？你只想着自己，这不是有意为难我吗？我能把菜给你做熟就不错了。"

"你也别妄自菲薄嘛，其实烧好菜也并不难。只要用心，只要你肯学。"

秀娥说："那怎么你不学啊？你学好了做给我吃也行啊。"

李老三心知肚明是怎么回事儿，他是个藏不住事儿的人，憋得心里挺难受。那就喝酒吧，给自己个儿连着倒了杯酒。刘顺很会察言观色，看老丈人一个人喝酒，那不行，我这做女婿的得陪着喝几杯才行。他提议跟李老三划拳，热闹一下。两个人很快就比画上了，又喝了几杯，两人都有了三分醉意，喊得就有点不一样了，"哥俩好哇，五魁首哇，六六六哇！"

这时只听门外传来一声吆喝："啥时候你们翁婿俩都成了哥俩了，这不乱套了吗？"刘灿源大步流星走进了客厅！

王氏叫了一声："表哥。"

李老三激动地站起身来："哎哟，亲家终于来了，请上座！"

皓天赶紧搬了把椅子来放在李老三身边，刘灿源坐了下来："按说你跟我才是哥俩好哇，你不能跟后辈乱喊啊。"

李老三连连点头："是……是，亲家言之有理！你看我这喝了两杯就找不着北了！"

刘灿源的忽然出现给刘顺来了个措手不及，半天没言语，心里非常懊丧："大过年的这算什么事呢？"

李老三偏偏这时候叫刘顺："嗨，刘顺，这见了你爹咋不吭声呢？你们这是久别重逢啊。"

刘顺笑了，笑得比哭都难看："其实一看那几道菜，我就应该猜到了。"

刘灿源直视着刘顺："我手艺退步没有？"

刘顺说："味道倒一点儿也没变，我得谢谢您，刚才差点以为又回到小时候了。"

刘灿源说："嗯，现在你是长大了。"

"所以我还是要回到现实，现实就是我得走了。"刘顺说着就站起身来，秀娥也跟着站起来，低着头不尴不尬地说："爹，娘，我看我们还是走吧。"

刘灿源呵呵一笑："你叫秀娥吧，一看就是个好媳妇，夫唱妇随啊。看你这身子，这是有喜了，恭喜恭喜！"

一向说话很和气的李老三这次破天荒板起了脸："今天你们俩都不许走，谁走就是跟我过不去，都给我乖乖坐着，是是非非说清楚不好吗？这一见面就弄得大家挺紧张，这算啥呢？"

刘顺从没见过老丈人摆出这种架势，只得坐了下来，浑身不自在，想来想去把无明火发在了皓天身上："合着你们大家伙儿早都知道，就我跟秀娥蒙在鼓里啊。皓天你这事办得不地道啊。"

皓天还没说话，刘灿源慢悠悠地接上了："关人家皓天什么事啊，我想见自己的亲生儿子不行吗？我犯哪条王法了？"

刘顺忽然一声冷笑："儿子？哦，你还当我是你儿子？"

李老三“嗨”了一声：“你这叫什么话，你不是他儿子谁是啊？”

刘顺借着酒劲也豁出去了：“岳父，您评一下这个理，天下有哪个爹对自家未成年儿子死活不管的？当年我才十几岁啊，我好生生的一个家就一下子没了。你说他为了一个外人，把自己家最后的院子都给贱卖了，让自己的亲生儿子无处可去。你说换了任何人，这说得过去吗？”

王氏赶忙站起来：“顺子你也别怪你爹，这千错万错还是我们家的事儿连累了你，表姑跟你道歉！”说着就要冲刘顺鞠躬，被刘灿源拦住了：“怎么你就错了？你当年也没求我卖院子救人啊，一切全是我自己的主意，所以轮不着你来道歉。”

这下李老三算是听明白了，一声长叹：“反正刘兄弟，你为了救人把自己家给卖了。这种事打死我也做不出来啊，你真是活菩萨啊。”

刘灿源摆摆手：“亲家翁可别埋汰我了，我可没想着去当什么活菩萨，我就是觉得我不能让一个好端端的家就此家破人亡。”

刘顺脱口而出：“是啊，他们是没有家破人亡，可自己家家破人亡了！”

刘灿源反问：“这个得说道一下了，怎么就家破人亡了？是你亡了还是我亡了？你当时跟着你爷爷生活不也挺好的吗？我现在不也挺自在吗？你就知足吧。”

刘顺面无表情：“得，幸亏我还有个爷爷。”

刘灿源说：“你放心，就算你没这个爷爷你也亡不了。说到你爷爷，是不是给了你一块通州的地契？这件事就跟我有关系，你给我，我得用。”

刘顺腾地一下就站了起来：“哦，你还准备做大好人把这地契送人啊？我今天说啥也不可能给你！”

刘灿源说：“可你拿着这玩意儿有什么用呢？对你来说那就是一块荒地，你又不养奶牛。”

刘顺一听，看了看皓天：“这事儿莫非跟你有关系？”

皓天夹在两人之间有些为难，他没想到局面如此尴尬，索性心一横：“表舅，我也不想让您为难了，我也不愿意让刘顺不高兴，草场这事儿我看就算了。”

刘顺明白了，又笑了：“你俩这一唱一和的，还真有意思。说实话，我当初还真的想过这块地用来发展你的奶牛事业，可现在我忽然不这么想了，凭什么我白白送给你呀？就因为你认识了这么一位大公无私的大善人？”

刘顺这一说，皓天觉得不对味：“刘顺，什么叫白白送给我呀？我会白要一块地吗？你把我看成什么人了？”

刘顺赶紧解释：“哎哟，老表，你这纯属于误伤。我可不是这个意思啊。我意思是，反正不能通过其他人的手给你。”

刘灿源一拍大腿，站起身来向大家伙儿一一告辞：“好喽，皓天，这就没我什么事了。我走了。”

刘灿源也是风风火火，说走就走。王氏和皓天起身送他，李老三两口子也跟着站起来，秀娥这次没顺着刘顺，也挺着大肚子起身相送。只留下刘顺一个人在屋里没滋没味地坐着。

到了门外，刘灿源对皓天说：“这孩子太倔，心里的疙瘩看来是解不开了，所以我也就不掺和了，越掺和越麻烦。剩下的问题就是你们俩的问题了，你们俩关系一直不错，我看问题不大。”

皓天笑了笑：“我看这事儿也不能勉强，表舅您也别再操心了。我还是先老老实实养我的杰克和萝丝吧。”

刘灿源瞪大了眼：“皓天，你做的是大好事，好事就要多磨。你多一点儿耐心吧。”

李老三靠近说：“先不管刘顺了，反正你这亲家我是认定了！秀娥，你过来。”

秀娥羞羞答答走了过来，李老三说：“你这啥意思？你不是一向大大咧咧的吗，怎么见了公公就跟耗子见了猫似的，连句话也不会说呀？”

刘灿源哈哈一笑：“哎哟亲家，咱们老家伙还是别难为孩子了，各自有各自的活法，只要他们俩过得好比啥都好！”

秀娥终于小声叫了声：“公公。”

“哎！”刘灿源应了一声，“我没看错，那小子跟着你，将来日子只会越来越好！”

叫了第一声后，秀娥马上就适应了，“公公、公公”叫得倍儿溜：“公公，等回去我好好跟他掰扯一下，我就不信他是顽石一块。公公，您就留下来吧。”

刘灿源说：“除了对我，这小子不算是顽石吧。心眼活着呢，野心也挺大，你可多看着他点儿。”

众人和刘灿源依依惜别，凝视着他的背影，皓天只觉得心中无限萧索。

刘顺心里也萧索，就这一会儿工夫他又自斟自饮喝了几两酒。秀娥夺下酒壶，不准他再喝下去了。刘顺说：“大过年的，我喝点酒高兴啊，你怎么不让我喝啊？岳父大人，来，咱们继续划拳！”

李老三瞪刘顺：“谁跟你喝啊，咱们说点正经的。你跟你爹是不是就一直这样僵持下去？你可别太自私！”

刘顺不服气：“我怎么就自私了？我这叫爱憎分明！”

陈氏在一边苦口婆心地劝说：“可你老这样也不是个事儿啊，让我们周围这群人围着你俩团团转，大家都很难办啊。咱们中国人就讲究个团团圆圆、和和睦睦，你这何必呢？”

刘顺一脸无奈：“岳母大人，我娘走得早，我一直当您就是我的亲娘啊。您可一定得理解我的苦衷啊。”

秀娥憋不住了：“凭啥就得别人理解你，你就不能理解我们啊？”

“唉，秀娥，你也欺负我，合着我现在成众矢之的了！”

李老三说：“谁欺负你了，咱们这帮人不是都为你好吗？你爹是十恶不赦的人吗？至于那么深仇大恨吗，我看你脑子里有石头，你赶紧把小石头给我扔了！”

众人你一言我一语，刘顺百口难辩，到最后只得连声求饶：“好了好了，我举双手投降！我也知道你们好意，可是有些东西它不是说没就没的。这样，咱们大家都各退一步，我尊重大家的意见。往后我也不妨碍你们之间来往，可你们也别非逼着我跟他怎么怎么样，强扭的瓜不甜，非把我们扭一块何必呢？”

李老三也软了下来：“行吧行吧，虚头巴脑说来说去也没啥意思。你们爷儿俩弄到这一步，只能说是造化了。”

刘顺的难题暂时算是解决了。等李老三一走，刘顺转头开始跟皓天扯了起来：“皓天啊，我是真想跟你一起做生意啊。咱们这样吧，我看也不用签什么转让书了。这块草地我做主，直接就给你用，这就算是我入股了，你看怎么样？”

刘顺这么一说让皓天挺意外：“你这转变还挺快啊，你就不怕我给搞砸了？”

刘顺跟皓天碰了一杯：“我相信你的能耐啊，反正那块地闲着也是闲着，就当废物利用吧。”

皓天说：“你这话说得怎么听着不对劲啊。”

“你别想那么多，我不干涉你，以后你就放心干。干好了我就坐等收钱呗。”

“那就这么定了？”

“就这么定了！”

奶牛场的选址问题这下算是落实了，皓天吃了一颗定心丸。可是仅有这些是不够的，奶牛场的建设需要资金啊。以皓天目前的情况，他就算把吃奶劲儿全用上，也没钱去投资建一个奶牛场，那怎么办？

这时候一位很久不见的人物就该登场了，你们说是谁呢？

第二十回

单干再思劝岳丈　一忙险忘娶新娘

上回书说到张皓天要建奶牛场，缺一样东西。什么东西？钱。那谁能给钱帮助张皓天建奶牛场呢？

这个人必须是张皓天的干爹孙良喜啊！

孙良喜以前就说过，皓天如果有资金需要，他会帮助想办法。

皓天找到孙良喜，把情况前前后后说了一遍，孙良喜听完很激动："皓天，你现在长大了，该做一些大人的事了。你跟你爹一样，有想法，有头脑。我尽我所能支持你，资金问题我想办法解决！"

半月之后他就给了皓天消息，说资金随时到位。

这么短的时间，两大问题就轻易解决了。事情进行得如此顺利，皓天自己都难以置信，觉得自己运气实在太好了。他决心辞去秦桂龙奶牛场的工作，不过想到上次被痛骂的经历，皓天还是非常担心。

母亲王氏就劝皓天，"你得跟你师父去说明白。他也不是顽固不化的人，就是一时转不过弯，也是为你们好。这世道不太平，政府都换了一茬又一茬，谁知道明天怎么样呢？但是靠手艺给公家干活就不怕，不管到什么时候都会有饭吃。咱们这小家小户的，你师父一个大男人一把屎一把尿把芙蓉拉扯大，就盼着闺女能过安稳日子。可是做生意也不是拍拍脑门就行的，有赚得盆满钵满的，也有赔得底朝天的，老想着挣钱，可万一到时候赔了怎么办？别看你师父有时候说话硬，可到时候他能眼睁睁看着你们日子不好过而不帮？”

皓天跟母亲说了上次提独立办奶牛场被师父骂的事儿。王氏说：“哦，已经有疙瘩了。明天我陪你去。”

第二天皓天去师父家，王氏临近中午的时候来了。她在家早就做好了菜，四道凉菜、四道热菜都包起来装在一个大篮子里，取出热菜让芙蓉给热一下，皓天也跟着去了。

秦桂龙看王氏笑容满面的，心里就有些莫名其妙：“大妹子，您这是……”

王氏又从篮子里拿出一壶杂粮酒放在桌上：“秦大哥，这酒是当年皓天他爹在结婚的时候买来做喜酒的。当时大家喝了十来壶，还留了几壶，是私人酒坊酿出来的，一直放在地窖里二十几年也没舍得喝。您看这今儿个风和日丽的，我这心里一高兴，就拿过来让您喝了。”说罢就打开酒壶，房间里马上酒香四溢。

一闻到这酒香味儿，就勾起了秦桂龙肚里的酒虫，忍不住赞了一声：“果然是好酒！”

这时候皓天和芙蓉把菜热好端了上来，都坐了下来。

“我虽然不会喝酒，今天也陪大哥喝两杯。”王氏满上酒，跟秦桂龙碰上：“来，我先敬您一杯！”喝完后，对皓天说，“你也敬你师父一杯吧。”

皓天站起来跟师父碰了一杯：“感谢师父这么多年对我的栽培！”

秦桂龙喝完杯中酒，一脸迷糊：“我怎么老觉得不对呀，心神不宁的，这今儿到底是什么日子？”

王氏瞅了一眼皓天：“皓天啊，你还愣着干吗？”

皓天赶紧扑通一声跪了下来，磕了一个响头：“师父，我对不住您！”

说着还要再磕一下，芙蓉赶紧拦住了："行了，意思一下也就行了，我爹又不是不通情达理的人。"

秦桂龙对皓天笑了笑："怎么回事儿，你说，我听着。"

皓天说："师父，我啊，我，这么地"，心一横，"我想自个儿单干了，今后就不来您这儿做工了。"

然后皓天把草场、资金两个好消息都告诉了师父，明确表示自己今儿起就要辞去奶牛场的工作，开始铺开自己的事业了。

王氏帮着解释说，这办奶牛场是皓天打小就有的想法。小时候他体弱多病，正巧这时候家里来了一位叔叔，是他爹的同学孙良喜，天天给家里送牛奶喝。这一喝，他的身体居然越来越好了。所以啊，打那时候他就喜欢上了奶牛。这些年，皓天看我们的国产牛奶质量不是太好，一直想着要建个大奶牛场，培养世界上最好的奶牛，产出最优质的牛奶，强壮国人身体。他是想造福于国家造福于人民啊。

秦桂龙沉默半晌，长叹了一口气，对皓天说："既然你一门心思要自己搞奶牛场，这也不是什么坏事，我要再横加阻拦那不是不识时务吗？反正你也长大了，就天高任鸟飞吧。我想这一切看似偶然，但又是必然。你看这么难的事儿到你这里却这么顺利，总有贵人相助。老话说冥冥中一切自有定数，你就是天选之人啊！天选之人我想阻挡也不能阻挡。"

皓天听得连连点头，说自己将来一定好好干。

芙蓉脸上笑开了花："爹，您也帮着皓天弄奶牛场吧。您一身本事，老将出马一个顶俩!"

秦桂龙不乐意："什么老将啊，我有那么老吗？你们俩赶紧把大事办了，到时候我抱上了外孙，再说我老也不迟啊。"

皓天重重点点头："师父叫我做啥我就做啥!"

秦桂龙说："行了，你姑妄言之，我就姑妄听之。"

芙蓉说：“那不行，他要敢不听您的，我就替您出气。”

秦桂龙瞪着芙蓉：“臭丫头，你们俩现在还不是一个鼻孔出气啊。你现在老胳膊肘往外拐，还会替我出气啊？”

芙蓉说：“爹，您可别冤枉我，我是一心一意对您。他要敢气着您，我就三天不搭理他，看他急不急。”

秦桂龙冲女儿告饶：“打住打住，我投降了。皓天，我和你娘都是在慢慢老去。打今儿开始，你就海阔天空好好干，我们都不拖你后腿了！不过，你们择日就完婚！”

皓天连说好，与芙蓉两人相视一笑，觉得幸福无限。

过了初一是十五，正月十五闹花灯，“今宵闲煞团圆月，多少游人只看灯。”皓天、芙蓉、黄云裳和虞亭华几个年轻人提前两天就相约这天去灯火辉煌的琉璃厂一起看花灯。

大伙没想到虞亭华出现时，身边多了一个人。一位个子高高的，头发黑黑的，鼻子挺挺的，眼窝深深的美国姑娘，穿着一身中国衣裳。一见到皓天几个人，就非常热情地用半生不熟的中国话打招呼：“Hello！Hello！中国friend，你们好！”

虞亭华给大家介绍：“这位就是我跟你们说过的，我的美国女朋友爱丽丝。”

黄云裳很夸张地张大嘴巴：“怪不得呢，好漂亮的姑娘！”很大方地夸奖爱丽丝，“爱丽丝，你很美丽，很漂亮，beautiful！”爱丽丝连声说：“Thank you，thank you！”跟大家一一握手。

人群熙熙攘攘，孩子们提着走马灯、气死灯跑来跑去。一个六七岁的孩子一下子撞到爱丽丝身上摔倒了，爱丽丝伸出手要拉小孩子起来。小孩子也不吭声，站起来拍拍屁股就跑掉了。爱丽丝惊讶地说：“这么小的小朋友，怎么没有家长照顾呢？很危险的！”

虞亭华说："中国孩子太多，大人照顾不过来啊。"

爱丽丝摇摇头表示不理解。黄云裳说："等你在中国待久了，慢慢就知道了。"爱丽丝耸耸肩，无奈地看了一眼虞亭华："哦，那看来我还要慢慢学会适应了。"

虞亭华笑笑说："没关系啊，我都适应二十多年了。"爱丽丝用力点点头，拉起了虞亭华的手："亭华，中国人真了不起。"

虞亭华两个人手拉手走在前面，芙蓉注意到黄云裳表情有点不自在，就猜到了她的小心思："看来爱丽丝小姐要在这里待很久了，亭华哥真幸福。"

黄云裳偷偷掐了芙蓉一把，嘀咕说："哼，幸灾乐祸。"

芙蓉嘻嘻笑起来，小声说："反正他们现在也没结婚，你还有机会啊。"

黄云裳有些失落："缘分可遇不可求啊，我怎么就没碰到生病照顾他的机会呢？"

几个人走走看看，不知不觉到了晚上十来点钟。虞亭华说："爱丽丝被安排在马约翰所在的教堂那里住，我先送她回去了。"

黄云裳脱口而出："哦，原来你们不在一起……还以为外国人都很放得开呢。"

爱丽丝笑起来："入乡随俗嘛。黄小姐，我看你是不是喜欢亭华呢？"

爱丽丝忽然说出这么一句，让黄云裳来了个措手不及。不知道如何回答了，爱丽丝盯着她："我知道了，你们中国人表达感情都很含蓄。其实你们越多人喜欢他，我就越高兴，因为这样才能够证明我很有眼光啊。"

看到黄云裳窘迫的样子，芙蓉忍不住又笑起来。黄云裳马上报复她："我才不喜欢他，我喜欢的是皓天。"

"哦？"爱丽丝瞪大了眼睛，在几个人脸上扫来扫去，"这是真的吗？

不过皓天还真的很好看。亭华，你可真惨，只有我一个喜欢你。”

虞亭华说：“你当面夸别的男人，我要吃醋了。”

爱丽丝问：“吃醋？你为什么要吃醋？”

皓天无奈地看着芙蓉：“你看得罪你这好姐们儿了吧，开始拿我打岔了。”

爱丽丝又不明白了：“打岔？什么是打岔？”

虞亭华说：“亲爱的爱丽丝小姐，你都快变成十万个为什么了。看来你到中国来要学的东西太多了，不过我担心你消化不良，等以后我慢慢跟你说吧。”

等两人走后，芙蓉又开始逗黄云裳：“看来你这压力很大啊，怎么办，是知难而退还是迎难而上啊？”

黄云裳板起了脸：“不许再惹我生气。你再说，我以后就真的跟你抢张皓天了啊。”

芙蓉说：“哼，我才不怕，你要能抢走也是本事。”

皓天说：“要真抢，那也是人家爱丽丝抢我才有面子啊。”

芙蓉掐了一把皓天：“谁也不准抢。记住，你是中国人！”

黄云裳说：“哎哟，瞧瞧你们俩这天天腻歪的，烦不烦啊，真酸死我了。”

这时候旁边有一人忽然叫了一声：“云裳！这不是云裳吗？”

黄云裳吓了一跳，扭头一看，只见一个男人正满脸堆笑瞅着她。只见他留着板头，身材健硕，相貌堂堂。一看到这个人，黄云裳差点哭了：“哎哟妈呀，真是活见鬼了！”

皓天一见此人，冲口而出：“黄金榜！”

黄云裳一看皓天叫出了黄金榜的名字，很惊讶：“怎么你也认识他啊？”

皓天说："我怎么不认识啊，我跟他算是不打不相识啊。不过他这两年一直跟我的干爹在一起。"

原来两年前孙良喜俘虏了黄金榜之后，了解了一下此人的经历。黄金榜也曾经参加过护国革命军，本想着做一番轰轰烈烈的革命事业光宗耀祖。可惜他非常不幸，加入的是乌合之众组成的杂牌军，领着他们干的人原本就没心思干革命，只想浑水摸鱼投机一把。可是投机不成，又掉头加入了革命军所讨伐的军阀队伍，成了革命军的对立敌人。如此出尔反尔，这黄金榜也是血气方刚，觉得自己这也太窝囊了，一怒之下就做了土匪。孙良喜一听，这人本质不坏啊，做土匪太可惜了，干脆把他招安了，跟着我吧。这样黄金榜就跟了孙良喜。

黄金榜凑到黄云裳面前，一脸委屈："这都两年没见了吧，你一点儿都不想念我这个哥哥，倒像是见了鬼一样，这也太伤人了吧。"

皓天恍然大悟："原来他是你哥哥啊。别说，还真有点像。"

黄云裳气呼呼地说："谁像他啊，丑八怪！"

芙蓉也说："这眼眉、额头、鼻子、嘴唇，都很像啊。"

黄云裳："不像不像不像！"

黄金榜说："像不像都无所谓，有所谓的是我是你哥哥，你是我妹妹，是我打死不离的亲妹妹，你就算骗得了别人可骗不了自己啊。云裳，还是正视现实吧，回到哥哥身边，我还是疼你、宠你的好哥哥！"

黄云裳扭头就走："自从我嫂子被你气走之后，你就再也没资格做我的哥哥了！"

黄金榜很无奈："我这些年一直在找你嫂子啊，可就是找不着。我错了行不？"

"芙蓉你们俩我就不陪了，我先走了！"黄云裳说完一溜烟就跑了。黄金榜赶紧追了过去。

皓天看着他们，说：“没想到这看起来很开朗的黄云裳也是有故事的人。”

芙蓉叹了口气：“这下算是对上号了。”

“怎么，你知道这里边的故事？”

原来，黄云裳多次跟芙蓉说过，她是个苦命孩子，自小就死了爹娘，和哥哥相依为命。后来哥哥娶了嫂子，没过多久，大哥丢下嫂子当兵去了。嫂子特别贤惠，一直照顾云裳的生活，方方面面关怀备至。可是后来大哥回来之后，听人说了一些闲言闲语，对嫂子的态度就变得特别恶劣。有一次甚至还对嫂子大打出手，把怀了孕的胎儿都给打掉了。嫂子万念俱灰，就逃离了这个家，再也找不着了。云裳就为这个原因始终不肯原谅这个大哥。

皓天这下明白了：“怪不得云裳这几年一直没见她回过家，原来是家里没人了。也是可怜孩子，不过老这样下去也不好吧，我看她哥哥挺疼她的，毕竟是她唯一的亲人啊。”

芙蓉不高兴地说：“一看他就不是好人，还打过你，你还替他说话！”

“那不都是以前的事儿嘛，再说如今他也改邪归正了，跟着干爹准没错。”

“那也不行！反正这件事我跟黄云裳站在同一阵线上。我就看他不顺眼，你如果插手我就跟你急。”

看芙蓉面如秋霜，皓天赶紧哄她：“好吧好吧，这是他们的家事，就算想管也有心无力啊。算了，随他们去吧。”

两人说着话，黄金榜垂头丧气走了过来，嘴里嘟嘟囔囔：“这丫头，跑得比兔子都快，这看来是真不要大哥了。”又看了看芙蓉，满脸堆笑：“姑娘，听说你跟皓天马上要办大事了，祝贺啊。”

芙蓉没言语，拉起皓天就走。黄金榜急了：“哎你们怎么也扭头就走啊？你们就眼睁睁看着我们兄妹分离吗？你们就这么狠心吗？张皓天，你这还没结婚呢就这么怕老婆啊，这像个男人吗？”

这话一说芙蓉不高兴了，站住脚步，质问黄金榜：“不相信跟自己患难与共的女人，相信街边闲人的风言风语，你像个男人吗？害得自己女人离家出走，生死不明，你像个男人吗？害得自己孩子还没出世就丢了小命，你像个男人吗？”

芙蓉这三个排比句太有气势了，黄金榜一下懵住了：“这这这这……我说不过你，我知道我错了，我是真错了，可是难道我就要因此承受一辈子的折磨吗？你们这些女人啊，就不给我们男人一条活路！”

皓天看黄金榜跟芙蓉一副没完没了的样子，赶紧上前解围：“黄大哥，这事儿还真急不来。云裳现在脑子是转不过来弯，等以后我们再慢慢劝说她。你这几年也都等了，也不急于一时。”

黄金榜觉得皓天这话有道理，没再继续纠缠，跺跺脚走了。芙蓉埋怨皓天：“你跟他啰唆那么多干吗？他这一切就是自讨苦吃，你就别滥做好人了。”

皓天对着芙蓉鞠了一躬：“芙蓉老师，你刚才说的那段话掷地有声，让我感受到了你的巾帼风采。芙蓉老师，我真想投入你门下，再好好地听你讲一遍课，让我重新再感受一下你的风采。”

芙蓉被逗乐了：“你就别给我戴高帽了，我当时就觉得眼前这人可恨，火就腾地上来了。平时我对学生其实一向很温柔的。”

“我知道你今天之所以发火完全是出于一腔义愤，也知道你跟云裳是姐妹情深，可是有个问题你想过没有？”

“你一说这‘可是’，我就知道你前边的话全是逗我玩儿的，说。”

“可是如果我们真站在云裳的立场考虑问题的话，就应该想想，云裳不但失去了嫂子，她也失去了疼她的大哥啊。黄金榜是这世上她唯一的亲人，嫂子已经丢了，找不到了，可是大哥没丢啊。就在她眼前，那为什么还要再失去一次呢？”

芙蓉一听有些迷糊了：“哎，你这话好像也很有道理似的，我竟无言以对。”

皓天继续晓之以理动之以情：“咱们想想啊，她黄云裳心里真的不愿意接受这个大哥吗？她不接受这个大哥，心里就真的好受吗？”

芙蓉想了一会儿，若有所悟：“嗯，仔细想想，她大哥就是为人办事粗糙了一些。还真不是无可救药的人，也不能一棍子打死。”

“这就对了，所以呢，当局者迷旁观者清。咱们就别再给云裳火上浇油了，咱们应该慢慢地把她这火给浇灭了才行。”

“嗯嗯，好了，以后不能再给云裳架柴添火，明白了。”芙蓉很认真地点点头，忽然觉得不对劲：“不对啊，怎么你又忽然做起我的老师来了？”

皓天说：“说明我不是笨学生，这一切还不都是跟你学的？”

芙蓉大度地拍拍皓天肩膀：“孺子可教也，学生青出于蓝而胜于蓝，老师感到欣慰。”

皓天送芙蓉回到家，已是子夜时分。到了门口，皓天说：“这年就算是过完了，从明天起我就要开始为建设牧场努力了，接下来会很忙，以后就不能总陪着你了，你一定要好好照顾自己。”芙蓉懂事地点点头：“放心吧，芙蓉老师不会拖你后腿的。我也会经常看你的，你也要保重自己，加油吧！”两个人抬头望着天上皎洁的明月，内心充满浓情蜜意。

接下来那就大刀阔斧开干吧！皓天心里憋着一股劲，一定要做好，必须要做好！

每天一大早皓天就起床跑到奶牛棚挤牛奶，挤完牛奶让母亲王氏在自己家把牛奶卖给街坊邻居。皓天的牛奶价格要比市面上低不少，街坊邻居都排着队去买。

王氏心疼自己儿子，还帮着照料家里养着的大牛小牛。这下皓天省了不少工夫，本想让母亲享清福，没想到还要让她为自己不停操劳。皓天心里也愧疚，说要雇一个人来做这些事，可是王氏坚决不同意："娘还没老到不会动，你就放心建你的牧场。放心吧，这几头牛我还能对付！"

用了大半个月时间采购完牧场所需的各种建材，牧场的建设正式启动。由虞亭华制订的建设规划方案参考了西方已经成熟的牧场建设模式，整个奶牛场建设分为四个部分：管理区、生产区、粪便处理区和病牛隔离区。每一部分都需要不少的人力物力，几个部分加起来就更是一个大工程，这就要求皓天必须全力以赴，不能有一点疏忽，他不能辜负他的支持者，不能辜负他的合伙人。

皓天在报纸上登了广告，招来一批工人，每天都很紧张，周旋在几个建设区之间。基本设施弄完后，又把家里的几头牛运了过来，忙得不亦乐乎。

每个礼拜天芙蓉都会来到现场，陪着皓天一起工作。转眼之间一个多月过去了，这天收工的时候，等人都走差不多了，芙蓉却不让皓天走，两个人坐到草地上，芙蓉问："今天是几月几号了？"

皓天傻乎乎地说："什么意思？你看我这天天忙得昏天暗地的，哪儿知道是什么日子啊？"

芙蓉很不满意："那三月初十是什么日子啊？"

"这个我能不知道吗，咱们的大日子啊！"

"还不错，没忘了这事儿，那你知不知道那一天是哪一天啊？"

皓天说："那一天是哪一天？那一天就是那一天呗。"

芙蓉"哼"了一声，脸色越来越难看了："你只顾忙你的屁事业，一点儿也不关心人家。"

皓天一看惹芙蓉不高兴了，赶紧认罪："芙蓉老师我真错了，向你赔礼道歉，您大人不记小人过。我最近真是焦头烂额，到底什么时候啊？”

芙蓉噘着嘴，伸出了五个指头：“这是几啊？”

皓天大吃一惊：“啊？五……五……五天？这么快！”

芙蓉委屈得都快哭了：“你以为还有几天啊？你忘了就忘了吧，还有我爹也居然给忘了，全世界都不在乎我。今天黄云裳还笑话我，我就觉得自己没人关心没人问，成了世上最可怜的人了！”

夕阳正映照在芙蓉的脸上，皓天痴痴地看着她，喃喃地说：“芙蓉，你是我心中最美的女子，我时时刻刻都想着娶你，怎么会忘了我们的大事呢？”

芙蓉一听这话，眼睛一下子亮了起来，小手不停捶打着皓天：“你逗我，我就知道你不能忘，不敢忘！不然我就真的不理你！”

“你不会不理我的。”皓天轻轻地说，“因为到那一天，我要让你成为世上最幸福的女人，我要给你世上最美的婚礼。”

芙蓉眼神充满了梦幻：“那会是什么样的婚礼呢？其实我不在乎什么样的婚礼，只在乎能跟什么样的人……”

那到底是什么婚礼呢，世上最美的婚礼会是什么样儿的呢？

第二十一回

新人婚礼喊浪漫　诞育龙凤称圆满

张皓天秦芙蓉的新婚大喜到来了。

三月初十这天，晴空万里，草长莺飞。蓝天下的草场翠色欲流，空气清新，一片勃勃生机。草地周围堆满了鲜花，中央有一张长桌，上面堆满了各种水果。人们陆陆续续地赶到这里，每个人的脸上都洋溢着欢乐，因为他们要在这里参加一场别开生面的婚礼。

婚礼男主角张皓天身穿中式长袍马褂出现在大家面前，招呼着前来祝贺的亲朋好友。王氏坐在一边看着神采奕奕的儿子，心中自然是百感交集。刘灿源看着她："表妹啊，如今皓天终于长大成人，成家立业了。你这做娘的也就从此了了一桩心愿喽。"

王氏悄悄擦了把眼泪："老天终究对我们娘儿俩不算太薄，我今天是真开心啊。"

秀娥也不顾劝阻，挺着大肚子非要来到这里。一个劲地啧啧，对刘顺说："你看人家皓天还真是花心思了，他怎么会想到在这大草场办婚礼？这一对比，人家这婚礼，比咱们当年可强太多了。"

刘顺说："那时候你也没意见啊，要不咱们再来一次？"

秀娥"呸"了一口："跟人家学，那多没意思。"

站在皓天身边的伴郎是虞亭华，虞亭华问他："紧张吗？"

皓天小声说："这辈子都没这么紧张过。"

虞亭华说："放松，深呼吸，美丽的新娘马上就要来了。"

送新娘的队伍终于出现了，皓天快步迎了上去，看到身穿白色礼服长裙的芙蓉和伴娘黄云裳从轿子里走了出来。正要迎上前去，却被芙蓉的父亲秦桂龙拦在前面："这么轻易就把闺女送给你啦，太便宜你小子了！不行，我舍不得！"

皓天跪了下来："您永远都是我的好岳父，永远都是我的好师父，您就放心把芙蓉交给我吧。"

众人一片哄笑，芙蓉羞涩地扯了一把秦桂龙："爹，我永远都是您的好女儿。"

黄云裳拉起芙蓉的手："真是可怜天下父母心啊，要不咱们别嫁了，现在后悔还来得及。"

虞亭华在一边说黄云裳："我看你这是嫉妒了吧。"

黄云裳佯装生气，甩开了芙蓉的手："我才不嫉妒！"

秦桂龙把女儿的手交给了皓天："好吧，这以后我就把女儿交给你。你以后可不能让她受气，她一生气跑回来我就不放她了！"

"我怎么会舍得让她生气呢？是不是芙蓉？"

芙蓉无限温柔地看着皓天："我相信你，皓天。"

皓天牵着芙蓉的手上了一辆花环装扮的簇新的马车，在绿茵如毯、彩旗招展的草场上，在大家的掌声和欢呼声中转了一个完整的圈儿。黄云裳感慨："好美好浪漫啊。"

皓天、芙蓉马车巡游完后，手牵手走到王氏面前，又一起跪了下来，芙蓉抬起头，眼含热泪，叫了一声："娘。"

"哎！"这一声叫让王氏热泪盈眶，赶忙伸出手拉起芙蓉，"快起来，

快起来，往后啊，我们一家子就一心一意过好日子。好媳妇，你不会受委屈的。”

王少川在一边大声说：“好啦好啦，瞧你们这一番深情，非把我们都看哭了不可!”

王少川儿子王新生也不失时机地叫了起来：“我要吃喜糖！我要喝牛奶!”

宴席很快摆好，摆了整整八大桌。皓天和芙蓉一一为大家斟酒。自然少不了给大家上牛奶和酸奶。

孙良喜和黄金榜也来了，和刘灿源同坐一桌。

皓天恭恭敬敬给孙良喜倒上一杯酒：“干爹百忙之中能够赶来，实在太感谢了。要没有干爹的大力支持，我根本就不可能在这里啊。”

孙良喜很感慨：“天儿，你聪明，能干，这一切都是你应得的!”端起酒杯一饮而尽。

到了黄金榜面前，黄金榜一声没吭，站起身一连喝了个“四季发财”，这才说：“皓天、芙蓉，祝贺你们，我和我妹子今后就拜托你们了!”皓天心领神会，点了点头。

转到刘灿源面前，皓天感激地说：“表舅，今天的酒席没有您，没有您的几位大厨朋友，不可能做得这么丰盛。谢谢表舅!”

刘灿源微微一笑，端起一碗酸奶：“今天这酒我就不喝了。按说我这出家人已经清心寡欲无所求，本不该参加你们的婚礼。可是后来一想，既然心无挂碍也就不必拘泥什么形式，所以还是要过来祝福你们啊。”

陈程教授、牛大勇也在贺喜宾客中。陈程教授接过了皓天敬的酒，爽朗地说：“皓天，人逢喜事精神爽。趁着这股爽利劲儿，赶紧把奶牛场也建好。祝你啊，爱情事业双丰收!”

牛大勇连喝了几大杯，一个劲儿地“恭喜皓天哥！恭喜芙蓉姐!”

刘顺小两口和李老三老两口在另一张桌上，到了面前，刘顺和皓天碰杯：“咱俩老表，客套话就别说了吧，我连秀娥的一起喝了！”又喝了一杯。

秀娥笑眯眯地说：“今天你们这婚礼老厉害了。顺子也服气了，刚才还跟我商量着再来一次！”

皓天说：“再来一次还不容易？这场地本来就是刘顺的。”

刘顺倒也不客气：“皓天这话我爱听，等你一切就绪，我就等着坐地收钱了，想起来心里就美！好了，下一步你们也该跟我们看齐了！”他指了指秀娥的大肚子，“瞧见没，这人自从有了大肚子就变得特别骄傲，你也赶紧让你们家芙蓉也骄傲一回啊！”

皓天看了一眼芙蓉：“恐怕骄傲一回不够吧，咱们得骄傲好几回才行！”芙蓉撒娇说：“我看你这是想把我当奶牛养吧。”

王少川在一边打趣：“那也好啊，皓天对奶牛的感情大家都知道，那是没有照顾不到的地方啊。”

“哎哟，酸死我了！”另一桌的黄云裳忍不住站起来，“以后你们这话千万别当我面说，真受不了！”

虞亭华也跟着站起来：“是啊，太不像话了。你们这叫饱汉子不知饿汉子饥啊。”

芙蓉说：“你们俩今天步调很一致啊。那什么，珠联璧合。”

黄云裳抗议说：“什么珠联璧合，我又不是爱丽丝。”

芙蓉举起杯：“来吧来吧，今天就不逗你啦，好姐们儿，谢谢你今天做我的伴娘，干一杯！”

皓天和芙蓉这场中西合璧式婚礼简单热烈。用现在的话说，做到了回归自然，有美丽的湖，湖畔绿草如茵，百花盛开。在这里举办婚礼，自然、浪漫、圣洁，非常的圆满。

午后吃完饭，前来道贺的各路人马陆陆续续走了，只留下虞亭华和黄云裳几个人收拾现场。皓天让芙蓉坐一边休息，芙蓉却非要跟大家一起收拾，黄云裳笑她：“这一看就是贤妻良母啊，皓天有福气了。”

芙蓉说：“你也别笑我，早晚有一天会轮到你的。”

几个人说说笑笑忙活到傍晚，踏着夕阳余晖离开草场。虞亭华和黄云裳说是不打扰他们的二人世界，先走了。皓天和芙蓉坐上准备好的马车，往家里赶去。两个人坐在车厢里，彼此深情凝视，充满柔情蜜意。皓天紧紧握住芙蓉的手：“芙蓉，以后我们就要永永远远在一起了。”芙蓉幸福地点点头：“嗯，永远永远，再不分开。”

芙蓉有半月婚假，可皓天没有婚假，只在家里休息了两天就又开始到草场忙活起来。芙蓉也表示理解，在家也没惯着自己，跟婆婆学起了做饭，很快又学会了照料奶牛、挤牛奶。街坊邻居都想认识一下皓天的漂亮新娘子，就连平时不买牛奶的人也过来凑热闹。芙蓉起初还挺害羞，不过很快就跟大家都熟悉了。

人逢喜事精神爽，办完了这人生头等大事，有了芙蓉爱情的滋润，皓天的干劲就更足了，风风火火继续投入到牧场建设中。天气好干室外活，刮风下雨就干室内活，岳父秦桂龙也常来帮忙。一两个月下来，皓天人整个瘦了一圈，看着让人心疼。可即使他拼了命去干，还是会出现不少问题，毕竟建设经验不足。

幸亏有虞亭华承担奶牛场总工程师的角色，虞亭华现在已经在清华大学畜牧系当教授了。虽然平时教学很忙，可每周都要抽时间到现场巡视工作，每次一来都或多或少发现一些问题。别看平时他和风细雨的，但是对工作就不一样了，要求非常严格，做得不好那就必须推倒重来，不然他就会生气。他严厉批评过皓天几次，说他监工不严，后患无穷。皓天挺委屈，想自己没日没夜地干，还被批评。以至于虞亭华每次一来，皓天都战战兢兢的。可人家毕竟是专家级别，他只有老老实实听的份儿。

这年初夏，刘顺的孩子呱呱坠地，是个男孩。刘顺给起了名字叫刘白，直接照李白来的，那是文曲星古今第一啊。他请大家喝满月酒，小家伙看上去挺精神，挺可爱，一见人就笑。大家都夸这孩子，刘顺也挺自豪："也不想想是谁的种，这是我刘顺的儿子啊。皓天，将来你生了闺女要是不丑，干脆就嫁给我儿子吧，咱们亲上加亲！"

皓天开玩笑："都什么年代了，你还来指腹为婚，这小子目前看来是不错。不过将来万一长歪了，那我不就吃亏了？我看还得再观察几年才行。"

九月的第二个周末，虞亭华又来到奶牛场巡视工作。转了一大圈之后在一个小丘上站住了，眺望着远方，表情很严肃，半天没言语。皓天瞅着他有点紧张："亭华哥您别深沉。您一深沉我就心慌。哪儿做得不好，您就直接说！"

虞亭华看着皓天，一字一句地说："恭喜你，牧场建设圆满成功！"

皓天几乎难以置信："真的？没开玩笑吧。"

虞亭华说："我像是开玩笑的样子吗？"

皓天摇摇头："不太像。"

虞亭华大笑起来："哈哈哈，这次我居然没法挑出毛病了！皓天，你也成专家了！"

皓天喃喃道："成了，真的成了，这成功来得太突然。真是功夫不负有心人。"

"先别忙着抒情。"虞亭华说，"皓天，你已经实现了最初的梦想！这可以说是中国第一家具有现代化规模的牧场。"

牧场的建设工程正式竣工，皓天心里悬着的那块石头终于落了地。皓天忽然站起来，面对着郁郁葱葱的草地，大声说："这不只是我的梦想，也是亭华哥你的梦想!”

这时候秦桂龙冷不丁从后面出现了:“也是我的梦想!”

虞亭华面朝蓝天展开双臂，也开始抒情了:“哈哈，这是我们大中华千千万万个人的共同梦想!我们等这一天等了上百年了。”

虞亭华是一个对事情非常认真执着的人，通过这一段时间牧场建设的接触，他从张皓天身上发现了很多好的品质。同时，他非常欣喜地看到一个现代化的奶牛场在他和皓天的努力下正式建成了。

张皓天、虞亭华、刘顺的现代化奶牛场正式起航!

两周后，杰克和萝丝作为奶牛队首席代表，意气风发地带领着身后的二十头奶牛，浩浩荡荡正式入驻牧场。这群奶牛一个个看上去健康漂亮，不光有荷斯坦品种，还有娟姗和安雪两个品种，是虞亭华委托他远在美国得克萨斯州的女友爱丽丝特意精挑细选出来的，漂洋过海，历时一个多月，终于安全抵达北京。

这批新来的奶牛还有个特殊身份，它们还是“大学牛”。为什么呢?因为当时国内经营技术落后，奶质低劣，而陈程、虞亭华一直希望建立一个现代化的牛场为国内业界树立标杆。陈程、虞亭华代表校方与刘顺和皓天共同商讨，决定专门辟出来一块草场作为清华大学农场的实验农场，和皓天的农场各自经营管理。

这样一来，虞亭华就可以做到两边兼顾，一边教学生，一边做皓天这边的技术顾问。

刘顺一合计，直接就可以拿到学校的租金，皓天这边也能分红，他毫不犹豫答应下来。

皓天更乐意。这样，与清华大学紧密结合，自己就可以获得最前沿的乳业市场发展资讯，可以随时向专家请教养牛挤奶的理论知识，尤其有陈程、虞亭华这样理论联系实际的高手，简直如虎添翼啊。

当晚，皓天和虞亭华、刘顺三个人进行了彻夜长谈。

刘顺说："这几年，咱们中国人也时兴学洋人了，都喜欢成立个什么什么公司。我有个想法，干脆咱们的牧场也成立一个公司吧。亭华，你是留过洋学的人，见过大世面，你觉得怎么样？"

虞亭华表示同意："这种现代企业模式在外国有几百年历史了，各方面已经相当成熟，这也是社会将来发展的大趋势，我看行。"

刘顺摇头晃脑，引经据典："我看过一本书叫《海国图志》，上面说了：公司者，数十商犊资营运，出则通力合作，归则计本均分，其局大而联。亭华哥，我说得对不对？"

虞亭华连连点头。皓天表扬刘顺："想不到老表你也是博览群书之人啊。"

"天顺乳业公司"正式宣告成立。这名字是虞亭华给起的，他说："张皓天名字里有个天，刘顺名字里有个顺，干脆就叫天顺好了，这寓意也不错！"

刘顺一听高兴了："这名字有意思，依我看这意思是'连老天爷也顺着我们'，我们就是天选之人啊！咱们说好了，往后天顺这里皓天就好好干，我还继续做我的小生意。需要我投钱的时候尽管提。等过年分钱，你赚了就给我分一点儿，赔了也别给我分了。怎么样，我够意思吧！"

皓天故作严肃："感谢信任，我定当全力以赴，赴汤蹈火，万死不辞。"

刘顺说："你这表决心表的，跟上战场一样。"

皓天说："虽然没当过兵，不过我还真有点上战场的感觉。咱们还有一个问题，这个问题必须得亭华哥才能解决。"

虞亭华明白了："技术方面出现什么问题，我来解决。不过我的事情多，不能保证随叫随到。你们有空儿也可以经常去向陈程老师请教！"

皓天双手抱拳："好的。那就拜托了！你在大学教书那也是大事，我尽量少给亭华哥添麻烦！"

两个月之后，天顺牛奶正式推向市场。由于其物美价廉，那些曾经喝不起牛奶的普通老百姓终于可以喝上优质的牛奶，这在当时的北京城——那时候已经改叫北平了，也是一个了不得的举动……

人顺百事顺。第二年，皓天的家里发生了一件大事，芙蓉生孩子了。别看芙蓉平时文文气气的，可在生小孩这事上一点儿都不含糊，一下子生了一对漂亮的双胞胎，还是一男一女，刚好就组成了一个"好"字。这真是好事成双，太吉利了，全家上下都高兴坏了。

王氏瞅着俩宝贝一个劲念叨："哎哟，盼星星盼月亮总算盼到了做奶奶这一天，还一下子就蹦出来俩！咱们这是哪辈子修来的福气啊，赶明儿得烧香拜佛去！"

这孩子生下来得有名字啊。取什么名字好呢？

皓天想了一天一夜，我从小就想在天上飞，喜欢吃奶制品，还喜欢往奶制品里多加糖。儿子就叫思飞，女儿就叫思甜吧。寓意也好，希望他们将来能展翅高飞，过上幸福甜蜜的日子。

孩子一年一年茁壮成长，事业一步一步稳定发展，转眼到了1928年，也就是民国十七年。

这一年，中国国民党北伐总司令蒋介石攻克了北平。北洋奉系军阀张作霖被日本刺杀于皇姑屯，其子张学良宣布东北易帜，中国实现了形式上的统一。

这一年，虽然市场竞争激烈，但是通过皓天的刻苦经营，奶牛场的奶牛养殖数量比当初多了一倍，这就意味着牛奶产量多了一倍，喝天顺牛奶的人多了一倍。

这一年，刘顺在王府井正式成立了一家现代化大型百货公司——顺昌百货公司。里边吃喝玩乐一应俱全，被当地报纸评为“十大必去百货公司”之一。刘顺以不到三十岁的年纪便取得如此成就，很快受到京城商界瞩目，被称为“百货王子”。不过刘顺对此并不满足，他还有更宏大的目标。

这一年，清华大学新校长上任，认为学校更应该以“文、理为中心”，决定取消畜牧系，同时结束天顺牧场的租用。

虞亭华离开了清华大学，接受了燕都大学的聘请，担任该校教授兼农场主任。与此同时，虞亭华远在大洋彼岸的女朋友爱丽丝也终于决定卖掉美国的牧场，不远万里来到中国，和虞亭华正式携手生活在了一起。这么多年以来，这对恋人一直天各一方，如今终于结束相思之苦，苦尽甘来。

爱丽丝来中国第三天，虞亭华邀请好朋友们一起聚会，分享他的幸福。好朋友除了皓天和芙蓉小两口，还有一位单身大龄女青年——黄云裳。黄云裳一点儿也没觉得幸福，可还是硬着头皮来了，不然芙蓉非笑她小气不可。地球人都知道，这几年来她一直对虞亭华一往情深，一直盼望着奇迹的出现，后来眼瞅着她从大姑娘变成老姑娘了，奇迹终于出现了——她和虞亭华成了无话不谈的好闺蜜。每次虞亭华思念爱丽丝的时候，都喜欢找她倾诉，而她总是非常善解人意地倾听。有时候虞亭华说着说着哭了，她听着听着也哭了，其实她哭的是自己。

饭桌上，虞亭华突然向大家宣布他和爱丽丝马上要在教堂举行婚礼。

“啊？”大家都吃了一惊。

黄云裳故作镇定：“怎么这么着急？”

虞亭华说：“这还叫着急啊，我们都等了这么多年了！爱丽丝，对不对？”

爱丽丝点点头，又说起了腔调古怪的中国话：“这个婚礼我们的确等得太久太久了。”然后又摇摇头，“可是现在我们碰到了一点小问题。”

黄云裳问："什么问题？"

"我们的婚礼需要伴郎和伴娘，伴郎虞亭华已经选好了，是他学校的一位未婚同事。可是我刚来中国，还不认识什么朋友，这可怎么办呢？"

黄云裳也皱起了眉头："是啊，怎么办呢？那要不再等等，等你认识了新朋友你们再结婚？"

芙蓉差点笑出声来，心想到了现在，黄云裳还不死心啊。

爱丽丝很认真地看着黄云裳，忽然说："我们等不及了。黄小姐，刚才我眼珠一转，计上心来，我要请你做我的伴娘，好不好？"

"啊？"大家又吃了一惊。这还真是哪壶不开提哪壶啊。

黄云裳眼珠子都快瞪出来了："这……这这这，爱丽丝，为什么非要找我不可？"

爱丽丝很认真地说："第一，因为你还没有结婚；第二，因为你还很漂亮；第三，因为你是亭华的好朋友也就是我的好朋友！我这三个理由够不够充足？不够的话我还可以再找一百个理由。"

黄云裳怔怔地看着爱丽丝："看来还非我不可了，没法拒绝了。"

爱丽丝一脸灿烂的笑容："黄小姐，你是独一无二的选择啊。"

黄云裳喃喃地说："罢了罢了，一切都是命中注定啊。"

婚礼当天，马约翰牧师当仁不让成了婚礼的主持人，主持这一场相当西式的婚礼。

"虞亭华，你是否愿意娶爱丽丝作为你的妻子？你是否愿意无论是顺境或逆境，富裕或贫穷，健康或疾病，快乐或忧愁，你都将毫无保留地爱她，对她忠诚直到永远？"

虞亭华深情地看着爱丽丝，说："我愿意！"

马约翰又用同样的话问了一遍爱丽丝，爱丽丝用中英双语深情地回答："I Do，我愿意！"

马约翰又问爱丽丝身后的黄云裳："黄女士，你呢？"

黄云裳莫名其妙："什么？我？"

马约翰笑了起来："哦，跟你开个玩笑。"教堂里充满欢乐的笑声。黄云裳也不由笑了起来。

婚礼结束后，芙蓉拉着黄云裳一起从教堂走出来，她要安慰可怜的黄云裳："你说这虞亭华也真是，这么多年了，就算是顽石也该动心了吧。可他愣是对近在眼前的美女无动于衷，愣是让远在天边的爱丽丝乘虚而入了。"

黄云裳微微一笑，很沧桑："人家是珠玉在前，我这是木椟在后。人家明明爱着爱丽丝，我非要死乞白赖插一杠子，怎么能赖亭华呢？"

芙蓉惊讶地说："听你这一说，说明你还没有丧失理智，还是愿意客观看待问题的。"忽然压低了声音："其实我想了想，你要是真爱他，还有一个办法。"

黄云裳说："生米都煮成熟饭了，还能有什么办法？"

"咱们现在的婚姻制度不像美国，你虽然做不了他的妻子，但是可以做他的侧室啊。"

黄云裳若有所悟："你还别说，这还真算是一个办法，我怎么没想到呢？"

"理解，你这叫当局者迷。"

黄云裳叹了一声："唉，谢谢你的好意了。你也别挖空心思哄我高兴了。其实我早想明白了，缘分这东西强求不来的，一切顺其自然吧。既然这么多年他们都一直不离不弃，那我就只有好好地祝福他们了。"

芙蓉说："这下我放心了，看来今天这伴娘真没白当。"

"人家能够选我做伴娘，这也是我跟亭华的缘分啊。"

芙蓉不好再说什么，既然虞亭华这里没戏了，她就劝黄云裳别在一棵树上吊死。芙蓉想到学校有几个条件不错的小伙子，想找时间给云裳介绍介绍，让她受伤的心能得到抚慰。她把这个意思说出来后，黄云裳很坚定地表示暂时不会考虑，并且劝芙蓉把心思放在两个小宝贝的照看上，不要在她身上浪费太多时间。都新世纪的人了，不用想着太早就嫁出去，要抛弃旧封建思想，向前看，要相信明天会更美好。

芙蓉傻眼了，得，本来她要开导黄云裳，人家倒反过来给她上课了，没办法，人家也是光荣的人民教师，做起个人思想工作来照样一套一套的，跟她是旗鼓相当啊。既然人家愿意过这样的人生，谁也没办法。

可谁也没想到，没过多久，黄云裳的命运就发生了重大改变，不光是她，还有虞亭华，还有芙蓉、皓天。

这一切源于一场意外。这场意外让爱丽丝从虞亭华和黄云裳的生活中彻底消失，虞亭华因悲伤过度失去部分记忆，黄云裳则莫名其妙地变成了“爱丽丝”，这是怎么回事呢？请看下回分解。

第二十二回

城河救人洋巾帼　商海弄潮有旋涡

话说虞亭华的美国妻子爱丽丝来华后，对北京城的一切都觉得新鲜，天天都想出去走一走、看一看。虞亭华是个工作狂，农场、奶牛成了他形影不离的朋友，抽不出多少时间陪她外出。爱丽丝一个人待着很无聊，很自然地把芙蓉和黄云裳当作了玩伴。每逢礼拜天，就请她们俩做导游，在北京各处转。起初两次芙蓉把两个孩子都交给婆婆照顾，可是后来两个孩子非嚷嚷着也要跟着去玩，芙蓉没办法，就带了思飞和思甜一起玩。

爱丽丝很喜欢小孩子，每次见到他们都要买许多的玩具和零食。孩子们自然也很喜欢这个美国阿姨，见到爱丽丝的时候，连自己亲妈也不稀罕了，老跟在爱丽丝屁股后头跑。

初冬十月的一个周末，一帮人来到正阳门，也就是大家常说的大前门去玩。那里本是繁华地界，到处都是做生意的店铺，还有无数拉洋车的，爱丽丝好奇，不停问东问西。说到正阳桥的五牌楼，庚子年闹义和团的时候，箭楼遭到焚毁，可是五牌楼居然安然无恙。这让爱丽丝非常感叹生命力顽强。转了整整一个上午，在附近找了家小面馆吃了午饭，一看阳光还算凑合，几个人就继续四处转悠。

思飞和思甜以前跟着大人来过这里，他们想去围绕瓮城的内城东护城河去看野鸭子。几个人就溜达到护城河，这时候天气虽然冷了，但野鸭子还有不少。两个孩子撒着欢在岸边跑来跑去追看野鸭子，谁也没想到，就在这时出了意外：前边奔跑的思飞一不小心被一颗石头绊倒，一出溜摔到了河里！

一切太突然，前后不过几秒钟时间，眼看着思飞被冲到河中间边挣扎边往下沉。芙蓉吓蒙了，一声尖叫，要跳进河里。却被身后的爱丽丝一把抓住："我来！"说着，爱丽丝外衣没脱就跳进了冰冷的河水！

芙蓉瘫坐在地上，黄云裳惊魂未定："你傻了？咱俩都不会游泳！你在这里看着，我去找人帮忙！"说完急急忙忙朝外跑去。

爱丽丝在河里摸索了一会儿，很快便找到往下沉的思飞，抓住了他的小手。爱丽丝脸上露出了笑容，冲芙蓉大声说："抓到他了，没事了！"说着便拖起思飞拼命朝岸边游来。芙蓉失魂落魄的心放下一大半，幸亏爱丽丝会游泳，不然思飞的小命就没了！

然而快到河边的时候，爱丽丝刚把思飞送到芙蓉的手里，自己却由于体力不支，全身虚脱，无法上岸。她的眼神很快变得迷离，紧接着头向后一仰，身体向下沉去！正是：舍身救人洋巾帼，惊天一跃泣鬼神。

爱丽丝慢慢消失在水中，岸边的芙蓉看到这一切心如刀割，她只能眼睁睁看着却无能为力。等黄云裳找来帮忙的人赶到现场捞出爱丽丝，一切为时已晚！

思飞被救过来了，爱丽丝却死了。那个有着明亮眼神，有着灿烂笑容的爱丽丝永远停止了呼吸……

匆匆赶来的虞亭华无法接受这残酷的现实，他扑在爱丽丝冰冷僵硬的躯体上，声嘶力竭地一遍遍呼唤着她的名字。他多么希望爱丽丝能够突然睁开眼，冲他调皮地笑一笑，告诉他："亭华，我跟你开玩笑呢！"可是爱丽丝却再也听不到他的声音，再也不会跟他说话。

两天后，马约翰在教堂为爱丽丝举行了一场哀悼仪式。他说："几个月以前，我在这里为一对幸福的年轻人主持婚礼。几个月以后，婚礼的女主角爱丽丝女士荣归天国。在同样的地方，我们怀念这位可亲又可敬的女士。此时此刻，我想说，凡人皆有一死，毫无疑问，爱丽丝女士的生命是体面的、是有价值和尊严的。或者我们无须太过悲伤，因为这样充满爱心的人，她的未来只能是在天堂无忧无虑的生活，让我们一起祝福她，尤其是——虞亭华先生，你更应该做的，是像你的妻子一样，继续体面的，有价值和有尊严的生活。"

马约翰用意味深长的目光凝视着虞亭华。虞亭华一言不发，闭上了眼睛。

一切都改变了。虞亭华不再是那个乐观、积极的虞亭华，参加完哀悼仪式后，他把自己关在黑暗的房间里，谁也不愿意见。黄云裳守在他门口，一遍遍哀求着，求他不要自暴自弃，可是他在屋里却始终一声不吭。

皓天把虞亭华的门砸开了，他看到虞亭华一动不动躺在床上，用被子把自己蒙得严严实实。他掀开被子，虞亭华依旧一动不动，犹如死人一样。

看着苍白憔悴的虞亭华，皓天握住他的手，悲痛地说："亭华哥，你别这样。爱丽丝已经上了天堂，她看到你这样也不会安心！"

虞亭华的眼泪无声地滑落下来，微弱地说："她真的去天堂了吗？可我怎么还觉得她在我身边？爱丽丝，爱丽丝，你在哪儿，你是不是跟我捉迷藏？"

黄云裳走了过来，她的声音有些嘶哑："亭华，求求你面对现实好不好？爱丽丝死了，为了救思飞死了。"

虞亭华呆呆地看着黄云裳，又转头盯着挂在墙上的爱丽丝的照片，照片上的爱丽丝笑得依旧那么灿烂，他喃喃自语："可你为什么要死？为什么要救一个人就得死一个人?”

皓天说:“都怪我,都怪我!我不该让芙蓉带着小孩子一起去,不然怎么会有这种事?”

虞亭华苦笑起来:“你们都没错,要怪也只能怪我,她就不该来中国跟我结婚。她在她的国家本来一切都好好的,我为什么那么自私把她叫过来呢?”

黄云裳直视着虞亭华:“为什么要自怨自艾?为什么不让自己振作起来?像马约翰牧师说的那样,这才是对爱丽丝最好的纪念。”

虞亭华猛然抬起头,无奈地说:“你不要说这些了好吗?这些我都明白。我现在只想安静一下。”

黄云裳有些不知如何是好了,她觉得自己似乎有些多余,站起身来:“那好,我不打扰你,先走了。”说着便退到门外。门外的芙蓉迎了上来:“他怎么样?都怪我,我不知该如何面对他。”

黄云裳苦笑着摇摇头:“你们怪来怪去都怪到自己身上了,可是这世上根本没有如果。既然都不是无心的,大家又都何必呢?反正走的已经走了。”芙蓉沉默了。

黄云裳又说:“可生活还是要继续啊,如果爱丽丝知道她救人的后果是这样,一帮人都因为她救人而生不如死,那么她会不会后悔去救人?”

芙蓉百感交集地说:“我怎么忽然从你身上看到了爱丽丝的影子?”

“我真希望是她。那样我就不会面对一个悲伤的人不知所措了。”说到这里,黄云裳顿了顿,“你猜,假如爱丽丝还活着,她现在会怎么样?”

芙蓉苦笑:“你刚才还说没有如果,可一转眼,却又自己说‘假如’了。”

黄云裳一愣,也笑自己:“是啊,我也是假装聪明,其实傻透了。”

芙蓉说:“那就继续做你的傻丫头吧,我就喜欢你这样的傻劲,亭华哥更需要。”

黄云裳若有所思：“这么一说，让我觉得爱丽丝也是傻傻的。你也是傻乎乎的。当年，你都为了皓天差点把自己也给弄死。”

芙蓉说：“怎么莫名其妙提起了这事？其实我那样做，也是为了自己吧。”

黄云裳点点头：“你不说，我也明白。”

“你又变聪明了。”

黄云裳的眼神亮了起来：“因为他，我要让自己变得更坚强，我不能让他颓废。”

芙蓉动情地说：“经过这件事，你变得有责任心了。我相信你会做好的。”

两个人相视一笑，黄云裳抬头看了一眼天上繁星，面带微笑：“爱丽丝现在也变成了一颗星星，在盯着人间呢。”

在芙蓉的眼里，这一刻的黄云裳显得平静而从容。

日子一天天过去，所有的故事都会变成往事，所有的往事也会变成故事。但对虞亭华来说，所有的故事和往事都是他的心事。他本来是个执着的人，这种执着用在事业上如虎添翼，可是用在对一个死去的人的怀念上，那只能是雪上加霜。

虞亭华始终无法面对爱丽丝的突然离去，也无心工作。一天到晚待在房间沉浸于往事之中，无法自拔。许多时候他甚至会忽然口中念念有词，那是他在跟幻想中的爱丽丝聊天，他还以为爱丽丝没有死。黄云裳看在眼里，痛在心里，她不能让虞亭华再这样下去，再这样他整个人就废了！

几个人为了让虞亭华恢复正常，费尽九牛二虎之力。可是根本无济于事，虞亭华每天除了吃就是睡，要不就是对着爱丽丝的照片不停发呆，他的思维与记忆都出现了不同程度的混沌。

看到他这样子，芙蓉一直自责不已。皓天又怕她想不开，劝她："芙蓉啊，你别这样，没用，发生这些事情纯属意外，谁也没想到，所以谁也不怨，咱就别给自己添堵了。咱们现在面临的最大问题不是划分责任，而是如何让亭华哥赶紧从阴影里走出来。"

可是怎么才能让他从阴影里走出来呢？

过了半年时间，虞亭华所在的燕都大学决定把他辞退。黄云裳一听就急了，冲到校长办公室："你们这算什么？卸磨杀驴啊？虞亭华帮学校培养技术人才，建设学校农场，眼下不过出了一点状况，你们就扫地出门，太无情无义了吧！"

校长一脸无奈："黄小姐，虞亭华教授当然是我们国家不可多得的人才。可是他现在完完全全丧失了工作能力，对他的个人遭遇我们也深表同情。我们也给了他机会，可是这里毕竟是教书育人的地方，不是慈善会，再说我们经费也有限，爱莫能助啊。"

"看来非走不可了？"

"这是校方的一致决定，我们会很快通知他的家人……"

虞亭华的事业遇上了人生一个非常大的转折点……

回头说皓天的奶牛场建设，对于理论和实践方面都已有相当造诣的张皓天来说，经营好一个奶牛场对他来说已经不是难事儿。当然，皓天有更高的追求，所以他在各个方面都严格要求天顺奶牛场符合现代化奶牛场的规范和标准。

皓天对牛奶质量的把关非常严格，每天他必亲尝每一批次生产出来的牛奶，从质地、颜色、口感等各方面去衡量，这在张家祖传秘籍当中有很多讲究。他还购买了不少世界先进的检测仪器，检测牛奶的各项指标，看看营养指数、安全指数是否在国际优质牛奶的范围内，依此逐渐摸索出更合适的养牛挤奶技巧，包括牧草的引进种植和一些优质饲料的引进，消毒器械和方法更是紧跟世界潮流，这些多亏了陈程、虞亭华、马约翰等人的帮助。既有祖传经验，又有现代科技指导，天顺牛奶稳步成为老百姓心目中的优质牛奶。

口口相传，天顺牛奶很快成为许多百姓桌上的必备品。不过毕竟刚起步，天顺的生产规模还远远不能和一流的外国牛奶公司相提并论。但皓天有信心，他相信总有一天，天顺的名气会超越这些实力雄厚的外国牛奶！

皓天有信心，国内的众多乳商却没有信心。尤其是北京乳商联合会的一些把持者，以庄有德为代表，他们可不想让天顺成为行业领头牛。

这天，庄有德带队，北京乳商联合会一行人来到了天顺牛场。行业管理组织领导莅临，虽然天顺还不是该会会员，但皓天、刘顺不好怠慢，热情迎接。

在参观了天顺牛场各个区域，细查了各个角落后，庄有德率北京乳商联合会一行人与皓天、刘顺座谈交流。

庄有德喝了一碗皓天为考察团每人准备的牛奶，咂咂嘴："今天啊，我们特意来考察天顺牛奶，感谢张皓天先生、刘顺先生的热情接待。你们天顺啊，是后起之秀。我们作为行业协会组织，理当多予关注，互通有无。我们走马观花了一下，看得不是太细致，以后我们还会经常来。总的感觉呢，咱们天顺啊，有很多好的可取的地方，当然，细小的瑕疵还是有一些的。我先起个头，说得不到位的地方请各位多多补充。"

皓天很真诚地说："感谢庄会长，感谢乳商联合会各位领袖。小子皓天是初出茅庐，还望乳业前辈们多多指教！"

刘顺恭敬地端了一杯香茶给庄有德："庄会长，您老是乳商行业的旗帜，德高望重，深孚众望。您说的准没错，您说，我们照着做就成。"

庄有德一看，嚯，这俩小子还挺上道。可造之才啊，得收归已用。

庄有德就先夸了一通天顺牛奶，然后总结了三点不足，包括牛舍建设、草料种植、饲料选择等几个方面，最后，庄有德说：“张皓天老弟、刘顺老弟，本来呢，咱们乳商联合会的理事单位需要满足既是会员，又有照经营满一年以上两个条件，我看你们天顺牛奶蒸蒸日上，后生可畏，今天过来看，名不虚传。我就想为你们破个例，直接接收天顺公司为乳商联合会理事单位，张皓天先生、刘顺先生成为理事。各位议董、副会长、理事们有没有意见。”

会长这么一说，大家都纷纷叫好，没有人表示异议。

张皓天觉得有点突然，之前因为马约翰运荷斯坦牛事件还有北京牛奶调查一事对庄有德一直也没多少好感，就想谦辞婉拒。

刘顺一眼就看出了皓天的心事，连忙抢话头：“庄会长，各位联合会领袖。我们天顺身在乳业，那是迫切想加入行业组织。感谢庄会长和各位前辈的大力提携，我们天顺成为理事单位，进步一定更快，在各位的督促帮助下，我们也能为行业多做一些事情。”说完朝皓天使了个眼色。

皓天一想，也是，既然已经做这一行了，那就得守这一行的规矩，与这一行的各路人马打交道。早点入会也不是坏事儿，既来之，则安之吧。

但之后皓天就不安了。

庄有德指使乳商联合会以“净化行业环境、促进共同提高”为名，三番五次来天顺牛场检查。每次都能查出一些问题，比如牛舍环境卫生，他们就抓奶牛刚刚排泄或者下崽那会儿，突击检查，说你这儿、那儿弄得不干净。有一次北京刚发口蹄疫，他们就来检查天顺牛场的防疫设施，要求极度苛刻，说这儿也应该配一套，那儿也应该配一套，至于一个牛场到底应该配多少检查人员也吃不准……总之，能找出说不清道不明的各种理由，让天顺牛场或者停业整顿，或者按照庄有德的要求购买由他提供的器材饲料等，价格自然是比市场高不少。

要照着皓天的脾性：我确实存在问题，一定整改。你如果莫须有，强加给我，我指定不从。好在有刘顺这么一个会来事儿的。刘顺因为奶牛场的事，成了一个忙人。他经常去拜会乳商联合会，庄有德那儿走动更勤，时不时捎点礼去。有不少事端在萌芽状态也就消弭了。

张皓天、刘顺从此张开了羽翼，展翅飞翔，成为商潮中的弄潮儿。

随着生鲜牛奶生产规模的扩大与市场需求的大幅增长，牛奶本身的营养价值在当时日益受到关注。北京城的医生相信，牛奶对肺痨、贫血、营养缺乏等症状有良好的疗效。西医鼓励生病的人多吃半流质的食物，推荐诸如牛奶、饼干、果子等西化食物，而非传统食用的粥类或者米糊。报纸上出现了众多分析牛奶化学成分的文章，推荐者把牛奶作为一种滋补品、而非一种单纯的食品或饮品向读者进行宣传。

皓天认为，中国老百姓在牛奶消费方面还需要更多的启蒙，他就邀请了陈程教授在报纸上开设科普专栏，更多从科学角度，从有益于身心健康角度教会老百姓甄别购买优质牛奶和正确饮用牛奶。

经由陈程教授这样的知识分子和张皓天这样的牛奶商的大力推广，北京城饮用牛奶的人数增加非常迅猛。之前牛奶价格很高，差不多可列入奢侈品的范畴，一些普通工人家一天的收入也不够买一瓶牛奶，牛奶消费者大多是租界中的外国人、买办阶层以及经济宽裕的中上等人家。张皓天把价格降了下来，这使得家境相对较好的普通人家也都能喝上鲜牛奶了。

除了宣传和价格，皓天还大力改良生产和包装设备。他引进了全套玻璃瓶自动生产装置，这在当时北京城是第一家。

玻璃瓶装的牛奶每一瓶正好装一斤牛奶。这就非常便于奶茶铺、牛奶店、南杂食品店等销售和配送，这些都相当于今天的牛奶配送站，哪家想给宝宝订牛奶，可以选择离自己家最近的一家奶茶铺，报上名，交上钱，登记过地址，奶茶铺就会派人往家送了。行规是每天早上送一次，每次送一瓶，每瓶刚好是一斤。送一个月，结一次账，每月收费大洋一块八角。

从购买力上看，一块大洋大约相当于现在人民币50元以上，一块八角大洋则将近100元人民币。也就是说，100元人民币一个人喝一个月牛奶。

皓天让陈程教授帮忙引荐，邀请清华大学工业设计学教授帮助设计全套天顺公司的商标，响亮地打出了“天顺”的品牌。

自从虞亭华、张皓天调查曝光国产牛奶无一合格的问题后，老百姓对国产牛奶一直心怀疑虑，不敢购买。为了重振消费者对国产牛奶的信心，恢复市场元气，张皓天、刘顺推出了“天顺一日游，免费品牛奶”活动。天顺雇了一些马车，让有兴趣的客户在大前门集合，拉上客户去天顺牛场参观。

碧绿如洗的草场，干净的水源，漂亮的牛群，整洁的牛棚，严格有序的牛奶消毒，规范的产品包装，全程无死角的运输链和健康和善的从业人员，等等，这一切如一股新风，涤荡了当下泥沙俱下的乳业环境。亲眼看到，亲耳听到，亲口尝到，老百姓对天顺公司给予了极大的信任，天顺公司成了高品质的榜样。

不光如此，皓天还在营销方式上做了许多创新。

这天中午吃完饭后，皓天去拜访清华大学陈程教授。

皓天进办公室的时候，陈程教授正在有滋有味地喝天顺牛奶。见皓天进来，陈程笑容满面：“皓天来了啊。正喝你们家牛奶呢。好喝，品质是真不错!”

皓天谦虚地应了一声，看到陈程左手拿了几块饼干，边喝牛奶边吃饼干，就问：“饿了？还没吃中饭吧。走，我陪您喝一杯去。”

陈程哈哈大笑：“这就是我的中饭，牛奶就饼干。又解饿，又好吃。最主要的是不用去找饭吃了，省了很多时间。”

“这好啊!”皓天从陈程手里拿过一块饼干，就着牛奶边吃边喝，还别说，别有一番风味。他猛然想到，这是一个很好的搭配啊，公务人员可以作为牛奶消费的一个特殊群体，买牛奶我们给配饼干啊。

“买牛奶送饼干”，张皓天发明的促销方法，此举可方便“机关里的公务人员，不必出门，就可进用茶点”，一时风行。既然公务人员可以细分，那其他群体自然也可以细分了。于是买牛奶送育婴指南书，买牛奶送玩具，买牛奶送香水，买牛奶送实用家居品等，皓天彻底激活了国产牛奶市场。

到了年底的时候，清华大学实验室发布了一份检验报告。报告说经检验测定，天顺牛奶公司生产的牛奶从感官指标如色、嗅、味等，理化指标如蛋白质、脂肪和微生物等各方面均已经达到或超过在华洋牛奶公司生产的牛奶。从上次虞亭华调查开始，清华实验室就长期坚持检测化验各大公司生产的牛奶了。

报告引起了轰动。各个媒体蜂拥而至，皓天不失时机地把天顺奶牛品种及体质、喂食饲料构成、储运条件、人工添加剂等规范化的运作，通过媒体报道给了全社会。天顺出名了！老百姓开始奔走相告“买好牛奶找天顺啊”。天顺的牛奶成了真正的畅销货！

此涨彼消，天顺牛奶畅销，国内其他乳商生产的牛奶在市场上就不灵了。因为，除了天顺，其他的乳商，没有一家不往牛奶里面兑水的，往往一斤牛奶兑成一斤半甚至两斤卖。

庄有德德成牛奶也好，北京乳商联合会其他的会员单位也好，自是起了同仇敌忾之心。一个后生小辈抢了我们的市场，这还了得。不成，得把他整下去。庄有德一伙人就想啊想，想出了一条毒计。这正是：生意场上无君子，商海弄潮有旋涡。

第二十三回

出人头地副会长　不安小富欲逞强

这天，北京乳商联合会通知皓天去开会。

到了联合会，接待的人没把皓天往会议厅领，却把他直接带到了庄有德的办公室。皓天发现只有庄有德一个人在场，觉得蹊跷，知道今天必定有事儿。

果不其然，寒暄不过几句，庄有德就直奔主题了："皓天老弟，今天把你请来，主要是想跟你商量个事儿。依老弟看，当今北平乳界，哪一家公司最强？"

皓天说："那自然是庄会长的德成牛奶公司最强了。"

庄有德说："不敢，不敢！为兄的公司只是占了点先机，在市场上只是过得去而已。要说规模啊，确实在同行中稍微占点儿优势。不过，与洋人公司比起来，咱们实在是小得可怜。因此啊，咱们乳商联合会副会长以上单位共同商议了一下。大家一致认为本土牛奶公司要做大做强，就要强强联合，几家甚至十几家公司联合成为一家。这样，才能把规模迅速做上去，才能有实力与洋人牛奶公司抗衡。"

皓天说："哦，怎么个强强联合法？"

"皓天老弟你看"，庄有德拿出了一个名单，"这上面列出了计划进行合并的公司名单。老弟的天顺公司就跟为兄的德成合并。老弟放心，你们的牛奶走我们德成的渠道，完全包销，价格比之前高一倍。为兄照着老弟现在价格的一倍半给结账，老弟意下如何呀？”

皓天心想：好啊你个奸商庄有德，这还没商量，就把我们划到德成下面了。这是直接算计我们天顺，想把我们吞并啊。没门！

不过做商人嘛不能随便得罪人，尤其像庄有德这样的，行业组织的头头，更要小心应对。

皓天开口了：“庄会长，要说呢，行业优化组合应对洋人竞争，我是举双手赞成的。尤其是有德成罩着，我们天顺更舒心了。不过，我们天顺公司实在太小了，现在也就刚刚够吃上饭。大伙儿信任我，跟着我干，我有责任保障大家能过上基本的生活。这强强联合，我们天顺暂时够不上格儿，其中的风险我也没把握抗得住，就不参与这个计划了。”

这一段看似示弱，实则绵里藏针的话把庄有德的如意算盘给碾碎了。庄有德连打了几个哈哈：“皓天老弟，不急不急，别急着表态。老弟回去好好想想，我听说这个公司是你和刘顺、虞亭华一块弄起来的，三位老弟一块商量一下，过几天再回复我不迟。我是一番好心，咱们国货当自强嘛。”庄有德心想：不答应是吧，咱们走着瞧！

之后一段日子，天顺牛场又开始接受各类突如其来的检查了。

这对皓天来说，并不是什么新鲜玩意儿，也不是什么坏事儿。他觉得坏事儿反而会成为好事儿，就更加严格地要求公司各个环节更规范、更高效。虽然时不时被罚点儿钱，但都是一些吹毛求疵的小毛病，甚至相对于大多数洋人牛奶公司来说，这些小毛病都不算个事儿。何况还有刘顺，在外围多方运筹，庄有德暂时拿天顺没办法。

天顺继续蒸蒸日上，难道要任由张皓天海阔凭鱼跃、天高任鸟飞吗？庄有德可没这个度量，他早就想好了另一个主意。

这天，天刚蒙蒙亮。一头黄牛准确说是奶牛闯进了天顺牧场。它的下颌、咽颈部位的淋巴结有明显肿大，走路的时候还伴有咳嗽。

张皓天的舅舅王少川正在安排送奶，猛然一见这头奶牛，心里一激灵，这是头病牛啊，看上去像得了结核病。王少川赶紧招呼工人拿着簸箕、棍棒等驱赶。这时见一堆人迅速跑了过来，有一个人照着牛脑袋就是一棒，那牛像得了癫痫一般躺地上抽搐了。咔咔咔一连串声音，有人把这些场景拍了下来。王少川心想坏了，当初卖牛奶时被陷害的场景浮现在他脑子里，他赶紧命工人去通知皓天。

皓天知道消息后，明白这是一个局。他一方面组织大家迅速捕获病牛，把这头病牛拴在了专门准备的隔离牛舍内，消毒杀菌。另一方面叫人通知了跟他相熟的两个报社的记者。另外，他也没忘把刘顺叫过来，跟他通报了当前情况。

果不其然，当天就有晚报报出了“天顺牛场病牛”事件，该报道耸人听闻，说天顺牛场出现了大面积的牛传染病，什么牛结核病、口蹄疫、疯牛病、炭疽病等一堆旧名词、新名词，全冒出来了。总的意思是，天顺牛场的牛奶不能喝了。

同时，另两家晚报又做出了截然不同的报道。说的是不知哪儿来的病牛突然闯进了天顺牛场，天顺做了非常及时有效的处理措施。怎么证明这病牛不是天顺的呢？两家晚报给出了有力的证据，原来张皓天给每头牛都烙了号，用的是一种新技术，叫冷冻烙号法。它是利用液氮在牛的皮肤上进行超低温烙号，能破坏皮肤中生产色素的色素细胞，而不致损伤毛囊。烙号部位长出来的新毛是白色的，清晰明显，极易识别，永不消失，这种操作非常简便，对皮肤损伤很少，牛都感觉不到任何疼痛。这一澄清报道，天顺牛场的美名非但没有被损坏，反而更加响亮了。

刘顺也没闲着，他知道这最有可能是庄有德在捣乱。他也不太着急，先去造访了乳商联合会的那些议董、副会长，言辞谦恭有礼。就说我们天顺牛奶公司新成立不久，还需要各位前辈多多关照，将来大家一块发财之类，去的时候少不了多带一些礼品。这些被造访的人自然也是好话一堆，都是兄弟嘛，好说好说，我们找庄有德说去。不看僧面看佛面，多少也得给大伙儿些面子，这找晦气的事儿以后就别干了。

到火候了，刘顺心想，就叩开了庄有德的办公室。

刘顺不是空着手去的，他现在百货公司开得相当带劲。一出手自然不凡，那时候时兴洋货，一只瑞士奢华而又低调的万宝龙手表一亮，庄有德不自禁眉开眼笑了："刘顺老弟，顺子老弟。这怎么敢当，送这么贵重的礼。"

刘顺连忙说："哪里哪里，不贵不贵。这就点小心意，都入不了庄会长您老的法眼。将来，我刘顺发达了，少不了还得多孝敬您呢。"

两人你一言我一语，谈得相当投机。庄有德慢慢就琢磨出来了，这刘顺野心不小啊，在天顺牛奶公司，他可不是久居人下之人。嗯，这点正好利用。

庄有德最后说了："顺子老弟，我一看你啊，就相当投缘。咱们是一见如故啊。想老弟这般人才，将来必是飞黄腾达，前途不可限量啊。"

刘顺双手连连摆动："不不不，我刘顺算哪门子葱，哪有啥大的前途，就做点小生意，今后还得仰仗庄会长提携。"

庄有德哈哈大笑："好说好说。我现在就要提携你。咱们乳商联合会你之前不是理事吗，从今天起，你就是副会长了。"

刘顺一抱拳："多谢庄会长！多谢庄兄！"眨了两下眼，问："我当副会长，那皓天呢？"

庄有德说："顺子老弟，你的意思是？"

刘顺说："皓天是我老表，这个奶牛场也主要是他在负责。我就一闲人，坐享其成。我有一不情之请啊，如果要让我当副会长，皓天也得是副会长。”

庄有德拍了拍刘顺的手臂，说：“哈哈，就知道老弟有这么一说。放心，既然老弟开口了，为兄能不给这个面子吗？我今天就签发，任命你们为副会长，知会各位议董和会员单位。依老弟之雄才大略，早晚会出人头地的。那张皓天也不是老弟的对手啊。”

刘顺尴尬一笑，没有说话。

病牛事件就这样消解了，天顺牛奶公司继续稳步经营，规模在逐步增大。之后一段时间庄有德再没找天顺的毛病，倒是经常叫着刘顺去喝几杯，“哥俩好”地推杯换盏，相较于皓天，刘顺与庄有德，与北京乳商联合会的头头脑脑们走得更近了……

1929 年 7 月的一天，孙良喜忽然到牧场去找皓天。孙良喜是无事不登三宝殿，一见到皓天便开门见山直奔主题。原来在 1928 年北伐成功之后，蒋介石和夫人宋美龄为响应孙中山先生“双手万能、手脑并用”的办学方针，在南京创建了国民革命军遗族学校，由蒋介石任校长，宋美龄担任常务校董，专门收容和培养那些在辛亥革命、北伐战争牺牲将士的子女，让这些革命后代能够受到良好的教育和成长，以慰先烈在天之灵。

目前学校已经完成了大部分建设，但是还有一件大事要办，什么大事呢？那就是宋美龄为了培养学生们的动手实践能力，要在学校附近的卫岗建设一个农场，这就需要召集畜牧人才。这样孙良喜就想到了虞亭华和皓天，他们俩都有经验，理论水平俱佳，孙良喜希望他们能够抽出时间前去帮助建设。

听说是为国效力，为政府做事，皓天很有兴趣：这又是一个新的挑战，没准能学到很多东西。可是想到虞亭华目前的状况，他又有些犯难。

孙良喜看出点眉目，问：“天儿，是不是给你出难题了？你要实在脱不开身，我再另想办法。”

皓天说：“干爹，我现在的牧场如果不是您大力支持，哪里会有今天呢？况且这是为国效力的事情，我就算再忙也义不容辞，不过仅靠我一个人不行啊！”

孙良喜不大明白：“怎么是你一个人呢？不是还有虞亭华吗？”

皓天如此这般把虞亭华的情况告诉了孙良喜。孙良喜听过虞亭华和爱丽丝的事，可没想到这事后遗症这么大，不由大为惋惜：“想不到情况这么严重，亭华可是咱们国家的顶尖人才啊。可惜，太可惜了。不过事情都过去这么久了，难道就没有一点儿好转的迹象吗？”

皓天说：“上个月他从学校搬了出来。我去看过他，情况仍然很不乐观。”

孙良喜想了想说：“今天正好我也不太忙，咱们再去看看他。我观察一下情况，实在不行，就给他找全国最好的医生，一定要想办法把他给治过来。”

虞亭华被燕都大学辞退后，黄云裳就把他安排到了自己的住处。为了全心全意照顾虞亭华，她干脆连学校都不去了，只盼着虞亭华能够早日从困境中走出来。

黄云裳开门见到皓天和孙良喜愣了一下，然后“嘘”了一声，说亭华正在睡觉，然后把他们拉到门外。

皓天看黄云裳举止变得奇奇怪怪的，不由有点担心：“云裳，你怎么了？我看你气色还不错啊，不会也跟亭华哥一样了吧。”

黄云裳白了皓天一眼：“你说什么鬼？我可是很坚强的人！”

“没事就好，你再这样，我们芙蓉老师就更加愧疚了。”

黄云裳对孙良喜说：“孙叔叔，我那死哥哥跟着您了啊，没把您气死吧。”

孙良喜说：“你哥金榜啊，挺好。他还老提你，就是有点不敢见你。”

“我又不是老虎，他有什么不敢见的。”

“他呀，一提起你这个妹子，就叹气。也不知道这个妹子什么时候能够认他这个哥哥。”

“哼，那就让他赶紧把我嫂子找回来啊。都这么多年了，还没找回来，真是废物一个！”

孙良喜劝黄云裳：“你也别太难为他了。他已经悔悟过来了，也想找，到处打听。可世界这么大，哪儿会那么容易啊。”

黄云裳不愿意再说这个话题：“你们两个一起来，是不是有什么事？”

皓天说：“干爹是想看看亭华哥，他的意思是，实在不行，就给他找个有名的医生看看……”

黄云裳想了想，说：“我以前倒是想过，不过经过这段时间，我看倒是用不上了。亭华现在好多了。”

皓天一听高兴了：“啊？好多了？这可是惊喜啊。”

黄云裳很快又摇摇头：“好，可是也不算很好。”

皓天听得一头雾水：“这到底怎么回事儿？”

黄云裳咬了咬嘴唇：“他现在……把我当成了爱丽丝。”

“啊？”皓天吃了一惊，“要说你们俩这外貌差异也太大了，他怎么……那你怎么办？”

黄云裳笑了笑：“对他来说，可能外貌反而是其次了。我也就索性将错就错呗。”

孙良喜说：“这还真难为你了。”

黄云裳显得很平静：“我倒没什么难为的，我想明白了。他就是因为爱丽丝不在了才把自己弄成这样，现在他觉得爱丽丝又回来了，这对他来说其实也是一件好事。”

皓天问：“那他就忘了爱丽丝那件事？”

黄云裳说：“说来连我自己都没想到事情会变成这样。搬到这里后，我不想让他睹物思人，就把爱丽丝的照片藏了起来，然后又赌气换成我的。没想到过了几天，他就忽然把我当成爱丽丝了。还老问我出去这段时间想不想他，他以为爱丽丝是出去旅游了。”

皓天不由苦笑：“能这样想也挺好，他的压力太大了，需要有个途径释放出来。”

黄云裳也笑自己：“嗯，所以我就幸运地成了这个释放途径。只要能够让他变成正常人，做什么我都愿意。”

看着平静而坚毅的黄云裳，皓天大为佩服：“云裳啊，以前真没看出来，你真是一个了不起的奇女子。”

黄云裳淡淡地说：“你别给我戴高帽，我就是一个平凡的小女子。要不是这种事，我怎么知道自己还有当别人替身的潜能呢？哎，你别说，自从他把我当成爱丽丝之后，情况真的一天比一天好。前天他开始忙着写论文了，写的现代化农场的前瞻什么的。”

闻听此言，皓天万分感慨：“都开始写论文了，他又成了从前的虞亭华了！”

孙良喜也激动起来：“云裳，你受委屈了，不过你挽救了一位栋梁之材！亭华能够重新投入工作，为国家效力，这真是个大好消息！”

忽听房内传出虞亭华的声音：“爱丽丝，你在外边跟谁说话呢？怎么不让进来？”

黄云裳应了一声，又压低声音对二人说：“记住，他现在只记得离开清华大学之前的事情。你们也别提后来的事，从现在开始就把他当正常人，你们也要叫我爱丽丝。”二人心领神会，走进了房间。

虞亭华消瘦了不少，不过精气神明显好了许多，看到二人急忙站起身。皓天百感交集地看着虞亭华，极力抑制住内心的激动："听说亭华哥在写论文，你就是闲不住的人。"

虞亭华自嘲地说："唉，清华大学待了几年，每天忙于各种试验，好久不写这东西了，差点都给忘了。"

孙良喜说："不过对于畜牧业来说，实践还是更重要的。你看皓天就不会写论文，现在也差不多算是半个专家了吧。"

"皓天那也是天才啊，又肯学，又刻苦。对于我们这些凡夫俗子来说，还是要理论联系实践，两手都要抓才好，一条腿走路是很容易摔倒的。"说着虞亭华又摇摇头，"唉，清华大学取消畜牧系我可以理解。毕竟试验是一个相当漫长枯燥的过程，效果并不是立竿见影的。"

皓天一听，虞亭华的记忆果然停留在此，赶紧岔开话题："论文咱可以慢慢写，可是现在有一件大事还等着亭华哥去做。"

"大事，我能做什么大事？不过我倒是好奇起来。"

孙良喜就详细说了卫岗建设奶牛场的计划，听说是蒋介石、宋美龄亲自抓的工程，虞亭华非常激动："这可是一件利国利民的好事，真想不到国民党最高层人士也会关心这种事！"

孙良喜说："北伐完成，百废待兴，各行各业都需要大量人才。这次如果你们俩都能够参与奶牛场的建设，那就太好了。"

皓天说："我是没问题，就看亭华哥这边了。"

孙良喜直视着虞亭华："怎么？亭华，舍不得你的爱丽丝吗？那也没问题。你们这次如果要去，时间不会很短。我会请求对你们特别照顾，可以携带家属前去。"

黄云裳走到虞亭华身边，轻声鼓励说："我支持你的一切决定。"

虞亭华深情地看了一眼黄云裳："爱丽丝，谢谢你的支持。"然后站起身来，郑重其事地说："既然国家需要，我定全力以赴，不辱使命。"

孙良喜欣慰地笑了："那好，就这么定了。这几天你们都收拾一下，把这边的事情处理完就出发！"

皓天回到家，跟芙蓉说起虞亭华的情况，芙蓉不由喜忧参半。喜的是虞亭华终于不再沉浸于往事无法自拔，忧的是黄云裳摇身一变成了爱丽丝，也不知道究竟什么时候是个头。可是除此之外也没有什么别的好办法，只好叹息一声："云裳个性一向很强，想不到现在居然心甘情愿做起了替身，真是世间最苦是情痴。"

皓天说："他们两个都是情痴，亭华哥是，云裳也是。不过只要云裳认为值得，那就谈不上有多苦。精诚所至，金石为开，也许有一天亭华哥忽然醒过来，理解了云裳这一份良苦用心。那一切自然就云开日出，苦尽甘来了。"

皓天要去南京，牧场的管理工作就需要有人来接替。皓天有个合适人选，那就是他的舅舅王少川。王少川这几年已经彻底收了心，一直在牧场工作，日常负责管理各区工人，对各部门的业务非常熟悉，跟大家也都打成一片。之前王少川久在商海，见多识广，没少吃亏，行事谨慎有度，皓天对他挺放心，跟他简单交代了一下就准备启程出发。

临行前皓天跟刘顺告别，没想到刘顺有话说。刘顺现在还抽上了雪茄，一看就是成功人士。

刘顺说："你不在谁来管理公司？我很有兴趣啊，以前你在的时候我插不上手，现在你要外出，这不正好该我来一展身手了吗？"

刘顺这个表态让皓天挺意外："你不是一直立志要在商海里大展拳脚吗？咱们牧场这小打小闹的，明显不够你折腾啊。"

刘顺说得头头是道："百货公司是个人都能弄，发展空间有限。硬拼咱又拼不过人家，一个个都财大气粗的。再加上各种杂税，别看那么大的场面，利润空间其实很小。但是我发现牛奶行业不一样，没有被商家真正重视。眼下局势稳定了，将来喝牛奶的人必定会越来越多，大有可为呀。”

皓天点点头：“言之有理，你打算怎么做?”

“这样吧，你要真缺挤牛奶的工人，我不妨顶替两天。”

“正好，挤牛奶的小孙这两天回家结婚去了，你要不要顶替他干段时间?”

刘顺朝天吐了个烟圈，悠悠地说：“咱别说没用的，言归正传。我最近一直在想，天顺公司要想做大做强，就要大刀阔斧进行改革。”

皓天瞅着刘顺，竖起大拇指：“看你这架势，好像胸有成竹的样子。你想怎样做大做强?”

刘顺说：“打垮帝国主义竞争对手，让全中国都能喝上咱们国产的牛奶。”

皓天说：“野心不小。”

刘顺猛然一拍桌子：“必须要有野心，没有野心，怎么能够做强做大?你这种小富即安的心态很危险，你今天是一条小鱼，明天就会被大鱼吃掉!”

“你这咋咋呼呼的还挺吓人，小鱼也是慢慢长大的啊，咱们现在不是在稳步发展吗?”

“你看你也说了，慢慢，慢慢，太慢了！我希望我们的公司要像雀窝那样，要像熊牌、鹰牌一样强大，那就必须要攻城略地，抢占地盘。必须要快，快，快!”

皓天是务实派，他认为刘顺过于激进了：“以咱们目前的条件，只有先做好了，站稳了，才能考虑做大做强。”

刘顺一字一句地说：“万事俱备，只欠东风!”

“可哪儿来的东风啊?”

“我呀!”刘顺用手指着自己，“我就是东风啊，我可以调动其他资金来大干特干啊。”

看着雄心勃勃的刘顺，皓天知道一时半会儿也无法说服他：“这事儿急不来，我看还是等我回来咱们再从长计议吧。”

刘顺一听不高兴了：“你这次外出怎么也得一年半载的时间吧，等你回来，我看黄花菜都凉了。没劲透了。我不管，反正我得做事，你要不让我做，我就不跟你玩了。再说了，你舅舅那人你就真信得过？你信得过我信不过啊，我也得监督他。”

话都说到这份上了，皓天说：“那好吧顺子，咱这牧场的建设，有你的一大份功劳。没有你也不可能有这牧场，这天顺也有你三分之一的股份，你要真想做，我也没话说。不过我还是相信老祖宗的话：饭要一口一口吃，路要一步一步走。那些国际知名大公司也不是天上掉下来的，那也是经过一代又一代的艰苦努力才有今天……”

刘顺打断皓天：“得嘞，皓天，我从十几岁就开始做生意，可是今天听君一席话，我忽然发现我连个屁都不懂。那好我就在这里虚心学习学习好不好？你总得给我一个机会吧。”

刘顺是要虚心学习吗？显然不是，谁都看出来了，刘顺想取代张皓天，成为天顺牛奶公司的实际掌舵人。他的目标能实现吗？请看下回分解。

第二十四回

赴上海眼界大开 回北平目瞪口呆

话说刘顺趁着皓天要长时间外出，想抢天顺牛奶公司的实际控制权。皓天原本想他离开这段时间，让舅舅王少川担起大任来，自己也放心。不想被刘顺一顿抢白，皓天觉得挺没趣。想了一想，既然是合伙人，又是老表，让刘顺练练也不是坏事，将来还要长期合作，就是还得有人把关。谁来把关呢，那自然是舅舅王少川了，皓天左叮咛右叮咛，让王少川看住刘顺别乱来，这才放心离去。

几天后，皓天告别了家人，和虞亭华、黄云裳三人坐上孙良喜特别安排的军车，他们要奔向遥远的首都——南京。

上车之前，黄云裳看到了一张非常熟悉的面孔，脸都绿了。谁？她的哥哥黄金榜。

黄金榜干吗来了，这一趟护送是黄金榜和两名士兵一块执行，而且是黄金榜主动申请的。

黄云裳嘟哝着不想上车："要是有你在，我就不去了。"

黄金榜一点儿也不含糊，把她拉到一边："尊敬的爱丽丝女士，你打道回府不打紧，你想让你那位专家也跟你一起回去吗？你的爱人正要为国效力，你要阻止他吗？爱丽丝。"

被黄金榜抓住了把柄，黄云裳懊恼不已，瞪着黄金榜半天不说话。黄金榜苦着脸说：“我任性的傻妹妹如今莫名其妙变成了爱丽丝，我心里也不是滋味啊，可是谁让我是她哥哥呢？我不心疼她谁心疼呢？这一趟不知有多少艰难险阻，我得确保我的妹妹平安啊。”

这一说，黄云裳有些心软了，嘴上却还是硬：“别啰唆了，就给你一个将功赎罪的机会吧。你要说漏嘴，我以后就真不理你了。”

黄金榜咧开嘴乐了：“看来还不算太傻，还有救。放心吧，我怎么会害你呢?”

经过几天几夜的颠簸，终于抵达了目的地——国民革命军遗族学校。

学校的几位教师作陪，为皓天几个人接风洗尘。饭桌上提起校长宋美龄，大家都说她一向很注重农业，认为农业是建国基础，由此打算成立校办农场，供学生实习。饭后又有人带领大家到校园里转了一圈，只见学校坐落在南京中山陵附近的四方城前，规模颇为宏大。校园的布置由陵园管理委员会的园林专家设计，点缀得也是十分美丽。虽然目前建设尚未全部竣工，但已经能够感受到那种肃穆静谧的氛围。校方介绍说，政府非常重视这所学校，入学的学生因为都是遗族子女，所以学费一律免缴，并且还由政府供给一切的生活用品。

安排好住处，黄云裳由于疲惫，先去休息了。皓天和虞亭华却意犹未尽，一起在校园内散步。

皓天说：“亭华哥，恭喜你，这下总算英雄找到用武之地了。”

虞亭华微笑着摇摇头：“我算不得什么英雄，那些为国家统一与和平牺牲的烈士们才是真正的英雄。”

皓天说：“嗯，这么多年的兵荒马乱，和平哪怕只有一天也值得珍惜，一切终究都会好起来的。”

经过半个月的勘察，虞亭华向校方交出了一份详细的农场设计规划书，这份规划书结合当地环境做了可行性分析报告，提出现代化农场理念，制订了规划目标与总体思路。一周之后，校方回复消息，宋美龄女士看完规划书之后非常满意，希望能够马上破土动工。

农场位于卫岗南侧，本是大明皇帝的“御马场”旧址。虞亭华负责整个工程的质量监督，皓天负责整个工程的基础建设，两人在一起就是黄金搭档：虞亭华说什么皓天都明白，皓天说半句虞亭华也马上懂。两个人很珍惜这份轻松默契。

每天下午，黄云裳都要到工地去接虞亭华一起回去。看到虞亭华又全身心投入了工作，精神状态一天比一天好，黄云裳自然也是满心欢喜。到9月份，学校正式接纳新生，黄云裳干脆应聘做起了遗族学校的中学班教师，她让学生们都称她为“爱丽丝老师”。

虞亭华、黄云裳两个人早上上班一起出门，下午下班一起回家，这就让孤家寡人的皓天倍感羡慕，对黄云裳说：“人家唐僧还要经历九九八十一难才取了真经。你们俩这是一不小心就修成了正果，老天是不是太眷顾你了？”

黄云裳脸上美滋滋的：“你这叫赤裸裸的嫉妒，别眼红。以前你们两个坏蛋老在我面前秀恩爱，都秀了十几年了，我还不是眼巴巴瞅着？这叫三十年河东三十年河西，风水轮流转！”

皓天为他们感到高兴，只是每每想起家中亲人，也时常感到寂寞。每过半个月，他都要用学校电话给家人打一次电话。家里没有电话，芙蓉就约好后带着两个孩子到牧场去听电话。

孩子是越来越懂事了，尤其是思飞，每次打电话的时候还要关心一下虞亭华的情况：“虞伯伯现在好吗？虞伯伯每天都笑吗？我想虞伯伯了，想跟他聊天！”

皓天明白孩子的心思，知道因为救自己虞伯伯失去了最爱的人，心里就总觉得对不起虞伯伯。他告诉思飞说，现在爱丽丝阿姨又回到虞伯伯身边了，你可千万别跟他说那些已经过去的伤心事。思飞虽然似懂非懂，不过跟虞亭华说话的时候也的确做到了小心翼翼，不去触碰他的伤口。

皓天有时候也打电话问一下牧场的经营情况，大多时候都是刘顺接电话。每次都是一切都好，一切都顺利，要他安心在南京做事，他的目标就是做大市场。

皓天听他说得轻松，心里不免疑惑，终于有一次电话逮到了舅舅王少川。王少川却说自己现在主抓生产，其他的一概不问。皓天听得莫名其妙："不是说你们互相支持、互相监督吗？怎么你现在什么都不管了？"王少川却似乎不愿意再细说下去，只说自己很忙，就把电话给挂了。

皓天觉得奇怪，又问芙蓉。芙蓉平时很少去牧场，对牧场情况并不了解，说最近牧场开始在各大报纸上连续打起了广告。她每次去的时候，都看到有人到牧场参观。皓天心想，刘顺毕竟也是生意场上的老手，比他更懂做广告的好处。刘顺既然是他的生意合伙人，就应该相信他，问多了未免显得自己太小家子气。

到了年底，农场工程建设终于完成。依照宋美龄的意思，虞亭华和张皓天要就近从上海迁来一个良种乳牛场，以方便学生们展开实践活动。

考虑到虞亭华与黄云裳正在甜蜜当中，不便抽身到处跑，皓天就独自去遴选上海的乳牛场，这让他大开了眼界。

当时上海本土的牛奶行业极不发达，消毒设施和冷链设备都还不够完善，上海市场上贩卖新鲜牛奶的奶牛场不多，国人食用的乳制品几乎都是进口的，如雀窝、熊牌、鹰牌、好立克等品牌，进口种类也是五花八门，有乳粉、奶酪、干酪、乳油、炼乳等，数量非常大。

以奶粉为例，当时上海已经相当风行了。上海广东路 40 号有一家"爱兰汉百利公司"，是英国原装奶粉"爱兰汉百利代乳粉"的大经销商，南京路20号还有一家“吉时洋行”，是美国原装奶粉“KLIM乳粉”的大经销商，它们的分支机构都遍布全国。在上海人的心目中，洋奶粉比国产奶粉可靠多了。洋奶粉价格很高，像美国克宁乳粉，在上海卖到八角大洋一盒。一盒是十二两装，不到一斤（当时一斤是十六两），比国产奶粉“生隆昌”贵了将近二十倍！为了显示安全可靠，洋奶粉常常会打出广告“到埠之后亦不拆包”。意思是原产原装，国内那些奸商根本没有投毒的机会，完全可以保证奶粉安全。

鲜牛奶的状况基本一样，国人宁可多花一倍甚至几倍的钱去喝洋牛奶，也不愿意喝国产牛奶。为啥？国产牛奶掺水的现象太普遍。

当时报上登了一个笑话，说当地一个牛奶公司老板跟孩子对话，孩子说：“爹，您是不是把水掺到牛奶里了？”爹自然是打死不承认。孩子坚持道：“刚才我亲眼看见了！”这个爹就说：“傻孩子，我没有把水掺到牛奶里，我只是把牛奶掺进了水里。”

掺水就算是小事儿了，要说小孩子消化系统不健全，喝了百分百的全脂牛奶只会闹肚子，乳商经销商往里面兑点儿水，等于做了稀释，只要那水干净，就不会出太大问题。可问题是，一些黑心商人不光兑水，还兑别的，什么花生汁、淘米水、棉仁油、豆腐浆、碱面、刷墙用的白灰膏，等等，这些有的不光吃坏肚子，可能还会吃死人。

皓天耳闻目睹了上海乳业界的这些乱象，每天都是叹气摇头。

然而，让他叹气摇头的远不只是这些。

皓天是奉了蒋夫人宋美龄的命令去动迁上海良种乳牛场到南京，真正是肥差啊。哪个乳牛场被相中，就意味着一大笔钱将要入袋。财神爷驾到，闻到风声的各个乳牛场自是不敢怠慢，都做好了各种接待准备。

上海主抓乳牛场的工部局派出两个专人陪皓天考察。这两个专人可谓尽职尽责。24小时陪同，还安排了一辆小汽车专门接送皓天。

被考察到的乳牛场场主更是精心接待，花样百出。

吃一定是照着最有特色的招待。像旧校场路的本帮菜饭馆，那椒盐排骨、生烧鮰鱼、八宝鸡、走油肉、炒鸡腰、糟钵头、白切肉、扣三丝全国闻名。荣顺馆咸肉豆腐汤、炒三鲜风靡沪上。南京西路的上海国际饭店各式西餐甚至蜚声海外。还有上海和平饭店，孙中山在这里喊出“革命尚未成功，同志仍需努力”，而1927年，蒋介石和宋美龄在这里举行了订婚典礼。

吃好了自然还得玩好。

民国时期的上海有什么？十里洋场，车水马龙，黄包车，热乎乎的糖炒栗子，西服旗袍，滚滚的舞场，流行的月份牌时装美女画，简陋的石库门、古朴的弄堂雨巷，间杂耸立一些优雅与傲慢并存的小洋房。

主人都好客，皓天不得不整日周旋在灯红酒绿之间，时不时还被强塞各种礼物。巴豆虽小坏肠胃，酒杯不深淹死人。这些牛场主人好客是为什么？无非是看着张皓天现在权力在手，是棵聚财树，想投其所好，贿赂贿赂他。好在皓天定力很足，想着是为国家公干，丝毫不敢马虎。他一家一家很细致地考察，全力找寻“清洁之棚、清洁之牛、清洁牛奶”。

考察完将近三十家本土奶牛场后，皓天惊住了，基本没有一家是安全的。这和当初他在北京与虞亭华调查的结果几乎一样。

皓天与上海工部局负责接待的官职较大的那位贾副局长说到这个结论时，表示心情很沉痛，将如实汇报给宋美龄。

贾副局长就委屈地哭了。贾副局长说：“张皓天先生您不能向上这样汇报啊。”

“为什么不能这样汇报呢？”皓天不解，这是于国于民利益直接有干系的事情，真实汇报情况职所应当啊。

贾副局长说：“您这一汇报，我们工部局就倒了霉了。上级就会责备我们管理不力。”

皓天心想，你们可不就是管理不力吗？哦，还有管理无能。

贾副局长哗啦哗啦就哭诉开了：“我们不是没尽力，我们是十分尽力啊。我们考虑过各种措施来保证牛奶质量的安全，经常组织法规学习，不定期突击检查，辅以大幅提高罚款金额、吊销牛奶棚执照等，全力遏制掺假行为。甚至为了从源头上确保牛奶安全，我们还建立了一个由我们工部局统一管理的牛奶站，对沪上生产的牛奶，统一采购、杀菌、检验、装瓶、投递。不过，这个涉及太多方面的利益，最终牛奶生产者与消费者都反对，弄了两天就收场了。牛奶安全问题一直就悬而未决。您这么一报上去，暴露这么大的问题，上面就会板子打到我们工部局来，实际上我们使了多大劲儿，吃了多少苦您了解吗？”

“再说，您这一汇报上去，上海这些奶牛场不都得关门整顿啊，多少人得失业啊，普通老百姓可能相当长一段时间就没有便宜牛奶喝了。民族乳业就会一朝断送，咱们一直说要与洋人争利，这还能争吗？”

“最后，您说我们工部局能不使全力管理吗。我们局长的公子就是因为喝了不干净的牛奶传染了霍乱丢了小命。我们能不痛恨牛奶不安全吗？都是这些奸商，这些可恶的奸商，为了一点小利黑了心肠，毫无道德可讲。这个，容我们再狠治。您就别往上报了，这一报我们的工作就算真黄摊了，对整个行业没好处啊。”

皓天一看这架势，明白了：当官的最害怕就是丢了官位。也不跟贾副局长纠缠，说：“你们这行业管理的事情本来也不容我这外人来多嘴。我就是干好我这趟差事。你们这样，我看好了五家奶牛场，一会儿我把名单给出来，你们让这五家奶牛场每家挑出二十头良种奶牛，看看都需要给予什么补偿，列个清单给我。”

贾副局长连忙答应，拍胸脯表示一定办得妥妥帖帖的。

原以为一两天能办好的事情，但实际不是。贾副局长安排人手每天陪着张皓天吃喝玩乐，招待得无微不至。清单却一个礼拜都没出来，十几天后，奶牛动迁及补偿清单终于递过来，皓天打开一看就惊住了。

首先是奶牛的赔偿价格，差不多都在市场售价的三至五倍。有几头怀了牛犊的，那价格更堪称天价了。

其次是草场和奶牛棚的损失。这奶牛被征用了，原来养奶牛的草场自然就有一些会荒废，将来就不用作草场了。这部分土地要补偿，而奶牛场都在面积上做了不少手脚，以皓天考察时的印象，这没有一家不大幅虚增面积的。另外，奶牛没那么多了，奶牛棚就得拆除一些，这奶牛棚的造价就有各种讲究，各式新材料一计算，那也海了去了。

再次是牛倌和挤奶工，因为奶牛被征用了，他们一部分人也就自然失业了。按常理看的话，一头牛配一个牛倌和挤奶工足够了，但递来的清单不是，一头牛搭上了好几个牛倌和挤奶工。贾副局长说上海工人不好找，上班都得几班倒，一头奶牛得好多人照顾。

这里边暗门子真不少，皓天心想。

贾副局长一直在观察皓天，还没等皓天表态，他就开口了："皓天先生，您看，这奶牛您来挑。我们也是按照您在考察时候点名的好奶牛给列的清单。至于这补偿嘛，您就别操心了。有我们工部局呢，我们一定按照国家规定，按照蒋夫人的指示，公开、公平、公正地处理好这个事情。个别奶牛场存在漫天要价的情况，我们会坚持原则，多方协商，获得多方共赢的结果。"

皓天就说了："蒋夫人特别交代我来办这个事儿，方方面面我都得办妥了，我才能交差啊。"

贾副局长说："咳，皓天老弟。我今天叫你一声老弟，这以后咱们需要互相关照的东西多着呢。蒋夫人让你来的主要目的是啥，不就是挑几头好奶牛吗？你们已经把遗族学校的奶牛场建设得非常好了，现在就是需要进一些奶牛。这挑奶牛你是专家，你把你的事情办完就得了。别的你就别多管了。”

皓天说：“这怎么行呢，我知道挑奶牛是我的专责，但也不能因为这个事儿让很多人钻空子，徇私舞弊、贪赃枉法啊。”

同贾副局长一同来的还有一位财政局的头儿，贾副局长叫他郑老板。郑老板发话了：“张皓天先生，哪有人敢做徇私舞弊、贪赃枉法的事儿啊。蒋夫人盯着的事儿，我们一定会清正廉洁，权为民所用，利为民所谋，情为民所系。财政局会抽出专门资金，把蒋夫人交代的这个项目落实好，绝不让一个子儿乱用。”

贾副局长连忙应和：“皓天老弟，你是不明白其中的关窍啊。咱们民国政府有一整套做事的流程，这件事儿，您认可了这五个奶牛场的各二十头牛，您点个头就成了。其他方面还是我们来办，公事公办，绝不会循了私的。”

表态到这个地步，皓天就没话说了。只能敦促他们公款公用，一定要按实际情况安排，不要弄虚作假，辜负了蒋夫人的殷切期望。

说到蒋夫人对奶牛场建设的支持，贾副局长又寒暄开了，他很得意地说去过蒋夫人别墅，说了一些宋美龄的生活习惯。

原来宋美龄非常注重养生，她内外兼修。别墅里有德国造的立式钢琴，有各种古装书籍和英文书籍，用的茶具是银质的，家里还有一台以燃烧煤油为动力的西式冰箱，里边常年会放她喜欢吃的荔枝和菠萝等水果。

最后，贾副局长说：“蒋夫人还有一个生活习惯跟咱们的工作有关系。那就是她喜欢用牛奶洗澡。”

皓天就问：“你怎么知道的？”

贾副局长神秘一笑：“国民党有个妇女指导委员会，会里很多小姐、夫人都有用牛奶洗澡的兴趣，与蒋夫人是同好。你猜猜，牛奶洗澡怎么个洗法，蒋夫人为何迷上这个？”

郑老板接过话头：“这还有啥猜不到的？就是澡盆里都倒上牛奶，再加点香料啥的，让奶液浸泡全身来洗，牛奶滑润洗凝脂啊！爽身，美容。”

贾副局长说：“哈哈，少见多怪，少见多怪。其实，它的目的不是为了洗澡，而是为了治疗慢性皮肤病，改善肤质。”贾副局长放低声音，“告诉你们，宋女士有皮肤病。”

原来，宋美龄有皮肤过敏症史，是一种荨麻疹病，这是宋家遗传的慢性皮肤病。宋美龄不是用牛奶泡澡，而是用它涂抹身体，每次也就用半斤左右。用清水洗完澡后，将鲜牛奶洒在皮肤上，边洒鲜奶边揉搓摩挲，循环往复地按摩，让奶汁深层渗入皮肤和肌理。一周两三次，皮肤润泽光滑，还会生出令人愉悦的特殊气息。

皓天长了见识，心想：牛奶的功能看来还有不少，将来还可以做更多的产品开发。

贾副局长最后总结：“外面说宋女士每次洗澡用的牛奶量有十几桶，都是谣传！”

回到南京，皓天将自己赴上海考察奶牛场所见所闻详细写了报告，将需要动迁的一百头奶牛的详细情况列了清单，向宋美龄办公室呈交。皓天在汇报内容中请求严厉整治上海乳业安全，并建议对上海工部、财政各级官员廉政状况进行必要调查。过了差不多一个月，宋办秘书回复皓天，说一切都办妥了，宋校长已经批复。各级主管部门都已经按照批示在动迁良种乳牛。至于张皓天的请求和建议，则只字未提。皓天的心里禁不住咯噔一下。

皓天就找了两天时间，向宋美龄请了假，独自去转了一遍那五家被选中的奶牛场。这回他暗中调查，发现这几家奶牛场因为这次动迁全都发了横财，上回虚报的不但没有减少，反而变本加厉，又多了一些需要补偿的项目，有些简直就是子虚乌有多出来的。

更黑暗的是，皓天暗访发现，这几家奶牛场全都给工部局、财政局各级管事的奉送了大礼，甚至，奶牛场也全都有各级官吏的股份。

宋美龄希望虞亭华和皓天继续留在南京卫岗遗族学校教学生，虞亭华倒是有意留下，他和黄云裳已经乐不思蜀了。可皓天不行，他的亲人和事业都不在这里，黄云裳说出了心里话，在这里他们两个人天天都很快活，京城毕竟是他们的伤心地。皓天一想，回避一段也好，只是以后再见面就不那么容易了。

最重要的是，皓天感到自己空有一腔报国之心，却发现自己想报效的国家当前吏治腐败，各级官吏欺上瞒下，尸位素餐，无所作为，就想着中饱私囊。这使他灰心至极。因此，皓天想尽快离开国民政府所在地南京。

到了元旦的时候，皓天把遗族学校的各项工作做了交接，告别了虞亭华、黄云裳，风尘仆仆回到北平。回到牧场一看，皓天目瞪口呆，刘顺这也玩得太大了！

这正是：山中无老虎，猴子称霸王！

三元传奇

下

詹泳鸿　王印权　薛痒　张怀旧◎著

中国经济出版社
CHINA ECONOMIC PUBLISHING HOUSE
·北 京·

Contents

目 录

第二十五回

表兄弟分道扬镳　入商会不卑不亢

刘顺在牧场待了一个月，就有些蠢蠢欲动了。心想，挤完就卖，卖完再挤，翻来覆去不就这点儿破事吗？有啥麻烦的？钱来得多快啊。况且，我们天顺牛场已经非常非常出名了。皓天搞出的牛奶真行，市场口碑很好嘛。

刘顺还进行了微服私访，考察了一番北京牛奶市场之后，信心就更足了。嗯，现在天顺牛奶只需要再加大宣传就可以了。所以他恶狠狠地做出了一个决定：宣传，大胆宣传！我还就不信了，我干不过他们那几个所谓的大佬！

他要抢占市场，他要让全北京城都知道他的天顺牛奶！

刘顺下了血本，那段时间的京城大小报纸上铺天盖地都是天顺牛奶的广告：

天顺牛奶，给中国人喝的牛奶！

天顺牛奶，全世界都爱喝！

喝天顺牛奶，啥病都能治！

喝天顺牛奶，与天地同寿！

……

当然，还有胡同街边、黄包车上的广告，刘顺没少花钱做宣传。

那时候也没有广告法，刘顺这叫吹牛不上税。不必担心做虚假宣传而受处罚，所以想怎么吹就怎么吹。目的就是让老百姓都知道有个天顺牛奶，要让大家觉得，不喝天顺牛奶就落伍了！

看时机差不多了，刘顺趁热打铁，做出更大胆的举动。他联系了京城几家中小学，合计完人数，向大家宣布，天顺牛奶公司决定每天向学生免费赠送 500 杯鲜牛奶！几个学校闻听此言激动得热泪盈眶，这辈子终于碰上天上掉牛奶的好事啦！

正所谓树大招风，刘顺的一系列行为引起了市场同行的关注，尤其是那几家有名的外国牛奶公司。他们聚在一起，表示很生气，这个什么天顺公司是从哪里蹦出来的？简直吃了熊心豹子胆啦，敢跟我们抢占市场！还免费牛奶？这是想逼死我们啊。哼哼，既然你不怕死，那就陪你玩玩，看你还能蹦跶几天！

要知道这几家外国牛奶公司在国际上都很有名气，具有悠久历史，并且财大气粗，他们组成了牛奶界的八国联军，很快成立了同盟军。你价格低，我们也价格低，你给这几所学校免费，我们就给那几所学校也免费。不就恶性竞争吗，没关系，看谁能坚持到最后！那段时间，牛奶市场一片闹哄哄，不过群众有福了，每天都有各种免费牛奶喝，提前过起了社会主义新生活！

庄有德和北京乳商联合会的那些公司一看，嚯，天顺牛奶跟洋牛奶干上了，这很好，太好了。我们怎么办？啥也不办，坐山观虎斗，边上再说些乱七八糟的风凉话，煽点风点点火吧。

天顺牛奶成了众矢之的，这就不好办了。天顺公司不过是一个稍有实力的小公司，可人家一个个都人高马大，财力雄厚，拿什么跟人拼？无论是产量还是价格都没法跟人打持久战，时间拖得越久损失越严重。正面硬拼不行，无计可施的刘顺开始打起了歪主意，为了降低生产成本，他开始有意在牛奶质量上做手脚！而这正是皓天一向深恶痛绝的！这么多年来，他辛辛苦苦树立的口碑眼看就要丧失殆尽！

当王少川在电话里终于忍不住把这一切告诉皓天的时候，皓天气得浑身发抖，刘顺这是非要把一切给毁了不可啊！

皓天看到整个牧场死气沉沉，连牧草都有点青黄不接了。公司连续两个月亏损，工人工资都不能足额发放，有几个工人一怒之下干脆不来上班了。不少老顾客来牧场办退订手续。

皓天看到刘顺在牧场办公室里正吞云吐雾。

“哟，我这儿正想着你呢，你就回来了！”

皓天反问：“真想我？我这一回来不坏了你的大事了？”

刘顺故作镇定地说：“他们都告诉你了？其实也不用小题大做。前进的道路上遇到了一点小小的挫折，是在所难免的嘛。”

皓天哭笑不得：“刘顺啊刘顺，都说你是商界奇才，我对此一直深信不疑，所以才放心地把一切交给你。这回来一看，我算是彻底服气了，你就是一个赌徒，可咱们这里是牧场，不是赌场！”

刘顺一看皓天笑得比哭都难看，有点儿心虚，可还是一脸满不在乎。他吊儿郎当地坐在椅子上，仰望着天花板，深深地抽了一口雪茄，慢慢地吐出一个烟圈：“那么激动干吗？古书上怎么说的？要‘泰山崩于前而不变色’，这才是英雄本色。生意场上本来就是沉沉浮浮、起起落落。皓天，我们是做大事的人，做大事就不要为眼前的一点儿得失乱了分寸，是不是？今天咱倒霉输了，明天就不能东山再起了？别泄气嘛。”

刘顺倒反过来给皓天上起课来，皓天语气严厉了起来：“好好好，你是泰山，你厉害，还抽雪茄嘿！眼下的问题明摆着，咱们那么好的势头，现在被你整成这样，你说这烂摊子怎么办？”

刘顺慢条斯理地说：“我相信一句话，不破不立。想当初不也是从一无所有过来的吗？现在也不算太烂，至少还有草场，还有这么多头奶牛，比当初强多了不是？实在不行，我就把百货公司那边的资金再给多调过来一些好不好？”

皓天这回很坚定：“你不用再搭钱进去了。刘顺，我知道你一向心大，早晚能成大事。可是我跟你不一样，我只相信一步一个脚印走，前一步走不稳，后一步就容易跌倒。有句话我不得不说，咱俩根本就不是一个路数啊。”

刘顺猛然坐直了身子：“你的意思是……”

皓天说：“今天咱撂底儿！前一段时间就当玩了，接下来就该收心了。你继续你的大事业，我老老实实养我的奶牛。”

刘顺似笑非笑：“哦，我明白了，你意思是分道扬镳，咱俩从此各干各的？”

皓天叹了一口气：“咱们还是老表，永远都是。我永远感谢你对我曾经的支持。剩下的事情你不用再操心了，一切由我来处理。”

刘顺深深吸了一口气，笑了笑：“你终究还是信不过我，不相信我会把天顺牛奶做强做大。”

“我一直都相信你各方面能力都比我强。但是，弄虚作假的事儿咱们坚决不能干！咱们做乳业的初衷是啥！就是要让老百姓喝上最安全、最优质的牛奶！你现在这么做不是砸咱们自己的招牌吗？原来的老顾客都纷纷不订咱们的牛奶了，都排着队来退订了。老百姓不认咱们，还怎么做强做大？”

刘顺站起身来，点了点头，叹息一声：“事已至此，多说无益。你做你的，我做我的，从此各不相干。”说着从口袋里拿出一张支票来，“这段时间我给牧场也带来了不少损失。你开个价，多少钱我赔。”

皓天拿起支票，刺啦一下给撕了："刘顺，咱们是什么关系？咱们是老表！我能要你的钱吗？目前经营是困难了点，可也不是不能救，还是有得救的。这样，以后你继续经营你的生意，我继续打理这边的奶牛，年底只要有盈利，你的分红一分不少……"

刘顺摇了摇头："皓天你这么一说，我哪儿还有脸要什么分红？你也别埋汰我了，啥也别说了。我已经决定了，我从此以后跟这边，跟天顺公司再无丝毫瓜葛！"

不等皓天再说话，刘顺快步走了出去。办公室的门砰的一声关上了，皓天无力地瘫坐在椅子上，他看着空荡荡的房间，忍不住开始痛恨自己。他变了，心肠变得比以前硬了，为什么要这样？一时之间，皓天感到彷徨空虚，苦闷不已。恍惚间，他似乎看到表舅刘灿源，刘灿源也在对他摇头叹息，你们这又是何苦呢？这世间所有的一切不过是过眼云烟罢了，何必计较，何必执着？

是啊，何苦呢？何必呢？难道为了这所谓的事业他们这对表兄弟从此就注定要形同陌路吗？为什么？

人活着到底为了什么？不应该是快乐和自由吗？可是现在他却一点儿也不快乐，一点儿也不自由……

芙蓉轻轻推门走了进来，她看到皓天在椅子上睡着了，眼角似乎残留着泪痕，他太累了，因为他承受的太多了……

皓天睁开眼，看到芙蓉静静地坐在他的对面，静静地看着他，内心深处忽然涌起一股暖流："芙蓉老师，对不起，刚才我一心想着处理这里乱七八糟的事。现在刘顺走了，我却忽然不知道自己究竟在干什么，感到做这一切都没什么意义！"

芙蓉叹息一声："刘顺是该退出了。不能为了维持兄弟之情让刘顺由着性子瞎折腾。他一点儿也不知道珍惜大家创办奶牛场的一番心血。皓天啊，你不要太自责了，你没错，你不该承受那么多。就算你一无所有，我跟着你也无怨无悔。可是……你现在不只是为了我们而奋斗了。还有那些跟着你一起干的兄弟们，还有那些一直信任咱们牛奶的顾客。他们因为跟着你干开心，因为喝了你的牛奶而开心，你所做的怎么会没有意义呢？简直太有意义了。”

芙蓉这一番话让皓天平静下来，他紧紧握住了芙蓉的手：“芙蓉老师果然厉害，我这股钻牛角尖的劲儿解了。”

这时门外传来几声稚嫩的呼喊：“爸爸，爸爸！”

芙蓉赶紧抽出手来：“这俩小人儿玩够回来了，刚才我让舅舅带他们在外边玩。”

思飞和思甜俩双胞胎风风火火冲了进来，扑上来各自抢了皓天一条腿来坐。思甜眨巴着眼，搂着皓天的脖子半天不肯松手：“去年孙爷爷抢走了爸爸，刚才妈妈抢走了爸爸，爸爸现在终于完璧归赵了！”

芙蓉笑思甜：“这丫头还挺会用词。小心眼，你看你哥哥多大方！”

“爸爸永远都是你们的，谁也抢不走！”看到两个孩子，皓天便浑然忘记了世间一切烦恼。

思飞忽然从皓天腿上蹦了下来，冷不丁来了一句：“我觉得妈妈更稀罕我们。”

皓天有些惊讶：“为什么呢？”

思飞气哼哼地说：“妈妈天天陪我们，你天天在外边，也不管我们！”

芙蓉蹲下来看着思飞：“刚才还夸你大度呢，怎么也犯小心眼了？乖，爸爸妈妈都疼你。”

皓天假装委屈：“可是爸爸在外边也天天惦记着给你讲孙悟空的故事啊。”

思飞想了想说：“好吧，那今天就罚你多讲两个孙悟空的故事。说得让我高兴了，我就放你一马。”

皓天故意板起了脸：“呵，这小小年纪就学会跟老子讨价还价了！这都跟谁学的？”

思飞很骄傲地说：“天天耳濡目染，我这叫自学成才！”

皓天忍俊不禁：“这成语用得简直岂有此理！你哪儿跟我学了。我可是堂堂正正，一身正气！儿子你天天嚷嚷着要做孙悟空，你说说孙悟空在你心目中是什么样的人？”

思飞不屑地说：“人家孙悟空根本不是人，是石头变的猴子！”

“好，说对了，那他是一只什么样的猴子？”

“会飞的猴子！”思飞手搭凉棚，扮起了孙悟空，“俺老孙一个筋斗就是十万八千里！”说着，嘴里“嗖”的一声冲出了门外，过了一会儿，又“嗖”的一声回来了，“俺老孙快不快？”

思甜撇撇嘴：“咋咋呼呼的，全是花架子，假的！”

思飞冲着思甜一声大喝：“白骨精哪里跑！吃俺老孙一棒！”说着就要冲上来，思甜赶紧往皓天怀里钻：“爸爸，他恼羞成怒了，欺负我！”

皓天对思飞说：“你要爱护妹妹，不能欺负妹妹，知道不？”

思飞站住了，哼了一声说：“好男不跟女斗！”

皓天想起了自己小时候，也是坐在父亲身边听孙悟空的故事，也是像思飞一样每天蹦蹦跳跳学着去飞，这一切是如此熟悉，仿佛就在昨天。

思甜抬起头，打断了正在发呆的皓天：“爸爸，咱别搭理他。我刚学了一首歌，一直想着等你回来唱给你听，你想听吗？”

皓天兴致勃勃连连点头：“好好好，我家姑娘天生就是做歌唱家的料！”

思甜从皓天身上跳下来，从口袋里扯出一根红绳，叫妈妈跟她一起配合表演，还自告奋勇充当起主持人：“下面有请张思甜同学和她的娘亲秦芙蓉女士一起为大家表演歌曲《翻绳儿》!”接着奶声奶气地唱了起来：

一根绳儿，两个人儿，四只手儿，八条横儿，你来我去折腾人儿，绕来绕去绕腾人儿，七扯八扯扑腾人儿，闹了归齐一根绳儿!

思甜一边唱着，一边和妈妈一起翻着那根红绳，一会儿翻成花手绢，一会翻成双十字，一会儿翻成面条……

望着体贴的妻子和可爱的孩子，皓天沉闷的心情迅速得到了释放。他珍惜这样的家庭，珍惜这样的生活。所以无论多苦多难，他都要坚定走下去。那些跟着他一起干的牧场工人不也跟他一样，都在为自己小小的家而努力拼搏吗?

为了自己的家人，为了更多人的家人，危机时刻要敢担重任!

几名离开的工人又被皓天挨个请了回来。账表上的钱已经所剩无几，皓天拿出家中的积蓄给大家一一补发了工资。大家伙儿感激不尽，纷纷表态，今后要全力以赴，让一切都重新步入正轨。牧场的日常运营很快恢复了。

员工容易安抚，市场就没那么容易安抚了。刘顺这一番折腾让不少曾经的老顾客很失望，他们纷纷用脚投票，不再买他们家的牛奶。俗话说好事不出门，坏事传千里，要想重新赢得这些老顾客的认可，那就必须拿出自己最大的诚意。

皓天前思后想，事到如今，没有别的办法了，行动大于一切。他手拿这些老顾客的名单，每天天一擦亮就骑着那辆破旧的脚踏车，挨家挨户亲自登门拜访，诚恳道歉。恳请大家不要对天顺失望，他保证继续为大家提供质量最好、价格最低的牛奶，每次他都带着最新鲜的牛奶让顾客们免费试喝。连着跑了十几天，皓天不敢有一丝一毫的懈怠，到后来腿都疼得受不了了。他终于感动了老顾客，大家纷纷表示继续支持天顺牛奶，重新开始常年订购。皓天终于经受住了这场考验，挺了过来。

这期间，皓天受到了北平总商会的关注。有一位商会议董名叫高品云，是一名火柴生产商，五十来岁的年纪，是天顺牛奶的老主顾。通过天顺牛奶这一场风波，他很欣赏这位很有理想抱负，也很有实干精神的年轻人，有意吸纳他加入北平总商会。

甲午战争之后，惨败的清廷为了自救，临时抱佛脚，仿效日本实行“变法”，由此设立了商部，颁布了一系列振兴商务、奖励实业的章程法令，倡导和鼓励工商业者成立商会、教育会等新式社会组织，并且在法律上给予保护。由此，全国各地的各种商会便如雨后春笋般纷纷涌现，其宗旨是维护商人切身利益，联络工商感情，巩固地区商务，北京总商会在这种背景下应运而生。经过二三十年的发展，民国时期，总商会各项功能日趋完善，成为具有强大凝聚力的民间组织机构。一般情况下，它只接收各行业有相当实力的大老板，而且必须有总商会的议董、协理甚至总理引荐。

高品云在商会的职务是议董，是商会的主要执行人。在一次议董会中，他把皓天领了进去，向大家介绍说：“这名三十出头的年轻人名叫张皓天，是乳商联合会的副会长。当初他从两头荷斯坦乳牛开始做起，到了现在他拥有40多头奶牛了。我们全家这几年一直在饮用他的牛奶。但是前一段时间却停止饮用了。为什么呢？因为那段时间我在报纸上看到他们公司开始打起了各种乱七八糟的广告。我本人并不讨厌广告，但是我对那些华而不实、弄虚作假的广告确实非常厌恶。牛奶就是牛奶，主要作用就是强身健体，但非要无限吹嘘那就说明他们企业是不负责任的。后来我一打听，这家牛奶公司连工人工资都发不出来了，这就让我非常怀疑他们的诚信，决定不再去喝他们的牛奶。但是前一段我见到了张皓天本人，才发现其实我误解了他。他上段时间一直在为国家做一件大事……”接着，高品云把皓天这段时间的遭遇原原本本说了出来。

高品云在商会德高望重，他这一番声情并茂的讲话加深了大家对皓天的认识。皓天被推上台前，赢得在场所有人的掌声。皓天站在台前，心潮澎湃，他朝大家深深鞠了一躬，说：“非常感谢高先生抬爱，在下诚惶诚恐。各位都是行业风云人物，今天能够跟大家共聚一堂，实在三生有幸。我在总商会是一名新人，许多规矩并不懂，若有失礼之处，恳请各位多多包涵，不吝赐教。如果这里有用得着我的地方，我定当义不容辞，全力以赴！”

皓天的这番发言情真意切，不卑不亢，赢得现场诸人的一致好感，会议室再次响起热烈的掌声。

没想到皓天刚加入商会不久，刘顺也加入了商会。这刘顺也不是来玩的，人家也是商会总负责人之一的商会协理卢胜推荐加入的。刘顺的顺昌百货公司在北平本就颇有名气，年纪轻轻便创下如此基业，大家不禁感叹后生可畏。

梳着锃亮大背头的刘顺大步流星走到台前，冲大家双手抱拳：“各位业界前辈，各位同行弟兄，从今天起我刘顺就正式成为北平总商会的一分子。我从十五六岁开始就在天桥市场摆摊，也不知道是不是走了狗屎运，从此之后就一帆风顺、一马平川，有了顺昌百货公司。不过我并不觉得有什么值得骄傲的，我只会把顺昌当作我事业的起点，还请各位多多捧场！”刘顺这一番侃侃而谈虽然有些许嚣张，但也不失风趣，众人纷纷喝彩。

皓天由最初的惊愕恢复了平静，为刘顺鼓起了掌，旁边的高品云悄声对皓天说：“我看这明显是要抢你的风头啊。”

皓天笑了笑说：“他向来都比我强，走到哪里都是焦点。”

高品云不禁诧异：“哦？原来你们认识？”

皓天点点头：“他是我远房老表，我们打小就一起玩。”

等刘顺说完，商会协理卢胜走上前来：“刘顺可以说是白手起家，但是恐怕许多人不知道他家祖上当年在北京城也是相当有名的。在他父亲刘灿源那一辈，北京东直门大街有一半都是他家的产业。”

台下有人惊呼：“原来他父亲就是当年鼎鼎大名的刘半街啊，可惜啊可惜，那么大的家业，不过几年工夫就给败光了！”

刘顺充满深情地说：“我父亲天性洒脱，热爱自由，又乐善好施。我小时候他总教诲我说，钱财乃身外之物，所以即使散尽家财也不皱一下眉头。可我总是想，与其散尽家财，何不以财生财呢？散尽了也就没办法再去扶危济困，可以财生财却能源远流长啊。”

众人听刘顺这一番深情表白不禁目瞪口呆，等他讲完过了约莫一分钟才想起刚才忘了鼓掌，又拼命鼓起掌来。

皓天看着台上意气风发的刘顺，内心充满悲哀。他这是为表舅刘灿源感到悲哀。这么多年来，刘顺何尝承认刘灿源是自己的亲爹，他们父子之间早已形同陌路，可如今这个路人一样的父亲却被他不动声色地拿来做了爱心道具！

刘顺同样在台上看着皓天，他看上去似乎有一丝不屑，一丝嘲弄。忽然之间，皓天觉得刘顺无比陌生，不过几个月的工夫，刘顺和他已经形同陌路了。

刘顺忽然指着皓天对大家说：“张皓天是好样的，我一直都相信他会干一番事业！所以我几年前就毫不犹豫把祖宗传下来的那块草场转给了他，让他好好养牛，让咱们老百姓都能喝上好牛奶，老表，加油啊！”

所有人的目光射向了皓天，人们窃窃私语起来。刘顺这一番冷嘲热讽明摆着是有意让皓天难堪。

皓天笑了笑，站起来，不卑不亢地说：“这么多年来，我一直都很感激你们父子对我这个穷小子和家人的照顾。你们爷儿俩有几年没见面了吧，前一段我还见过表舅，他也听说了前一段牧场发生的事，他对我说每个人都有自己的命，都有自己的路。只要踏踏实实做事，老天就一定不会亏待咱们。未来还有很长，何必急于一时呢？这话说得我心服口服，你看，现在牧场真的就重现生机了！”

皓天这一番话说得合情合理，既给刘顺留了面子，却又暗藏机锋，打消了众人的疑惑。

刘顺果然知难而退，不再挑衅，他哈哈大笑着走下了台，走到皓天身边，拍拍他的肩膀：“老表，我爹一直都喜欢你，我也喜欢你。以后咱们还是少不了要打交道，到时候还要请你多承让啊。”

皓天也打了个哈哈：“未来怎么样谁都难预料。命中有时终须有，命中无时莫强求。你爹说得好：一切顺其自然。”

皓天是顺其自然，不刻意强求什么。但是刘顺不一样了。刘顺还有更深的打算，这一次，他是要在乳商生意方面完全打败张皓天。正所谓：恩恩怨怨，生死白头，几人能看透。

第二十六回

老对头各自选材　父子俩为地翻脸

刘顺是好强的人，上次他要大刀阔斧改变牧场，虽然结果很不理想，可他还是不服气。他觉得自己只是差了一点时间，差了一点运气，再过一段时间事情弄不好就有转机了。可是皓天根本不给他机会，结果弄得他灰头土脸，一败涂地。他心里憋着一肚子火，我刘顺打小闯荡江湖，一向要风得风，要雨得雨，何曾受过如此屈辱？不行，我一定要收回失地，一定要赢张皓天！

从此不管明里暗里他一直跟皓天较劲。所以皓天看到刘顺变了，变得陌生了，变得咄咄逼人了。还装模作样，对自己的态度也是一百八十度大转弯，不冷不热的，更别说像以前那样随便开玩笑了。

皓天很想找刘顺好好谈谈，可是刘顺压根不跟他打照面。皓天见过几次秀娥，每次问刘顺的近况，秀娥大概也知道他们之间的那些破事儿，很无奈，可也没办法。总是说他很忙，非常忙，忙到屁股冒烟儿，忙到连孩子生病也没工夫去看。

一次刘顺去老丈人家接秀娥和孩子，两人狭路相逢。皓天跟他很真诚地打招呼，想跟他聊聊，他却态度很生硬地说，我跟你有什么可聊的？

看他这种态度，皓天也很撮火，我这儿图啥呢？我一心一意维护咱们表兄弟之间的友情，结果剃头担子一头热，热脸贴了冷屁股。这年头谁求谁啊，好吧，我不陪你刘大少爷虚耗时间了！我把我自己的奶牛场经营好就得了。这样一来，两人私下也就断了来往。

不过公事上的见面还是在所难免。每过一个月时间，北平总商会都要召集成员参加全体大会，目的是促进交流，互通信息，了解商情，调解纠纷，各抒己见。一到这时候，刘顺的表现机会就来了，总要走上前台侃侃而谈一番。刘顺虽然年纪刚三十出头，但是从生意场上一路摸爬滚打过来，三教九流见识过不少，说话就跟说相声一样，见人说人话，见鬼说鬼话，让人听着挺舒服，所以很快他便成了总商会里引人瞩目的明星。跟刘顺比起来，皓天就显得相对低调了许多，这种出风头的事他还真不太擅长。

如此过了大半年，有一天高品云找到皓天，告诉他，议董会经过讨论，决定吸纳他加入议董，这意味着他要成为总商会中的重要执行者之一。这让皓天颇感意外，连连推辞说："商会各行业人才济济，我只是初出茅庐的后辈，何德何能担当如此重任?"

高品云一听就不高兴了："这次让你加入议董是我倡议的。我看你为人真诚坦荡，肯包容，又肯坚持原则，大直若屈，大巧若拙，实在是做议董的最佳人选。而且你敢于创新，有国际眼光，你经营的奶牛场很有科技含量，现在洋人都夸。长江后浪推前浪，后生可畏啊，北平商界你当前是很有实力的，既然我高某人举荐了，皓天兄弟再一味推辞，那不是让大家把老夫看成老眼昏花了吗?"

皓天苦笑说："您知道我一向都很尊敬您，只是我比较愚笨……我真的担心自己不能胜任……"

高品云打断他："不要逃避责任！我跟你说，什么叫愚笨，你这叫大智若愚。聪明人我这辈子见得太多了，可是他们最后又怎么样？还不是聪明反被聪明误？我老了，总商会也确实需要你这样有能耐的后生小子担起重任了。你就让我享两年清福吧。我观察这么久了，就是想让你做我的接班人，你说为总商会做点贡献怎么了？这也是实业救国嘛。我说你行你就行！别啰唆，赶紧给我报到去！”

高品云这一番话让皓天也不好再推辞，只得同意加入总商会议董。没想到刚过了没多久，总商会协理卢胜把刘顺也给吸纳进来了。

原来在总商会里有一个公开的秘密，那就是高品云和卢胜这两人虽然同在总商会里做事，但其实是一对老对头，多年来一直面和心不和，谁也不服谁。高品云提出什么建议，卢胜从来就没有公开赞成过。同样，卢胜有什么主意，高品云也总是嗤之以鼻。两人都有自己的一帮铁杆拥护者，斗了几十年也没分出个结果来，谁拿谁都无可奈何。眼看两人都要退休了，还是没消停。卢胜想，你高品云不是要寻找自己的接班人吗？我卢胜岂能甘拜下风。你找我也找，你找张皓天，我就找刘顺，咱俩老家伙不分胜负，那就让接班人定输赢！

刘顺也挺给卢胜争气，做了议董之后马上就发表了一番激情四射的就职演说。大意就是说一定要为总商会会员争取最大利益，营造一个商业竞争的公平环境，并且誓言一年内为大家争取减轻苛捐杂税的负担，等等。

要说啊，从民国建立以来，由于连年混战，军饷成为各路军阀抢夺的重点目标，强行搜刮民脂民膏。商家更是成为他们盘剥的首选，各种稀奇古怪的苛捐杂税让全国商人们苦不堪言。即使到了北伐战争胜利，老蒋虽然名义上统一了中国，但商人的情况却没有得到多少好转，依旧是名目繁多的各种杂税。刘顺在这个时候表决心就显得很重要，虽然八字还没一撇，也没见着什么实际的举措，但大家都觉得看到希望了，纷纷为他叫好。

皓天并不急于发表什么大计划大目标，在他看来，想做好一件事，决心固然重要，但更需要的是耐心。他非常认真地观察分析总商会的事儿，认识到许多长期积累的问题并非像刘顺说的那么简单，所谓冰冻三尺非一日之寒，贸然给大家承诺无异于饮鸩止渴，并不是负责任的做法，倒不如少说一些话，多做一些事。

这一年夏初，上海绸缎业发生了一件大事，各大绸缎商们为了打击竞争对手，互相减价贱卖，并且帮派林立，排斥异己，很快变成恶性循环，价格的大幅下跌也严重影响到北平的绸缎生意。眼看北平各商家生意要陷入绝境，小的绸缎商纷纷倒闭。此时张皓天挺身而出，决定代表北平总商会出面协调此事。

皓天到了上海，那上海最大的一家绸缎商实力雄厚，也是这场风波的始作俑者，老板姓赵。赵老板认为即使所有绸缎庄都倒闭他也不会倒闭，他一点儿也不怕。他根本不把皓天放在眼里，不以为然地说："你不就是一个养奶牛的吗？听哥哥一声劝，这事你管不来，还是回去老老实实养你的奶牛去吧。"皓天笑了笑，没再多说话，离开了。

没想到三天后，赵老板又见到皓天，这次他不敢吭声了。皓天不知道怎么请来了美国旅华商会会长到上海。为满足日益增长的对华绸缎的需求，美国旅华商会打算在上海举办绸缎制品展销会，让美国商家直接找货源，委托皓天出面邀请上海各绸缎商参加。赵老板眼巴巴等了几天，傻眼了，皓天几乎请来了上海所有的知名绸缎商，却唯独没请这位赵老板。赵老板不敢再嚣张了，为了能够参加展销会，跟美国商界签几个大单，按照皓天的要求，乖乖地和各大绸缎商签订了谅解协议，声明不再进行恶性竞争。上海、北平也共同成立了京沪绸缎商业公会，大家约定同业成员如果要求大减价，得向公会提出，获得同意后才能实施。张皓天还被推选为该公会的议董之一。

皓天之所以跟美国旅华商会会长搭上线，是因为蒋夫人宋美龄的缘故。此前在南京的时候，皓天和虞亭华对卫岗农场的建设让宋美龄非常满意，农场竣工后她特意抽时间接见了他俩，对他们很有印象。皓天在虞亭华那里得到消息，近日宋美龄经常待在遗族学校，于是马不停蹄从上海赶到南京，终于见到了宋美龄。皓天恳请宋美龄帮忙介绍美国旅华商会会长和他认识，宋美龄听罢皓天的计划，也认为绸缎业的恶性竞争有必要解决，因此安排了双方见面。

皓天此举可谓一箭双雕，既调解了商业纠纷，维护了市场秩序，又促成了一项国际交流，开拓了新的商机。总商会诸人看到张皓天不动声色之间就把一桩棘手的商业纠纷事件妥善解决了，不由大感意外，纷纷竖起大拇指：别看这张皓天平时不显山露水的，关键时刻一下子定了乾坤，这能耐真不小！

这一来，皓天的介绍人高品云觉得倍儿有面子，走起路来更是步步生风，见到老对手卢胜那神情也变得不一样了，扬眉兼吐气啊。那卢胜心里非常撮火，心想这老家伙不知道哪儿来的狗屎运，招来这么一个人物，居然连总统夫人都愿意给他捧场！

卢胜见到刘顺就说："刘顺，我可是一直看好你啊，咱不能光说不练假把式，是不是也该整出点什么动静了？"

刘顺眼睁睁看着风头被皓天抢走了，总商会里的人都尊敬皓天，心里很不舒服。皓天不声不响就为总商会立了大功，可他呢？还真就像天桥说相声的了，苦心经营的商场骄子形象也一落千丈，不由仰天长叹："人家天时地利人和都占全了，我自认倒霉，我真没这个本事。"

卢胜一看刘顺这样子又恨铁不成钢了："你看你看，这就不行了，你这是在灭自己威风长他人志气！当初我为什么选你？我就是看中了你的雄心勃勃，指望你将来能接位做总商会总理，彻底打败高品云，我的宝可全押你身上了！你别垂头丧气啊，这叫我怎么对你有信心呢？"

刘顺反问卢胜："谁说我垂头丧气了？您看我像是那种轻易认输的人吗？"

卢胜乐了："好小子！我就知道你不会被打趴下的！"

"他风光，且让他暂时风光"，刘顺冷笑着说："他张皓天不可能永远风光！"

刘顺有了主意。什么主意？他也要养奶牛，要比过张皓天！他一直想，上次就是激进了点儿，运气差了点儿，要说养奶牛，当个乳商这事儿，凭我刘顺这久经商海的身手还不轻而易举啊。他去找乳商联合会庄有德，庄有德正想着怎么把张皓天给整治整治，一直苦于没机会。这一看天顺公司内部出裂缝了，正好，我把这裂缝撕得再大点。庄有德当即表示全力支持刘顺跟张皓天较量，并且给他献上了一条毒计。刘顺一听连称"好计好计，高明高明"。

庄有德有什么好计？他想到了天顺牧场的地是刘顺的，张皓天只是借地经营，这把地收回来，釜底抽了薪，看你张皓天还怎么经营得下去。

刘顺得计大喜，很快便开始了他的"复仇行动"，也就是让张皓天把他的牧场物归原主。这样，他可以直接经营，而张皓天就断了栖身之本了。他找来律师，向皓天发了一份律师函。律师函要求皓天必须在十日之内归还草场，不得再擅自经营奶牛场，如果拒不执行，那么刘顺将会诉诸法庭，采取强制措施。

皓天接到律师函，脑袋"嗡"地一下变大了。他没想到刘顺居然出尔反尔做出这种事情，当初离开的时候言之凿凿说不再跟这里有丝毫瓜葛，如今却居然要强行收回，这明摆着是要故意跟他过不去了。短短十天的时间他如何去安置牧场的几十头奶牛？如何重建一个规模相当的牧场？

晚上皓天带着一身疲倦回到了家。这天正好是周末，思飞和思甜看到他便缠了上来。芙蓉看皓天神色有些不对劲，便把孩子拉到一边，让他先休息一会儿，等做好晚饭再去叫他。皓天打了个大哈欠，心思恍惚走到卧室倒头便睡，不料这一下子就睡到了第二天。早上睁开眼，芙蓉正坐在他身边，问他："昨天你睡得也太沉了，叫了半天都没叫醒，就干脆不让你吃晚饭了。你太累，那就在家休息两天，反正一切都进入正轨了，你不去也没多大事儿。"

皓天坐起身来打了个哈哈："再过几天我就算想忙也忙不了啦。"

"昨天就看你不对劲，还没见你这样子过，到底出什么事儿了？"

"我马上要把牧场还给人家刘顺了。"

母亲王氏在外边也听到了皓天的说话，急忙进屋问怎么回事儿。皓天说了刘顺要在十日之内收回草场的事情，大家不禁面面相觑。王氏叹息一声："这孩子怎么神一出鬼一出的？以前我看他挺聪明，老夸他为人处世挺周到，怎么就突然成这样了？怎么就把他给得罪了？俗话说得饶人处且饶人，这些年他不是一直都有分红吗，咱没亏待他啊。"

皓天说："他现在变了，变化太大了。"

芙蓉也生了气："明明当初是他不对在先，现在却要倒打一耙，连喘口气的机会都不给。你一心一意要建设，他是一心一意搞破坏，简直就是东郭先生和狼！"

思飞和思甜跑了过来，思甜说："妈妈在给爸爸讲东郭先生和狼的故事吗？我也会讲！"

思飞也张牙舞爪地说："妖怪哪里逃，吃俺老孙一棒！"

俩孩子这一搅和，皓天心里也轻松了许多："一天到晚就知道瞎咋呼，哪儿有那么多的妖魔鬼怪？"

芙蓉也笑了："反正我也想开了，就算把牧场还给他刘顺又如何？咱们的日子不还得照样过？我现在一点儿也不发愁了。你也别胡思乱想了，只要人在，大不了咱们从头再来。"

听芙蓉这一说，皓天一扫心头的郁闷：“好，有芙蓉老师的支持，我一下子豁然开朗了！留得青山在，不怕没柴烧。只要人在，就什么也丢不了！”

吃罢早饭，皓天来到牧场，看到一帮人聚在一起正等着他。舅舅王少川成了牧场代表：“皓天，大家伙儿听说再过几天咱们的牧场就要归刘顺了，这心里头堵得慌啊！”

“我来跟他们说。”皓天走到众人面前，表情很平静，语气很坚定：“大家不必多想，我向大家保证，只要我还在，就保证奶牛场继续经营，一切照旧。至于后面的事，我这几天也会好好安排，请大家放心吧。”

皓天这话让大家吃了定心丸，各自回去做事了。此后几天皓天一直不动声色，该干吗干吗，该出去会友出去会友，像往常一样。

刘顺一看这都过去几天了，皓天却没一点儿动静，既不回应，也不行动，心里不由犯嘀咕，不知道他葫芦里究竟卖的什么药。陡然他想起皓天以前对他说过的“既来之则安之”，不由冷笑起来：你马上连养奶牛的地儿都没了，马上就要一无所有了，还能安生得起来吗？我倒要看看你到时候还能不能安生！

很快到了规定期限，刘顺一大早便带着律师来到牧场。皓天站在办公室门外，看到刘顺一步步走了过来，淡淡地说：“你亲自来了，请进。”

“这可是个大日子，我怎么敢不来呢？”刘顺走进办公室坐了下来，他冷眼打量着皓天，“马上就不能坐在这办公室了，我怎么看你一点儿都不着急呢？”

皓天反问：“我为什么要着急呢？”

“我还真有点纳闷了，你辛辛苦苦经营了这么多年，然后忽然有一天你发现这一切跟你没关系了，你什么都没了，就一点儿也不着急？”

皓天微笑着说：“我怎么觉得你特别希望看到我着急的样子？”

刘顺愣了一下，哈哈一笑：“咱们毕竟也算是亲戚，我怎么会在这节骨眼上幸灾乐祸呢？你如果有什么意见不妨直说。”

皓天说：“我没什么意见，这草场本来就是属于你的。”

“痛快，痛快！”刘顺鼓起掌来，“张皓天，你果然不一般，是做大事的人！”

“既然你铁了心要收回，我横竖都是一死，那倒不如引刀成一快。”

“你这一说，我还真有些不好意思了。”刘顺叹了口气，“可是商场如战场，我今天放你一马，明天你又骑到我头上拉屎，我也受不了哇。”

皓天摇摇头：“你多虑了，我们是老表，可我一直当你是我的兄弟，只想着你能越来越好，从没想过骑你头上，我们大家都好好的，不行吗？”

刘顺冷冷看着皓天，忽然冷笑一声：“说的比唱的好听，你我多年的交情，可是为什么你毫不留情就把我赶出牧场？”

皓天解释说：“我没赶你，我只是觉得你不适合做这个，要建一个好的奶牛场不是一朝一夕能干成的。你聪明、能干，可是太激进了。激进有时候是好事，可更多时候只能坏事。”

刘顺冷笑：“好像这世上除了你别人就做不好了！”

“谁都可以做好，只要有足够的耐心、足够的恒心和足够的毅力。”

刘顺不耐烦地反驳：“我的耐心、恒心、毅力可能比不上你，可是我比你有魄力，我勇于尝试，我不怕失败，你敢吗？”

皓天说：“那就只好祝你好运了。”

刘顺一屁股坐在椅子上，疲惫地摆摆手：“不跟你扯这些了，谈正事，这些奶牛你打算怎么处理？”

皓天说：“我跟工人们商量好了，每人牵回家几头先各自养着，等找好场地再给牵过去。”

刘顺瞪大了眼睛：“真行啊你，你不嫌麻烦，我都替你头大！”

皓天笑笑：“这也是没办法的办法，总不能杀了吃肉吧。”

“那有没有别的办法呢?”刘顺说，“老表，你可以跟我商量一下嘛，我也不是不近人情的人。这样吧，你的工人和你的奶牛还继续待在这里，以后我负责给他们发工钱，还有这里的一切建设设备，你当初毕竟花了不少钱，费了不少力气，你可以开个价，不管多少钱，我照盘全收，怎么样?”

刘顺这一说倒让皓天觉得意外，他没想到刘顺还有这份心思，不过还是谢绝了他：“这些工人跟了我也这么多年了，都是熟手，也愿意跟着我干。现在我本人不在这里，他们也不想再待下去了。”

其实刘顺自有一番打算，他现在接手了牧场，一没有人，二没有牛，一切还都得从头再来，又不知道猴年马月了。那倒不如捡个现成的，还能做个顺水人情。听皓天这么一说，心里不免非常失落，不过表面却装作若无其事：“那就没办法了，强扭的瓜不甜啊。唉，想起将来有一天咱们弄不好要在牛奶生意场上斗得死去活来，我这心里就有点不舒服。”

皓天笑笑：“我没想过和你争什么，市场这么大，大家都能喝口肉汤就挺好。”

刘顺紧紧盯着皓天：“你就一点儿野心都没有?我不信，你不是曾经豪情万丈说要全京城的人都能喝上你的牛奶吗?”

皓天摇摇头：“那是梦想，跟野心是两回事儿。归根结底还得一步一步来。刘顺，我一直在想，咱不能因为梦想就把自己弄得人不人鬼不鬼，得问心无愧才行。”

刘顺哈哈一笑：“你问心无愧，我问心有愧啊。把你的吃饭家伙一下子都给整没了，这要传出去，我多不仁义啊。”

“人各有志，你求的是赢，我求的是稳，谁也说不上错，各安天命吧。”皓天说着拿起桌上的合同，“来吧，该说的也都说了，咱们把天顺牛场这事了结了吧。”

皓天不愿意和刘顺斤斤计较，他前前后后都想清楚了，要把牧场完完全全还给刘顺，不想再跟他在生意上有任何瓜葛。他简单扫一下合同，拿起桌上的钢笔来便要签字：“反正你也没啥坑我的，今天这一签字，咱们也算一了百了了。”

刘顺点上雪茄深深抽了一口，又拿出一支扔给皓天：“皓天，咱俩打小一起长大，我怎么会坑你呢？那好吧，你签了字，从此以后咱们一了百了！”

这时忽听门外传来一声大喝：“签不签你们谁说了都不算，我说了才算！”

刘顺听到这声喊脸色一下变了，不禁冷笑一声：“我就知道事情没这么简单，果然，果然！”

皓天也不禁感到惊讶，赶紧站起身来迎了过去。只见办公室的门开了一道缝，露出一个和尚脑袋来：“嘿嘿，皓天，几个月没见了，你还是一点儿也没变！”

皓天快步走了过去：“表舅，您这来得也太凑巧了吧。哪阵风把您给吹来了？”

这光头和尚正是刘灿源，只见他满面春风，双手合十：“阿弥陀佛，老衲有千里眼、顺风耳，听说有人要把你从这里赶走，就赶紧跑过来看一下。”

刘灿源这一来，让刘顺浑身不自在，他定了定心神，对皓天说：“都是明白人，谁也别演戏了，签字吧。”

刘灿源呵呵笑起来：“你以为签了字这牧场就是你的？没用，一点儿用也没有，因为你那地契本来就是假的，我这张才是真的。”说着他忽然从口袋里拿出一张纸来，在刘顺面前晃了晃，“不信跟着我到土地局走一趟，看他们认不认这个。那里有备案，土地局只认我这个编号。”

皓天和刘顺听到这话都不由大吃一惊，刘顺脸色由白转青，空气一时之间变得紧张起来。

刘顺认真看了看刘灿源拿的地契，恨声说：“都说虎毒不食子，想不到啊想不到！只怪我刘顺有眼无珠，投错了胎！”

刘灿源轻轻摇摇头：“如果你们哥俩一直能够好好合作下去，那么只要我不说出来，真又何妨，假又何妨？”

皓天却还是一头雾水：“表舅，这怎么忽然又多了一张地契？当初您不是说自己手里没有吗？”

刘灿源摸了摸自己的脑袋，仰天长叹：“说来这一切都是造化。当初的确是没有，可是后来忽然就有了。”

刘灿源怎么忽然就有了一张地契了？而且是一张真地契，而刘顺那张却是假的，这是怎么回事儿呢？

第二十七回

真假地契难分清　秀娥发怒打刘顺

原来当初刘灿源的父亲害怕地契给弄丢了，思来想去就把地契缝在睡觉用的枕头里，又造了一张假地契放在外边，以防万一。给孙子刘顺的是假地契。真地契放在留给刘灿源的枕头里，估摸老人家内心里还是希望儿子刘灿源能够东山再起，重振雄风。这就看缘分了。前一段时间刘灿源整理衣物，看枕头脏了，想拆洗一下，结果就发现了这枕头里的地契……

刘灿源说完缘故后，刘顺冷冷地说："现在你是要把这地契送给张皓天了？"

刘灿源反问刘顺："我给他又怎么样呢？这里本来就是一块废地，能有今天，还不都是皓天一点一点做出来的？你呢，你又做了什么？凭什么要不劳而获？"

刘顺忽然激愤起来："就算我什么也不做，就算把这里给毁了，我高兴，我乐意，怎么啦？你有本事，抓我坐牢啊！"

刘灿源仰天长笑："你要敢毁，那你就成了一个不折不扣的混球！"

皓天看这对父子杠上了，他不愿意让表舅因为他为难，赶紧说："谢谢表舅的好意，当初我跟刘顺只是合作关系，他出地，我出人。现在他既然有了新打算，不愿意继续合作，那也没什么关系。这些年我也积累了不少经验，我完全可以另谋出路……”

刘顺打断了皓天：“瞧见没，又做起好人来了！我就纳了闷了，怎么你张皓天就天生是好人，我刘顺天生就是个混蛋啊？”

刘灿源笑了：“是不是混蛋无关紧要，重要的是你得知道自己是做什么的料，养奶牛，皓天行，你不行，你又何必非要一条道走到黑呢？你就放过那些可怜的奶牛吧。”

刘顺猛然一拍桌子：“我凭什么不行？我天生就是开百货公司的？我还真不信这个邪了，我天天让奶牛吃香的喝辣的，我天天把奶牛当爹一样伺候！”

刘灿源啧啧两声：“这一下子就给自己找这么多爹，累不累啊。”

刘顺声音提高了八度：“今天咱们就打开天窗说亮话了！当初爷爷把地契交给我，这是事实。不管拿的是真地契，假地契。还有不少叔伯作证呢。你就算拿的是一张真地契，爷爷也没有说过是留给你的。今天横竖我要收了这块地。你要阻止收，那咱们就法庭上见。到时别怪我跟你完全撕破脸皮。”

刘灿源说：“我怕了你这个孽障了？你爷爷枕头留给我是真的吧，枕头里的地契是真的吧。不服气，好，那咱们法庭上见。我怕你这个孽障撕破脸啊？”

皓天一看表舅因为一张牧场地契父子关系要彻底闹翻，这是他非常不愿看到的，赶忙跨前一步：“表舅，不管您怎么想，怎么做，我是不愿意再这样下去了。从今天开始，这里地上的一切与我不再有丝毫关系。”又转向刘顺，“刘顺，当初咱们的合作完全出于彼此的信任，所以没签合同。现在也好聚好散，你放心，不管地契真的假的，我不会再跟你争这些，你就放手去干吧。”说完，皓天拉起刘灿源就走。

律师走上前问刘顺：“刘先生，现在怎么办？”

刘顺看着傻乎乎的律师，从口袋里拿出一沓钞票："你走吧，现在已经不需要你了。"

律师收了钱走出去，刘顺颓然坐在空荡荡的办公室里，他盯着桌上那张地契，拿在手里，忽然狂笑起来，一边笑一边把地契撕得粉碎。

皓天拉着刘灿源走到草场上："表舅，您这是何苦呢？为了我父子俩闹这么僵？"

刘灿源的目光看向远处："是为你，也是为他，还为了我自己。"

皓天不明白："您怎么可能是为了您自己？"

"求一个心安。"

"可是……"皓天欲言又止。

刘灿源看着皓天，已经猜到七八分："你是不是想说，我这样做，你不心安，刘顺也不心安，我又如何会心安呢？"

皓天说："是。我以为您这是费力不讨好。"

刘灿源沉思片刻，慢慢说："有些事即使你知道结果，可还是要做。为了心安，就必须要经历无数的不安。"

皓天喃喃地说："只是我辜负了您一番好意，因为我真的不想……"

刘灿源打断他："你没有辜负我。你选择这样做也是对的。"

皓天一头雾水："我怎么越听越糊涂？那如果刚才我决定继续留在这里呢？"

"那也是对的。无论你做任何决定都是对的，因为你是对自己诚实的人。"刘灿源欣慰地看着皓天，"从过去到现在，你一直都很诚实，很踏实，所以你才会有今天的成就。虽然当前情况下你可能一无所有，可很快该有的都会有的。"

皓天不知道如何回答。

刘灿源哈哈大笑："青山常在，绿水长流，来日方长，后会有期啊！"

话音未落，人却已经远去。

回到家皓天说了见到刘灿源的事情，王氏听后一声叹息：“他做人的境界太高了，早就是一尊佛了。”

芙蓉感到很奇怪：“你有没有想过，他是怎么知道这件事的？怎么在这节骨眼不早不晚偏偏出现了？”

皓天一拍脑袋：“嘿，当时我也觉得奇怪，后来只顾着和刘顺理论，也忘了问。”

王氏忽然说：“我想起一件事来，前两天秀娥问我知不知道你表舅住在哪里，我也没多想，就告诉了她。莫非是她？”

皓天想了想：“这么一说，还真有可能是秀娥。别看秀娥平时大大咧咧的，关键时候还挺有心眼。”

芙蓉笑笑：“刘顺做的事，真是天怒人怨，连自家人都看不过去了。”

皓天说：“我仔细琢磨过了，毕竟人各有志，他刘顺既然想要回牧场，那就还给他吧。我也不想跟他争来争去的，怪没意思。”

芙蓉点点头表示同意：“我全力支持你，虽然浪费了你一番心血，但是又有什么大不了的。反正有手有脚，饿不死人。为这事争得脸红脖子粗的，他不怕人笑话，咱还要这个脸呐。”

王氏说：“你说刘顺这孩子怎么跟他爹完全两样呢？人是挺机灵，就是心劲太强，锋芒太露，他现在该有的也都有了，比大多人日子都过得强，还争来争去累不累啊？”

“可能正是因为表舅太不喜欢跟人争，到了他这儿就物极必反了。”皓天若有所思，“不管怎么说，只要他好好干，那也不是什么坏事儿。”

芙蓉问：“那接下来有什么打算呢？”

皓天笑了：“我已经有主意了。奶牛我还会继续养，乳商生意还继续做，而且要做得更大更好。不过，暂时不想那么多了，折腾了这些年，我也想让自己放松一下。等这两天把所有的事情处理完毕后，我想带着全家出一趟远门，你把我师父也叫来一起去，孩子们不都马上要放暑假了吗？咱们带他们出去转一圈。”

芙蓉一听也挺开心：“旅游啊？这破北平还真是待腻歪了，到哪里旅游呢？”

“我很讲民主的，你们大家愿意去哪里，我都举双手赞成。娘，您先说。”

王氏说：“我啊，从东城走到西城都两眼一抹黑。我这老胳膊老腿的，要是让我到戏院里看戏还能对付，要让我奔波那么远，还是免了吧。”

芙蓉故意抱怨说：“您看您说这话我就不爱听，才五十来岁的年纪，根本一点儿也不显老，咋就没一点儿念想了？”

王氏一听儿媳妇这么说，心思也有些动了：“好好好，去外面的世界看一看。那就听你们的，你们把我带到哪儿我就跟到哪儿。”

皓天笑呵呵地说：“哎，这就对了，放心，丢不了您。”

芙蓉眼珠一转：“那我就说我想去哪儿了……干脆我数一二三，咱俩一起说，说一致了咱就去！一，二，三！”

“南京！”两人几乎同时脱口而出，说完哈哈大笑。

芙蓉说：“我早就猜到你想去见你的亭华哥啦！”

皓天说：“我早就料到你想去见你的云裳好姐妹啦！”

思甜跑过来凑热闹，奶声奶气地说：“你们这是心有灵犀一点通！”

芙蓉笑眯眯地说：“瞧见没，今天刚学的，这次用的还真是地方！”

皓天连伸大拇指：“那是，我们的思甜天资聪颖，出口成章！”

思飞也从屋里赶紧凑了上来：“南京？到那里是不是就能见到虞伯伯了？”

皓天故意说：“怎么，你也想去啊？那我就得好好想想了。”

思飞非常不满："凭什么轮到我就得好好想想？"

芙蓉说："这样吧，你去不去，要看你的大考成绩怎么样再说。"

"啊？"思飞张大了嘴巴，抗议说，"凭什么不看张思甜的成绩？"

芙蓉绷着脸："人家思甜年年考第一，最差也是前三，还用得着看吗？"

思飞都快被气哭了："可是后天就要考试了！你让我怎么办？"转头又可怜巴巴地看着皓天，"爸爸，您要救救我！"

皓天慢悠悠地说："我也没辙，我也怕芙蓉老师。"

思飞气得一跺脚，振振有词地说："可爱丽丝阿姨是我的救命恩人。常言说，滴水之恩当涌泉相报。你们不让我去见虞伯伯，就是不给我报答的机会！"

思飞这一说还真把大家镇住了，皓天嘿嘿乐了："行啊，还知道知恩图报，好小子，我支持你！"

芙蓉严肃地批评皓天："几句花言巧语就把你这当爹的迷住了，太不像话了！"

思飞反败为胜，很得意："我说的难道不对吗？知恩不报，禽兽无疑！"

芙蓉强忍住笑："行啊，连禽兽都用上了！这俩字怎么写？你要真能写出来我就放你一马！"

思飞痛苦地抱住了脑袋："真是岂有此理，天理难容！"

思甜也在一边起哄："废话少说，赶紧写啊。"

思飞"哼"了一声："士可杀不可辱也。我要是不写，你们就把人看扁了！"说着便从抽屉里拿出一支粉笔，蹲在地上，正准备写，忽然又问思甜，"张思甜，你会不会写？"

这一问思甜有些心虚了："不会写又怎么样，反正还没教！"

“那好吧，我来教你怎么写！”思飞得意扬扬地笑了，很快就在地板上写下两个大大的“禽兽”二字，写完把粉笔一扔，示威似的看着芙蓉，“娘，您看看，怎么样？对不对？”

芙蓉没想到思飞还真给写出来了，这倒是个大意外：“没想到啊，你课本上的字没学好，课本外的东西倒学得倍儿快！”

思飞开始装腔作势了：“母亲大人，这‘君子一言’后面那四个字是什么呢？”

芙蓉憋不住地笑：“好好好，这次就让你蒙混过关啦。”

“谢谢娘！”思飞一本正经地向芙蓉鞠了一躬，眼睛扫向思甜，“妹妹，哥哥这也是靠本事为自己争取的机会，学着点儿！”

思甜不服气地撇撇嘴：“只比我早生几分钟，就成了哥哥，真倒霉！”

“早一秒钟，那也是你哥哥！要做个知书达礼的淑女，知道不？”

皓天哈哈大笑：“这小子成精了，老学大人说话！”

王氏在一边来了兴头：“这叫有其父必有其子，你忘了你小时候不也这样？那时候你爹也这样说你！”

“你爹？”思飞、思甜异口同声地问，“爹爹的爹爹就是爷爷了？”

王氏说：“真聪明，就是你们的爷爷！”

思甜问：“可为什么我们一直没见过爷爷呢？我们多想让爷爷接我们上下学呀。”

王氏轻叹一声：“爷爷到很远很远的地方去了。”

皓天怕再勾起母亲的伤心事，赶紧说：“等你们长大了，爷爷说不定就回来了。”

思甜颇感遗憾：“我都以为自己长大了，那就赶快长大吧。”

芙蓉说：“还是别长大了，长大了会有好多烦恼的，老老实实当妈妈的小宝贝吧。”

思飞不以为然地说："女孩子家家的，长大也没用，还是我们男孩子长大有用！"

皓天刮了一下思飞的鼻子："你小子这么小就这么淘气，长大了那还不成混世魔王？"

思飞挺起胸膛："长大了就不一样了，我就可以做英雄，劫富济贫，报效国家了！"

芙蓉皱起眉头："这都什么乱七八糟的？劫富济贫跟报效国家怎么扯到一块了？"

思飞吐了下舌头："跟你们女人没什么好说的，反正说了也不懂！"

"嗨，越来越不知道天高地厚了！"芙蓉抬手欲打，思飞赶紧溜进自己房间。

芙蓉抱怨皓天："瞧瞧，都是你惯的！"

皓天打了个哈哈："芙蓉老师您也别太紧张了，咱娘不说了吗，小时候我也淘，但是如今已经改头换面，成了玉树临风又知书达理的谦谦君子也。"

思甜大叫："受不了啦，爹爹真肉麻！"

一家人其乐融融，空气中充满欢乐……

第二天皓天来到牧场，刘顺只委派了两名愣头青似的助手在现场。等到中午也没有等到刘顺，皓天只好给刘顺打去电话，问他何时签约。刘顺那边却含糊其辞，说最近挺忙，让皓天看着办，实在不行再过段时间也不迟。刘顺连个照面也不打，这态度让人摸不清、看不透，看来还是表舅的那张地契起了作用。

刘顺不愿意再表态，可是皓天不能再装糊涂，事情早晚都要有个了结，不上不下悬着也没什么意思。皓天已经打定了主意，不管刘顺手里的地契是真是假都无所谓，反正他是决定还给刘顺，这叫好聚好散，一了百了。皓天的想法也得到大家的支持，刘顺去年把这里折腾得乌烟瘴气，大家伙儿都看在眼里，没人愿意再跟刘顺干下去。大家都信任皓天，还愿意继续跟着皓天干。经过商量，工人们按能力条件各自认领奶牛，先在自家养着，等到皓天找到新的奶牛场地再汇合。皓天一点儿也不担心他们，多年在一起共事的经历，彼此之间早就有了深厚的了解，早就建立了牢不可破的信任。

用了三天时间解决了奶牛的善后工作，皓天心里的一块石头算是落了地。他给刘顺又拨去电话，告诉他，牧场完全还给刘顺，从此以后这里与我张皓天无关。电话那头刘顺沉默片刻，只说了四个字："谢谢，保重。"

到了傍晚，所有人都收拾差不多了，渐渐散去，四十来头奶牛也随着有条件饲养的工人各自回了家。整个牧场只剩下皓天一个人，哦，还有他钦点要带回家的几位多年的老朋友——杰克、萝丝和它们生的两头牛犊默默跟在他身后。夕阳下，皓天沿着空荡荡的牧场慢慢走了一圈，眺望着远去的夕阳，一时间只觉得人生如梦，他想哭，想笑，想大喊。这里是他梦想起飞的地方，是他流血流汗的地方，难道这一切真的从此烟消云散了吗？

牵着两头奶牛走出牧场，皓天远远地看到芙蓉在路口伫立着等他。芙蓉走了过来，拍拍皓天的肩膀，像哄孩子一样："别怕，这里永远都属于你，谁也抢不走的。"

"为什么？"

"因为你在这里种下了你的梦，你的魂，谁也抢不走你的梦，你的魂。"

皓天振奋起来："芙蓉老师点拨得对，这里有我的梦，我的魂，它永远都是我的，谁也抢不走！"

杰克、萝丝和两头小牛似乎也受到主人情绪的感染，欢快地甩起了牛尾巴。

到了家，母亲王氏劝皓天别太难过，天下无不散之筵席。她忽然压低了声音说："今儿个你们回来之前，我见到秀娥带着孩子回娘家了。"

皓天看母亲神秘兮兮的样子有些奇怪："她不是经常回来吗？"

"今天看她跟往常不一样，以前她都是笑眯眯的。今天看她不对劲，跟她说了几句话，脸上都没见个笑容，最重要的是，她眼圈还青了一块。问她只说是自己不小心撞的，我看着不像。"

这一说皓天有些疑惑了："难道有人打她了？"

芙蓉马上就产生了联想："前两天她不还问表舅的地址吗？莫非是因为这件事？"

皓天恍然大悟："肯定是因为这件事，秀娥把事情告诉了表舅，被刘顺知道了，所以就跟她动粗了？这样，咱就欠人家秀娥……"

王氏摇摇头叹息说："唉，秀娥这孩子也是替人受过了。"

皓天猛然站起身来："不行，我得找秀娥问清楚，刘顺怎么能这样？"

芙蓉拉住了皓天胳膊："你看你又冲动了吧。人家秀娥既然不愿意说，你劈头盖脸就问人家，她脸上也挂不住啊。再说这么晚了，明天去见也不迟。"

皓天冷静下来："也好，等明天再说。刘顺这事做得太不地道，拿女人出气算什么本事？"

第二天一大早，皓天去给李老三家送牛奶，见到了秀娥的儿子刘白，却没见到秀娥，就问刘白："你妈呢？"刘白嘟着嘴没吭声，朝房间指了指。皓天从口袋里掏出一把牛奶糖："这日头都晒着屁股了怎么还不起来？你叫她出来，我就给你好吃的。"

刘白不屑地说："才不稀罕。"说着又跑进了屋。一会儿工夫秀娥出来了："叫我干啥呢？"

皓天一看傻眼了，秀娥居然脸上戴了一个大大的墨镜，把眼睛周围给严严实实遮住了，这是不是离猜测的事实又近了一步。皓天就让秀娥摘下了眼镜，一看秀娥的右眼圈周围果然一片青，还肿了，这心里就不是滋味："都破了相了，说吧，谁欺负你了，我给你报仇。"

"拉倒吧你，谁敢欺负姑奶奶我？"秀娥一脸满不在乎，"就是一不小心撞了桌子角，就成这样了。"

"好好的怎么会撞上桌子角？秀娥，咱俩打小一起长大，我还不知道你？你一向是吃不了亏的人啊，跟我你就别藏着掖着了。"

"好了好了，看你这意思是非得问个小老鼠上灯台不可了，我就跟你实话实说。"秀娥叹了口气，"其实也不是我一不小心给撞到桌子角的。"

皓天问："刘顺跟你吵架了？是不是因为他跟他爹的事？"

秀娥点点头，又摇摇头："嗯，也怪我嘴贱。我要啥都不说不就什么事儿也没了吗？"

刘顺当天眼看就要大功告成，谁承想半路杀出个程咬金，亲爹刘灿源把大好的局面给弄得乱七八糟。刘顺这心里撮火啊，觉得自己太窝囊了，手里拿了多年的地契原来是假的。虽然张皓天并没有借此机会占便宜，但终归自己是名不正言不顺，他是要面子的人，传出去还不让人笑话死？以后如何在商界立足？街坊邻居怎么看？心里想不开，百货公司也懒得去，在家里一连憋了好几天。

秀娥看他钻牛角尖，劝他说反正人家皓天已经放下了，让他不要胡思乱想，只管做自己的好了。不说不打紧，这一说刘顺更不舒服了："好像这一切是张皓天施舍给我的，我倒成要饭花子了！"

秀娥忍了几天，也终于爆发了："你怎么好赖话听不懂啊？以前看你装得人模狗样的，怎么越活越没出息，变成小肚鸡肠的男人！草场你本来就想要回来，人家统统还给你了，你想得到的都得到了，还有啥不满意的？你就别多事了！”

秀娥是刘顺最信任、最亲近的人，一向都挺支持他，没想到这次跟他杠上了，这让刘顺很不习惯。刘顺忽然冷笑：“我早就怀疑了，那个老家伙怎么会突然出现，是不是你给叫过来的？”

秀娥不假思索脱口而出：“是我叫的又怎么样？人家皓天可是跟你一起长大的好兄弟，你就是太贪，欺负人有点过分了！”

这一说刘顺更加不快：“你这个叛徒倒还有理了，还对张皓天念念不忘！那好，你跟他过日子去吧，做小的！”

秀娥也是暴脾气，一听刘顺连这话都说出来了，气得浑身发抖，伸出手来，“啪啪啪”就甩给刘顺几个大嘴巴：“我让你胡说八道，胡说八道！”

刘顺一下子懵住了：“没想到你还有这一手，我不打女人的，你可别蹬鼻子上脸！”

“那正好，我就喜欢打男人！”秀娥冲上去又是“啪啪啪”几耳光。

“简直是欺人太甚！”刘顺大叫一声想要逃之夭夭，秀娥不依不饶还要追打，结果一不小心就被地上的凳子给绊住了，一头向前栽去，正好就栽到了桌子角上……

秀娥一脸苦笑对皓天说：“都说家丑不可外扬，你看，我可全告诉你了。”

皓天叹了一声：“当时我们就猜测可能是你告诉了表舅，秀娥，你受委屈了。”

秀娥嘻嘻笑了：“多大点事儿？我要知道这事不说，那还是人吗？”

皓天说：“听你这么一说，你没被人欺负，倒是把人给欺负了。不过既然你占了上风，怎么倒躲回娘家来了？”

“我就是要给他点颜色瞧瞧。这次我是真气着了，老虎不发威当我是病猫，没那么便宜的事儿！”

“哦，明白了，你这是在等他来给你负荆请罪。”

“既然已经闹到这份儿上了，那就必须要坚持到底，不然我图什么？”

“那看来就用不着哥们儿来替你报仇了？”

“嘿嘿，我是那种忍气吞声的人吗？”

皓天放下心来：“我知道你厉害，不过差不多就得了，都说床头打架床尾和……”

秀娥不耐烦地说：“知道知道，我心里明镜似的，你这纯属是咸吃萝卜淡操心。”说着冷不丁转移了话题，“我这边是没事了，可我儿子那边的账怎么算？”

皓天有点糊涂：“你儿子怎么了？”

秀娥不信皓天不知道：“你不知道啊？你媳妇肯定知道啊！你家思飞在学校把我家刘白打惨了！”

思飞把刘白给打了？嘿，这算什么事儿啊。皓天心想，莫非我被刘顺欺负了，儿子帮我报仇来着？到底怎么回事儿呢，请看下回分解。

第二十八回

南京接风金陵菜　牧场受教挤牛奶

上回书说到秀娥告知张皓天，刘白被皓天的儿子思飞给打了，要讨个说法。皓天赶紧撤退，说回去细问问，然后紧着回到家，跟芙蓉说了下情况。

这刘白是刘顺的儿子，由于双方父亲的关系，几个孩子打小就认识。原本刘白在另外一个学校上学，今年年初刘顺搬家，距离芙蓉所在的学校近了许多，于是刘顺便把儿子给送到芙蓉的班里。按理儿，亲戚，应该是好朋友才对，怎么会打起来呢，而且看秀娥急眼了，刘白伤得不轻。

芙蓉一听急了，冲着正在院子里乱蹦的思飞嚷上了："张思飞！给我站住！"

"是！"思飞赶紧乖乖地靠墙立正。

"我问你，知道自己做错什么了吗？"

思飞大声说："不知道！"

"为什么要跟刘白打架？"

"我把刘白当成了妖怪，打了他一顿，这样做是不对的，可是他不对在先！"

皓天问："他怎么个不对呀？"

思飞理直气壮地说："他在女同学的脖子里偷偷放了一只毛毛虫，把女同学都吓哭了。我这是路见不平，为民除害！"

皓天一听乐了："呵，出息大了，都会英雄救美了！"

芙蓉瞪了皓天一眼："有你这么教儿子的吗？他打人就是不对！"

思甜忽然挡在思飞面前："这一次我支持张思飞，刘白简直坏得丧尽天良，他老是欺负女同学，就应该好好教训一下他！"

"太阳打西边出来了！"皓天幸灾乐祸地对芙蓉说，"瞧瞧，这两人今天破天荒站在了同一条阵线，一致反对我们芙蓉老师啊。"

芙蓉瞪了一眼皓天："我看是你们三个联合对付我才对，我都成孤家寡人了！"正打算继续给思飞上教育课，王氏在外边又叫大家一起吃早饭了，只得作罢，"张思飞你不准吃饭，面壁思过一个小时，等我吃完饭再收拾你！"

思飞一脸诚惶诚恐，转身却冲思甜满不在乎扮了个鬼脸。思甜也嘻嘻笑起来，跟着思飞靠墙而立："我陪张思飞一起挨饿！"

芙蓉也没辙："看来你们俩都觉得没错是吧，那好吧，一起饿着。"

皓天同情地看着两个孩子："真不让吃饭啊？"

芙蓉没好气地说："饿不死。"

饭桌上芙蓉开始绷着脸，绷了一会儿绷不住了，一个劲地笑。皓天放下碗筷："怎么了，莫非芙蓉老师气疯了？"

"你才疯了！我就是突然觉得好笑。"芙蓉说，"我刚才在想，你被刘顺欺负，刘顺的儿子却被咱们儿子欺负。你说，这算不算是一报还一报啊？"

芙蓉这一说，几个人都笑起来，王氏说："亏你还是个大人，怎么心性跟小孩子一样？"

芙蓉撒娇地说："娘，你也不希望自己儿子被欺负吧。我也不希望自己丈夫被人欺负呀，所以啊，咱们的思飞就帮咱们报仇喽！”芙蓉越说越高兴，转头又喊了一声：“思飞、思甜，过来吃饭！”

皓天冲芙蓉伸出大拇指：“芙蓉老师，你有一颗宝贵的童心，这一点我张皓天甘拜下风！”

一家人正说说笑笑，秀娥却不请自来了。她拉着刘白闯进了皓天家。

思飞正窜到院子里玩耍，一看到刘白愣住了：“你到我家来干吗？”

刘白瓮声瓮气地说：“谁稀罕上你家？”

皓天和芙蓉听到动静赶紧出来了，一看这还真是冤家路窄。皓天说：“秀娥，小孩子打架可能就是打着玩，芙蓉你把事情弄清楚了。该赔礼赔礼该道歉道歉，我先回屋睡个回笼觉去！”说着就径自进屋去了。

秀娥还没说话，思飞倒先说了：“刘白，咱们要讲道理，你认真地想想，究竟我打你打得对不对？”

秀娥又好气又好笑：“嗨这孩子，你打人倒有道理了。芙蓉你这当妈的教育有问题啊。”

芙蓉说：“秀娥你先别急，有话咱们好好说。张思飞同学，立正，向后转，齐步走，回屋面壁思过去！”

看思飞跟着口令走路的滑稽样子，刘白笑得喘不过气来。思飞恼怒地瞪了一眼刘白，口里喊着“一二一”进了屋。

芙蓉笑眯眯地说：“刘白同学，你能不能告诉老师，思飞为什么要跟你打架呢？”

刘白愣了一下，有些心虚地说：“他……他看我好欺负！”

秀娥拧了一下刘白耳朵：“说起来你还比人家思飞差不多大一岁吧，你咋还被他欺负了，真是不争气的小东西！”

芙蓉说：“秀娥你也别发火，站在我的立场上，无论年纪大小，谁欺负谁都是不对的。不过以我的了解，思飞平时也不是蛮不讲理的人，他欺负刘白也不会是无缘无故的。对不对，刘白同学？”

这时思甜从屋里跑出来，为哥哥打抱不平：“刘白死性不改，天天欺负女同学，在女同学脖子里塞毛毛虫，女同学都被吓哭了，他还在一边偷着乐！”

秀娥瞪着刘白：“思甜说的是不是真的？”

刘白小脸涨得通红，半天说不出话来。

屋里的思飞一直关注着院子外边的局势，大声说：“刘白，男子汉大丈夫，要敢做敢当！”

思飞这一激还真管用，刘白说：“是，我是塞了毛毛虫，可我只是逗她们玩的，谁想到她们那么胆小？再说了，其实也不全是我干的，有的人故意打着我的旗号抹黑我！”

“呵！”秀娥眼珠子要瞪出来了，“好你个刘白啊，平时在我面前装得一本正经的，没想到还在学校玩这一出，真丢死人了！气死人了！看来思飞打你还真不冤！”

刘白一看连秀娥也不站自己一边了，万般无奈之下只好承认错误：“我以后坚决老老实实做人，再不逗女同学玩了！哎，对了，张思甜，我欺负过你没有？”

思甜说：“这个还真没有。”

芙蓉在一边打圆场：“刘白很聪明，功课也学得好，比我们张思飞学习好多了。知错能改就是好孩子。”

刘白大声说：“芙蓉老师也是好老师，同学们都喜欢你！”

秀娥又好气又好笑：“这马屁拍的！滚一边去！”转头又对芙蓉说，“芙蓉，其实我今天过来也不是兴师问罪的，是来跟你道别的。”

芙蓉吃了一惊：“道别？什么意思？”

秀娥说：“过一段时间要搬家，刘白就近入学。这次考完试，刘白就不在你的学校上学了。”

“哎，这事也太突然了。”芙蓉忽然朝里屋叫了一声：“张思飞，你出来!”

芙蓉问思飞、思甜：“刘白以后就要离开你们了，你们心里怎么想?”

思飞、思甜一听说刘白要走，半天没缓过劲来。看了看刘白，刘白也看了看他们，垂下了头，似乎有些难过的样子，说：“是我爹非要离开的。”

思飞一看刘白一副可怜的样子，也不禁起了同情心：“以后节假日你可以来我家玩啊。”

思甜凑上前来安慰说：“是呀，以后还能见面的。”

刘白看着思飞、思甜，用力点点头，眼圈似乎红了起来。

芙蓉看着几个小孩子刚才还剑拔弩张，转眼便达成了友好协议，与秀娥相视一笑，这梁子算是解了……

过了几日期末考试完毕放了暑假，皓天一家老小收拾停当，便准备出发去南京。秦桂龙本来说是要去，但最终还是因为放不下手中的活儿没去成。

那时候的火车没有座号，谁抢到座就坐。不过头等和二等车厢比较松散，因为价钱要比三等和四等车厢高出许多，普通老百姓舍不得买，只买三四等车厢座位。皓天以往每次出远门都挤在三等车厢，他是苦孩子出身，倒也不觉得辛苦。可这次不一样，为了老娘，为了老婆孩子，他特意买了二等车厢。进去一看，这二等车厢果然跟三四等车厢气象不一样，大概有三分之二的座位空着，平均一个人占两三个座位都没问题。

思飞、思甜平生第一次坐长途火车，对外边的世界充满好奇。扒着窗户看个不停，一路上叽叽喳喳问东问西，到天黑累了，困了，一人占了两个座位呼呼睡去。皓天想给母亲订一张床位，王氏死活不肯，只说自己喜欢跟孙儿们一块待着。

皓天说：“我看您是舍不得钱吧，这点钱咱们还能出得起。”

芙蓉说：“你让咱娘一个人去那边睡觉，她怎么会愿意？”

王氏说：“还是人家芙蓉善解人意，好媳妇，你这做儿子的不合格。”

皓天说：“这就对了，要不娶媳妇干啥用呢？”

芙蓉听到这话，在皓天背上捶了几下：“胡说八道，罚你今天晚上不许睡觉！”

王氏忍不住笑话他们：“都多大人了，咋还跟小孩子一样？”

皓天说：“有母亲大人在，我们怎么敢随随便便就长大呢？”

一家三代人一路说说笑笑，倒也不觉得路途煎熬。经过几天几夜的颠簸到了南京浦口火车站，下火车跟随人流走出车站，虞亭华和黄云裳正站在出站口东张西望。芙蓉一眼看到了黄云裳，内心一阵激动，想张口叫她，却哽咽着说不出话来。这时，黄云裳也看到了他们，赶紧兴冲冲地拉着虞亭华跑了过来。

“哎哟，芙蓉怎么眼圈红了？说，是不是谁欺负你了？”黄云裳转头又瞪着皓天：“是不是你？”

皓天说：“我哪儿敢？肯定是你。”

芙蓉抹了把眼泪冲黄云裳说：“对，就是你欺负我。”

黄云裳大叫：“岂有此理！我都两三年没跟你见面了，怎么欺负？”

芙蓉说：“就是因为这么久没见面，所以欺负我了。”

虞亭华赶紧咳嗽一声提醒黄云裳：“两位女士，这是公共场合，注意影响，表现不要过于激动。”

两年不见，皓天发现虞亭华脸上多了两撇八字胡，赶紧凑上前：“亭华哥，别说，你这小胡子还挺漂亮。”说着不由自主想伸出手摸一把，虞亭华敏捷地躲开了：“士可杀不可摸也。”

思飞、思甜朝两个人甜甜叫了一声："虞伯伯好，爱丽丝阿姨好！"芙蓉和黄云裳心领神会，相视一笑。事先芙蓉特意叮嘱过他们见到黄云裳一定要叫"爱丽丝"，还特意练了两天，所以他俩叫起来还挺顺口。

晚上虞亭华在遗族学校附近一家做金陵菜的饭馆定了个雅间，为众人接风洗尘。饭桌上的虞亭华俨然成了一名高级美食家，兴致勃勃地介绍起金陵菜："这个金陵菜，讲究七滋七味，鲜、烂、酥、嫩、脆、浓、肥，这是七滋；酸、甜、苦、辣、咸、香、臭，这是七味，总而言之，这京苏大菜是酸而不涩、辣而不烈、脆而不生、肥而不腻、淡而不薄，绝对的人间美味！跟你们说，老蒋和他的夫人都曾经来过这里，对这里是赞不绝口，今天晚上咱们就好好品尝一番这七滋七味！"

看到虞亭华眉飞色舞的样子，皓天也替他高兴，情不自禁就多喝了几杯。那边芙蓉见到黄云裳也是百感交集，也忍不住喝了几杯红葡萄酒。思飞趁大人说话不注意，也偷偷喝下一大杯红酒，一会儿小脸就变得通红。芙蓉一看急了，罚他靠墙面壁思过十五分钟，思飞辩解说："凭什么你们能喝，我喝了就得面壁？这不公平，我给大家朗诵一首现代诗吧，诗的名字叫《再别康桥》！"说罢就摇头晃脑朗诵起来：

轻轻的我走了，
正如我轻轻的来；
我轻轻的招手，
作别西天的云彩……

这首《再别康桥》是民国才子徐志摩所作，当时非常流行。思飞虽然不明白诗的意境，但也摆出一副风流大才子的架势。思甜不以为然地说他"自命风流"，惹得众人哈哈大笑。

笑声中，服务员给上了一道德式奶油冰激凌，每人一份。这可把张皓天一家震住了，从来没吃过啊。甜腻中带着清爽，火炉一样的南京，吃完后竟一点儿也不觉得热了。

皓天留了心，仔细看了看这家冰激凌是如何卖的，他从店内柜台后面看到了一个大铁桶，桶里装满了冰块，中间是一个小一号的铁桶，冰激凌就装在这个小桶里。服务员介绍说原材料全部从欧洲进口的，一年四季都可以卖冰激凌，香草、菠萝、草莓、巧克力等各种口味应有尽有。如果想带回去吃，可以把冰激凌装在一个糯米粉做成的小碗里，这个小碗也能吃，跟现在的圆筒冰激凌差不多。

这可长见识了。这冰激凌好吃不贵，绝对是消夏佳品，未来会很有商机。皓天心里想，将来有机会也要经营冰激凌，我们张家秘籍里还有从唐代传下来的秘方呢，通过现代科技来生产，规模就大了去了，关键普通老百姓消费得起啊。

吃罢饭又安排了各自住处，皓天和虞亭华住一起，芙蓉和黄云裳住一起，皓天母亲王氏带着思飞、思甜住在另一个房间。

芙蓉对黄云裳说起了悄悄话："我看你是真的乐不思蜀了。怎么，你就心甘情愿打算一辈子做你的爱丽丝？"

黄云裳倒想得开："做黄云裳又如何，做爱丽丝又如何？那不都是外在形式嘛。"

"你的心还真大，有政治家胸怀！哎，对了，当年你可是立志像宋家姐妹那样做女政治家的！"

黄云裳扑哧一笑："唉，现在我却成了小女人。不过，跟他在一起我倒是乐意做这样的小女人。"

芙蓉开玩笑："还真应了那句话了，每个伟大的男人背后都有一个伟大的女人。"

黄云裳也挺幽默："你看，咱做小女人也伟大，没办法，谁让咱天生就伟大啊。"

“可是你们……”芙蓉迟疑了一下，还是说了出来，“如果哪一天他忽然记起来你原来不是他心中的爱丽丝，那你怎么办？”

黄云裳沉默片刻，说：“你说的这些我又何尝没想过？我起初想的是，但愿他一辈子想不起来。可是后来我又想，我这样想未免太自私了，我有什么权力不让他想起来？所以，归根结底，这都是他的事情。至于我，如果到那时候他还愿意接受我，那么就继续过日子，如果他不愿意接受我，那我就重新做回我的黄云裳，也是好事啊。”

芙蓉想了想说：“那你们打算什么时候要孩子？有了孩子这不就有了联系纽带了？”

黄云裳没有马上回答，过了半天才说：“我告诉你，你可别笑话我。”

“好，不笑话你。怎么了？”

“其实这几年，我们一直分居。”

“啊？”芙蓉果然吃了一惊，“为什么呢？”

“因为他一直当我是爱丽丝，我如果跟他生了孩子，那不就等于绑架他了？我光明磊落，可不愿意干这种事。”

芙蓉感慨地说：“唉，云裳啊，我真是想不到。为了亭华哥，你付出的真是太大太大了。”

黄云裳抗议：“瞧你把我说得跟烈士一样，我有那么惨吗？我跟虞亭华相敬如宾，他很懂得体贴关心人。你看就我这暴脾气，跟他在一起，别说吵架了，脸都没红过。”

芙蓉说：“嗯，反正你们一起过日子，只要你觉得高兴那比啥都重要。我现在只盼着你们能早日开花结果。”

“还开什么花结什么果呀？我不贪心，这样也挺好。”

芙蓉看黄云裳跟从前相比好似变了一个人，不再是以前那样自我，而是成熟从容了，不由放下一大半心。

黄云裳学校已经放假，虞亭华要管理农场，原本没有什么假期，不过为了多陪老朋友，还是特意请了假，两人全程做了陪吃、陪玩、陪说话的三陪导游。

自从蒋介石北伐成功之后，民国结束了多年的战乱，曾经死气沉沉的国家一改昔日颓靡，逐渐恢复了元气。南京既是六朝古都，也是民国首都，既有古代遗痕，也有新派风景，一派歌舞升平的气象，自然引得华盖云集，各类显贵趋之若鹜。鸡鸣寺、玄武湖、秦淮河、中山陵、大马路……皓天一家每天都要去一两个景点，虽然北平也是大城市，可是到了南京，他们就像刘姥姥进了大观园，直看得眼花缭乱。

这天上午在遗族学校的农场玩。虞亭华的确是畜牧学专家，鸡、鸭、鹅、猪、牛、羊、马、鹿、驴、骡各种各样的动物养了一大堆，各有各的可爱。他还种了一大堆植物，并且通过兴建现代化设施使这些动植物之间形成了一个非常紧密的生态链。连皓天母亲王氏都看得兴致勃勃，不亦乐乎："这里新事物太多了，一下子还真看不过来，要是北平也发展这么快就好喽。"

思飞突发奇想："奶奶，那还不简单，把首都搬到北平就好了！"思甜嘟囔说："简直胡说八道，你以为是搬家啊？"

思飞不以为然："说不定哪一天北平真的就成首都了！"

虞亭华哈哈大笑："果然是童言无忌，这话万一让总统先生听到了，恐怕肺就气炸了。"

思飞、思甜很好奇："为什么呢？"

"因为历史上以南京为都的王朝都很短命哦，民国孙先生本来是打算让武昌做首都。可是后来革命军把南京攻下了，这才下定了决心要南京做首都。现在你说要搬走，那不就是说民国也是短命王朝了？他们会觉得很不吉利的。"

皓天故意吓唬思飞："他们一生气，就把你抓起来当兵去！"

思飞吐了下舌头，不服气地说："当兵又怎么样？也是报效国家！"

虞亭华说："说起这些军人，他们现在可是了不得了。因为总统先生不相信文人，他更相信武人，所以也一直很器重他们。"

皓天说："国民党也打了这么多年了，最苦的还是老百姓，现在好不容易消停下来，只希望以后都能天下太平。"

黄云裳开始发言："是啊。哪个政府不希望国泰民安呢？不希望老百姓爱戴他们呢？就像那个慈禧老佛爷，她也不希望天下大乱啊，可是她最后不还是无能为力，眼睁睁把江山断送了？所以嘛，想是一回事儿，做又是另外一回事儿了。"

芙蓉惊奇地看着爱丽丝："云……爱丽丝，还以为你一心一意做你的小女人，再也不关心这些国家大事了！"芙蓉说完一阵心虚，刚才差点叫错黄云裳的名字，让虞亭华听到就麻烦了。幸好虞亭华没有注意。

黄云裳瞪了芙蓉一眼，一语双关地警告说："不许胡说八道，小女人就不能关心国家大事了？这是哪门子道理？"

芙蓉赔着笑："嗯嗯，我们爱丽丝女士总有一番道理，亭华哥，她是不是经常给你上课？"

虞亭华看了一眼黄云裳，微微一笑："每天我都是在她给我上课的声音中入睡的，真是世上最好的催眠曲。"

黄云裳假装生气地一跺脚："哼，真是浪费我一番精力，不理你了。"

思甜在一边看着，忽然来了一句："爱丽丝阿姨，你这是在撒娇吗？好可爱哦。"逗得大家一阵笑。

黄云裳说："现在的小朋友懂得真是越来越多了。我们跟你们一样大的时候，除了流鼻涕，啥都不知道。"

思飞好心地安慰说："爱丽丝阿姨也不要难过，时代在进步，人类也在进化。”

虞亭华看思飞、思甜着实可爱，就对他们说：“思飞、思甜，上回吃牛奶冰激凌，想不想自己做？”

“想啊想啊！”思飞、思甜争着回答，想到又能吃到牛奶冰激凌，还是自己做的，两个小家伙口水已经从嘴角流出来了。

大家一起来到生态养殖场，皓天看到了一些熟悉的荷斯坦牛。他发现虞亭华专门把奶牛按成长阶段分栏饲养，各栏还贴了明确标识，分别是：哺乳期犊牛（0～2个月），断奶期犊牛（3～6个月），育成牛（7～18个月），青年牛（怀孕到产犊约285天），泌乳牛（投入泌乳生产的奶牛），干奶牛（停奶待产）。又长见识了，管理越来越规范了。皓天心里想。

虞亭华牵来了一头奶牛，让思飞、思甜坐了上去。那奶牛好像非常听虞亭华的话，很温顺地载着思飞、思甜在草场上溜达。蓝天白云，绿草如茵，一望无际的美景，在牛背上一伸手就可能碰到蝴蝶蜻蜓，把两个小家伙高兴坏了。

从牛上下来后，虞亭华给思飞、思甜戴上了手套，教他们给奶牛喂饲料。然后人和牛都做了消毒处理，虞亭华很耐心地教思飞、思甜逐一挤了牛奶。两个小家伙倒也不惧，既听话又勇敢。虞亭华又教他们用巴氏消毒法制作牛奶，之后就是自制冰激凌了。

只见虞亭华敲破了两个鸡蛋，将蛋黄滤了出来，放到碗里，加了几勺白糖和些许奶油，用筷子搅拌成了乳白色液体。然后用锅将牛奶煮开，牛奶煮好后，用勺儿慢慢倒入蛋奶液中，边倒边搅拌。搅拌完，又回锅煮至沸腾，最后起锅倒入碗中晾凉了。思飞、思甜照猫画虎做了两碗，之后将几碗冰激凌放进一个冰柜里冻上。虞亭华说：“中午时候你们就可以吃到你们自己做的可口冰爽的冰激凌啦。”引得思飞、思甜尖叫连连，直喊万岁。

看着这一大二小亲密忙碌的样子，张皓天心里开了锅：要说这冰激凌做的样子比之饭店是差了些，但是他们像一家人一样和谐温馨的幸福感觉却不是一般人能体会到的。国产乳制品怎么更好地让老百姓接受、信任和喜爱呢，这一家人来个亲子挤奶游不正是最好的宣传推广途径吗？

张皓天对未来奶牛场的经营又有了新的认识，下一步怎么办，当然首先是找一个好的草场来建设他的现代化奶牛场了。实际上，皓天已经有目标了，总商会议董高品云给他介绍了一个品质上佳的草场。不过，皓天因为处于失业状态，有人正谋划将他从总商会除名，这很可能就断了他在总商会的人脉。谁这么狠心呢？请看下回分解。

第二十九回

皓天借力买草场　刘顺发狠做乳商

上回书说到皓天看上了一块上佳草场，这块草场是在他加入北平总商会后，议董高品云介绍的。草场就在西城德胜门外，无论是地势、土质，还是水源，各方面条件都非常适合建设奶牛场，当时他就留了意，打算等将来牛场规模扩大后在这里建设分场。如今刘顺忽然来这么一出，那就正好派上用场。

张皓天思量着回去托请高品云出面议个好价钱。不料总商会里已经有人想把他给排斥出去，因为皓天现在没有实际经营，算失业状态。皓天再度遇到商海中的一个暗礁，他会不会触礁沉没。这是后话了，暂且按下不表。

回过头说张皓天一家在南京，皓天希望两个孩子在虞亭华的卫岗实验农场能够接受劳动教育。没想到思飞、思甜却把这里当成了游乐园，死乞白赖央求着要多玩几天。加上虞亭华和黄云裳也替他们求情，皓天只好答应再让他们玩一周。

虞亭华这两年事业有了巨大发展。他的专业精神受到了政府部门的关注，让他担任国民政府实业部渔牧司司长兼种畜场场长，这让他大受鼓舞，摩拳擦掌要去轰轰烈烈地大干一番。最近他已经开始着手拟订兽疫防治条例，创建兽疫防治机构。而黄云裳在遗族学校也是一位“明星人物”，连续两年被评为优秀教师，深受师生爱戴。这让皓天两口子颇感安慰，从旁观者的角度来看，他们两人互相体贴，相敬如宾，无疑是幸福的。虽然虞亭华并不知道他的“爱丽丝”其实是黄云裳，但又何必让他知道那些伤心往事？而对于黄云裳来说，“黄云裳”这三个字同样不重要，重要的是她能够帮助心爱的人走出人生困境，重要的是他们还有许许多多令人期待的未来。

虞亭华是畜牧专家，对工作一丝不苟，卫岗实验农场在他的领导下一片欣欣向荣的景象。思甜天性喜欢小动物，一看到农场不但有成群的奶牛，还有数不清的其他小动物，什么鸡鸭鹅啦，兔子啦，山羊啦……一下子就心花怒放了，每天一大早就跑到农场观察这些小动物，跟在它们后边跑来跑去，到了晚上浑身弄得脏兮兮的还挺开心。

思飞呢？他玩得更多样一些，除了跟小动物玩，他还喜欢找小伙伴们玩。他听说在这里参加劳动的孩子都是革命烈士的后代，那肯定都是有故事的人。思飞就用口袋里的北京小吃收买他们，缠着他们给讲各种各样的战斗故事，每次都听得挺激动，恨不得自己马上长大，上战场战斗去。

两个孩子都乐不思蜀，晚上回到住处，猛然想到马上要离开了，开始缠起了芙蓉，一个劲说还想在这里继续玩几天。芙蓉被缠得也是左右摇摆，拿不定主意。皓天回来一看没完没了了，这可不行，使出了撒手锏：“你们要是还想下次再来，那就最好乖一点。”思飞、思甜这下子变老实了。

芙蓉伸出大拇指：“还是你这招厉害，在警告他们的同时，还给了他们希望。”

皓天也不客气：“我这叫张弛有度，以后学着点。”

虞亭华不以为然：“孩子的天性也不能轻易抹杀啊。对待孩子，皓天你的思维方式有点简单粗暴。孩子们对农场有兴趣这是多好的事啊，我小时候就喜欢各种小动物，所以现在就成专家啦。哈哈，你们可不要毁了两个未来的大专家啊。”

有了虞亭华助阵，思甜一下子抢夺了话语权：“虞伯伯说得太好了，我就想着将来能跟虞伯伯学习，成为一名跟动物打交道的专家！”

皓天问思飞：“你呢，将来是什么打算？”

思飞眼珠一转：“我也喜欢小动物，我也要做专家！”

皓天说：“那好吧，以后你们就天天跟着虞伯伯，这样就天天有小动物看了，我们回北平去。”

这一说思飞、思甜都傻眼了：“那不行，你们也得在身边陪着！”

皓天说：“还是让虞伯伯陪你们吧，虞伯伯多喜欢你们啊。”

思飞、思甜看看虞亭华，又看看皓天，左右为难了。

黄云裳夸张地叫了起来：“哎呀，我怎么看到了一个争风吃醋的爸爸呀！”

皓天装作受了委屈：“反正他们都不要我了，我就不如大方一点送人吧。”

思甜赶紧跑过来安慰皓天：“爹爹真可怜，乖，爹爹不哭。刚才我认真想了想，等过几年我长大了再说这事吧。”

芙蓉大摇其头：“唉，爹爹当到这份上，真是丢死人了。”

思飞大喝一声：“正所谓男儿有泪不轻弹，英雄流血不流泪！”

除了皓天，在场所有人都笑起来，皓天绷着脸：“你这都什么乱七八糟的？你想当英雄啊？”

思飞挺起胸膛：“好男儿当保家卫国，犯我强汉者虽远必诛！”

“还一套一套的。”皓天摸了摸思飞的脑袋，“没发烧啊。”

这时忽听一人大笑着说：“好小子，你这英雄气概颇有我当年的风范！”只见此人约莫三十多岁年纪，高高大大，穿着军装，留着板头，浓眉大眼，不知何时就进了房间，“大家好啊！皓天，想不到咱们在这边又见面了。怎么样，南京好玩吧？”

皓天走上前去打招呼：“金榜哥，这次又来南京公干来了？”

这人是他的老熟人了，跟他是不打不相识，后来被孙良喜收为麾下——姓黄名金榜。

“这次就不是公干那么简单喽！”黄金榜大大咧咧往沙发上一坐，随手朝桌上放下一大块茶饼：“今天来我没什么可带的，上边送了我一块十年的普洱茶饼。那谁，亭华，你给大家沏一壶来。”

虞亭华走过来：“好的，表哥。”虞亭华原本是当年跟皓天一起“认识”黄金榜的，可是后来不记得了。如今也跟着黄云裳叫起了“表哥”——这也是黄云裳的安排。

黄云裳一看到黄金榜，马上板起了脸：“讨厌！你这人怎么一点儿礼貌也没有啊，跟幽灵一样，怎么都不知道敲门啊？”

“爱丽丝，你不欢迎我啊！”黄金榜瞅了一眼黄云裳，怪声怪气地说，“你应该特别欢迎我啊，爱丽丝、爱丽丝、爱丽丝，哈哈哈哈！”

黄云裳心里叫苦不迭，转身走进了自己房间，把门砰的一声关了。有把柄在人家黄金榜手里攥着，只能自认倒霉，不敢吭声了。

芙蓉跟着走进房间：“都这么久了，你们兄妹俩还没大团圆呢？”

黄云裳很无奈：“反正这些年就是一看到他就心里难受，他还一点儿都不知趣，真是愁死人了。”

“可你们毕竟是一母同胞，血浓于水啊，再说，你哥现在不也在军队里改邪归正了？他来看你，也是因为在乎你这个妹妹呀。”

“谁稀罕他在乎？我宁愿没有这个哥哥！”

“唉，又说气话了。你怎么不开窍呢？真要是以后不见了他，你心里就真的好受？”

黄云裳不言语了，半天才说：“谁让他把我嫂子给气跑了，他要是能还我一个嫂子我就原谅他。”

“我听皓天说，他自己也很懊悔，所以这几年一直也没再找别的女人。云裳，过去的就放下吧，做人还得向前看是不是？”

黄云裳瞅着芙蓉扑哧笑了：“瞧你苦口婆心的样子，跟个大妈似的，啥时候变成这样了？”

芙蓉拍了一下黄云裳的肩膀：“我这样怎么了？我就希望岁月静好，世界太平。”

“好好好，对对对，芙蓉大小姐总是有道理的。”黄云裳说，“其实这些做人道理我何尝不知道呢，可就是放在自己身上总是转不过弯来。”

芙蓉鼓励她：“咱总得给人家一个机会，给人家机会就是给自己机会。慢慢转弯，咱不着急。”

从屋里走出来，黄云裳跟变了一人似的，笑眯眯地走到黄金榜面前，拿起茶壶：“表哥，我给您倒茶。”

黄云裳陡然来这么一出，把黄金榜一下子吓住了：“云……爱，爱丽丝，你怎么了？”

黄云裳又把茶壶放下：“你瞧瞧你，对你不好不行，对你好也不行，真是把人折磨死了。”

“哦，看来没毛病。”黄金榜放了心，“其实我今天来是想跟你说，以后我在南京长期公干，这样就不用南京北平两头跑了。这样以后看你们的机会就多了，免得你们思念之苦，怎么样？”

虞亭华笑笑：“十分欢迎，十分荣幸！”

黄云裳没好气地说：“十分没劲！”

黄金榜牛眼一瞪：“你看你看，你也三十来岁的人了，脾气咋一点没变？爱——丽——丝，我毕竟是你表——哥，别老跟小孩子一样，咱成熟一点！”

皓天在一边看着也乐：“我怎么看你俩都像小孩子一样？”

一说起小孩子，黄金榜来了兴致：“亭华，你看你总是为那些奶牛配种，啥时候为自己生个小孩呢？看人家思飞、思甜都快十岁了，你们咋一点儿动静都没有？我真替你们着急！”

虞亭华有些为难：“这个……”

黄云裳心想，这还真是哪壶不开提哪壶：“该有的时候自然就有了，用不着你瞎操心。”

黄金榜大手一挥：“那可不行，坚决不行。常言道，不孝有三无后为大，亭华，你一定要努力加把劲！”

虞亭华含笑看了一眼黄云裳，说：“以前总是担心在南京待时间不长，所以就没考虑。现在差不多也算稳定了，该考虑这件事了。”这话不禁让黄云裳大感意外，害羞地垂下了头。

黄金榜哈哈大笑：“嗨，有这话我就放心了！”

虞亭华看黄云裳害羞，赶紧转移话题：“别只顾着说我们，也说说你吧，你何时能够给我们带来一个表嫂呢？”

黄金榜大吃一惊，心虚地看了一眼妹妹：“啊？这这这……如何回答是好？”看黄云裳脸色平静，才接着说，“想必你也知道我过去那些破事，自从我老婆失踪以后……我早就断了这念想了。”

虞亭华叹了口气：“这又是何苦呢？过去的就让它随风而去吧，做人还是要向前看。”

皓天听这话从虞亭华口里说出来，不觉别有一番滋味涌上心头。心想，如果虞亭华自己能够早日走出来那该有多好。嗯，向前看，每个人都应该这样。

在南京玩了快一个月，该看的风景都看了，该吃的美食都吃了，该见的朋友都见了。皓天一家人终于要离开南京打道回府，这次思飞、思甜好像懂事了，没有再闹，只是盼望着下次再来。虞亭华和黄云裳一直送他们到火车开动，黄云裳哭了，芙蓉也哭了，思甜很懂事地拿出手帕给她擦眼泪：“娘亲，没关系，该见面的始终还会见面的。”芙蓉破涕为笑：“思甜都会安慰人了。”

这样，皓天一家又乘火车返回到北平。

皓天不在家的这段时间，舅舅王少川一直帮他们看家，喂养那几头荷斯坦牛。王少川一见皓天就心急火燎地说：“可算回来了，出大事了，再不回来我就要打电话催你了！”

皓天感到奇怪：“这才二十多天工夫，能有什么事？”

王少川说：“这事肯定跟你有关，还跟刘顺有关！总的说是跟奶牛有关。”

皓天愣住了：“到底怎么回事儿？”

王少川说：“你不在的这段时间，刘顺这小子搞了一个大动作。他用各种手段把北平几乎所有的小奶农都说服了，让大家都跟他干。他还收了几块奶牛场，他要做奶牛界霸主，要建立超级奶牛场！老话说，大鱼吃小鱼，小鱼吃虾米，你想想，他有钱有实力，想吃掉咱们还不是易如反掌？”

皓天沉吟片刻，说：“那你的意思是咱们干脆也让他给收购合并算了？”

王少川摇摇头：“反正我是想不来更好的应对法子。”

皓天笑了笑：“我倒有个好办法。”

“什么好办法？”

“让人家吃肉，咱喝咱的汤。不为所动。”皓天淡淡地说，“这事也不一定是坏事，他只管做他的，咱们尽管做咱们的。大有大的优势，小也有小的好处。本来就是从头再来，咱们这光脚的还怕他穿鞋的？舅舅啊，咱可不能自乱阵脚啊。”

看皓天一副胸有成竹的样子，王少川冷静下来：“这一说我挺惭愧，是舅舅我庸人自扰了。唉，想当年我也是意气风发啊，怎么现在成了这鬼样子？”

“舅舅千万别惭愧，您如今做事稳当，为人谨慎，这是好事啊。”

王少川被皓天戴了高帽子，心里挺舒服：“你这一说大家伙儿就又有主心骨了，都眼巴巴等着你，那咱们的新奶牛场啥时候开始？”

皓天挺直了身子：“今天开始，现在就干！”他让王少川把早前天顺牧场工人和领养的奶牛的情况再去摸一下底。

第二天，北平总商会召开会议，每过半个月的例会。皓天前一段由于去南京，请了两次假，如今从南京回来，便一切照旧。这次他要找高品云帮忙。

这次会议开始没多久，刘顺快步走上前台，开门见山地说：“诸位，这次我有一个很郑重的免职提议。”他扫了一眼大家惊诧的神态，“我提议罢免张皓天的议董之职，因为按照总商会章程，议董应‘以品格高尚，营业殷富者充之’，而目前张皓天根本毫无营业，实属无业游民，因此他已经不再具备议董资格。”

此言一出，台下哗然。

协理卢胜带着几个人一块起哄，这次动议就是他指使刘顺提的。

众人目光都看向皓天。皓天不动声色地站起身来，朝大家拱了拱手：“非常惭愧，前一段奶牛场解散了，我目前正忙于重建工作。对于总商会事务有心无力，分身乏术，正有退会之意。没想到还要打扰刘顺费心给说出来，这也正好……”

这时高品云却激动地打断了皓天：“慢着，我不同意！”说着站起身来，“张皓天先生在总商会这两年的作为想必大家一清二楚，他用自己出色的能力和智慧，帮助总商会解决了好些棘手问题。现在不过一时遇到了困难，他的能力、经验和智慧仍在，他仍然能为总商会做出很好的贡献。我相信张皓天先生还会东山再起，在场的谁敢说他不能重振雄风？所以这次他如果退出，我坚决反对！”

会议厅鸦雀无声后，爆发出一阵掌声。有不少人喊“皓天留下！”刘顺看场面尴尬，咳嗽了一声说：“诸位少安勿躁，我想无论做人做事，我们都要向前看才对，不能躺在过去的功劳簿上居功自傲。俗话说，不以规矩不成方圆，依我看我们还是要按规矩办事才好。”

高品云不以为然地说：“规矩是死的，可人是活的，何况这规矩是什么时候订的？二十多年前，是清末民初，早就跟不上时代潮流了！”

协理卢胜站起身来，慢条斯理地说：“不管是清朝，还是民国，规矩就是规矩，岂能由着性子朝令夕改？我看品云兄这步棋走得不合适。”

“这不是下棋，这是论事。”高品云针锋相对，“商海无疆，诚者无域；小赢靠智，大赢靠德。生意场上一时的起起落落再也正常不过，有的人一时得意便很快忘形，可比起这得意来，在失意中的抉择才是真正考验一个人德智的试金石。我看皓天目前虽然遭遇了困境，可他绝没有因此便颓废不振。相反，他依旧笑看人生，积极应对，有责任心，有道义心。常言说，得道多助失道寡助，这样的年轻人才是我们总商会真正的栋梁。如果连他我们都容不下，那这样的所谓章程也不过是擦屁股的草纸一张，这样的商会我高某人也绝不会再留恋半分！”

高品云这番话掷地有声，台下有好些人就大喝：“好！”很快众人纷纷鼓起掌来。刘顺一看形势急转直下，自己也弄得不尴不尬，只好打了个哈哈：“一向德高望重的高先生既然说了这话，我看我也不方便再说什么。不如我们大家投票表决，让票数来说话，这一点大家应该没什么异议吧，皓天，你说呢？”

皓天朝大家深深鞠了一躬：“我张皓天何德何能，居然让各位为我劳心费神，实在愧不敢当！在商场这些年，我从来没有参与过是是非非，希望以后也不会有。无论做人做事，我的标准也很简单，那就是要对得起自己的良心，对得起大伙儿，对得起这个国家。今后不论我是否还在总商会，我都一直会这样要求自己。”

这番话不卑不亢，让大家对皓天又多了几分认识，纷纷喝彩。接下来大家开始投票表决，在座百余人，有七成人同意让皓天继续留在商会，两成反对他留下，还有一成表示观望。结果一出来，卢胜和高品云都擦了把汗，卢胜心想，总算没有接近全票通过，不然自己老脸往哪里搁？高品云心想，以前真是高估了卢胜，看来那边的“死党”也没有想象中的多。

刘顺极力压抑住自己的失落，走到皓天面前，故作轻松地跟他握了握手：“没想到还有两成人反对啊，看来还需要努力哦。”

皓天不动声色：“谢谢鼓励，不敢指望全票通过，我已经很知足了。”

当晚，兴高采烈的高品云要拉着皓天一起喝酒庆贺，还找了几位商界朋友作陪。席间皓天说了草场的事情以及正在筹集下一步发展的资金，高品云毫不犹豫地拍拍胸膛说：“草场的事情明天咱们就去办。奶牛场照最高标准建，需要多少钱我借给你，免息！”

皓天笑着说：“这样我的压力就太大了，万一我将来赔掉了，可能就还不上您了？”

“哎！”高品云皱紧了眉头，“你的人品我信得过，没得说！皓天，我看你是做大事的人，所以才愿意支持你一把，我都不怕，你怕什么？我可是掏心掏肺相信你啊，你就别扭扭捏捏了，尽管大刀阔斧地干！”高品云说着就从兜里拿出支票来，“需要多少，尽管说！”

皓天不再推辞，当晚两人签了合同，高品云以投资人的身份加入进来。万事俱备，也不欠东风，接下来皓天便开始了人生的第二次创业。

虞亭华虽然身在南京，但是心里却一直挂念着皓天的新牧场，皓天每天都要打电话向他汇报建设的进度。虞亭华在南京遥控指挥，他希望皓天能够建设一个真正现代化标准的新型牧场，什么质检监控啦，什么卫生管理啦，每次他向皓天介绍国际先进经验的时候，皓天不敢有丝毫怠慢，极度认真拿着小本本记下来。

刘顺那边也没闲着，风风火火地张罗着他的奶牛霸业。刘顺心里憋着一股气，他一定要跟皓天斗到底，你张皓天有专家？我也有，我找十个专家给我服务！你张皓天有奶牛？北平小草场的奶牛我全给包了！我就不信这个邪！刘顺的动静闹得挺大，惊动了北平各家报纸，上门采访的络绎不绝。刘顺也不含糊，给记者塞红包很大方，让他们在报纸上多多美言，制造声势。一时之间，刘顺这位昔日的“百货王子”又成了“奶业新贵”，真可谓是春风得意。

皓天却丝毫不为所动。他想得很清楚，那就是不管刘顺那边如何喧哗，他只做好自己的分内事就行了。虽然从奶场数量和产奶规模上他显然无法与刘顺抗衡，但他有信心保证自己的牛奶质量强过对方。

说来也巧，两个月后的 9 月 8 日，两人居然选择在同一天开业了。刘顺那边的开业庆典搞得风风光光，他请来了北平最好的戏班子唱了整整一天，总商会里几乎一大半人都跑去凑热闹。皓天这边稍显冷清，他在酒馆订了几桌酒席，现场除了一帮亲朋邻居和工人们，几乎没有其他人。前来祝贺的高品云一看此情此景忍不住哈哈大笑：“皓天，你这也太含蓄了吧。开业大吉，这本来是好事，怎么被你弄得好像做贼一样。要不我也给你整一台戏如何？”

皓天笑着摇摇头：“这啥还没做就整得花里胡哨的，我过不了自己这关。”

高品云伸出大拇指：“皓天，我没看错你，务实，不虚荣，有担当。你这要是不成功简直是天理难容啊！”

皓天说：“谁也不想跟成功过不去，我是个死脑筋，我觉得把牛奶做好这对我来说就是成功。”

那边王少川走了过来：“跟着皓天干事，我们大伙儿都有信心。高老板您也请放心，喝我们牛奶的人一定会越来越多！”

高品云端起酒杯：“那就好那就好，来吧，咱们在场所有人一起干杯吧，祝贺皓天今日开业大吉！”

皓天心神激荡，举起酒杯：“我能够走到今天，离不开大家对我的支持。希望今后大家继续支持我，我定当全力以赴，不让大家失望。啥也不说了，干杯！”

众人纷纷起身：“干杯！”

喝下杯中酒，皓天便开始了一段新的历程。他对未来充满信心，相信凭着自己的努力一定能够走出一条属于自己的路。

然而仅仅过了十天，中国的命运便发生了翻天覆地的变化，皓天身处其间，也身不由己地接受了这场生命的洗礼。他的事业也因此有了新的转折，欲知详情如何，请看下回分解。

第三十回

爱国就卖良心奶　且把家恨放一边

1931 年 9 月 18 日晚上，在日本关东军中佐石原莞尔的阴谋安排下，日本铁道守备队炸毁了沈阳南满铁路路轨。随后将三具身穿东北军士兵服装的中国人尸体放在现场，栽赃嫁祸中国军破坏南满铁路。日军以此为借口炮轰沈阳北大营，这便是震惊中外的“九一八事变”。由于当时国民政府和东北保安总司令张学良对形势的误判，对日军的挑衅行为采取了坚决不抵抗政策，这让日本得寸进尺，次日，日军侵占了沈阳。

日本的裕仁天皇问陆相杉山元战事将要持续多长时间？杉山元狂妄地回答：三个月解决问题！由于东北不战而退，东三省很快沦陷了。多灾多难的中国还没过几天安稳日子，又再度进入了漫漫黑夜。面对日本帝国主义的步步紧逼，国民政府的节节退让，在中华民族面临生死抉择的时刻，全国各界群众群情激奋，愤怒声讨，开始了轰轰烈烈的抗日救国运动。北平各界也纷纷组织成立了抗日团体，仅三五天时间，全市大规模的救国运动便如雨后春笋蓬勃兴起，学生、市民和商人、工人深入街巷农村疾呼救国，向政府请愿示威，要求出兵抗日。

皓天身为京城总商会议董，抗日救国自然是奋勇当先，早在“五四”爱国运动中他就经受过洗礼了。陈程教授、虞亭华时常与他一块分析形势，共同谋划。在皓天的倡议下，总商会很快便成立了“抵制日货商业联盟”。连续半个月时间，他带领会员们走上街头散发传单，号召同胞们自觉团结起来，坚决抵制日货。他的行动赢得了大家的支持，游行队伍从最初十几个人很快发展到两三百号人。陈程教授还积极发动工人，与商界共同进退，使得游行示威的声势响彻北平。

这一来，刘顺心里不是滋味了：本来这该是我表现的大好机会，这风头怎么全让他张皓天给占了？不行啊，我得想办法给搂回来！怎么搂呢？他也领了一大帮人上了街，宣传抗日救国，表明自己的“爱国身份”。可是这帮人全是好吃懒做的闲人，是刘顺花钱雇来的，刚闹了一天，这帮人就嚷嚷着累死了，要刘顺加钱。刘顺给加了一次，他们又得寸进尺，刘顺被弄得心烦意乱，干脆给解散了。本想投机一把，没想到又蚀把米。

芙蓉仍然是皓天的坚定支持者。周末的时候，芙蓉带着思飞、思甜也加入了游行示威队伍，思飞、思甜还学会了一首抗日歌在街头奶声奶气唱起来：“快擦亮你的三八式哟，准备和他们干，不打倒日本帝国主义哟，我们都没好日子！”这对双胞胎在街上很醒目，引起了街上许多人的围观，很快大家都跟着唱了起来。

第二天思飞、思甜还上了报纸头版，说他们是“抗日孪生小歌手”。晚上回到家，他们喜滋滋地把报纸拿到家里给奶奶看，王氏瞅了半天，摇摇头：“唉，我也不知道是笑好，还是哭好，你俩这是沾上抗日的光了！”

思飞挺起了胸膛：“赶紧让我长大吧，长大我就上战场，杀了那些侵略者！”

王氏说：“可打仗是要死人的，最好还是别打。”

思飞眼睛瞪得溜圆：“奶奶思想太落后，我这是保家卫国。正所谓：人生自古谁无死，留取丹心照汗青！牺牲我一个，幸福大中华！”

王氏赶紧捂住思飞的嘴：“净说不吉利话，干吗就非得牺牲呢？”

思飞急躁地说：“唉，反正跟您说不清楚！爹爹一定支持我！”

思甜说：“我也要当兵！”

思飞不屑地说：“你们女人当什么兵？还不够麻烦的。”

思甜反唇相讥：“女人也顶半边天！”

思飞、思甜正在打嘴仗，一个十六七岁的瘦高个年轻小伙忽然走进了家门，一见到王氏就亲切地叫了一声：“姑妈好！”

王氏定睛一看，只见小伙穿一身军装，看上去神采奕奕：“哎哟，新生来了，这可是稀客啊，思飞、思甜，快叫表叔叔！”

思飞、思甜齐声说：“表叔叔好！”

小伙姓王名新生，是王少川的儿子。思飞看到他的军装，眼睛一下子亮了：“表叔叔穿的是军装！”

王新生嘿嘿一笑：“怎么样，好不好看？”

思飞一脸羡慕：“好看，能让我穿一下不？”

王新生犹豫了一下，答应了，“那好，就给你穿五分钟！”说着就把上衣脱了下来，“来，穿上！”

思飞赶紧乐呵呵给穿上了，很神气地扭了一圈：“我好看不？”

思甜刚喝了一口茶，一看差点把茶喷出来：“还好看？真是笑死人了！”

王氏说：“嗨，你这上半身都到波棱盖儿了！”

思飞悻悻地把衣服脱了还给王新生。王新生笑嘻嘻地说：“等再过几年你长大了就能穿了！”

王氏瞅着王新生，疑惑地问：“我怎么觉得有些不对劲，你不是该在学校读书吗？怎么忽然换了一身军装啊？”

“其实我这身是借朋友的，朋友过几天就要参军了，先让我穿两天。”王新生挠了挠后脑勺，“我呀，也想报名参军。”

“到底怎么回事儿，你爹知道吗？”

王新生一脸无奈：“他呀，他老说，好男儿不当兵……这两天正满肚子火哪，所以我就先躲到这儿了……”

“哦，明白了，你这是想偷摸地去当兵，这可不好。”

王新生说：“可是如今国难当头，我应该为国家出一份力，不然也太窝囊了！”

王氏意味深长地说：“我看也没这么简单吧，你主要是不想上学了，对不对？”

王新生不好意思地笑笑：“姑妈，我也就这样了，现在这种局势再学也学不出名堂来，倒不如趁早做点有意义的事……”

王氏叹了口气：“唉，你们家可就你一棵独苗啊，上了战场，枪炮无眼，可不管你是谁。”

正说着话，皓天从外边回来了，一看到王新生就说：“哎哟，瞧你这架势，是要为国杀敌啊。”

一见到皓天，王新生兴奋了：“我的亲表哥哎，你可回来了，我今天来就是想让你帮个忙。”

“还挺神秘，说吧，啥事？”

“表哥，你不是认识一位国民党高级将领吗。你帮我说一下，让我跟着他打仗。”

“当兵你自己报名不就行了？”

“你这不是开玩笑嘛，哪儿那么容易啊。说我是个毛头小子，没人愿意收我，况且现在政府也不支持打仗。”

“那不就行了，你这不是给政府添乱吗？”

王新生摇头晃脑：“皮之不存毛将焉附？当此国难坐视不理，其为人乎？俗话说，朝中有人好办事，你就使出你的面子介绍一下我加入呗。拜托了，表哥！”

皓天笑了：“你说得挺轻巧，哪儿有那么容易？”

王新生毫不气馁：“别呀。表哥是不是信不过我？你放心，我一定在战场上好好表现！”

皓天说：“我看你还是跟你爹好好说一下，等过了你爹这关再说。”

王新生气鼓鼓地说：“表哥，我还以为你跟他们不一样，思想活，敢想敢干，这次抗日游行你不也上街了吗？没想到这都是假象！”

皓天笑了：“瞧瞧急了不是？把我说得跟老谋深算的老狐狸似的，这对我很不公平啊！”

王新生逼着皓天表态：“那你给个痛快话，帮还是不帮？”

“帮帮帮，不帮你还不把我给吃喽？可是咱也得讲究点方法，不能霸王硬上弓对不对？”皓天苦口婆心地说，“你的父母也不容易，将心比心，你不能只让别人理解你，你也得理解他们呀。”

王新生想了想，说：“好吧，我承认你说得有道理，那就听你的，等你消息啊。”

王新生兴冲冲走了，王氏疑惑地问皓天：“你还真打算介绍他去当兵啊？”

皓天拿不定主意：“新生有保家卫国这份心思，这也很难得啊，不过……我也怕舅舅生气。”想了想又说，“其实保家卫国也不一定非得上战场，他毕竟也上中学，有知识，做文职也是为国家服务……我再好好想想。”

王氏说：“你可得好好想想，这孩子是独苗，是在你舅舅患难的时候生出来的，养大他不容易啊。”

“是啊，不养儿不知父母恩。”皓天给母亲端了杯茶，“当年咱家生活那么艰难，您老人家养大我也很辛苦。”

“唉，不管怎么说，苦日子总算熬了过来，可是现在国家又不太平了……”王氏慈爱地看着思飞，“以前老话说，好男儿不当兵，现在都翻天了。连小小人儿思飞都跃跃欲试，想赶紧参军，保家卫国呢。”

思飞马上来了个军人的立正姿势：“保家卫国，甘洒热血！”

皓天刮了一下思飞的鼻头：“别说，还真像模像样的。”

思甜觉得自己被冷落了，赶紧走上前：“我也要当兵。”

思飞很认真地说：“你是女人，女人就应该在家老老实实待着，让我们男人保护你们！”

思甜哼了一声：“男女都一样！”

皓天问思甜：“那你说爸爸就没有当兵，你的虞伯伯也没有当兵，难道就不是好孩子了？我们思甜就算不当兵，照样是了不起的！”

看爸爸表扬自己，思甜心理算是平衡了：“我想明白了，也不能全都当兵，不然就乱了套。只要好好做事，那也是为国效力！”

爱国老百姓都很激动，可是国民政府不让大家激动了。政府不希望事态扩大，不想跟日本翻脸，所以很快就不允许大家上街游行了，要大家该上学的上学，该上班的上班。皓天也明白，这不还是因为国家一穷二白，要钱没有，要枪也没有，所以只得看人家脸色。要想不被小日本欺负，那就得首先把自己变得强大起来，老老实实发展自己。那就继续做好自己的奶牛事业吧。

皓天一是坚持卖良心奶，二是坚持以比较低的价格售卖。

老百姓都知道有个爱国的张皓天卖牛奶，并且物美价廉，质量保证，一传十十传百，大家都自觉自愿买他的牛奶，说他的牛奶是“爱国牛奶”。

皓天这边是蒸蒸日上，刘顺那边却是乏人问津，尽管他天天在媒体上做广告，价格也是一降再降，最后都已经到无利可图的地步了。可他的牛奶质量就是差，没几个人买他的账。这下当初跟着他的奶农都觉得上了当，生气了，纷纷打起退堂鼓。刘顺要兑现当初的承诺，只得硬着头皮去收购他们的牛奶，可是收购来的大量牛奶又眼睁睁看着卖不出去，卖不出去就得倒掉。搞得刘顺焦头烂额，每次倒牛奶都像挖心一样痛，一跺脚一咬牙：我免费，我免费还不行吗？

刘顺打的如意算盘是：免费一段时间，大家都来喝我的牛奶，没人喝他张皓天的牛奶。我比他家底厚，我能撑到最后，他能吗？等他撑不下去了，我自然就起来了！

刘顺不计本钱搞恶性竞争，这招叫杀敌八百自损一千，比的就是财大气粗。这一来还真起了作用，老百姓一听说有人要免费送牛奶，也不管什么爱国不爱国了，一个个是奔走相告，趋之若鹜，踏破了刘顺的门槛，连他的牛奶掺水严重也都不计较了。

皓天不为所动。高品云建议也免费送奶，跟刘顺打消耗战，皓天摇头："这肯定不是好办法，弄到最后两败俱伤，不还是一个烂摊子吗？"

高品云很着急："可是刘顺明摆要置你于死地啊，就眼睁睁地等着被他挤垮？"

刘顺确实一门心思要把皓天给挤垮，想着皓天那边牛奶也开始卖得不旺了，用不了多久就要完蛋了，他心里就美滋滋的。虽然天天赔着钱，可他照样春风满面：咱有钱，咱赔得起！我看你到底还能撑多久！

刘顺显然走火入魔了，他只顾盯着皓天，但却忽略了重要一点：他得罪的可不止张皓天一个人。除了张皓天，北平还有其他几家洋牛奶产商，什么雀窝牛奶，什么龙虎牛奶，甚至还有德成牛奶这些本地乳商，这些具有悠久历史的大牌厂商一看刘顺胡来，让大家生意都难做，非常不高兴：这刘顺居然敢冒天下之大不韪破坏商场规则，简直吃了熊心豹子胆了，简直岂有此理，我们强烈抗议、严厉谴责！

几大洋奶商联合起来，很快采取了一致行动。他们找来国际质量检测机构，要求对刘顺的牛奶做质量检测，检测结果很快出来了：严重不合格，喝了刘顺公司的牛奶对身体健康非常不利，甚至有生命危险！

好事不出门坏事传千里，这一下子整个北平城传开了，刘顺的牛奶很快又无人问津了。刘顺赶紧发表紧急声明：谁说我的牛奶不合格？我也是经过巴氏灭菌法杀毒的！可是没人信，大家更相信权威。刘顺的牛奶烂大街了，除了乞丐，没人再愿意冒生命危险去占这个便宜了。

庄有德这回自然也是推波助澜，人为财死，鸟为食亡，你刘顺别为图自己私利让大家都没饭吃啊。庄有德率领乳商联合会同仁痛斥刘顺这样的乳商是十足的奸商，为了一点点小利完全没有商业道德，坑蒙拐骗无恶不作。经过大家会商一致决定，将刘顺开除出北平乳商联合会。

刘顺明白了，他被洋鬼子给整了，人家说你不合格就是不合格，根本玩不过人家，他玩栽了。你玩阴的，有人比你更阴，阴来阴去反而把自己阴进去了。

刘顺元气大伤，那些原本被他收买的奶农一看跟他没戏了，作鸟兽散。刘顺眼看生意就要成了一个烂摊子，不由仰天长号：连老天爷都帮他张皓天，要灭了我刘顺！这究竟是为什么，为什么，为什么？

哀号也没用，没人再相信他了。同行都嫌弃他。

奶牛界的一场恶性竞争就此偃旗息鼓，一切重新走上正轨。

一周之后，北平总商会也对刘顺宣布了决议：由于刘顺的所作所为严重违背了市场规则和商家信条，即日起被总商会除名。这下谁也保不住他了，他事先得到消息，当天没有到会议现场出丑，躲在家里一直不停地喝酒，时而仰天狂笑，时而泪流满面，时而喃喃自语，时而沉默不语。妻子秀娥晚上回到家看到房间一片狼藉，儿子刘白在一边愁眉苦脸地坐在沙发上发呆，刘顺却哼哼唧唧像一摊烂泥一样歪在地上。她的火噌地一下就上来了，端起一盆冷水朝他头上泼去。

刘顺打了个冷战，直愣愣瞅着秀娥，半天才回过神来：“我完蛋了，你高兴了？”

秀娥看着刘顺那副潦倒样，又是生气又是心疼：“你这算什么鬼话？这么多年风里来雨里去，我一直屁颠屁颠跟着你。这一段你一心一意忙你的奶牛大业，连百货公司也不管了，还不全是我一个人忙活？我说过你什么了？但是你跟皓天这事，你自己就没觉得自己有一点点错吗？人家皓天做错什么了？”

刘顺忽然一阵冷笑：“好好好，你这是胳膊肘往外拐，有异心了啊。我就说，你咋就那么稀罕张皓天呢，为什么呢，他有三头六臂吗？”

“你混账！”秀娥气坏了，“你放狗屁！”

“是，我放狗屁，人家张皓天放的是仙气，那你跟他过日子去啊。”

秀娥“嗷”地叫了一声，扑到刘顺身上，照着他的胳膊狠狠咬了一口。刘白赶紧冲上来拉住秀娥：“娘，您跟喝酒的人一般见识干啥啊？”

秀娥对刘白说：“没你的事儿，你先回屋去。”

刘白可怜巴巴地说：“你们俩可别打架了。现在国家很危险，我们老百姓就别折腾了，好好过自己的小日子吧。”

儿子像个小大人似的，让秀娥也哭笑不得：“好了好了，你赶紧睡觉吧，我不咬他了。”刘白这才一步三回头走到自己房间。

刘顺死乞白赖继续躺着：“别急别急，我让你咬，让你咬，咬死我得了，反正活着也没劲。”

“你要真是男人，真有血性，你就好好干，别想那些乱七八糟的玩意儿！”

刘顺一阵怪笑：“我还能干啥？你说我还能干啥？我这次是输得内裤都丢了！张皓天啊张皓天，从此以后就可以天天看我笑话了！”

“跟人家张皓天没关系，你就别胡思乱想了！”

“你相信跟他没关系吗？你为啥那么相信他？”

“我们打小一块长大，他是什么样的人我最清楚！”

“好好好，你相信他，不相信我，我活该，我滚蛋！”说着，刘顺摇摇晃晃就站起身来，踉踉跄跄朝门外走去，秀娥又急又气地追上去拉住他：“你赶紧给我滚回来！”

刘顺一拧脖子：“你让我滚我就滚啊？我是男人啊，我被自己老婆打，真是丢死人啦！”

秀娥看着刘顺，口气软了下来：“我这叫打是亲骂是爱，刘顺你说句良心话，这世上除了我，还有谁最心疼你？”

刘顺呆呆地看着秀娥，泪水忽然涌了出来：“你，秀娥，你最疼我……我没人管，没人问，碰上了你我才开始有了好日子！”

这话一说，秀娥也被弄得眼泪汪汪：“那你还滚不？”

刘顺摇摇头，喃喃自语：“我还能滚到哪儿去？不滚了，不滚了，打死也不滚了。”

秀娥把刘顺拽进了屋：“那就好，刘顺你就收收心吧。咱们不还有百货公司吗，你这些天没顾它，我不还得照料着吗。咱们现在的条件比起大多人来还是要好，你别灰心了，以后有的是好日子过。”

刘顺若有所思地点点头：“好好，咱们以后有的是好日子过。”

一场家庭风暴这下算是平静了。自那以后，刘顺也的确老老实实过起了日子。有一回皓天在家门口正好碰到他跟秀娥回娘家，没想到他还冲皓天礼貌地点了点头，就去了秀娥家。虽然两人没有说话，但是皓天还是很意外。很长时间以来，刘顺碰到他都是一脸冷冰冰，压根不理他，没想到这次还居然冲他打招呼。又听秀娥说了一下他的近况，说他现在每天朝九晚五都会去百货公司打理事务，这让皓天不禁感慨，看来刘顺是正常了，收心了。可是在欣慰之余，还是有种说不出的惆怅：他们表兄弟之间难道就这样一直僵下去吗？

晚上皓天跟芙蓉说起这事，芙蓉还笑他："你们两个大老爷们就别互相瞎整了好吗？眼下大家都过得好好的，你们之间又发生了那么多事儿，我看就顺其自然吧，只要大家都平安就是福。"芙蓉说的皓天当然也明白，也只好如此。

平安是福，健康为本，知足常乐，这话对于现在的人来说，并不难做到，太平盛世嘛。可在那个时候，对于大多中国人来说，那简直就是个奢望。好景不长，平安日子就又没了。

"九一八事变"刚刚结束没多久，为了支援和配合其对中国东北的侵略，日本人又开始不安分了。1932 年 1 月 28 日晚，日军悍然向上海闸北的国民党第十九路军发起了攻击。第十九路军在军长蔡廷锴、总指挥蒋光鼐的率领下奋起抵抗，打击了日军的嚣张气焰，日军不得不派兵增援，增到 9 万人，而中国守军总兵力却不足 5 万人。此时蒋介石拒绝再向上海增兵，中国守军寡不敌众，伤亡惨重。

在这次战役中，虽然中国兵力不及日本，但中国军人却表现出顽强的战斗力，无惧无畏，浴血奋战，数次击败日军进攻，使得日方三换主将，数次增兵。日本侵略者的嚣张气焰遭到极大打击，不得不延缓他们更加庞大的侵略计划。

中国军人视死如归的大无畏精神也赢得了国际社会的尊重和同情。1932 年 5 月 5 日，中日在英、美、法、意各国调停之下签署《淞沪停战协定》。日本忌惮欧美势力，只得同意停战。

尽管停战了，但日本军国主义的狼子野心已经昭然若揭，中国上下时时刻刻警惕着他们：在我们的身边，有一头饿狼躲在暗处，双眼发光，随时等待着要向中国发起致命一击！

淞沪抗战中，一个政治组织的积极表现引起了社会各界关注，这就是中国共产党。在他们的推动下，上海民众纷纷组织救护队和义勇军，积极支援第十九路军抗战。但在蒋介石眼里，共产党却很快成了他的眼中钉。因为他要实现国民党内的统一和国民政府的中央一体化，他担心共产党会引起不安定因素。以此为借口，他提出了“攘外必先安内”的基本国策，开始了他的“剿共”大业。

复杂的国内国际形势也在考验着张皓天，他也一直在思考：日本人为什么能在中国这样横行无忌？什么样的政治主张才是适合中国的？什么样的政党才能真正拯救中国于水深火热之中？他一边弄潮商海，一边在苦苦寻找着答案。

第三十一回

牧场旅游属首创　战场流血为争光

张皓天奶牛场的建设更加扎实细致，并且注重创新，从南京、上海，陈程、虞亭华那儿他也学到了不少新的东西，他开始一一在奶牛场实践。鲜牛奶、酸奶、奶酪、奶粉以至冰激凌，他开始多方涉猎。名气越来越大，生意越来越好。

张皓天在北平乃至国内首创了家庭奶牛场旅游观光。他在西郊新购了一处牧场，位于美丽的西山下，从山脚绵延到山坡。山坡上是郁郁葱葱的森林，山脚下是一马平川的原野，有简洁可爱的欧式民居，有钟声悠鸣的古寺，有潺潺的流水，有翱翔的雄鹰，有清秀的荷斯坦，有洁白的绵羊和系在羊项下的铃铛发出的叮灵灵的声响……一副美轮美奂的田园图画。

一个来牧场游玩的家庭，进了欧式民居，就可以亲自饲养一头荷斯坦奶牛，给它喂草、洗澡、消毒，牵着它在一望无际的草场上溜达，高兴了还可以骑一骑。当然最重要的是挤奶，消毒煮奶给全家喝。放心，你不会担心某个环节不会或者不安全，因为全程都有专业的工人师傅指导。除了这些，还有众多的小动物与孩子们一块玩，还有可以挖沙的水坑，可以捉鱼的小溪，还有可荡的秋千，可扑的蝴蝶，白鹭、翠鸟、野鸭、大雁，这简直就是孩子们的天堂，能不让孩子们流连忘返吗？

除了玩，牧场还让小朋友们徜徉在知识的海洋。皓天特别建设了中国牛奶博物馆，对中国养牛挤奶史用详细的文字和实物进行推介。有几面问答墙，挂满了一个个活动的漂亮的小圆板，上面有与奶牛相关的照片，并且画着问号：“你知道这是什么吗?”回答之后才可以去看背后的正确答案，答对了博物馆的管理员还会给一颗糖吃。

当然还有各个阶段的奶牛在户外的分类展示，就像虞亭华在卫岗实验农场做的一样，关于奶牛孩子想知道和应该了解的，这里都给提供了最直观的认识。

人与人、人与自然、人与动物之间在这里形成了一种美好和谐的关系。

皓天给出了一句响亮的广告词：“奶牛场是一种新生活方式”。

皓天的奶牛场的这些创新实验取得了巨大的成功。皓天的牛奶生意蒸蒸日上。各类学校都纷纷与皓天签约合作。

皓天妻子芙蓉所在的中学也不例外，孩子们喜欢周末去皓天奶牛场过新生活。1934 年下半年开学，芙蓉的学校招了一位女教师。这位女教师姓谷名亚兰，年龄三十多岁，但是看上去也就刚三十。谷亚兰为人热情大方，对谁都笑容满面，办事干脆利落，讲课水平很高，组织能力尤其出众。学校招她也是为了更好地组织学生的课外实践活动，包括去皓天奶牛场体验，有一次她在奶牛受惊狂奔时勇救儿童的举动给张皓天留下了非常深刻的印象。她的出现，使得张皓天的政治立场发生了根本性的变化。这是后话，暂且按下不表。

芙蓉的学校每五个教师占一间办公室，谷亚兰和芙蓉被分在了一间办公室。芙蓉初见谷亚兰，见她明眸皓齿，短发齐耳，打扮利落，谈吐不俗，气质出众，一下子就喜欢上她了。

有一天，谷亚兰要外出办事，没办法给学生上课。正好芙蓉有空闲时间，就替她上课。过了几天谷亚兰又有事外出，芙蓉又帮了她一次。谷亚兰深感过意不去，非要请芙蓉吃饭。芙蓉推辞不过，同时感到这个谷亚兰有点神秘，不知在忙些什么，想多了解了解，也就答应了。一来二去，两个人越走越近，不但是好同事，还成了无话不谈的好朋友。谷亚兰通过芙蓉也认识了皓天，少不了常带着学校孩子们去皓天在德外的奶牛场观光游览。

有一次聊家常的时候芙蓉问起谷亚兰家庭情况，谷亚兰情绪很低沉地说："我早就离婚了。"

芙蓉心里咯噔一下，要知道在那个年代离婚的女人实在是凤毛麟角。芙蓉心想，哪个男人没长眼，怎么会跟谷亚兰这么优秀的女人离婚呢？她心里藏着一万个问号，可是看谷亚兰不愿意再说下去，也就没有再追问。只是芙蓉心里总觉得遗憾，想谷亚兰一个单身女子太不容易，也就寻思着将来给她找一个老伴。这一辈子长着呢。老伴老伴，老来相伴这才叫圆满人生啊。

芙蓉先把学校的男教师都过滤了一遍。一看不是年纪太大就是太小，合适的人家都有家有口了，找来找去找不着。她把这心思告诉了皓天，让皓天也给留意着，碰到合适的就介绍一下。

皓天笑芙蓉："看来女人天生都喜欢做红娘啊。"

芙蓉说："这充分说明我们女人都喜欢成人之美，洒向人间都是爱！"

皓天说："难怪今年夏天的雨水特别充足，原来这都是你用爱洒的。得嘞，就冲芙蓉老师这份恩德，我也得给您留意着。"

过了一段时间，快到年底的时候，有一个人来找皓天，这人相貌堂堂，三四十岁的年纪，也是一名单身汉，还是国民革命军军官。谁啊，其实大家都认识，黄金榜同学。黄金榜这几年一直在外带兵抗击日军侵略，这次是为筹备军用物资回到了北平。一回来就找皓天，要皓天给他所在的部队提供牛奶，说是买他的牛奶放心。皓天想，支援前线子弟兵，理所应当啊，赶紧周密安排下去。

晚上回到家把这事告诉了芙蓉，芙蓉一听说黄金榜，眼睛一下子瞪大了：“你看他俩怎么样？”

皓天不明白：“谁啊，什么怎么样？”

芙蓉瞪了一眼皓天：“你看你看，我托你办的事忘了吧，谷亚兰啊。”

“哦哦哦。”皓天一拍脑门子，“你看我这天天忙的，饭都忘了吃，觉都忘了睡。哪儿还记得啊。”

“张皓天同学，你这就是在逃避！”芙蓉故作严厉地说。

皓天这下说实话了：“你让我一个大老爷们当红娘，这不合适啊。”

“打住，不许为难！现在我给你一个将功赎罪的机会，马上给我抓出来一个，行不行？”

“你这，这不是强人所难吗？我上哪儿给抓一个出来啊，芙蓉老师，做人要讲道理，你总得给我时间啊。”

“等你？那恐怕要等到猴年马月了。这样，后天是元旦，我们放假三天，你到元月 2 号就给我安排一个！”芙蓉开始发号施令了。

皓天犯难了，就这么两天时间，上哪儿去抓一个介绍给谈吐大方气质不俗的谷亚兰呢。

看着皓天一副不进油盐的样子，芙蓉扑哧笑了：“说你笨，你还真是不开窍，有一个人我看就非常合适，远在天边近在眼前！”

“谁？急死我了，芙蓉老师你就别卖关子了！”

芙蓉一字一句地说：“黄——金——榜！”

皓天一下子愣住了，然后长长地“哦”了一声：“原来如此，原来如此！原来你这是还想着你的老同学黄云裳呢，你要给黄云裳找一个嫂子！”

芙蓉得意地说：“你看我这安排，太智慧了。那黄金榜如今也是混得风生水起，人也看上去挺精神，是个男子汉，没准亚兰一下子就相中了。我这又帮黄云裳找了嫂子，又给好同事找了好归宿，一箭双雕啊！”

皓天鼓掌：“佩服佩服！要说芙蓉老师这安排，简直是天衣无缝啊。”

芙蓉一拍桌子：“别拍马屁，赶紧给安排见面！”

接下来皓天就开始张罗着给黄金榜打电话，让他元月 2 号中午到天一酒馆雅座一聚，黄金榜纳闷：“这不才刚见过面怎么又见面？”

“有事，好事！等你来了再说，到时候你可千万要来！”

黄金榜满腹狐疑地答应了。那边芙蓉也把谷亚兰给安排好了，怕她不同意不去，没直接告诉她，撒谎说自己后天生日，到时候庆祝一下。

到了当天中午，十一点左右，黄金榜先来了。皓天也不着急跟他说什么事儿，只是说内人生日，约一两个知心朋友聚一聚，芙蓉想问问云裳近况如何。皓天心想，等黄金榜见着谷亚兰，两人聊熟了，看看他们缘分怎么样，就不用尴尬地介绍了。

结果等到十二点，谷亚兰却失约了。芙蓉赶紧打电话到学校问，学校值班室回复说这两天放假就没见着谷老师，也不知道她去哪儿了。

皓天芙蓉只好跟黄金榜一个劲儿地问虞亭华和黄云裳的事儿。黄金榜说他们一切都好，大家都期待的造人计划也正在进行中。寒暄了一阵，黄金榜突然问：“我们部队有一个北平的兵，二十来岁，叫王新生，打仗那叫一个不怕死。你们认识不认识？”

皓天吓了一跳：“哎哟。新生是我表弟，我舅舅的独生子。上回我没答应帮他推荐当兵，结果他自己报名当上了。他现在在哪儿打仗，很危险吗？”

黄金榜详细说了说他所知道的王新生的情况。

1933 年元旦深夜，日军山海关守备队儿玉中尉派人在日本宪兵队车站分驻所和伪满洲国国境警察厅门前分别扔了几颗假手榴弹，制造爆炸事件，却反过来诬告中国军队，并且向中方提出四项无理要求，要求中国军队、警察及保安队撤出山海关的南关及南门，由日军进驻。中方当然不同意，大批日军马上从关外开来。一场大战在所难免。

由张学良主持的北平军分会，向榆关前线及滦东驻军连夜提出作战方针，要求集中掩护华北，延缓敌军西行侵略计划。黄金榜在2号凌晨临危受命，上级要求各驻军紧急集合，并发布《告士兵书》：“愿与我忠勇将士，共洒此最后一滴血，于渤海湾头，长城窟里，为人类张正义，为民族争生存，为国家雪奇耻，为军人树人格，上以慰我炎黄祖宗在天之灵，下以救我东北民众沦亡之惨。”

黄金榜火速带领一队人马星夜奔赴山海关车站。战场上，只见那日军守备队长儿玉手持一把战刀，指挥部下向城上守军一阵密集扫射，黄金榜一声大喝：“兄弟们，今天咱们就把这狗娘养的儿玉干掉如何?”众人齐呼：“干掉儿玉，干掉儿玉!”

那儿玉在城下也听到了城上的呼喊，不由一阵狂笑：“哇呀呀，八格牙路，中国人，统统死光，想干掉我的，没门!”他命令一名士兵架木梯登城。这士兵看上去也就十五六岁的样子，吓得面如土色，犹豫着不敢上木梯。儿玉挥起战刀，一下子就把士兵的头砍了下来，儿玉厉声吼叫：“为我天皇效命，胆小鬼必死!”后边的士兵只得硬着头皮前赴后继爬上木梯。

黄金榜一声冷笑：“一群蠢货，这不是上赶着送死么?”拿出一颗手榴弹向爬城日军投了过去。轰然一声，几个日军一片惨叫，咕噜噜一齐滚了下来。

儿玉不管不顾，继续挥刀要士兵往上爬，黄金榜乐了：“这货这么蠢，怎么当上队长的?”又朝着儿玉扔了一颗手榴弹，太远，没打中。儿玉吓了一跳，朝黄金榜这边瞅了一眼，黄金榜还冲他打招呼：“孙儿，你命够大啊！”

儿玉很生气，挥舞着战刀冲着空气一通乱砍。黄金榜哈哈大笑，跳到城墙上，又投下一颗手榴弹。儿玉转身想跑，一个踉跄却被脚下的士兵尸体给绊倒了。还没爬起来，又一颗手榴弹扔了过来。转眼间，儿玉便被炸得血肉横飞。

儿玉一死，日军不再爬城，干脆来了个短兵相接。一时间枪炮隆隆，这是急了，要动真格了。黄金榜也不傻，他知道日本武器要比中国武器先进得多，决定先按兵不动。让他们先疯狂一会儿，等子弹浪费差不多了再跟他们硬碰硬。

可没想到，到了十点多的时候，日军却越来越多了，一共3000多名日军分别从石河桥到南关、威远城、吴家岭一线展开，包围了山海关城的东、西、南三面，向中方阵地猛攻。这次还有30余门大炮，朝着城内一阵集中轰炸。不一会儿工夫，飞机坦克全来了，山海关城内外天上地下全给包围了。

黄金榜一看这日军果真是不惜血本，早上儿玉那一拨明显就是用来做炮灰的，他冲着众士兵大声问：“弟兄们，鬼子人多势众，怕不怕？”

众人异口同声：“怕死不当兵，当兵不怕死！”

黄金榜大笑：“那好！他们是狼，可咱们是老虎，一只老虎能怕一群狼吗，咱就跟这帮鬼子拼到底！”

一席话让众士兵备感鼓舞，不急不躁，沉着应战。到了11点多，日军炮空联合掩护步兵向南门冲去，再次企图爬城。中国军队众志成城，坚守阵地，双方激战长达四小时之久。

傍晚时分，日军依旧没有将城攻下，看天色渐晚，对己作战越来越不利，加上所有士兵又冷又饿，斗志已丧，无奈只好撤退。

看敌人撤退，士兵一阵欢呼。黄金榜一颗始终悬着的心也落了下来，他问大家："咱们这算是胜利吗？"

一名十七八岁的小班长走上前，大声说："当然算了！"

"为什么呢？"

"敌强我弱，敌暗我明。在这种情况下，我们照样顽强战斗，坚持到底，并且终于把鬼子耗走了，这难道不是胜利吗？"

"小兄弟说得好！"黄金榜哈哈大笑，"那接下来咱们是不是就可以喝酒吃肉啦？"

小班长又大声说："当然不能！"

"这又是为什么呢？"

小班长说："因为咱们没酒，也没肉，只有冷窝窝头！"

众人一阵哄堂大笑，黄金榜却心里不是滋味，小班长说的的确是事实。他看着这帮跟随自己出生入死的士兵们，一个个衣衫褴褛，面黄肌瘦，看上去简直就像乞丐，然而就是这样的一群人，却随时准备着保家卫国，随时献出自己年轻的生命。他们谁也不欠，是国家欠他们……

黄金榜定了定神："兄弟们，过一阵，我去整一些物质来犒劳犒劳大家，还有牛奶奶酪啊。只要我们赶跑了日本鬼子，就一定会有好酒好肉，有更多好吃的！"

晚上十点，黄金榜在围城巡视。此时北风凛冽，他看到在路灯下，那位小班长正在站岗放哨，为了御寒，他不停地蹦蹦跳跳。黄金榜不由多了几分怜惜之意："小兄弟，冷吧？"

小班长表现很坚强："蹦一会儿就不冷了！"

"你叫什么名字？入伍多久了？"

"我叫王新生，是从十七军张师长的队伍转过来的。入伍快一年了。"

"听你口音是北平人，怎么，家离你这么近，想不想家？"

小班长王新生迟疑了一下，说："当然想家了，我爹妈都很疼我的。"

“那你怎么还想当兵？这里好多人当兵都是为了混口饭吃。”

王新生不好意思地笑了笑：“我……其实挺不爱上学的，一看到书本就头疼，当时脑袋一热，就想当兵了。”

“现在呢，后悔了？”

“不后悔，就是通过这一年的经历，我才知道原来保家卫国并不像我想的那么简单。”

“你这小脑袋瓜想的还挺多，不愧读了几年中学啊。我这大老粗就觉得反正不能让你抢了我家，所以就得跟你拼，且说说你是咋想的？”

“真让我说啊，您别笑话我啊。我就是看到部队有些大哥看着地图干瞪眼，怎么说都说不清楚，替他们着急啊。因为不识字，训练作战的时候，就不容易理解上边的意思，连听命令也听不明白，要知道打仗可不是光拼刺刀啊……”王新生竹筒倒豆子一般滔滔不绝。

黄金榜听得一愣一愣的，半天才笑呵呵地说：“行啊你小子！你这样的天才要是不带兵打仗那可太屈才了！”

王新生噘着嘴不说话了。

“接着说啊，咋不说话了？”

“你在埋汰我，我还说什么？”

黄金榜嘿嘿乐了：“生气了？我这叫逗你玩儿呢。”他忽然板起了脸，低声命令王新生，“立正！”

看黄金榜变得严肃起来，王新生大气也不敢喘一下，马上立正。

“稍息！”

王新生又稍息。

黄金榜再次命令：“立正！”

“稍息！”

“立正！”

“稍息！”

黄金榜如此反反复复命令王新生足足有二十来次，王新生也一一照做。

“现在我问你，刚才我为什么要让你这么做？”

王新生回答：“我刚才说错话了？”

“你没说错什么话，我就是忽然想这么做了。”看王新生一脸傻乎乎的样子，黄金榜笑起来，“刚才在你立正稍息的时候，你有没有发现什么？”

王新生想了半天，困惑地摇了摇头。

黄金榜说：“我告诉你，就在刚才这一会儿工夫，日军的探照灯在这里一共侦察扫射了八次，咱们随时得注意敌情。所以光纸上谈兵是没用的，还得在实践中多多磨炼，这样才是好兵！”说完这句话，忽然又厉声命令，“立正！”

王新生心想又来了，这次他一定要好好注意周围动静。

“向后转！”

王新生向后转身，黄金榜继续命令：“回去——睡觉！”

王新生哭笑不得，转过身来说：“我这正站岗值班呢！”

黄金榜说：“你没看到有人接你的班了？还不赶紧回去睡觉？好好睡一觉，明天还要继续战斗！”

王新生四处瞅了瞅：“人呢？没见人啊！”

黄金榜说：“难道我不是人吗？”

王新生愣住了：“团长，您怎么能亲自站岗？”

“谁规定的？我凭什么就不能站岗了？”黄金榜说，“别废话，快回军营睡觉！”

王新生行了个军礼：“是！”转身走向军营。

谁知黄金榜又叫上了：“立正！向后转！站着别动！”

王新生转过身来，都快哭了，心说："就知道逗我玩儿。"

黄金榜看着王新生，冷不丁说了一句："等过几天要是仗打完了，到时候我带你回家见爹娘去。"

王新生激动了："谢谢团长！"

黄金榜的语气变得低沉起来："所以你必须要给老子活着，不是让你做逃兵，是让你争取活下去！"

"是！"王新生心中百感交集，朝黄金榜深深鞠了一躬，这才转过身去，快步向营地走去，因为他怕黄金榜看到他眼中的泪水。

黄金榜盯着王新生瘦削的身影，仿佛从这个少年身上看到了当年的自己。那时候，他也同样血气方刚，也很有些自以为是。而他的老上级孙良喜却不厌其烦，言传身教，慢慢地消除了他心中的戾气，让他从混沌中走了出来，渐渐明白了许多做人、做事的道理。

1 月 3 日，日军向山海关城继续加大兵力，十一点左右，日军第八旅团向山海关城展开猛烈炮击，十数架日机盘旋上空低飞轰炸。与此同时，停泊在南海的 4 艘舰船的日军陆战队登陆，以大炮掩护进攻。一时间炮火连天，狼烟四起，南门和东南城角及西南水门一带战斗最为激烈，街道上一排排商宅民宅轰然坍塌，曾经车水马龙的热闹地界顷刻间变成一片狼藉。

南门终因寡不敌众失守，四辆坦克冲进城来，日军占领了南门城楼，冲着中国士兵一阵扫射，国军伤亡十分惨重。

黄金榜带领四个连坚守在东南城角，远则用机关枪，近则用手榴弹，全力以赴，猛烈阻击，一颗流弹忽然打中了他的左肩，一时之间血流如注，医护人员迅速给他绑上了绷带，他快步走到众士兵面前大吼一声："兄弟们，今日除了血战到底，我们别无出路！冲吧，咱们就跟鬼子拼个日月无光，鱼死网破！"

看黄金榜忍痛作战，视死如归，众士兵无不热血沸腾。

日军从南门冲了进来，开始进入肉搏阶段。王新生跟在黄金榜旁边，也是左冲右突，全力以赴。他在学校虽然学习不怎么样，但却是体育好手，身手异常灵活，这在战场上可帮了他的大忙，一个个日军在他面前倒下了。这是他平生第一次和敌人如此接近，也是第一次杀这么多人。

黄金榜看了一眼王新生，不由大笑：“好小子，有种！记住，只有不怕死的人才配活下去！”

王新生高声回答：“是！”又一名日军被他一刀刺中。这时他看到一名日军突然冲到黄金榜身后，举起刺刀，不由大叫一声，“小心背后！”黄金榜猛然回头，眼看刀就要刺过来，却不退反进，一把抓住鬼子手中的步枪夺了过来，反手又朝鬼子刺去，只听一声惨叫，鬼子当场丧命。

王新生心中大为佩服：“太厉害了！”

黄金榜嘿嘿一笑：“这你就不知道了吧，老子当年也是练家子啊！”

四面城墙全部被日军占领，敌人源源不断，而守城国军已经弹尽粮绝。上级下令退守西关，黄金榜带领众人边打边退，在日军的猛烈扫射下，众人死里逃生，最终退到了石河西岸防线。

夕阳下，黄金榜浑身是血，脸色惨白，遥望着远处城中燃烧的熊熊大火，看着身边的王新生，喃喃地说：“你有没有闻到人肉烧焦的味道？那些可都是我们死去的兄弟啊。”

王新生心里堵得慌，半天说不出话。他无法相信自己刚刚经历了人生中最残酷的一次考验，他活了下来，可是却有更多的战友再也见不到了。

皓天听着黄金榜绘声绘色的叙述，不自禁为表弟王新生的境遇担忧，当然，中国军人浴血抗日惨烈场景更让他震撼，使他生出万分崇敬之情，恨不能自己现在也在前线英勇杀敌……

这天下午，突然变天了，狂风大作，暴雨倾盆。皓天不放心牧场的防雨设施，冒着大雨来到了牧场。走到饲料房的时候，他听到了干草堆后面有呻吟声，转过去一看，大吃一惊。他看到了干草堆上蜷缩着一个女子，左肩正在汩汩流血。定睛一看，这一惊更是非同小可，这女子不是别人，正是芙蓉的同事，他们今天想帮说亲的对象——谷亚兰。这是怎么回事儿？请看下回分解。

第三十二回

战士遇袭把伤养　皓天救国意志强

上回书说到张皓天冒着倾盆大雨去察看牧场情况。进了饲料房，皓天听到干草堆后面传来连续、痛苦的呻吟声。皓天急忙把灯打开，朝干草堆走了过去。

只见一名女子蜷缩在草堆上，由于浑身被雨水浇得湿透，再加上受伤过重，一直不停地发抖。皓天看到这个女子不禁吃了一惊："亚兰姐？"

这女子是谁，正是芙蓉的同事谷亚兰！

谷亚兰面色苍白，看到皓天过来，很勉强地一笑，终于支撑不住伤痛，昏了过去……

等谷亚兰再次醒过来，她发现自己已经躺在温暖的被窝里，身上换上了干净的棉睡衣，受伤的左肩部位也被包扎得严严实实。

皓天看她醒了过来，长吁了一口气："亚兰姐，你总算醒过来了。"

谷亚兰看到皓天的母亲王氏也在，想坐起来说话以示礼貌。王氏赶紧说："先别动，我给你倒碗水。"说着便倒了一碗白开水过来，然后拿起小勺子盛上水，吹了两口，递到她嘴边。等谷亚兰喝完开水，王氏跟她说了一下她受伤后的情况。

原来，谷亚兰伤重晕倒后，皓天赶紧让人把母亲接了过来照顾谷亚兰，同时找来了医生给治病。肩部的伤口是枪伤，好在打在边缘，没伤着骨头。但动脉被射破了，流了好多血。皓天请来的医生给谷亚兰打了催眠针，止了血，包扎好了伤口，嘱咐让伤者好好躺在床上休息，不要乱动。皓天把谷亚兰安置在牧场的工人宿舍，是个单间。王氏帮亚兰换了干净衣物，在旁边盯着。谷亚兰这已经昏迷一宿了，早上皓天过来，正是她快醒过来的一刻。

谷亚兰由衷地对王氏和皓天说："谢谢阿姨，谢谢皓天兄弟！"然后问："这件事，除了你们，医生……还有别人知道吗？"

王氏说："眼下就这几个人知道，连芙蓉都不知道呢。"

皓天紧接着说："我也不知道你到底发生了什么事，怕芙蓉过于担心，没敢告诉她。昨天把我娘叫来，只说是牧场漏雨严重，过来帮拾掇。"

谷亚兰点了点头："皓天你想得真周到。请继续帮我保守这个秘密，别让更多人知道。"

王氏一看谷亚兰有话想跟皓天说，就借口帮亚兰去热碗牛奶喝走开了。

待王氏走出门外，皓天把门虚掩上，转过头来说："亚兰姐，您这次可真吓着我了。再往下一点可能就有生命危险了。"

谷亚兰点点头："这回算是万幸。你和阿姨都不要跟芙蓉说。今天还是元旦假期，稍晚我会给她和学校打个电话，就说我有急事，过个几天才能回去，你这边有电话吧。"

皓天说："有，您尽管使。伤口不要紧吧？"

谷亚兰说："谢谢！创口清理及时，现在好多了。"看着皓天一脸疑惑的样子，谷亚兰坦诚相告："皓天兄弟，你是一个非常正直有担当的中国人。我跟你就实不相瞒了。这个枪伤是日本兵造成的。我来自一个抗日政党。"

“日本鬼子真可恨!”皓天咬牙切齿地说，“你们是什么党派?”

“中——国——共——产——党。”谷亚兰低声地一字一顿地回答。

“中国共产党？您是中国共产党的党员？我早该想到了。”皓天尽力压住声音，搓着手，很兴奋：“这可是一个革命的党，进步的党啊!”

张皓天是个非常关注时事的人，通过读书看报和与思想活跃的人交流，他对中国共产党并不陌生。

1920 年 3 月，苏联共产国际派人来到中国，与当时的北大教授李大钊谋划建立共产国际中国支部。李大钊将其介绍给了同事陈独秀，共商建党之举。很快，共产党组织成立了。随后由于共产国际对国民党的捐助，也获得国民党领袖孙中山先生的支持，允许国民党组织“联俄联共”。当时有不少共产党员可以个人身份同时加入国民党，代表人物有李大钊、周恩来等人，那个时候两个党派关系可以用“亲密”来形容。

然而好景不长，随着蒋介石北伐的成功，对共产党起了疑心，理由是共产党造成了国民党内部不安定，并且破坏了北伐的统一，决定采取暴力“清党”手段。1927 年 4 月 12 日，蒋介石公然发动了“四一二政变”，到处搜查、逮捕共产党人。紧接着，7 月 15 日，武汉的汪精卫伪国民政府也宣布终止同共产党继续合作，在武汉地区搜捕、屠杀共产党人、革命人士和工农群众。舆论指出，其血腥镇压手段犹胜于蒋介石，“宁可错杀一千，不可使一人漏网”这话就是从那时候传出来的。其后，共产党逐渐消失在大众视野中。

没想到在抗战当口，有关共产党这一久违的话题又重新被提了起来，蒋介石拿日本人没办法，拿共产党倒是很有一套，提出“攘外必先安内”，说要想打败日本鬼子，必须要先把共产党问题给解决了，不然后患无穷。蒋介石大规模调集国民党军，对中央苏区红军进行了多次围剿。为保存红军实力，重建抗日统一战线，中共中央决定将中央苏区红军进行战略大转移。当然，在国民党统治区，蒋介石的宣传系统，总是把中国共产党描绘成一帮无恶不作的匪徒。

张皓天对中国共产党是非常有好感的。陈程教授就多次跟他讲过中国共产党的政治主张，这个党追求民主、自由、平等，领导农民进行土地革命，倡议建立抗日民族统一战线，党的干部清正廉洁，党的队伍信念坚定，吸纳了一大批进步的革命人士加入该党。

而对于国民党，张皓天印象很差。身在国统区，这几年国运不昌，官僚腐败，民生凋敝，外患内忧，皓天感同身受。尤其在卫岗实验农场的建设中，他接触了一大批尸位素餐的官僚和浑水摸鱼的奸商，这让他对国民党当局相当鄙视。

在剿共恐怖气氛弥漫的北平，居然遇到一个真正的共产党员，还是挚友。皓天不禁担心地问："亚兰姐，你们的党和部队现在不是在向西部转移吗？你怎么没跟着一块转移，在北平你可是时刻都面临危险啊？"

谷亚兰低声说："我现在做的是地下党的工作。我们的革命活动都是秘密进行的。这一段时间，我们注意到日本军队在华北，尤其在北平郊区活动非常频繁，我们怀疑小日本有什么大阴谋正在策划中。所以，我们去西郊卢沟桥附近日军驻地侦察，结果被日本兵发现了。我们几个同志都受伤了。大家分头撤退，我想到皓天兄弟的牧场好躲藏，就跑这儿来了。生命危险对我们来说是家常便饭，我不怕，你怕吗？"

皓天坚定地说："亚兰姐从鬼门关里走了一遭都不怕，我有什么好怕的。小日本杀我国人，占我土地。我恨不能丢掉这些奶牛，也上阵杀几个日本小鬼子去！"

谷亚兰赞道："皓天兄弟好样的！不能亲自上前线，后方也能杀鬼子，养奶牛一样可以救国。咱们团结全国民众一起来努力。"

皓天望着谷亚兰，感觉一下子有了主心骨。是啊，在哪儿做事都可以为国效力，都可以为赶走外国侵略者做出贡献。

之后一段日子，谷亚兰安排了几个伤员来皓天牧场养伤。皓天一合计，德胜牧场在城区，比较容易引起注意。就悄悄将伤员们转移到了西山奶牛场。这里离卢沟桥近，既可以养伤，又可以近距离侦察日本军队的行动。

知道了谷亚兰的共产党员身份后，皓天对共产党产生了深厚的兴趣：亚兰姐这样热情善良、爱国知性的人是共产党，那这个党派一定有她非常了不起的地方。

这天，谷亚兰给皓天送来了一本名叫《共产党宣言》的小册子。皓天如饥似渴地翻看起来，这是由马克思和恩格斯两位德国人为共产主义者同盟起草的纲领，里面许多充满激情的理论让他感到震惊。他被这种新奇的思想吸引了，反反复复阅读了好几遍，以至于有些原话他都能一字不差背出来：

无产阶级在这个革命中失去的只是锁链。他们获得的将是整个世界。

共产主义并不剥夺任何人占有社会产品的权力，它只剥夺利用这种占有去奴役他人劳动的权力。

每个人的自由发展，是一切人的自由发展之条件……

读这样的句子，皓天感到一种从未有过的激动和兴奋。接着他利用业余时间看完了马克思和恩格斯共同著作的那本大部头《资本论》，许多地方他看得稀里糊涂，可这并不妨碍他对这两位远方的德国先生产生越来越多的好感。

此后他更是一发不可收拾，开始主动寻找中国共产党的文章来看，这些文章结合中国时代背景，从各个方面阐述共产主义理论及其理论在中国的发展状况。这种文章看得越来越多，他的内心也忍不住开始动摇：共产党思想真的很危险吗？恰恰相反，这是一种崇高的思想啊，为了全人类彻底解放！为什么有那么多人前仆后继、心甘情愿冒着生命危险去参与共产主义事业？难道他们不珍惜自己的生命吗？他们中的许多人原本也是高级知识分子，为什么要抛弃有着丰厚的收入和安逸的生活，而去开始另一种相对不那么稳定的生活？

皓天又想：国民党为何对共产党畏之如虎，为什么不给他们一个发展空间？国民党“攘外必先安内”的政策难道不是逆时代潮流而动吗？他们对日本侵略者步步退让，怎么可能得到全国人民的支持？

日本军队如狼似虎，觊觎我中华国土。他们的罪行简直罄竹难书：

1875 年日本吞并琉球，迫使琉球与中国断绝一切关系。1894 年日本人发动甲午战争，之后占领辽东半岛，烧杀淫掠，无所不为，仅在田庄台一地，就杀死中国军民 2000 多人。清朝被迫签订《马关条约》，割让辽东半岛、台湾和澎湖群岛，赔偿日本军费二万万两。1900 年，日本伙同英、美、德、法、俄、奥、意七国，攻入北京，肆意杀戮毁掠，烧毁圆明园。清朝签下《辛丑条约》，又赔款四亿五千万两。1904 年日俄在中国领土上开战，致生灵涂炭，尸横遍野。1915 年日本向袁世凯政府提出灭亡中国的二十一条秘密条款，占据东北三省南部及内蒙古东部。1919 年 1 月，第一次世界大战结束后，日本又操纵巴黎和会擅自将战败国德国在中国山东的权益全盘转让给了日本。1925 年日本人制造了震惊中外的“五卅惨案”，打死打伤中国工人和学生上百人。1926 年，日本军舰血洗大沽炮台后，又制造了数百人死伤的北京“三一八惨案”。1928 年，日本制造了“五三惨案”，中国官民被日军焚杀死亡者达 17000 余人，受伤者 2000 余人。

近几年，日本人更是不断扩大对我国国土的占领。1931 年 9 月 18 日，日本关东军炮轰沈阳城外北大营，趁机占领辽宁、吉林、黑龙江三省全境，3000 万同胞沦为日军铁蹄下的奴隶。1933 年 1 月，日军攻占山海关，这一仗黄金榜、王新生都参加了。

山海关失陷后，城内外大火足足烧了3天3夜，到处残垣断壁，惨不忍睹，几乎成了一座死城。日军虽然赢得了榆关之战的胜利，但也付出了不小的代价。据后来调查，日军伤亡总计在五百名以上。日军占领之后借口清扫战场，挨户搜查，大肆搜捕，大开杀戒。凡着中山装者杀，着军服者杀，宣传抗日者杀，死于非命者不可胜数，青年妇女备受蹂躏，居民财物劫掠一空。北宁铁路有三名警察坚决不肯投降，穷凶极恶的日军在三人背上插上“欢迎大日本”的旗帜绕全城游街，而后押往南关枪决。消息传出，举国震惊，全国各地爱国学生和群众满怀悲愤走上街头，抗议日本军国主义的侵略暴行，更有无数热血青年主动请缨，要与日本鬼子血战到底。虽然战斗输了，但中华民族誓与侵略者血战到底的伟大精神却没有输掉！

张皓天想到这些，实业救国的意志就更加坚强，抗日救亡的心情就更加迫切。

与他一同迫切的还有黄金榜和王新生。

黄金榜、王新生载誉而归了，他们获得了抗击日军一等功。黄金榜兑现了诺言，他自己虽然伤势较重，但他带着全须全尾的王新生回到了北平，并且提前几天给王少川家发了电报。不过，在家就待一天，热河战事吃紧，他们俩第二天还得赶赴前线杀日本鬼子去。

皓天、芙蓉陪母亲王氏赶到王少川家的时候，看到舅舅、舅母两口子正一脸愁容在叹气。令皓天特别吃惊的是，他的干爹孙良喜也在座。

皓天、芙蓉跟大家一一打过照面。皓天说：“新生刚回来就又马上要走了？我和芙蓉给准备了一件礼物。”说着拿出了一个四四方方的木盒子，盒子里放着一台精致的收音机，“芙蓉前两天逛刘顺的百货公司看到的。这东西不大，方便随身携带。新生在部队，晚上无聊的时候就可以打开听听。”

王少川接过收音机，看了看说："这可真是好东西，芙蓉想得真周到，我替新生谢谢你。唉，就是不知道他还能听几天啊。"

王氏有些不高兴："瞧你这话多不吉利！我就觉得新生这孩子有出息，这次回来不缺胳膊不缺腿，不是好好的吗？别一天到晚胡思乱想！"

王少川苦笑说："真要缺条胳膊少条腿，那我也就放心了！起码能活下来了呀，以后也不用再打仗了。"

看着一脸颓相的弟弟，王氏也非常无奈："唉，你真这样想也没什么不对，宁做太平犬，不做乱世人啊。做中国老百姓是太不容易了，八国联军走了，军阀来了，军阀跑了，日本人又来了，这苦日子何时是个头啊？"

芙蓉在一边说话了："娘，您还真会劝人，看舅舅，都快被劝哭了。"

一屋子人都乐了。皓天对王少川说："舅舅您就放心吧，黄金榜大哥已经说了，以后战场上会好好照顾新生。"

黄金榜在旁边接上话茬："新生聪明机灵，战斗力很强。在战场上不会吃亏的，你们放心吧，有我在，他出不了事。"

"好好好，好好好！"王少川激动地只会说这一句话了。

孙良喜感慨："金榜、新生，战斗这么激烈，你们能活下来，真是奇迹啊。你们无愧于自己，无愧于家庭，也无愧于国家，你们都是国家英雄！"孙良喜忽然站起身来，面对黄金榜、王新生行了一个军礼："不管死去的，还是活下来的，在国家民族遭遇不幸的时候，你们能够挺身而出，舍生忘死，国家永远都不会忘记你们。敬礼！"

黄金榜、王新生庄重还礼："谢谢军座！"

芙蓉小心翼翼地问："表弟当兵后，舅舅、舅妈听说他在战场上杀了不少敌人，每天都担惊受怕。干爹您看能不能让新生换个地方，留在军队不一定非要上战场，能做些别的工作也行啊。"

孙良喜笑了："可怜天下父母心，我非常理解。可这也没办法，既然选择了当兵，那就要站好每一天岗，每个合格的军人都是这样一步步走过来的。天下哪个父母不疼自己的孩子？谁愿意让自己的孩子去战场送死呢？咱们有这层关系，好，我帮了他，把他调到安全的地方，那别人家没关系的就活该去送死？咱不能这样想啊。”

这一番话在情在理，让芙蓉觉得一阵惭愧。皓天说：“新生自己其实很愿意到战场杀敌，咱们这些人就算真的帮了他，他领这个情吗？说白了都是瞎操心。”

孙良喜说：“你们肯定不是瞎操心，但是操心归操心，他该怎么着还是怎么着。”

黄金榜说：“我看这孩子命硬，放心，人机灵，他不会让自己战场上吃亏的，以后我会罩着他，谁让我喜欢这孩子呢？你们就都放心吧。”转脸对孙良喜说，“我这样不算是徇私吧。”

孙良喜故意装糊涂：“你说什么？我没听明白，就当你没说吧。”

几个人都心照不宣笑起来，黄金榜的心情也好了不少，话也多了起来，几个人扯起了闲话。芙蓉忽然提起上次相亲的事儿，说：“金榜大哥，你就没考虑过找个伴儿？上次我跟皓天就合计着给你介绍一位，可那位美丽的女士却因为急事出远门没有出现。”

黄金榜一听这话，脸“涮”的一下居然变红了：“哦，原来上次你们找我吃饭是因为这事儿啊，那我可真对不住你们的好意了。”

皓天看黄金榜的样子，还以为他害羞了，心里暗自好笑，说：“没关系啊，还可以再约一次嘛，要不给你们再造一个碰头机会？”

孙良喜打趣说：“我看行，要说金榜也是浓眉大眼的一号人物，哪个姑娘能不喜欢呢？金榜，趁现在年纪还不算太大，赶紧把个人问题给解决了吧。现在机会来了，我再特准你几天假，你现在这个状态也没法上战场，正好借机养养伤，找个好对象。你可要好好把握啊。”

芙蓉趁热打铁："金榜大哥，我保证，我给你介绍这一位那是知书达理、百里挑一的好人，你肯定不会失望。"

黄金榜连连摆手，苦着脸说："别，求求你们还是放过我吧，说实话真不是要找多么好的人家。主要是这么多年，我走南闯北，习惯了独来独往，这身边忽然多出一个人来，还真有些受不了！"

"哼，我还没说受不了，你凭什么就说受不了？"这时忽然从门外传来一个清脆的女声，一名女子像风一样飘到了大家眼前。

"啊？"黄金榜一看来人，不禁傻眼了，难以置信地揉了揉自己的眼睛，"我这不是做梦吧。"

那女子似笑非笑："大白天做什么梦啊，从南京到北平，我可是坐了几天的火车特意赶回来的。"

这女子不是别人，正是黄金榜的妹妹黄云裳。芙蓉一见到她就拉住了她的手："哎哟，可算是把你盼来了！"

皓天说："毕竟还是一家人嘛，对不对？"

黄云裳冲着皓天哼了一声："你们都是骗子。"

"骗你什么了？"

"你们打电话说得多严重似的，把我都快吓死了。可现在一看，这不好好的嘛，没缺胳膊也没少腿，浪费我感情。"

黄金榜一听嘿嘿直乐："哎哟！果然是我的亲妹妹啊，我认为这感情一点儿都没浪费。一听我出事，都快吓死了，这可实在太让我感动了！"

"美得你！"黄云裳瞪了一眼黄金榜，"这次回来，我主要还是想看看我的芙蓉好姐妹，只是顺便瞅瞅你。"

黄金榜连连摇头："唉，多大人了，还跟小孩子一样。不过这不正说明，咱们就是一家人吗。因为啊，你这乱发脾气的样子不就是又一个黄金榜！"

“好了好了，不跟你鬼扯了。”黄云裳说，“我来之前你们在聊什么？”

黄金榜又不自在了：“没什么，瞎聊。”

“别装糊涂呀，我还是明说了吧，他们两口子要给你介绍对象，你不答应对不？”

黄金榜不以为然地说：“原来你一直在外边偷听啊，你都知道了还问啥？不答应就不答应呗。我这不也是为你考虑吗。”

黄云裳气冲冲地说：“瞧这话说的，我都这么大了，这么多年了，没你照顾，我不一直生活得好好的？为我考虑什么啊？别打岔，你说你为什么不答应？”

“好吧，我说。”黄金榜沉默片刻才说，“当年我对不起你嫂子，没脸再找别人了。自从你嫂子失踪之后，我就再也没了这份心思。”

黄金榜这一说，黄云裳不说话了，眼角边挂了点泪痕。空气一下子变得有些沉闷。过了好一会儿，黄云裳才恨恨地说：“早知今日何必当初啊？这一切还不都是自找的？”

黄金榜说：“所以我就用我的后半生来赎罪，我活该好不好？”

一边的孙良喜咳了一声，说：“按说这是你们的家事，我不该多话，不过我还是得说，事情既然已经过去这么久了，还是放下吧。”

黄云裳转向孙良喜：“谢谢孙叔叔开导。其实这些年我也想明白了一些东西，渐渐放下了许多。”

孙良喜瞅着黄金榜笑了：“听见没？你妹妹刀子嘴豆腐心，其实早已原谅你了，毕竟你是这世上她唯一的亲人啊。不过，虽然你已经彻底认识到了自己的错误，但这样不够，不能总是沉浸在过去的阴影里，要想办法走出来。无论好坏，昨天就当是一次经历，要放眼看明天，明天才真正该去把握。”

老将出马一个顶俩，孙良喜这番话说得语重心长，合情合理。用现在的话说，这可是正宗的“心灵鸡汤”啊。众人喝了这碗心灵鸡汤，都感觉像皓天牧场的牛奶——味道好极了！

黄金榜朝妹妹看了一眼，没有说话。黄云裳看到哥哥一脸憔悴，心中一痛，往事如潮水一般涌上心头：爹娘死的时候她还很小，哥哥年纪也不大，但是却承担了生活的重担。虽然日子苦，但哥哥宁愿自己饿肚子，也不会让她饿肚子。后来哥哥出去当兵也是为了她，在外边无论多苦每个月都会准时给她寄来生活费……没错，在对待嫂子这件事上，他的确犯了错误，可是他也并非有意，只是一时糊涂，她这个做妹妹的为什么就不能原谅他呢？她为什么非要钻牛角尖呢？哥哥可是这世上她唯一的亲人啊，他再赴战场，随时可能失去生命再难相见了啊，她忽然有些痛恨自己了。

从这刻起，她下定了决心，今后一定要好好对待哥哥，她要正式认回这个哥了，想到此，她轻轻叫了一声：“哥。”

黄金榜心中一震，吃惊地看着黄云裳：“有人叫我哥啊，我没听错吧。”

黄云裳强忍着眼泪，点点头，提高了嗓门：“哥！”

正是：悲莫悲兮生别离，人间最贵是亲情！

第三十三回

妹认哥哥只为嫂　亚兰本是地下党

上回书说到黄云裳叫“哥”，兄妹终于相认。大家都替他们高兴，皓天说：“金榜哥，我作证，云裳刚才明明白白叫你一声哥了！”

芙蓉说：“我作证！”

孙良喜幽了一默：“必须加老夫一个。”

黄金榜盯着黄云裳：“这么多人作证，那你后悔可来不及喽。”

黄云裳挺了挺胸：“我黄云裳敢做敢当，绝不后悔！”

皓天带头鼓掌：“太好了，咱们中国人啊，就喜欢这大团圆结局。”

“还没结局呢。”黄云裳坐到黄金榜身边，“接下来咱们该谈一下你的终身大事了，我现在完全同意你再给我找个嫂嫂来。”

黄金榜倒抽一口凉气，眼珠一转，想转移话题：“这……还是先别说我了，亭华呢？这兵荒马乱的，他怎么没跟你来啊？他怎么就那么放心啊。”

“他倒是想跟我来，但我不让他来。他正在做奶牛种牛新实验，天天忙得不可开交。再说，我有手有脚有头脑，有什么可怕的。”黄云裳说，“哎，不对啊，正说你的事儿，打什么岔啊。我刚才已经表态了，同意你再给我找个嫂嫂，听清楚没？”

黄金榜为难地说：“妹妹同意，哥哥很难同意啊。”

黄云裳噘着嘴：“这才刚叫你哥，你架子马上就摆起来了！”

黄金榜自有他的一番道理：“大家想想啊，现在正值国家危难之时，容不得我儿女情长啊，简直是误国误民。我今天跟她好上了，明天我就要上战场，这战场上枪炮无眼，万一，我说的是万一，万一我有个三长两短……”

黄云裳马上打断他：“不准说不吉利话，你这次逃过一劫，我相信大难不死必有后福！”

黄金榜神色凝重起来：“可这是实情。妹子，咱不能骗自己，更不能害别人啊。”

“金榜负责任有担当，值得表扬。”孙良喜说，“我倒有个想法，这两天你这做妹妹的先替哥哥考察一下，跟人家见个面，把实情告诉人家。看人家怎么想，然后再让你哥做决定也不迟。”

黄云裳想了想，点点头：“这是个好主意，没准儿我还不喜欢呐。过不了我这一关那就甭想了。”

芙蓉笑着说：“你这是对我不放心啊，我好不容易做一回红娘，你得相信我的眼光吧。”

黄云裳说：“你其他方面我相信，但是这方面我还是相信我自己。我跟我哥哥审美眼光一致，这叫兄妹连心。亲爱的红娘啊，不说废话了，你这两天就给我们安排一下吧，赶紧见个面，我要全方位好好考察考察！”

孙良喜对黄金榜开玩笑说：“瞧见没，你妹妹这是要对你终身大事负责到底。”

都说到这份上了，黄金榜不好再拒绝了：“是，是。这可是我亲妹妹，必须负责到底啊。”

黄云裳这次回北平时间比较仓促，过几天就要回南京，所以见面时间就选在了这周末。

到了礼拜天，黄云裳和芙蓉坐在饭店恭候谷亚兰，芙蓉特意要了一个单间，好说话。黄云裳这天也打扮得漂漂亮亮的，一个劲儿问芙蓉：“怎么样，好看不？比起你说的那谷亚兰如何？”

芙蓉笑云裳：“瞧把你紧张的，又不是你自己相亲。”

黄云裳一本正经地说：“别说，还真比我自己相亲都紧张，我得对我们黄家列祖列宗负责啊，这压力老大了。”

“嗨，咱们就是吃个饭，聊个天。你放松点，反正我觉得人家各方面都挺好，配得上你哥。”

说着谷亚兰就进来了，她看到了正对座的芙蓉，冲她打招呼。黄云裳在侧面坐着，一扭脸和迎面走来的谷亚兰四目相对，不由大吃一惊，站起身来：“你是……谷亚兰？”

谷亚兰细细一打量黄云裳，也是大吃一惊：“很面熟，你是……云裳？”

看两个人忽然像傻了一样站在原地一动不动，轮到芙蓉惊讶了：“怎么，原来……你们认识？”

黄云裳忽然走到谷亚兰面前，激动得声音都变了：“嫂子，真的是嫂子！你可想死我了！”谷亚兰眼泪一下子涌了出来，和黄云裳紧紧拥抱在一起：“真没想到，真没想到。在这里遇上了，我找你找得好苦。”

芙蓉明白了，感慨地说：“真是想不到，这世界真是太小了。”她扯了扯两个人，“不过服务生都进来看是不是出啥事儿了，有点难为情，咱们还是坐下慢慢说吧。”

一坐下黄云裳就开始像个连珠炮一样问个不停：“嫂子这些年你到哪里去了，怎么扔下我不管了？嫂子你怎么改名了？你以前可不是叫谷亚兰啊。”

谷亚兰感慨地看着黄云裳："记得那时候你还是中学生，这一眨眼怎么就这么大了，我差点没认出来。"

黄云裳苦笑："唉，当年我才十几岁，现在都三十多岁了，成老女人了，历经了沧海桑田，你怎么会认出来呢？不过我看你倒没显出来多大年纪，并且比以前更有韵味了。"

谷亚兰对芙蓉、云裳讲述了自己的身世：她很小就没了爹娘，也没读什么书，早早就嫁给了黄金榜。黄金榜的父母因病也先后死去。为生计所迫，黄金榜去当了兵。谷亚兰在家一个人拉扯大小姑子黄云裳。黄金榜当兵回来后，性情变得非常粗暴，经常对谷亚兰拳打脚踢。谷亚兰不堪忍受，离家出走，也不知道去哪里才好，可总不能再没皮没脸回去吧。她就想走得越远越好，一咬牙，随便买了一张火车票，火车停到哪里就哪里。结果到了江西一个叫瑞金的地方下了火车，找了家农场住了几天，身上带的一点钱很快就花光了。那农场老两口是好心人，看她可怜，就让她在农场做些杂活。这样她就在那里住了下来，慢慢熟悉了当地的环境。后来，她在当地碰到一位热心的大姐，师范大学毕业的，专门开了个学习班教大家读书认字，谷亚兰随着她学会了不少新知识。

黄云裳听完，眼泪汪汪地拉起了谷亚兰的手："嫂子，我哥对不起你，让你受了那么大的罪。所以我这些年一直都不搭理他。"

谷亚兰却很平静："你哥也是好人，也曾经对我很好，只是后来……冲动了一些。算了，过去的事别提了。"

黄云裳想说什么，却欲言又止，接着刚才的话题问："后来呢？"

"后来我就在当地待下去了，原本也没打算回北平。可是到了去年，却出事了，我没法待下去了。"

黄云裳好奇地问："为什么呀？"

谷亚兰压低了嗓音："因为呀，政府这几年一直在围剿共产党，说他们是土匪，到处抓人。看我不是本地人，就怀疑我是共产党，要抓我！”

一听到“共产党”三个字，芙蓉吃惊地瞅了一下门口：“亚兰姐，这话可不能让别人听到。北平眼下也是非常阶段，到处乱抓人呢。”

黄云裳却不以为然地说：“真是莫名其妙，就因为你读书识字就抓你？这理由也太荒唐了吧，要真这样的话，我倒觉得那个什么党还挺好。”

谷亚兰“嘘”了黄云裳一声：“这话可不能乱说，一个不小心就抓你吃牢饭。”

“但事实果真是这样吗？是不是果真如官方宣传的那样，他们是一群杀人放火、无恶不作的土匪呢？”黄云裳小声问谷亚兰。

谷亚兰笑了：“这话你可别问我，你也知道这是官方报纸的宣传，这些报纸又是为谁服务的？反正我就相信一句话，真的假不了，假的真不了。独立之精神，自由之思想，我们都要用自己的眼睛去看，人人心中都有一杆秤，公道自在人心！”

芙蓉鼓掌：“说得真好。我就没觉得共产党有什么不好。皓天还经常夸赞共产党胸怀天下，是一个革命进步的党呢。”

黄云裳也赞：“独立之精神，自由之思想。嫂子这话我十二分赞同。”

谷亚兰顿了一下说：“云裳，我求你一件事好不好？”

“嫂子这话太见外了，咱们之间的关系还用得着说‘求’吗？”

谷亚兰小声地，但是又很坚决地说：“求你以后别叫我嫂子了。因为现在我也是独立之人格，自由之身体啊。”

黄云裳一听谷亚兰这话摆明是要划清关系，不禁怅然若失：“为什么要钻这个牛角尖呢？一日为嫂终生为嫂，我十几岁的时候就这样叫。习惯了，我偏要叫不可，嫂子嫂子嫂子！”

芙蓉在一边帮腔：“亚兰姐你就从了云裳吧。我跟她是同学，认识这么多年了，她对你可一直念念不忘啊。”

谷亚兰板着的脸松弛下来，无奈地说：“好了好了，连芙蓉都帮你，我真拿你没办法，我答应就是。”黄云裳马上喜笑颜开，亲热地拉起谷亚兰的手：“我就说嫂子是世上最通情达理的人。嫂子，真想让你天天陪着我，你还是回到我哥身边吧。”

芙蓉也赶紧见缝插针：“是呀，金榜哥现在变化不小了，还成了国家英雄。兰姐你现在孤身一人，金榜哥单身汉一个，再给他一个将功赎罪的机会吧。”

谷亚兰半天没言语，她其实早就知道今天赴宴的事情，皓天告诉她的。她也了解黄金榜目前的状况。她有更深层次的考虑。借这次会面，她想试试芙蓉、云裳对共产党的态度，现在党的方针是建立广泛的抗日民族统一战线。这一试，她明白了，芙蓉、云裳都是可以争取的革命进步人士。至于黄金榜，看革命的需要和形势的发展吧。

临别时，谷亚兰说：“过几天云裳就要回南京，走之前咱们再聚聚。这几天正放映电影《三个摩登女性》，那个导演卜万苍的几部电影我都蛮喜欢的，咱们到时候一起看好不好？”

“好啊。”黄云裳点点头，“我在南京见过卜万苍，年纪不大，但是很有追求。我也喜欢他的电影。”约好了后天晚上三人一起去电影院，谷亚兰便和二人挥手告别。

此时已是华灯初上，看着谷亚兰渐渐远去，黄云裳脸上忽明忽暗，她又是欣慰，又是惆怅，对芙蓉说：“嫂子现在的变化可真大啊，以前她可不这样，整天沉默寡言的，像个闷葫芦。现在看上去却干练潇洒，浑身上下都散发着一股新女性的魅力。我喜欢她现在的样子，可是我又很难过，因为她却不想再做我的嫂子了。”

芙蓉听黄云裳说过家里的往事，劝她说：“总得有个缓冲过程吧，咱们都是女人。站在亚兰姐的立场考虑，如果换了你我，能够轻易去原谅吗?”

黄云裳点点头，想了想，又愁眉苦脸地说：“可是现在我也不恨我哥了，怎么办啊?”

芙蓉乐了：“你这小脑袋瓜也是胡思乱想，你哥和你本是一母同胞，本来就不该恨他呀。”

黄云裳很认真地说：“以前我恨他，就觉得他配不上我嫂子，活该。可是现在不恨他了，就很希望他们在一起，可是……唉，我这个做妹妹的真的太难太难了。”

芙蓉说：“你啊，就别胡思乱想了，再想非整出个精神病不可。我倒是比你乐观，你想想，他们本来不是有感情基础嘛。你哥至今未娶，亚兰姐至今未嫁，我看这就有戏啊。不过咱们在中间说什么都没用，还得当事人努力。接下来就看你哥的本事了，看能不能让你嫂子回头。”

过了两天，黄云裳、芙蓉与谷亚兰相约到世界大戏院一起去看电影《三个摩登女性》，没想到临出发前却被思飞、思甜拦在门口不让走。思甜还特意换了自己最喜欢的衣服，嚷嚷着一起去看电影。芙蓉说：“这是大人看的电影，不适合小孩子看，等你们再大几岁就让你们看。”思飞、思甜很不高兴，思飞嘴巴噘得老高，气哼哼地说：“这个世界太不公平了，你们是大人就可以为所欲为，我们就水深火热！再说，我们都快十三岁了，这要搁古代，都封侯拜将了。”

芙蓉又好气又好笑：“哎，我说张思飞，平时作文写得乱七八糟的，也没见你这么会拽词啊?”

思甜说：“这叫不平则鸣，我支持！如果电影只能给你们大人看，那种电影肯定不是好电影!”

芙蓉说：“你们俩站在同一阵线了!”

看这兄妹俩一唱一和，黄云裳笑得喘不过气来，替他们向芙蓉说情：

“我听人讲过这电影的介绍，挺有正面积极意义的。再说思飞、思甜也不算小了，要相信他们的分辨能力嘛。”

时间马上来不及了，芙蓉只好妥协：“好吧好吧，你们真愿意当跟屁虫我也没办法，看在你们黄阿姨的份上。这次就放你们一马，不过你们在电影院要老实一点，不准乱说乱动，听见没？”

思飞、思甜心花怒放：“谢谢娘亲，谢谢阿姨，我们保证不乱说乱动！”

到了世界大戏院买好了票，谷亚兰这才匆匆忙忙地赶了过来，连说抱歉，几个人一起说说笑笑走了进去。

电影还有十几分钟就要开演，这时一位三十来岁的戴毡帽男子走进了电影厅，手里拎着一个袋子。他从袋子里拿出一摞油印小册子，很快速地向座位上的观众分发。到了芙蓉这边，给了她们每人一本，思飞、思甜也凑热闹：“我也要！”那男子很温和地笑笑，给了他们两本。

检票员朝着男子走了过来：“这位先生，如果你不是来看电影的，那就麻烦你马上出去。”男子应了一声，慢慢走了出去。

黄云裳抖了抖手里的小册子，悄声说：“这小册子看似不起眼，不过起的名字还挺有野心的——《铁流》！我看这给咱们送册子的男人弄不好可能是共产党。”

谷亚兰笑笑没吭声，芙蓉“嘘”了一声：“别瞎说，弄不好会出人命的。”

黄云裳吐了一下舌头，拿起小册子翻了起来。芙蓉说：“别说这里边内容还挺丰富，有散文，有小说，还有各种生活小常识，挺好，给学生上课的时候能派得上用场。”

谷亚兰说：“芙蓉时时刻刻都想着学生，真是好老师啊。”

几个人正说着悄悄话，电影院的灯忽然灭了，电影开始了。思飞、思甜两个人都屏住了呼吸，紧张地盯着雪白的银幕，等到银幕上出现了画面，这才长长松了口气。芙蓉看他俩神经兮兮的样子不禁暗暗好笑，不过她也很快便被电影剧情吸引住了，聚精会神地看了起来。

电影时长110分钟，放映过程中几乎没有一个人出去——用现在流行的说法，这叫“全程无尿点”，大家都生怕错过一个镜头，不敢去上厕所。

终于，银幕上打出了“再见”两个字，灯光又重新亮起。谷亚兰站了起来，鼓起了掌，黄云裳、芙蓉跟着鼓掌。很快，电影院所有观众都鼓起了掌，有人还打起了响亮的呼哨。

从电影院走出来，几个人都很有感慨。谷亚兰说：“真是一部难得的好电影，看得人热血沸腾啊。”

“哎，我刚才突然想到了一个问题。”黄云裳说，“你们说，这导演能拍出来这样充满激情的电影，还有这个男主角金焰，以前是高丽人，他们不会都是共产党吧。”

芙蓉无奈地说：“唉，又来了，你这不是害人家吗？”

思甜忽然嘟囔说：“最讨厌里边的虞玉啦，瞧她那副小人得志的傲慢样。真讨厌，以后再也不看她演的电影了！”

思飞眯起一只眼，用手比画了一下拿枪的动作，说：“我要是有把枪，当场就把她给枪毙了。啪，啪啪，害人精！”

几个大人都被逗笑了。谷亚兰问思甜：“那你最喜欢里边的谁呢？”

“当然是周淑珍了！”思甜说。

“这是为什么呢？”

思甜想了想，说：“周淑珍坚强、勇敢、聪明、正直，我长大了就要做她那样的女人。”

芙蓉说：“看来这电影没白看，回家就写一篇观后感怎么样？”

黄云裳夸起了思甜：“思甜真是有理想的好女孩，跟我小时候一模一样。”

谷亚兰问思飞、思甜：“你们知道扮演周淑珍的演员叫什么名字吗？”

思飞、思甜异口同声：“知道，阮玲玉！”

“那扮演虞玉的是谁啊？”

思飞、思甜摇摇头，芙蓉说：“记住了，她叫黎灼灼，也是一个好演员，你们不能因为她演的是坏女人就讨厌她，这对演员很不公平，明白吗？”

这时候已经是晚上九点多钟，因为看电影，大家都没来得及吃晚饭。思飞、思甜嚷嚷着肚子饿了，芙蓉想拉谷亚兰一起吃夜宵。但是谷亚兰说自己还有事情要办，只好让她先走。黄云裳看着谷亚兰，可怜巴巴地说：“嫂子，我马上就要走了，这次一走也不知道何时才能再见面？”谷亚兰脸上不禁露出一丝伤感，不过很快镇定下来：“云裳，你就大步往前走吧，该相见的总有一天还会相见。”黄云裳点点头，两个人又拥抱在一起。

吃完夜宵走出饭馆，黄云裳马上就要离开北平，想多看几眼北平的夜色，在她的建议下，大家一起步行回家。

虽然是冬夜，不过天气却并不太冷。几个人慢悠悠地走着，忽然黄云裳站住了，惊奇地指着前边，小声对芙蓉说：“快看！”

芙蓉顺着黄云裳手指的方向看过去，不禁吃了一惊，只见谷亚兰背对着他们，站在胡同口，和对面的一个男人在说话。

那个男人似乎有些面熟，芙蓉忽然想起来了，这个男人正是在电影院给观众发小册子的人！

黄云裳和芙蓉不禁满腹狐疑。黄云裳想过去问个究竟，被芙蓉一把拉住了，说：“看起来亚兰姐并不想让我们知道，咱们就假装没看见吧，免得大家尴尬。”

回到家黄云裳终于憋不住了，对芙蓉说：“我现在真的怀疑嫂子就是共产党！”

芙蓉吓了一跳：“没踪没影的事儿，别瞎说！”

黄云裳分析说：“你想啊，今天咱们看的小册子是左翼刊物，嫂子明明认识那个发小册子的男人，为什么却假装不认识？很明显是怕我们怀疑啊，为什么要怕我们怀疑呢？”

芙蓉不愿意多想：“我看亚兰姐挺正常的，是你多心了吧。每个人都有自己的隐私，咱们要懂得尊重别人的隐私。就算她认识那人又怎么样，她也许是共产党的同情者，你不是也不反感共产党吗？”

黄云裳点点头：“听你这样一说倒也有道理，其实我是觉得共产党没什么可怕的，又不是三头六臂。当年国共合作不也是很愉快吗？也不知道怎么忽然就闹翻了。两个好朋友闹翻谁也不会说对方好话。”

芙蓉说：“嗨，政治上的事咱们老百姓谁能说得清？咱们也管不着这些，安安心心过咱们自己的小日子就行啦。”

黄云裳离开北平回南京，芙蓉送她到火车站。没想到谷亚兰却已经在火车站入口处等着她们，她面带微笑说：“怎么样，惊不惊喜？”

“惊喜，太惊喜了！嫂子还是没把我当外人！”黄云裳高兴得几乎跳起来。

谷亚兰微笑着：“在我心里，你一直都是那个长不大的小丫头。”她伸手拢了一下黄云裳的头发，“回到南京，代我向你那位专家问好，什么时候回北平一定要带来见见。”

黄云裳用力点点头。火车汽笛响了起来，谷亚兰说：“去吧，我们都会想你的。”黄云裳一步三回头，眼泪汪汪地上了火车。

日子转眼就到了 1937 年。这是一个极不平凡的年份。

这一年，皓天的乳商生意越来越旺，牛奶、奶酪、奶粉、酸奶、奶油冰激凌，多点开花，京城各处开奶茶店，奶牛场除德胜、西山外，又在南苑新拓了一处。皓天在北平总商会的影响力越来越大，终于，在北平总商会换届选举中，皓天以高票当选新一届总商会会长，可谓众心所向，实至名归。

这一年，日本悍然发动卢沟桥“七七事变”，这标志着日本帝国主义全面侵华战争的开始。中国共产党第一时间通电全国，呼吁：“同胞们，平津危急！华北危急！中华民族危急！只有全民族实行抗战，才是我们的出路！”从此，中国抗日统一民族战线逐渐形成，国共两党第二度紧密合作。张皓天也在与国共两党的不断接触中，坚定了自己的政治立场，视死如归地投入到了这场惊天动地的反抗外来侵略的伟大斗争当中！

第三十四回

张会长新官上任　小日本总攻北平

公元1937年的第一天，也就是民国二十六年元旦，张皓天一早就走亲访友问候新年，这是他多年的老习惯了。生意人讲究四方来财，和气生财，亲戚要常走，朋友要多交。

走完几家亲戚后，皓天去清华大学见陈程。

陈程现在名义上是清华大学的副校长、农业系教授，暗地里还有一个身份，他是中共北平临时工作委员会副主任、党委副书记。

陈程还没吃早饭，在单人宿舍边就着点心喝皓天提供的牛奶，边码着黑白子研究围棋棋谱。见皓天过来，说道："要不要手谈一局？"

皓天说："咳，您还不知道我的棋艺？您让我十子我都不是您对手。"

陈程哈哈一笑："你的棋艺进步也挺快。就是不用太追求暂时的得失，眼光要放长远，要有大局观。"皓天连连称是。

陈程将围棋收了起来："皓天，我正想跟你聊件大事儿。这一阵子西安兵谏蒋介石事件，全国闹得沸沸扬扬，你怎么看？"

皓天平时喜欢向陈程请教对时局的看法，陈程思想进步，视野开阔让他非常敬佩。两人因此常常推心置腹，没有任何遮掩。

皓天说："这几年老蒋在积极剿共、消极抗日方面确实做得太过分了，天怒人怨。张学良、杨虎城把他绑起来逼他抗日，我十二分赞同。就是苦了张将军，看国民党这几天的表现，张将军可能再无出头之日了。”

“牺牲小我，造福万众。张学良、杨虎城两位将军的确义薄云天，功高盖世。帝国主义列强窥视中华，咱们自相残杀最终必将走向灭亡，这时候就需要放下党派之争，团结一切可以团结的力量，众志成城，共克时艰。张将军的未来难说，蒋介石阴晴不定，不知会怎么处置他。”陈程一番感慨后突然问：“皓天，你怎么看共产党当前的政治主张？”

皓天说：“不瞒您说，我一直认为，共产党的主张十分顺应民心。和平解决西安事变，建立全国抗日民族统一战线，一致对外。这是全国四万万同胞的共同心声。枪口一致对外，才有可能御敌于国门之外啊。”

陈程称赞皓天看法越来越成熟了。他给皓天详细介绍了红军的情况，讲了红军长征北上抗日的艰辛，讲了毛泽东、朱德、周恩来等一批红军将领胸怀天下、运筹帷幄、决胜千里，充满革命浪漫主义和革命乐观主义的风采。

皓天悠然神往：“原来他们这样有人格魅力！我恨不能这就前往延安，加入工农红军，加入中国共产党！”

“我批准了！”陈程哈哈大笑，看着一脸诧异的皓天：“张皓天同志！不用去延安，在北平就可以入党。从今天起，你就是中国共产党的一名预备党员了。”

陈程告知了张皓天自己的真实身份后，十分郑重地说：“谷亚兰同志也多次找我反映你的情况，说你很早就表达了加入中国共产党的意愿。通过近一年多时间的观察，我们认为皓天同志你已经完全具备了一名共产党员的资格。因此，经中共北平市委商议，决定火线吸收你加入中国共产党。谷亚兰同志是你的入党介绍人。不过，在当前复杂的国际国内斗争形势中，我们的共产党员身份不能暴露，我们主要开展地下工作。”陈程详细给皓天介绍了地下党的组织纪律。

陈程打电话叫来了谷亚兰。填完入党审批表后，就在清华大学陈程的宿舍，谷亚兰带着张皓天面向墙上的党旗，右手握拳，庄严宣誓：我志愿加入中国共产党，坚决执行党的纪律，不怕困难，不怕牺牲，为共产主义事业奋斗到底。

这个誓词是中国转向全面抗战阶段期间中共的入党誓词。宣誓完后，三人压住声音满怀豪情地合唱国际歌："起来，饥寒交迫的奴隶！起来，全世界受苦的人！满腔的热血已经沸腾，要为真理而斗争……这是最后的斗争，团结起来到明天，英特纳雄耐尔就一定要实现！"

这一天，张皓天同志成为一名中国共产党党员，准确地说，一名地下党工作者。

好事成双。到了下午，北平总商会进行会长换届选举，皓天以近乎全票当选新一届商会会长，可谓众望所归。皓天也不推辞，陈程、谷亚兰早前已经预料到这次换届皓天可能当选会长，对他说要迎难而上，利用当会长的良好条件团结更多的爱国商人，为民族解放大业共同做出贡献。

皓天走上台，朝众人深鞠一躬，发表了一番简短的就职演说："今天能够出任总商会会长一职，非常感激大家对我的抬举和信任。但我更多的是诚惶诚恐，因为在商业方面，我还是一个后辈，还有许多东西要跟各位学习，恳请各位不吝赐教。我相信在座诸位都愿意为商会发展而努力，所以都值得我尊敬，都是好朋友。我张皓天定当全力以赴，尽忠职守，与各位携手共创未来！"

皓天说完，台下响起一片热烈掌声。商会协理卢胜和议董高品云这两个老对头刚好坐在一块。高品云很得意："怎么样，这可是我当初慧眼识人，比你当初力荐的那谁，哦，刘顺，强了不止一星半点吧。"

卢胜不动声色："你幸运，我倒霉呗。不过我看这张皓天人家也不是池中之物。人家有自己的想法，有自己的主意，做事有自己的一套原则。后生可畏啊，你要指望在他身上捞点什么好处，我看也难。”

高品云嘿嘿一笑：“我可没想那么多，反正这次你输喽！”

卢胜意味深长地说：“骑驴看账本——走着瞧吧。你也先别得意。有句话说，谁笑到最后谁笑得最好。”

“这才有意思嘛，你说咱俩这老家伙斗了大半辈子，要是这么简单就分出了胜负那多没意思啊。哎，过两天我要为皓天办一个庆功宴，怎么样，你有胆量去吗？”

卢胜一拍大腿：“我有什么不敢的？去，当然要去了！”

晚上皓天回到家，思飞、思甜站在门口响亮地喊：“会长爹爹回来了！”

皓天分别刮了他们一下鼻子：“你们俩消息很灵通啊。记住，以后可不许这么叫了，让街坊们听到了笑话。”

思甜说：“奶奶和娘亲做了一大桌好菜等着爹呢！”

思飞急不可耐地拉皓天进屋：“爹爹一定饿坏了，快快快吃！”

思甜不屑地撇撇嘴：“丢人，明明自己想吃，偏偏说爹爹饿了，真没出息！”

王氏笑呵呵地说：“都有出息，只有奶奶最没本事了。”

思甜甜甜地说：“奶奶，您是爹爹的娘亲，最有本事了！”

王氏笑得合不拢嘴：“哎哟，这小嘴真甜！”

芙蓉特意准备了一瓶红葡萄酒——为王氏和皓天斟上，思飞、思甜两人端着空酒杯眼巴巴看着她手中的酒。芙蓉故意逗他们：“想不想喝呀？”

思飞忍不住了：“为了庆祝会长上任，必须要喝！”

芙蓉摇摇头：“真是怕了你们。看你们这可怜巴巴的小样，我就破例一次，不过只许喝一小杯！”

一家人欢欢喜喜举起了酒杯。放下酒杯，王氏感慨地说："皓天啊，其实我今天一直都在想，这事对你来说究竟算不算是好事呢？商会的人鱼龙混杂，以后要是真出了什么事，不都得找你吗？"

皓天想了想说："娘，凡事都有两面性。老想好的一面肯定不行，不过要是老想着不好的一面呢，那也不行。我是想好了，不管什么事都得有人做啊。我既然现在选择了做会长，那就不能怕担责任啊。"

王氏点点头："嗯，已经走到这一步了，我也就不瞎操心了。反正广结善缘，问心无愧就好。"

芙蓉含笑看了一眼皓天，转头对王氏说："娘，您就放心吧。他丢不了，现在做了个会长，不还得叫您娘吗？"

皓天瞅着芙蓉，一脸谦虚："当然，您也依旧是我的芙蓉老师，学生还得听您的谆谆教诲。"

芙蓉一脸自信："这就对了，不听我的，还照样罚你面壁去。"

思飞瞅瞅这个，又瞅瞅那个，得出了他的结论："在我们家，奶奶第一，娘第二，爹第三！"

芙蓉说："行，都会排资论辈了。那你说说，你是第几？"

思飞说："我当然第四了。"

思甜不服气："凭什么呀？"

思飞得意地说："别犟。就算我比你早生一分钟，那也是你哥哥，你就得听我的！"

思甜不以为然："封建思想！我们要看能力。你学习没我好，所以你就只能排最后，对不对娘？"

芙蓉表示支持："这个我只能同意了。思甜在学习方面一点儿都不让我操心。"

思飞反驳说："只会学习，只会纸上谈兵，那是书呆子！"

思甜愤愤不平："呸呸呸，我有理想，才不是书呆子！"

皓天表扬思甜："思甜真了不起，说说你有什么理想啊？"

思甜郑重其事地说："我要像爹爹一样，像虞伯伯那样，我要养好多好多奶牛！"

皓天瞪大了眼："思甜，真没想到，以前怎么没听你说过啊。"

思甜说："我上次去南京的时候就已经下定决心了！"

芙蓉说："这憋着一股劲呢。"

思飞一看风头不能让思甜全占了，赶紧举起了手："我也有更伟大的理想！"

芙蓉笑了："哟，还更伟大？来，赶紧说说。"

"我要在天上飞！"

皓天说："嗨，你还想当孙悟空啊，这也是我小时候的理想啊。好样的！不枉我给你取名叫思飞！"

思飞挺起了小小的胸膛："就知道会这么说。我可不是要做孙悟空，我要做的是空军飞行员！"

皓天吃了一惊："真的呀？"

思飞神采飞扬地站起身来："当然是真的！我要保家卫国，我要驾驶战斗机，消灭掉所有的敌人！"

"好，有志气！"皓天鼓起掌来，对芙蓉说，"看来咱们家过几年就要出一名战斗英雄了！"

芙蓉为思甜撑腰："你也别让张思飞骄傲啊，谁说只有喜欢打仗的才是英雄？我们的思甜虽说不打仗，可也同样是在报效国家啊，同样了不起。"

思甜很认真地点点头："嗯，我要养好多好多奶牛，像爹爹一样，让每一个战士都能够喝上牛奶，有使不完的劲儿去打敌人！"

过了两天，高品云张罗着给皓天举办一场庆功宴。皓天坚持自掏腰包，形式上改为了答谢宴。

皓天选好了酒楼，定在三天后中午。高品云越俎代庖，以皓天名义广发请柬。皓天也没多想，反正这也不是什么大不了的事情。高品云高兴啊，这么多年他对卢胜那拨人一直耿耿于怀，如今这么扬眉吐气，当然要好好表现一下了。发完了请柬不够，他还生怕他们不来，轮番又打了一通电话，这才算放了心。

高品云这一番狂轰滥炸威力太强大了，居然炸到了刘顺这边，刘顺也收到了请柬。他反反复复对着请柬看了不下十遍，也不知道这皓天葫芦里卖的什么药，就扔到了一边。秀娥也看到了请柬，问刘顺：“你是去还是不去啊？”

刘顺反问：“你说呢？”

秀娥说：“去不去都无所谓。也别多想，反正我看人皓天也没什么坏心眼儿。”

“是，皓天大好人一个。我现在都这样了，都成边缘人物了，他还念念不忘，可真体贴啊。”

“这话怎么从你嘴里说出来这么别扭？爱去不去，人家又没绑架你。”

“这招可真高明。我要是去，一屋人像看猩猩一样看着我。你想想，那场面多滑稽啊。”刘顺一脸似笑非笑，“可我要是不去呢，马上又该有话说了，这小子现在成了缩头乌龟了，连面都不敢跟大家照一下。合着我是猪八戒照镜子——里外不是人啊。”

秀娥无可奈何：“你要非这么想，谁也拦不住你呀，我看你现在就是闲的。你要真是天天忙得要死，哪儿有工夫琢磨这些玩意儿啊。”

刘顺不说话了，做了这么多年的夫妻，秀娥虽然有时候说话难听，但对他的好那也是实打实的。他也不是不知好歹的人，所以也愿意服个软：

“好了好了，咱别为这种事浪费精力了，毫无意义对不对？”

秀娥说：“你能这样想就好。我就是想让你能够真正放下，咱别老给自己添不自在啊。”

刘顺咳嗽一声说：“其实仔细想想，我跟皓天能有什么过节呢？他也没对我怎么着。退一步讲，真要说不对，那也原本是我挑衅在先啊。”

这一说让秀娥大感意外，瞅了瞅刘顺，不像虚乎的：“我还以为自己听错了，你真这样想啊？”

“其实早就想明白了，就是一直不好意思说。”刘顺有些扭捏：“那我也想听你的意见。我该怎么回应啊，是不是应该给他送一份贺礼啊？”

秀娥一听来了兴致：“这个我同意，你要能过这一关我就太高兴了，说明你有些该放下的真放下了。这两天我没事给你挑个礼，到时候送过去。”

刘顺又有些犹豫：“到时候我去……这我得面对一帮商会的老熟人啊。你说他们会咋看我呀？”

秀娥鼓励刘顺：“我是觉得咱没什么好怕的，不就养奶牛那点儿事吗。投资失败这很正常啊。胜败乃兵家常事，又没偷人家没抢人家，有什么呀？要不，到时候我跟你一块去？”

刘顺说：“咱们一块去，这最好不过了。我刘顺别的本事没有，有个好老婆啊，这一点没几个人能跟我比。”

秀娥满面春风：“这马屁拍的，真舒服！那好，咱们到时候就一起赴宴去！”

到了这天，皓天和芙蓉穿得整整齐齐的，早早站在酒楼门口迎接各路朋友。

赴宴的人们陆陆续续到了酒楼，各自入座，喝茶的喝茶，嗑瓜子的嗑瓜子，酒楼上下热热闹闹。皓天两口子站在门口大半天不觉有些累了，这时候皓天忽然看到对面远远地走过来两个人，一惊：刘顺来了！这可是他没想到的。

刘顺穿着一身黑色西服，戴着一副金丝眼镜，大背头梳得一丝不苟，看上去容光焕发。到了皓天眼前就递上包装好的礼盒："张会长新官上任，恭喜恭喜啊!"

皓天忍不住有些激动起来："想不到今天老表能过来，这比啥都让人高兴啊！今天酒管够，我陪着喝。"

刘顺抱歉地笑笑："我就是来向你表示祝贺。喝酒机会多的是，今天我公司还有些事情要处理，咱们下次再聚吧。"

秀娥一看脱口而出："不是说好了一起来一起走……"话没说完意识到不该说，赶紧转移话题，"那你有事就去办吧，也算是来过了。我反正今天得大吃一顿。"

皓天明白刘顺是怕尴尬，不愿意在这里多待，心想那就让他先回去也行。没想到这时候高品云从里边走了出来，冲着刘顺就嚷了一嗓子："哟，刘顺大驾光临啦，稀客稀客!"

这一嗓子可真够响亮的，一下子吸引了在场的许多人。大多人都是商会来的，一听刘顺来了都觉得很惊奇，纷纷起身来凑热闹。刘顺一看这阵势，恨不得赶紧人间蒸发掉。心里后悔得要死，我到底吃了什么迷魂药啊，干吗要来啊？看来他还是高估了自己的承受能力。

刘顺浑身不自在，勉强打了几个招呼，就说自己有事要走。高品云以前被刘顺挖苦过，岂可轻易放过他，大声说："你还能有啥事可忙啊。你那百货公司我去过，冷冷清清没几个人，你那下面有两个服务员看着就成。听说你那二楼都准备转租给别人当仓库了吧，以后你就更清闲啦。来吧来吧，大家好不容易见一次，就喝两杯吧!"

刘顺脸上挂不住了，半天没说话。皓天一看情势不对，随机应变，上来给刘顺解围："我老表最近心思还真不在百货公司上，我们俩最近经常碰头谈事。我呀，最近一直寻思着跟他继续合作办奶牛场，我真是离不开他呀。他最近正在筹划这事呢，大家就放他一马吧。等事情成了之后，大家再喝酒也不迟！"

皓天这一说，给了刘顺面子，众人也不好再说什么，各自喝酒去了。刘顺感激地看了他一眼，皓天冲他微微点头，说："天顺公司名字没改，我等着你回到天顺！"刘顺心里涌出一些别样的滋味，一步一步走出酒楼。

在大伙儿的支持扶助下，皓天的牛奶事业越做越大。这几年，皓天在奶制品方面开辟了多条生产线，鲜牛奶、奶酪、奶粉、酸奶等，皓天有陈程、虞亭华等国内顶级专家的指导，又有家传宫廷秘籍相助，天顺乳制品既安全，又好吃，成了京城首屈一指的乳商品牌。

天顺乳制品畅销京城各处奶茶店、食品店、南杂店甚至药店。皓天还在奶牛场的规模上继续拓展，除德胜、西山外，又在南苑新拓了一处。皓天的岳父秦桂龙带着牛大勇加入了天顺公司。这样，德胜有王少川，南苑有秦桂龙，西山有牛大勇，几大牧场都有得力干将。皓天还弄了一个车队拉货，由牛大勇统一指挥。皓天就把更多时间用在打理总商会的事务上，当然，更重要的还有党的地下工作。

皓天利用国共难得的停战间隙将乳商事业做得风生水起，但中华民族却在日本人的紧逼下一步步退向深渊。到了 1937 年 6 月底的时候，接到中共地下党组织通知，皓天紧急将西山牧场的牛羊等方便运输的物资运到门头沟妙峰山、灵山一带，原因是北平卢沟桥的日本驻屯军大幅增兵，频频演习，蠢蠢欲动，战火随时可能在西边燃烧起来。

没过几天，1937 年 7 月 7 日夜，日军中国驻屯军步兵旅团在宛平城外进行军事演习。一个叫志村菊次郎的士兵忽然肚子疼，跑到路旁的苞米地里去解手。这是一个新兵蛋子，对夜路不熟悉，解完手出来居然找不到队伍了。过了不久，日军忽然听到一阵枪声，迅速点名，发现少了一名士兵。中队长清水节郎认为菊次郎很可能被宛平城的中国驻军绑架了，马上向日本驻北平特务机关汇报。日本特务头子大串一雄给北平政府打电话，强烈要求让日军进行搜查，不然将会动用武力解决。

中国守军第二十九军当然不同意了，我们中国的地盘凭什么让你们日本人说来就来说走就走？于是拒绝了日军的无理要求。没多久失踪的菊次郎归队。按说此事便应该宣告结束，中国军队也没指望日本人道歉。然而一向骄横跋扈的日本人觉得自己这次太丢脸了，堂堂大日本帝国怎么会被无能的东亚病夫给拒绝呢？日军再也按捺不住，开始向中国守军进行开枪射击。中国第二十九军司令部鼓舞前线官兵抱着必死决心去战斗："卢沟桥即尔等之坟墓，应与桥共存亡，不得后退！"

由此，卢沟桥"七七事变"爆发。"七七事变"标志着日本帝国主义全面侵华战争的开始，也标志着中华民族抗日战争的开始。表面看，"七七事变"的发生纯属意外，因此有人说，这其实只是一泡屎引发的战争。但其背后原因绝非如此简单，因为对于一头饿狼来说，它想吃人，根本就不需要任何理由。

7 月 8 日，中国共产党立即第一时间通电全国，呼吁："同胞们，平津危急！华北危急！中华民族危急！只有全民族实行抗战，才是我们的出路！"

7 月 28 日，蓄谋已久的日军按计划向北平发动总攻，凭借其空军优势对北平的十余处位置狂轰滥炸。中国守军第二十九军将士宁为战死鬼，不做亡国奴，在各自驻地顽强抵抗。那一战惨烈至极，有 5000 多名中国军人牺牲，第二十九军副军长佟麟阁、一三二师师长赵登禹壮烈殉国，许多军事训练团的学生也都献出了生命。然而这场战斗仅仅持续了一天时间便宣告结束，二十九军军长宋哲元，这位当年曾经率领二十九军血战喜峰口的英雄，竟然在当天便带领军队，匆忙离开北平。

7 月 28 日，日本人总攻北平，在南苑、西郊、沙河战事最猛，张皓天的西山牧场值钱的基本搬空了，其他的都被日军炸毁。南苑牧场惨遭炮火蹂躏，一片焦土，剩下的没死的奶牛、货车和稍微值点钱的东西都被日军抢劫一空。所幸皓天从地下党组织处知晓日军动向，当天及时通知秦桂龙、牛大勇等带领工人们撤离，人员并无伤亡。

秦桂龙、牛大勇破口大骂日本军队凶残无耻，痛惜牧场被炸成废墟。秦桂龙劝张皓天关闭奶牛场，关闭城内各个门店，赶紧带着全家逃离北平。

苍天呜咽，山河同悲。北平这座美丽的历史名城，这座西方作家笔下的“东方佛罗伦萨”一夜之间突然失去了守护，化为人间地狱。

城门被攻破，日本人随时可能全面进驻北平城。

沦陷前夕，有能力又不愿做亡国奴的人们大多选择了远走他乡，孙良喜也随国民党撤出北平。北平白天死气沉沉，晚上则一家一家或三五成群趁夜色逃走。不少人半路不幸遭遇日军而死于非命。

张皓天会逃离北平吗？他要离开的话有两个选择，都还算非常妥当的选择，虞亭华、黄云裳打电话来力劝他去南京，而陈程、谷亚兰则建议去延安，为八路军养牛挤奶。张皓天最终会做出什么选择呢？请看下回分解。

第三十五回

汉奸鼓吹大东亚　哥俩只当看笑话

张皓天很冷静地思考了离开北平的事情。于家人，他是得让他们撤离。于组织，他则必须留下来，和陈程、谷亚兰等地下工作者继续并肩战斗。他反复想了一下自己留在北平的利弊，他现在是总商会会长，战乱后的北平百废待兴，人们的正常日子还得要过，基本的生活物资包括奶制品仍然需要供应。当然，最重要的是，共产党人拯救民族危难的伟大使命。

皓天对陈程、谷亚兰说："我认真考虑了，留下来更好，一是可以继续生产奶制品，更好地服务老百姓；二是可以以商会为据点沟通各方面消息；三是可以将牧场、门店作为党的联络点，互通情报。这也是我们现在最需要的。"

陈程、谷亚兰担心皓天目标太大，容易遭遇不测。皓天淡定而坚强地说："作为一名共产党员，我已经做好了随时牺牲的准备。头可断，血可流，不把日本鬼子赶出中国誓不罢休！"

考虑到掩护身份的需要，皓天决定先让家人去国统区。他把母亲王氏、岳父秦桂龙、女儿思甜送上了去南京的火车，电话告诉虞亭华去火车站迎接。芙蓉坚决要陪着皓天，思飞则表示要保护娘亲。皓天劝不过，心想，为了民族解放事业，一块牺牲就一块牺牲吧，只好含泪答应。思甜因为一直想跟虞亭华学畜牧，左劝右劝终于上了火车。

8 月 8 日，日军攻进了北平城。从日军进城那一天起，城头、路口到处都悬挂着日本膏药旗，大街上到处是日军坦克和横冲直撞的日伪轿车。日本士兵到处杀人放火，奸淫掳掠，无恶不作。大量日本人潮水般涌入，汉奸层出不穷地冒出来。百姓的日子太苦了，才过了几年安稳日子，就再一次被拖入战争的痛苦泥潭之中。居住在北平城的所有中国人，无论是达官贵人，还是市井百姓，都被强加了一个名字——亡国奴。

北平一切都暂时停摆了。对于皓天来说，中国军队与日军激战的时刻，他无偿捐献牛奶给前线战士，甚至把奶牛场的盈利所得都捐了出来，同时积极号召商会组织为前线捐款捐物，虽然这些钱物对于抗日部队来说不过是杯水车薪，可是他能做的也就这样了。现在，国军退走了，日本人进来了，皓天小心翼翼地避开与日军正面接触，他把德胜牧场每天生产的牛奶免费送给百姓喝，尤其是被迫沦落街头田野的难民们喝。而另两处牧场已经毁于战火了。

为了阻止日军扩大侵略范围，国共两党的士兵在前方联合浴血奋战，8 月中旬，陕北的中央红军改编为“八路军”。两个月后，南方八省的红军游击队改编为“新四军”。蒋介石发表谈话承认共产党的合法地位，在国共两党共同倡议下，全国抗日民族统一战线正式形成。国共第二次亲密合作，携手各民主党派、各界群众，精诚团结，共御敌侮，一场伟大的“抗日救亡”运动、一场持久的抗日战争轰轰烈烈地展开了。

抗战电影《风云儿女》主题歌《义勇军进行曲》传遍全国上下，激励着每一个真正的中国人：起来！不愿做奴隶的人们！用我们的血肉，筑成我们新的长城，中华民族到了最危险的时候，每个人被迫着发出最后的吼声……

“然而又有什么用呢？还不是雷声大雨点小？”在北平的一座小别墅

里，一名三十多岁的中年男子冷笑着摇摇头，“我太了解中国人了，口号喊得震天响，行动全是窝囊废！哈哈，闹吧闹吧，天下大乱最好！”

中年男子留着一撇小胡子，穿着一身日本和服，看打扮很像个日本人。他还在别墅门前率先挂起了日本小太阳旗。从内心里来说他也很想做日本人，可是没办法，大家还都把他看成中国人，这让他经常忍不住忽然伤感起来：“明明我心向天皇，奈何偏是中国人！怪只怪我投错了胎。唉，我的命运实在太坎坷太曲折了！”

“呸，简直放狗屁！”他身后有一个老头大发雷霆，“你从小就跟着老夫吃香的喝辣的，你说做中国人有啥不好，干吗要跟着小日本鬼子混？没出息！”

中年男子转过身，不以为然地说：“老头，你倒是有出息，现在不还得跟着我混？”

老头低着头瞅了瞅自己座下的轮椅，不吭声了。

中年男子摸了一把自己的小胡子，慢条斯理地说：“当年你也是响当当的黎大帅，你对兄弟们好，大家都听你的。可是你这当爹的对我这当儿子的怎么就那么禽兽不如呢？天天把我像狗一样锁在家里，你说我命苦不命苦？你说你对我这么残忍，我为什么还要养活你呢？我凭什么呀？”

老头抗议说：“养儿防老，天经地义！老子当年把你养大了，你现在就应该养活老子！再说了，我当初锁你不让你出门，完全是为了你好。你在外边天天惹是生非，我要不把你锁家里，你连死都不知道怎么死的！”

中年男子哈哈大笑，鼓起掌来：“说得好，那就谢谢您老人家了！要不是您把我锁在家里，我怎么会有今日飞黄腾达呢？可能早就身首异处了。”

这神秘的中年男子是谁？想必大家都知道了，很久没登场的黎建昌啊。当年他差点闹出了人命，被牛大勇踹倒张皓天拍瘫后，吓得魂飞魄散，连夜出逃。逃到了东北，隐姓埋名了几年。本以为这辈子就这么完了，没想到日本人来了，从此他的命运发生了根本转变。

日本人一看，这小子浑身上下都透露着一种独特的汉奸气质，我们大日本帝国正需要汉奸啊，那就干脆让他做汉奸吧。黎建昌闻听此言，激动得热泪盈眶，仰天长啸：知音啊！想不到我黎建昌坎坷半生，今日终于有了用武之地啦，天不负我啊！从此以后他就努力发展起了汉奸事业。

还别说，这黎建昌在做汉奸方面颇有些天赋，很快就学会了日语不说，日本人一个动作一个表情，他马上能明白是什么意思。端茶倒水擦皮鞋，点头哈腰拍马屁，他样样在行。由于他的刻苦努力，深受皇军赏识，短短几个月工夫，就从一名普通型汉奸升级为精英型汉奸，成为汉奸中的佼佼者。许多高不成低不就的小汉奸听说了他的事迹，羡慕不已，纷纷投入到他门下，要学习他的汉奸技术。

黎建昌的公开身份是“大东亚和平促进协会会长”，以文化经济交流的名义行汉奸之实。他还有一个高级活招牌，那就是他爹黎大帅。

北伐战争结束以后，黎大帅的军队被蒋介石消灭了。手下的兵死的死，降的降，回家的回家，剩下十来个残兵败将没地儿可去，就跟着他躲在了北平郊外农村混吃等死。幸好他还有一笔积蓄，也能勉强度日。可是金钱并不是万能的，金钱买不了一个健康的身体。黎大帅原本有风湿病，这几年越来越严重，到最后成了一个残废，天天坐在轮椅上回忆当年的风光。那些个手下一看黎大帅没什么值得跟的了，呼啦走得只剩下两三个了。

正在这时他碰到了在外逃亡多年的儿子，日本人攻进北平了，正是大用汉奸之际。黎建昌已经是资深汉奸，又是北平人，少不得要带过来，这也算是荣归故里了。黎建昌一见到大帅不禁喜出望外：“哎哟我的亲爹耶，终于让我找到您了！”黎大帅看到儿子如今混得人模狗样的，也不禁老泪纵横：“我的亲儿子呀，这些年你到哪里去了？”

黎建昌说：“我现在为天皇陛下服务。”

黎大帅很生气：“兔崽子，你居然跟了日本鬼子，真是人类的耻辱，民族的败类。你滚吧，滚得远远的，我就只当没你这个儿子！”

黎建昌很阴险地笑了：“那可不行，这么多年来我对您老人家可是一直念念不忘，今日好不容易碰到了，您说我怎么舍得离开您，自己玩去呢？”

黎大帅大惊：“你！你要干什么？”

黎建昌说：“以后哇，您跟着我，人前我敬着您，给您吃香的喝辣的。至于这人后嘛……嘿嘿，你看到我的笑没有？笑里全藏着刀啊。”

黎大帅老泪纵横：“你连自己亲爹都不放过，禽兽啊禽兽！”

黎建昌说：“爹，话不能这样说啊。我之所以成为禽兽，还不都是您老教育出来的？走吧走吧，您跟着我，只要配合好我，您以后兴许能多活好几年呢。”

黎大帅身体残废了，心里也怕死，只好老老实实地跟着儿子走了。对了，还带着那两三名残兵败将，跟着黎建昌成了伪军。

对黎建昌来说，有这个爹他更好当汉奸。之后只要有需要的场合，黎建昌就把黎大帅给抬出来。他这是为了表演给人看，证明自己还是很有人味的，所以做一些坏事也是可以理解的。

黎大帅演技也不差，配合非常默契。一个人前扮演慈祥老爹，一个人前扮演孝顺儿子，场面非常有艺术感染力。不少人本来不愿意做汉奸，可是看到这种情形，就忍不住开始动摇了：为了家人的幸福，我就算做个汉奸又有何妨呢？

所以黎建昌很有做汉奸的天赋，能够非常灵活地利用周围条件进行他热爱的汉奸活动。

黎建昌此次被日本带到北平还有一个重要任务，什么重要任务？日本人计划在北平成立大东亚共荣商会，进而控制北平商人，扼制中国民族产业的发展，控制北平的经济为日本所用。这大东亚共荣商会会长需要一位德高望重的中国商人担任，于是要黎建昌物色合适人选。

黎建昌首先想到的人是张皓天，张皓天其时任北平总商会会长。黎建昌想，这北平总商会改为大东亚共荣商会就行啦，其他都可以不变，还是做商界组织管理那些事儿，只不过现在是为日本人卖命。这多省心，换块牌子而已。他很为自己的远见卓识而得意。

当然，黎建昌恨死了张皓天，这家伙夺走了他心爱的芙蓉，他和张皓天势不两立！所以他就忍不住想：如果能让张皓天加入大东亚共荣商会，为天皇陛下效命，让他成为人人不齿的汉奸，那就实在太好玩了！一想到此，他连做梦都会笑醒……

这天，皓天正坐在办公室里，黎建昌不请自来，带着几个地痞流氓大摇大摆找上门来。

皓天早已知道这黎建昌成了日本人的走狗，暗想，这小子今天准没好事儿。压住火气问："黎大公子啊，稀客稀客。你不应该去你日本爹那儿吗，怎么跑到我这奶牛场来了？"

黎建昌很淡定："哎，张皓天先生这态度不对啊，你这奶牛场不是卖牛奶的吗？我来买你的牛奶你不欢迎吗？"

皓天说："哎呀！不好意思，我这庙小，怕是满足不了你们的需要。我看你还是另寻高明吧。"

"放着生意都不做，你这可不是合格的生意人啊。"黎建昌说着一屁股坐了下来，"开门见山地说吧，我也不是来买牛奶的。大日本皇军马上要在北平成立大东亚共荣商会，经过慎重考虑，我觉得你非常适合做这个会长，就帮你向皇军推荐了。这可是一项肥差啊，坐了这个位置，以后好处就大大的有了！”

“大东亚共荣商会？你们？”皓天冷笑，“行啊，以前你见不得人，现在做了汉奸就敢四处露头耍威风了，你很出息了啊。”

“别说得那么难听嘛。”黎建昌说，“我是大东亚和平促进协会会长，你的明白？我是为了中日友好发展而来的！如今日本人势如破竹，国民党节节败退，不光现在北平老百姓，到最后全国的老百姓都会成为亡国奴的。古人有云：识时务者为俊杰也。汪精卫你知道吗？当年他在牢里写过的那首诗我也会背啊：慷慨歌燕市，从容作楚囚。引刀成一快，不负少年头！何其豪迈，何其慷慨！不怕死！可是现在怎么样呢？他也开始考虑和大日本合作了。为什么呢？我看汪精卫就是识时务者，既然大局已定，何必再做无谓的反抗呢？张先生，你真应该好好考虑一下啊。”

皓天不想听黎建昌啰唆，冷冷地说：“你们可以走了。”

这时牛大勇见情况不妙，带着十几个工人，扛锄头的扛锄头，拿镰刀的拿镰刀围到了办公室门前。

黎建昌本来还想武力威胁一下张皓天，这一看讨不到好，站起身来：“真是为你感到惋惜啊。不过看在咱俩老相识的份上，我还是愿意再给你时间好好想想，希望我们以后能够有机会一起坐下喝喝茶。言尽于此，再见！”说完带着随从扬长而去。

皓天心想，这小子泼皮无赖，心狠手辣，今后还真得防着点。

黎建昌一计不成，又生一计。他马上开车去找秦芙蓉。

下午刚放学，芙蓉带着思飞走到校门口，忽然传来一阵汽车喇叭声，一辆豪华轿车挡在了她面前。

芙蓉绕过轿车继续走。不一会儿，没想到轿车又挡在了她面前。

衣冠楚楚的黎建昌戴着一副蛤蟆镜从车里下来，手里拿着一束玫瑰花，冲芙蓉打招呼：“嗨，好久不见！”

芙蓉一看到黎建昌，只觉得浑身发冷，她万万没想到在这里会碰上这个噩梦一般的人！

黎建昌看到思飞赞叹说：“嘿，小伙子真帅，跟你妈妈长得很像。我是你妈妈的老朋友，你叫什么名字啊？”

思飞看了一眼妈妈，说：“我叫张思飞。”芙蓉拉起思飞往公交车站走去：“别理他，咱们走！”

黎建昌快步跟了上来：“哎，这么多年没见，好不容易见面了，连句话都不说就走啊？芙蓉你也太没礼貌了吧。”

思飞忽然冲到黎建昌面前，大声说：“走开，大坏蛋！”

黎建昌摘下墨镜对着思飞：“小朋友，你怎么看我是大坏蛋啊？难道我脸上写着坏蛋两个字吗？”

思飞不耐烦地说：“电影里戴墨镜的都是坏蛋，赶紧走开！”

正在这时，公交车开了过来，芙蓉和思飞快速走进车里。思飞看到黎建昌呆呆地站在原地，朝他做了个开枪的手势。黎建昌哈哈大笑，对着芙蓉喊：“芙蓉，告诉你们家皓天，别忘了大东亚共荣商会会长的事儿。”转身走了。

回到家，芙蓉给思飞上了半天安全课，反复叮嘱他不要到处乱走，不要随便接近陌生人，等等。思飞也不知道娘亲为什么突然这样，不过还是听得很认真。最后芙蓉又让他重复她刚才的话，这才放过他。

见到了幽灵一般的黎建昌，芙蓉心里是又惊又怕，一直硬撑着自己。皓天回来，看芙蓉神色有些不对劲。问她怎么回事儿，芙蓉一五一十地把见到黎建昌的情形说了一遍。皓天一听皱起了眉头：“这家伙简直是阴魂不散，在我那儿碰了钉子，就想着骚扰我的家人。不过你也不用怕，现在已经不是他耀武扬威的时代了。明天我就叫大勇做司机，每天专门接送你们。”芙蓉这才踏实下来。

皓天又吩咐牛大勇，在牧场里组织青年工人成立自卫队，以防不测。

牛大勇相貌粗豪，人高马大，身体非常壮实。此后每天上下学的时候，由他负责接送芙蓉和思飞，为安全起见，大勇还带了一个跟他一样壮实的自卫队工人。黎建昌根本没机会接近芙蓉，只能眼巴巴看着，大概也觉得甚是无趣，耗了三四天后就不再露面了。

黎建昌心里撮火，心想这张皓天是我的命中克星啊，难道我就拿你没办法了？他很不服气。转念一想，反正以后这日子长着呢，看咱们谁能笑到最后！

黎建昌没有说服张皓天，皇军那边派给的任务没落实，他的日子就不好过。日本上司大串一雄怀疑他的能力了："建昌君，你的不要总是吹牛！如果再搞不好大东亚共荣商会，那你就乖乖回家，陪你老爸死啦死啦的！"

大串一雄长得五短身材，腰跟桶一样粗，满脸横肉，嘴上一撮小短胡，说话凶叨叨的。

黎建昌心里烦透了，看来做汉奸也是技术活，没那么容易。

黎大帅一看儿子黎建昌最近一直愁眉苦脸，很关心地问："兔崽子碰到什么烦心事了？别老憋着，说出来让老子高兴一下好不好？"

黎建昌勃然大怒："老东西你这是故意气我啊，我看你活得不耐烦了！"

黎大帅很无奈："我倒是想死，你一枪崩了我啊。"

黎建昌狞笑起来："你想死啊，没门。当年你怎么对我的？我就让你尝尝生不如死的滋味。怎么，要不要现在整两样东西给你来两下啊，很刺激哟！"

黎大帅被吓住了："好了好了不跟你闹了，你说你到底碰到啥麻烦了。说来听听，俗话说姜还是老的辣，老子吃的盐比你吃的饭多。看能不能帮你参谋参谋。"

黎建昌拍了拍黎大帅的脑门："哎，这才像个好孩子嘛。"如此这般这般如此，把他的烦心事一股脑说了出来，"你说，换了你是我，你该怎么办？"

黎大帅一拍大腿："这种事你找我就对了！你呀，还是太嫩了一点儿啊。"

黎建昌一下子兴奋了："有啥好办法？你赶紧说呀！"

黎大帅说："你知不知道咱们老祖宗传下来一个成语叫敲山震虎？"

黎建昌摇摇头："没学过。"

"那你知不知道咱们老祖宗还传下来一个成语叫杀鸡儆猴？"

这个黎建昌知道："不就是把鸡宰了吓唬猴子吗？"

黎大帅很得意："这种事以前我做大帅的时候没少干过，经验丰富得很，你可以向我取经啊。"

黎建昌急了："哎哟，我承认你是我亲爹，咱就别卖关子了！"

黎大帅慢条斯理地说："那张皓天不愿意跟你合作，你可以另找一个愿意合作的嘛。当然，最好是找他的竞争对手，跟他对着干。"

黎建昌问："人家凭什么听我的安排？"

黎大帅反问："那我凭什么听你的安排？"

黎建昌说："这个很简单，你不会动，又怕死，没办法啊，只能听我的。"

"那就对了嘛，你也可以找一个怕死又拿你没办法的人，让他做你的傀儡。"

黎建昌想了半天，大笑起来："你还真是一只老狐狸！果然是老奸巨猾！行，听你的！"

黎建昌经过一番调查摸底，找到了他心中的合适人选，谁？刘顺！

奶牛事件让刘顺成了商界的一个笑话，赔了不少钱，也赔了不少人气，也磨去了他的锐气和傲气。此后刘顺一直老老实实待在他的百货公司里，可是百货公司的生意也是江河日下。尤其是日本人攻进北平后，日本商人像潮水一样涌入，他们成立了一个叫“组合”的管理组织，掌握了一切重要物资，什么布匹啊、油盐啊、煤炭啊，中国商人就像被卡住了脖子，日子一天比一天难过。

加上刘顺当初心思全放在跟皓天争强好胜上，对百货公司的生意漠不关心，这就让同行有了可乘之机，很快就把刘顺甩在了后边。等到刘顺想回头是岸的时候，却悔之晚矣，许多商家都不愿意再跟刘顺合作，银行也不愿意再借给他钱投资发展。偌大的门面冷冷清清，门可罗雀，只能用“惨淡经营”来形容了。刘顺这小半辈子算是经历了人生的大起大落，到了这步田地，他倒也不急了，反正已然如此，大不了就破产呗，老老实实混吃等死！那个自命不凡的刘顺完全变了样，变得斗志全无，变得自甘平庸。

“刘先生，如今您这样可不大好啊，想当年您可是商业奇才啊！”黎建昌坐在刘顺对面痛心疾首，“您这简直是自甘堕落啊！”

刘顺对黎建昌这种汉奸一向瞧不起，不动声色地说：“黎先生，这话我可不爱听，我又没偷人没抢人，又没做卖国贼汉奸，怎么就堕落了？”

黎建昌似笑非笑：“我经常被人误解，已经习惯了。可是刘先生您本是传奇人物，为什么偏偏要让自己活成了一个笑话呢？”

刘顺打了个哈哈，一语双关：“怎么，黎先生很可笑吗？”

黎建昌摇摇头：“不敢，我只是为您感到可惜，您这样的才俊本来可以为中日和平做些事情的。”

刘顺反问：“中日和平？我怎么不知道什么时候要和平了？这日本人没完没了在残杀中国人，怎么转眼就喊和平了？”

“这个，那个，都是小摩擦。误会只要解除了，和平的曙光自然就会照进来。”黎建昌开始动之以情，晓之以理，“刘先生，你也不喜欢打来打去吧。我出身于军阀之家，可是我同样不喜欢打仗，我就喜欢和平！现在和平的机会来了，我们可要好好抓住这个千载难逢的机遇啊。”

黎建昌把日本准备在北平成立大东亚共荣商会的计划说完后，刘顺半天没言语。黎建昌一看有戏，赶紧趁热打铁：“刘先生，经过我这段时间的认真观察，我认为您就是大东亚共荣商会会长的最合适人选。大东亚共荣商会一成立，我就会建议日本人废止北平总商会运作。”

很明显，刘顺是黎建昌推荐做大东亚共荣商会会长的理想人选。黎建昌想，这刘顺当初跟张皓天斗得死去活来，现在再给他机会压倒张皓天，他不会不珍惜吗？而且他现在有家有业，不敢不听日本人的话。

黎建昌的如意算盘打得响吗？刘顺会做日本人的傀儡吗？请看下回分解。

第三十六回

商会运作复正常　知春念旧诚相邀

上回书说到大汉奸黎建昌劝说刘顺做大东亚共荣商会会长。刘顺忽然冷笑起来："你的意思是，我看上去特别像汉奸？"他站起身来，"我看黎先生还是另请高明吧。我刘顺眼下的确诸事不顺，但也不至于混到做汉奸给日本人舔屁股的份儿。你还是请回吧！"

刘顺骂得难听，黎建昌丝毫没感到羞耻，反而伸出了大拇指："嘿，有骨气！跟张皓天一样，都是国之栋梁！黎某佩服之至，国家未来就靠你们了！"

黎建昌陡然抬出张皓天，让刘顺心中大为不满，脸色越发难看。

黎建昌开始煽风点火："想不到那张皓天区区一个养牛倌，如今居然在北平商界呼风唤雨，黎某人着实为你感到大大的遗憾。要说你这百货王子才是家喻户晓啊。再说，这以后做生意，没有日本人罩着，能发得了大财吗？我就不多说废话了，望君三思。告辞！"

刘顺颓然坐在沙发上，张皓天，又是张皓天！为何这么久了，这三个字依旧阴魂不散？他想让自己忘了这名字，可为什么却始终无法摆脱他的阴影？

他忽然从柜子里拿出一瓶二锅头，一口气喝下去快半瓶。然后他瞅着镜子里的自己笑了起来，喃喃自语：“刘顺啊刘顺，本来你可以有很好的生活，可是现在你的生活却被你自己搞成了一团乱麻！想当年你也曾经意气风发，你也曾经气吞山河，可如今的你怎么会变成这副熊样了？”

一瓶二锅头喝完再来一瓶，刘顺如今最大的本事就是能迅速把自己搞晕。搞晕之后他就不生自己的气了，所谓一醉解千愁。等秀娥进到他的办公室，看到他已经躺倒在地上，叹了口气，把他扶到沙发上。刘顺瞪着秀娥，口中念念有词。秀娥也不知道他嘟囔啥，把耳朵贴在他嘴边，总算听出来了。原来他在唱戏里的词儿，唱的是当年楚霸王项羽临死之前吟的那首《垓下歌》：力拔山兮气盖世，时不利兮骓不逝，骓不逝兮可奈何，虞兮虞兮奈若何！

秀娥又好气又好笑：“你以为你是楚霸王啊。你不是楚霸王，我也不是小虞姬。一天到晚净胡思乱想些啥玩意儿啊，赶紧跟我回家去。”

刘顺躺在沙发上哼了一声：“你就瞧不起我，想当年我也是叱咤一方的风云人物啊，怎么如今混成了这个鬼样子啊。”

秀娥纳闷：“没人刺激你吧，咋忽然想这个了？还喝得醉醺醺的，我原以为你这两年都收心了，没想到你这小心思藏得够深呢。”

刘顺沮丧地说：“嗨，现在我这样人不人鬼不鬼的，藏不藏有什么区别，反正我已经完喽！”

秀娥不高兴了：“怎么就完了？你这话我就不爱听。你现在有孩子，有家庭，虽说不是大富大贵。可咱们也是比上不足比下有余，起码生活很安定啊。如今这世道，你还想怎么样啊？你就别不识好歹了！”

刘顺直愣愣地瞅着秀娥：“是，我不识好歹，不识好歹啊。”说完在沙发上一转身，一会儿工夫便扯起了呼噜。秀娥愣了半天，也不知道刘顺到底心里在想什么。

正好这时候儿子刘白推门进来了，看看刘顺，问秀娥：“娘，你们怎么还不回家去？”

秀娥说：“你爹喝多了，我在这里陪着他，你就先回去吧。”

刘白皱了皱眉头：“怎么又喝酒了，真是的。”往外走了两步，回过头又对秀娥说，“娘，明天周末，不上课了，还是我留下照顾爹爹。您忙活一天也累了，回家好好休息吧。”

秀娥心里感到一丝安慰，这孩子一天天长大了，开始懂事了。倒是刘顺这个大人却好像还是没长大一样，老让人不省心，真是愁死人了。

第二天一大早刘顺醒来，只觉得口渴，头疼，就起来找水喝。一看刘白歪在另一张沙发上睡得正香，想了半天也没想起昨天晚上后来发生的事情。刘白听到动静睁开了眼：“爹您起来了？”

刘顺点点头：“儿子你怎么会在这儿啊？”

刘白伸了个懒腰，打了个哈欠：“我昨晚过来找你们回家。您喝断片了没法走，我就让娘先回去了。”

刘顺挺不好意思：“那你肯定一晚上没睡好，赶紧回去补补觉。”

刘白很认真地说：“爹，您别喝那么多，省得我们担心。”

刘顺连连点头：“好，好。我保证下不为例。儿子你先回去吧。”

两人正说着话，秀娥带着早点推门而入：“新鲜出炉的包子、豆腐脑、油条、煮鸡蛋，还有皓天家产的牛奶，你们俩赶紧趁热吃了吧。”

刘顺一下触动了，泪水盈满了眼眶：多好的媳妇啊，丈夫喝醉了，她一句埋怨的话也没有。还有这么懂事的孩子，他还有什么不满意的呢？平安就是福，要珍惜这样的生活啊，要爱惜这么好的家庭啊，往后他再也不能让这娘儿俩跟着自己受累了……

过了几天，皓天在北平总商会会议厅举行了一个新闻发布会，邀请各路记者和各界人士参加。发布会下午两点举行，来瞧热闹的不少。临近开会时现场到了两百多号人，秦芙蓉、谷亚兰也参加了。

皓天这个时候举行新闻发布会干什么呢？北平现在是日本人的天下，兵连祸结，民不聊生。城内的人想逃出去，城外的人想逃得更远。就说媒体，原来北平四五十家，现在关的关，砸的砸，能剩个一半就不错了。这时候缩着最安全啊，张皓天想干什么呢？原来啊，他想要恢复北平总商会的正常运作，这也是他与陈程、谷亚兰商量后的意见，通过总商会照常运行表明北平商界有能力自我恢复，良性发展，尽可能打消日本人组建他们完全能控制的大东亚共荣商会的念头。

皓天着一身中式长袍，镇定了一下心神，捋了捋袍角，上台演讲："各位商界同仁，各位记者，各位嘉宾：大家看到了，这些天在北平发生的惨剧。我相信，这是中日两国人民都不愿意看到的。一衣带水的邻邦，为何兵戈相向？是非曲直历史自有公论。请大家来到这里，是想告诉大家，北平总商会在当前局势中不会作鸟兽散，今天我们就开始恢复正常，我们还要为北平几百万老百姓服务，尽快全面恢复基本的商业供应。我作为总商会会长，将秉持商会公开、公平、公正原则，抛弃政见、派别、民族、国别之争，大家同心协力，在商言商。有事一起做，有钱一块赚……"

皓天一番慷慨陈词，赢得台下哗啦哗啦一阵猛烈鼓掌。这时有三个西装革履的男子走上台，为首的拿着一份名帖，跟着的两位各捧着一个四方礼品盒。为首男子恭恭敬敬对张皓天一个九十度大鞠躬："嗨！张先生您好，藤原先生想请您舍下一叙！"

"藤原先生？"底下有几个人嘀咕，"是日本人？"

皓天接过名帖一看："大日本帝国驻北平组织副会长 日本三条财团董事长 藤原"。他摇了摇头，大声说："很抱歉！我不认识什么藤原先生，我也没有任何日本朋友。你们是不是认错人了？"

男子说："她告诉我们，她是您一位久违的老朋友。您见了就知道了，您一定会认识的。"

皓天问："那么他自己为何不来呢？"

男子说："此处人多眼杂，不宜交谈。藤原先生另外找了一个安静地儿，要和张先生单独交流。您这儿完事后，我们就带您一起过去。"

皓天很吃惊，不知道这藤原先生是何方神圣，不过了解到是日本人，他心里倒踏实了：该来的总会来，正要会会日本人。他转头朝谷亚兰那儿瞅了一眼，谷亚兰朝他微微点了一下头。

皓天收好了名帖："稍后拜会。大礼绝不敢收。"那三名男子也不管皓天愿不愿意，放下礼盒便转身走出会议厅，钻进了门外一辆豪华老爷车里。谷亚兰跟着他们走了出去。

皓天忙了一阵，到了傍晚五点来钟，商会里的人都忙完回家了。芙蓉陪在他身边，说："已经没啥人了，你也忙完了吧，咱们回家去吧。"

皓天说："你先回去吧，待会我还要见一个人。"

"什么人呢？改天见不行吗？"

"我也不知道要见的是什么人。不过我真想见一下，因为他说是我的老朋友。"

女人的直觉总是很准的，芙蓉狐疑起来："就是那个什么日本人藤原先生？男的女的？为啥这么鬼鬼祟祟？"

"名字叫藤原先生当然是男人啦。"皓天笑了笑说，"不过我哪儿认识什么日本人啊。人家说认识我，我估摸着可能是哪位老朋友故弄玄虚，那就非得会一会不可。"

芙蓉盯着皓天："现在女性也时兴叫先生。女权运动都这么些年了，你不会不知道吧，我看送你的礼这么精致，八成是女人。"

皓天求饶："哎哟，芙蓉老师放过我吧。放心吧，我坦坦荡荡，不做亏心事不怕鬼敲门！"

"去会会可以，早点回家。"芙蓉板着脸，满怀狐疑地走了。

皓天钻进了门外候着的豪华老爷车。

轿车穿过几条街道，行了约莫半小时，到一处胡同口停了下来。皓天下车跟着几个人钻进了胡同，来到一座门前。一名男子上了几级台阶，摁了几下铜门铃。不一会儿便有一名五十来岁的男人出来开了门，看到皓天微微一笑：“张先生，请里边来。”

几名青年男子并没有跟进去，中年男子请皓天在院里石桌前坐下来，说：“藤原先生稍后便过来，您先喝茶，我就不打扰了。”说完鞠了一躬，走出院子。

皓天环顾四周，这是一座幽静古朴的四合院，院中有一棵几人抱的老槐树，树下有一张古色古香的花梨木圆桌，桌上放着一壶茶，热气氤氲，茶香四溢。

皓天看半天没动静，忍不住喊了一声：“连个鬼影都没有，搞什么名堂？”

只听一声笑从东边一个房间传来，一个女子的声音很快便传入皓天耳中：“哈，张皓天，老朋友，你好吗？”

皓天仔细倾听这声音，软而不腻，轻而不浮，犹如醇酒，让人听了很舒服，但又实在想不起到底是谁的声音，定了定神说：“阁下难道是藤原先生，请现身。”这时，他相信芙蓉的话了，藤原先生可能是一位女子。

女子沉默片刻，才幽幽说：“我怕一见面，会忍不住哭出来。”皓天就隐隐听到一阵抽泣。

皓天一时如堕云雾：“你到底是谁，为什么要哭？”

只听东边房门吱呀一声，门开了。一名身着深紫色和服的女子从房间走了出来，但见她云鬓高耸，容貌秀丽，风姿绰约，笑靥如花：“皓天君，久违了。”

温柔的夕阳正好打在她身上，她浑身上下散发出一种动人的光晕。

皓天惊讶地看着女子："原来你是……你是……"

"久别遇故人。"那女子脚穿木屐，一步一步慢慢走下台阶，走到皓天面前。皓天只觉一股异香扑鼻而来，女子深深弯下腰来，"皓天哥，我是知春啊，这名儿还是你给我起的。"

再抬起头的时候，皓天看到她的眼中有点点泪光，她掏出手帕，擦了一下眼睛："我还是没有忍住，让你见笑了。"

皓天定了定心神，感慨地说："想不到居然能够在这个时候，在这个地方遇到你。你我都十几年没见了吧，幸亏我记忆力还好，眼力也不错。不然你变化这么大，真的认不出来了。"

女子重新沏了一壶茶，为皓天斟了一杯，悠悠叹息一声："那时候我才十六七岁，正是花一样的年龄。"

这女子正是当年皓天在河北保定认识的青楼女子，他当时还给她起了名字叫知春。

皓天忍不住问："你刚才说你还叫知春？可是他们怎么却叫你藤原？"

知春微微一笑："我现在叫藤原知春。"

"日本姓氏？"

"记得当年我们告别的时候我跟你说过吗？"知春看着皓天，"一个叫藤原的东洋人收我做干女儿，帮我赎身，我就去了日本。"

皓天一拍脑门："想起来了，当时我还担心你去了日本举目无亲，这日子怎么过啊。"看了一眼打扮精致的知春："看来知春妹妹在日本发达了。这回来北平是？"

知春说："看到我的名帖了？我这回来也是想在北平做点生意。不过今天嘛，咱们是老朋友见面，就喝酒，不谈正事儿。"说着打开了一瓶酒，给皓天和自己倒上了一杯。

皓天说："也好，不过要控制，家里有个老师把我当学生一样管。要是回到家闻到我浑身酒味，又要罚我面壁思过了。”

知春的神色微微变了一下，很快又恢复了平静：“看来芙蓉老师的确非常关心你……那你这酒是不是就不喝了？”

皓天一举杯：“我们家芙蓉你都知道了，看来你对我很了解啊。来，喝吧，干杯，知春妹妹，为我们的久别重逢！”

知春也充满豪气地端起了杯中酒：“干杯，皓天哥！为我们的久别重逢干杯！”

稍微喝了一会儿，寒暄了一阵，皓天便借口有要事站起来告辞。

皓天回到家中，对正等着的芙蓉把认识知春前前后后的事情细说了一遍。芙蓉叹息说：“这个女人也不容易。一个人孤零零跑日本去……她现在到底是什么身份？”

皓天把知春名帖上印的头衔说了一遍。

“看这个身份是日本经商的。如今中日关系这么敏感，你去见一个日本人还是要慎重啊。她是不是很漂亮？”芙蓉一边说，一边盯着皓天的眼睛，她看到的全是真诚：“嗯，我相信你。你现在成熟稳重，不会在外面乱来。”

皓天感叹：“得妻如此，夫复何求？”

芙蓉凑近到皓天身边，用力嗅了嗅鼻子，语带双关地说：“不过，张皓天同学，你现在的身份可不一般。别忘了，你现在可是北平总商会会长，你在公开场合的一举一动都不再是个人行为。”

此言一出，皓天不禁大感意外：“芙蓉老师，我还真没想到你不但是优秀教师，还有优秀政治家的潜质！”

“嘿嘿，张皓天同学，别以为我看不出来。你还是要小心一点。”芙蓉说，“你们就这么简单地叙叙旧？潜意识里我觉得她有些怪异，感觉她似乎还藏着许多秘密没说出来。”

皓天说："看来芙蓉老师又要改行做推理专家了。"

"可能是我胡思乱想吧，我总觉得她从日本来北平不止这么简单，似乎身负一种秘密的使命。"

"啊?"皓天故意张大嘴巴，"莫非她有什么惊天大阴谋?"

芙蓉摇摇头："惊天大阴谋看不出来，但是……说起这个，我这会儿忽然想起亚兰姐。近来我总有一种奇怪的感觉，感觉亚兰姐身上似乎也有一种神秘的使命感。今天在发布会上我看到她跟着日本人出去了，亚兰姐跟这个什么藤原知春一样都很神秘。"

皓天不禁暗暗佩服芙蓉的细心和神奇的第六感。他日常与芙蓉聊这个主义那个主义，就发现芙蓉思想上已经有了很大变化，对中国共产党也不陌生了。

有一次芙蓉居然跟皓天讨论共产主义究竟适不适合中国这种高大上话题，芙蓉说："一个幽灵，共产主义的幽灵！这幽灵也太神奇了，连我这个从来不关心政治的人也被整得五迷三道的。"忽然声音又变得悄悄的，"我觉得亚兰姐很有可能就是共产党，我今天在她的包里看到了一本《共产党宣言》!"

皓天"嘘"了一声："这话可不能乱说，现在日本人和伪政府都疑神疑鬼的，弄不好亚兰姐就被当作抗日分子抓了。"

芙蓉忽然有些担心起来："皓天啊，你说，亚兰姐要真是共产党抗日分子的话，咱们怎么办呢?"

这一会儿芙蓉又开始担心起谷亚兰来了："我今天听说我们邻近学校有一个老师被举报是反日分子，日本宪兵把他抓了起来，酷刑折磨了好几天，听说关在牢里什么也没说，最后被日本人给枪毙了。亚兰姐好像提到还认识这个老师，她不会有什么危险吧。"

"日本人太可恨了。"皓天说："我觉得以亚兰姐的能力，她肯定会非常善于保护自己的。你知道的这些信息以后要随时告诉我。我们也要注意保护好自己。”

芙蓉有些着急：“你没听明白我的话啊？我的意思是咱们要跟她划清界限，从此不相往来吗？”

皓天反问：“你觉得应该这样做吗？”

“你这是埋汰我，我是那种自私的人吗？”

皓天咳嗽一声，正襟危坐，开始了一番义正词严的演说：“芙蓉老师，我看你是有点杞人忧天了。亚兰姐连死都不怕，咱们经常跟她来往，也应该跟人家学习。我的意思是说，亚兰姐也是活生生的人，有血有肉的人，她不是魔鬼，不是不懂人情世故。她只不过是恰巧信仰了一种她认为值得信仰的东西，当初的国民党不也同样在到处宣传他们的三民理论吗？当初的革命党人不也为了他们的信仰付出了鲜血和生命吗？凭什么三民主义理论是正确的，共产主义就是荒唐的？这个世界难道只有一条道路才能行得通？那也未免太自大一点了吧。没错，我们是普通人，不该太关心政治，可我们也是人啊，难道就因为亚兰姐是共产党——我是说假如，假如亚兰姐是共产党，是抗日分子，我们就应该出卖她吗？当然不能了，因为我们也是活生生的人，也是有血有肉的人。我们成不了像她那样的人，但是我们完全可以理解她那样的人。我们有什么理由，有什么资格去出卖这样一个为了国家民族更美好的未来而奋斗的人呢？那我们还是人吗？”

皓天这一番慷慨陈词一下子让芙蓉哑口无言，过了半天才反应过来：“好你个张皓天，你这闷葫芦今天居然把我说得无地自容，惭愧不已，太无法无天了，赶紧向我道歉！”

皓天：“好了，我知错就改行了吧。芙蓉老师，我错了！”

“错在哪儿了？”

“错在我太会讲道理了，并且深入浅出，循循善诱，居然一下子盖过了芙蓉老师的风头。这太打击芙蓉老师的自信心了，我承认我有错！”

芙蓉嘻嘻一笑：“还别说，你刚才那一番话我还真是对你刮目相看。”说着“吧唧”亲了一口皓天，“我一下子就豁然开朗了，奖励你一个！”

皓天得了便宜还卖乖：“感谢芙蓉老师的宽宏大量。”

芙蓉也检讨自己：“说实话，这件事困扰了我好几天，一直没跟你说。现在我想通了，反正我们问心无愧，有什么可害怕的。”

晚上皓天出门遛弯儿，正碰上秀娥，看到皓天就赶紧走了过来。皓天说：“还真是好闺女，天天帮刘顺打理百货公司整得这么晚，还隔三岔五回娘家看看，你是大忙人啊。”

“现在那边生意越来越差，我有什么可忙的啊。”秀娥有些无奈地摇摇头，“皓天，没事儿你经常去看看刘顺啊。”

皓天说：“你还真别说，我正有事儿想找刘顺帮忙。正好碰着你，你回去跟他商量一下好不好？”

秀娥愣住了：“你真找刘顺帮忙？我还是有点不太明白……”

皓天说：“你听我说，现在北平城被小日本占了，吃的喝的用的啥都控制，我想着奶牛场还得继续做大。不过，我的南苑、西山两个牧场都被日本人占了，现在就德胜这儿还用着。地儿小了点，我想起来刘顺通州那有块草场，现在可以用起来，也算是为老百姓解决点实际生活问题。”

秀娥皱起了眉头：“可是那块草场也是刘顺的伤心之地啊，恐怕他……”

皓天劝秀娥：“你也别灰心啊，他现在不最听你的吗？我觉得他还是有想法的，可惜壮志难酬。这个时候就需要你来做工作了。顺子还年轻，人又这么聪明，不能就一蹶不振了。你得想办法让他东山再起啊！”

“我当然也希望他能够重新振作起来，可是你看现在客观条件也不具备啊。”

皓天真诚地说："秀娥，你就信我吧，他那块祖上留下的草场就是最好的客观条件！而且他已经经历了一次失败，俗话说：吃一堑，长一智。以他的聪明劲，只要他肯干，我再提供一切技术，他一定能干成点事儿的。"

秀娥感激地说："皓天哥，你真是大好人啊。刘顺曾经那么对你，你还这样。"

皓天叹道："我就是知恩图报。他爹是我表舅，没表舅我哪有今天啊。刘顺是我老表，我一直拿他当好朋友，好哥们儿。我上回也跟刘顺说了，天顺名字没改，随时欢迎他回来！"

秀娥满脸喜色："好好好，皓天，那等我回去我就跟他好好说说，等过几天我就给你信儿。大恩不言谢，我就不谢你了！"

秀娥这就回去劝刘顺了，刘顺会不会再回天顺公司呢？就算刘顺想跟皓天继续合伙，日本人和大汉奸黎建昌会不会从中作梗呢？欲知后事如何，请看下回分解。

第三十七回

父子俩尿淋汉奸　小伙伴粪泼日官

上回说到张皓天碰到秀娥，要她转告刘顺，欢迎回归天顺公司。晚上秀娥就对刘顺传达了皓天的意思，刘顺听完之后好一阵没吱声。过了半天才问秀娥：“那你的意思呢？”

秀娥一听，哟，开始服软了。不过秀娥还想将他一军：“我没什么意思，他又不是找我合伙。一切就看你的了，想合我举双手同意。真不想合我也没什么好说的，反正咱们现在的日子撑不死也饿不着，过得下去。”

刘顺苦笑：“你还挺乐观，该想想后路了。日本人巧取豪夺，照这样下去，我看用不了多长时间咱们就得老老实实等死！”

“可你不像是等死的人啊，你不老说那什么，哦对，车到山前必有路。”

“行啦，我还不知道你是在故意激我，要搁以前，你越这样我越不听。可是今时不同往日啦，我是拔了毛的凤凰不如鸡喽！”

秀娥白了刘顺一眼：“还凤凰，那以后就管你叫刘凤凰吧。”

刘顺终于说出了心里话：“咱说正经的吧，秀娥，我还真有点动心了。”

“你这话半推半就的，还装。”

刘顺站起身来大声说：“那好，我十分动心，非常动心，这行了吧！”

秀娥哈哈大笑：“行啦行啦，逗你呢，能从你嘴里说出这话，已经很不容易了。我说过了，你怎么选择我都支持你，嫁鸡随鸡嫁狗随狗嘛。”

刘顺长长吸了口气：“这几天我其实也想了很多，我以前就是太跟自己较劲，做人太偏激，以至于走了许多弯路。不过这样也好，吃一堑长一智吧。我现在想通了，真不能再这样下去了。我做了许多对不起皓天的事情，他不但不记恨我，还愿意再找我做事，真是用心良苦。和他比起来，我真是惭愧啊。”

秀娥劝刘顺：“也别老惭愧啊，你们俩也算是从小一起长大的，这么多年的感情在那儿摆着。既然他不计较，咱也就别多想了，以后踏踏实实好好做事，我看这就是对他最好的回报，你说是不是？”

刘顺点点头：“以后我就全力以赴，将功赎罪！”

秀娥心疼地说：“哟哟哟，真是把自己当犯人了。看得我都心酸了。”

第二天下午，皓天的办公室来了一位不速之客，皓天一看到此人，激动地差点从座椅上跳起来：“刘顺啊刘顺，你可终于来了！”

刘顺努力地压抑着自己：“皓天，我想跟你一起做事。”

“好啊好啊，痛快痛快！”皓天伸出手来，“刘顺，欢迎归队！”

刘顺也伸出了手：“我这掉队也掉得太久了。”

“我一直相信，凭你的能耐，早晚都会追上来。”

两个人的手紧紧握在一起，似乎又回到了踌躇满志的青春岁月。

两个人的心结都打开了，一切问题就都不再是问题。刘顺把百货公司彻底转让了，开始全身心投入到奶牛场的重建中去。这一次皓天做的是高级顾问工作，并没投入多大精力。这是刘顺主动要求的，他这次是彻底沉下心来，每个环节都亲力亲为。遇到不懂的也不像以前那样不懂装懂，而是不耻下问，非琢磨明白不可。皓天看刘顺干劲十足，跟以前完全变了样，心里自然十分高兴，也就放心让他去做。

皓天、刘顺高兴了，黎建昌却不高兴了。他想，我现在为大日本皇军效力，要风得风，要雨得雨，现在人前谁不敬我三分？你区区一个刘顺我还拿不下吗？

随着日本对北平的管制越来越严，黎建昌这个汉奸的心情是越来越好。那时候汉奸很吃香，一堆的地痞流氓争先恐后地加入汉奸队伍。黎建昌越来越精神焕发，一脸的春风得意，在他看来，这就是汉奸的春天到了，以后在北平他也可以为所欲为了！

黎建昌胆子也大了起来，一个人开着轿车到了刘顺家，咣咣咣敲起门来。刘顺刚刚吃过晚饭，听到有人敲门，开门一看是黎建昌，马上板起了脸："你来干什么？这儿没你干爹。"

黎建昌干笑道："哎哟，没想到刘大老板今时今日依旧威风八面啊。怎么，不请我进去坐坐？"

刘顺冷哼一声："你以为现在就蹦上天了？别看你现在人模狗样，你敢踏入我家家门一步试试？"

黎建昌还真抬起一只脚："我就进去一步了，怎么着？"

刘顺猛地伸手用力一推，把黎建昌推倒在地上："赶紧给我滚！"

黎建昌从地上爬起来，恼羞成怒："你还反了不成？我马上就找人把你抓起来你信不信？"

刘顺嘿嘿一笑："你以为北平沦陷了，你就可以无法无天了？我告诉你，即使日本人他也不敢光天化日之下拿我们怎么样，你这日本人的一条狗就更不用提了。不信你走大街上随时随地都会有人想要你的命，能活到今天那是你的造化。想跟我玩，你还真不够资格！"

黎建昌怪笑一声："刘顺啊刘顺，以前我还真高看你了，原来你也不过是不识时务的庸俗之人。今天我就把话撂在这儿，可别怪我没提醒你，你这是天堂有路你不走，地狱无门你……”

黎建昌话没说完，忽然有一桶浑水从刘顺身后朝他迎面浇了过来。黎建昌躲避不及，全给接住了，浑身上下被浇了个湿透。黎建昌懵住了：“谁，谁他妈不长狗眼？”

只见一名眉清目秀的少年从刘顺身后走到前头：“哎哟，真不好意思，刚才涮马桶，没想到就这么巧……真是对不起，长官您没事吧！”

这少年正是刘顺的儿子刘白。

黎建昌一听浇在身上的是马桶水，恶心得大吐：“你们父子俩是合伙欺负人啊，好，好，好，今天算我倒霉，放你们一马！”说完跳进车里逃之夭夭。

“好小子，你可真行！”刘顺弹了一下刘白的脑门子。父子俩哈哈大笑。

父子俩智斗汉奸，还有武林高手锄汉奸……那时候到处都流传着这些老百姓喜闻乐见的民间趣事，尽管这其中也有不少虚构和夸张的成分，但的确给大家的茶余饭后带来不少谈资与欢乐。

日本侵略者占领北平之后，成立了伪国民临时政府。北平局势看上去稳定了一些，人们的生活又重新步入正常轨道。然而在平静的表面下，一切却又显得不那么正常。日本表面上承诺大东亚共荣，说要与中国和平相处，实际在政治、经济、文化、教育等各方面侵蚀中国、奴化中国。尤其在文化教育方面，为了达到他们长期统治中国的目的，企图彻底毁灭中华文化和中华文明，开始把魔爪伸向文化教育领域，去实行他们的“奴化教育”。

沦陷之前，北平的教育事业相当可观，1936 年北平市各类公私立中学有 71 所之多，数量多，人数就多，影响就大，这自然就成为日寇的眼中钉、肉中刺。日本人开始以“整顿”的名义来逐步取缔其他学校，迫使青少年学生到由日方控制的所谓市立中学就读。那些势单力孤的私立中学怕日本人没完没了地刁难，也就只好忍痛关闭了学校。有的学生无处可去，还想继续念书，就只好进了市立中学，这正好钻进了日本人设计的奴化圈套。

芙蓉和谷亚兰所在的中学是国立中学，日本方面暂时拿学校没办法。不过随着形势日益严峻，免不了有风吹草动。校方也是谨慎应对，提醒学生在敏感时期不要过度关心政治时事，不要做一些出格的事情，一经发现将严惩不贷。

但即使如此，还是有几个胆大的学生不听校方劝阻，商量着要干一件“大事”。

这其中就包括张皓天的儿子张思飞和刘顺的儿子刘白。

刘白原来所在的私立中学被关闭了，在芙蓉的帮忙下转到了她所在的中学，这样他又和思飞在同一所学校了。思飞是孩子王，有几个同学挺崇拜他，整天屁颠屁颠跟着他，刘白一直想加入他们的队伍。起初思飞瞧不上他，说他是小白脸，还戴着个小眼镜，看上去真是腻歪透了，不过当刘白在他们面前发表了一次慷慨激昂的抗日演讲后，不由对他刮目相看，心想这家伙说得头头是道，有做狗头军师的潜质，那就跟我们一起吧。刘白挺高兴。

有一天，思飞、刘白上学时在校门口附近碰到两个日本兵。这两个日本兵是专门来这一片学校检查的，但常常带来的是无耻骚扰。他们刚从思飞、刘白的学校出来，骑着三轮摩托在胡同里横冲直撞，吓得居民和过路行人东躲西藏。日本兵看着中国人狼狈不堪的样子，哈哈大笑，甚至还拿出刺刀挑刺路上的小狗。他们恣意妄为，终于在胡同拐角处将一个老头撞翻在地，所幸老头往墙根闪避了一下，只是受了点轻伤。

思飞、刘白赶忙跑过去，把老人家扶起。还没等说话，那两个日本兵已经跳下了摩托车，一人揪一个的衣领子，啪啪啪就给思飞、刘白几个大嘴巴，嘴里“八格牙路”叽里呱啦地骂个不停。老头也再次跌倒在地，被他们又踹了两脚。踹完后两个日本兵骑上摩托车扬长而去，一路留下得意的狂笑。

思飞、刘白这个气啊。还不敢跟学校老师说，学校说过了，学生见到日本兵要远远地避开，如果生出什么事端来就要受处罚。他们俩就找了点清水，把脸上日本兵留下的黑泥擦了下，等红手印消退了点，再去上学。这一天的课两人都没上好。

放学后，刘白找到思飞，说：“这日本鬼子实在太可恨了，光天化日之下竟然随便打人、撞人。我一直想着好好整治一下他们。这回必须得有所行动了，咱们要整就整一个大的。可是只有我一个人不行啊，得咱们几个齐心协力才行。咋样，你想不想干?”

思飞一听眼一瞪：“想不到你这小白脸胆儿还挺肥，从现在起，你是我的好兄弟了。说，咱们怎么办?”

刘白把自己的想法噼里啪啦一说，思飞一拍大腿：“好，就这么定了，10 月 13 日行动!”

刘白说：“这些天我们还有点时间，一块磨合排练一下，一定要保证万无一失。”

思飞说：“没问题，大家聚一起排练!”

到了 10 月 13 日一大早，芙蓉吃早饭的时候叫思飞，却发现思飞根本没在家，留了张字条说有事先出去了。芙蓉觉得很奇怪，以往都是母子二人一起坐车去学校，也不知道今天他吃错了什么药。到了学校还是没见到思飞，芙蓉就有些慌了，不但没见到思飞，连其他几个跟思飞一起玩的同学都不见了，还有那个刘白也是不见踪影，看起来很像是早有预谋的集体旷课。芙蓉心里是又急又气，心想等见到他必须要狠狠地打他一顿，这孩子是越来越淘了。

思飞和刘白一共四个同学一大早就聚在北平伪教育局大门附近，他们要在这里干“大事”了。刘白早前看报纸的时候，注意到在报纸一个不起眼的地方有个小消息，说是日本的一名重要人物铃木二黑 10 月 13 日要到教育局进行视察，这正是他们几个今天要会的主角儿。

几个人都换上了一身破烂衣服，脸上抹了一层锅灰，手里还拿着一个脏兮兮的破碗，打扮得像要饭的叫花子一样。但是每个人的背上却都背着一个书包，看上去怪模怪样的，不细看还真认不出他们来。

到了将近中午时分，只见远处驶来两辆轿车，到了大门口轿车停下来，几个人从车上下来。刘白指着其中一名年纪约莫五十来岁的胖乎乎的日本中年男人说：“这个男人就是铃木二黑，大家认准了！”

思飞招呼大家：“赶紧唱啊，刘白，你先来吧！”

刘白说：“我嗓子昨天忽然有点哑了，不够响亮，还是你来吧。”

“好好好，我来！”思飞清了清嗓子，就唱了起来，“清早出门到黄昏，一餐没吃头昏昏，好心大爷和大婶，赏个碎银钱几文哟钱几文！”剩下三个小伙伴也跟着唱了起来。

几个人这一唱，那铃木二黑停下了脚步，朝他们看去。思飞一看这人注意到了他们，不由心中窃喜，更加卖力地唱起来：“我本快乐读书郎，爱学习啊爱唱歌，皇军皇军行行好哇，没有书读天天哭哟天天哭！”

这后边的歌词是刘白编的，铃木二黑问身边的翻译什么意思，翻译告诉了他。他想了想，忽然冲他们几个招了招手。那翻译大声叫了起来：“你们几个过来，太君有话问你们！”

思飞边走边小声对大家说：“大家准备好了，我喊的时候就一起行动！”

几个人到了铃木二黑面前，铃木二黑盯着他们，笑得很和蔼：“哟西哟西，你们的，可怜可怜的。我想让你们有很好的学上，接受我们大日本帝国的高级教育，一切学费全免，好不好？”

刘白一脸怯生生的样子：“太君，有没有饭吃？”

铃木二黑哈哈大笑：“哈哈哈哈！你说的是米西米西，完全没问题，想米西米西那就要好好读书！”

刘白说：“可是不米西米西我们就没力气读书！”

“嗯，很有道理！”铃木二黑忽然捏了一把刘白的脸，“你这个小乞丐还戴着一副小眼镜，非常可爱，就是身上有点臭，哈哈哈！”

这时靠前的思飞忽然喊了一声：“砸！”刘白迅速闪到一边。

几个小伙伴从书包里迅速拿出一团用布包着的东西，猛然朝铃木二黑投掷过去，然后迅速向反方向逃走。只听到背后一阵怒吼：“八格牙路，大便的，快，快，快抓住他们！”

铃木二黑猝不及防，脸上身上全是鸡屎狗屎人粪，这就是思飞、刘白要干的“大事”！

一边站着的两个保镖马上追了过来，几个小伙伴拼命地跑啊跑。思飞有意跑在后面，他讲义气，想掩护小伙伴们先逃走。忽然“哎哟”一声，思飞摔倒了！刘白回头一看，不禁焦急万分：“思飞，赶紧起来，跑，跑，跑！”

思飞可真够倒霉的，他被自己脚上球鞋的鞋带给绊倒了！这一下可坏了大事，已经来不及了，一个保镖像老鹰抓小鸡一样把思飞给抓住了！

思飞一边大喊：“你们别管我，赶紧跑吧！”一边还猛地蹬了那保镖一脚。

抓住他的保镖伸手狠狠抽了他两个大嘴巴：“小王八羔子，死啦死啦的！”思飞的嘴角瞬间流出了血。

眼看另一个保镖马上要追上来，刘白等几个小伙伴只得丢下思飞逃走。这些小朋友对附近的地势都非常熟悉，七弯八拐，很快就把追赶的保镖给甩掉了。

刘白害怕被日本兵截住，躲到天黑才失魂落魄地回到家，刘顺和秀娥已经在等着他。他们从芙蓉那里听说刘白跟思飞一块旷课了，左找右找也没找到，就回到家里等，正急得团团转。

刘白一见到他们就跪了下来：“爹，娘，我知道错啦!”

秀娥拽起刘白的胳膊，朝屁股上就是一巴掌：“刘白啊，你怎么开始逃起学来了？丢不丢人啊，你想把你爹娘气死啊！说，是你拉着思飞旷的学，还是思飞拉着你旷的学？上哪儿野去了?”

刘白带着哭腔说：“爹，娘，出事了，出大事了!”

刘顺本来也想好好教训一下儿子，一看刘白脸色，意识到不对劲了，拦住了秀娥继续打向屁股的手：“说，到底怎么啦?”

“张思飞他……他被日本人抓起来了!”刘白说着说着就瘫倒在地上。

刘顺、秀娥一下吓傻了，他们万没想到事情竟然如此严重。刘顺一把将刘白拉了起来：“儿子，快说，到底怎么回事儿?”

刘白哆哆嗦嗦，一五一十说了出来。刚一说完，秀娥再也忍不住，放声大哭起来，她没想到孩子竟然闯下如此大祸，真不知道该如何是好了，这怎么对得起皓天、芙蓉啊。刘顺狠狠地跺了一下脚：“赶紧去找皓天商量”，一溜烟走了……

思飞被抓住之后，那铃木二黑亲自上阵，照着思飞浑身上下一阵拳打脚踢。思飞够坚强，不管多么痛苦，始终咬着牙一声不吭。他越不吭声铃木二黑就越生气，最后打累了，气喘吁吁地说：“好好审讯他，给我好好查查指使他的背后黑手是谁!”

张思飞被戴上手铐坐上汽车，很快被带到了特务机关审讯室。审讯室连个窗户也没有，四周黑漆漆的。思飞躺在冰凉的水泥地上，感觉自己就像进了地狱，心里充满了恐惧和绝望。这时候他想到了爹娘，想到了他的小伙伴，他们知道他在这里吗？连他自己也不知道自己在哪里啊。

也不知在黑暗中过了多久，审讯室刺眼的灯光突然亮了起来，张思飞一阵晕眩，闭上了眼睛。一个声音传到他耳中："小朋友，听说你很勇敢，我非常欣赏啊，哟西。"

思飞不由睁开眼来，只见一名五短三粗的男子站在他面前，他穿着日本军装，脸上却带着温和的笑容，继续说："你好，我叫大串一雄。我这里已经很久没有来人了，一直很寂寞，现在你来了，说实话我有点难过……这么瘦弱的小身板，似乎很不耐折腾啊。"

思飞没有说话，又闭上了眼睛。他忽然浑身发起抖来，因为冷，因为疼，因为累。

大串一雄很关心地问："你是不是很冷？是不是很疼？"

思飞忍不住点点头。大串一雄满脸心疼："他们实在太残忍了，你还是一个孩子，怎么能这样对你呢？"他忽然大喝一声，"来人！"

一个宪兵从门外走了进来："大串大佐请吩咐！"

大串一雄摆摆手："马上打两桶冷水来。"

宪兵很快提着两桶冷水走了进来。思飞不知道大串一雄要干什么，这时候已是秋凉时节，日本人的审讯室犹如冰窖，思飞又冷又饿，浑身忍不住发起抖来。

大串一雄把手放进水桶里，然后在思飞脸上甩了一下，冰凉的水滴让思飞一阵战栗。

大串一雄轻声问他："舒服吗？"

思飞没有说话。大串一雄摇了摇头："看来还不够舒服。"他忽然站起身来，提起一桶凉水朝思飞身上浇了下去。

思飞终于忍不住痛苦大叫了一声。

大串一雄哈哈大笑：“看来这次舒服了！”他命令宪兵，“把他的衣服脱下来。”

很快思飞便被脱得浑身精光，然后宪兵强令他跪在水泥地上。

“你放心，我会让你再舒服一下。”大串一雄说着又提起了另外一桶水，浇了下来。

思飞大叫起来：“你杀了我吧，赶紧杀了我！”

大串一雄皱了皱眉头：“呵呵，你们这些小朋友动不动就寻死觅活的。生命很可贵的，一定要珍惜，再说我这么善良，怎么会舍得杀你呢？哈哈哈哈。”

这时宪兵忽然走了过来：“报告大串大佐，土肥原中将来电话了！”

大串一雄满脸遗憾：“哦，中将的电话？他怎么这时候来电话呢？我才刚刚给这小朋友带来了一点欢乐……”他朝思飞招了招手，“小朋友，等一下我再过来看你，我相信你会坚持住的，哈哈。”

大串一雄走出了审讯室，宪兵关上门，拉下了电闸。审讯室再次充满黑暗，此刻的思飞已经处于半昏迷状态。他想自己可能就要死了吧……

又过了大概半小时，思飞的身上似乎被一团被子包裹住了，身体渐渐温暖起来……

在日本驻北平特务机关审讯室待了一晚上，张思飞身上卷着厚厚的被子被两个日本宪兵抬了出来。不过一夜工夫，昨天还活蹦乱跳的少年就大变样了，发着高烧，脸色苍白，眼神迷离，用微弱的声音不停呼唤着爹娘奶奶，他已经处于半昏迷状态。

刘顺连夜跑到皓天家里，看着芙蓉也在急得团团转，知道皓天、芙蓉已经知道儿子的情况了。

皓天已经去过日本驻北平特务机关，但日本宪兵根本不听他说话，直接把他挡在外边。这是大串一雄吩咐的，先什么人也不见，刑讯逼供一阵看能不能逼出有价值的信息。

刘顺问："皓天，这可如何是好？要不我去答应做日本人那个什么劳什子大东亚共荣商会会长，看能不能把孩子换回来。"

皓天说："这是两码事儿！你只要答应，你就是名正言顺的汉奸了。况且，也不一定救得了思飞。"

芙蓉在旁边一遍遍念叨："皓天，怎么办？你快拿主意啊。"

看着芙蓉万分焦急、刘顺万分歉疚的样子，皓天反而冷静了下来。现在不是怪谁的时候，是要想出办法解决问题的时候。

皓天想到了知春，她现在是日本人，日本在北平组织的副会长，有一定身份，应该能帮上忙。可是，正因为她是日本人，如果现在求知春，岂不等于向日本人下跪了？这是什么示范效应？这不真就成亡国奴了！如果这个时候日本人用孩子的性命要挟我们，让我们为他们做事，我们又该如何？人的膝盖是不能软的，跪了就再也站不起来了，到时候我们被千夫所指，活的还是人么？况且党组织也不容许自己这么做！

党组织，对！有问题找党组织啊！上级领导陈程现在当上了北平国民政府教育局副局长，这事儿就其本质是发生在学校学生身上的事，属于他的管理范围，他应该说得上话。

陈程电话里听完皓天的叙述，沉吟了好一阵子，说："皓天，这事儿我今天也听说了。没想到被抓的是你的儿子。我想出了一记险着，也不知道管不管用。明天一早，你来我这儿，我跟你一块去宪兵队。"

陈程说的"险着"到底是什么"着"？能不能救出张思飞，请看下回分解。

第三十八回

兵行险着救孩子　兄弟齐心办公司

上回书说到张皓天的儿子张思飞被日本宪兵队关了起来，被大串一雄酷刑折磨。张皓天想不出好的救援办法，求助上级党组织。中共北平临时工作委员会副主任、党委副书记陈程决定出面营救。他想出了一记“险着”，什么险着呢？

原来中共地下党组织早就认真调查过大串一雄的底细。知道这个小日本嗜好下围棋，在全日本属于超一流棋手。大串一雄认为日本围棋天下第一，并且自诩军中第一，办公室、家中到处摆着棋盘。只要有人愿意跟他下围棋，他对其他事情基本就不管不顾了，为输赢愿意赌上任何东西。这几年他在中国遍寻对手，从来就没有输过。

陈程也是一位围棋高手。当时北京中央公园，现在叫中山公园，名闻天下的来今雨轩棋席中，他没少与北洋军阀段祺瑞门下棋客交手，练就一身棋艺。后来与天才神童吴清源多次过招，难分伯仲。现在吴清源已东渡日本，自创“新布局”横扫日本棋坛。

陈程就想，以棋相激，与大串一雄赌个胜负，看能不能救出张思飞。以张思飞作赌注大串一雄未必能看得上，还得以张皓天作赌注，这可能凶险万分。他把计划和盘托出后，皓天表示为救儿子，身犯险地、兵行“险着”都毫无畏惧。

再说大串一雄这边。大串是个特务，他做什么首先考虑的是他会得到什么利益。对张思飞也是一样，如果这孩子活着他能得到利益，他不介意放掉一个顽童，毕竟只是顽劣少年而已。被泼屎的又不是他。大串现在知道张思飞的父亲是张皓天了。哈哈，这可是个好机会。以张皓天在北平商界的影响力，如果能借助这件事让张皓天同意担任大东亚共荣商会会长，让北平的商人们就范，那可实在是一步妙棋。当然，如果张皓天顽抗到底，杀了这孩子也不是没有好处。至少可以威慑那些藐视皇军的中国人，让他们明白，如果对大日本帝国无礼，可以把他们当抗日分子杀死，即使是小孩子。

第二天大串一雄正在办公室给大小特务们开会，警卫悄悄走进来对他耳语几句。大串一雄闻言大喜：“哦，北平国民政府教育局副局长陈程携北平总商会会长张皓天来访……这两人都是我想见的知名人物。早就听说这陈程也是个围棋高手，好消息！快请，快请！”

不一刻，陈程、张皓天不慌不忙并肩走进大特务的办公室。大串一雄热情站起身，绕过椅子走过来，微笑着说：“陈程君、皓天君，久仰大名！一直想抽时间去登门拜访你们。无奈身为军人，国事繁忙，一直没找到机会，今天两位亲自前来，得以一睹风采，荣幸之至！”

说着向两人伸出手，要行握手礼。陈程抱拳一拱手：“久仰大串君大名，今日一见果然名不虚传！”张皓天假装没有看见大串伸出来的手，边抱拳说“久仰久仰”，边一掀袍襟，坐到了椅子上。

大串一雄大笑：“客气客气！陈程君、皓天君双双登门，实令蓬荜生辉啊。两位有何贵干啊？是遇到什么难处了吗？如果有需要在下效劳的地方，尽管说出来，哈哈。”

陈程一边扫了一下大串办公桌上的棋盘，一边彬彬有礼地回答：“大串君好意我们心领了！今天过来，不为它，与先生交流切磋耳。大串君围棋大国手之名早就如雷贯耳，在下也是一名围棋爱好者，心中仰慕得很。今天过来，只是与阁下切磋一下棋艺而已。”

“哈哈！陈程君过奖了。大串一武夫，围棋略通一二而已。早就听说陈程君是中国棋界高手，非在下能比啊。”大串一雄哈哈大笑：“正要跟陈程君请教，敢问中日棋手有何差异啊?”

这个问题不好回答，说重了容易闹翻，说轻了难以得到对手的认同。陈程略加思索，答道：“中国地域广阔，喜中原逐鹿，力战取胜；日本海岛偏狭，爱边角纠缠，负隅求生。”话锋一转：“大串君是中国通，对中日文化差异有何高见?”

大串一雄心中暗惊，这陈程不好对付。不过你既然问到文化，你们中国人能有什么文化啊：“哈哈哈！我们大和民族的文化比你们中国也就强那么一点点。”说是一点点，大串一雄把两只手臂使劲伸开，意思是差距很大。完了还不忘补上一句：“日本人并非如陈程君所言只在角上求稳，我们也擅长中盘力战取胜!”

看到已经把大串一雄的狂傲之气激起。陈程缓缓站起身来，继续相激：“大串君，如果单说围棋文化，这在我们中国自尧舜就有了的，唐朝才传至贵国。贵国可能对源自中国的博大精深的围棋文化知道得很有限啊，在下想给大串君讲一个唐朝之前的棋谱故事，不知有无兴趣一听?”

大串一雄精研围棋，各类棋谱早已烂熟于心。听说有中国古代珍稀棋谱，见猎心喜：“妙！妙！自当洗耳恭听!”

陈程顺手把大串一雄办公桌上的围棋盘和棋子拿了起来，放在茶几上，一边摆弄，一边说：“大串一雄先生博古通今，应该知道中国历史上的后汉三国时期，江东有一个国家叫作东吴。”

他一边说，一边随意地把黑白子摆在棋盘上，速度不快也不慢，口中却不停。

大串一雄心想，嘿嘿，今天有好玩的了，古谱来了。

“吴国的丞相叫顾雍，此人酷爱围棋。而吴国的太子孙休则很讨厌下围棋，他说下棋既耗费脑力，又耗费时间，容易耽误公事。顾雍痴迷于棋道，竟然不为所动。”

“顾雍大大的好！孙休大大的坏！”大串一雄瞪圆了眼。

陈程说：“顾雍的儿子顾邵病逝于任所，报丧者向他报告这件惊天大事。可是他正和宾客下一局棋，竟把报丧的书信放在一边，没事人一样继续下棋，直到把这局棋下完。丧子之痛不抵弈棋之乐。”

大串一雄拍手大笑：“顾雍好气度！真丞相也。同好同好！这局棋是什么样的棋，竟有如此大的魅力？”

此时陈程已经在棋盘上摆出了一个棋局，是一道复杂的死活题。他把棋盘往大串一雄身前轻轻一推，说：“白先，杀黑棋……大串君乃国士无双，军中第一，这局棋以为如何？”

大串一雄定睛细看后哂然一笑：“陈程君说笑了，摆出一盘如此简单的黄莺扑蝶手筋，不是太小看在下了么？白旗必胜！”

陈程两只手张开，放在棋盘两侧，看着大串一雄一字一字地说：“我赌大串君不能净杀黑棋。”

大串一雄严肃起来，说：“国运昌，棋运昌。围棋虽然起源于中国，但是真正发扬光大还是在东瀛。此等简谱我大日本三四流棋手执白亦必胜。若在下胜出，陈程君以何作赌注。”

陈程说：“就以昨天你们抓到的小孩张思飞作赌注，也就是在座张皓天先生的儿子。输了随你处置，赢了我们带走。”

大串一雄脑袋摇得像拨浪鼓：“不够不够，赌注太小。”

陈程说：“以大串君之意如何？”

大串一雄转向张皓天，恶狠狠地说：“你们如果输了，皓天君任我处置！”

张皓天在旁接过话头：“如果陈程先生输了，就请借大串君手枪一用，我当场把我脑袋打开花！”

所有人都惊呆了，怎么说着说着一盘棋成了赌命之局啊？皓天此时端坐椅上，虽然手无寸铁，却气势逼人，让人不敢直视。这不是棋艺的较量，这是精神的较量！是生死的较量！

大串一雄脑门上渗出了冷汗，他怎么也想不到这个中国商人居然要赌命！他有点骑虎难下了，如果自己不敢和陈程下这盘棋，将成为全军的笑柄。偏偏这时张皓天发问：“大串君如果输了呢？”

大串一雄抬起头，目光瞬间变成了一把刀子，这家伙把自己逼到如此狼狈的田地，真是吃了熊心豹子胆了！如果不是当着这么多部下，他有一万种办法整治这个中国商人，可是现在……

大串一雄是个自视甚高的人，他始终认为日本人高贵，中国人低贱。尤其在他最擅长的围棋上，他不可能低头认输。他又看了看棋局，这就是一个变种的黄莺扑蝶无疑。虽然变化更复杂，但是基本的手筋没有错，白棋比黑棋长一气，必杀黑棋无疑！

皓天一动不动地盯着大串一雄。大串一雄明白了，这个张皓天现在是拼死一搏，根本就没想要活着离开宪兵队。

大串一雄忽然从枪套中取出南部十四式军用手枪，打开保险，拉动枪机，咔嚓子弹上了膛，处于随时可以击发的状态！他慢慢地把手枪放在会议桌上，说：“赌！如果我输了，我的脑袋也开花！”旁边的大小特务一听都鼓噪助威。

陈程一摆手，示意白先：“请！”

大串一雄捏住一枚白子，思考良久，飞在了一路，这是黄莺扑蝶最关键的一步手筋。然而走了这步还不够，当黑 2 扳下来试图杀白棋的时候，白 3 要并在白 1 旁，这才是延气的关键一步。黑 4 只能挡，白 5 扳，黑 6 被迫贴，以下至白 9 是一本道，中场奋力搏杀，比黑棋快一气杀黑。得中场者得天下，赢在中场。

前几手都跟大串计算的完全一样，白 1 飞，黑 2 扳紧气，到了白 5 扳的时候，大串脸上露出了一丝笑容。胜负天平已经向我这边倾斜了，大串想。然而陈程黑 6 并没有贴，而是下在外围一个看似根本不可能的位置，以致盘中形势突变。这太出乎大串一雄预料了，他已经计算到后面十余步走法，没想到还有这么一记应着。当前局势下，即使他杀死角上的黑棋，边路的白棋也死定了，他自己损失更大！那岂不是输给这个中国人了么？这是无论如何不能接受的。

大串一雄的冷汗瞬间顺着脖子往下淌，他知道今天上了陈程的当，上了张皓天的当。如果他不是先入为主，认为一定可以用黄莺扑蝶的手筋杀黑棋，他怎么能看不清边上的变化？他可是角上肉搏的超一流棋手。这个棋手一直在诱导自己犯错误，而自己真的跳进了对手挖的坑！等于在最关键的战斗中走了一招闲棋，这棋已经输了一半了。

但是他不能放弃，那么多人在看着自己，自己绝不能输。自己输了就是皇军输了，日本输了，难道日本军人可以在智力上输给东亚病夫么？

他的大脑在紧张计算着，一步一步顽强抵抗，终于在第 17 手形成了一个金柜角，进入了一个超级复杂的变化中。

办公室所有懂棋的特务都站起来围在桌边，观看这场悬崖边的战斗，气氛紧张得让人喘不过气来，似乎能听到彼此沉重的心跳。张皓天也捏了一把汗，他看着陈程眼神深邃空渺，知道陈程也在紧张计算，胜负只在一念间。

陈程忽然沉声说：“我们陈家几辈先祖都痴迷棋艺，而且只研究边角上与黄莺扑蝶有关的变化。他们呕心沥血，传下了一本棋谱。我从 5 岁开始学棋，至今已经快40 年了，又为这本棋谱补充了很多变化。你不要以为下成金柜角就有了机会，你还是会输，而且边角都会死干净。你不是在和我一个人战斗，你是在和我们陈家几代人战斗。”

这是心理战，目的是取得心理优势，扰乱对手思绪，以气势制胜。张皓天暗自点头：夫战，攻心为上。

果然，大串一雄更紧张了。额头上开始溢出冷汗。他死死盯着棋盘，开始出现少有的昏招。尽管他竭力挽救，但一切按照陈程的预言发展，至 28 手，白棋不但不能净杀黑棋，黑棋快一气，白棋连边带角已经死得干干净净。

大串一雄豆大的汗珠一滴一滴落在棋盘上，脸上表情已经不是沉思，而是像野兽一样狰狞。

终于，他长长吐出一口气，把手中的一颗白子扔到棋盘上：“我输了……”然后虚脱了一般，全身瘫软在椅子上。

陈程慢慢站起身，抱拳拱手：“承让承让！好险好险！与先生手谈，受益良多，先生真名士也，下出了许多我们中国人不曾见过的精妙变化。放心，我们不会向任何人提起今日之事……告辞了。”

陈程向皓天使了个眼色，两人同时站起来，转过身，迈步向门外走去。办公室内大小特务一齐看着大串一雄，只要他有个暗示，就会一拥而上，把这两个中国人折磨得人不人，鬼不鬼。可是大串一雄什么表示也没有，只是呆呆地看着一片虚空……

是的，他不能杀死陈程和张皓天，至少现在不行。身为武士，输也要有尊严，包括死。杀死战胜自己的人？失信？这不是武士道。

终于，他下令：“去把那孩子放了吧。”

他明白，既然陈程、张皓天说过不会宣扬此事，就是说一命抵一命，放了那孩子，自己也不用自杀，一切揭过，就当什么也没发生……这大概就是他们想要的结局。

张皓天走出宪兵队大门时，手心里也捏了一把汗。他既没有把握陈程能赢，也没有把握这个大串一雄输了后会有什么表现，会不会恼羞成怒杀了他，甚至危及陈程教授的性命。我死不要紧，陈程先生牺牲的话，会使党的事业遭受更大损失。他想，是时候把思飞这个莽撞的孩子送到安全地带去了。

张思飞被放出来的时候发着高烧，身上忽冷忽热，被送进了医院，初步检查结果是重感冒。给他吃了退烧药后，思飞一直呼呼大睡。医生说问题不算太大，不过还需要继续留院观察几天。芙蓉算是放下一半心。

“皓天，你到底是怎么把孩子弄出来的？”刘顺到现在还不敢相信，自己这位发小居然有这么大本事，能从宪兵队里捞人，大悲大喜之下，他脑子里只剩下这个问题。

皓天微微一笑，说：“不是我救出来的，是陈程教授。”

刘顺说：“太厉害了。那我得向这位陈程教授多学习学习了。谢天谢地！思飞终于救出来了。我们家刘白呢，我得回去好好教训教训他。”

刘顺叫上秀娥去找刘白。刘白这两天在姥姥家，走路像猫一样，谨小慎微，蹑手蹑脚，话也不敢多说，饭也不敢多吃，不是可怜巴巴地围在姥爷姥姥身边，就是把自己关在小房间里。陈氏看了也心疼，替外孙向刘顺秀娥两口子求情：“这孩子这次可真吓坏了，吃一堑长一智，你们就放他一马吧。”

刘白也鼓足勇气说：“爹，娘，我知道错了，大错特错，你们生气也是应该的。那就赶紧痛打我一顿吧，这老悬着也不知道你们什么时候爆发，我想长痛不如短痛……”

刘顺黑着脸说：“刘白，我觉得你没错啊，你干吗要说自己错呢？我们干吗要打你骂你？”

秀娥也在一边帮腔："对呀，你们几个都是英雄啊。连日本人都不怕，应该受到国家表扬才对啊。谁还敢打你骂你呢？"

"我……"刘白哭丧着脸，"我们太冲动，太幼稚……"

刘顺嘿嘿一笑："怎么就冲动幼稚了？你们几个把鸡屎狗屎藏书包里，把小日本弄得浑身臭烘烘的，有出息，有尿性！"

刘白越听越迷糊："爹，您真这么想？"

刘顺反问："你说呢？"

刘白扭扭捏捏地说："反正吧，我觉得其实……也有值得肯定的地方，也不能全盘否定……"

秀娥冷哼一声："听见没？他是真没觉得自己有啥错！他下回还得害人家张思飞。"

刘顺苦口婆心地说："刘白啊，你们现在就是好好学习的时候，其他的事情不是你们小孩子能做得了的。你们的那些计划就像你们书包里的狗屎一样，压根儿不值一提，知道不？"

"怎么就不值一提？"刘白急了，"那个日本鬼子浑身都是屎，我们极大地打击了敌人的嚣张气焰！"

"放狗屁！真以为你打击了？"刘顺猛一拍桌子，"那思飞怎么回事儿？思飞因为这事差点把小命丢了，你就没一点反思？"

刘白嘀咕："反思就是计划不周，不该穿球鞋，都是鞋带坏了大事……"然后向刘顺秀娥作揖央告："爹，娘，事情已经过去了，我已经充分认识到错误，以后决不再犯了，咱翻篇儿好不？"

"神一出鬼一出的！"秀娥有点心软了，"这两天思飞在医院，医院到处都是盯梢的日本人。不方便去看，等他出来的时候我带你去看看他。"

刘顺说："思飞这次是代你受过了，你是出主意的。没你这狗头军师，生不出这档子事儿。好好给思飞道个歉。"

刘白放松了心：“嗨，都好哥们儿。哥们儿之间理解万岁，道什么歉啊。”这是刘白与张思飞闹别扭时两个人经常说的话。

刘顺本来想结束，没想到刘白又蹦出这句，脸色一下子沉了下来：“跪下。”

刘白心里一百个不情愿，还是扑通一声跪下了。

“你再把刚才的话连续重复一百遍才能起来。”刘顺说，“记住了，一百遍，一遍都不能少。”

秀娥在一边说：“是得好好治治这孩子。我帮数着！”

刘白心里也气，大声说：“哥们儿之间理解万岁，道什么歉啊！”

秀娥开始数数：“一。”

“哥们儿之间理解万岁，道什么歉啊！”

“二。”

李老三、陈氏在一边看着他们一家三口闹腾，哭笑不得，得！睡觉吧。

过了两天，思飞出院了。当天晚上，秀娥就带着刘白去了他家。

思飞正坐在床上低头发呆，短短几天，人就瘦了不少，精神状态也是萎靡不振，根本没注意到有人进来。秀娥、刘白看他这样，心里都很难受。

刘白小声叫起来：“思飞，我们来看你来啦！”

思飞这才抬起头，看到刘白，眼神亮了一下：“来了？”

秀娥说：“我是带刘白来跟你道歉的。”

刘白马上条件反射了：“哥们儿之间理解万岁，道什么歉啊！”

秀娥又开始帮数数：“一百五十八。”

思飞呆呆地看着，不知道什么意思。秀娥赶紧解释：“昨天刘白他爹让他把这话重复一百遍，他表现还挺积极。你看都变魔怔了，时不时就忽然来一句。”

思飞：“咳，哥们儿之间理解万岁，道什么歉啊！”这句也是思飞的口头禅。

“一百五十九。”

秀娥数完自己都笑了，两个小家伙更是乐不可支。

过了一些日子，张皓天提出请求被批准，中共地下党组织悄悄把张思飞、刘白送出北平，在河南与张皓天岳父秦桂龙、母亲王氏、女儿张思甜汇合，扮成难民一路向西到了延安。秦桂龙他们是虞亭华以放假外出游玩为名送到河南的，原因是淞沪大战国军节节失利，上海一沦陷，则南京危在旦夕，是必须撤离的时候了。

听到亲人们安全到达陕北的消息后，张皓天、刘顺松了一口气。现在是他们大展拳脚干事业的时候了。

天顺奶牛场重建工作进行得很顺利。这段时间刘顺脱胎换骨，完全变了个人，就跟当年皓天一样卖力工作，不管刮风下雨都坚守在奶牛场。皓天每一次去奶牛场，都能感受到他的深刻变化。人虽然越来越黑，越来越瘦，可是精神状态却是越来越好，对奶牛的专业认识也越来越深刻。士别三日当刮目相待，这话用在刘顺身上是再合适不过了。

奶牛场的重建工程仅仅用一个月时间便大功告成。这天秋高气爽，风和日丽，刘顺和皓天绕着全场走了整整一大圈。看到崭新洁净的办公区和生产区，皓天忍不住连连赞叹：“老表，你比我可厉害多了，你做得是又快又好，布局更加合理，规划更加精细。放眼望去，生机勃勃，让人心旷神怡，我就是想挑刺也挑不出啊！”

刘顺表现还挺谦虚：“你可别这么说，我这不还是跟你取的经嘛，依葫芦画瓢罢了。你当年一穷二白，条件能跟现在比吗？在那种条件下你都能够完成建设，那才真是了不起的壮举！”

皓天摇摇头：“真没法跟你比，你的头脑、思维意识可谓天赋异禀，我就算想学也跟你学不来啊！”

刘顺站住了，很认真地说："咳，要说以前我还真觉得自己就是天才，现在啊，我是明白了，我那全是小聪明，上不了台面的小玩意儿！这做人做事，就应该像你一样，简单、朴实、认真、踏实，除此以外，其他的都是旁门左道，走不远！"

皓天点点头："言之有理，听你这么一说，我刚才忽然有了新的想法。"

"什么想法？"

"我忽然想，往后咱们就别养牛了。"

刘顺莫名其妙："啥意思，这刚建成你就打退堂鼓啦？"

皓天表情很严肃："我的意思是，干脆以后咱们改职业吹牛吧，我觉得这方面咱俩都挺有天赋的。"

说完两个人一起哈哈大笑，好久没有如此开心大笑过了。

"从明天起，这儿的人就会越来越多，奶牛也会越来越多，你就好好干吧，我全力支持你！"

"谢谢你，皓天！"

"老表，没有你的支持，哪能有我的今天，咱俩谁也别客气了。"

"那好，啥也不说了，一起加油干！"

"兄弟齐心，其利断金，一起加油干！"

皓天懂技术，踏实肯干，刘顺擅经营，思维灵活。两个人可以说是绝配。再加上陈程、虞亭华的指导，王少川、牛大勇等的辅佐，很快，"天顺"再度成为北平老百姓餐桌上的"第一乳制品"品牌。天顺公司成为民族企业扛大鼎者。

然而，帝国主义亡我民族产业之心不死。1937 年 12 月，一场由美国、英国、西班牙等国在华乳商发起的，意图彻底毁灭北平本地乳商的营销大战烽烟四起，而日本在华乳商则趁机要吞并天顺公司。详情如何，请看下回分解。

第三十九回

天顺打了大胜仗　日人想收奶牛场

上回书说到洋牛奶公司在 1937 年底，集体发力，想要毁灭或吞并中国民族乳业公司，这是怎么回事儿呢。

日军在淞沪会战遭遇顽强抵抗 3 个月后，于 12 月上旬攻破南京城，开始丧心病狂的血腥大屠杀。日战区的北平为防抗日力量暴动，实施了战时最严格管制。生活物质基本上都由日本人掌控，按计划分给市民。日本人还特别限制商品价格，使得众多北平本地商家因为无利可图甚至赔本买卖而不得不关门歇业。乳商也是如此，小的奶场价格卖得太低，无法维持生计，掀起了关闭潮。

美国、英国、西班牙、荷兰、葡萄牙等国乳商看到机会来了，互相串通，图谋以一场营销大战彻底毁掉北平本地乳业。

12 月中旬，正是征集第二年牛奶订户的关键时期。洋乳商集体买下了京城十大报纸整版广告，声明订他们的牛奶全年价格优惠至五折，而且每订 1 年给订户送 10 斤洋糖果。全城设置了 10 个预订门店供市民预订。

这可不得了，五折优惠。由于战乱，牛奶价格一路走低。往常洋乳商品牌牛奶价格较之本地品牌牛奶价格也就贵了一倍左右。这一打五折，跟本地牛奶一个价了。而平时，洋牛奶都是以质量可靠、包装精美、服务周到闻名，因此价格高一些，对于家境宽裕者来说也是首选品牌，早就有不少常年订户。唯一在质量、价格方面与洋牛奶公司有一拼的是天顺，天顺主要用的奶牛也是洋奶牛，荷斯坦、娟姗、夏尔什么的，荷斯坦奶牛居多，加之管理、生产线都现代化，北平市民都信得过，价格比洋牛奶便宜约三成，相对洋品牌来说要更畅销一些。

这回，洋乳商主动打起了价格战，奶价现在比天顺还低了，不为别的，这是要将天顺的客户全抢过去啊。其他缺乏竞争力的本土牛奶公司根本毫无还手之力，因为再降就只有吃土的份儿了。

不只如此，第二天十大报纸又是整版广告，说这些洋牛奶公司的北平全年订户已经超过两千多家，全北平一订整年的客户都超不过一万去。这就给市场造成了一种假象，洋牛奶公司价格战非常受欢迎，品牌洋牛奶非常畅销，全城老百姓都在订他们的奶。

北平牛奶市场乱套了。不少市民都跑到洋牛奶公司排队订奶。不光是牛奶好，牛奶价格低，还有 10 斤糖果送，马上 1 月 1 日就是元旦，1 月 31 日就是农历春节了呀。老百姓疯狂了，连日常散着买奶的也愿意掏出钱来订全年的，还有糖果便宜可图呢。洋乳商这个宣传战效果十分明显，头一天就成了全城焦点，第二天他们的销售势头更猛，一大早各洋乳商预订门店就人头攒动了。

张皓天、刘顺第一天就发现了势头不对。张皓天一看报纸："这些洋乳商集体打广告，目的不良啊。"

刘顺则很快得到了市场反馈的消息："天顺公司的部分老客户已转而订洋牛奶了"。

张皓天和刘顺赶紧从洋乳商那边找了几个内线，到夜里 12 点时了解到当天老外实际销了也就约二三百家，并没有报纸上说的两千多家那么多。

张皓天稍稍镇定了些，与刘顺汇总情况连夜商讨对策。

时不我待，第二天上午张皓天反击了。天顺紧急征集了100辆马车，车体广告、彩旗广告尽出，找了一些声音洪亮会吆喝的主：“好喝好买，天顺牛奶”，“天顺牛奶，现场即买”。喇叭锣鼓吹吹打打，城区内胡同街巷全走遍。边走边发传单，边订牛奶，现场还可以免费品尝。价格呢，跟洋牛奶公司一样，也降五成。总的看，我还是比你们便宜差不多三成。另外，每名订户送10斤大豆油，承诺鲜奶当天送货到门。这大豆油啊，比糖果要更实惠一些。

到了中午，刘顺还找了几个大媒体，增印特刊，将天顺的优惠信息发布给千家万户。搞这个刘顺轻车熟路，早前干过很多回了。

打五折？这就基本上赚不了钱了。张皓天、刘顺怎么考虑的呢？先不谈赚钱，先争取到足够多的用户，能保证奶牛场的正常运营，保住民族奶业。洋牛奶公司不赚钱是撑不住的。

果然，一周后，北平约一万家全年牛奶订户基本有了分配。天顺牛奶占了约七成，集体打广告的这些洋牛奶品牌占两成多，还剩一点份额就由其他小鱼小虾们瓜分了。洋牛奶品牌因为成本高，价格卖得太低，后来没过多久也倒闭了将近一半。

天顺牛奶打了个大胜仗，再度声名鹊起，如日中天。

张皓天、刘顺都被评为北平商界模范。刘顺以多数票优势重新加入北平总商会，并且担任了会长助理，辅助张皓天。熟悉张皓天、刘顺的人大都很为他们感到高兴。

但有一个人却很不高兴，谁？黎建昌。

黎建昌非常不高兴，眼睁睁看着刘顺和张皓天的关系简直是如胶似漆，他受不了。在一个月黑风高的夜晚，黎建昌仰天长啸，非常悲愤：“张皓天啊张皓天，刘顺是我的人啊，凭什么被你张皓天给收买了？女人你跟我抢也就罢了，男人你也跟我抢！”

这天刘顺办完事，被一直跟踪他的黎建昌堵上了：“刘先生，别来无恙啊！”

刘顺一看是黎建昌，心里就非常不舒服，“我刚才怎么听到一只苍蝇嗡嗡乱飞啊，太讨厌了！”

“刘先生很幽默啊，没关系，只要你开心，我也就开心。怎么样，我们好好谈谈吧。”

刘顺哼了一声：“不好意思，跟你我还真没什么好谈的。”

黎建昌歪着嘴，吧唧吧唧说起了风凉话：“我一向觉得刘先生是识时务的聪明人，怎么如今性情大变呢？你看，想不到当年风光无限的百货公司董事长刘先生如今居然心甘情愿跟在别人屁股后头，这也太堕落了。真为你感到难过啊，连你都这样了，这个世界还有什么意思？”

刘顺冷冷地说：“活着没意思，想死总是很容易的。”

“那你教教我啊，怎么死？”

“跳河死，跳楼死，撞车死，上吊死，都行……”刘顺轻蔑地看了黎建昌一眼：“不过，对于怕死的人来说，只能等死一条路了。”说完转身就走。

黎建昌在背后讪笑：“那咱就看看，谁在这个世上熬的时间长！”

这两三年来，黎建昌对刘顺始终是贼心不死，不抛弃，不放弃。因为他坚持认为只有让刘顺出马才会对张皓天构成真正的威胁和打击，所以他一定要让刘顺做大东亚共荣商会会长，时不时就找机会撩拨一下刘顺。刘顺不愿意搭理他。刘顺心里厌烦透了，这汉奸真是阴魂不散，可是又拿他没办法，怎么办呢？一听说他来了，就马上溜之大吉，我惹不起还躲不起吗？

黎建昌知道刘顺躲着自己，可是他一点也不着急。

因为他爹黎大帅说：“能逮耗子的猫那绝对不是好猫，能玩耗子的猫那才是好猫！什么意思呢？你要直接把耗子逮住了，那人家主人就觉得你没用啦，还稀罕你吗？说不定哪天看你不顺眼就把你给赶出去了！”

“哎哟，很有道理，果然是老奸巨猾啊！这么说刘顺就是我的小耗子了，不能轻易把他干掉对吧。”黎建昌给他爹倒了一杯牛奶。

黎大帅说：“人家刘顺可不是耗子，是你大爷！”

黎建昌生气了：“是你大爷！”

黎大帅很着急：“唉，你怎么不明白呢，我的意思是说你得把刘顺当大爷给供起来，把他养肥了！他可是北平商会会长的好兄弟，现在又是会长助理。这个身份很重要，关键时刻说不定会救你的命，所以千万不能有个什么闪失，不然你就玩完啦！”

黎建昌冷冷盯着黎大帅：“你想得很长远啊，真是聪明的老家伙。”

黎大帅仰天长叹：“没办法啊，我的余生还得指望你啊，皮之不存，毛将焉附？咱们父子这是相依为命啊。”

“听你的意思，将来皇军很有可能会完蛋？”

“很有可能啊，你想想，咱们中国从古至今，什么时候亡国亡种了啊？”

黎建昌想了半天想不明白：“没有，那是为什么呢？”

“笨蛋！”黎大帅很焦虑，“因为我们这个民族几千年了，生存和同化能力实在是太强了，而且幅员这么辽阔，小日本它想占也占不过来呀。”

“笨蛋还不是你教育的？”黎建昌很生气，“那咱们咋办呢？”

“咋办？你别觉得你现在当个汉奸就了不起了。别觉得现在日本军队厉害它就可以称霸世界了。学着点，这世界上比小日本强的多了去了。况且，日本人毕竟是在中国的地盘，到处都是中国人，杀得完吗？最后鹿死谁手很难说！中国要胜利了，你以为你有好果子吃啊，你这正宗的汉奸！”

黎建昌气哼哼地说：“你说话我怎么那么不爱听呢？你以为我愿意做

汉奸啊，那还不是为了生存吗？没我的好果子吃，你就那么兴奋，你究竟是不是我亲爹啊？”

黎大帅苦口婆心：“所以啊，孩子，你也不能太得罪这刘顺，要不然到时候他第一个先把你给崩了！中日还得耗战多少年呢，你一个小汉奸瞎操那么多心干吗？那些派到中国来的皇军也是朝不保夕，眼下也都在混日子，大家一块儿瞎混呗，是不是？”

“原来如此，原来如此啊，哈哈哈哈！”黎建昌恍然大悟，忍不住要抱住黎大帅亲上一口：对呀，既然大家都在混日子，我又何必如此卖力呢？那可太亏了，混吃等死，死了拉倒，善哉善哉！

黎建昌从此也就对刘顺睁只眼闭只眼，不再那么上心了。

天顺奶牛场暂时清静了一段时间。不过。仍然有人惦记，谁？藤原知春。

藤原知春为何惦记天顺奶牛场？因为她想收购天顺。

皓天从中共地下党组织获得了情报，这个藤原知春确实是日本三条财团的董事长，一个地道的日籍商人。三条财团在日本能排进前四，与其他三大知名财团互为犄角，互相支持，势力很大。该财团主营食品、房地产、化工、纺织、成衣、新材料开发等，涉猎很广，汽车、电子、大型机械都做，甚至还染指军火。与日本军界、政界关系匪浅。推测她来中国，除了想来做生意发财，也可能刺探中国商业情报，供日本利用。就是说，她是一个被利用的商人。但是她原本是中国人，中共地下党上级组织指示张皓天摸清藤原知春的底细，看能不能为我所用。

皓天就想再会会知春。正好，藤原知春再次向皓天发出做客邀请，皓天很爽快地答应了。

见面地点还是上次那座四合院，知春站在台阶上迎接皓天。这次见面她没穿和服，换成了一袭黑色旗袍，嘴唇涂成了暗紫色，整个人看上去神秘冷艳，贵气十足。

皓天一抱拳：“知春啊，上次咱们见面还没怎么说话就结束了，后来我就一直想着好好问一下你。”

知春似笑非笑：“真的这么关心我？还以为你从此不想见我了。”

皓天很真诚地说：“你是我的朋友，我当然关心你。只是我最近比较忙，所以就耽搁了……”

知春打断了皓天：“朋友？对，咱们是朋友。既然是朋友，简单一点好。”

知春沏了一壶新上市的铁观音，两个人坐在院里老槐树下边喝茶边叙说往事。当然，主要是知春讲，皓天听。

原来，东洋生意人藤原将知春赎出来后，带到了日本横滨。名义上是做女儿，但其实是做藤原的老婆。她问皓天，“这种关系是不是很古怪？”

皓天叹息一声，不知该如何安慰知春：“我想当时你最需要的是生存下去……不过这一切都已经成了过去，现在的你不是很好吗？”

“也许吧。”知春的目光变得空洞起来，“我用我的肉体、我的尊严，用我的自由、我的忍耐，终于熬到他死，然后才有了现在的一切。藤原长年奔走在中日两国之间做贸易，逐渐成为日本最负盛名的财团老板之一。藤原还有一个儿子，在他父亲死后，他怕我分家产，一直要赶我走。可是我如果走了，那么我所付出的一切不都全没了吗？如果换了是你，你会轻易离开吗？”

皓天点点头：“我理解。”

知春苦笑着继续说：“原本我的确拿他没办法，只有死皮赖脸耗着，任他打我，羞辱我，我就是不走。我宁愿死，都不愿意再走了，我一个在异国他乡的孤苦女子，能去哪儿呢？也许连上天也可怜我吧。我终于等到了一个机会。”

皓天忍不住问："什么机会？"

知春忽然大笑起来："在一次黑帮火拼中，他被干掉了。他的样子本来看上去好像能活一百岁，就在当天下午，他还用鞭子打了我一顿，打得我皮开肉绽。可是当天晚上他居然莫名其妙忽然就死了，哈哈哈哈！"

皓天看到她的眼中忽然涌出两行泪水，可是脸上却分明又在大笑，表情极为古怪，她变得歇斯底里，甚至有些疯狂。他看得心里不好受，把手帕递给知春："痛痛快快地哭吧，痛痛快快地笑吧。这些年你实在受了太多苦。"

知春接过手帕擦了把眼泪，很快恢复了平静，微笑着说："可是我继承了藤原的遗产，加上诗书酒茶会一些，在各种应酬场面周旋得开，藤原家族的生意能够继续维持下去。所以这一切付出就都是值得的，对吗？"

皓天鼓励说："知春，过去的就让它过去吧。好的我们就用心藏起来，坏的那就把它当成一个噩梦。醒了，一切就都烟消云散了。"

知春含笑看着皓天，用力点点头："谢谢你，现在一切都好多了，我终于从噩梦里逃出来了。"

皓天说："那么咱们还是说说你的现在吧，你现在做什么，我能帮你什么吗？"

知春盯着皓天："我想收购你的奶牛场！"

"为什么？"

那藤原知春这两年一直在日本和中国两国之间游走，进行各种民间经济贸易活动。三条财团财大气粗，参与的贸易类型有很多种。而在最近半年进入北平后，三条财团更是大手笔，一口气在北平创建了三家公司和工厂：三条制泥厂、三条印刷厂、三条电灯公司。三条财团如此大规模的动作引起了中日双方的注意，而三条财团的幕后主宰——藤原知春也被无孔不入的新闻媒体给挖了出来。而藤原知春保持低调，谢绝一切采访，这就让她显得更加神秘。

知春没有正面回答皓天这个问题。她说："我小时候，一直吃不饱，穿不暖，曾经拿谷糠当饭吃。现在北平沦陷了，我看到好多人生活比我当初还难过，我就想着应该做些什么。我看到许多人能高高兴兴上工了，他们因为有了工作机会就可以吃饱吃好，这样我就会很开心，感觉自己总算是有点用了。"

皓天大感意外："知春，真没想到原来你是为了这个！"

知春淡淡一笑："怎么，很奇怪吗？我看上去就不像是能做点好事的人吗？"

皓天一时语塞："这个……你不是早已加入了日本国籍吗？怎么……"

知春的眼睛变得明亮起来："那只是表象。我从来没有认为自己是什么东洋人。况且，有些东西是不分国界的。"

皓天不禁感慨："你这个国际友人都能做到这样无私，让我忽然感到很惭愧。"

知春半开玩笑半认真地说："别谦虚，我这些就是跟你学的呀。是你让我一直觉得惭愧好不好？"

"不敢当啊不敢当。我做的事情远远不够，总是觉得自己能力太小。"

"那么，现在有个机会。日本政府希望我们三条财团在北平成立牛奶公司。牛奶方面我是啥都不懂。但我有的是资金，也能从海外买来更多优质奶牛。我可以帮你把奶牛场规模做得更大，为更多的老百姓提供牛奶，你愿不愿意？"

皓天故意开玩笑："啊？你要养奶牛？这奶牛可不好养，那可都是功夫。"

知春一脸认真："没关系啊，我只要这个奶牛场，我请人来养。"

"请谁啊？"

"你！"知春定定地看着皓天，"非你莫属，你把奶牛场转让给我，然后我再反过来请你管理奶牛场。"

皓天觉得不对劲了："不是，我还是不太明白，看你这一本正经的样子，你是说真的？"

知春点点头："绝无戏言。"

"咱就别卖关子了，你就直截了当吧，到底是什么意思？"

知春郑重起来："为了你不被日本人刁难，为了保护你的奶牛场。我认为目前这是最好的办法。"

皓天明白了，知春是想利用自己的日本人身份买下奶牛场，这样就可以避免危险。他心中不由大为感动："知春妹妹，我终于明白你的好意，你想得真周到，我谢谢你。"

知春露出意味深长的微笑："皓天哥，不必谢我，我就是有点钱，恰巧又是假日本鬼子。你同意，咱就尽快签合同吧。"

皓天却摇了摇头："可我还是不能答应你。"

知春愣住了："为什么？"

皓天语重心长地说："因为我现在是北平总商会会长。你想啊，如果我都把奶牛场卖给日本人了，其他的商会会员会怎么想？尤其在这个时候，每个人都六神无主，我忽然来这一出，这就是在大家的心口上又插了一刀啊。"

知春沉默了，过了片刻才叹口气："你想得太复杂，看来我是无法说服你了。"

皓天笑笑："知春，你的好意我心领了，但是我不能这么做。我这么做就是抛弃了商会那些信任我的人，我这样做跟那些卖国的汉奸又有什么区别呢？"

"好吧，你一向都是很有主意，又有责任心的人，我还能说什么呢？"知春无奈苦笑，"但是你一定要答应我一件事。"

"说。"

“在这个节骨眼上，你可一定要注意保护自己，不要被日本人抓住把柄。”知春加重了语气，“在这个时候，活着比什么都重要，因为只有活着才会有希望。”

知春的话语充满关切之情，皓天看着她充满沧桑的模样，百味杂陈地点点头。

知春问：“是不是嫌我话说得太多了？”

皓天摇摇头：“没有。我是在想，中日军队交战归交战，民间交流还是可以正常进行的。”

皓天心想，知春本人看来对他的奶牛场是没有动什么坏心眼了。那么，她在北平扮演的只是一个纯粹商人的角色吗？

皓天猛然想起谷亚兰说起的一个事情，就问知春：“你知道东城的日中亲善俱乐部吗？”

知春点点头：“知道。我是那个俱乐部的贵宾会员。每个礼拜六晚上聚会。中国人只有获得日本贵宾会员邀请才可以进去。”

皓天笑道：“你可不可以邀请我去见识见识？”

知春哈哈一乐：“当然。不过你得带着尊夫人。”

到了周五，知春给皓天寄来了邀请函。皓天决定带芙蓉前去出席俱乐部晚宴。皓天去干什么呢？原来他是想找出一个给日本特务机关长滋水四郎提供情报的大汉奸。他听谷亚兰说过，这个大汉奸在伪北平政府教育部门工作，具体是谁目前还不清楚，只知道不定期会到日中亲善俱乐部给他的日本主子传递情报，使得不少进步学生被逮捕甚至杀害，中共在北平高校的地下组织也多次遭到破坏。有一次陈程都差点暴露了。这需要皓天深入虎穴去查探一下。

因着这次查探，给皓天提供帮助的知春面临被刺杀的危险。欲知后事如何，请看下回分解。

第四十回

入虎穴只为除奸　再行刺知春遇险

上回书说到张皓天接到知春的邀请函，决定礼拜六晚上带着芙蓉去出席日中亲善俱乐部的晚宴，看是不是能碰上与日本特务机关长滋水四郎接头的伪北平教育部门大汉奸。皓天劝了芙蓉半天，说这个特殊时刻需要多了解日本人的动向，以便更好地为国家服务。知己知彼，百战不殆。芙蓉日常受皓天、谷亚兰等人的革命进步思想影响，已经隐约感到皓天在从事一项为民族解放奋斗的事业，加上也想认识一下知春，最后终于答应了。临行前皓天向谷亚兰、陈程秘密汇报了行动计划。

日中亲善俱乐部位于东四的一条胡同里。整条胡同现在都被日本人占据了。除非有日本特务机关或者军部的特别通行证，其他的车子只能停在胡同口对着的东四大街上，人下来一步步走进去。胡同两头都有日本人开的酒馆，里边鱼龙混杂，日本人在这里醉生梦死，寻欢作乐。拉着一些汉奸地痞酗酒、吸毒、赌博，乌烟瘴气。走到胡同中间，南侧是一座三层的白楼，外边被高高的围墙挡着，墙顶上还有铁丝网。经过三重日本门卫才能进入到白楼里。这栋白楼所在地就是日中亲善俱乐部。

白楼一层是俱乐部大厅，金碧辉煌，中间是个大舞池。靠里侧有一个高台，有一些东洋乐手在那儿吹拉弹奏，还有几个打扮妖艳的日本歌伎在唱歌。东西两边放了一些桌椅，摆了不少酒水点心。这里坐的大多数是日本军官，得有一百多人，看打扮海陆空军、特务、维护治安的宪兵都有，也有约莫二十来个中国人。

牛大勇开车送到胡同口，皓天、芙蓉穿过胡同进入大厅的时候，知春已经站在门里等待了好久。见芙蓉着一袭旗袍，旗袍上一朵荷花亭亭玉立，眼如秋水，素面示人，不禁赞道："原来你就是芙蓉？当真是清水天然！"她用的是李白诗意"清水出芙蓉，天然去雕饰"。说着伸出手要与芙蓉相握。

芙蓉对着知春上下打量一番，见她穿一身紫色和服，上面点缀有一些红白的小花，腰系宽带，脚蹬木屐，显得华丽典雅，不可方物。伸出手来："原来你就是知春？果然是红紫芳菲！"她用的是唐代诗人韩愈《晚春》的诗意：草树知春不久归，百般红紫斗芳菲。

两人同时会心大笑，仿佛一对老朋友。

知春大方地伸出手："我是该叫你一声嫂子呢，还是该叫你芙蓉？"

芙蓉说："叫我名字吧，知春。"

知春赞道："真是人如其名，皓天哥，你有芙蓉陪着真是最大的幸福！"

芙蓉见知春生性坦诚，也就放了心。

知春带皓天、芙蓉在大厅里走动，凡是认识的都给他们一一介绍。皓天认识了不少日本高级军官和商人，也认识了几位跟日本人打交道的人，但没有在教育部门工作的。一圈下来，芙蓉已经不堪其累，对皓天和知春已经心里有数，就借口身体不适回家了。皓天将她送到胡同口，让牛大勇开车接回家去。

皓天回到俱乐部，以交友为名，邀请知春主动去认识其他二十多个中国人。然而并没见到自己怀疑的人物。难道今天还没来？或者是今天不来了？

皓天坐下来，与知春慢慢喝着清酒，听歌伎唱日本歌曲。皓天琢磨着，提醒自己不要急躁。

几首歌唱完，开始播放舞曲。知春邀请皓天跳舞。皓天不会，想推辞，知春执意要跳，皓天只好进了舞池，在知春的指导下走舞步。

跳了几曲，皓天开始不用看着脚尖走步了，就抬起头看四周。跳到慢舞时，他悄声问知春："滋水四郎先生你认识么？"

知春略一扬头，示意皓天往楼上瞧，轻声说："二楼设有日本特务机关科。"

皓天往楼上望去，只见二楼站着一名三十来岁的日本壮汉，着大佐军服，两手撑在栏杆上，目光柔和地盯着舞池。此人即是日本驻北平特务机关长滋水四郎，出身屠户之家。从军之前卖过两年猪肉，身材极为健壮。平时表面上看一团和气，整天笑呵呵，其实是个笑里藏刀的家伙。在中国没少抓捕抗日分子。他最大的喜好就是研究各种刑讯逼供技术，让人求生不得求死不能，所以他有个绰号，叫"皇军屠夫"。上边看他很有一套，于是派他到北平来主持特务工作。他主要抓抗日分子，而另一个特务头子，也就是大串一雄，主要负责寻找伪政府傀儡、扶持汉奸。两人分属日本军部两个不同的特务机构，都是大佐军衔。

皓天再一观察，从一楼到二楼，从二楼到三楼，楼梯口分别有两个日本卫兵把守。上去的人一楼二楼分别要对口令。皓天与滋水四郎目光相碰的时候，发现对方眼中的一丝寒光。皓天假装没在意，与知春继续跳在一起。

又跳了一会儿，皓天瞥见一个日本卫兵走上二楼，鞠躬低声对滋水四郎说了句什么。滋水四郎点点头，进了二楼一间会议室，会议室门敞开着。

那个日本卫兵下了楼来，穿过舞池，径直走到大厅门口，对外边正在候着的一个男子低声说了句什么。那男子穿着一件黑色大风衣，领子立着，整个脸几乎都罩在领子里。顶着一个鸭舌帽，耷拉着头跟着卫兵走了进来。

一曲舞正好跳完，风衣男子贴着墙边走，没跟任何人打招呼。张皓天对知春说："失陪！我去趟厕所。"径直朝那男子走了过去。男子见有人迎过来，头埋得更低，步伐加快了。两人擦肩而过的刹那，男子有意脸朝墙面，侧身对着皓天。皓天看到男子还戴了一个黑色大口罩，完全看不清脸。男子跟着卫兵走到楼梯口，说了句口令，走到二楼楼梯口又说了句口令，就走进了那间开着门的会议室。卫兵拉上门站在门口候着。

皓天心想，这可能就是组织上说的那个伪政府教育部门的大汉奸了。从打探到的消息来看，这个汉奸与滋水四郎一般密谈一小时左右。皓天借故要上厕所想上二楼再探探，被卫兵拦了下来，说一楼就有厕所。怎么办？他想了好几种方案，觉得都容易打草惊蛇。而且这里戒备森严，进来时能感觉到门口和院墙边的几个小屋子可能都是暗堡，里边埋伏着日军，架有重型武器。稍有风吹草动就可能暴露身份，甚至白白牺牲了。

又跳了两曲，皓天估摸着对方交谈还剩半小时。他决定先去胡同外通知谷亚兰。这是事先约好的。告诉她自己见到的可疑人物，再计划下一步。

皓天就跟知春说已经比较晚了，到街上公用电话亭打个电话给芙蓉报个平安。知春点点头，这时候有一名日本军官邀请跳舞，知春再度进了舞池。皓天起身往外走的时候，看到大串一雄带着黎建昌进来。皓天不想在这里跟他们打照面，借助人群遮掩，避开他俩的目光，走了出去。

皓天走出胡同。在街的斜对面有一个奶茶馆，屋檐下挂着六盏红灯笼，发着幽暗柔和的光。这家奶茶馆已经被皓天收购了。正是打烊时刻，只有谷亚兰一个人在里间喝茶。皓天走了进去，吩咐小二关店，挂出打烊的牌子，虚掩上门，拉上玻璃橱窗的窗帘。皓天叫谷亚兰坐到门口窗户边，介绍了在俱乐部看到的情况。俩人透过帘子缝隙向街上和胡同里观察。

过了一阵，皓天先前看到的黑风衣男子悄无声息地走到了胡同口。胡同在路西。街上已经少有车和行人，只有胡同口日本酒馆里不时有一些喧闹嬉笑声传出来，显得非常刺耳。一辆小汽车孤零零停在街边南侧几十米远的地方，司机长得彪悍高大，估摸着又兼做保镖，站在车的侧边。看见风衣男走出胡同，司机发动汽车，下车后拉开了后座的车门，显然就是迎接风衣男的。

张皓天疾步走出门，朝这个男子走去。这时，他看到知春也走到了胡同口。原来，知春见皓天较长时间没回俱乐部，担心他遇到什么麻烦，就出来找他。

突然，一辆马车由南向北疾驶而来。离风衣男将将一丈有余，车夫是一名黄短襟黑短裤打扮的壮男，头上蒙着土黄色围巾，看不清模样，猛地跳下车，执着一把砍刀照着风衣男兜头就砍，嘴里嚷着：“狗汉奸，拿命来!”

那马车突然失去掌控，奔跑之势未消，直朝知春冲过去。眼看知春就要大祸临头，好一个张皓天，一个箭步冲向前，拽住缰绳使劲一勒。那马吃痛，“嘶”一声长啸，前蹄双双立起，停了下来。皓天只觉虎口剧痛，低头一看，鲜血淋漓，手掌已经迸裂。

再说风衣男却也身手不凡，那砍刀眼看要将脑袋开瓢，他一个狗吃屎，以非常狼狈的姿态躲开这致命一击。再一翻身，一脚蹬在壮汉的腿肚子上。这一翻身的功夫，皓天借着路边灯光，看到风衣男的眉心间有一颗黑痣。

壮汉吃痛，略一迟疑，想舞刀再上。风衣男的司机也就是保镖，一个旋风腿狠狠踹在壮汉肩部。风衣男疾速钻进汽车，招呼司机上车快开，不要恋战。只听“呜！呜！”几下短促发动机声响，汽车一溜烟跑了。

再说壮汉被狠踹一脚，就势几个翻滚，却落到了知春跟前。壮汉一看是个和服打扮的日本女子，沉声说：“今天杀不了汉奸杀个日本人也不错！”左手叉住知春喉咙，抵在墙角，右手举起砍刀，就向知春心口插落。

这几下兔起鹘落，迅如奔雷。皓天正勒着马缰，眼睁睁看着壮汉砍向知春，大喊“不可！”

说时迟那时快，一柄小匕首快如闪电刺入壮士右手手腕，“当啷”一声砍刀掉了下来。原来是藏在暗处的谷亚兰见形势危急，出手相救知春。壮士手腕鲜血迸溅，冷哼一声，还想左手拣起砍刀再度行刺，被谷亚兰一脚踢开砍刀。这时哨声大作，几个日本宪兵迅速围了上来。壮汉见势不妙，匕首也不拔，捂着伤口窜进街对过胡同，“噌噌”跳上矮墙，上了屋顶，几个起落，消失在黑暗中。

知春靠在墙上，指着壮汉消失的胡同，对赶过来的宪兵哆哆嗦嗦地用日语说：“快去追！快去追！”那几个宪兵哇啦哇啦提枪追了上去。

前后也就不到十分钟，两度差点香消玉殒，知春终于受不住惊吓，瘫倒在地上，人事不省。张皓天、谷亚兰赶紧跑了过去，狠掐人中。知春终于苏醒，感激地望着他们。不过知春脸色苍白，身体显得非常虚弱。两人将她扶起来，叫来人力面包车，把知春就近送到协和医院救治。医生说是惊吓过度，给知春服了点镇定药物，说安静休息一阵应无大碍。皓天也在医院包扎了伤口。

这一阵，胡同深处日中亲善俱乐部的鬼子和汉奸们仍然在灯红酒绿，觥筹交错。一是听不见，二是街面上的这些治安问题太经常了，自有巡逻的宪兵掌管，影响不了他们寻欢作乐。胡同口的日本酒馆里偶有一两个浪人出来瞧两眼，其他人也没当回事儿。只有一些好事的行人远远地围着看了一会儿。他们很好奇，被骂汉奸的那个黑风衣男子到底长什么样，这个穿和服的日本女子又到底是什么人，为什么会有武林侠客想要她的性命？这些问题随着口口相传、添油加醋成了北平人津津乐道的江湖秘闻……

还有一个人对这个穿和服的日本女子，也就是藤原知春很好奇。谁？姓大串名一雄。

大串一雄在日中亲善俱乐部见过几次藤原知春。知春举止优雅，谈吐不俗，风情万种，韵味十足。虽然她自称有三十多岁的年龄，实际看上去小很多。大串一雄一眼就相中了，对她是大献殷勤。可是知春却对他不冷不热的，这就更让他心痒难耐：竟然吊我胃口，不过我喜欢！这样才有挑战性，我陪你玩到底，你早晚都会是我的盘中菜。

大串一雄对黎建昌下了指令："这位藤原知春究竟是何方神圣？你给我好好调查一下她的来历背景。调查好了，我重重有赏！"

黎建昌很高兴，终于来任务了，拍马屁的机会到了！黎建昌还真有一套，用了一个月的时间，经过明察暗访，调查结果出来了，马上便兴冲冲向大串一雄汇报："这个藤原知春原本是一名中国人。她在十七岁的时候被三条财团的社长藤原先生给带到了日本横滨，成为藤原先生的干女儿。不过，他们的关系好像并不是那么简单，有传言，其实藤原先生是把她当作情人来养的。藤原先生死了没有多久，藤原先生的儿子也在一次黑帮仇杀中被人干掉了。于是藤原知春顺理成章地成为三条财团的继承人。"

"中国人，中国人……"大串一雄沉吟片刻，问黎建昌："原来是中国人，这个我倒是没想到。中国怎么也会有这么优雅知性的女子？那么你有没有查一下藤原知春以前在中国的时候是做什么的，她是什么家庭出身？"

黎建昌愣住了："这个……她的过去似乎是一片空白，没有人知道。"

大串一雄声音一下子提高了八度："建昌君，你居然连最重要的东西都没有查出来，这让我非常非常失望！”

黎建昌反问：“大串太君，我不明白为什么很重要呢？我想我们知道她目前的身份就行了。”

大串一雄大怒：“八格牙路！建昌君居然跟我顶嘴，简直是该死，掌嘴，掌嘴！”

黎建昌狠狠一巴掌朝自己嘴巴上抽去：“太君，我说错话了，请原谅！”

大串一雄厉声说：“很好，继续，继续！”

黎建昌连着抽了自己十几个大嘴巴，嘴角都打出血了。大串一雄摆了摆手：“建昌君辛苦了，我看了很心疼，停手吧。天皇万岁，万岁，万万岁！”

黎建昌感动得几乎要哭了：“感谢太君仁慈的体谅，天皇万岁！”

大串一雄朝黎建昌弯腰做九十度鞠躬：“建昌君！接下来请你务必好好调查一下这位藤原小姐在中国时候的经历和出身。这件事涉及天皇陛下的安全，很重要，拜托了，你只要干得好，我就会好好赏赐你！”

黎建昌响亮地回答：“我一定会竭尽全力完成任务的！”

大串一雄非常满意：“建昌君，我很看好你！”

黎建昌从大串一雄屋里走出来之后，神情就变了，从刚才的毕恭毕敬变成了咬牙切齿：“这个混账王八蛋，居然让我掌嘴，太不是玩意儿了，八格牙路！”怒气冲冲回到了家，黎大帅一看黎建昌嘴巴肿得老高，赶紧问：“咋回事儿啊？你怎么变成猪头啦？谁这么大胆竟敢欺负我的宝贝儿子？我跟他拼老命去！”

“老东西你就老老实实待在轮椅上，别他妈瞎嘚瑟了。我知道，你心里早就巴不得我被人打死！”黎建昌跑到镜子前一看自己的模样，气哭了，“想不到我这绝世的容颜转眼就变成了绝世猪头，情何以堪，情何以堪啊！”

黎大帅一声叹息：“儿子，人在屋檐下不得不低头啊，谁让我们一不小心就做了汉奸呢？那日本鬼子说翻脸就翻脸，正所谓千金易得知己难求，伴君如伴虎，不得不防啊！”

黎建昌揪住黎大帅的衣领子：“都什么乱七八糟的！我看你是越来越糊涂了！掌嘴！”说着左右开弓，“啪啪啪”照黎大帅的脸上抽了几个大嘴巴。

黎大帅老泪纵横：“唉，想当年我也是雄霸一方，如今却落了个晚景凄凉。教子无方，我报应我活该啊。可你这做儿子的打老子，你将来也会有报应，你会死无葬身之地的！”

“行了行了，你就别啰唆了。”黎建昌不耐烦了，“我要是有能耐不早就成抗日英雄了，谁没事喜欢作践自己当汉奸啊？我这不是没别的出路了吗？谁也别说谁，你需要我来养活，我需要你出主意。总而言之，咱们现在就是一根绳上的蚂蚱，要共同进退知道不？你赶紧帮我想，我接下来该怎么办？你要想不好，今天晚上你就别想吃饭了！”

黎大帅想了半天，猛一拍脑门：“哎，有了！”

黎建昌一听兴奋了：“果然姜还是老的辣，快说快说！”

黎大帅得意地说：“我看干脆就瞎编一下她的身世得了，反正谁也不知道她以前是干什么的。咱们编个好故事蒙混过关，这样又省事，又把大串一雄这王八蛋给打发了，你还很可能会有重赏，一石三鸟，简直是完美呀！”

“我看行！”黎建昌激动地在屋里走来走去，“好吧，这个编故事的任务接下来就全权交给你了，我对你很有信心，希望你完成得天衣无缝。行了，今天晚上你有饭吃了，不但有肉吃，而且还有小酒喝。记住，这都是靠你的智慧争取到的！”

过了几天，黎建昌颠儿颠儿地向大串一雄汇报：“报告太君，我已经调查出藤原小姐过去在中国的历史！”

“嗯？哦？”大串一雄一脸狐疑地看着，“建昌君这么快就调查好了？”

黎建昌大声说：“太君的事情就是我的事情，必须全力以赴！”

“建昌君快说快说，我已经迫不及待了！”

“藤原小姐原本是一名皮革商人的女儿。因为她父亲和藤原先生在生意上有往来，所以就认识了藤原先生。后来她父亲忽然去世了，藤原先生就把她带到了日本。”

大串一雄听完之后沉吟片刻：“就这么简单？”

“的确如此，就这么简单！”黎建昌边说边麻利地从口袋里掏出一张黑白照片来，“太君请看，这就是当年藤原先生和藤原小姐亲生父亲的合影。”

大串一雄伸手接过照片，只见照片上有两名中年男子正在亲切交流。一名漂亮的小女孩站在他们二人身边。黎建昌说：“这个小女孩正是小时候的藤原小姐。”

大串一雄瞅了半天，忽然放声大笑：“原来是清白人家的女儿，很好很好！不会辱没我们大串家族的尊严，这样我就非常放心了，哈哈哈哈！”

黎建昌也跟着大笑：“太君你开心我就开心，哈哈哈哈！”

“建昌君，这件事干得漂亮！我大串一雄恩怨分明，接下来我就要对你论功行赏了！”大串一雄忽然降低了声调，神秘地说，“我要郑重地向你介绍一个人！”

黎建昌不明白：“不知太君什么意思？”

“这个人是我的亲妹妹，我要把她介绍给你！建昌君，你的好运气来了！”

“啊？”黎建昌不由大吃一惊，“太君的意思是……”

大串一雄手一挥："坦率说吧，我刚才做了一个重要的决定，我想把我的亲妹妹嫁给你！我给她看过你的照片，她对你表示非常满意！"说完他忽然拍了拍手，"妹妹出来吧！"

"哥哥，我来了！"只听一个娇滴滴的声音从大串一雄的房间传了过来。很快，一名三十来岁的女子迈着小碎步出现在黎建昌面前。

黎建昌定睛一看这名女子，差点昏过去。

但见那女子跟大串一雄一样五短身材，说是像水桶那是客气，那简直就是水缸，把和服也撑得紧绷绷的。这并不算啥，她的那张四方脸上才是真正亮点：眉如扁豆，眼如绿豆，耳朵像大象，鼻子像蒜头，鼻子下的嘴倒也不算太大，最多也就能塞两三个鸡蛋而已。刹那间黎建昌大脑一片空白，半天说不出话。

大串一雄对女子介绍黎建昌："妹妹，这位就是聪明又体贴的建昌君，今天你们俩可以好好谈谈！"

"哈依！"女子朝黎建昌弯下腰来，"我叫大串麻妃，十分荣幸见到建昌君！"

"建昌君，建昌君！"大串一雄连着叫了两声，黎建昌这才回过神来，带着哭腔说："太君，这实在太意外了，我实在不敢当啊！"

大串一雄哈哈大笑："看建昌君的样子，是不是过于激动了？我相信这一切都是天皇陛下的恩赐！好了，你们俩好好互相了解一下，我就不打扰了！"说罢大笑着转身而去。

房间里只剩下黎建昌和大串麻妃。黎建昌半天没回过神来，心里绝望透了，沮丧透了：这汉奸做得也太窝囊，尊严就不说了，反正早就被踩成泥，可万万没想到，还要随时准备献身！早知如此，何必当初？

还是大串麻妃打破了沉默："建昌君怎么不说话？莫非建昌君对我有什么不满意？"

“岂敢岂敢。”黎建昌强颜欢笑，“只是千言万语，不知如何说起。”

大串麻妃问：“建昌君是不是嫌我长得丑？”

黎建昌想了半天，说：“容貌本是父母所赐，个人无能为力，只有俗人才会以美丑论人。”

“这么说，建昌君一定不是俗人了！”大串麻妃露出一丝欣喜的表情，“你这么优秀的人，跟着我哥哥，真是委屈了。”

黎建昌心头一震，居然有人夸他优……优秀！这可是他人生当中经历的第一次真正表扬！不禁又瞟了一眼大串麻妃，忽然觉得这女子也并不是那么丑了：“大串小姐谬赞，所谓人生如梦……”

“建昌君也有梦想？”大串麻妃害羞地低下头，“其实我也有梦想……”

“哦？大串小姐什么梦想呢？”

“我的梦想就是找一个有梦想的人……比如像建昌君这样的……”大串小姐的脸忽然红了起来。

黎建昌忽然一把抓住大串麻妃的手：“大串小姐害羞的样子简直迷死人了。”

黎建昌和大串麻妃就这样谈起了恋爱，很快就如胶似漆。

黎大帅仰天长叹：“儿子，恭喜你啊。想不到老夫老了，本以为从此绝后，了此残生。没想到忽然蹦出来一个日本儿媳妇，这下我们黎家后继有人了！”

黎建昌这一次倒没发脾气：“你这话怎么酸溜溜的？这可是好媳妇，善解人意，温柔体贴，还是日本媳妇！”

没过几天黎建昌就把大串麻妃娶进了家门，婚礼那天，连大串一雄都哭了：“妹妹啊，这场面实在太感人了，你终于把自己嫁出去了，终于完成了我多年的心愿啊！”

大串麻妃也是泪水涟涟：“哥哥呀，真是人生如梦！”

黎建昌拍着胸脯保证："太君请大大的放心，我从此一定让我深爱的麻妃过上幸福快乐的日子！"

"嗯，建昌君，你为日中亲善做出了大大的贡献！"大串一雄很满意，又低声说，"以后只有咱们俩在一块的时候，你可以叫我一声哥哥的！"

黎建昌感动坏了："哈依！"

以后黎建昌无论走到哪里，都要眉飞色舞带着这位大串麻妃。全世界都知道他娶了一位日本女人，黎建昌这是夫凭妻贵，在汉奸队伍中也显得与众不同。有人羡慕，也有人不屑：这个黎建昌为了往上爬，人格和肉体全不要了，做汉奸也要有点底线好吗？

大串一雄则正需要黎建昌这样没底线的汉奸，不过，光发展汉奸还不行，还得来点更狠的，才能跟滋水四郎向天皇争功啊。上次抓了个小孩子，也没审出个好结果来。小孩子？大串眉头一皱，计上心来，对啊，上次那几个小孩子胆敢攻击日本人，后面肯定有什么反动势力指使。带头的张皓天的儿子张思飞、刘顺的儿子刘白跑了，还有几个孩子在学校啊。这事得好好谋划谋划，找人去调查调查，说不定能抓出几个"反日分子"来，就立了大功了！

这一下，秦芙蓉、谷亚兰所在的学校面临前所未有的大麻烦！欲知后事如何，请看下回分解。

第四十一回

新开奶场振士气　接管学校全好心

皓天决定继续扩大奶牛场的规模，他在东直门外也就是现在的三元桥附近又新买了一个牧场，用以生产更多乳制品。价格方面皓天定得很低，做出这项决定他也是经过了慎重的思考。在现在物质特别紧张的局势下，主要为让老百姓能稍解饥饿困窘，赚钱不是什么要紧的事。更重要的是，作为北平总商会会长，在这个时候主动站出来，对民族产业发展能够提振信心。

皓天也想到了，新开奶牛场风险很大，因为这容易引起日本人的注意。北平沦陷一年多，日本对整个华北实行战略性掠夺的企图更加明目张胆，他们要霸占整个华北市场，要将北平乃至全华北民众的生活与他们的罪恶“圣战”捆绑在一起。在许多经济领域都进行了控制，使得许多商品有价无市，物价的走向完全脱离了正常的经济规律，市场混乱，价格波动极大。

当时在前门有一位杂货铺老板，借高利贷进了很多货，想囤积居奇发一笔财。没想到进的这批货价格很快就连续暴跌，高利贷还不上了，老板被逼上吊了。谁想到就在他自杀的第二天，他囤积的货物又突然连续暴涨……商户们被折磨得死去活来，许多商户一狠心，干脆就关门大吉了。

张皓天想，这个时候扩大生产规模，再建一个奶牛场某种程度上可能会被日本人视为示威。日军可能以安全或照顾市民生活为理由，随时关停或者不付任何费用征用他的奶牛场。好在自己有个北平总商会会长身份，日本人暂时应该不会轻易对他怎么样，怕引起众怒。

新奶牛场开张那天，张皓天叫了一些总商会会员过来。看到一个个脸上愁云惨雾，唉声叹气，皓天心里很不好受。

皓天对大家说："当下，是北平最艰难的时候，但是我不相信我们会被轻易打垮。北平是属于我们中国人的，中国人在自己的地盘上做生意天经地义。前几天我听说了一件事，心里是非常感慨，今天就跟大家说一说，希望能给诸位同仁一些启发。"

接着，皓天便讲起了"爆肚冯"清真小吃店的事情。"爆肚冯"开创于清光绪年间，这家老字号生意在日本人进城之前一直都是非常好，每天来往的主顾是络绎不绝。日本人进城后，整个大栅栏商业街几乎关了一大半，客流量大减，"爆肚冯"的生意也跟着一下子萧条了许多。但是老板依旧小心翼翼地经营着生意，伺候着每一位主顾。当时"爆肚冯"门前马路翻修，一个日本监工就常到店里吃吃喝喝，却从不给钱。冯掌柜是个老实人，本着和气生财的生意人原则，心想他一个人能吃多少呢，日本人得罪不起啊，也就睁只眼闭只眼，等盼着马路早日修好，把这瘟神赶紧送走。

可是没想到过了几天，这日本监工居然端着一碗卤煮来到了"爆肚冯"，这可实在是欺人太甚了。要知道，这北平做爆肚生意的大部分都是回民。你往一家回民小吃店端一碗猪身上的东西，这不明摆着欺负人吗？冯掌柜压了压心头的怒火，上前劝阻说，这位先生，我们这里是清真店，不允许吃，您要真想吃，那您就换个地儿吧。这监工一听，眼一瞪：八格牙路，我吃卤煮我也吃爆肚，我两样都吃，我就喜欢待在这里，你为什么赶我走？你这是侮辱我神圣的大日本帝国国民！

冯掌柜又说了两句，监工却越听越不耐烦，大声吼叫着把那碗卤煮扔向店里的墙壁。当时店里有几个吃饭的，一下子就溅了他们一身。这下冯掌柜终于火了：老子就是不干了今天也要出这口恶气，伙计们上啊！说着就给这可恶的监工脸上噼里啪啦几个响亮的耳光，紧接着几个伙计凑上来了，对着这监工是一顿拳打脚踢。这监工被打得鼻青脸肿，捂着脸从指头缝里一看，这一个个恨不得吃了他，心里害怕了，他也不傻，大叫：饶命，饶命啊！站起来拼命鞠躬，点头哈腰地说：我错啦，我错啦，对不起，对不起！

冯掌柜一声怒喝：滚！监工灰溜溜滚了。

冯掌柜当时出了这口气的确挺高兴。可是过后一想，这心里又七上八下了。想北平如今毕竟是被日本人给占了，他得罪了日本人这往后恐怕生意不保啊！思前想后，索性横下一条心，反正已然如此，怕又有什么用呢？我明天照常开业，他小日本砸了也就砸了，大不了不干呗！第二天照常营业，一直等着这日本监工找麻烦，谁知道等到晚上打烊，监工也没露面。又过了一天冯掌柜在街上碰到了这监工，这监工居然还冲他又鞠了一躬，连声说：对不起，对不起！

皓天讲完了这事，在场所有人都叫起好来，纷纷鼓掌。

皓天接着对大家说，“现在的报纸被日本人控制了，不敢发这种新闻。在大栅栏那边有熟人的话都可以打听一下，那一片的人都知道，这可是实打实的真事儿。各位，眼下物价飞涨，生意不好做，但是我们总得想法活下去。咱们一不偷，二不抢，有什么可怕的？我们可不能自己把自己打倒了啊。”

在张皓天的带动下，北平众多停业的商家互相打气，重新开张。生意虽不说像以前那样热闹，但也的确添了几分人气。这兵荒马乱的年头本来也没指望大富大贵，能够维持日常生活也就知足了……

一连几天大串一雄气性都挺大，阴沉着脸，看谁都不顺眼。黎建昌看出他不对劲，平时是小心翼翼地走猫步，生怕哪句话惹他不高兴，不敢惊动他。

这天，大串一雄主动叫上了黎建昌："建昌君，我有话要跟你说！"

黎建昌心咚咚直跳，脸上却是一脸谄媚："哎，太君，今天天气不错啊，哈哈哈！"

大串一雄单刀直入："建昌君，大东亚共荣商会计划进行得怎么样了？"

哪壶不开提哪壶，黎建昌心想，真是怕什么就来什么，于是硬着头皮说："太君请放心，我一直在积极沟通。"

大串一雄大吼一声："已经沟通好几年了，还准备再沟通多少年？建昌君简直是饭桶啊！"

"哈依！太君骂得好，我的确是饭桶！"

"唉，可谁让你是我妹夫呢？我也是很重家庭感情的人啊。"大串一雄忽然叹了口气，"看来经济的事情你是搞不好了。你们中国有句古话，强扭的瓜不甜。不难为你了，我要另请高明了！"

黎建昌一听大吃一惊："太君，难道你要抛弃我了吗？我对你可是一向忠心耿耿啊，太君！"

大串一雄连连摇头："建昌君虽然是一条好狗，可是狗的理想无非是乞求主人赏赐一根骨头罢了，毫无进取之心。今时今日我终于恍然大悟，这并不是我真正想要的狗哇，建昌君！"

"太君！请再给我一次机会！"黎建昌号啕大哭，"失去了太君的庇佑，我就会成为孤魂野鬼，成为街头一条灰溜溜的流浪狗，而我深爱的麻妃跟着我会是何等凄惨啊？"

“啊，建昌君，你说得我的心都碎啦！”大串一雄情绪非常激动，“不行，为了我妹妹，我必须要再给你一次机会！”

黎建昌擦了把眼泪：“太君，我一定会好好珍惜这次机会，肝脑涂地，在所不惜！”

“哈哈哈哈，好，有你这句话我就放心了！”大串一雄阴笑道，“俗话说，失败是成功之母。建昌君，这次我很看好你！”

“不知太君吩咐我做什么？还请太君明示！”

“我要你去调查小孩子的事情。”

“小孩子？什么小孩子，哪里的小孩子？”

大串一雄没有直接回答黎建昌：“接下来我们的工作重心有所转移，天皇陛下希望在北平各学校普及我们的大日本帝国文化教育。北平这边你比我熟悉，我想请你主抓这项工作，你认为自己能不能做好？”

果然是失之东隅，收之桑榆。黎建昌一听喜出望外，有个日本大舅子真是太好了。黎建昌拍着胸脯保证：“太君尽管放心，我最讨厌的就是中国文化，最喜欢的就是日本文化，我就是精神上的日本人！”

黎建昌这种表现就是标准的“精日分子”，希望大家引以为戒。

大串一雄露出诡异的笑容：“那么现在就有一个大大的机会摆在你面前，就看建昌君抓不抓得住了。”

黎建昌一个深度鞠躬：“哈依！我会牢牢抓住这次机会的。”

黎建昌很快就开始行动了，他的行动目标很明确：芙蓉所在的国立中学。这天早上，他带着十来个流氓街痞冲进了国立中学，自称地方维持会人员，拿出了大串一雄签发的搜查令，对校长说：“我们接到举报，贵校藏有大量反动书籍，必须进行突击检查！”校长一看有日军的搜查令，只好让他进行搜查。

很快，黎建昌和街痞们便在学校办公室搜罗出一批“反动书籍”来，其中有几本《马克思选集》和《共产党宣言》。

黎建昌声色俱厉地宣布："我们怀疑学校藏有共产党反日分子，这些被当局禁止传播的反动书籍就是罪证！共产党一向跟大日本帝国作对，跟大日本帝国作对就是跟人类和平作对，所以所有的共产党都是天皇陛下的敌人！从现在开始，我们要封锁学校，逐人排查，一个都不放过！"

这些共产主义书籍当然是大串一雄和黎建昌的阴谋，他们早就准备好这些东西了，借此陷害学校，从而达到解散学校的目的。大串一雄不好让日军在国立学校明火执仗，就把事情交给了黎建昌来办。这可是立功的大好机会，不过最让黎建昌开心的并不是这个，而是秦芙蓉。一想到这个高不可攀的女人终于要向他低下高傲的头，要看他的脸色啦，他的心里就忍不住发出狂笑：我等了十几年了，等的就是今天，我要争一口气，我要告诉所有人，我曾经失去的我一定要拿回来！

黎建昌把学校教师集合在一间办公室里："你们中间谁是共产党？怎么，敢做不敢承认？听说共产党员都是不怕死的嘛。"

他忽然走到芙蓉身边："你是共产党吗？"

芙蓉冷冷地说："你有什么证据证明我是共产党？"

黎建昌似笑非笑地说："别冲动嘛，不是你当然很好，你知道我最担心的就是你。"

黎建昌拿起教师花名册，"那好，现在我要挨个点名了。希望大家主动配合，更希望主动坦白，我会请求日本方面宽恕的。大家都是中国人，中国人当然要帮中国人啦，是不是？"

黎建昌点了几个人后，点到了谷亚兰。他绕着谷亚兰走了一圈："嗯，长得像共产党。说，你是不是共产党？"

谷亚兰刚想说话，这时忽听门外一声冷笑，一个女子的声音传了过来："谁说这里有共产党了？"

黎建昌面色一变，扭头向门口看去，只见藤原知春忽然出现在门口。在她身后跟着六名矫健的日本保镖，挎着武士刀。其中一名保镖走到黎建昌面前，沉声说："藤原小姐有话要跟黎先生单独说，请出来一下！"不容分说便架着黎建昌的胳膊走了出去。另外五个保镖抽出了武士刀，旁边十多个街痞一个个战战兢兢，不敢上前。

黎建昌心里发慌："原来是藤原小姐，好久不见！"

知春看也不看黎建昌一眼，冷冷地说："听说这里有共产党，对吗？"

"是的，我们在这里搜出许多共产主义书籍。"

知春扫了一眼黎建昌："你是不是经常干这种栽赃陷害的事啊？"

黎建昌还在硬撑："藤原小姐，我一向尊重你，但也请你尊重我的工作！"

知春轻蔑地说："你知不知道这所学校的背景？"

黎建昌讷讷地问："不知这所学校有何背景，让藤原小姐如此放在心上。"

知春说："一个月前，这所学校已经全盘归我，它现在已经是大日本帝国投资的了。"

黎建昌讪笑着说："想不到原来藤原小姐对教育事业也很感兴趣啊！"

"你要不要看一下学校转让文件？"知春一使眼色，一名保镖飞快将刀架到了黎建昌脖子上。

"不用了。我万分相信藤原小姐！"

"一个日本人的学校会有反日的共产党吗？"

"没有，绝对没有！"

知春点起一支细长的香烟，淡淡地说："黎先生，你说让我尊重你，你配得到我的尊重吗？你曾经说我是什么，中国商人的女儿？这就是你对我的尊重吗？你好大的胆子啊，竟敢伪造我的身世！你欺骗了所有人，现在只要我对你的顶头上司大串君说一句话，让他知道你胆敢欺骗他。你马上就会没命，信不信？”

黎建昌一听此言，不禁吓出一身冷汗，结结巴巴地说：“藤原小姐，这件事容以后再说好吗？”

“可以以后再说，那么现在呢？”

“现在……现在……”黎建昌说不出话来。

“现在你在这里还有没有发现反动书籍呢？”

黎建昌连连摇头：“没有，绝对没有。学校是神圣的地方，怎么会有那种乱七八糟的东西？”

知春目光像刀子一样逼视着黎建昌：“如果你想保住你的饭碗，那么现在最好马上滚出去。”

黎建昌一鞠躬：“哈依！我们滚。您放心，以后绝不再打扰！”说罢带着那些街痞悻悻而去。

芙蓉走到知春面前：“知春，我代表学校全体老师谢谢你。”

知春淡淡一笑：“芙蓉，这下你们知道这些狗腿子的可恨了吧？”

校长走过来，满脸愧疚：“藤原小姐，上次误会了您，说了许多难听话。实在对不住您的一番好意，还请藤原小姐多多包涵。”

知春不动声色：“现在校长先生还觉得我有什么阴谋吗？”

校长脸红了：“这……”

原来知春了解到大串一雄要拿中国教育事业开刀，便有意以她个人身份接管秦芙蓉、谷亚兰所在的学校。等一切风平浪静，再考虑还回。跟皓天谈了她的想法后，皓天也认为这是目前比较可行的办法，就让芙蓉安排她和校长碰头。但是校长比较固执，跟知春还没说上几句，就开始吹胡子瞪眼了，认为这日本女子绝对没安好心，这里边绝对有阴谋。

校长沉吟良久，一声长叹：“覆巢之下焉有完卵？偌大的中国居然放不下一张书桌！我已经老了，跟不上世界的步伐了。芙蓉，学校的事情接下来就全权交给你来处理。你跟藤原小姐好好谈谈，我也该回家抱孙子去喽！”

校长执意退休，知春也便接手了学校，成了学校的实际操控人。这一来学校名义上成了日本人控制的学校，但是安全却也有了保障。芙蓉自认为能力方面欠缺，便极力推荐谷亚兰来做新任校长，谷亚兰看芙蓉执意如此，也就只好答应下来。

晚上，皓天跟芙蓉开玩笑：“我看你这是怕担汉奸的罪名吧。”

芙蓉不高兴了：“以后不许开这种玩笑。要真这样，我应该找学校我最讨厌的老师来做校长啊，我干吗要害亚兰姐呀。只要学生能够安安静静读书，就算让外边人误解我也认了，反正我问心无愧。”

皓天一看芙蓉真有些生气了，赶紧道歉：“对不起芙蓉老师，我知道你最喜欢的还是给孩子上课，不喜欢处理那些乱七八糟的事。”

芙蓉不由想起了黎建昌，恨恨地说：“做亡国奴可悲，做汉奸就只能说是可耻了，竟然帮助日本人为虎作伥，该死！”

皓天故作吃惊地说：“没想到我们一向温柔贤淑的芙蓉老师也开始壮怀激烈了！”

芙蓉瞪了一眼皓天：“有亚兰姐这样的爱国人士在我身边熏陶着，你说我还能袖手旁观吗？我也是堂堂正正的中国人啊！亚兰姐心怀天下，在责任心方面就比我强，处理各种事务的能力也比我强，她比我更适合坐校长这个位置。咳，你说，亚兰姐是不是共产党啊？”

皓天刚要回答，来电话了。正是谷亚兰来的电话。皓天让芙蓉早点休息，匆匆披上衣服出了家门，直奔德胜奶牛场。

谷亚兰看到皓天，一脸焦急地说：“皓天，咱们三个同志进城买药，被日本人发现了，有一位同志还中枪受伤了。现在城里各个关口都在严查，今天晚上是肯定出不去了。我就带他们到你的牧场来了。怎么办?”

三位同志从暗处走出来。其中一人伤势不轻，上半身被血染红了，表情极为痛苦。皓天赶紧给他们安排了房间休养。又电话叫来一名值得信任的医生，给挂彩的同志疗伤。

皓天问起事情经过，谷亚兰眼中盈满泪水：“唉，本来四位同志一起进城的。现在有一个同志已经牺牲，他们三个好不容易才躲过了鬼门关。”

原来共产党最近在京西妙峰山成立了一支抗日游击队，以各村落为依托，在周围发展群众，开展敌后游击战争。

前两天，共产党游击队发现，日本一支二十人小分队到妙峰山巡查，马上对他们进行了突袭。日本人猝不及防，一番抵抗之后被游击队给全部歼灭了。游击队也有十几人受了重伤，当天有三人因为伤势过重英勇牺牲。

其他伤员因备药不足，伤口感染发炎。游击队指挥部派出四名同志进城买药，由于所需药品数量较大，四个人计划分头行动，约定时间汇合。但是到了汇合时间，其中一名叫赵青云的同志却没有到达指定地点。几个人把药品放在谷亚兰的学校地下储藏室后，决定去找他。这一找发现出事了，在中途他们发现赵青云正被五花大绑在空地的一棵树上，身上还挂了一个牌子，写着“共产党的下场”几个大字。旁边站着几百个围观的群众。两名日本宪兵手持步枪在他身旁，时不时对他拳打脚踢。赵青云被打得头破血流，几乎人事不省了。

三位同志看到这种情形心如刀割。现在人多不好动手，他们决定到了晚上伺机营救赵青云。

夜幕降临，围观群众渐渐散去。日本宪兵也有些累了，给赵青云松了绑，准备押解回去。这时候忽然几声枪响，一名日本兵当场倒下，另外一名宪兵吓得嗷嗷直叫，丢下赵青云像兔子一样跑掉了。

三位同志趁机架起赵青云向黑暗中奔去。然而这时候赵青云浑身是伤，根本走不动。几个人决定抬着他走，这一来行动就非常缓慢了，而且目标也比较大。五六名日本宪兵听到枪声追了上来，几位同志眼看就要被追上。赵青云大声说：“你们别管我了，马上跑！不然所有人都会死！”说罢忽然从伙伴的腰里拔起手枪，迎着日本宪兵冲了上去，甩手就是一枪：“畜生们，朝我开火吧！”撂倒了一个日本鬼子。

日本兵冲着赵青云一阵乱枪扫射。赵青云身上中枪无数，倒在了血泊当中。由于敌人火力非常凶猛，三位同志只得丢下赵青云向前猛跑，子弹在耳边呼啸而过，最后终于摆脱了日本鬼子。歇下来时才发现，其中一位叫郭晓峰的同志背部中了枪，他是咬牙坚持下来的。

谷亚兰强忍心中悲痛：“皓天，我们已经牺牲了一位同志。现在郭晓峰同志也受了重伤，可不能再失去他了！”

皓天用力点点头。快速赶来的医生给处于昏迷状态的郭晓峰注射了一剂强心针，又检查了一番伤势，吃惊地说：“小伙子生命力太顽强了，受这么重的伤还能奔跑那么久，真是一个奇迹。放心，我会治好他的。”

皓天与谷亚兰紧急商量对策。

经过这起事件，日方和我方都有人员伤亡。这几天日本人会查得非常紧，要说先在牧场里躲藏几天也不是不可以。当然，每多待一分钟，危险性就增大一分。而且，买的药品也必须马上送到游击队去，再晚恐怕就要耽误那些重伤员治疗，牺牲可能更大。不过，现在各个关口都被日军严查，携带这么多药品，很容易暴露目标。怎么办？

皓天苦思冥想：“有一个人可以帮咱们把人和药品送出城去。”

谷亚兰问：“谁？”

皓天轻声说：“知春。”

谷亚兰点了点头：“咱们连夜分头行动。”

张皓天、谷亚兰决定连夜行动，将三位同志和药品送出城，送到游击队手里。他们想到让一个人帮忙，谁呢？知春，现在日本籍的女子，日本驻北平组织副会长、日本三条财团董事长藤原知春。知春会不会帮忙呢？这几位同志和救命药能不能顺利送出去呢？请看下回分解。

第四十二回

知春义助游击队　皓天麻翻日本兵

张皓天给知春打了电话，详细说了情况。知春沉吟了好一会儿，跟张皓天如此这般说了一通。

两个小时后，也就是午夜时分。一辆日本军用大货车驶进了谷亚兰的学校，司机正是藤原知春。

皓天、谷亚兰和郭晓峰等三位同志已在学校等候多时。知春给皓天、谷亚兰两套日本人的服装，帮他们化妆成了日本人。货车车厢里堆满了成箱的罐头、压缩饼干和一些生活用品，那三位同志和药品被藏进了货车最里边。

皓天当司机开车。谷亚兰、知春坐在副驾驶。知春靠窗坐着。货车出城时被几名日本兵拦住了，一名日本兵用枪托敲了敲车窗："请出示证件，下车接受检查！"

知春下了车，拿出身份证，对着日本兵说了一串日语。另外两名日本兵想打开车厢检查，还叫张皓天、谷亚兰也拿出身份证。这时知春拿出了一张军部签发的特别通行证，对着日本兵大声训斥。几名日本兵一脸惶恐，连连冲她鞠躬："粟米马森（对不起），粟米马森！"一直到知春上车，货车开过，还在不停地鞠躬。

货车开出城，几个人说到日本兵的惊恐模样不禁大笑。谷亚兰问：“知春，你那张是什么证件？”

原来，藤原知春的三条财团不时会为日本驻屯军司令部送食品和生活物质。接到张皓天的求助电话后，知春连夜向冈村副司令官申请了特别通行证，载着军用物资送往西郊日军驻地。

张皓天、谷亚兰连声感谢知春，称赞她有良心。知春说：“咱们就不说感谢话了。我的命还是你们救的呢。我也是一名中国人！”

出了城货车并没向西郊日军驻地开，而是向西北进发。走了二十余里，进入一片大林子的岔路口。另一条路上开来了一辆同样型号的货车，两辆车一前一后直接开进林子里停了下来。知春叫司机交换了两辆车的车牌，坐上了另外一辆车，开出林子，直奔西郊日军驻地而去，货车上装着日军征用的物质。皓天则驾着另一辆货车，往门头沟妙峰山而去。

拂晓时分，货车在妙峰山下的一个小村庄前停了下来。货车里的两位游击队战士先下了车进村里通报。

不一会儿，村口的石礅被搬开了。皓天将货车开了进去，在村委会院里停下来。这里正是共产党的抗日游击队指挥部。初冬的天气虽然清冷，但是这里似乎一片生机勃勃，路上来来往往行走的都是充满朝气的年轻人。他们虽然衣衫破旧，但是一个个看上去精神焕发，看到他们，皓天也恍惚觉得自己回到了十八九岁的时候。

游击队政委江新海同志早已候在村委会门前，见到皓天、亚兰，“刷”一个敬礼：“张皓天同志、谷亚兰同志，我是游击队政委江新海。你们辛苦了！”

皓天、亚兰赶忙回以军礼，六只手紧紧握在了一起。

之后，张皓天、谷亚兰等在北平城内的地下党经常给京西游击队传送可靠的军事情报，使得京西游击队避开了日军和敌伪军一次又一次的扫荡和袭击。

张皓天还为游击队培养了一批养牛挤奶的技术能手，游击队员也喝上了新鲜的牛奶。游击队队伍后来发展壮大，创建了中共第一个敌后抗日根据地——晋察冀抗日根据地，范围覆盖河北、山西、察哈尔等地，被中共中央和毛主席誉为“敌后模范的抗日根据地及统一战线的模范区”。

又过了一些日子，张皓天与谷亚兰在奶茶店碰头。谷亚兰告诉皓天，上次遭遇刺杀的眉心有黑痣的风衣男底细查出来了，正是中共地下党叛徒，现伪国民政府教育局副局长付志高。不过，他经历这次事件后，躲藏了起来。而那个刺杀者，蒙头巾的壮男是“抗日杀奸团”的一个武术教头，“抗日杀奸团”的成员多半是爱国学生。有不少就被这个叛徒付志高给出卖了。

北平老百姓对“抗日杀奸团”并不陌生，可以说日本人一踏入北平城，“抗日杀奸团”就自发存在了。北平、天津到处传扬着他们的故事。他们活跃于车站、商店、饭庄、影院等各种公众活动场所，因为汉奸也常出没于这些场所。刀枪炸弹下毒，凡是能用于锄奸的手段都用。成员还特别古怪，多半是高官贵戚、富商名人之后，大学生、高中生，一腔热血，比如伪满总理郑孝胥的两个孙子郑统万和郑昆万，孙连仲将军的女儿孙惠君，同仁堂的大小姐乐倩文，等等，在“抗日杀奸团”都是一流好手。

上级党组织指示，找出并除掉叛徒付志高，减少“抗日杀奸团”人员的伤亡，保护他们的爱国热情，同时也保护更多学生共产积极分子。

可是现在要找出叛徒付志高很不容易。经历上次刺杀事件后，付志高辞了公职，躲在日中亲善俱乐部后面的小房子里，一连两个多月龟缩不出。滋水四郎还派了四个日本宪兵保护他。而从“抗日杀奸团”仍然不时有成员被捕的情况分析，付志高在各学校爱国团体中的内线仍然活动频繁。

张皓天与陈程、谷亚兰决定“引蛇出洞”。

石驸马大街有一个女子师范学堂，也就是秦芙蓉、黄云裳上过的学校，在当时以思想先进、学潮汹涌著称。鲁迅先生在这里任过国文系讲师，并且写下了著名的《纪念刘和珍君》。大街的东头有一家梅园奶茶店，是女师大爱国学生经常聚会的地儿。前面说了，梅园的老板姓金，是清朝皇上的小舅子，北平的清王朝亡了，金老板就逐渐没太多心思做宫廷乳品了。看到天顺公司的乳品宫廷风味正宗，有些乳品就从天顺进货。张皓天因此跟梅园特熟，每天都要派人去送酸奶和奶酪。

这天，女子师范学堂进步学生的一次小聚会出现了“抗日杀奸团”的传单，会议内容是计划组织女师的“抗日杀奸团”分队。经过讨论后决定在女师东侧“梅园”包间秘密举行成立仪式，成员有五位，选出队长、副队长，明确各自分工和策划第一次杀奸行动，具体聚会时间和包间名称提前一天通知。

这自然是张皓天、谷亚兰他们的安排了。女师“抗日杀奸团”的组织者也是大家拟推选的队长叫夏茂萱，陈程发展的地下党员，文武兼修，在学生中颇有威望。地下党组织调查到女师一个叫付如花的学生干部，就是大汉奸付志高的侄女。女师多次学生运动被镇压，还有“抗日杀奸团”成员被捕，可能与这个付如花通风报信有关联。夏茂萱把付如花放进了第一批“抗日杀奸团”成员中。

果然，付如花把情况秘传给了她的汉奸叔叔付志高。付志高与滋水四郎密议，要求付如花获悉准确时间后及时报告。5 月 4 日晚，夏茂萱通知付如花第二天也就是 5 月 5 日晚上九点，在梅园奶茶店“三元厅”秘密举行成立大会。这个时候离打烊也就还剩半小时。

付如花及时通报给了付志高，并且获悉了滋水四郎的行动计划。

什么样的行动计划呢？滋水四郎称之为“关门打狗”。提前控制梅园店的老板和伙计，化成便衣，守在“三元厅”里，进一个女生就关上门抓捕捆绑起来。付志高特别嘱咐付如花就不用去梅园店了。

5月5日，晚上七点，女师东侧的梅园奶茶店仍然宾客满座。有诗赞梅园：“奶茶有铺独京华，乳酪如冰浸齿牙”。5月初，北平已经进入夏季了。天气热，喝点梅园做工精致的宫廷奶品，尤其是喝一碗滑腻香甜的双皮奶，那新鲜美味，细腻口感，实在是京城百姓难得的享受。

滋水四郎带着付志高和五个日本特务化妆成便衣，进了梅园奶茶店。滋水四郎把老板控制在“三元厅”，虚掩上门，这就准备“关门打狗”了。

老板战战兢兢，哆哆嗦嗦，一直就没站稳。滋水四郎说：“我的，大日本皇军的。你的，老老实实的，不要乱动的。事情办完就奖赏你的！”这位滋水四郎的中国话远不如“中国通”大串一雄流利。

老板磕磕巴巴地说：“皇……皇……军，我……我……的……良民。”说完瘫倒在了地上。滋水四郎、付志高和几个特务哈哈大笑。

走廊里不时有推着“奶茶点心”的小车走来走去，小二边走边轻声叫卖“新鲜酸奶，新鲜奶酪，各种点心。”

过了一阵，滋水四郎说：“你们的，奶茶的，好喝，皇军，爱喝的。”

老板坐在地上，一低头：“哈依，好喝的，奶茶，给皇军，上来！”

滋水四郎说：“哟西哟西！”

老板镇定了一些、轻重各拍了两次手掌，一个小伙计推着推车进来了。滋水四郎几个人这一顿胡吃海塞，吃完还都不停抹嘴，连称：“好吃！好吃！”

再过一会儿，怎么还没“抗日杀奸团”成员进来？都有点困了，眼皮都打架了。嗯，怎么说困就困，越来越困。哎呀，睡一觉吧，舒服，倒下睡。

就这样，这几个特务汉奸就睡倒了。这当然是乳品起的作用，当然是张皓天的计谋，里边加了点分量足的东西。

原来这老板，小伙计早些天前就换成游击队员了。老板就是游击队队长江新海，推车送乳品的那个小伙计是游击队战士郭晓峰。麻倒几个日本特务和大汉奸付志高后，游击队把他们运到了京西妙峰山游击队驻地。两天后，他们的尸体被挂在京西的进山树林里。每个人身上贴着一张白底黑字的长布条，几个日本特务身上写的是“小鬼子臭名远扬”，付志高身上写的是“大汉奸遗臭万年”，落款是“抗日杀奸队”。告密的付如花早在5月5日夜里因为溺水死在什刹海里……

滋水四郎死了后，日本驻北平特务机关就全都归了大串一雄指挥。

大权在握，大串一雄又开始对藤原知春蠢蠢欲动了。他太想得到这个女人了，白天想，晚上想，时时刻刻都在想。他千方百计寻找一切机会要接近这个女人。可是这个女人却一点儿也不了解他的心思，对他始终不冷不热，简直像座冰山一样高不可攀，实在太可恨了！

“怎么办，你告诉我到底怎么办？我太想得到藤原小姐了！”大串一雄心急火燎地问黎建昌。

黎建昌想了想，献上一计：“如果鲜花和美酒都不能感动藤原小姐，那就只好霸王硬上弓了。”

“霸王硬上弓？哈哈哈，好主意，可惜是大大的狗屁！”大串一雄大吼一声，“猪，猪，你就是猪！你以为藤原小姐的后台是那么简单吗？你以为她今日之地位是凭空得到的吗？再说，我也是有身份的人，让我去干霸王硬上弓的事情，你简直把我当禽兽了，我像禽兽吗？白痴！”

黎建昌大声说：“太君绝对不像禽兽，因为太君本来就是禽兽！”

大串一雄一听这话猛然从腰里拔出了手枪：“哇呀呀，我要枪毙你！”

黎建昌不动声色：“太君万万不可，如果您枪毙了我，您的妹妹就成了寡妇！”

“那你就掌嘴!”

黎建昌笑起来：“太君稍安毋躁，您先听我解释。太君，您不是一向喜欢狮子老虎吗？可它们都是禽兽啊!”

大串一雄不由哈哈大笑：“建昌君，我很欣赏你的幽默！没错，我是禽兽，我是狮子老虎一样的禽兽，哈哈哈哈!”

黎建昌循循善诱：“狮子老虎只有通过不停地厮杀，不停地战斗来征服那些母狮子、母老虎。太君，只要机会一到，到时候自然能够赢得藤原小姐的芳心!”

大串一雄听得眉飞色舞：“说得好！那么，机会什么时候能够来到呢?”

黎建昌说：“这个……只能看天意了。不过我相信，应该不太远了……”

“好，我就等这个机会！建昌君，你想做禽兽吗？到时候我需要你的鼎力支持!”

“啊，能和太君一起做禽兽是我的万分荣幸!”

说到做禽兽，倒是启发了大串一雄。

他忽然问黎建昌，“建昌君，你的大东亚共荣商会计划还没进展吗?”

大串一雄忽然问出这种问题，让黎建昌有点发懵，支支吾吾地说：“这个，我正在努力说服刘顺，但是你也知道，他和张皓天关系密切，说服他是很难的。”

“建昌君，请不要敷衍我!”大串一雄的脸色沉了下来，厉声说，“你们中国有句老话：明知山有虎，偏向虎山行！越是困难就越是考验你能力的时候，建昌君，我已经等了你两年，你让我非常失望!”

黎建昌心里很不高兴，心想这小日本说翻脸就翻脸，果然是伴君如伴虎：“太君请不要生气，我接下来的工作重心正是这个!”

大串一雄开始跟黎建昌讲起道理来：“建昌君，说起来其实我也有责任，我之所以对你一直睁只眼闭只眼，这是因为当时情况比较复杂，我们不能轻举妄动。可现在形势不同了，现在天皇陛下已经赋予我更大的职责。所以我们必须要加快步伐，以此来迎接大日本皇军全面占领中国，你的明白？”

黎建昌大声说：“太君用心良苦，建昌无地自容！”

大串一雄拍拍黎建昌：“你也不要太过于自责，接下来就是你将功赎罪的机会，只要做出贡献，天皇陛下就一定会奖励我。你是我的妹夫，我自然也不会亏待你。我好，你也好，大家好才是真的好……”

“我不好，一点都不好啊。”回到家中黎建昌就一头栽倒在沙发上长吁短叹。

那大串麻妃一看夫君这个样子，赶紧踢踢踏踏跑过来嘘寒问暖：“老公，怎么了？”

黎建昌哭丧着脸：“你大哥马上要把我干掉了。”

大串麻妃吓了一跳：“建昌君，为什么？你又没做什么坏事……”

“我倒是想做坏事，可是做坏事也不是那么容易的啊。”黎建昌很忧郁，“麻妃，我真是个废物。”

大串麻妃心疼地说：“不要那么说。老公，在我心里你一直都是棒棒的。”

“你对我太好了，麻妃。”

“你对我也好。”大串麻妃脸又红了，“那么，我有什么可以帮你的呢？”

黎建昌苦笑着摇摇头：“算了，不想那么多了，过一天是一天吧。”

“建昌君，老公，看到你这样，我的心都要碎了！”大串麻妃忍不住要哭了。

“别哭，亲爱的。”黎建昌轻轻抚摸着大串麻妃的长发，“许多事情也许是命中注定吧，就像我认识你一样。”

大串麻妃说：“有你的日子，我很幸福。”

“如果世界这么简单就好了。”黎建昌叹口气，“因为做汉奸我才认识了你。可是做汉奸就要做坏事啊，不能只跟你卿卿我我啊。”

大串麻妃点点头：“我明白，你也是身不由己。就像我爱上你一样，也是身不由己。”

黎建昌一脸迷茫：“不对呀，什么意思？好像我逼你爱上我似的。”

大串麻妃意识到自己说错话了，急忙解释：“建昌君，你千万不要误会，我的意思是说，我爱上你就好像是上天安排一样，可是我自己根本就不知道怎么就爱上你了……”

“哦，原来如此！”黎建昌哈哈大笑，“你用词不对，应该叫‘情不自禁’才对呀！”

“对，对，情不自禁爱上你！”

“你们俩就别一天到晚打情骂俏了，看着腻歪！”黎大帅吭哧吭哧摇着轮椅过来了，“兔崽子，啥事啊，好久没看你愁眉苦脸啦！”

黎建昌说：“老头儿，你说咋办吧，现在大串开始逼我啦。要拿出点像样的东西出来。”

黎大帅听完露出了狐狸的微笑：“这点破事就把你难住了？别怕，乖，有老子在你就没事！”

黎建昌很不耐烦：“你可别忽悠我，快说咋办！”

黎大帅气定神闲：“既来之则安之，他有张良计，咱也有过墙梯啊。放心，办法总是有的，都在我这儿藏着哪！”说着指了指自己的脑袋瓜，“几十年的风雨早已让我学会了临危不乱！”

“你这老东西，臭显摆啥啊，赶紧说！”

“这不还没到时候吗，等到了该说的时候我自然会说。你就先拖着吧。”

“那什么时候算是到时候？”

“到时候就是中国被小日本彻底占领的时候……到那个时候再说不迟。”

“那好，我就信你。你说啥时候小日本能完全征服中国？真的能彻底占领中国吗？”

“孩子啊，要多读书，多看报，多了解国家大事！”黎大帅摇摇头，“所谓知己知彼才能百战不殆，你身为汉奸要了解小日本的情况，也要了解国民党的情况，了解共产党的情况，还要了解其他什么乱七八糟党派的情况，要学会判断思考，这样才算是一个合格的汉奸……不然你连死都不知道怎么死的！”

“那现在到底是什么形势？小日本不是完全占了上风了吗？”

黎大帅开始摇头晃脑地分析：“不好说啊，小日本虽然武器精良，但是那国民党也不是吃素的，从来也不轻易缴械投降啊。再加上现在又多了个共产党，共产党这几年韬光养晦，在后方战场把小日本打得七荤八素。也是要借着打小日本为自己争取民意，再加上如今全国上下一心，众志成城，小日本真想完全征服中国，嘿嘿，那得到什么时候啊？”黎大帅侧仰着头，眯着眼，好像在想这可能是没个尽头。

黎建昌怒气冲冲地嚷起来：“我怎么听你说话这么不顺耳呢？你怎么净给那国民党和共产党打气，好像巴不得让小日本输掉？你可别忘了，小日本败了，那咱俩可都得玩完！”

黎大帅摆摆手：“孩子，少安毋躁。我刚才这些分析意思是说，一定要有耐心，咱们现在真不必急，操之过急就容易出错，就容易授人以柄。在这节骨眼上，你一不留神就会引火烧身！所以咱得等时机差不多再说，差不多的意思就是胜负眼看就要见分晓的时候，到时候咱再做决定不迟！”

黎建昌听完这番话猛然一拍大腿：“常言说家有一老如有一宝，看来你还真是我亲爹，我服了！”

黎大帅黯然说：“唉，你小时候我天天在外边应酬，没把你管好，不然你怎么会走上汉奸这条不归路呢？子不教父之过，我是有罪的。”

黎建昌嘿嘿一笑：“老头子，你就别老是怨天怨地啦，卖国汉奸又如何，民族英雄又如何？不过是职业选择不同罢了。你看人家汪精卫那么大的官，都汪主席了，不也做汉奸了吗？我看，这职业非常有前途，既然选择了这条路，那就只能无怨无悔！”

大串一雄如今特务大权在握，就想着如何收拾与自己不对付的人了。这其中就有张皓天、刘顺。这两个刁民、贱民胆敢不与我大日本皇军合作，只有死路一条。

大串一雄以他的妹妹大串麻妃的名义成立了日本东洋牛奶公司，扶持汉奸黎建昌做董事长，在各方面挤压天顺。比如说饲料，日本人控制，就不给天顺配足。电力，日本人控制，经常给天顺断电。水，日本人控制，时不时给你掐掉。

大串一雄的计划是控制整个北京牛奶市场，挤垮中国民族奶业。他还假惺惺地建议张皓天将天顺牛奶与日本东洋牛奶合并，这样更能体现日中亲善。条款自是苛刻无比，实际就是让天顺成为日本东洋牛奶公司的附属公司。理所当然，遭到了张皓天的严词拒绝。

大串一雄一看，不上套啊。我这万兽之王还能奈何不了你？他决定想个计策整垮天顺牛奶公司。

天顺牛奶因为业务扩大，在奶粉、酸奶、奶酪上全力拓展，也收编了一些可靠的奶场，教他们养牛供奶。现在合计有三大奶场，就是德胜、东直门外、通州。黎建昌家离德胜近，这两年黎大帅对补钙特别上心，所以常年在德胜购奶喝。

有一次，黎建昌碰到了天顺的送奶工，心中生出一条毒计，赶紧向他的日本主子大串一雄汇报。

“建昌君，你的，现在是真禽兽了，良心坏了坏了的。”

“哈依，谢谢太君！这是您这万兽之王栽培的结果。”

这天深夜，德胜奶牛场刚刚装奶完毕，大串一雄以抓“反日分子”为名封锁了奶场。奶场全部员工被押到了大草场上跪着，一大群荷刀持枪的宪兵和伪警察在旁看着。在封锁过程当中，黎建昌安排一名手下，偷偷在送奶罐中加入了较大剂量的泻药。之后，胡乱抓了几个工人走了。

奶不能不送啊，奶场也不知道第二天早上要送的奶被做了手脚。

第二天购奶客户喝完奶后出现了较大面积严重腹泻情况，更有一名体质虚弱的老头因此送了命。“天顺牛奶毒死人”的恶名一下子传遍了全北平。这可是从未有过的，退订天顺牛奶的客户塞满各个门店，质量安全考验天顺牛奶的生死存亡。

大串一雄施压北平伪国民政府警方抓捕了德胜奶场几个负责人和当天的送奶工，皮鞭抽、灌冷水、电老虎……一顿严刑折磨，有几个人就屈打成招了。

一波未平一波又起，第二天晚上黎建昌让另一名手下假装“反日分子”偷藏在了德胜奶牛场。大串一雄带领日军再度包围奶牛场，搜出了“反日分子”，并以发现德胜奶牛场“窝藏反日分子”为罪名，将张皓天押入日军大牢，酷刑伺候。

那囚室也就十来平方米，张皓天和二十多个重犯被锁在里边。门窗钉着密密麻麻的粗铁条，所有的活动都在这个狭小的空间里，吃喝拉撒睡。张皓天被打得遍体鳞伤，扔在囚室的一角。

每天早晨，囚犯们有十分钟放风的时间，只有到这个时候，才知道哪个监牢昨天又有谁被处决了。

更多人更像在等死，躺卧着，形如枯槁，好像一具具僵尸。

这次看来是逃不过了，“反日分子”被坐实了。虽然明知是被陷害的，但是在这个鬼一般的监牢里，在这个完全隔绝的地狱里，想要活命很难。

但是，张皓天宁死不屈。他对未来也没有丧失哪怕一点点信心，为什么？因为他相信党组织！

第四十三回

倭寇不灭家何为　鬼子强抢暗算计

张皓天锒铛入狱后，中共地下党组织开始多方营救。

秦芙蓉、刘顺、知春这时候团结起来了。在陈程、谷亚兰的指导下，秦芙蓉、刘顺一方面迅速封停了涉事奶场，一方面请求警方立案调查。刘顺配合警方一道赴客户家中十分细致地收集涉案的牛奶，邀请法医进行鉴定，从中发现了泻药成分。刘顺把鉴定结果捅到了报社，揭露有人栽赃陷害。北平老百姓愤怒了，太不是东西了，怎么能干这种缺德事？拿老百姓不当人，借刀杀人、下药毒害不是？

刘顺请求总商会几位议董和副会长集体出面，找北平伪国民政府评理，要求他们向日本人施压，释放张皓天先生。

知春还帮聘请了日本籍知名律师，与“反日分子”对质，让他说清楚到底认不认识张皓天，怎么受张皓天指使的，都有哪些实质性的证据。那个所谓的“反日分子”在拷问下前言不搭后语，破绽百出。最后在大串一雄的威逼下不说话了。

地下党组织和游击队更是积极帮助查明案件真相，一步步揭开疑点。

一个礼拜后，黎建昌发觉风声不对，在大串一雄的授意下，将他的手下，也就是冒充的“反日分子”送出城外，想让他逃到伪满洲去。在路上黎建昌接到大串一雄的紧急口令，要杀人灭口，被共产党游击队及时阻止，并且活捉。审问中黎建昌供出了事件真相，地下党通过媒体将事件过程报道了出来。

强大舆论压力下，大串一雄允许张皓天保释出狱。

张皓天举行了一个新闻发布会，揭露了黎建昌受命日本人栽赃陷害行径。说明天顺奶牛场监管严格，奶源优质，各个生产环节十分安全，消除了消费者的恐慌心理。并且邀请市民前往天顺三大奶场，参观天顺奶场全生产链，到场者优惠订奶而且可以免费品尝任意奶品。一举收复了人心，扩大了天顺奶场的宣传效应，天顺在北平沦丧最困难的年代保持住了很好的口碑……

自从 1938 年武汉会战后，中国的抗日战争进入了战略相持阶段。1939 年 9 月，日本调整和集结部队，悍然进犯长沙，一直到 1942 年 2 月，中国军队与侵华日军在以长沙为中心的第九战区进行了三次大规模的激烈攻防战，史称长沙会战。

这个时候的北平城已经成了一座信息孤岛。百姓没有良民证寸步难行，进出北平要经过一道又一道关卡严查。报纸上基本上没有真实的消息，都是一些粉饰日中亲善的文章。北平城内十分闭塞，电话只能打给城内，普通老百姓根本不知道外面的情况。

就在长沙会战前，一个头戴礼帽的神秘人来到张皓天的家，偷偷塞给他一封信。皓天打开一看，竟然是早已没有消息的虞亭华的亲笔信！

虞亭华在信中说：日本侵略军现在已经开始进犯长沙，国军虽然集结重兵迎敌，但能坚持多久难说。湖南全境都处于危险之中。中央政府决定继续向重庆搬迁物资和设备，宋美龄女士也决心把南京卫岗实验农场建设复制到战时首都重庆。需要把湖南衡阳实验农场的五十多头奶牛运往重庆，直接走水路沿湘江进入长江，再逆流而上已经不可能了，因为日本已经在轰炸湖南北部。必须走山路由湖南往西南运至贵州，再从贵州经水路运至重庆。

这在当时的恶劣条件下，对人力和物力都是无比严峻的挑战。宋美龄安排了自己的钱秘书组成管理组来主抓搬迁工作。虞亭华也安排了牧场场长王新民主抓饲喂组，但是五十头奶牛仅有一个王新民管理是明显不够的。

钱秘书只知道生搬硬套执行上级命令，对奶牛的管理一窍不通。虞亭华一直找不到合适人选，而他自己刚刚离开衡阳实验农场去了重庆。国民党政府安排了非常重要的工作给他，较长一段时间内无法分身去衡阳运牛。想来想去，只有皓天能做这件事了。

他劝皓天立即启程到湖南衡阳，为党国保住这几十头奶牛。还有一件事，从衡阳将其夫人黄云裳一并接到重庆。这时候，虞亭华已经完全清醒过来了。

皓天向党组织汇报了情况。陈程说："奶牛事小，虞亭华事大。他是畜牧行业难得的专家。一个人顶得一个军。你去衡阳吧，然后去重庆，看能不能跟虞亭华在一块相处时间长一点，争取劝他投奔延安。当然，还有他的爱人黄云裳女士。"

张皓天接到任务，对芙蓉说明了行动目的。秦芙蓉现在也已经是一名中国共产党党员了，入党介绍人还是谷亚兰。

想到此行凶险，芙蓉眼泪下来了："皓天，不知为什么，这次听你要走，突然有种生离死别的感觉。我就一下子想到了当年你爹告别时的情形，还有我爹你娘两个孩子告别的情形，感觉以后见面机会都渺茫了……"

皓天握住芙蓉的手："现在是国难当头，日本人在中国的土地上耀武扬威。有些事必须要去做的，有所不为，有所必为。"

“我知道，可还是担心……”

皓天深情地看着芙蓉，柔声说：“别害怕，相信这只是黎明前的黑暗，相信我一定会安全回来的。”

芙蓉说：“你一定要活着回来。我等着。”

皓天又安排好了北平总商会的事情。虽说现在北平总商会在日本人的多方钳制下已名存实亡，但是在一些中小商户眼中，这总是一份微小的希望。如果没有这个商会，不知道多少人要挨饿受冻。皓天深思熟虑之后，推荐刘顺接任总商会会长职务。这些年来，刘顺赢得了北平商界的信任，大小商户一致投了赞成票。

奶牛场就交给刘顺、王少川、牛大勇负责打理。

三天以后，皓天告别了芙蓉，告别了北平地下党组织，踏上了漫长的征程。皓天化装成一个走脚的行商，悄悄地从正阳门火车站登上南下的列车，按照正常情况，四十个小时以后，他就能到达武昌火车站，然后再转车绕过战区去衡阳。

只是现在是战争年代，一切都按战时管理。平汉铁路日军物资和士兵日夜不停地南运，旅客就顾不上了。列车刚刚到达保定，车皮就被日军征用。荷枪实弹的日军士兵把旅客驱赶下火车，把他们扔在车站自生自灭，而且警告他们直接南下可能会被炮火吞噬。

皓天只得雇佣牛车转向西行，沿着黄河以北进入中条山地区，这是中国军队的防区。又从运城西渡黄河，进入关中地区，这里才听不见隆隆的枪炮声了。

一个月的艰难跋涉，让皓天感慨万千。破碎的河山，到处都是战火，尤其是铁路线两侧，已经没有一个村落、没有一个城镇不被炮火犁了一遍又一遍，逃难的百姓拖家带口，哭爹喊娘，到处是饥荒、疾病、家破、人亡……

一个个触目惊心的事实，让皓天寝食难安，他的国家啊，他的同胞啊，正在巨大的苦难中挣扎。他恨死了日本侵略者，恨死了日本兵！

在西安城休整了几日，张皓天乘火车到宝鸡，又从宝鸡雇驴车，乘舟船，经汉中、安康进入四川。在广袤的陕川之间穿行的时候，皓天想到了母亲、岳父和思飞、思甜，这时候如果辗转去陕北，见见亲人们多好啊。但是他不能，国家正处于水深火热之中，作为一名以民族解放为重任的共产党员，倭寇不灭，何以家为！

张皓天沿着川东攀山越岭进入湘西，绕过长沙战区，经常德、娄底进入衡阳。长沙会战激战正酣，中日双方百万大军激烈厮杀，争夺每一个村庄，每一个山头，每一个渡口……

这是事关中华民族生死存亡之战。

湖南老百姓表现出了空前的爱国热情。四处都是保卫长沙的群众集会，口号惊天动地，四处都在为前线输送物质。老百姓给国军送水、送饼、送衣，一切前线将士吃的用的他们全都送。而且配合国军，组成民兵，破坏一切可资日军利用的道路，包括铁路、公路甚至乡间小路，使得日军机械化部队和重炮兵行动困难。日军在各条战线各条道路上都遭到了有力的阻击、侧击，部分日军陷于包围，损失惨重。全国人民前线支军行动更是源源不断。到了10月，日军被迫大退却。中国取得了第一次长沙会战胜利！

皓天途中得到消息，感慨万分：只有人民，只有广大人民，才是战争制胜的决定性力量！

为了躲避战火，张皓天绕行中国中西部，跋涉两三千公里，这是另一个意义上的长征。张皓天在各个方面都得到了磨炼，性格意志坚强无比。

皓天到达衡阳码头的时候，已经是蓬头垢面，骨瘦如柴。他找到了黄云裳，双方都很惊讶。黄云裳腹部高高鼓起……她和虞亭华有了爱的结晶。

虞亭华来电话："云裳身体不便，这一路到重庆不轻松，就有劳皓天了。"

皓天说："这没的说，就算不是为了你，为了金榜大哥和日本人生死血拼，为了芙蓉和云裳的情义，我也会照顾好她的，你放心。"

黄云裳放下筷子，看着皓天："我哥金榜一直在北方作战，这一年来音讯皆无。皓天哥有没有他的消息？"

皓天问："金榜哥现在哪支部队？"

黄云裳说："听孙叔叔说在高树勋新八军。抗战爆发以后，蒋委员长严令河北部队不得退过黄河，必须在黄河以北坚持抵抗。他现在如果活着，应该在冀南地区。"

皓天劝慰云裳："金榜哥是一团之长，如果真有了不幸，不可能悄无声息。没有消息可能就是最好的消息，说明他还活着。"

话是这么说，内心里皓天却并没这么乐观。他一路从北方而来，见的战乱太多了。日本军队控制了铁路沿线，中国坚持抵抗的军队只能退到山区，吃不饱穿不暖，粮弹不济，交通也不便。即使真有高级将校阵亡，也未必很快有消息传到南方……他不能向云裳说这些。

皓天向云裳要了孙良喜现在的联系方式，给孙良喜打了电话。了解到高树勋是一个爱国将领，在太行山中坚持抵抗日寇，与共产党八路军关系良好，是一个完全可以争取的对象。过了些日子皓天到了重庆，联系到了中共地下党组织：如果能把黄金榜争取过来，革命的力量就会增加一分，也许连高树勋都能争取过来。那样整个晋冀鲁豫抗日根据地将连成一片，抗日的形势将发生天翻地覆的变化……

1940 年 4 月，石友三在冀南战斗中遭到八路军的毁灭性打击，于是转而投靠日军，在开封与日本驻军司令佐佐木签订互不侵犯协议，并准备在联合消灭八路军后向日军投降。

石友三的结义兄弟、部下高树勋不愿做汉奸，在爱国军官黄金榜的争取下，密谋暗杀石友三。

5 月，石友三率一连骑兵到高树勋部驻地河南濮阳柳下屯。高树勋率旅长以上军官将他们迎进会议室，大家谈笑风生，共叙往事。不一会儿，有一勤务兵入内对高树勋说：“太太有事相请！”高树勋离开了房间。随后黄金榜带着四名卫兵进入会议室，将石友三架走。当天夜里，高树勋命令黄金榜将石友三活埋于黄河岸边……

1940 年春节前，张皓天带着五十多头奶牛一路颠簸到达重庆，受到宋美龄女士的高度赞扬。

1940 年夏天，黄云裳在重庆生下了一个可爱的女孩。

与虞亭华、黄云裳相处了一年多时间，张皓天将两个得力的地下党员安排在了他们身边，他们在解放战争后虞亭华、黄云裳投奔共产党的事件中起到了决定性作用……

1941 年冬季，皓天回到了他日夜思念的北平。

皓天回到家的时候已是深夜，站在家门口不禁百感交集，手举起来要敲门，却又放了下来。整整两年了，北平似乎和他走的时候没什么两样，可是这一年来他的心境却跟以往大不一样了。

他终于敲响了家门，很快从里边传来一阵熟悉的脚步声：“谁？”

皓天没有吭声，他还想跟芙蓉开个玩笑。芙蓉连问了两声，没有人作答，便打算转身回房。隔着门缝的皓天忽然学了一声猫叫，把芙蓉吓了一跳。皓天哈哈笑了起来：“开门吧！”

芙蓉又惊又喜，赶紧开了门，一看到皓天就一个拳头打过来：“坏蛋，大半夜学猫叫吓人！”

皓天“嘘”了一声：“别吵醒街坊，咱们偷偷回屋去。”

进了屋，芙蓉就迫不及待地说：“我觉得咱俩一定有心灵感应！”

皓天迷糊了：“心灵感应？什么感应？”

“我想着你一定是这两天回来，所以我就晚上很晚才睡。没想到还真把你给等来了！这就是心灵感应。”

皓天一把抱起了芙蓉：“两年不见，我们芙蓉老师变瘦了！”

芙蓉娇嗔一声：“天天想你，还怎么胖得起来啊？”又心疼地看着皓天：“皓天，你也瘦多了，又黑又瘦，都快成非洲人了！不过好在没缺胳膊少腿，总算不枉我当初哭一场。”

皓天充满柔情地说：“谢谢芙蓉老师珍贵的眼泪，感动了老天爷，才没让我缺胳膊少腿。又能跟你在一块生活了，愿生生世世是今日。”

芙蓉心里又是欣慰，又是感激。能在这风雨飘摇的时代，还能有和她相依为命的人，只觉得此生真是无憾了。

时间转眼到了1941年12月，日本航空母舰和微型潜艇突然袭击了美国海军太平洋舰队，太平洋战争爆发，美国随即对日本宣战。国民党政府很清楚，只要军事实力超强的美国参战，日本战败就注定无疑了。因此12月9日国民政府正式对日宣战，这一天，中国和日本可以说是真正处于“全面战争”状态了。

由于美国出动了大量飞机轰炸日本本土，日本人可以说是自食其果，饱受战祸之苦。众多日本人开始向中国移民，涌向天津、北平。“从山海关跨过塘沽、古北口、青岛……各线的火车、轮船，装了千万个穿着木屐的旅客”，源源不断地涌入华北的中心北平。为解决日本人口激增的居住问题，日伪还划定了北平西郊“新市区”专供日本侨民居住。

北平的中国人的日子就更难过了。日本人强抢强征，使得北平街头到处是乞食的人群。北平民族工商业受到了巨大的打击。张皓天的奶牛场规模也一再压缩，最后就只剩下德胜一个奶牛场在经营了。

大串一雄又开始不淡定了，有一天他把黎建昌叫了过来：“来来来，请建昌君分析一下，我们的机会是不是来了？”

黎建昌认真地说：“太君，现在的北平全被您控制了。暴风雨已经来临，您马上就会成为万兽之王！”

“万兽之王！这个有点夸张了，不过我喜欢。哈哈哈哈，建昌君，看来你做了不少功夫啊！”

黎建昌很谦虚：“我这不算什么，都是跟您学的。”

“那么，我是不是马上可以约会藤原小姐了？”

“我想藤原小姐此时此刻很可能因为想念你而备受煎熬……”

大串一雄心花怒放：“不过，我会让藤原小姐为了我而受煎熬吗？当然不能了！”

“太君，上次张皓天被关进大牢，这个藤原小姐出了不少力。经我调查，他们俩的关系不一般。”

“哇呀哇呀，气死我了。张皓天这个贱民该死！”大串一雄狠狠抽了黎建昌两个大耳光。

“哈依！贱民该死！该死！”黎建昌摸着被打肿了的脸。

这时候的大串一雄可以说是真正的“万兽之王”了。对中国人想打就打，想杀就杀，毫无人性可言。对付张皓天，他觉得比捏死一只蚂蚁还简单。

这天，黎建昌到了德胜奶牛场。干吗来呢，他是代表大日本皇军大串一雄大佐来传话的，说要征用德胜奶牛场，全力为日本皇军生产牛奶和奶粉。让德胜奶牛场好好准备准备，已有订单都给取消了。如果不服从就将被军法处置。三天后，大串一雄要来检查准备情况。

王少川赶紧给皓天打电话。

皓天明白了，小日本鬼子要对北平的奶牛场狠下毒手了。

日本人想强占中国人的奶牛场，供他们养肥军队，然后更凶残地屠杀中国人，是中国人能答应吗？这不就是卖国叛国吗？不就是汉奸行径吗？

几天后，大特务大串一雄亲自到了奶牛场。几十个荷枪实弹的日本宪兵把奶牛场前后门把得死死的，奶牛场被包围了。

大串一雄狂妄地笑：“皓天君，别来无恙。”

皓天拱手说：“大串君有何贵干？”

大串一雄一瞪眼：“皓天君明知故问啊。几天前我就拜托建昌君把来意告知，今天我自然是来听皓天君答复的。”

皓天摇头说：“皓天一个生意人，一生事业只在这个奶牛场，如果皇军要无偿征用，皓天让兄弟们喝西北风去？”

大串一雄看了一眼黎建昌：“建昌君，我是这么说的么？”又转过头看着张皓天，“皓天君误解我了，我的意思是你的奶牛场从此就是皇军的定点企业，专门为皇军提供军用奶制品，不可流入民间。皇军只是收购奶牛场的所有产品，产权还是皓天君的。我们是照价付款，并没有无偿征用之意。”

皓天笑道：“你们付的是军用手票乙号票，没有任何保证金作为兑换支持，也没有特定的发行银行。这些军票既不能兑换银圆、法币，也不能兑换日元，市场上不认啊。如果奶牛场收了你们的军票，就等于断绝了资金收入来源，最后就只有破产一条路走了。”

大串一雄脸上的笑容慢慢消失了，冷冰冰地说：“皓天君是在质疑大日本皇军的信誉么？这几年，我大日本皇军战无不胜，中国富庶之区已大都在大日本帝国控制之下。军票是军部合法发行的代货币，所有的日军士兵都使用军票购买生活用品，难道到你这里就不行了么？”

皓天心中暗骂，你们用废纸买中国人的东西，跟强抢有什么区别？居然还理直气壮！大串一雄，小鬼子真会算计啊！

皓天故意停顿了一会儿，然后抬起了头："好吧。我同意为皇军生产奶制品，奶场的全部产出供皇军军用，绝无一滴牛奶流入市场……但是我有个条件。"

大串一雄没想到皓天答应得如此痛快，觉得好像一记重拳打在了空气中，不过瘾，挺失望。转念一想，他能逃得了今天，能逃得了永远么？用军票收购他的产品，很快他的资金链就会断裂，支持不了多久的，家破人亡是早晚的事！他笑了："有什么条件，皓天君请尽管提。只要不是破坏日中亲善，我都会答应的。"

皓天沉声说："我要完全的经营自主权，日本军方不能在我的奶场派驻任何人员。你们可以成立专门的质检机构，由我方送检，合格后再付款。"

大串一雄想了想，实在想不出这里面能藏什么阴谋，不过谨慎起见还是说："我可以答应你的要求，但是军方会给你下达生产任务，你们必须严格按照军方的要求完成……如果你们偷工减料，缺斤短两，那可就要用军法处置你们了。"

皓天淡淡一笑："就是这样。"

大串一雄哈哈大笑："好！建昌君，把合同拿出来吧。"

黎建昌得意扬扬地从文件包中拿出了合同，递到张皓天面前。想到这个该死的对头终于要完蛋了，而且就在自己的眼前，真是大快我心啊！

皓天看都不看合同就签字。小日本挖好了坑就等着自己跳，看不看也就那么回事儿了。现在最重要的是争取时间，这份合同正是争取时间的工具。他接过黎建昌递过来的钢笔，龙飞凤舞签上了自己的大名，又咬破手指，在自己名字上按下了血手印。

黎建昌笑眯眯地接过合同，双手举着左看右看，在手印上吹了吹，才递给了大串一雄。

大串一雄示意黎建昌收起来，得意地大笑，说：“皓天君是日中亲善的典范，你的事迹很快就会登上《东亚日报》的头条……接着，会有更多北平奶牛场为皇军服务的。”说完扬长而去。

皓天猛然把手中的笔一撅两半，摔到了地上。他眼中的怒火似乎要把侵略者活活烧死！

皓天真要将奶牛场用于服务日本人吗？还是缓兵之计，另有打算？请看下回分解。

第四十四回

火烧牛场筑坚壁　国军竟比日军狠

上回书说到大串一雄要征用天顺奶牛场为日本皇军所用。皓天请示了党组织，商量应对办法。

第二天，皓天找到刘顺：“顺子，鬼子已经对咱们乳商动手了。咱们的奶牛场首先不保，其他家的奶牛场估计也保不住！咱们不能便宜了这些万恶的小鬼子，让他们接着祸害中国人。你去联系各个奶牛场，趁现在还来得及，赶紧变卖了，奶牛能卖就卖，不能卖就宰了卖牛肉！就是不给小日本！”

刘顺一听心疼不已：“这可是我们多年的心血啊！”

皓天：“这是小鬼子逼的！不宰了吃肉，也会让他们用军票骗走！”

刘顺重重点点头：“好！我去联络北平其他的乳商，让大家一块行动起来！决不让小鬼子阴谋得逞。”

原来，组织上决定，中日战争到这个阶段，日本人已经快到山穷水尽的地步了。如果奶牛场不能为中国老百姓服务，就把奶牛场毁掉，无论如何，不能留给日本人。就像中共敌后武装，领着老百姓坚壁清野，小日本缺吃少用，战斗力自然就削弱了。

组织上同意张皓天的想法：用一把火将德胜奶牛场烧成灰烬。

当天夜里十一点钟左右，皓天和芙蓉被一阵电话铃声吵醒了。皓天拿起了电话。

电话听筒里传来王少川焦急的声音：“不好了，皓天，奶牛场出大事了，着火了。奶牛场现在是一片火海！”

皓天：“有没有给消防队打电话？”

“第一时间就打了，他们正往这边赶来！”

皓天说罢放下电话，对芙蓉说了句，“奶牛场着火了，我要马上去！”直奔门外。

芙蓉赶紧追上来给他披上一件外衣，“皓天，我也要去！”

车子飞奔而去。开到奶牛场，只见饲料房的干草垛浓烟滚滚，如毒蛇一般的烈焰迅速向四周草垛蔓延。七八名工人正提着水桶拼命往里边泼水，可是这一切不过是徒劳罢了。因为火势太大了。

火借风势越来越猛，冲天火光照亮了整个夜空，在这寒冷的冬天，连空气都似乎被烧焦了。

忽然，一头公牛从牛舍方向狂奔而出，只见这头公牛浑身上下都是火，已经变成一头火牛。它痛苦地哞哞叫着，在奶牛场疯狂地左冲右突。不一会儿工夫，庞大的身躯便轰然倒地，又挣扎了片刻便不再动弹，很快便烧成一把灰烬。

众人只看得惊心动魄，这可能是很多人平生第一次近距离见到这种场面，看上去实在太恐怖了。

皓天不停安慰大家：“别怕，只要人平安就好，大不了咱们从头再来！”喊了一声，“大勇，人都没事吧！”

牛大勇高声接道：“人没事，奶牛场今天休息，工人都回家了……就是牛都被困在火场了，一头也活不了了……”

皓天盯着泼水的几个工人说：“这么大的火，我看也都别折腾了，还是等消防队过来吧。”

王少川带着哭腔：“皓天，我没看好场子啊，我对不住你！”

皓天安慰王少川：“舅舅，这明显是有人故意纵火，月黑风高的，怎么能怪你呢？”

风越来越大，火越来越猛，整个奶牛场变成了火海，牛大勇等一帮人强拉着皓天到了安全地带。又过了半个小时，两辆破旧的消防车才总算姗姗来到。当时北平的消防队刚由北平伪警察局组建，这其中许多消防队员本身就是混子，根本没有经过专业训练便进来混薪水，再加上消防设备陈旧，所以根本就是个摆设。来到奶牛场一阵瞎搅和，火的确也停住了，不过奶牛场也基本上被烧得差不多了，变成了光秃秃一片。

在城内宪兵司令部，大串一雄接到了消防队的电话，德胜奶牛场已经烧成了一片废墟。哈哈哈哈，烧了就烧了吧。征不了你家我还可以征别家嘛。哈哈哈哈，他没有怀疑是皓天自己干的，没有人有勇气把自己半生的心血付之一炬，这肯定是“抗日杀奸团”所为，或者是电器老化失火了……

“哈哈哈哈！”不光大串一雄狂笑，还有一个人也在狂笑，他一边狂笑一边恶狠狠地说，“张皓天，刘顺，全没了吧！你们哥俩白忙一辈子了吧！这下你们知道得罪我黎建昌的下场了吧，哈哈哈哈！”

黎建昌笑得非常开心，这可是他盼望已久的结果。今日终于心愿得偿，他如何不开心，如何不激动？

“建昌君，这件事很好，我很满意！我们大日本帝国在北平终于取得了突破性的成就，天皇陛下一定会很开心的！哈哈，你们中国人‘擒贼先擒王’的哲学实在太奇妙，太好玩，太有意思了！”

这可是大串一雄第一次正式表扬黎建昌，黎建昌激动得几乎要当场下跪：“太君过奖，这本是建昌的分内之事！”

“现在把北平总商会会长打瘸了，那么接下来，是不是就可以一马平川了?”

黎建昌一脸的胜券在握：“我们中国有句老话，叫树倒猢狲散。张皓天的奶牛场全玩完了，接下来那些唯他马首是瞻的商家还能坚持多久呢?可想而知，都会归顺皇军的，这两天不就有不少完全同意征用的吗？到时候我们的大东亚共荣商会计划就可以马上实施了，太君到时候一定会让天皇陛下大大的开心，到时候升任中将也是完全有可能的!”

黎建昌这一番话把大串一雄哄得哈哈大笑：“建昌君，你现在已经让我非常开心了！不过为天皇陛下效命是我的职责所在，我可不求什么中将!”

“太君淡泊名利，果然志存高远，我辈楷模啊!”

“哈哈，这种废话以后就尽量少说了。咱们还是谈谈正事吧，那么我现在就有一个合适人选，我认为这个人非常适合做大东亚共荣商会会长，建昌君我想听听你的意见!”

“请问是哪一位?”

“藤原小姐，她从前是中国人，现在是日本人，我认为她的双重身份非常符合我们的大东亚共荣战略!”

“哦，原来是藤原小姐!”黎建昌心中不禁感到失望，不过还是满脸堆笑，“不知道藤原小姐心里怎么想的?”

“呵呵，我不是她肚里的蛔虫，怎么知道她怎么想?”大串一雄两只小眼睛眯了起来，“藤原小姐是我见过最高傲的女人。可她越是这样我就越想征服她，非常具有挑战性，一想就彻夜难眠啊!”

大串一雄这话不由勾起了黎建昌的心事：“我十分理解太君的心情，我曾经也暗恋过一个高傲的女人，也是为她寝食难安啊，那种滋味是非常难受的!”

“嗯？”大串一雄一下子板起了脸，“这么说，你心里还有别的女人？你要欺骗、背叛我的妹妹？”

黎建昌心中暗自叫苦：我没事说这个干什么啊，真是吃饱了撑的，赶紧低头认罪：“报告太君，我说的是曾经。如今我只对一个人忠心，那就是我深爱的夫人大串麻妃！”

大串一雄狞笑一声：“建昌君，我警告你，如果让我发现你对我妹妹不忠，那么你放心，我一定会让你变成太监的！”

黎建昌不禁打了个冷战：“太君请一万个放心，自从和麻妃第一次见面，她就彻底征服了我一颗冰冷的心。我保证，一定会爱她一万年，若有半句虚言，就请太君把我变成大太监！”

“做太监也想做大太监？建昌君太有野心啦！”大串一雄大笑，“建昌君，请马上安排我和藤原小姐见一面，我要和她当面谈一谈……”

在地下党组织的安排下，张皓天带着刘顺，在当时的石门市——今天的河北省会石家庄市的平山县一个叫西柏坡的村庄建设了新的奶牛场。为避免引起日伪政府的注意，奶牛场名义上仍属于私人经营。刘顺在皓天的争取下，光荣地加入了中国共产党。

自抗日战争以来，平山县为晋察冀和晋冀鲁豫边区两大根据地所环抱，西柏坡是当时共产组织解放全中国、筹备新中国的指挥中心，早在20年代大革命时期便已经在这里建立了共产组织。张皓天在这里充分感受到党的深厚的群众基础，这里的老百姓朴实热情，他们非常信任共产党，二者之间的亲密关系完全可以用“鱼水情深”来形容。许多年轻人都主动加入共产党的队伍，愿意跟随共产党一起打日本鬼子。

皓天和刘顺在北平和西柏坡两地往返，轮流管理奶牛场。虽然奶牛场条件非常简陋，但是却让当地老百姓都喝上了新鲜牛奶。许多人是平生第一次喝牛奶。大人们激动不已，小孩子也是欢呼雀跃，此情此景让皓天不由百感交集，区区一杯牛奶就可以让老百姓得到快乐，百姓是多么容易知足啊。什么时候，普天下的老百姓都能喝上一杯好牛奶啊！

西柏坡奶场政委是个叫樊为民的老红军，没上过几年学，却正直朴实，和皓天、刘顺在养牛挤奶中结下了深厚的友谊。

1944 年，日渐颓势的日军为了打通大陆交通线，发起了“一号作战”，也就是中国历史书上所称的“豫湘桂会战”。

日本军部从关东军抽掉了 55 个大队南下，以战车第三师团为先导，从河南中牟突破河防，继而南下许昌，西破洛阳，河南国军一溃千里。

日军打通平汉线以后，继续南下，强渡捞刀河，攻克长沙，衡阳血战 45 天消灭守军第十军，突入广西，从全县、柳州直下桂林，至此基本完成了打通大陆交通线的战役目标。但是日军也耗尽了最后的战略预备队，它离最后的覆灭不远了。

战争在黄河以南打得如火如荼，国民党的残兵败将到处流窜。

久违的黄金榜出现在冀中平原。由于对军队的官僚主义和腐败作风极其失望，黄金榜自动脱离了国民党军队，开始带着一帮忠心耿耿的兄弟们走南闯北，这其中就有王少川的儿子王新生。他们决定仿效共产党的八路军游击作战法，给队伍起名叫“麻子兵团”。这帮人在战场上本来都是一帮不怕死的主，再加上丰富的作战经验，脱离了国民党的指挥简直是如鱼得水，经常在后方或者侧方对日军搞突然袭击。

麻子兵团神出鬼没，搞得日军防不胜防，人心惶惶。很快就有了一种传说，说麻子兵团就是一群复仇的孤魂野鬼！

那时候大人吓唬不听话的小孩子，就会说：再不听话就找麻子来收拾你！

打了两年，麻子兵团的许多人觉得没劲了。王新生开始想家了，觉得自己对不住父母。有一天他就对黄金榜说：“团长，我怎么老觉得咱们像一帮土匪啊，心里总是没个底儿。”

黄金榜哈哈一笑：“土匪怎么了？老子当年还真就是土匪出身，被孙良喜给收编了。可是由于他性格耿直，被官僚打压，早早就退休了。国民党的队伍里如果都是孙良喜这样的人才那该有多好，可全都是一帮占着茅坑不拉屎的王八蛋！跟着这样的王八蛋日子怎么过？咱们现在自由啊，不用听那些混账上级的狗屁命令啊，想吃就吃，想打就打，想睡就睡，这简直是神仙日子啊！”

王新生说：“可咱们毕竟势单力孤，名不正也言不顺。我父母如果知道我现在干这个，他们还不得吓死啊。哎哟，团长，您也是北平人，难道北平没有您心里想念的人吗？老这样下去，我们还真成孤魂野鬼了！”

黄金榜说：“我算看出来了，你小子这是想家了！好吧，那咱们就打回北平去！咱就是死，也要死得轰轰烈烈！”说罢又叹息一声，“你小子以为只有你有亲人啊，实话告诉你，北平也有我想念的人啊！”

王新生嘿嘿乐了：“团长，是女人吧。”

“是啊，女人，我曾经的老婆！”黄金榜喃喃自语，“我很想念她，可是又不敢见。她恨不得把我给掐死！你说我活着有什么意思？还不如赶紧战死沙场，这样兴许她还会为我流几滴眼泪。”

王新生恍然大悟：“怪不得你打仗不要命，原来就是因为这个啊！”

黄金榜傻笑：“傻吧？我就是大老粗，除了这种笨主意，真不知道该如何换回她的心啊。”

一帮散兵游勇就这样跟着黄金榜朝着北平边走边打，到了冀中平原的北部，麻子兵团出事了。

在一个月黑风高的夜晚，麻子兵团和八路军游击队狭路相逢了。他们看到城里有一队日本兵，踩好了点，就想着晚上干掉他们。晚上日本兵巡逻，麻子兵团埋伏在暗处，正准备干哪。忽然有一拨人冲在了他们前面，三下五除二把几个日本兵给俘虏了！黄金榜一看很生气：这明明是我们的囊中之物，凭什么被你们捷足先登啦？黄金榜就冲上前嚷嚷了起来："嗨嗨嗨，你们哪一路的？"

领头的八路军一看对面一个浓眉大眼的家伙拦在面前，穿着破破烂烂的国军服，好像军衔还不低，很奇怪："我们是八路军。你们是哪一路的？"

"我们哪一路的？我们也是打小日本的！可是他妈的被你们抢功了，老子不服！"

王新生赶紧拉住黄金榜："行了行了，既然大家都恨日本人，那就算是一家人，都是中国人。咱中国人不打中国人！"

带头的看了一眼王新生："这位小兄弟说得好，你们在前方打仗，我们在后方同样也抛头颅洒热血！哎，你们到底怎么回事儿啊？是不是找不到组织了？没饭吃了……"

八路军高级将领接见了黄金榜："踏破铁鞋无觅处，得来全不费功夫。你就是黄金榜啊。张皓天同志向党组织申请几年了找你，没想到你在这里。"黄金榜和他的麻子兵团就这样被共产党军队给收编了。

黄金榜心里纳闷："新生，咱们怎么又变成八路军啦？"

王新生倒想开了："不管八路军还是什么军，名正言顺啊，都是打日本鬼子的！我看共产党挺好。"

过了不久，黄金榜和王新生来到了北平，黄金榜找到了芙蓉，也找到了谷亚兰。这一对夫妻在经过二十多年的分别后，终于重逢了。现在都是同一战壕的革命同志，加上张皓天、秦芙蓉的一再撮合，自然再正常不过地破镜重圆了。电话告知黄云裳，自然是万分惊喜。

在见到黄金榜之前，张皓天还遇到一股国军溃兵。

这股国军败兵也在华北游荡，有一天他们涌入平山县，惊奇地发现西柏坡竟然有一个世外桃源一样的奶牛场。

溃兵高兴疯了："这么多的牛，全是肉，肉！终于有肉吃了！"迫不及待冲进了奶牛场。皓天一看大惊失色，带着几名工人上去阻拦，国军冲着工人就是一通乱砍。

为首的军官说："老子可是打过日本鬼子的战斗英雄，这仗是为保护你们打的，现在吃你们几头牛不过分吧？"

皓天冷笑一声："就凭你们来保护我们老百姓？简直是军人的耻辱！"

带头的疯狂大笑："哈哈哈哈，这年月能活命就不赖了，啥耻辱不耻辱的。兄弟们，宰几头牛来，大家好好高兴一下，过几天舒服日子！"

一头奶牛被牵了过来，几个士兵扬起手中枪上的刺刀，对着一头奶牛一通乱刺。奶牛发出悲惨的叫声，倒在血泊中。士兵用枪对着工人们，命令他们架起火炖肉吃！

这帮残兵败将打仗不行，可是欺负起百姓来倒是挺内行。毫不客气地就把奶牛场给占了，每天都宰上一头奶牛分吃。还要逼工人们给他们挤奶煮奶喝。奶牛场被折腾得一片乌烟瘴气。

皓天、刘顺因为反抗被捆绑起来。国军守在奶牛场大门，不让工人们出去。那带头的对着皓天的肚子狠狠踢了一脚，说："老子在战场上为了你们拼死拼活，老子是抗日英雄，吃你们一点儿牛肉咋了？该让老子享几天福了！"

刘顺苦笑着对皓天说："这样的队伍连土匪都不如，居然能跟日本鬼子打仗，说起来谁信呢？"

皓天平静地说："看他们能猖狂到几时。"

两天后，樊为民政委带着军分区部队的战士赶来了。国军溃兵一看不妙，赶紧逃跑吧。

临走还不闲着，放了一把火！

奶牛场一片狼藉，大部分奶牛不是被屠宰，就是被烧死……

樊为民痛心疾首："这群国民党的兵比日本鬼子都狠啊！"

1945 年 8 月 6 日和 9 日，美军分别对日本广岛和长崎投掷了原子弹，造成日本大量平民和军人伤亡。8 月 15 日日本天皇发布诏书，宣布日本无条件投降。

消息传来，在北平平时耀武扬威的日本人一个个惶惶不可终日。他们意识到自己的好日子到头了，于是把自己家的各种用具拿出来变卖，当时北平有几个"日本市场"，卖的价钱都相当便宜，便宜到给钱就拿走。

北平特务机关里，穿着一身纯白色和服的大串一雄呆呆地坐在椅子上，在他面前的桌上，放着一把武士刀。

黎建昌站在他面前瑟瑟发抖："太君，我们怎么办？"

"嗯？我们？"大串一雄怒视着黎建昌，"建昌君，我什么时候跟你成了我们？我是高贵的武士，你是什么东西，你是狗汉奸，你是垃圾，你是寄生虫，你是人类的耻辱！"

黎建昌面色铁青，忽然狂笑起来："对，你是高贵的武士，那就赶紧切腹自杀吧。我今天就好好欣赏一下你高贵的死亡方式！"

大串一雄忽然哈哈大笑："你？你有什么资格欣赏我的死亡？只有高贵的人才有资格欣赏！"他忽然从腰里拔出手枪，冲着黎建昌就是一枪，"八格牙路，滚，滚，滚！"

黎建昌吓得嗷嗷乱叫，抱头鼠窜。

大串一雄哈哈大笑："垃圾，耗子，臭虫，跳蚤！"他猛然站起身来，拿起桌上的武士刀，拉开暗室房门，"藤原小姐，你才是我心中最高贵的女士！"

藤原知春被五花大绑在一张椅子上，默不作声。

大串一雄走到知春面前，捧起了她的脸："藤原小姐虽然已经徐娘半老，可是这张脸在我心里却永远都是最美的！”

知春闭上眼，咬牙切齿：“你半夜把我绑过来，就是为了说这种没用的屁话？你还是赶紧杀了我吧。”

“藤原小姐误会了！我来，只是为了让你欣赏我的牺牲盛宴！”大串一雄扬起了手中的武士刀，“我大串一雄今日决定死在藤原小姐面前！”

知春睁开了眼，一声冷笑：“你应该死在你尊贵的天皇陛下面前才对。”

大串一雄沉声说：“从天皇陛下宣布投降那一刻起，他在我心中就已经死了！只有你藤原小姐，才配让我在你面前切腹自杀！”

知春看着大串一雄一本正经的样子，忍不住大笑起来。

大串一雄一脸困惑：“藤原小姐为何发笑？切腹是一件非常严肃、非常神圣的事情！”

知春收起了笑容：“好吧，就让我欣赏一下你神圣的切腹仪式！”

“哈依！”大串一雄朝知春躬身施了一礼，在幽暗的房间四周点上了蜡烛，整个房间忽然变得阴森恐怖起来。

大串一雄盘膝坐在知春对面：“藤原小姐害怕么？”

知春不动声色地摇摇头。

大串一雄大感欣喜：“藤原小姐果然勇气可嘉，配得上看我的切腹。我很敬佩！好了，接下来就开始了！”

大串一雄忽然大吼一声，举起短刀，在腹部从左往右用力划了一刀。

知春忍不住闭上了眼。

大串一雄拔出了刀，肥嘟嘟的脸上不停抽搐起来：“藤原小姐，请不要闭眼……”

这时忽然门外砰的一声，有人一脚把门踹开：“不许动！”

只见几名士兵迅速占领了房间，为首的是王少川的儿子王新生，他看到知春叫了一声："藤原小姐！皓天哥让我来救您！"说着上去为知春解绑。

知春点点头，长长舒了口气。刚才感觉简直像在地狱一样。

大串一雄浑身是血，哇哇乱叫："你们为什么不让我死？我是大日本高贵的武士！我要有尊严地死去！"

王新生冷冷地说："你是我们的俘虏，只有我们有权力裁决你的生死！"他命令一名士兵，"马上为他包扎伤口。"

大串一雄痛苦万分："我连死都死不了。哇呀呀呀呀，简直窝囊透顶！藤原小姐，你求求他们，让我死吧！"

知春只觉得一阵恶心，快步走了出去，再也不愿看大串一雄一眼。

半个月后，东躲西藏的黎建昌在北平的一家杂货铺被当场抓获，黎建昌吓得当场尿了一裤子："别杀我呀，别杀我，我做汉奸也是没别的选择啊！"

在牢里关了一星期，黎建昌就疯了。大串麻妃去看他，黎建昌一见到她就痛哭流涕："娘，快救救我吧，他们要枪毙我！"

大串麻妃也哭了："建昌君，我是你妻子，不是你娘啊！"

北平光复了。这场长达十四年的漫长拉锯，中国最终赢得了抗日战争的胜利。

然而好景不长，国民党无视原日军占领区内八路军、新四军及其他中共领导武装力量的存在，无视中共领导下所建立地方政权的存在，单方面撕毁和共产党达成的停战协定，国共关系全面破裂，全面内战彻底爆发。

张皓天又走上了打倒蒋介石、解放全中国的艰辛大道！

第四十五回

抗日胜利国耻雪　为得和平锄敌特

剑外忽传收蓟北，初闻涕泪满衣裳。却看妻子愁何在，漫卷诗书喜欲狂。

《大公报》报喜，借用唐朝大诗人杜甫的诗，把中国抗日战争胜利时人民的无尽辛酸喜悦给说了出来。

1945 年 8 月 15 日，日本人投降了。消息传来，中华大地举国欢腾。经过八年的艰苦抗战，中国付出了巨大牺牲，终于战胜了强大的日本。这是 1840 年以来，中国第一次全面胜利。从这个时候开始，中国在政治、外交上就进入世界一流国家行列，成为联合国五常之一。

“小日本这回真完蛋了！”张皓天把这一消息告诉给了他认识的每个人。

陈程、张皓天、刘顺、黄金榜、谷亚兰、秦芙蓉，这些中国共产党的优秀地下工作者，迅速组织起进步学生，在北平四九城到处张贴抗战胜利的标语，散发《告北平市民书》传单。街上鞭炮声、锣鼓声惊天动地，全城都在欢呼“日本投降了！”“日本投降了！”老百姓尽情挥洒喜悦的热泪，高喊“小日本滚回家去”，家里有酒的都拿出来庆功。

这可真扬眉吐气啊。百年国耻，一朝得雪，山河无此壮，秦汉无此雄！

那些平时在北平耀武扬威的日本人呢？诚惶诚恐，往日的神气全没了。他们意识到自己的好日子到头了，于是把各种用具，自行车、话匣子、家具，甚至和服拿来变卖，当时北平有几个“日本市场”，卖的价钱相当便宜，便宜到什么程度呢？基本上给点钱就卖。

日本军队、特务机关和宪兵队的一些驻地，有好多像大串一雄这样的日本官兵，脸朝着东方，长跪在地上，干什么呢？切腹自杀，向他们的天皇尽忠啊。

汉奸黎建昌知道自己罪孽深重，没脸活着，怕被人民群众清算，就与他的日本老婆大串麻妃服毒自杀了。

身份是日本人的藤原知春来向皓天、芙蓉告别：“日本战败了，现在北平甚至中国都已经没有我的容身之地了。”

芙蓉安慰她说：“你为中国人做了很多好事，你留下来，不会有事的。”

知春苦笑了笑：“我虽然始终认为自己是个中国人，可是在大家眼里，我还是一个日本人。”

皓天看着知春，内心里边百味杂陈：“你，你要去哪儿……”

“美利坚合众国。”知春故作轻松地一笑：“还是那句话，相信我们都会越来越好。我们还会再见面的。”

到了10月份，国共两党认为不能再打。于是，在重庆进行了谈判，足足谈了四十三天，签署了《双十协定》，正式名称叫《政府与中共代表会谈纪要》，协商和平建国。

全国都弥漫着胜利与和平的气氛。皓天的母亲王氏、芙蓉的父亲秦桂龙也都回到了北平。

海阔凭鱼跃，天高任鸟飞。年轻人的梦想也在飞翔，思飞、思甜和刘白已经长大成人了，他们都如愿以偿考上了各自理想的大学：思飞考进了昆明的空军军官学校，实现了飞翔梦；思甜考进了国立西南联合大学农学院，成为虞亭华的得意弟子；刘白呢，他考上了上海复旦大学新闻系，他想当一个记者。

三个年轻人对未来都是满怀憧憬。告别的时候，刘白拿出了一大沓书信交给思甜，思甜很惊讶。刘白不好意思地笑笑说："以后我们就可能不常见面了，你没事儿的时候就翻翻，希望我们以后经常通信。"思甜明白了，害羞地点点头。

旁边的思飞一把抢过书信："你们俩隐藏得很深啊，我要好好研究一下这里边到底写了什么！"

思甜急眼了："张思飞你个大坏蛋，还给我！"

思飞扬起手中的信封："刘白你小子可真行，这信封弄得花里胡哨的，为了哄我家笨思甜开心，你可下了不少功夫啊。"

思甜没好气地说："你才是大笨蛋，又坏又笨！"

思飞看着思甜一脸坏笑："妹妹呀，你这分明就是不识好歹。我这是对你负责，万一你被人骗了怎么办？"

思甜哼了一声："人家才不骗人呢。他比你好一百倍，一千倍！"

刘白一脸严肃："张思飞，我严厉警告你，你这可是侵犯个人隐私！"

"哟哟，这八字还没一撇呢，就开始联合起来对付我啦？"思飞长叹一声，把书信扔给了思甜，"张思甜你可太伤我心了。好心落个驴肝肺，罢了罢了，你就活该被小白脸骗吧。"

"谁是小白脸？"刘白很生气，"别以为你考个空军学校就了不起了！"

思飞说："好了好了，刘大才子，你是新闻系高才生，你靠笔杆子吃饭的，你了不起行了吧？"

思甜猛一跺脚："都别闹了，马上就要天各一方了，说点好听的行不行?”

思飞哈哈一笑：“好听的?那也行，祝你们郎才女貌。祝张思甜越来越漂亮，祝刘白越来越有出息!”

刘白反驳：“我啥时候没出息过?好了好了，也祝张思飞早日像雄鹰一样翱翔蓝天!祝张思甜早日学成，建我大中华超级大农场……”

自由来得这样不易，每一个人脸上都看得到幸福的笑容。有时候幸福来得甚至让人有点猝不及防。

这一年冬季的一天，在皓天的家门口有一位看上去六十多岁年纪的男子，头戴一顶礼帽，穿一身合体的高级西服，打扮像个归国华侨。他在门口久久地徘徊，从胡同的这头走到那头，抚摸着院墙的一砖一瓦，脸上好像有无限的哀愁。

芙蓉刚从学校回来，看到这位老年男子在家门口徘徊，想进又不敢进。芙蓉从没见过这人，便好奇走上前去：“请问这位老先生，您找谁啊?”

老年男子看到芙蓉，摘下了礼帽，露出满头白发。他上下打量了一番芙蓉，脸上露出了一丝笑容：“您好，请问张皓天还住在这儿吗?”

芙蓉大吃一惊，仔细端详了一下老者，眉目间与皓天有不少相似之处：“您，难道您是，皓天的爹爹?”

老者点点头，一声苦笑：“三十多年了，我终于回来了，你是……皓天的妻子?”

芙蓉点点头，强抑住内心的激动，带他进了院子，大声说：“婆婆，您看谁回来了。”

王氏走到房门口，细细地打量着面前的老年男子：“是义海吗?是义海……我是在做梦吗?”

老者看着王氏，轻声说：“孩他娘，是我，我是义海……”紧紧攥住王氏的手：“你老了，我老了，我们都老了……”

王氏抚摸着义海的脸，这张脸上虽然多了无数道皱纹，但那微笑却是再熟悉不过。她忽然之间泪如雨下：“三十多年了，总算回来了，总算回来了，回来就好，回来就好，我们都还活着……”

张义海也是热泪盈眶：“是啊，我们都还活着，活着就好……”

这位老者正是皓天的父亲张义海。

三十多年前，张义海带着无尽的悲伤离开了京城的家。原以为风头一过便可回家团圆，没想到误入贼船，被人贩子卖到了南洋做苦力。在南洋他颠沛流离，受尽病痛折磨，一个人生存得非常艰辛，想回国却连钱都凑不够。前几年好不容易靠祖传养牛挤奶的本事发了点财，又赶上中国和日本连年战乱，更难回归故土了。上个月看到报道说战争结束了，日本人缴械投降了，他就马上收拾行囊回国了。

王氏、芙蓉少不得又是一番唏嘘落泪。

第二天，皓天风尘仆仆回到了家，父子见面又是一番抱头痛哭。父亲张义海见皓天现在成熟稳重，隐忍坚毅，内心非常的欣慰喜悦。问他现在以什么为生呢，皓天说在西柏坡养奶牛。

张义海说：“还想回北平建奶牛场吗？”

皓天说：“这是孩儿一生的梦想。”

那个时候，北平的生产经营基本停滞了，可以说是万马齐喑。以至12月蒋介石携宋美龄视察时，老蒋这气生大了，他痛骂说从没在任何一个地方见过北平这么多的垃圾和污垢，生产生活一点生机也没有。骂得北平市长熊斌跟个孙子似的：“现在我们有这么多的工厂，为什么没有一个在正常运行？”

皓天就想，没有实业，老百姓吃什么喝什么呀，什么时候才能过上温饱富足的日子呢。不过，现在不是时候啊，北平再建奶牛场的客观条件太差了。更可气的是国民党的官员一个个都贪污腐败，自居功臣，说战争把啥都打没了，要重建怎么办呢？那当然就得到处征税啦，要不拿什么来发展经济，改善人民生活？不过，把民财搜刮去了后，都塞进了他们个人的腰包，用于广大市民的就少之又少了，民族工商业是半死不活，剩不了几口气。所以，那时候说“刮民党万税”，就是这么来的。

张皓天还有一个考虑就是，国共两党虽然签订了停战协议，但在一些关键问题上还没有达成一致。上级党组织就指示，国民党的心思是假和平、真内战，这个从来没有变过，随时都可能撕毁停战协议，跟共产党军队再燃战火。所以呢，在北平的地下党员还要继续保护好身份，要听党统一指挥，根据具体情况灵活采取行动，在隐蔽战线上再立新功。

党组织交给张皓天现在的任务不是在北平建奶牛场，帮国民党粉饰太平；而是继续在西柏坡把奶牛养好，为我后方提供强有力的支持。

皓天就跟父亲说，现在还不适合在北平建奶牛场，还是先把西柏坡奶牛场建好，挣口饭吃。不过现在奶牛也好，资金也好，都很缺乏。

张义海听完后给了皓天一把钥匙，说：“这是我回国途中在天津花旗银行存钱的保险箱钥匙。里边是我这些年在外边的全部积蓄。你拿着用。”他阻止了皓天想说的话：“不管你怎么用，我相信你。”

一切似乎都在朝好的方向发展。国家虽然依旧贫穷，但总算进入了宝贵的和平时期，由此加大了建设的步伐，大力鼓吹实业经济。老百姓也不用为了躲避战乱而颠沛流离，大家都有饭吃了，各行各业也慢慢恢复了生气。

张皓天、刘顺有了资金来源，就在西柏坡扩建了奶牛场，增加了几头纯种荷斯坦牛。

几个月后，一个困扰皓天很久的问题得到了圆满解决，那就是如何避免奶牛的近亲繁殖。当初购买奶牛的时候由于他对这方面认识不足，买了几头近亲奶牛，这些奶牛的产奶量和体质越来越下降和衰退，他只能尽量把近亲牛分开。然而即使这样，还是无法真正做到避免近亲繁殖。

现在条件具备了，良种荷斯坦牛来了。皓天意识到必须要改变这种状态，于是下定决心要自己培育出新型奶牛。通过近一年的配种试验，用级进杂交的办法，在他爹张义海、岳父秦桂龙、舅舅王少川的帮助下，皓天带着刘顺找到了一种适合配种的当地牛，这种牛和荷斯坦牛交配后产下的后代产奶质量相当高。皓天给它们起了个名字，叫“荷平牛”，刘顺提议干脆就叫“和平牛”吧，全国人民都热爱和平，这兆头多好啊。

“和平牛”那几年在河北、北平，老百姓几乎无人不知。这牛的名字寓意好哇，国内形势瞬息万变，谁都珍惜和平，希望和平的时间更长一些。

然而和平的愿望虽然好，现实却让人心寒。1946 年 6 月，国、共两党的军队在中原地区爆发大规模武装冲突，长达三年多的全国内战就此开始。这时候国民党军队仍然叫国民革命军，共产党军队已经改了名字，叫中国人民解放军。

时间转眼到了 1948 年冬天，中国人民解放军发动了战略决战。济南战役是人民解放军攻克敌人重点设防的大城市的开始，也是蒋介石以大城市为主的“重点防御”体系总崩溃的开始。这一战役揭开了战略决战的序幕。

北风呼啸，雪花飘飘，衰老的北平城也没有了往日的喧嚣，经常变得死寂一般。没有人知道，解放军什么时候会攻打北平。

北平城入秋后就实行了宵禁，不断有军队在大街小巷进进出出换防，整夜军车呼啸，脚步嘈杂。入冬以后，更多的军队进入了城内，构筑街垒，架设机枪阵地，战争的迹象越来越明显。

满城百姓人心惶惶，报纸上的言论也越来越悲观，《民主周刊》《人言周刊》《民主青年》《鲁迅晚报》等亲共报刊先后停刊，连大街上司空见惯的学生游行也不见了。虽然四九城百姓不知道在东北、两淮发生了什么，但谁都知道战争离这座古城不远了。

皓天、刘顺都已经很久不能方便地出入北平城了。皓天把西柏坡的奶牛场交给了樊为民管理，与刘顺专心致志地进行北平的地下工作。

一连多日，皓天在堂屋里背着手来回踱步，他在深思。

深思啥呢？作为一名地下党员，他知道解放军攻克北平是早晚的事儿。

在北边，沈阳剿总数十万大军被全部消灭，解放军已占领全东北。在南面，徐州剿总数十万大军被解放军团团包围。南边、北边都已经是共产党的世界，北平、天津成了两座孤岛。华北野战军杨罗耿兵团几天前在新保安地区歼灭了傅作义的王牌三十五军。东野、华野百万大军已完成对北平、天津的包围部署，很快就会兵临城下。现在组织上考虑的是北平作为古都，名胜古迹无数，更有数百万人民。最好不要枪炮解决，和平解放最好。不过，虽然北平国军总司令傅作义有意接受和平整编，消除战祸。但是据北平城工委的情报，傅将军的和平努力遭到了很大阻力，国民党顽固派一直在监视傅将军，试图做困兽之斗，玉石俱焚。

谁在掣肘傅作义将军呢？为首的是党统局北平站站长黄绂臣，这个人一直在暗中破坏和谈，无孔不入地监视傅作义，甚至有谋害傅将军的企图。上级党组织指示：不能让这种不良事态蔓延，要伺机除掉黄绂臣，为和谈扫除障碍。

不过，除掉黄绂臣谈何容易啊？

黄绂臣为人极度小心谨慎，日常起居都有很多保镖。家里有好几辆车，每天不同时间进进出出，外人根本不知道他乘的哪辆车。张皓天、谷亚兰观察了一个月，对黄绂臣的具体行踪仍然没搞清楚。他们也思考过了：对黄绂臣的住所强攻是否可行。也不行，守卫森严不说，黄绂臣的公馆距离国民党党部和驻军很近，国军增援很快就能赶到，那样的话我们的同志就会白白牺牲了。

这个黄绂臣还是个心狠手辣的刽子手。中共北平不少秘密电台就栽在他手里。他常常在半夜时分通过分区停电来判断中共电台具体位置，哪儿信号突然消失了，他就差不多能确定位置了。而且他还经常爬到可疑区域的最高点，看哪个住户还开着灯，就带着一队特务去偷看侦察，一旦发现可疑情况就毫不手软，血腥屠杀，对中共秘密电台破坏极大，手里沾上不少中共地下党员的鲜血。因此，对付他，还真需要极度小心。

怎么办？皓天苦思不得其计。

这天，皓天跟踪黄绂臣家里开出的一辆车。车子开到了离黄公馆不算远的一家梅园奶茶店前面，一个熟悉的身影下车了。谁？刘灿源的宫廷大厨朋友孙睿年。

原来这黄绂臣自恃出身高贵，喜欢吃宫廷菜。日本退出北平后，黄绂臣找遍了前清的宫廷厨师。孙睿年原来在御膳房待过，有一手烧菜绝活，因此被黄绂臣招进府中。张皓天小时候在刘灿源家做过多次客，对孙睿年比较熟悉，当年刘顺更是一口一个“孙叔叔”地叫。不过，打从刘灿源境况没落出了家，张皓天、刘顺与孙睿年也基本断了联系。

孙睿年来梅园干什么呢？说出来你都不信：怀旧。梅园因为乳品技艺是从清朝宫廷传下来的，有不少王公贝勒、遗老遗少就来这儿怀旧。清王朝灭亡后，梅园也收藏了不少宫廷的器具。嗯，这宫灯，嗯，这宫碗，嗯，这宫椅，有昔日宫廷那个感觉。每个月十六，他们都要在这儿聚一聚，十五的月亮十六圆，指不定咱大清朝还会圆回去呢。喝点上等好茶，品品宫廷酸奶，正宗啊，高级啊，想当年咱可都是皇宫里的人，这滋味儿，倍儿爽。

不过，这孙睿年也六十多岁了，为人谨慎，口风很紧。每次来聚会，对黄绂臣的事儿啥也不说，这也是黄绂臣交代过的。好几次黄绂臣都故意找人到梅园来，与孙睿年接近，套套口风，孙睿年都闪了开去，因此，黄绂臣才非常信任他，让他每个月有这么一次全天出外活动。不像有些厨子不知怎的就被赶出了王府，甚至莫名其妙就人间蒸发了。

怎么更好地接近孙睿年呢？这是个问题，还有一个问题是，他每个月就出来一天啊。张皓天想：要更好地接近孙睿年就得投其所好。孙睿年有什么爱好呢？张皓天、刘顺不是太清楚，认识孙的时候还太小。不过，他们想到有一个人可以问。谁？刘顺的父亲、孙睿年过去的好朋友刘灿源，那些年，孙睿年没少在刘灿源家做客，没少帮刘灿源家掌勺，他们可是无话不谈。

不过，不说刘灿源和刘顺这对父子这些年一直没和好，皓天都好些年没见过表舅了。

刘灿源干什么去了呢？原来，刘灿源是一个特别热心的人，用现在的话说那就是一位活菩萨，时时刻刻他都在想着帮别人消除疾苦。卢沟桥事变发生后，日本人清理战场，只挑选日本士兵的遗体进行掩埋，却不管中国军民的遗骸。而不少中国人因为怕被日本人怀疑也不敢去收尸。刘灿源听说了这个事后，马上带领寺院十几名僧人和几名卢沟桥当地的年轻人到现场去掩埋中国人遗骸。连续工作了一个多月，终于把现场三千多具尸体全部掩埋完。这之后，刘灿源就带着这些爱国僧人经常出现在炮火遗留的战场，掩埋尸首，超度亡灵。或者出现在逃难的人群中，用他们到处募捐化缘来的钱物去接济因战祸逃离家园的难民。

刘顺还有点不好意思见自己的爹，就让张皓天先去无心寺。他们的想法是在孙睿年下次去梅园前把他的爱好向刘灿源问明白。

去了两次，刘灿源都不在无心寺里。知客僧说也有几年没见过清月大师了。清月大师是刘灿源的法号。皓天只好嘱咐知客僧说如果清月大师回来，就派人来报个信儿，皓天要见见舅舅。

又过了几天，无心寺来报信，清月大师回来了。

张皓天开车到了无心寺，父亲张义海、母亲王氏也都跟着去了。只见偌大的寺院一片颓败景象，到处残垣断壁，杂草丛生，有几只乌鸦在寺院飞来飞去，发出难听的叫声。皓天母亲王氏不禁叹息一声："当年这里香客不断，来来往往好不热闹，如今怎么成了这个样子？"

迎面走来一位中年和尚，皓天一看正是知客僧，便走上前去跟他打招呼。那知客僧面色凝重："几位施主，清月大师恐怕在世时日不多了。请。"

几个人在知客僧引导下到一间禅房门前，房间里忽然传来一个虚弱的声音："是皓天吧，快进来。"

皓天先进了房间，只见房内非常洁净，桌上一炉焚香升起袅袅青烟。刘灿源正有气无力地躺在床上，脸色蜡黄，瘦骨嶙峋，神态却很安详。皓天心中一酸，轻轻叫了一声"表舅"，刘灿源微微一笑："看来今天是个好日子，后边还有谁啊？"

张义海、王氏相携慢步走进来，一人握着刘灿源一只手："表哥……"

刘灿源睁大了眼："是义海，真是义海！表妹，你们又团聚了……"

几个人老泪纵横、泣不成声。

知客僧双手合十："善哉善哉，清月大师宅心仁厚，救济难民，经年劳累，前些日子感染了恶疾，被抬回了寺里。"

王氏一声长叹："表哥的行为感天动地，日月可表。"

"我一生只求做个好人，活得安心。"几个人寒暄了一阵。最后，刘灿源用干瘦的手握着皓天，"皓天，表舅恐怕在世之日不多，想和你单独聊聊……"

第二天，刘顺来到了无心寺。他跪在父亲面前，满脸泪水，祈求父亲的原谅。刘灿源虚弱地叹息："你本无错，何谈原谅？"

刘顺不由号啕大哭，这一对父子历经多年之后终于达成了和解。

刘灿源用最后一丝力气握住了儿子的手。无心寺悠远绵长的钟声响起，一代奇僧刘灿源在寺院众僧的念佛声中安详坐化。

刘灿源出殡当日，皓天送来一个花圈，上面写着"佛门之光，国家之幸"八个大字。刘顺手捧刘灿源遗像走在最前面，后面跟着秀娥和儿子刘白，刘白听到噩耗也回来奔丧了。北平无数的平民百姓都赶了过来，这些百姓有不少是受过刘灿源恩惠的人，更多的人只是因为听说过他的事迹，感念他的恩德而自发前来送葬……

刘灿源生前最后一面与张皓天都谈了什么呢？

除了告诉皓天他想见儿子刘顺外，他说出了孙睿年的爱好：收藏鼻烟壶。不过不是为自己，而是为他老爷子，孙睿年是一个大孝子。

一套手绘细致入微，格调典雅、笔触精妙的梅、兰、竹、菊"四君子和田玉鼻烟壶"奉上后，孙睿年对张皓天、刘顺说出了大特务黄绂臣的秘密："黄绂臣有一个相好，是陕西巷春元楼一个当红的清倌人。每次黄绂臣遇到不顺心的事，就会大发一通脾气，砸椅子摔盘子，然后去陕西巷。"什么是清倌人？就是只卖艺不卖身的青楼女子。她们不光有着清丽脱俗的外表，还会读书写字、吟诗作画，有比较高的文化水准。

"每次他去陕西巷都轻车简从，只有一辆车，一个司机和一个保镖。两位大侄子，你们找他办事，也得带点儿好礼把司机、保镖孝敬好。"孙睿年叮嘱哥俩。

1949 年 1 月 4 日，中国人民解放军 34 万大军开始攻打天津外围的第三天，阻挠北平和平解放的恶贯满盈的大特务黄绂臣，和他的司机保镖共三人全部遇刺，命丧北平铁树斜街陕西巷口。至此，北平解放和谈已经是大势所趋，无可阻挡。

北平进出城再次变方便了，和平解放的声音在每一个角落响起。张皓天感到十分振奋，而更让他振奋的是，他最敬仰的毛主席在中共中央驻地西柏坡要接见他和刘顺。欲知后事如何，请看下回分解。

第四十六回

连中三元树传奇　一天一信劝亲人

1949 年 1 月 6 日，张皓天、刘顺接到党组织指示，中共中央毛主席在西柏坡要接见他们。

实际上，毛主席早在去年 5 月 26 日就已经到达西柏坡，中共中央机关随同进驻河北平山县西柏坡村。在西柏坡的日子里，毛主席非常忙碌，夜以继日地工作，指挥打倒蒋介石反动派的解放战争，与各民主党派协商推翻国民党统治后的政府建设工作，接见社会各界代表，他房间里如豆的灯光常常燃到东方发白。

张皓天、刘顺作为西柏坡奶牛场的建设者，作为有杰出贡献的地下党员，在北平敞开和平之门后，也被安排接受毛主席的亲切接见。

在村里的楸树下，毛主席风趣地说："皓天同志，刘顺同志，你们这个和平牛搞得很好嘛，搞着搞着，北平不就和平解放了。"逗得大家哈哈大笑。

张皓天、刘顺向毛主席郑重汇报了西柏坡奶牛场的建设工作。当说到条件不足，奶牛单产还不高的时候，毛主席说："你们的奶牛比起国际先进水平嘛，挤的奶是少那么一点，不过比延安那边的奶牛场，牛奶单产量还是要高一点嘛。有困难不怕，多一点困难也不怕，关键是怎么去克服困难。我们在西柏坡的生产、后勤方面也要搞搞大生产运动，要搞一个大比武，把优秀的先进的都选出来，然后向全军推广！”

毛主席发指示了，西柏坡一场轰轰烈烈的大比武活动就开始了。共产党军队的大比武什么样儿？那可真是热火朝天，人人争先！全军上下，一个不落！连队、师团、全军一级一级比武，所有人都铆足了劲儿，洋溢着战斗到底革命到底的热情。张皓天刘顺更是夜以继日地研制乳制品，任何一个环节都付出了百分之一百二十的努力。最终，张皓天、刘顺的乳制品在后勤食品大比武中，连续获得连队、师团、全军三个一等奖，被主管的中央领导盛赞为“连中三元”。若干年后，“三元牛奶公司”成立，就是张皓天想起了这个难得的荣誉，想起了红色基因、红色传承，给取的名字。这是后话，暂且不表。

1949 年 1 月 31 日，国民党军队开出了北平城，接受共产党的整编，北平宣布和平解放。

锣鼓喧天，鞭炮齐鸣！

谁帮咱们翻了身？谁帮咱们得解放？是亲人解放军，是救星共产党！

老百姓欣喜地迎接解放军进城。满天的红旗，一辆辆军车，一门门大炮，一辆辆坦克如同长龙一般，每个人心中都涌起了无限的希望：新中国啊，终于来了，中国人民站起来了！

城外大军滚滚开进城内，城中百姓敲锣打鼓欢迎解放军，脸上洋溢着灿烂的笑容。解放军开进古老的北平城不久，毛主席、朱总司令就发出了向全国进军的命令，人民解放军百万大军向长江以南挺进，红色怒潮席卷全国，势不可挡。这标志着旧中国将要死亡，新中国即将诞生，历史车轮滚滚向前。而北平城也成了新中国的首都，北平重新改名为北京。

以叶剑英为首的北平军管会，迅速接管了城内的党、政、军、公、教、企等政权机关，在六部口建立了市政大楼。

新政权有新气象。首先就是把区街政权组织和公安局警察派出所改了，大批红色干部进入基层街道，成了办事处和居民委员会。

陈程、张皓天、刘顺、黄金榜、谷亚兰、秦芙蓉等共产党人表现出了惊人的组织能力，他们穿着草绿军装，与众多基层干部进入千家万户，重新登记户口，对失业人口重新安排工作。同时发动群众义务劳动，清理满城的垃圾，填埋臭水沟。连天安门城楼下堆积如山的城市垃圾也都迅速清理干净了，一直到前门楼子，成了一个庞大的广场。老百姓感慨：新社会新啊！

对北平城的毒瘤，比如国民党残留的特务、街痞、恶霸、妓院、烟馆、会道门组织，共产党的公安战士重拳出击，几个月时间将他们一扫而光。罪行重大的，组织公审，严厉处罚，其余该判刑的判刑，该强制戒烟的戒烟，该治病的治病。

皓天所在的胡同街道成立了火柴厂、被服厂，安排生活困难的失业群众工作，体弱的妇女老人则在家里糊火柴盒、缝补衣被，补贴家用。同时安排儿童入学，收容乞丐，救济难民，为贫苦百姓义务诊病。

每天都有车辆走街串巷，大喇叭里一遍又一遍宣传着重要的市政举措。

古老的北京城，发生了日新月异的变化，重新焕发了青春。皓天这些穿绿军装的干部，深入家家户户，为百姓解决了一件又一件难题，广大人民群众欢欣鼓舞，社会欣欣向荣，不禁感慨万千：共产党是人民的政党，这绝不是一句空话。

但也有一些事情让皓天措手不及，最主要的是“阶级成分”问题。

那天秀娥过来找皓天了：“皓天同志，你说刘顺是不是跟着你入党的？党是不是工人阶级的政党？这阶级成分划分，他咋被划成资本家了呢？”秀娥为啥叫皓天“同志”呢，因为现在大家都互称“同志”了。

皓天劝慰："秀娥同志，我还在争取让街道把刘顺同志的阶级成分改成工人。不过改不过来也没关系，放心吧，共产党不会搞秋后算账的。"

皓天虽然认为这就是一个普通的登记，不过，在街道群众会议上，刘顺却时不时遭到那些贫苦家庭的批评，有的甚至言辞激烈，说他们家从上上一代到这一代，都过的是资产阶级的腐朽生活，一定要打倒这种生活方式！

刘顺就找皓天诉苦："有搞不懂啊，我也是无产阶级苦孩子出身啊。你看我们家老丈人、老丈母娘，多朴实的贫苦人啊。相处这么多年的老街坊，以往一直和和气气，一直风风雨雨相互扶助，怎么突然我就成了资产阶级，与他们这些无产阶级街坊们对立起来了呢？"

皓天只好安慰说："嗨，他们憋屈了这么多年，也就是乱发发牢骚。组织上会把握形势的，组织上跟明镜似的，你也是共产党员。咱们自己问心无愧就行，千万别放在心上！"

让刘顺气不过的是，他的岳父李老三被讨论过几次后，也被划到"资产阶级"一边，原因就是有他这个"资本家女婿"，这还"连坐"啊。张义海有一回就打趣李老三说："大哥，您这比窦娥还冤啊，都七十岁的人了，临了白捡一个资产阶级当。"

李老三这苦跟谁说去："都街坊啊，我们家刘顺平时不得好啊。谁让我摊上了呢？"

张皓天听到后少不得又要做一番解释工作：要相信党，相信政府。

1949 年 4 月初的一天，皓天正在院里树下和刘顺喝茶，一位久违的客人忽然敲响了张家大门。

谁？陈程。

皓天起身开门，不禁吃了一惊。只见陈程穿着灰色的中山装，头发有些灰白，但是神采奕奕。他微微一笑："皓天同志，好久不见。"

皓天眼珠子都快瞪出来了："陈程同志！您可终于回来了，去南京这一趟怎么样？"

原来，陈程奉上级党组织的命令，前一阵秘密潜入国民党的老巢南京，去劝说虞亭华、程绍回、常宗会这些国民党农林部中央畜牧所的专家，南京一旦被解放军攻克，不要跟着国民党逃到台湾去，留下来，为即将成立的新中国服务。陈程是清华大学副校长，畜牧界的知名学者。这些专家自然卖个面子，但是也没当场就答应。这个劝说工作还需要再加点火候。

陈程说："皓天同志，是你做点什么的时候了。"

组织上考虑，张皓天跟虞亭华死铁啊，他们俩交情太深了，他要好好劝虞亭华，虞亭华留下来的可能性就大多了。虞亭华一表态留下来，其他专家估计都会仿效。张皓天听完毫不犹豫，给虞亭华写了密信，除了虞亭华外，南京还有思飞、思甜呢，一样，张皓天非常慎之又慎地写了密信，让陈程交地下党组织赶紧送往南京。之后，张皓天每天一封，密信没有断过。

一个月后，皓天、刘顺正在院子里闲聊，槐花盛开，香气四溢。皓天又迎来了一个老朋友，谁？您可能猜出来了，虞亭华。

虞亭华西装笔挺，皮鞋锃亮，头发梳得一丝不苟。他站在门口，开玩笑说："我可是打南京来的，坐了好几天的火车。大热天的，让我进门喝口水呗？"

皓天哈哈大笑："贵客啊贵客！我们家不光有水喝，还有特制的社会主义酸奶喝！"看了看虞亭华身后，"你们家夫人呢？"

虞亭华说："我家夫人早就跟你家夫人约上，逛大街去了。"

皓天恍然大悟："嗨，都瞒着我呢，怪不得今天芙蓉出门一脸神秘兮兮的样子！"

三个人绕过影壁，走进堂屋落座。皓天重新沏上一壶茶，感慨万千：“百万大军过长江，解放军攻克南京、上海，我老担心你跟着国民党去台湾了，心想不知道何年何月才能相见。”

虞亭华笑笑：“这不你给我来密信了吗？来得还挺勤。我不给别人面子也得给你面子啊。另外，你给我安排的那两个助手，这几年没少给我灌共产主义的迷魂汤。最让我感动的，是南京解放以后，你们共产党军管会主任刘将军亲自找我面谈，问我希望做什么。我就说我想回清华大学任教，还搞我的学术研究。他都没眨眼，就同意安排我来北京工作了。”

刘顺问：“国民党那边没找你？”

虞亭华说：“找了找了。行政院长翁文灏找了我好几次，希望我跟国民党去台湾。可是我怎么能答应呢？这么多年，我已经看透他们了，他们把国家搞成了这个样子，我是绝不会和他们同流合污的。农林部中央畜牧所的同仁大部分都没走，我、程绍回、常宗会等，我们都想为新中国做点事。”

皓天称赞：“中国的畜牧专家实在太少了，一定要把我们这一代人的科学技术传下去，中国的畜牧事业才有希望……”转念一问：“你倒是回来了，我们家思甜呢，不一直跟着你吗，怎么没跟着一块回来？还留在南京？你得赔我一个闺女！”

虞亭华笑道：“你呀，还当人家思甜是在院子里蹦蹦跳跳的小姑娘啊？我走哪她跟到哪啊，她现在可是年轻一代畜牧学的佼佼者，有自己的主意了，将来前途不可限量啊。”

皓天为女儿的成就感到骄傲，嘴上却说：“翅膀硬了，不要爹了啊。”

毕业后张思甜跟着虞亭华继续深造，重庆待了两年后到了南京国立中央大学农学院，在学校任教。南京国立中央大学是亚洲第一流的大学，基础很好，她现在一门心思都在教学上，暂时还不想回北京。

刘顺在一边帮腔："一提这个伤我心哪，你家思甜不要爹，我儿子刘白跟着她屁颠屁颠跑也不回来啊！"

皓天双手一摊："这可是你家刘白追我们思甜，刘白痴心一片，我能有啥办法？"

刘顺摇摇头："他们俩的亲事拖了好些年了吧，那时候他们小，不着急也就不着急。现在他们都年纪不小了，不能老拖着啊。"

虞亭华哈哈大笑："你啊你啊，这都新社会了，婚姻自由，还想干涉年轻人的亲事啊？人家感情好着呢，不知道有多少书信来往。只不过人家想趁年轻多为国家做出点贡献，私事先放一放。你啊，操不着孩子们的心。"

皓天说："对呀，新社会新气象，孩子们的事情自己做主，我不干涉。刘顺，你也别死脑筋了。"

刘顺叹了口气："不操心那都是昧心话。我就这一个儿子倒也罢了。皓天你看看你，一儿一女都不在身边，就一点儿不着急不难受吗？"

皓天不说话了，是啊，思飞有几个月没跟他联系了，也不写信，也不打电话。皓天、芙蓉两口子一想起他，心里总觉得不是滋味，这孩子年纪轻轻，却是遭了不少罪啊。思飞本来是想当空军为国效力，谁知因为多次受伤住院，被调到中国航空公司，退出现役搞民航了。

虞亭华说："我今天来找你也是想跟你说说思飞的事情。上个月，百万解放军过大江，中国航空和中央航空百架民航飞机要迁往台湾，只是台湾的机库和机场设施并不完善，所以他们暂时飞到了香港。思飞临走前匆匆来见我，说军队控制了机场，逼迫所有飞行员立即起飞，连家属都不能带。并且还要严格保密，谁都不能说，包括自己的亲人。他说接到了你写给他的密信，并且偷偷塞给我一张纸条，说这是他在香港的通信地址……"

虞亭华说着从上衣口袋取出钱夹，从钱夹里小心翼翼拿出一张纸条递给皓天。皓天定神一看，纸条上面正是思飞的笔迹，上面龙飞凤舞写着“香港九龙启德机场大磡村机库”几个钢笔字。皓天反反复复看了半天，把纸条收了起来，心里有数了。

皓天向党组织做了汇报，几天后上海军管会空军部反馈了情况，中央很重视这件事情，成立了专门策动“两航起义”的工作组。香港地下党正在积极做两航员工的工作，希望他们驾机起义，北京、南京、上海等机场也一直在做准备。从保密途径了解到的情况，两航公司的员工也没有几个人愿意到大海对面的台湾去，大家都群情激愤，时刻想着回归祖国。组织上指示张皓天继续密信张思飞，劝他冲破国民党反动派的阻拦，回到祖国的怀抱。

皓天向组织保证：每天一封，为了国家，为了党，义不容辞！

一晃，到了1949年10月1日，这一天，毛主席在天安门庄严宣布：中华人民共和国成立了，中国人民从此站起来了！全国上下一片欢腾，新中国充满了生机。

皓天长久挂念的心事终于有了着落。

11月9日，在中共地下党的组织策划下，12架两航飞机从香港启德机场起飞，以超低空飞行的手段摆脱了国民党空军战斗机的追击，于12时15分安全抵达北京，这就是震惊两岸的“两航起义”。起义的领头人之一正是张思飞。

也就在同一天，香港中国航空公司、中央航空公司2000多名员工通电起义。

两航爱国员工率先高举起义大旗，带动了港九的资源委员会、招商局和中国银行等27个国民党在港机构相继起义，使台湾的国民党政权越发陷入困境。

随后张思飞被安排到新成立的太原飞机修理厂工作，还有一些起义者有的进了航空学校，有的直接补充到了解放军空军部队。

不久，张思甜回到了北京，在新中国农业部畜牧司任职，年底她终于和刘白完成了终身大事。皓天、芙蓉、刘顺、秀娥都长出了一口气。

中国改天换地，万象更新。每个人都洋溢着抓革命促生产的热情，都想在一穷二白的基础上为新中国添砖加瓦，迅速建成民主富强的社会主义国家。张皓天、刘顺感到自己浑身都是劲儿，他们与虞亭华一块，接受了一个光荣的任务：建设国有农场，当前为中央领导同志和部队，未来为千家万户提供奶制品。

中央领导同志特别批示，虞亭华、张皓天、刘顺都是专家，调华北机械农垦管理处任职。这是一个刚刚成立的机构，主要任务是接收旧政府原来那些农场的土地，筹建新的国有农场。

可是要筹建新的国有农场也不容易。北京农场太分散了，稍有点规模的有五里店农场、双桥农场、和义农场……相互之间都离得远。这些农场规模大小不一，都属于私人经营，各自为战，所产的牛奶质量也是良莠不齐，这就需要做农场主的工作。让他们自愿将农场交归国有农场管理，当然也包括上缴奶牛。

虞亭华解释建国有农场的意义说："咱们现在各个农场基本都是手工挤奶，土法消毒，手工灌装。这小农经济啊，简直像汪洋大海一样存在。正因为如此，才需要统一管理。国有农场有它的优势，可以集中力量办大事情。我们将来要走向大型化、机械化、电气化，科学养牛，用玻璃瓶灌装机，巴氏消毒法，减轻工人的劳动负担，提高质量。将来我们的奶制品会越来越丰富，不仅要给国家生产鲜奶，还要开发奶粉、炼乳、奶糖、冰激凌等，让每一个中国人都能吃到便宜又高质量的奶制品！"

经过勘察，张皓天、虞亭华认为西部香山地广人稀，水草丰美，适合农副产品的生产和加工。其中奶制品是基地重要的组成部分，于是决定在香山地区建立奶制品基地，为中央领导同志提供奶制品，也为未来扩大经营，向全北京百万市民提供奶制品积累经验。

香山早先就有一个农场，在做农场接收工作之前，皓天几个人决定去香山地区先了解一下基本情况。

香山所谓的农场目前看还没成型，坐落在西山脚下。西面是八大处，东面是玉泉山和颐和园，环境优美，水草茂盛。既适合农业，也适合牧业，是天然的农业基地。因为新中国刚刚建立，经费紧张，先期开发的土地只有六百亩，在当时的中国已经算是大型农场了。农场主要是种植蔬菜、水果、禽蛋和奶制品，因为是提供给中央领导同志，所以属于中央警备团系统，产品也全部由管理局采购。

皓天几个人到农场的时候，垦荒已经开始。一些农业工人正在平整土地，起垄挖沟，引水灌溉，种植着一些蔬菜，喂养着家禽。而整个奶牛场只有三头奶牛，设备也很简陋，只有一个奶罐供消毒杀菌。挤奶棚子很窄小，罐装车间只是几间平房。

在这里，皓天又见到了老红军樊为民。他现任农场党委书记，为人朴实热情。几个月前正是他率队赶着五辆马车，其中还有朱德总司令乘坐过的马拉轿车，以及二十多匹大牲口和三头奶牛，从河北西柏坡奉命来到北京香山双清别墅报到，新北京的奶乳事业就是在这样简陋的条件下开始的。

樊为民和皓天是老相识了，远远地迎接出来，大声说：“皓天同志，你们这些专家可算是来了，正盼着你们呢!”

皓天指着虞亭华介绍说：“老樊，这位是虞亭华同志，华北机械农垦管理处新任处长。”

樊为民热情地和虞亭华握手：“原来是领导同志，欢迎领导前来视察工作！”

虞亭华急忙摆手说：“千万别说什么领导，咱们都一样是人民群众。”

皓天说：“老樊，亭华同志可不一般，他是咱们国家畜牧界第一代专家！上级领导称他一个人能敌一个军呢！”

樊为民喜出望外：“这简直是及时雨啊。虞领导，我们迫切需要您的工作指导。香山农场刚刚开始建设，条件还很差，跟城里的大农场不能比，您这一来我们就完全有指望了！”

虞亭华谦虚地摆摆手：“别把我说成神仙！也不能指望某一个人嘛，皓天同志、刘顺同志都不错，他们有多年的经验，大家互相学习，共同提高！”

樊为民连连点头：“对对对，你们都是专家，我大老粗得多多跟你们学习。走，我带你们先转转。”

北京第一家国有农场就这样开始运转了，它的所有制是全民所有。正因为是全民所有，有些旧社会过来的农场主就不愿意将自家的奶牛、器具、饲料等上缴，个别的甚至采取激烈的对抗措施。

本来是我们家的牛，凭什么给你啊。当皓天说到，让私营农场主把牛场财产交给国有农场不是一件容易事情的时候，刘顺满不在乎地说：“老表，咱俩可都是土生土长的北京人，原来也当过北平乳商联合会会长，这京城的农场主哪有不知道咱俩的。咱俩一出面，这农场主有几个不听的，这工作好做，好做。”

皓天提醒：“咱们在北平好些年没养过牛、挤过奶了，这农场主估计也换几茬了，认不认识咱俩都还不好说。咱不能硬来啊，要注意方式方法。”

这方式方法确实是公私合营工作中必须要注意的。没做好，事儿就非常难办。主抓农场合并工作的张皓天、刘顺，在公私合营中还遭遇到了生命危险。这是怎么回事儿？请看下回分解。

第四十七回

公私合营兴农场　歹徒阻挠太嚣张

暂不说公私农场合并张皓天、刘顺遇到的危险。先说说他们对国有农场的初步认识。

虞亭华、张皓天、刘顺到香山去接收农场，围着农场转了一大圈后，时间已到了中午，几个人留下来吃午饭。樊为民在厨房忙活了一阵，就端来一大盆香喷喷的炸酱面。他嘿嘿笑着说：“各位专家同志们，条件很艰苦啊，没什么可招待的，粗茶淡饭，凑合着吃吧。”

刘顺深深吸了一口气，伸出大拇指：“香！香！”说着就捞了一碗递给坐旁边的张皓天，“今天我管盛面啊，老表先来一碗，这炸酱面看上去地道啊。”

张皓天却没接，而是拿起一只空碗来，一本正经地说：“谁捞谁自个吃。毛主席说了：‘自己动手，丰衣足食’。这才能对得起这碗炸酱面！”

坐在对面的虞亭华一把接过，边吃边说：“嘿，我这长期待在南方啊，好久没吃北京的炸酱面了……唔，唔，真香！”

还有十几个人坐在另外的饭桌旁吃面，大家有说有笑。樊为民一一给他们介绍，这里边有几位是党员干部，还有几位是工会成员。虞亭华大感惊讶：“这个食堂里居然还有中央机关的干部！”

樊为民说：“亭华同志，毛主席有指示，中央机关的同志必须轮流到农场义务劳动，谁也不能搞特殊化。自力更生、艰苦奋斗!”说得几个人连连点头。

香山之行让皓天几个人都感触颇深。回去的路上，皓天说出了心里的想法：“我看应该先把这里搞好，做一个样板出来，这样才能够吸引其他农场加入。”

虞亭华看着皓天，忽然哈哈大笑起来。

皓天莫名其妙：“我说得就这么可笑?”

“不是不是。”虞亭华摆摆手，“我笑是因为——皓天同志，你咋跟我的想法一模一样，莫非你是我肚子里的蛔虫?”

刘顺慢条斯理地说：“这叫英雄所见略同，你们俩是英雄。”顿了一顿说，“我不是。”

皓天闭上眼说：“这话怎么听着酸溜溜的，吃面的时候没见你吃醋呀?”

刘顺说：“那卤味道不重，我加了几把酸菜。”

通过观察，皓天对香山农场的情况已经有了大致了解，他说：“我看现在最大的困难第一是奶牛太少了，第二是缺乏熟练工人。”

虞亭华说：“清华大学农学院很快会从香港进口一批种牛，将来这里也是清华的畜牧配种实验场，情况会有好转，奶源的问题你不用担心。你们来这里，就是来培养工人，建立管理制度，完善生产环节的。”

皓天说：“我看过了，这几头牛都是英国短角奶牛改良过的品种，正常情况日产奶应该在四十斤左右，我认为产量上不去不是牛的问题，是人的问题……而且我看了牛的饲料，这个干草太多，精料太少。还有，缺少好的设备。”

虞亭华说：“现在进口的渠道太窄，而且国家外汇缺乏，有限的资金要用在刀刃上。我已经委托清华大学机械研究所设计制造冷藏设备和灌装设备，相信不久就会有样品出来，咱们首先就在这里试生产。”

定下了目标，接下来就大刀阔斧地干了。虞亭华是个大忙人，要教学，要做试验，所以很多时候不能到现场。皓天和刘顺自然是当仁不让的建设主力，每天早出晚归，有时候太晚了，就干脆睡在农场。他们感觉自己好像又回到了那挥汗如雨的青年时代，没错，毛主席说得好：劳动最光荣！

皓天、刘顺都是几起几落，有丰富的农场建设经验，进展非常顺利。不过一个多月的工夫，香山农场的面貌就发生了翻天覆地的变化，一座座干净漂亮的牛舍拔地而起，一片片草场绿茵如盖，整个农场一派欣欣向荣的气象。

虞亭华有半个多月没来，等他抽时间到农场一看，不禁大吃一惊：“好啊，皓天同志，刘顺同志，这农场也不破了，也不烂了。搞得好啊。”

刘顺有些得意：“能够让亭华同志感到吃惊，看来我们的功夫没白费。”

虞亭华伸出大拇指，“岂止没白费功夫，实在了不起！”又问，“这些奶牛都从哪里来的？”

皓天一指刘顺：“刘顺同志一张好嘴啊，他鼓动个体奶农们把奶牛送到这里，然后根据各自奶牛的产量，每个月给他们发工资。”

虞亭华看着刘顺：“好主意啊。果然不愧是资本家！”

刘顺倒有些不好意思起来：“说来也巧，这事以前就干过，收购奶农的牛奶原来是满北京城转，可那次彻彻底底败给了皓天。没想到这一次干的是同样的事情，结果却大为不同。现在干这事儿可比之前光荣多了，那句话谁说的来着？失败是成功他娘……”

虞亭华没让刘顺胡侃下去：“这太好了，统一管理，统一调度，统一调配，质量方面就会有保障，这个样板我看成功有戏。”

皓天点点头：“对，国有农场有了大模样后，接下来就该考虑其他农场的合并问题了。五里店农场、双桥农场，这都是我们的下一步目标。”

虞亭华举起双手：“好！完全赞同，咱们马上进入下一步行动！”

农场举行了竣工仪式，并且正式更名为巨山农场。这天虞亭华主持了第一次农场会议，和大家一起交流讨论农场的发展问题。

当晚，在大食堂放映长春电影制片厂的老电影《中华儿女》。这部电影虽然大家都看过，但在这里放映还是感觉很不一样，尤其对于张皓天来说，更是有种不一样的感动。

那些战斗在白山黑水的抗联战士，为了打败日本侵略者，进行着艰苦卓绝的斗争，最终只剩下了八位女战士……

当影片最后，八位女战士投光了最后一颗手榴弹，打光了最后一颗子弹，砸碎步枪，跳进江水的时候，皓天流泪了，他看到身边的虞亭华也在抹眼泪……新中国，是由多少革命先烈的鲜血缔造的，我们这些有幸生存下来的人，有责任继承革命烈士的遗志，让红色中国繁荣昌盛，屹立在世界的东方。

张皓天振臂高呼：“打倒日本侵略者！”

全场一齐呼喊：“打倒日本侵略者！”

“共产党万岁！”

“毛主席万岁！”

现场所有人一齐振臂高呼，此时此刻，皓天忘记了坎坷的前半生，只有为新中国奋斗的满腔豪情，他愿意把余生奉献给这样的中国，人民当家做主的新中国！

在食堂、露天地头一块看革命电影，这样的场景成了张皓天、刘顺这样的农场人一辈子的记忆。

尽管有香山农场作为样板，但是农场合并工作进行得并不那么顺利。农场主家的奶牛少则两三头，多则一二十头，虽说赚不了大钱，但是胜在自由，平时爱怎么着就怎么着，我的奶牛那就是我的财产啊，全家都指望着靠奶牛吃饭，凭什么要交给国家来养啊？想不通，想不通自然就不配合。

皓天把一些农场主召集到了一起，对他们说："如今是新中国，形势跟以前不一样了。共产党要对全体人民负责，所以就要进行统一管理，统一调度。在杀毒方面、在产量方面都能做到高效率，这一点咱们个人能做到吗？谁能保证自家的牛奶不会出现这样那样的问题？再说了，牛奶征用后，还会给大家补偿嘛。"

刘顺在边上严肃地补充："如果出了质量问题，以前旧社会你可以送个礼，行个贿，蒙混过关。现如今不行了，共产党铁面无私，不留情面，那是要追究责任的。大家想好没有啊，你们谁愿意坐牢？谁要愿意坐牢，那就当我今天啥也没说！"

刘顺这一帮腔，有几个农场主就心虚了，可还是不服气："那我们也得吃饭啊？把奶牛都上缴给了国家，我们喝西北风去啊，不都得饿死呀？"

皓天笑着说："党和政府怎么会饿着大家呢？不会的。我跟大家保证，你给国家交多少头奶牛，国家都会按比例给你分配所得利益。你以后养牛方面能省不少事，还有钱拿，哪都吃不了亏啊。"

有几个农场主就心动了："这……真的吗？有这么好的事吗？"

刘顺晓之以理："共产党是靠民心起家的，有广大人民群众的支持才成为执政党。你说我们要说话不算数，那江山还能坐得长久吗？"

农场主一琢磨，还真是这么回事儿，窃窃私语起来，最后一合计，推出了一个代表，表达了他们的决心："张皓天先生以前做过北平总商会会长，我们对您一向是放心的，这回看在您的保证上，我们就同意合并了。"

皓天深鞠一躬：“感谢大家。今后只要大家有什么问题都可以找我、找刘顺、找党组织，我们全心全意为大家做好服务。”

当天，有一些农场主签了合同，同意农场合并。

可是还有一家农场主坚决不同意合并。这个农场主拥有的双桥农场是当时北京最大的一家，养了二十来头奶牛。农场主姓钱，叫钱九。钱九很有些家底，死活不愿意合并。皓天做了很多次工作都没有打动他。“不同意就是不同意，管你是张皓天还是张凤地，管你是刘顺还是刘不顺，反正打死也不同意！生是我家的活牛，死是我家的鬼牛！凭什么让你们白白拿走。”

这一耍赖，皓天就不好办了。刘顺看钱九软硬不吃，心里撮火，就想办法找钱九的毛病。经过一番调查，发现这钱九有不干净的历史，他有两三年把牛奶卖给了日本鬼子！这可是汉奸啊，有这个把柄，看你还老不老实。

这天刘顺到钱九家。钱九一看是刘顺，就没给好脸：“你要是来谈收奶牛的事儿，这里一点也不欢迎你，请自便!”

刘顺盯着钱九：“钱九，我看你还是从了吧，小心我把你当年做过的勾当抖搂出来。”

钱九冷笑一声：“啥乱七八糟的？老子做过什么勾当?”

刘顺如此这般，添油加醋，把钱九当年卖日本人牛奶的事情说了一通。钱九愣住了，脸色铁青：“你造谣！你血口喷人!”

刘顺说：“是不是造谣，那可不是你说了算。我可有证据。”

钱九心里有些发毛：“你你你……你有什么证据?”

“证据当然不能给你啦。”刘顺说，“给你一天时间，要不咱找政府说理去。你是愿意做汉奸呢，还是为新中国做贡献?”

钱九有些泄气，口气软了下来：“你不就是想让我把农场交出去嘛，好说好说。我交就是了。”

刘顺心中窃喜："那就这么定了？啥时候交啊？"

钱九哭丧着脸："容我两三日……我好好琢磨一下，行不，刘顺爷爷，我求您了！"

"好好好，就等你三天！"刘顺兴高采烈就回去了。第二天他把这事告诉了皓天，皓天问："你真有什么证据？"

刘顺哈哈一笑："啥证据，我就是吓唬吓唬他。他做贼心虚啊。"

皓天摇摇头："如果真有证据，你应该直接向政府部门举报。如果没有证据，你这样就成坑人了。"

"嗨，我说老表，我做的这一切不都为了国家嘛。"刘顺不高兴了，"行了，我看你就别管了。等到时候我让他钱九老老实实签合同。"

刘顺以为手到擒来，没想到还没等到第三天就出事了。

第二天晚上，刘顺和皓天在巨山农场工作到晚上九点多，一起骑自行车回家。回家的路上有一段路很不好走，坑坑洼洼的，好在月光亮堂，照得清楚路。一到这儿，两人就都下车推着自行车走，在这儿出事了。

有一个歹徒早已埋伏在这里，手里还拿着一根铁棍。见刘顺走过，这人举起铁棍朝刘顺后脑勺就抡了下去。皓天走在后边一点，大喊一声："快闪"。刘顺一个侧身，那铁棍砸在胳膊上，刘顺只觉骨裂一样痛，胳膊软了下来。

皓天攥住自行车朝歹徒使劲撩过去，打掉了歹徒手上的铁棍。那歹徒从腰间摸出一把匕首，恶狠狠再扑刘顺，刘顺还没反应过来。皓天猛然一把推开刘顺。那人手里的匕首没刺中刘顺，却刺中了皓天的肚子。皓天大叫一声，倒在了地上。歹徒一看弄错了，转脸又朝刘顺挥舞着匕首。刘顺回过神来，学皓天使劲抡起自行车将歹徒撞倒，大喊一声抄起铁棍就冲上去。那歹徒见势不妙反应挺快，连滚带爬地逃走了。刘顺挂念皓天的伤势，无心追赶，赶紧把皓天送到了医院。

所幸歹徒刺中的地方不是要害，皓天的命总算是保住了。刘顺伤得更轻一些，把伤口包扎了。

皓天、刘顺想来想去，这节骨眼上敢这么干的八成是钱九，钱九做贼心虚，想杀人灭口。等他们报了警，民警去找钱九时，发现钱九已经把自家的奶牛贱价给卖了，逃跑了。民警安慰皓天、刘顺："你们放心吧，他逃不了，我们一定会将他抓捕归案。任何想跟社会主义新中国作对的反革命分子，都不会有好下场。"

过了十来天，皓天能下床走路了。他和刘顺找到买钱九奶牛的人家，好说歹说，买家抵不过他俩软硬兼施，把奶牛全部上缴给了国家。

刘顺说："老表，这奶牛可是你拿半条命换的，真对不住你了。"

皓天摇摇头："顺子，咱俩就别说这种话了。都是为公家。你也别天天愁眉苦脸了，我看着浑身不自在啊。再说，这不因祸得福嘛，还休息了几天呢。"

农场合并最大的难题因为这场意外算是解决了，所有的私营农场主最后都同意了公私合营。接下来皓天便正式开始了国有农场的管理工作，刘顺也当仁不让成了他的搭档。

全国各地掀起了建设新中国的热潮，到处都是工地，到处都冒烟囱。皓天也把全部的精力都投入到奶场建设上，即使是礼拜天也很少回家。皓天只觉得自己好像年轻了二十岁，有使不完的劲儿。

1950 年，朝鲜战争爆发，中国人民志愿军雄赳赳、气昂昂，跨过鸭绿江入朝作战。

在农场抗美援朝捐款捐物动员会上，党委副书记、场长张皓天拿着高音喇叭喊："同志们，党考验我们的时候到了！我们党有句话啊，那就是：在生活上，要用低标准要求自己；在工作上，要用高标准要求自己。我们要响应国家号召，多捐款，多捐物，宁愿勒紧裤带自己不吃，也要把咱们的社会主义兄弟，从美帝国主义手里解救出来。”

张皓天，农场党委书记樊为民，党委副书记、副场长刘顺，还有很多农场工人，都把不高的工资捐了出来，把家里本就不多的棉被什么的都捐献给了国家。他们觉得那都是应该的。

1951 年春，来自苏联的第一批种牛到了香山农场，这是苏联的科斯特罗马牛，产量比较高，寿命可长达 25 年。

皓天没有接触过这种牛，他曾经用荷兰荷斯坦牛和北京的母牛配出“和平牛”，产量和体质都很好。对苏联种牛改良中国本土牛却缺乏经验，能不能成功他并没有把握。

牛的发情期就要来了，他和虞亭华日夜奋战在牛棚里，精心准备饲料，掌握膘情，随时清理牛舍卫生，观察牛的反应。

配种是一门大学问，他们对这个新品种还比较陌生，密切关注各种可能的问题，不发情怎么办？发情到什么程度配种才好？配种间隔多久合适？这都需要摸索。

“开会啦，开会啦！老张、老虞，昨天就通知你们了，忙忘了吧。”樊为民笑呵呵地走进牛棚。

皓天转过身，不好意思地解释：“老樊，您看我们正忙着给奶牛配种，这边老离不了人，把开会这茬忘得干干净净了。”

虞亭华看了一眼樊为民：“为民同志，请把烟掐了再进来，离牛远一点。这个对牛的健康影响不好。”

樊为民忙把烟掐灭了，说：“今天苏联的专家同志来咱们农场指导工作，会有重要指示。你们就不用瞎摸索了。有啥搞不懂的，现在苏联老大哥来了，咱们就当面请教嘛。”

皓天转过头看着虞亭华，说：“樊书记说得在理儿，咱们就别磨蹭了。走，开会，听听苏联专家的指导。这儿让刘顺同志盯着。”

虞亭华直起身说：“啥样儿的专家说也不管用啊，这咱们自个的事儿，得靠咱们自个摸索。人家配种的经验是人家的，这环境变了，水土变了，气候变了，饲料也变了，哪一点都会影响配种的质量。苏联的经验直接照搬过来就管用吗？天下哪有那么容易的事情。”

樊为民脸色有些难看了：“欢迎苏联专家这是政治任务，农场干部都要参加。向苏联老大哥学习办集体大农庄的经验，这可是毛主席的号召。”

虞亭华摇摇头：“走吧，就别啰唆了。咱们是那么没有觉悟的人吗？走吧走吧。”

几个人来到大食堂，里面已经坐满了人，等着苏联专家到来。食堂里临时布置了一个小型主席台，其实就是几张餐桌拼成了一个长条案，后面放了几把椅子。还特意拉上幕布，挡上打饭的窗口，幕布上有斯大林和毛主席像，下边用黄纸黑字贴着几个醒目的大字：热烈欢迎苏联同志光临指导。

不少干部正在吞云吐雾，虞亭华板起了脸：“把窗户开开，通通风！你看看你们，弄得屋里乌烟瘴气的，像什么样子！咱们这是农场，要注意防火！不知道的还以为着火了呢！”

几名食堂工作人员赶忙打开窗户，一股新鲜空气吹进了食堂。皓天和虞亭华找了椅子，并肩坐下，静静等着苏联专家的到来。

樊为民说：“苏联同志马上就到，你们有什么问题准备准备，该问就问啊。这可是难得的学习机会。”撂下一句，转身出了食堂。

皓天探过身体，压低声音问虞亭华：“老虞，我怎么看你对这事儿不积极啊。”

虞亭华小声说：“皓天啊，我年轻的时候就留学，跟什么学者没有打过交道？我就从没见过看都不看农场的实际情况就做指示的专家。这是农场，是科学，不是政治课。”

一会儿工夫，樊为民陪着一群人走进食堂。那些穿灰色或者蓝色中山装的是北京市国有农场管理局的领导，中间簇拥着一个穿西装的高个子秃脑门外国人，就是苏联专家了。

在热烈的掌声中，局领导和苏联专家在临时搭建的主席团就座，樊为民坐在最靠边的座位上。戴眼镜的管理局秘书站起身来，说："现在我们请苏联专家博夫米洛夫同志讲话，大家鼓掌！"说罢带头鼓起掌来，会场响起持久热烈的掌声。

博夫米洛夫向大家摆摆手，说了一句别别扭扭的汉语："同志们好！"接下来他就只能找翻译了，他接着说："同志们，我只学会了一句汉语，向大家致以革命的问候，我很抱歉。我们的语言不同，但是我们的革命理想是一样的，我们的理想都是走社会主义道路，解放全体劳动人民。全世界无产者都是阶级兄弟！"

博夫米洛夫停顿了一下，掌声又起。

"共产主义的伟大领袖斯大林同志认为，农民从本质上就是非社会主义的。他说个体农民是最后一个资本主义阶级。小农，是社会主义的另类，是斯托雷平主义在苏联的复辟。所以，小农应该成为消亡的阶级。那么什么是社会主义呢？社会主义就是工业化，是重工业，是把小农改造成为集体农庄的农业工人，消灭一家一户个体农民的私有制。把生产资料、设备、人员、牲畜、土地都集中起来，由党委统一指挥，下达生产任务，这就是社会主义的集体农庄！"

张皓天听着觉得不大对劲了，中国有几亿农民，要把这些小农都变成农业工人，这是多大的动荡啊！什么是集中？剪子要不要集中？铁锅要不要集中？把全国都变成巨山农场这样的集体农庄？有点不可思议啊！

博夫米洛夫的演讲非常有激情，他挥舞着长长的手臂，声音也越来越大："所有的权力，都属于党！由党下达计划指标，对作物的品种、播种的面积，对每项工作的要求，收获的时间、上缴国家的农产品数量、种类，都要有严格的规定，完不成任务就是违法！巨山农场，就是集体农庄的典范，将来社会主义的中国都要和巨山农场一模一样，所有的村庄都要变成大农场！只有这样，才是真正的社会主义！”

博夫米洛夫又停住了，他在等待大家的鼓掌，大家也都很配合。这次掌声更热烈持久，这让他很满意，继续说：“但是巨山农场还有不足，第一，农场没有自己的农机站，完全都是手工作业，这是反社会主义的！社会主义，就是要机械化大生产，工厂是这样，农场也应该是这样！第二，你们没有建立起义务交售制度。集体农庄，必须要按国家规定的价格，按照国家规定的种类和数量交售农产品，实行统购统销……”

皓天越听越不安，万一国家规定的价格过低，收购的数量又过大，那岂不是要出事情？

博夫米洛夫仍然在侃侃而谈：“农场工人不能经营副业，经济和政治上一律平等，要同盗窃国家财物的行为做斗争……这就是计划经济，是社会主义经济！”

不得不说，博夫米洛夫很有演说天赋，把复杂的政治经济问题讲得深入浅出，人人都听得懂，实际上也没怎么听懂。

虞亭华低下头，低声嘟囔：“如果这样就是社会主义，那当初还打土豪分田地干什么？分完田地又收回去，老百姓还相不相信你？苏联人啊。”

皓天吃了一惊，虞亭华的话有点离经叛道，跟党的主张背道而驰啊。他拉了拉虞亭华的袖子：“亭华同志，你可不能犯糊涂啊。现在中央都要求咱们学习苏联老大哥的经验，难道苏联老大哥都是错的，就你对么？发这样的牢骚要小心啊……”

皓天的规劝不能不说是苦口婆心，在那个一切以斗争为纲的年代，一场场政治运动接踵而来，把张皓天、刘顺、虞亭华们整得遍体鳞伤、身心俱疲。欲知他们的命运到底如何，请看下回分解。

第四十八回

牛奶总站挂牌立　雪中送货晕倒地

张皓天、虞亭华、刘顺夜以继日地辛勤工作，使得巨山农场不断壮大。苏联种牛只是第一批，他们又从香港引进了荷斯坦种牛，与中国的优质母牛配种，通过级进杂交的方式，终于取得了质的突破，奶牛的寿命、产奶量均有了非常大的提升。到了 1952 年，巨山农场已经拥有了奶牛 140 余头，日产奶六千公斤左右，除了少量供应中央机关，大部分制成奶粉、炼乳，成为抗美援朝战争的军需品。

从樊为民带着三头奶牛进京，经过张皓天、刘顺这些人的努力，新北京的牛奶事业取得了突飞猛进的进步，张皓天感到由衷的自豪。

这一年，还有个好消息。张皓天、刘顺先后添了一个小孙子，一个起名叫“张建军”，一个起名叫“刘建国”。不用说，建军节、国庆节生的。

社会主义改造和社会主义建设似乎让每个家庭、每个人都感到振奋，人与人之间变得亲密无比。

但是这个时候，一场自上而下、轰轰烈烈的“三反”“五反”运动展开了，人与人的关系也逐渐异化了。这是后来中国无数政治运动的开端。

什么是“三反”呢？就是“反贪污、反浪费、反官僚主义”，这是在党政机关工作人员中开展的。

什么是“五反”呢？就是“反行贿、反偷税漏税、反盗骗国家财产、反偷工减料、反盗窃国家经济情报”，这是在私营工商业者中开展的。

我们党认为，资本家中的不法分子不满足于用正常方式获得一般利润，企图利用和国有经济的联系，以非法手段牟取暴利，企图抗拒社会主义国有经济的领导，削弱国营经济。他们甚至开始拉拢腐蚀国家干部，造成了很不好的社会风气。

轰轰烈烈的“三反”“五反”运动不可避免地波及了巨山农场，一次又一次群众揭发，一遍又一遍的经济审查。巨山农场的主要干部们经受住了考验，他们没有任何经济问题，樊为民、张皓天把党的优良作风带到了农场。

4 月下旬，樊为民和皓天到白桥大街工商联开会。一进城就发现城内气氛不寻常，街头巷尾贴满了标语，大喇叭里不断播放着运动的最新进展，大街小巷聚集着大量群众，挥舞着小旗高呼口号。

到工商联做报告的是北京市委副书记刘仁，他说：“各位同志，我向大家通报一个令人震惊的消息。我们党内出现了两只大蛀虫。原中共石家庄市委副书记刘青山和原中共天津地委书记张子善，他们因为贪污腐败，经中共河北省委决议，中央华北局批准，已被开除出党。另经河北省人民法院报请最高人民法院批准，他们已被判处死刑。”

“各位同志，他们是党的高级干部啊。他们过去在党的培养教育下，为党、为人民做了许多有益的工作，无论是在抗日战争还是在解放战争中，都曾进行过英勇的斗争，建立过功绩。但在和平环境中，经不起资产阶级的腐朽思想和生活方式的侵蚀，逐渐腐化堕落，成了人民的罪人。”

刘仁最后说：“判处他们死刑是毛主席亲自批示的。毛主席说，处决他们是为了挽救更多的党员干部！”

皓天心里感到十分难过，他们都是革命的功臣啊，为党立下过功勋，可是对国家和人民犯下了这么严重的罪行，太让人痛心了。

会议结束以后，市委副书记刘仁特意走到皓天面前，微笑着问道："皓天同志，你为北平的和平解放立下过卓越功勋。听说你在巨山农场工作兢兢业业，农场有现在的成绩，和你的努力有很大的关系。希望你百尺竿头，更进一步！"

皓天说："谢谢首长关心！我们一定努力工作，不负众望。"

刘仁拍拍皓天的肩膀："回去以后也要做好党的教育工作，把今天的会议精神好好传达下去。我们共产党人啊，既要经受得住敌人的严刑拷打，又要抵抗得住地主、资本家的糖衣炮弹！"

皓天郑重地点了点头……

在党和各级政府的关怀下，巨山农场发展进入了快车道。

1956 年，巨山农场已经成为北京市最大的奶场。现在的他们已经不仅为党政机关提供牛奶了，他们还为北京市的老人、病人和儿童提供奶乳制品。

这一年，在社会主义改造、公私合营的大形势下，在毛主席的亲自过问下，北京市牛奶总站成立了。总站以樊为民为党委书记，张皓天为党委副书记、站长，刘顺为党委副书记、副站长。

1956 年 3 月 1 日，北京市牛奶总站正式挂牌成立，成为中国第一家牛奶供应商。

在成立仪式上，党委副书记、站长张皓天非常激动地发言："各位领导，各位同志：在党中央的关怀和支持下，在各级政府的关心和指导下，北京市牛奶总站今天正式挂牌成立了。北京市委、市政府将乳业列入了国民经济发展计划，要求我们乳企增加乳制品供应，更好地满足人民群众的生活需要，这是对我们莫大的认可和鼓励。咱们北京的奶牛事业就是从老红军同志牵过来的几头奶牛开始的，现在，咱们站到了一个新的历史关口。我们要继续发扬红军一不怕死，二不怕苦的战斗精神，将北京的奶乳事业做得更好！”

北京市牛奶总站顺利合并了各个公司农场，为每一头奶牛登记造册建立档案，详细记录奶牛的品种、同胞、血缘谱系及亲代关系。同时引入苏联优良品种，力求达到牛群良种化，完成提高单产的目的。

至此，牛奶总站形成了产、供、销一体化的格局。

牛奶总站成了北京市的先进单位，政府建设了很多集体宿舍，供总站职工居住。总站在社会上成了高福利单位的杰出代表，人人都想往里钻。

这天晚上，皓天家来了一个客人。谁？芙蓉的小堂弟秦光伟。干什么来了，看堂姐、堂姐夫来了，进了家门，将一个大袋子装的两条烟、两瓶酒放到桌子上。

皓天：“嚯，烟是好烟，酒是好酒。”

秦光伟从口袋里掏出一盒大前门，抽出一根，给皓天递上：“姐夫，有个事儿想请您帮忙啊。”

“啥事儿啊？”

“那什么，我不在供销社嘛，那工作没啥意思。我看你们牛奶总站福利是真好啊。姐夫您是站长，能不能把我调过去啊。以后我有出息了，也多感谢姐姐姐夫啊。”

皓天说：“我们有个正规的招工程序。你去报名，参加考试，走正规流程。”

“你们现在招的多半是专业人才，我这不没那个本事儿嘛。您看您是我姐夫，您又是站长，您把我调进去不就是一句话的事儿。”

皓天说：“没本事还想进牛奶总站？回去吧，我这没戏。”

秦光伟出门了，芙蓉送出来，把两条烟两瓶酒塞回他手里：“拿回去吧，你姐夫从来就不收礼。这礼拜十好几个来送礼的都被拒了……”

在发展生产的同时，皓天还特别注意牛奶的质量监督和包装管理。在他和虞亭华的建议下，中央和北京市成立了大批科研机构，为中国的牛奶事业保驾护航。农科院成立了兽医研究所，对奶牛最常见的两病——结核病和布鲁氏病进行常规检疫。同时，北京市乳品质量监督检验站也设立了，指派专员“现场监督”，对奶畜生产、乳品加工和产品流通的全过程加以监管。检验站公布了特、甲、乙级牧场标准，牛奶也有特级消毒牛奶、甲级牛奶、乙级牛奶之分。为了避免以次充好，实行统一标明牛奶级别、出产单位、日期等。

在包装方面则完全标准化，将过去大、中、小三种标准的容量全部改为统一的半磅奶瓶容量，乳制品外包装必须具有牧场名称、商标、牛乳等级、杀菌日期四种标识，缺一不可，同时要求牛奶“在运送或陈列已备出售时必须密封”。

张皓天经常在农场大会上警醒全体职工：安全无小事，责任大于天！

北京的牛奶事业蓬勃发展，但是人民群众的需求也越来越强烈。总站在成立初期举步维艰，困难重重，机械设备的引进问题一直悬而未决，生产加工手段依然简陋：大蒸锅，手工灌装。送奶工人一人一辆自行车，走街串巷把瓶装奶送到千家万户。

随着订奶人数越来越多，到了1957年的秋天，北京奶制品供应开始空前紧张起来。

张皓天、刘顺连夜组织开会，商讨对策，张皓天说：“情况大家都清楚了，人民群众有需求，我们却满足不了。现在时间紧，任务重，大家说说该怎么办?”

刘顺冲虞亭华发牢骚：“当初你说的电气化、机械化，这都几年了还是没见踪影。我们的奶制品产量上不去，出现短缺情况是早晚的事情。”

虞亭华笑笑说：“你以为成套的生产线是那么容易的事情？全世界有

几个国家能做到？机械设备，是整个国家综合技术实力的体现，牵涉到方方面面的问题，一个问题解决不了，设计就只能停留在图纸上。现在帝国主义卡我们的脖子，很多关键部件的加工工艺我们只能自己慢慢摸索，这是着急就能解决的事情么？我们的师生一直在机加工车间，和工人们同吃同住，突破了一个又一个技术难点，还要怎么样？”

樊为民摆摆手：“国民党把值钱的全搬到台湾去了，我们新中国只能接收这个烂摊子，底子太薄，可以说是一穷二白，只能一步一步来。搞技术的同志们也很努力，老刘就别发牢骚了，当务之急是眼前问题怎么解决？”

刘顺想了想说：“如今没有办法，只能从外地紧急调奶，一定要满足北京人民群众的需要。”

皓天摇摇头：“缺口太大了，一时半会儿哪能调来那么多奶来，我看从现有产量考虑，还是要优先保证病人和婴幼儿用奶。”

刘顺很苦恼：“理是这么个理儿，可是……怎么和群众解释啊！”

皓天说：“延安那会儿乳制品也非常短缺，只有高级首长、个别婴幼儿和特殊伤病员才可以享受。很多领导同志从来不喝，都给了婴幼儿……”

樊为民一只手重重拍在桌子上：“北京人民受党教育多年，这点觉悟还是有的，难道他们会从病人和孩子口里夺奶么？这就要看我们的工作怎么做。我看我们送奶工人，要挨家挨户地向订奶户解释，包括总站党委成员，我们也到群众中去，挨家挨户做工作。毛主席说过，一切为了群众，一切依靠群众，从群众中来，到群众中去，把党的正确主张变为群众的自觉行动。按照毛主席的话做，就没有过不去的难关！”

在樊为民、张皓天、刘顺等人的艰苦努力下，北京市牛奶总站披荆斩棘，克服了一个又一个困难，牛奶开始走进北京市的千家万户，走进每一个北京市民的心中。

1958 年，党中央高举总路线、大跃进和人民公社三面红旗，领导国家向社会主义大步前进。不少地方掀起了“浮夸风”，张皓天、刘顺是非常看不惯：我们牛奶总站一是一，二是二，实事求是，坚决不跟风。

到了年底，大年三十吃团圆饭，张皓天、刘顺、虞亭华三家人聚一块，聊着聊着聊到了“浮夸风”：

皓天说：“春节，咱们讲究一年之计在于春。我起个头，总结一下今年国家发展的经验，提出未来五到十年的发展计划，我们要鼓足干劲、力争上游。计划非常明确：五年超过英国，十年赶上美国。”

芙蓉跟上：“好。我先放一个小卫星。湖北省长风农业生产合作社，早稻亩产一万五千斤。”

秀娥不慌不忙：“我放一大卫星，天津市东郊区新立村水稻试验田，亩产整十二万斤。田间稻谷上都可以坐人。”

刘顺大喊：“超了，超了。你那纪录不保了。天津市双林农场‘试验田’，亩产稻谷已经突破十二万六千斤了。”

黄云裳一翻白眼：“我这产得多。河北保定市徐水县一亩地产山药一百二十万斤、小麦十二万斤、皮棉五千斤。”

虞亭华感叹：“我说说农业部公布的数字吧，夏粮产量同比增长 69%，总产量比美国还多出四十亿斤。”

张思飞也回来了：“这么说，我们的农业已经超过美国、英国，世界第一了？”

刘白问：“美国、英国现在到底是一个啥水平？我一个记者都不知道从哪儿去整明白，谁能说得清怎么回事儿？”

张思甜附和：“就是，咱超得了吗？”

刘顺说：“人有多大胆，地有多大产。共产主义是天堂，人民公社是桥梁。”

张皓天总结：“别管那么多了，个别地方太脱离实际了。咱们做好本职工作，党叫干啥就干啥吧！”

“大跃进”打乱了国民经济秩序，浪费了大量的人力物力，造成了国民经济比例严重失调，使社会主义建设事业受到重大损失。庄稼无心种，粮食没人收，可怕的饥荒从农村蔓延到城市，甚至影响到了首都北京。

1959年2月25日，北京下起了百年不遇的大雪，积雪达到二尺多深。全市交通中断，眼看着雪越下越大，全市老人和孩子的奶还没有送出去，北京市牛奶总站党委书记樊为民、站长张皓天发出了紧急动员。

张皓天站在台阶上，在风雪中向总站职工讲话：“同志们！我知道你们很饿，我也很饿。可是我们手中的奶是什么？那是老人、孩子的救命奶啊。同志们，去年我们遭受了自然灾害，全国百姓都吃不饱，毛主席都不吃肉了。北京人民很饿啊，现在我们手中有九万多磅奶，全市十几万户群众等着这些奶度过寒冬，我们能置他们的安危于不顾么？我们能辜负党的嘱托么？在这里，我号召总站全体职工，包括后勤人员，食堂的大师傅，我们一齐上阵，一定要把奶一户不落地送到人民手中！党员干部们，你们是工人阶级的先锋队，你们要起带头作用……党委领导班子站出来，我们就在第一线，冲在头一个，党考验你们的时候到了！”

漫天的风雪中，59岁的张皓天奋力蹬着三轮车，车上是一箱箱新鲜牛奶。

樊为民和刘顺在后面推着，三轮车艰难地前进，他们送了多少箱了？谁也记不得了，只是觉得脚蹬起三轮越来越沉重……

张皓天觉得头发晕眼发花，腿像灌了铅一样。胃里的两个窝窝头早就消耗光了，三轮车蹬着蹬着就蹬不动了。

“老张！我换你吧！”樊为民的声音从后面传过来，似乎很近，又似乎很远。

张皓天用尽全身力气大喊：“没事儿，我还撑得住……”

冷风吹进胸腔肠胃，像刀子一样锋利，他以为已经用尽了全力在喊，其实只发出了一点微弱的声音。

忽然，他嗓子发甜，眼前一黑，顿感天旋地转起来。

“老张！老张！你怎么了？你快醒醒！”

樊为民和刘顺的声音似乎越来越远……

由于饥寒交迫，再加上重体力劳动，张皓天的身体这次是真的累垮了。

张皓天昏迷了一天一夜，睁开眼睛就看到芙蓉坐在床边椅子上打盹。他挣扎着想起身，却感到一阵晕眩，只好又躺下了。芙蓉听到动静赶紧给他盖好被子。

过了一阵，皓天感觉好一点了，他从床上坐了起来：“我还要去送奶……”

“都这把岁数了，干活还这么拼命。这都一天一夜了，放心吧，奶都已经送到各家各户了。”芙蓉心疼地抱怨：“你以为你还是年轻小伙子啊？我看你这是一门心思去找马克思报道啊。”

皓天嘟囔说：“马克思嫌我不够格，没要我。”

芙蓉给皓天端来了一碗温牛奶，舀了一勺：“来，喝吧。”

皓天一看，说：“给街坊缺奶的婴儿喝……”

芙蓉生气地把一勺奶硬送进皓天的嘴里：“皓天同志，你都给街坊献出去三个多月的奶了。你现在生病需要，喝一点吧。身体是革命的本钱，没有身体啥也干不了！”

从 1959 年到 1961 年的三年自然灾害期间，由于奶牛饲料短缺，许多奶牛还被充当食物，造成了乳品业产量的负增长。到 1961 年底，全国牛奶产量比上一年下降了六七成。覆巢之下焉有完卵？北京市牛奶总站的牛奶产量也是急剧下降，似乎随时都有关门的危险。

可是皓天怎么能眼睁睁地看着大家的心血付之东流呢？在动员会上，时任总站党委书记、站长的他对所有人立下军令状：“哪怕只剩一头奶牛，我们也要坚持到底，咬紧牙关，勒紧裤腰带，始终艰苦奋斗，严把质量关，坚持为人民服务！”此时，老书记樊为民已经退休了。

当时北京居民虽然生活在首都，但与全国人民一样都在艰难度日，基本温饱都成问题，哪还敢奢望能喝上牛奶？张皓天为此找市委市政府领导反映情况，提出了自己的一些解决方案，上级领导听了汇报之后，认为可行，批准了。

什么解决方案？原来，张皓天和同志们经过几个月的认真调查，决定只对那些老弱病残开始施行“特供政策”，凭票供应。其他人的奶制品供应就都暂停了。许多干部还主动放弃了特供，希望把牛奶按需分配给更需要的人。奶站的举措赢得了群众的一致认可，取得了良好的社会效果，也受到上级领导的表扬，连续三年张皓天都被评为北京市劳动模范，并且还被评为全国劳动模范。

到1962年，自然灾害结束，形势逐渐好转，北京市牛奶总站的奶产量也开始逐步增大。北京市牛奶总站率先引进了国内第一条国际最先进的瓶装牛奶生产线（消毒灌装设备），改变了过去土法消毒和手工灌装，日供鲜牛奶产量跃升到了6.62万公斤。

这一年5月份，北京市牛奶总站党委副书记、副站长刘顺由于年龄和身体原因退休了，离开了奋斗多年的奶站。

失去了多年的好搭档，皓天一下子心里没着没落的。这天一下班就直接提着一瓶二锅头到了刘顺家，正撞上芙蓉也来刘家串门。芙蓉早已退休，平时闲着没事就到这边陪着外孙做作业，顺便跟秀娥唠唠嗑。

秀娥一看到皓天就说：“哟，你们两口子难得撞一块啊。稀客稀客，赶紧上坐！”

张皓天笑眯眯地冲正做作业的外孙打招呼：“建国，想姥爷了没？”

刘白、张思甜的儿子刘建国冲着张皓天翻了个白眼：“你谁呀，不认识。”说完拿起书包回屋去了。

芙蓉“扑哧”一声笑了：“瞧你这姥爷当的，外孙都不认。”

皓天悻悻地说：“这兔崽子都被你们惯成这样了，见了姥爷也不理，这长大了还了得？该好好教育一下了！”

刘顺说：“这孩子记仇，去年你答应给他买玩具，结果忘了，如今人家还记着呢。”

秀娥在一边幸灾乐祸：“你说你这一大把年纪了，每天比鸡起得早，比狗睡得晚，比牛出力多，到头来连亲外孙都不稀罕你，这做人也太失败了！”

皓天苦着脸说：“这不是一直忙嘛。刘顺同志呀你这一走倒好，回家抱孙子享天伦之乐去了，丢下我一个人你好意思不？”

刘顺说：“我这不是因为秀娥嘛。秀娥身体不大好，每天接送孙子有点吃力。所以我必须要回来，该尽一尽家庭责任喽！”

芙蓉苦笑说：“瞧人家刘顺同志多会体贴人，合着我们家建军就该我一个人照顾啊。我什么时候也能休闲享受一下啊。”

刘顺说：“芙蓉同志，你家皓天同志不全是为了国家嘛，为大家放弃小家。这不，现在报应来了吧！”

皓天“哼”了一声：“嗨，你故意的吧，啥叫报应？”

刘顺哈哈一笑：“我错了，用词不当，不是报应，是回报。每年劳动模范都有你，国家、市里、站里也一直表扬你，你是我们大家学习的好榜样啊。”

皓天叹口气：“你们几个合伙埋汰我是不，这可真是冤枉我了，我随时都想退居二线。可是一来事情多，二来上边也死拽着不放，有什么法子？再说这接班人的问题，我也一直在物色，一直也没有找到合适的，感觉都不大成熟啊。”

秀娥反问：“那你的接班人条件是啥？不说谁知道呢？”

皓天说：“这个问题比较复杂，需要多角度来考量，不是几句话能说清楚的。”

刘顺说：“你坦白说，咱们思甜够不够资格做这个接班人？樊书记之前在党委会上提了几次，让思甜担任副站长，就你死顶着不同意。”

随着奶站规模的扩大，北京市委不断从各个部门抽掉人才，1960 年将思甜调到牛奶总站，负责质检部门，工作十分出色。刘顺忽然嘣出这一句把皓天搞懵了，连连摇头：“怎么忽然提起思甜了？压根儿就不予考虑啊。”

刘顺反驳说：“为啥不予考虑？咱们家思甜怎么啦？刚解放年纪轻轻就入了党，技术更是没得说，老虞的亲传弟子，人才难得，堪称又红又专，完全可以胜任嘛。我看你啊，还是封建思想作祟，什么用贤不用亲。比较一下咱们总站现有这些人，我就觉得思甜是非常不错的人选。”

皓天摇着头说：“这可不是我一个人能说了算的，这需要上级党委和站党委一块商量。我要是让思甜接手做站长，人家就得说总站变成张家班啰。我能干这事儿吗？我怕后脊梁骨都被人戳断喽。”

刘顺一翻白眼：“什么脊梁骨？你就是当一把手当惯了，恋权。”

让张皓天没有想到的是，张思甜后来被推选为北京市牛奶总站站长，并没有人戳他的后脊梁骨，但随后一场席卷全国，长达十年的运动却使他受尽了别人在他的后脊梁骨乱戳，他和他的全家都被裹了进去，这十年几乎没有过一天舒心日子。欲知详情如何，请看下回分解。

第四十九回

艰难探索亲不认　胜利十月歌声飞

1965年底，张皓天光荣退休了。在北京市牛奶总站党委书记、站长任上退了下来。

总站党委一致通过张思甜成为新一任北京市牛奶总站党委书记、站长。这一次张皓天没办法干涉了，总站党委会麻溜利索通过了，报到上级党委会也很快通过了。

上任之前，思甜在家里向父亲拍着胸脯保证：“爹，您一定要相信您闺女。我一定会让牛奶总站再上一个新台阶！”

皓天意味深长地看着女儿：“以后就是你们年轻人的天下了，是骡子是马也得出去遛一遛不是？”

思甜说：“什么骡子什么马啊？多难听啊，咱这叫虎父无犬女！”

“你想怎么干啊？”

“第一，我们要成立北京牛奶总公司。现在主要是生产和供应，保证全市高级干部、高知阶层、外国专家和老幼病残的特殊需要，未来，我们要加大生产力度，不光要完成现有特殊人群的奶制品供应，还要让更多人有能力喝上牛奶。到时生产量上去了，我们要建立强大的销售体系。”

皓天点了点头：“有理想！好。我一直想让全天下每一个普通人都喝上牛奶。每天一杯奶，强壮一个民族啊。”

思甜接着说：“第二，我们要建立多方位多层级的研究所。现在光靠科研院所帮助研究还不够，我们总站自己也要建研究所。招揽各类专家，加强科学养牛、科学挤奶、高科技制奶的研究。”

皓天双手一拍：“好样的，闺女，我支持你。早该改变现在这种粗放式的生产方式了，我们要向科技要生产力，向科技要效益啊。”

思甜得到皓天的赞许，声音更响亮了：“第三，我们将在北京城的东、南、西、北、中都建立大型奶牛场，小的奶牛场更是星罗棋布。我们还要在每个社区都建小型送奶站，每天咱们通过送奶车把奶品送到社区小奶站，再由他们送到千家万户。这样，我们对全北京市民的服务效率就会提高很多。”

皓天一听，激动地站了起来：“好样儿的，思甜。果然是青出于蓝胜于蓝，一代新人胜旧人啊。好好干！”停顿了一下，“还有什么困难没有？”

思甜说：“这当中啊，要建研究所，就要引进高级人才。要吸引高级人才来咱们总站，还需要多提供一些宿舍。”

“这个我早想到了。放心，咱们牛奶总站从我当党委书记兼站长开始，保证职工的住房条件在全市各单位中可以说是数得上的。多少人眼红啊。我一年来多方调整部署，已经给后一任预留好几栋空的集体宿舍了。”

思甜笑道：“谢谢爹！谢谢皓天书记。您这前人栽了树，我这后人就只管乘凉了。还有一件事儿，我已经向上级党组织请示了，还要请爹做几年总站的荣誉党委书记，这党的政治思想工作还需要您把握航向呢。”

新官上任三把火，思甜憋着一股劲，正准备大干一场，却很快遭遇到人生的一场重大洗礼。

1966 年，一场史无前例的社会运动爆发了。5 月 16 日，文化大革命拉开序幕。新中国成立以后，各种大大小小的政治运动层出不穷：1950 年镇反和土改运动；1952 年“三反”“五反”运动；1954 年开始社会主义改造，要逐步实现工业化；1957 年反右运动；1958 年大跃进；1960 年反瞒产私分运动；1964 年四清运动；1965 年，开始了农业学大寨运动……一次又一次政治运动使中国社会各阶层发生了天翻地覆的变化，有的人走上政治舞台翻手为云覆手为雨，有的人则成了政治牺牲品，一些著名的民主党人、知识分子、老革命家被打成右派甚至反党集团。

奶牛站在前几次运动中都没受到重大冲击，就像一座安全的避风港，保护了绝大多数创业功臣。这跟张皓天和樊为民的努力是分不开的，两个人就像顶梁柱一样，在狂风暴雨中屹立不倒，顶住了各方面的压力，保证了总站的正常工作，把一瓶瓶宝贵的牛奶送到人民群众手中。

张皓天起初并没有把这次运动太当回事儿，认为很可能会像以前的运动那样过段时间就烟消云散了，但是事实并非如此，很快他意识到自己错估了形势。

8 月 5 日，文化大革命全面爆发，党和国家、军队的许多高级干部开始受到公开批判，一夜之间忽然成了“可疑分子”，这让许多人感到震惊。工人没心思上班了，农民没心思种地了，学生没心思上学了，各级群众都自发组织起来成立各类“革命组织”，到处都是大字报、大批判、大辩论。

全社会都乱了，红卫兵开始全国大串联。人们的口号惊天动地，仿佛地球真的就要抖三抖了。

接着，全国各地的造反派组织、红卫兵出现了……

机关、学校、工厂企业的领导班子们全部瘫痪了，大规模的群众集会天天有，随时有。人民群众挥舞着小旗，高呼口号，批斗那些老领导、大知识分子，那些为党和国家做出过巨大贡献的人被按在台上喷气式，被挂牌游街，百般凌辱殴打。

牛奶站的许多同志也受到了严重影响，无心工作，要加入到这次轰轰烈烈的运动中去……皓天虽然退休了，但他不是聋子，不是瞎子，他感到一种山雨欲来的紧张气氛，他非常压抑、困惑。

作为老党员，皓天仍然要参加街道和北京市牛奶总站的党组会议，传达中央指示，体会上级精神。党员要挨个过关，接受政治审查，交代历史问题。

党员群众都要站队，不少人都在慷慨激昂地揭发、批判亲朋故旧，同志战友。皓天自然也不能幸免，但他的良心让他不能攀咬他的老上级、老同事、老朋友，每次例行批斗会上，他只能一遍又一遍地交代自己的问题，自我批判……他想，这大概就是从灵魂深处闹革命吧。

这天晚上，张思甜跑到家里，一见到父母就号啕大哭："爹、娘，我该怎么办？"

芙蓉心一下子揪了起来，紧张地问："闺女怎么了？你身家历史清清白白，谁能拿你怎么样啊？"

"不是我，是樊书记！"思甜痛苦地摇摇头，"樊书记被打倒了！党委已经名存实亡，工作已经没法展开了，我也必须要站队了……我什么问题都交代了，可是樊书记关过不了，他们就要毁了牛奶站啊……"

皓天只觉得内心无限悲凉，牛奶总站是他和同志们半生的心血，关系到北京市数百万人民群众的安危，难道就要毁在造反派手里么？

良久，他拉着女儿坐在椅子上，一声长叹："思甜，事到如今……你就跟樊书记划清界限吧，不要再跟他有任何语言和行为上的交流！还有，跟我也划清界限，以后这个家，你不要再踏进一步。"

思甜大吃一惊，父亲怎么能说出这种话？她哭着说："爹，娘，你们是不要我这个女儿了吗？"

皓天伸出手为思甜擦了一把眼泪，缓缓地说："怎么能不要你呢。你永远是我们的好女儿。不过，现在形势紧急，得从长考虑啊。当年北平解放以前，党组织对我说，一个人的生死荣辱，和全城百姓的安危哪个重要？现在我也想对你说，樊书记也好，我也好，和全市人民的健康哪个重要？为了保住总站，为了北京市的病患、老人和儿童，你必须要保住你自己，不能让总站落到这一批只会整天搞破坏的人手里。只有这样，才能让总站正常工作，才能把牛奶送到千家万户手中，我想樊书记也一定希望你这么做。如果要挨批斗，我去挨！我陪着樊书记！我们老了，还有什么放不下的？只要你们保住奶站，我们受天大的冤屈也值得！你明白吗？你要……跟我们划清界限……”他的声音越来越低，说到最后，几乎是喃喃自语，喉头似乎也被什么塞住了一样。

思甜再也承受不住，放声大哭。在1967年这个寒冷的冬夜，多少家庭和张皓天家一样，凄凄惨惨，不知道明天的命运是什么。有的人，坚持真理，慷慨赴死……有的人为了自己陷害他人，永远受到良心的谴责。

震天的口号冲击着皓天的耳膜，皓天被两个绿军装、红袖箍的红卫兵死死按在批斗台上喷气式。一个女红卫兵歇斯底里的声音从高音喇叭里传出。

皓天不知道他们喊的是什么，他的头昏沉沉的，口渴得要命，双臂钻心的痛，眼前是一片绿色的海洋。他什么都看不清，但是他知道，在他旁边，有樊为民，有刘顺，有好几个总站党委成员，他们在接受革命小将的批斗。

“说！你是不是刘仁特务窝子的一分子！”

“交代你儿子张思飞参加国民党的罪行！”

“你这个万恶的资本家！旧社会你是怎么剥削劳动人民的？”

“老实交代你和反动学术权威虞亭华的关系！”

……

皓天一声不吭。从昨晚开始的突击审查，在暗无天日的地下室里被连续盘问到天亮，后来直接被拉到批斗现场，他已经一点力气也没有了。

尽管早已有心理准备，但他还是没想到会有如此严重的后果。他意识到自己还是低估了形势，想到樊为民他们此刻也许遭受更大的折磨，不禁心如刀割。

高音喇叭冲着他的耳膜大声咆哮：“你不要装死！说！你和反革命分子樊为民如何勾结起来，阴谋反党反社会主义！不老实交代，人民群众会把你们打倒在地，踏上亿万只脚！”

突然，他的脑子一下子清醒过来，他用尽全力试图挣脱出来。他满脸是泪，嘶哑着大喊：“樊书记不是反革命！他是毛主席的忠诚战士！他跟着毛主席爬雪山、过草地、战斗在革命圣地延安！他为了牛奶总站抛家舍业，一心扑在工作上，都累吐血了！他是铁铮铮的共产党员！不许你们污蔑党的好同志！”

一个拳头迎面朝皓天招呼过来，打得他的头部猛然向后歪倒。很快一口唾沫又吐到他脸上，一个十六七岁的红卫兵死死揪着他的头发往前面按，厉声说：“张思甜已经交代了樊为民的问题。她已经认清形势，现在是站在革命的造反派一边了！对抗革命小将，就让你粉身碎骨！”

“胡说！胡说……你们知道你们在干什么！你们在陷害毛主席的好战士啊……”满头满脸都是血的张皓天痛苦地看着面前的红卫兵。

一旁的刘顺也忍不住大喊起来：“你们血口喷人啊……人在做，天在看啊！”

“宣传封建迷信！让你粉身碎骨！”激愤的红卫兵小将对着刘顺就是一顿拳打脚踢……

樊为民大吼一声：“都不用说了，都不要解释了。我相信毛主席总有一天会明白的！”

一个看上去很柔弱的女红卫兵尖着嗓子叫起来：“不要拿毛主席做你

的挡箭牌！打倒樊为民！”

台下狂热的革命群众一起高呼：“打倒樊为民！”

在闹闹哄哄的人群中，张皓天看到了高举手臂的小外孙……

傍晚，伤痕累累的皓天回到家。只见屋里屋外一片狼藉，桌翻椅倒，衣服、杂物、书籍堆得满屋子都是。

当年在中国照相馆和芙蓉照的相片被丢在地上，玻璃框已经被踩得粉碎。芙蓉呆呆地拿着那张破碎的照片，抬起头，看着皓天无力地说：“这是怎么了？我们是资本家坏分子没什么，可是思飞成了反动军官，生死不知，思甜跟我们划清界限，家不像家了……国还是那个国么，党，还是那个党么？”

皓天忽然抬起头大声说：“没有共产党，思飞早就被掠到台湾了！没有共产党，会有牛奶总站么？会有那么多普通百姓喝上牛奶么？我相信共产党，共产党万岁，毛主席万岁，中国万岁！”

芙蓉苦笑说：“你看你嗓子都哑了。”赶紧给皓天端上一杯热水，然后说，“我今天见到了云裳，云裳说想让咱们过去看看亭华哥……”

皓天吃了一惊：“亭华哥怎么了？”这段时间他被搞得焦头烂额，差点忘了这位老朋友。

芙蓉叹了口气：“具体她也没说，只是希望我们去看看他。”

当晚两口子就去了虞亭华家，黄云裳开了门勉强笑着说：“现在人人自危，还以为你们不敢来呢。”

皓天说：“这是什么话，无论什么时候，亭华哥永远都是我的好兄长、好同志、好朋友。”

黄云裳带他们进了卧室，一见到虞亭华的样子，皓天心如刀割。

只见虞亭华蜷缩在被窝里，头发花白，面无血色，眼窝深陷，再没有以往精神抖擞的劲儿。他一直闭着眼睛，似乎对外边的一切无动于衷。

皓天坐了下来，紧紧握住他冰冷的手，轻轻叫了一声："亭华同志，是我啊。皓天。"

虞亭华睁开眼来，呆呆地看着他们："你们来了……"

黄云裳给皓天两口子倒了两杯热水，皓天接过来又递给虞亭华："亭华同志，你受苦了。"

虞亭华颓然说："你们不要来看我，我是个大右派，反动学术权威，我这样的人简直就不配活着啊。"

皓天心中一震："亭华哥，你一直是我尊敬的大哥，你可千万不要胡思乱想啊！这么多年，我们什么苦没有受过，这么点委屈就受不了吗？"

虞亭华喃喃地说："皓天你说，我从来没有想过反党，我也不关心各种乱七八糟的政治运动，我只是想一辈子搞畜牧，只是想让我们国家的牛奶事业赶上先进国家的发展水平，增强人民体质……可是他们……为什么要剥夺我研究的权利？为什么要让我每天受这些无穷无尽的羞辱，你说我活着还有什么意义？"

"活下去。"皓天紧盯着虞亭华，"只有活下去，我们才有希望。云裳需要你，国家也需要你，人民需要你，奶牛也需要你。那帮诬白为黑的小兔崽子蹦跶不了几天。"

芙蓉说："对，亭华哥，乌云总会过去，光明一定会到来。"

皓天说："相信群众的眼睛是雪亮的，毛主席是英明伟大的。谁是真正为人民服务的，谁在兴风作浪，破坏社会主义建设，历史终会给出答案。"

当晚，张皓天和虞亭华在一起，两个老朋友畅谈了一夜，回忆这一生走过的道路，有艰辛的创业，有成功的喜悦，也有对黑白颠倒的悲愤。在文化大革命那个史无前例的时代，两个老人互相搀扶着，渴望着拨云见日的一天。

临别之际，虞亭华用保证的语气向皓天说：“我答应你，我一定会坚持活下去。”

皓天看着他的眼睛似乎重新有了光彩，百感交集，用力点点头：“坚持就是胜利！”

批斗干部的热潮终于过去了，大批干部被关进了“牛棚”。但是，当各个反动派注意力转向争夺本单位、本地区领导权时，大家谁也顾不上管“牛棚”了。谁管“牛棚”谁就要多费人力，还要承担被关押者自杀或者逃跑的风险。于是，相互推来推去，最后谁也不管了。

被关在“牛棚”里的干部到底往哪儿安置？这是一个大问题。许多地方的负责人，包括接管一些单位权力的军代表、工宣队负责人，都纷纷向上反映这一问题，请示如何处理关在“牛棚”里的干部。于是，一个新的机构诞生了，就是五七干校。那些被打倒关牛棚的干部，被集中安排到农村，办一个农场，保留工资待遇，让他们在体力劳动中“改造”自己，斗、批、改相结合。

1968 年冬，张皓天夫妇和虞亭华、刘顺、陈程、樊为民、谷亚兰、黄云裳等大批干部下放到干校劳动。

早在“文革”之初，黄金榜便被打成了反革命特务。为了不连累谷亚兰，他再次和谷亚兰离了婚，被流放到内蒙古。可在内蒙古没多久，他的人便不见了。据说有人接应他，偷渡去了香港。

干校生活是繁重的，但是也远离了“文革”风暴的中心。对于张皓天、虞亭华、刘顺这些人来说，土地、牛羊，这本来就是他们生活中的一部分，他们并不觉得苦，反而向农民兄弟学到了很多东西。而广大贫下中农不是造反派，他们用朴实的热情欢迎这些老同志老干部。

张皓天在五七干校终日劳作，留下来的张思甜扛起了沉重的担子，苦苦支撑着北京市牛奶总站的日常工作。白天组织生产，把一箱箱奶送到市民手中，晚上是没完没了的学习、审查甚至批斗会。

她从不叫苦，从不叫累，她知道，这是老一辈牛奶人交给她的使命。她的父亲、她的导师、她的领导……都为此付出了巨大的代价，而她没有任何抱怨的资格。

张思甜什么都可以忍受，泪水往肚子里咽，但是谁要破坏奶站的正常工作，她就会变得像母老虎一样的暴怒。她不止一次指着造反派头头大骂："你们没有孩子么？你们没有老人么？毛主席说，要抓革命，促生产！你们还听不听毛主席的话？你们不让人民喝奶，就是破坏革命！"

她不再害怕了，因为她坦坦荡荡，问心无愧。履行着一个乳业人的责任，履行着她对先辈的承诺。她的行为也感动着、激励着奶站所有的工作人员。大家不计个人荣辱，坚持奋斗在第一线。

张思甜坚持科技强国，倡导自主创新。1968 年，北京牛奶总公司生产的奶粉首次实现了出口，并成功研制出麦乳精新产品，畅销全国。

有句话说，冬天到了，春天还会远吗？思甜和所有正直人的努力没有白费，1976 年，春天终于到了。

祸国殃民的投机者不会长久，真正心系人民的人，人民也不会忘记他们。

1976 年，漫长的十年浩劫结束，党中央粉碎了"四人帮"，针对"文革"进行了大规模的拨乱反正。无论是张皓天、樊为民、虞亭华、刘顺还是黄金榜，那些在"文革"中蒙冤的人们终于可以长舒一口气了。

"美酒飘香歌声飞，朋友呀请你干一杯！胜利的十月永难忘，杯中酒满幸福泪。来，来，来……十月里响春雷，八亿神州举金杯，舒心的酒啊浓又美，千杯万盏也不醉。来，来，来……手捧美酒啊望北京，亲情啊胜过长江水。锦绣前程党指引，万里山河尽朝晖。来，来，来……瞻未来，无限美，人人胸中春风吹。美酒浇旺心头火，燃得斗志永不退。今天啊畅饮胜利酒，明日啊上阵劲百倍。为了实现四个现代化，愿洒热血和汗水。来，来，来……征途上战鼓擂，条条战线捷报飞。待到理想化宏图，咱重摆美酒再相会。来，来，来……咱重摆美酒再相会！”

党中央一举粉碎祸国殃民的“四人帮”，全国人民欢呼雀跃，这首著名的《祝酒歌》响彻中华大地、催人奋进。

大批干部摘掉了右派的帽子，从干校回到城里，落实政策，平反冤假错案，很多老干部重新走上了工作岗位。

皓天、芙蓉夫妇又回到了自己的家，曾经沉寂、萧瑟已久的家陡然间恢复了勃勃生气。

此时的北京市牛奶总站已在1968年更名为北京牛奶总公司，张思甜任党委书记、总经理。一家人重新团聚了，百感交集，没有人再提起当年父女划清界限的事情。那本来就是特殊年代，为了保住新中国的牛奶事业不得已的办法，不会影响一家人的感情。

皓天拉住女儿的手语重心长地说：“思甜，粉碎了‘四人帮’，一切都在拨乱反正，向好的方面转化。咱们奶站要振兴北京的牛奶产业，确保市场供应，从根本上解决北京市民喝奶难的问题啊。十年，咱们光革命不生产，耽误得太久了。时间不多了，你们可要加油干啊。”虽然已经叫牛奶总公司了，但是张皓天仍然习惯地称呼“奶站”。

思甜说：“各界都在奋发图强，大干快干，咱们奶站当然不能落下。这些年我们还在使用二十年前的老设备、老技术，这是不行的。市委市政府已经决定，全面改进生产工艺，引进国际先进生产线，形成规模化、现代化的格局，中国的牛奶事业终于赢来了春天，我只是恨时间不够用。”

皓天说：“好啊，迎头赶上吧。你的宏伟计划可以畅快实施了！”

芙蓉忽然小声说：“我们到思飞房间里看一看吧。”思甜点点头，拉着父母的手，小心翼翼走进思飞的房间。

思飞的黑白照片被放大镶在镜框里，摆在书桌正中央。照片上的他嘴角露出一丝微笑，显得英气勃勃，充满阳光。芙蓉把遗像抱在怀里，哽咽着说：“思飞，全家人都看你来了……”

皓天忍不住泪流满面。他们已经永远失去了好儿子。张思飞，这位心系新中国、驾机起义，投入新中国建设的杰出人才，最终没有熬过十年动乱，在遭受红卫兵的残酷武斗之后，于1974年病逝于太原。他吃了太多的苦，受到了非人的对待，但是他咬紧牙关，没有诬陷一个战友、一个同志、一个亲人，直到被折磨至死。

皓天强忍住悲痛说：“每一个国家，每一个民族都会犯错误，走弯路。关键是我们醒悟过来了，再也不能冤枉那些好人了，我们要把全部的精力都投入到工作上，把损失的时间追回来啊！”

1977年“真理标准大讨论”开始在全国展开，全党统一了思想和行动：一切从实际出发，解放思想，实事求是。进而成功召开了党的十一届三中全会，确定了改革开放的总路线，这一伟大的转折，真正开启了中国特色社会主义建设的大门。张皓天感到党和国家真正走上了一条正确的道路。

第五十回

改革开放千年计　亲人重聚共干杯

张思甜开始快刀斩乱麻似的对北京牛奶总公司进行改革。北京市委市政府在听取了张思甜的报告之后，下定决心振兴牛奶产业，挤出非常困难的外汇订购美国先进生产线。

当时的美国已经是世界牛奶生产和牛奶销售最大的国家，牛奶生产越来越向大牧场集中。这些牧场都是通过先进的机械化生产线，将生产出的大量优质牛奶投放到市场。那些收奶系统、调配系统、净乳和标准化系统、均质脱气系统、杀菌系统、灌装系统等，主要来自一个公司，简称美国 TPN 公司。

以张思甜和八十来岁的老专家虞亭华为首的商务考察团，最主要的谈判对手就是这个 TPN 公司。他们肩负着北京市委市政府的重托，也肩负着振兴中国奶业的希望。国家外汇有限，如何用最少的钱，办最大的事情，这是张思甜等人身上的艰巨任务。

1978 年夏天，搭载着北京牛奶总公司考察团的航班降落在洛杉矶国际机场。

大使馆工作人员前来接机。在工作人员身边，还有一位白发苍苍的老年女士。她虽然年纪已经不轻，但是看上去脸色红润、神采奕奕，衣着打扮也非常有品位。在张思甜跟她握手的时候，一位工作人员正准备向双方彼此介绍，那老年女士却摆了摆手：“不用介绍了，看她的眉目我就猜出来是谁了。来，让他们先介绍，我们到一边说会儿话。”

两人来到一边，老年女士细细打量着张思甜，微笑着说：“我知道你叫张思甜，对吗?”

张思甜惊讶地张大嘴：“您是……”

老年女士拢了拢头发：“你仔细看看我，小时候我还在你家吃过几次饭哪。”

这时一阵微风吹过，一股淡淡的香气飘到思甜面前。思甜闻到这股香气，脑海中忽然划过一道闪电，脱口而出：“我知道了，您是……知春阿姨!”

老年女士含笑点点头。

“真的是您!”张思甜不禁百感交集，“一转眼，这么多年过去了!”

“是啊，你们都到中年了，我们也老了!”知春伸出双臂来，“来吧孩子，拥抱一下!”

两个人紧紧拥抱在一起。

抗战胜利以后，知春离开中国到了美国。经过数年的耕耘，凭着精明的头脑，她成了洛杉矶商界一名举足轻重的人物，她也加入了美国籍。

但是她始终忘不了中国，忘不了那些人，那些事。

由于帝国主义的封锁，中国不得不进入闭关锁国的状态，30 多年音讯不通，让她久久难以释怀。当改革的春风吹遍神州的时候，她接到了中国使馆的电话，希望她利用她在洛杉矶商界的影响力，为中国推荐几家先进的牛奶设备企业。

知道这个消息让知春难以入眠，那个遥远的古老的国度啊，终于开始向世界敞开了大门，她决心为自己的祖国做一些事情。这个 TPN 公司，就是知春在中间牵线搭桥，甚至很多前期工作她都已经做了铺垫，为以后商业谈判的顺利进行打下了坚实的基础。

“知春阿姨，您一点儿也不显老，我刚开始根本就看不出您的年纪！这哪像是七十多岁的样子？看上去也就五十来岁。”

“你看不出来，可自己是骗不了自己的。”知春微微叹息一声，“你爹还好吗？”

“他很好，每顿饭吃得不少，身体也好，每天在公园里散步，能连续走两个小时呢。”

知春连连点头：“那就好，那就好。不知道他们两口子什么时候能到美国走一趟啊？”

思甜想了想：“那……知春阿姨就没想回到中国看一看？中国这两年变化可太大了！”

知春似乎若有所思。旁边使馆工作人员说：“走，我们车上谈吧。”

一行人上了使馆的车，虞亭华、知春和思甜共乘一辆车。使馆工作人员向国内来的同志嘱咐道：“美国是一个发达的资本主义国家，也是一个讲规则、讲法律的社会，能打动他们的，只有利益，跟他们谈什么其他的没有太大意义。中美两国之间的坚冰虽然已经融化，但是根深蒂固的对立不可能短期内消除。所以，你们在谈判中，要尽量少用帝国主义、剥削阶级等政治色彩过于浓厚的词语，要有理有利有节。既体现出对美国朋友的尊重，又不能丧失我们的立场。”

思甜点点头说：“临来美国之前，市里和局里都组织了学习，集中突击学习美国文化，我们不会犯常识性错误。我们感兴趣的是，我们的谈判对手——美国 TPN 公司的总经理史密斯先生是一个什么样的人，他有什么长处和弱点。”

大使馆工作人员说：“这个，请知春女士帮介绍一下。”

知春说："史密斯先生专业知识精湛，熟悉国际牛奶产业的每一个细节和每一个最新动态，是不可多得的专业人才。但是他个性比较强硬，有那么点……傲慢，很有点美国至上思想。跟他谈可能会遇到一些困难，你们要做好心理准备。"

思甜点点头，说："您放心，我们会把握好分寸的。知春阿姨。"

知春微笑："你这自信的样子有你父亲当年的影子。"

用完午餐，一行人驱车前往洛杉矶郊外的 TPN 公司总部。资本主义社会高度发达的城市建设，让刚刚走出国门的中国人眼花缭乱。一座座高楼大厦鳞次栉比，直插云霄，街道上车水马龙，一条条高级公路宽阔笔直。下午三时，一行人到达了洛杉矶郊外 TPN 公司，飞碟型的主办公楼显示出全美最大设备制造商的气势，让思甜等感叹不已。

到了这里，知春女士只能回避了，具体的事情由中美双方自行谈判解决。上车离开之前，知春又一次和中国商务代表团成员一一握手，对思甜说："中国要腾飞，一定要睁开眼睛看世界，这里就是中国走向世界的开始，祝你们成功。"

思甜微笑着说："谢谢您的祝福，不管是机遇还是挑战，我们都会勇敢面对。"

知春微笑着点点头，说："好，有决心就没有战胜不了的困难。"

谈判开始阶段还算顺利，TPN 公司的工作人员带领中国客人参观了公司的实验室、加工车间、装配车间。在花园式的工厂里，张思甜大开眼界，深深震撼，发达国家的技术和管理水平远远超过了中国，需要学习的东西太多了。

随后，工作人员把中国代表团带到会议室，告知他们总经理史密斯先生正在参加一个重要会议，还需要等一下。

谁知道这"一下"就是一小时之久，咖啡都喝了三杯了。一直到下午五点多钟，史密斯才匆匆来到会议室，说了一句："让你们久等了……好吧，让我们看看能为中国朋友做些什么。"

史密斯先生五十岁左右，看上去很精明的样子。他让张思甜第一次对美国人的傲慢有了深刻认识：迟到了，居然连个像样的道歉都没有，对几百万美元的大生意居然如此怠慢。她不禁有些恼火，心想，我好歹也是中国国家派来的。她强压着不满说："史密斯先生已经收到了我们对全套牛奶生产设备的报价，和我们关于技术、商务要求的备忘录，我们想听听TPN公司的意见。"

史密斯耸耸肩说："哦，文件我都看了，TPN公司的立场很简单，就是这份报价是不可接受的。你们可能不了解，TPN不仅是美国精密设备的顶尖企业，也是世界顶尖公司。我们每开发一个项目，都需要集中各个专业大量的人才，其中还要涉及大量的专利、法律问题，没有几年的时间不可能开发出一条先进的生产线。如果我同意你们的这份文件，就是对董事会的不负责任，也是对我们科研人员的不尊重，你们理解么？"

张思甜说："我们非常理解，不过我想提醒史密斯先生，北京市有一千万人口，是洛杉矶人口的两倍。人人都要从北京牛奶总公司订购牛奶，这是多么巨大的市场？而整个中国，有八亿人口，每天要消耗多少牛奶？如果在中国属于领先水准的北京牛奶总公司使用了贵公司的设备，就等于为贵公司做了极有影响力的宣传，打开了中国市场的大门。这样的市场规模不能抵消你们价格上的损失么？"

史密斯露出一丝不易察觉的笑容说："是的，你们有八亿人口，但是人口和需求并不等于是市场。你们的GDP是多少？六千六百亿元人民币，合一千亿美元。你们的国民总收入只有三千多亿元人民币，也就是五百多亿美元，不如加利福尼亚一个州。你们的购买力是什么水平？你们心知肚明，牛奶在贵国几乎等同于奢侈品。在这种情况下，你们让我相信你们有一个巨大的市场?”

张思甜说：“是的，我们中国现在是很穷，但是我们有八亿勤劳勇敢的人民，而且我们正在进行改革开放，向全世界伸出了友谊之手。我们中国，曾经创造了辉煌灿烂的文明。现在只要走对了路，就有能力很快走向富强，乳业市场必然随国家富强人民富裕走向繁荣。我相信史密斯会从长远角度来看待这个问题。”

史密斯摸了摸上唇说：“是的，我相信中国人民是伟大的，你们也一定会走向富强。只是我更相信钱，你们如果现在拿不出足够的钱，不如等中国富强了，再来谈采购 TPN 公司设备的问题吧。”

一时间张思甜觉得怒火上冲，就想一拍桌子站起来。旁边的虞亭华把她按在座位上。他曾在美国留学，用一口流利的英语对史密斯说：“中国人民是讲感情的民族，谁曾经帮助过我们，我们会记住。谁伤害过我们，我们也不会轻易忘记。如果你今天拒绝了我们，等中国富强起来了，也许 TPN 公司就失去了进入中国市场的机会。世界上不是只有一个 TPN，我不相信所有人都对中国的未来感到悲观。我们的国家还很穷，我们能拿出来的只有有限的外汇，这是现实，我们要承认。在这里我有另一个建议，就是成立一个中美合资企业，用你们的设备技术换我们的股份!”

史密斯听到面前的老人用纯正的英语演说，不禁有些吃惊，片刻才说：“这个提议倒是有些建设性，这会规避中美双方高额的关税，对我们双方都比较有利。我们需要对贵公司展开详尽的评估，这要有一个计划，我们还需要好好谈谈。”他抬起手腕看了看表：“不过对不起，现在是下午六点了，我要下班了。”

虞亭华说：“明天我们可以接着谈。”

史密斯笑起来：“明天是星期六，我要陪伴我的家人。TPN 公司也不打算付给我高昂的加班费。”

张思甜诧异地问："这么重要的事情不能加个班么？"

史密斯说："是的，在我眼里，家庭比工作更重要。周末休假，是美国法律赋予我的权利。如果你们有诚意，我们可以下周一再谈。"他站起身来，把文件夹在腋下，"再见，一会儿工作人员会安排你们出厂……记住，不要乱走乱动，公司有很多保密部门。"说完扬长而去。

思甜一拳砸在会议桌上，愤愤地说："这个傲慢的帝国主义者！应该彻底打倒！打倒！"

虞亭华长叹一声。

当晚，知春在她的豪华别墅宴请了中国商务代表团一行，席间对谈判的过程有了详细的了解。她默默地听着，然后说："我跟美国人打过不少交道了，他们都是现实主义者，他们只相信实力，这是一个冷漠的金钱社会。"

思甜摆摆手："我决定退出与 TPN 公司的商务谈判。我们可以容忍损失，可以容忍失败，我们落后嘛。落后就要学习，就要交学费。可是我们不能容忍美国对中国的蔑视，这是彻头彻尾的帝国主义行径，站起来的中国人民绝不和藐视我们的人合作！"

虞亭华惋惜地说："那么我们前期的努力就白费了。"

思甜说："从 1840 年开始，中国人民前赴后继，艰苦斗争，就是为了外争国权，内争解放。如果我们和 TPN 公司合作，就是丧失民族尊严，这和腐败无能的清政府，和国民党反动派有什么区别？当然，这只是我的个人意见，党员同志也都在座，我建议就在这里召开一个临时党小组会议吧。现在我宣布投票，反对与 TPN 公司继续谈判的请举手！"

思甜第一个举起了手，大部分人也跟着举起了手。虞亭华起初没有表态，最后还是举了手。所有人也都举起了手。

思甜又问道："现在请同意与 TPN 公司继续谈判的举手。"

没有一个人举手，思甜点点头："好，现在党小组全体通过，我们停止与 TPN 公司谈判。"

知春露出赞赏之意："你们为了捍卫民族尊严，有这样的勇气，我很赞赏。美国人傲慢太久了，需要有人告诉他们美国不是万能的，不是所有国家都匍匐在美国脚下。世界上不只有 TPN 一个生产商，国际上与之齐名的还有瑞典利乐公司，他们的设备并不比 TPN 差，价格还便宜得多，政策条件也好得多。在与 TPN 沟通的同时，我也联系了利乐公司，得到了他们积极的回应，拿到了邀请函。你们有兴趣么？"

思甜转头征求虞亭华的意见，虞亭华点点头。思甜说："那还等什么？明天就去大使馆办理签证。美国的酒店太贵了，多待一天就得多花多少国家的外汇啊！"

知春介绍说："瑞典是一个北欧的小国，但很发达，拥有很多世界一流的企业。尤其是他们的社会理念有很多社会主义成分，许多瑞典人都对中国这个遥远的东方国度有一种莫名的好感。"

这一说思甜更加有了兴趣，迫不及待要飞去和瑞典人谈判了。

与美国人的傲慢不同，利乐公司总经理斯特林先生亲自率队到斯德哥尔摩阿兰达国际机场，迎接中国商务代表团一行。当晚在斯德哥尔摩大酒店举行了欢迎宴会，公司高级管理人员全部列席，斯特林先生还发表了热情洋溢的讲话。

这让在美国受到冷遇的中国人十分感动。

谈判进行得非常顺利，利乐公司不仅以相当优惠的价格提供了贮存缸、饮料泵、受奶槽、冷热缸、奶油分离机、脱气机、调配缸、均质机、超高温灭菌机、板式换热器、种子罐、发酵罐、杀菌机、自动灌装机等全套设备，还与中方达成了人员培训、售后服务和技术转让协议。

载誉归来的张思甜一行，受到了北京市委市政府领导的亲自接见和表彰。

美国公司为他们的傲慢付出了巨大的代价，而那些尊重中国，平等待人的企业，在随后的几十年里也得到了丰厚的回报。

1978 年中国开始实行一系列对内改革、对外开放的政策。乘着改革的东风，张思甜带领考察团又赴丹麦、法国、荷兰、德国、加拿大、新西兰等多个乳业发达国家进行全套设备引进谈判，使得北京牛奶总公司在高科技生产奶制品，在设计包装，在销售链等各个方面都迅速成长起来，一跃成为中国改革开放后最早最具现代化的牛奶企业。

事实证明，改革开放以后的中国，进入了发展的快车道。在共产党领导下，中国的乳业以突飞猛进的速度，让全世界瞠目结舌，牛奶和奶制品，已经成了中国人日常消费的必需品，产量巨大。

中国终于摆脱了极“左”路线的思潮，思想开放，锐意进取，沉睡的巨人苏醒了。和新中国一起成长的北京牛奶总公司也开始进行大刀阔斧的改革，尝试突破、摆脱计划经济下的习惯性思维，重视消费市场研究。针对不同人群的需求，牛奶公司也相继开发出一系列的“定制牛奶”。

皓天越活越觉得有滋味。这天，他叫住了思甜：“思甜，你看我还能为咱们奶站做点啥?”他还习惯叫“奶站”。

思甜说：“爹，您做得够多啦。啥您都操心，连小伙子大姑娘的婚姻问题您都管，您还想做啥?”

“嗨，我这也闲着呢。有个事儿，我老在琢磨啊。”

“啥事儿?”

“改革开放了，咱们国家一定会日益富强，人民生活水平也会提高得非常快。我就琢磨着，人民群众也可以享受点更高级的乳品了。从唐宋本草经到李时珍《本草纲目》，这奶制品就是高级补品啊。”

“咱们还可以开发什么样的高级奶制品呢?”

“宫廷风味的奶制品指定受欢迎。现在人们思想开放了，原来宫廷的东西也不都带着封建色彩啊。宫廷那些精致的酸奶、奶酪啊都还可以再开发开发。”

“宫廷的奶制品咱也不熟啊。”

“咳，一直没跟你说。咱老张家有宫廷秘方呢。”

“啊！爹，您咋不早说。那，您舍得，把家传秘方交给公家？”

“为人民服务，不论公私！”

“那怎么让人家相信咱们的奶制品是传自宫廷呢？”

“咳，你爹我不还认识一些旧王爷嘛。让他们来帮鉴定。”

北京牛奶总公司由此开发了一系列宫廷奶制品，成就了梅园宫廷珍品这一现在享誉海内外的著名品牌。

公司领导班子会上，请来了张皓天。

“张老，按照中央改革开放的精神，咱们要更好地引进国际先进技术和管理经验，北京牛奶总公司未来将改组为股份制有限公司，在公司名称上想听听您这位元老的意见。”

“我们当初在西柏坡，中共中央驻地养牛挤奶，条件非常艰苦，但是我们不畏难，不叫苦，努力拼搏，坚持创新，对奶制品精益求精。在全军大比武中连中三元，受到中央领导的高度表扬。这连中三元来之不易啊，红通通地连中三元啊。新中国成立后，从 1956 年开始，咱们生产的牛奶是历届全国人大政协两会用奶，是人民大会堂专用牛奶，中南海专供牛奶。即便在艰难探索的那十年，党和国家领导人也一直关心着北京乳业的成长，1971 年 11 月，周恩来总理陪同柬埔寨西哈努克亲王视察咱们的农场，1973 年 4 月，邓小平同志陪同墨西哥总统路易斯及夫人来参观咱们南郊农场，党和政府始终牵挂着老百姓的食品安全。咱们公司可以说传承了非常强大的红色基因，这从西柏坡连中三元就开始了。因此，我提议公司名称叫三元!”

改革开放使得中国老百姓的生活实现了质的跃进，人民群众空前富裕起来，对乳制品的需求也变得丰富多样。北京牛奶总公司因应市场形势，先后发展成为北京三元食品有限公司、北京三元食品股份有限公司，斩获一系列响当当的荣誉，成为乳品行业发展的一面旗帜，进入了现代乳业发展新阶段。思甜在成功领导了企业转型之后，因为年龄原因渐渐退居二线。

北京乳业一代新人崭露头角，以更大胆的脚步，迈出了令老一辈牛奶人不敢想象的一步。他们建成了国内最大的规模化、标准化、集约化的荷斯坦良种奶牛养殖中心，实现了张皓天未能实现的愿望。拓展了液态奶、发酵奶、固态奶、八宝粥、植物蛋白饮料等各类产品线，建成了科研培训中心基地、全国最大的奶牛良种繁育和供种基地、国家奶牛胚胎工程技术中心、国家高技术产业化示范基地、博士后科研工作站，成功研制出“早餐奶”填补国内空白，拥有“三元”“燕山”“绿鸟”“雪凝”“及递”“极致”“品致”等著名商标，三元成为“中国名牌产品”“中国驰名商标”“最具社会责任感企业”“国际食品展览会金奖”等，在中国乳业发展史上树起了一座又一座丰碑。进入改革开放新时代后，他们又与全国人民一道，为满足人民对美好生活的向往，拼搏、创新、奋力实践中华民族伟大复兴的千年大计。这是后话。

1978 年，整个中国都发生了翻天覆地的变化。12 月十一届三中全会确立改革开放的新政策后，老百姓的精神面貌也发生了前所未有的变化，用张皓天的口头禅来说就是“无比舒畅”。

这一年的大年三十，从上午开始，张皓天家就人来人往，热闹非凡。张思甜将炉火烧得倍儿旺，房间里温暖如春。

这一天，美籍华人知春终于回到了她日夜思念的祖国，她要看一看改革开放后发生巨变的中国，看一看几十年的老朋友。

中午时分，皓天和芙蓉亲自烧了十道拿手家常菜，请知春、谷亚兰、虞亭华一家和刘顺一家来做客，多年不见的老朋友坐了一桌，思甜、刘白带着其他小辈们另坐了一桌。皓天家里济济一堂，大家这顿饭吃的是百味杂陈，感慨万千。

酒不醉人人自醉，几杯酒下肚，谷亚兰不觉有些心思恍惚起来，她说："昨天晚上我梦到了有个人从香港回来，今天醒来之后一直在想，你们说究竟有没有这种可能呢？"

皓天安慰谷亚兰："金榜大哥最近平反了，不再是反革命分子。回来已经没有后顾之忧了，我前几天已经给他发了电报。放心吧，回来是早晚的事。"

这时只听门外一声洪亮的喊叫："赶早不赶晚。哈哈！我回来了。"黄金榜推开了门，大家看见一个虽然老态龙钟，但是一顶爵士帽、一身黑呢子大衣仍然有型有款的老人缓步走了进来，"接到皓天的电报，我马不停蹄、快马加鞭赶回来了！"

所有人都与黄金榜紧紧拥抱在一起。谷亚兰抖抖索索，捧着黄金榜的脸颊，喜极而泣。

知春无限感叹："几十年前咱们风华正茂，如今都成了老头子、老太太，真是人生如梦，梦如人生啊。"

芙蓉问知春："知春，我们可一直把你当作自己的家人。现在国家一切都走向正轨了，你还回美国去吗？"

知春绽开了笑容："回家的感觉真好，看到自己的亲人，走了那么多地方，我的根始终还是在这里啊，不走了。"

虞亭华问黄金榜："金榜哥，你呢？"

黄金榜搂住谷亚兰和黄云裳的肩膀："一切都拨乱反正了，我的亲人全都在这里，我也该把根扎下了！”

刘顺举起了酒杯：“都是亲人！来吧，亲人们，一起干一杯！”

皓天也举起酒杯：“来吧，亲人们，一起干杯吧！为咱们伟大的祖国，为咱们可爱可敬的亲人，干杯！”

众人一起举杯：“干杯！”

（全书完）